HEYNE BÜCHER

SCIENCE FICTION

Herausgegeben
von Wolfgang Jeschke

Von Michael Bishop erschienen in der Reihe
HEYNE SCIENCE FICTION & FANTASY:

Die seltsamen Bäume von Ectaban · 06/3610
Gestohlene Gesichter · 06/3654
Nur die Zeit zum Feind · 06/4095
Transfigurationen · 06/4331
Dieser Mann ist leider tot · 06/4785
Die Einhorn-Berge · 06/4788
Die Alpträume der Stevie Crye · 06/4810

DER ATLANTA-ZYKLUS:

Die Cygnus-Delegation · 06/3743
Flammenaugen · 06/3844
Die Jahre in den Katakomben · 06/3893

MICHAEL BISHOP

Die Alpträume der Stevie Crye

Roman

Aus dem Amerikanischen übersetzt
von
Irene Bonhorst

Deutsche Erstausgabe

Science Fiction

WILHELM HEYNE VERLAG
MÜNCHEN

HEYNE SCIENCE FICTION & FANTASY
Band 06/4810

Titel der amerikanischen Originalausgabe
WHO MADE STEVIE CRYE
Deutsche Übersetzung von Irene Bonhorst
Das Umschlagbild malte Andreas Reiner

Redaktion: Wolfgang Jeschke

Printed in Germany 1991
Umschlaggestaltung: Atelier Ingrid Schütz, München
Satz: Schaber, Wels
Druck und Bindung: Elsnerdruck, Berlin

ISBN 3-453-04999-3

Für Jim Turner

Das Bestreben, sich einen Trick auszudenken, um seinen Kuchen sowohl zu behalten als ihn auch aufzuessen, ist zweifellos ein schändliches Unterfangen; aber außerdem es ist menschlich, sehr menschlich, fürchte ich.

— A. H. H. Lipscombe

I

Stevenson Crye — ihre Freunde nannten sie Stevie — näherte sich dem Ende ihres ausführlichen Artikels über die Früherkennungs- und Diagnose-Verfahren an der Krebsklinik West Georgia in Ladysmith, als im Innern ihrer Schreibmaschine ein Kabelzug mit lautem Knall riß und die Maschine ein Geräusch von sich gab wie ein Zungenknattern aus einem Tonverstärker. Das Rad mit den geprägten Typenzeichen weigerte sich, sich weiterzubewegen, und das zornige Blöken des festgeklemmten Buchstabens wurde gefährlich laut. Die Schreibmaschine drohte auseinanderzufliegen, eine Siebenhundert-Dollar-Zeitbombe.

Stevie schlug auf die Ein/Aus-Taste und schob ihren Klappstuhl vom Schreibtisch weg; ihr ganzer Körper zitterte, als ob das Heulen eines Notfahrzeuges ihren inneren Frieden zerbrochen hätte. Am liebsten hätte sie ebenfalls geheult.

Statt dessen murmelte sie: »Scheiße!« und hauchte einen verzweifelten Seufzer aus. Obwohl der Gebrauch dieses Wortes dem dreizehnjährigen Ted junior und der achtjährigen Marella verboten war (die Strafe für unanständige Redeweise war die Streichung des Taschengeldes für eine Woche), sah sich Stevie häufig veranlaßt, diesen Ausdruck selbst zu benutzen, vor allem seit dem Tod ihres Ehemannes, der in dem Krankenhaus neben der Spezialklinik, über die sie gerade schrieb, gestorben war. Wenn Rechnungen zur Zahlung fällig wurden, wenn sie einen Abgabetermin überzogen hatte, und jetzt, da ihre teure PDE-Maschine, Modell Exceleriter, streikte und ihr Versagen mit einem mechanischen Zungenschnalzen kundtat. Scheiße. Gott sei Dank waren die Kinder in der Schule.

Stevie ging zum Fenster ihres im ersten Stock gelegenen Arbeitszimmers und schmiegte das Gesicht an die kalte Glasscheibe. Die nackten Zweige von Korkulmen und Blutruten konnten die silberfarbenen Stützen und den hochragenden, ungestrichenen Bauch des Wasserturms von Barclay vier Blocks weiter nicht verbergen. Die Stadt wirkte unbewohnt. An wen sollte man sich wenden, wenn das Gerät, von dem man selbst und die Kinder für fast jede Lebensnotwendigkeit abhängig waren, den Geist aufgab? Dr. Elsa war gut zum Einrenken von Knochen und Verätzen von Warzen, wahrscheinlich aber nicht so geschickt im Verarzten von zusammengebrochenen Schreibmaschinen. Man mochte eine noch so romantische Einstellung zu Kleinstädten haben, manchmal waren sie verdammt unpraktisch. Es gab allerdings jede Menge Arbeit für einen Klempner und Elektriker, wie Ted einer gewesen war. Er hatte diesen Ort geliebt ...

Inzwischen verharrte das Typenrad der Exceleriter in der Mitte der Schreibwalze, als ob nichts dabei wäre.

Stevie hielt die Wange immer noch gegen das Glas und betrachtete die Maschine. Das Typenrad war in einem ungewöhnlichen Winkel geneigt, doch ansonsten sah die Exceleriter ganz okay aus. Ted hatte sie ihr vor zweieinhalb Jahren zum Geburtstag geschenkt, kurz nachdem sie beschlossen hatte, ihr schlummerndes Talent zum Schreiben zu entwickeln und kurz bevor Dr. Elsa seinen gastrointestinalen Krebs diagnostizierte. Ted war nicht mehr da, doch sein Geschenk war geblieben, schicksalhaft und unentbehrlich. Wenn sie wieder einschaltete, würde vielleicht das Typenrad in seine normale Stellung zurückklicken und die Maschine gehorsam das angenehme Drehmotorschnurren wieder aufnehmen.

Das war immerhin einen Versuch wert, dachte Stevie, und verließ das Fenster.

Die Schreibmaschine reagierte auf ihre Berührung jedoch mit einer Stimme wie eine aufziehbare Blech-Elster. Zur Selbstverteidigung stach sie mit dem Finger auf den Ein/Aus-Knopf ein. In hilflosem Zorn stülpte sie der Maschine die dunkelblaue Haube über. Als das erledigt war, schien das einzige Geräusch in der Welt das Propangaszischen ihres Dearborn-Raumheizers zu sein sowie das leise, spöttelnde Raunen des Winterwindes, der die blattlosen Äste der Bäume knacken ließ.

»Scheiße!« schrie Stevenson Crye. »Scheiße! Scheiße! Scheiße!«

II

Im Erdgeschoß, nachdem ihre schlechte Laune etwas verflogen war, suchte Stevie nach einem Weg, die Situation mit Vernunft zu meistern. Wenn ein Problem auftaucht, so hatte Ted sie stets ermahnt, dann stößt man weder unflätige Flüche aus, noch schlägt man auf leblose Gegenstände ein, noch rauft man sich die Haare. Nein, natürlich nicht. Man erstellt eine Liste von verschiedenen Lösungsmöglichkeiten, entweder auf Papier oder im Kopf, und man probierte nacheinander all diese Möglichkeiten aus, bis alles wieder in Butter ist. Ansonsten, so sprach dieser vollendete Berufshandwerker, wird man unversehens und wider jeden Nutzen plemplem.

Recht hatte er. Sie wollte den Rat ihres verstorbenen Ehegatten beherzigen.

Schade, daß du dich im praktischen Leben nicht nach deinen schönen Reden in Sachen Buchhaltung und finanziellen Angelegenheiten gerichtet hast, dachte Stevie unwillkürlich, mit einem Anflug des alten Unmuts, den sie seit Monaten versuchte zu exorzieren. Sie rief sich mit einem rügenden Schlag vor die Stirn zur Ordnung und verbannte den Gedanken aus ihrem Geist.

Was war hinsichtlich der unbrauchbaren Exceleriter zu tun? Als erstes, so beschloß Stevie, würde sie die schwerfällige alte Smith-Corona im Ärztezentrum von Barclay zu leihen versuchen, um ihren Artikel zu Ende zu schreiben. Damit sie die Schreibmaschine nicht in ihrem Kleinbus her- und hinzutransportieren brauchte, würde Dr. Elsa vermutlich gestatten, daß sie in einem der unbenutzten Untersuchungsräume arbeitete. Vielleicht würde es sogar Spaß machen, eine Geschichte in einem Gebäude auf die Beine zu stellen, wo man die Geschäftigkeit und die Bewegungen anderer menschlicher Wesen ringsum hörte.

Zweitens würde sie die Niederlassung von Pantronics Data Equipment in Ladysmith anrufen, um sich nach den Reparaturmöglichkeiten für ihre Exceleriter zu erkundigen. Als das letztemal mit ihr etwas nicht in Ordnung war (eine unbedeutende kleine Macke in der Zeitsteuerung), hatte sich Ted der Sache angenommen, während die Maschine noch der ursprünglichen Garantie unterlag. Also, alles in allem konnte sie der Firma PDE wirklich nicht vorwerfen, ein unzuverlässiges Produkt zu vertreiben. In den zwanzig Monaten, seit ihr Mann sie verlassen hatte — vielmehr gestorben war, sie meinte nicht ›verlassen‹ —, mußte sie annähernd eine halbe Million Worte durch die Exceleriter gejagt haben. Gemessen daran, war sie ein ausgesprochenes Schnäppchen gewesen und die sinnvollste Investition für die Sicherung ihrer Zukunft, die Ted überhaupt machen konnte — die einzigen unbestreitbaren Ausnahmen wären eine anständige Versicherungspolice und ein zinsenbringendes Sparkonto gewesen. Während er ein Händchen für Zollstock und Voltmeter hatte, war er niemals zu einem angemessenen Umgang mit seinem Scheckbuch fähig gewesen ...

Obwohl Ladysmith acht Meilen weit entfernt war, waren Anrufe von Barclay aus dorthin Ortsgespräche. Stevie fand die Nummer von PDE im Telefonbuch, wählte sie und setzte zu einer Erläuterung ihrer Probleme gegenüber einer Sekretärin an, die ihre eifrigen Ausführungen unterbrach, um sie mit der Kundendienstabteilung zu verbinden. Diesmal war ein Mann am anderen Ende, und Stevie begann von neuem.

»Teilen Sie mir den Standort Ihres Unternehmens mit«, schnitt ihr der Kundendienstmitarbeiter das Wort ab. »Wir schicken jemanden vorbei.«

»Ich arbeite selbständig. Mein Büro ist bei mir zu Hause.«

»Haben Sie einen Wartungsvertrag mit uns abgeschlossen?«

»Für dreihundert Dollar im Jahr? Machen Sie Witze?«

Der Mann gab ein doppeldeutiges Räusperlachen von sich. »Nun, wir führen auch Hausbesuche bei Privatpersonen ohne Wartungsvertrag durch.«

»Und das hat seinen Preis, vermute ich.«

»Darin unterscheiden wir uns nicht von anderen Leuten, Mrs. Crye. Sie arbeiten doch auch nicht umsonst. Ebensowenig tun das die Mitarbeiter von Pantronics Data Equipment.«

»Okay, okay. Abgesehen von den eigentlichen Reparaturkosten, *wieviel* berechnen Sie für Anfahrt und so weiter?«

»Einen Moment bitte.« Stevie hörte, wie die Seiten eines Loseblatt-Handbuches umgewendet wurden und der Kundendienstmann halb hörbar Berechnungen vor sich hinmurmelte. »Nach Barclay und zurück ... also, etwa dreiundzwanzig Dollar.«

»Ich bringe Ihnen die Maschine hin.«

»Das kann uns nur recht sein.«

»Das ist besser, als einen Dollar pro Meile zu zahlen«, sagte Stevie vorwurfsvoll. »Es kann *mir* nur recht sein, wenn ich Ihre Wucherpreise umgehe.«

»Genaugenommen, Madam, ist es *weniger* als ein Dollar pro Meile.«

»Ich gehe davon aus, daß Sie zu diesem Ergebnis mit Hilfe eines PDE-Taschenrechners gekommen sind.«

»Keineswegs, Mrs. Crye. Sie haben unsere Nummer zwar aus dem Telefonbuch von Ladysmith, doch Sie sprechen mit der Niederlassung in Columbus. Die Hauptgeschäftsstelle für Süd-Georgia befindet sich nun mal zufällig in Columbus, und dort sitzen wir, und dort müssen Sie Ihre Schreibmaschine hinbringen. Sehen Sie jetzt, wie entgegenkommend wir sind? Der Zauber der Elektronik hat Ihnen die Kosten für ein Ferngespräch erspart.«

Stevies Gefühl zwischen Wut und Verzweiflung wuchs. Über die I-185 nach Süden war Columbus über vierzig Meilen weit entfernt. Es machte ihr zwar nichts aus, am Wochenende dorthin zu fahren, um irgendwelche Sonderangebote an Lebensmitteln zu ergattern oder nur einen müßigen Schaufensterbummel zu unternehmen, aber heute war erst Dienstag. Sie konnte die Reparatur unmöglich so lange hinausschieben. Sie mußte also den VW-Kleinbus volltanken und morgen hinfahren, was bedeutete, daß sie den größten Teil eines wertvollen Arbeitstages opferte. Und falls man von ihr verlangte, die Exceleriter dort zu lassen, dann wären noch mal einige Stunden eines weiteren Tages vergeudet, um sie wieder abzuholen. Die höhnische Freundlichkeit des Mannes am anderen Ende steigerte ihre Wut.

»Ihre Umsicht kann der Menschheit als Vorbild dienen«, erklärte sie ihm.

»Ich danke Ihnen, Ma'am.«

»Wieviel kostet es, den Kabelzug an meinem Typentransport zu ersetzen? Können Sie mir einen geschätzten Voranschlag machen, sozusagen als Schockdämpfer, bevor ich zu Ihnen komme?«

»Unsere Stundensätze sind am ersten des Jahres angehoben worden.«

O nein! dachte Stevie. Der PDE-Mann rasselte seine Zahlen herunter, als ob er die Börsendividenden bekanntgäbe. Von seinem Standpunkt aus waren sie das vielleicht auch. Vielleicht hatte er sich Mitarbeiteranteile erworben und besaß jetzt ein rechtmäßiges Interesse daran, die Kunden der Firma zu schröpfen.

»Trauen Sie sich nicht, mir zu sagen, auf wieviel?« fragte Stevie.

»Von vierundvierzig Dollar die Stunde, Mrs. Crye, auf zweiundfünfzig. Unter diesen Betrag können wir allerdings nicht gehen, auch bei weniger als einer Stunde Zeitaufwand. Er ist das, was wir als *Minimum* berechnen, egal welche Arbeiten anfallen.«

»Zweiundfünfzig Dollar, um einen gottverdammten Kabelzug zu ersetzen? Auch wenn es nur fünf Minuten dauert?«

»Das ist nicht gerade eine damenhafte Ausdrucksweise, Mrs. Crye.«

»Hören Sie, im Januar habe ich nur fünfunddreißig Dollar für eine komplette medizinische Untersuchung für meine beiden Kinder bezahlt, einschließlich Tests und Laborarbeiten. Sie glauben doch nicht im Ernst, daß die Wartung einer Exceleriter mehr kosten darf als die Untersuchung von zwei lebenden Menschenkindern, oder?« Ihre Empörung verlieh ihrer Stimme eine mordlüsterne, unversöhnliche Schärfe.

»Auf Kinder sind wir nicht spezialisiert, Ma'am.«

»Tun Sie mir einen Gefallen. Erzählen Sie niemals der Amerikanischen Ärztevereinigung, wie hoch Ihre Sätze sind, ja? Wenn Dr. Sam und Dr. Elsa jemals beschließen sollten, daß sie so überbezahlten Geräteschustern wie Ihnen nicht nachstehen wollen, dann muß ich dazu übergehen, meine Kinder mit Nudeln in Hühnersuppe und mit Leukoplast zu behandeln, egal wie sehr ihnen beides widerstrebt. Wirklich Mr. Wie-immer-Sie-heißen, das ist ungeheuer.«

»Smith«, sagte der Mann liebenswürdig. »John Smith.«

»Ja, das hätte ich mir denken können. Hören Sie, ich müßte ja vollkommen von Sinnen sein, meine Maschine zu Ihrem Haufen von zweibeinigen Piranhas zu bringen. Sie haben mir deutlich klar gemacht, wofür die Buchstaben PDE stehen. Nicht etwa für Pantronics Data Equipment, sondern ...

»... Preise Dreifach Erhöht«, sagte der Mann von der

Kundendienstabteilung. »So etwas hören wir andauernd.« Und er legte auf.

»Gggrrrrrrr!« schrie Stevie und knallte ihrerseits den Hörer auf die Gabel. Dann bedeckte sie das Gesicht mit den Händen und beugte sich nach vorn über die Frühstücksbar, wobei sie überlegte, wie Ted wohl mit diesem dreisten, dreimalklugen Kundenverächter fertiggeworden wäre. Vermutlich besser als sie. Viel besser. Ted war geschickt im Umgang mit Problemen gewesen, und seine Arbeit in der Gegend von Barclay hatte ihm jeden Tag Dutzende von heiklen Situationen beschert. Das einzige Problem, mit dem er nicht umzugehen wußte, mal abgesehen von Gelddingen, war seine Krankheit. Seiner Krankheit hatte er sich mit dem Bauch nach oben hingegeben wie ein Hofhund, der mit einer Packung heimtückischen Streufutters gefügig gemacht worden war. Warum hatte er sich ausgerechnet bei dieser einen Schwierigkeit, bei der Entschlossenheit so ausschlaggebend gewesen wäre, als derartig schwach erwiesen ...?

Stevie nahm energisch die Hände von den Augen und hob den Kopf. »Die Schreibmaschine ist das Problem«, schalt sie sich selbst. »Nicht Ted; die *Schreibmaschine.* Hör auf mit diesem widerlichen Geflenne!«

Sie betätigte erneut die Wähltasten des Telefons.

III

Mit ihrem Mann, der ebenfalls Mediziner war, Sam Kensington, arbeitete Dr. Elsa tageweise abwechselnd im Ärztezentrum von Barclay und in der nahegelegenen Gemeinde Wickrath. Da sie an diesem Dienstag in Barclay war, hatte sie nichts dagegen, daß Stevie vorbeikam, um die uralte Smith-Corona im hinteren Untersuchungsraum zu mißhandeln.

»Komm nur rein, Herzchen«, hatte die ältere Frau gesagt. »Allerdings solltest du vielleicht eine Chirurgenmaske aufsetzen.«

Tatsächlich fand Stevie die beiden Wartezimmer der insgesamt winzigen Räumlichkeiten (einst hatten Weiße auf der einen Seite gesessen und Schwarze auf der anderen) vollgestopft mit Grippeopfern, einsamen Rentner, die entweder Rezepte oder Trost von berufener Seite brauchten, und besorgten Müttern mit Babies, die unter Bauchkrämpfen litten. Immer im Februar brachen die Kensingtons fast unter der Arbeit zusammen, doch die auf wundersame Weise für Panik unanfällige Mittfünfzigerin Dr. Elsa lächelte Stevie von einer der Türen der vorderen Untersuchungszimmer zu und deutete ihr mit einer Handbewegung den Weg durch den Korridor zu der unbenutzten Schreibmaschine an, wobei sie sich gleichzeitig entschuldigte, weil sie sich nicht für einen kleinen Schwatz bei ihr aufhalten konnte.

»Bedien dich mit allem, was du brauchst, Stevie.«

»Danke. Ich werde versuchen, in einer Stunde oder so wieder verschwunden zu sein. Marella erwartet von mir, daß ich zu Hause bin, wenn sie von der Schule kommt.«

Während sie die letzten vier Absätze ihres Artikels für den *Columbus-Boten* herunterhackte, fühlte sich Stevie außerordentlich unbehaglich. Sie hatte keine Angst, von einem der Leidenden draußen ein Grippevirus aufzuschnappen, aber es war ihr nicht wohl dabei, daß sie diesen Raum mit Beschlag belegte, der eigentlich für die Untersuchung von Patienten vorgesehen war. Das kleine Krankenhaus platzte aus allen Nähten, und sie besetzte einen Raum, der von Rechts wegen den Kranken zustand. Wenn anstatt Elsa Dr. Sam heute Dienst gehabt hätte, wäre sie niemals auf die Idee gekommen, dieses Ansinnen an ihn zu stellen. Obwohl sie die Freundschaft der älteren Frau aus verschiedenen zwingenden Gründen ausnützte — der drängende Abgabetermin des *Boten*, die Sorge um den Unterhalt ihrer Familie, die Stabilisierung ihrer unsicheren Karriere als freie Journalistin —, würde sie es kaum rechtfertigen können, sie in dieser Woche noch ein zweites Mal zu belästigen. Vielleicht könnte sie der Einfachheit halber die Smith-Corona mit zu sich nach Hause nehmen. Schließlich hatten die Kensingtons noch eine zweite Schreibmaschine, und sie wäre dort ihren Nachschlagewerken, ihren Unterlagen und ihrem Telefon näher.

Leider *verabscheute* Stevie die alte Maschine der Kensingtons. Häufiges Verheddern der Typenhebel beeinträchtigte ihre Geschwindigkeit, die Walze war locker, und wenn sie zehn Minuten lang das verdammte Ding mit dem notwendigen schwungvollen Fortissimo gespielt hatte, hingen ihre Arme wie schlaffe, nasse Lumpen an ihr. Außerdem sahen die Buchstaben c, q, u, o und e, die die ausgeleierte Smith-Corona zustande brachte, wie winzige Kegelkugeln oder fette Mitesser aus, so zugeschmiert waren die erhabenen Zeichen auf den Typenhebeln. Auf eine solche Maschine griff man nur im Notfall zurück. Da die Kensingtons ihre andere Schreibmaschine (ein neueres elektrisches Modell) im regelmäßigen täglichen Einsatz hatten, konnte Stevie kaum darum bitten, sich jene ausleihen zu dürfen. Sie mußte ihre Exceleriter so schnell wie möglich reparieren lassen.

Aber wo? Und von wem?

Um zehn Minuten vor drei raffte Stevie ihre Manuskriptseiten zusammen, brachte mehr als ein Dutzend schnell mit einem klecksenden Bic-Stift hingekritzelte Korrekturen an und sprach im stillen ein Stoßgebet, daß der zuständige Redakteur beim *Boten* ihr die unzumutbare Schlampigkeit der letzten Absätze verzeihen möge. Nachdem sie die Maschine mit einer verstaubten Hülle mit schmutzigen Streifen von Klebeband abgedeckt hatte, traf sie im engen Korridor der Klinik auf Dr. Elsa.

»Du hast dich als Lebensretterin erwiesen, Elsa. Ich muß das noch ganz schnell bei der Post einwerfen und dann sehen, daß ich weiterkomme, um Marella abzuholen.«

»Was ist mit Teddy?«

»Oh, er hat Basketball-Training an der Aufbauschule. Obwohl er erst dreizehn ist, hat Dr. Sam letzten Monat seine Größe mit einssiebzig gemessen, einen halben Kopf größer als Du-weißt-schon-wer. Mir kommt es wie gestern vor, daß er noch Strampelhosen anhatte. Vollgemachte Pampers. Ich erwarte ihn nicht vor halb sieben oder sieben Uhr zu Hause.«

Dr. Elsa, deren gewohnheitsmäßige rauhe Fröhlichkeit von eindringlicher Besorgnis abgelöst wurde, packte Stevie an der Schulter. »Alles in Ordnung mit dir, Kindchen? Jedesmal wenn ich sehe, wie diese Ader da in deiner Schläfe pocht, habe ich Lust, deinen Blutdruck zu messen. Nicht nur Kinder brauchen regelmäßig eine medizinische Generaluntersuchung, weißt du.«

»Meine Schreibmaschine macht mich krank, Elsa.«

»Wenn du wirklich in der Klemme bist, dann nimm unsere. Nicht das alte Möhrchen dort unten, sondern die gute, die Sherry vorn benutzt.«

»Nein. Das könnte ich nie. Ich werde es nicht tun.« Stevie ergriff eine der knochigen roten Hände von Dr. Elsa und drückte sie kameradschaftlich. »Ich brauche allerdings jemanden, mit dem ich mal reden kann. Glaubst du, ihr könntet heute abend mal vorbeikommen? Auf ein oder zwei Glas Wein und ein paar Käsestangen? Den Wein habe ich seit Weihnachten, aber die Käsestangen sind frisch, das kann ich dir versichern.«

»Das überzeugt mich. Du kannst so gegen acht Uhr mit mir rechnen. Sam lasse ich zu Hause. Wir beide machen uns einen richtig gemütlichen Gluckenabend.«

»Teddy wird da sein, Elsa.«

»Das macht nichts. Er ist bis jetzt noch kein Gockel.«

Während sie sich in der Klinik aufgehalten hatte, hatte es angefangen zu nieseln, ein sich senkender Histamin-Nebel, der sich einem außerdem aufs Gemüt schlug. Barclay wuselte unter dieser wabernden Feuchtigkeit wie eine Spielzeugstadt in der hohlen Halbkugel eines Briefbeschwerers.

Als sie wieder in ihrem VW-Bus saß, verquetschte Stevie ein Niesen, machte einen Schlenker an der Post vorbei, um ihren Artikel in einen Briefkasten am Straßenrand einzuwerfen, und bog schließlich hinter ein paar dottergelben Omnibussen in den ölig aussehenden Parkplatz der Grundschule ein, um ihre Tochter abzuholen. Marella brauchte bei diesem Regen nicht zu Fuß nach Hause zu gehen. Sie war ein gertenschlankes Mädchen mit einer harten Konstitution, eine lebhafte Ballerina von einer Drittkläßlerin, wenn man von gelegentlichem Indisponiertsein absah. Was Stevie im allgemeinen tat. Vor Teds Tod hatte sie das Kind mit Zuneigung überschüttet. Seither jedoch war sie beim Aufziehen ihrer Tochter zu einer etwas nüchterneren Methode übergegangen, vor allem, um sie nicht zu verwöhnen. Dankenswerterweise hatte Marella niemals irgendwelche Anzeichen bemerken lassen, daß sie diese bewußte Änderung der Taktik mißbilligte. Sie freute sich über alles, was Stevie oder sonst jemand für sie tat, und sie wäre bestimmt angenehm überrascht, wenn sie feststellte, daß ihre Mutter bei diesem kalten Nieselnebel vor der Schule auf sie wartete.

Das glaubte Stevie jedenfalls.

Ganz im Gegenteil stieg Marella jedoch in den Kleinbus, als ob es ein bestelltes Taxi wäre, das mit Verspätung gekommen war. Sie ließ sich seitlich auf den Sitz neben Stevie plumpsen und knallte ihr Notizheft mit einem frechen, schallenden Klatschen auf das Bodenblech. Ihre Augen hatten den gleichen hungrigen Ausdruck wie die Kinder in den Fernsehwerbespots für den staatlichen Pflegeeltern-Plan. Du bist gekommen, weil du dich schuldig fühlst, schienen sie zu sagen. Dann überzogen sie sich mit einem Schleier und schienen überhaupt nichts mehr zu sagen.

»Marella, setz dich aufrecht hin!«

»Mama«, brachte das Mädchen mühsam hervor. »Mama, mir ist nicht gut. Mir ist schon seit dem Mittagessen nicht gut. Ich habe aber niemandem was davon gesagt.«

Stevie legte Marella die Hand auf die Stirn und fand sie beunruhigend fieberig. »Du hast niemandem etwas davon gesagt? Aber warum denn nicht, um alles in der Welt?«

»Damit du arbeiten konntest, Mama.«

Damit ich arbeiten konnte, wiederholte Stevie im stillen. Du hast niemandem davon erzählt, damit deine auf die Schreibmaschine einhämmernde Mama ihr Arbeitspult nicht zu verlassen brauchte, um dich nach Hause zu holen. Die selbstlose, törichte Tapferkeit des Mädchens ärgerte und berührte Stevie gleichermaßen und ließ in ihr den schrecklichen Verdacht aufkeimen, daß ihre Kinder vielleicht mehr unter dem Umstand litten, daß ihre Mama ihrem mittelmäßig angesehenen Zeilenschinderjob in ihrem Arbeitszimmer im ersten Stock nachgehen mußte. Sie sollte ihren Beruf als Lehrerin wieder aufnehmen. Ihre Arbeitszeit würde sich mit den Schulstunden der Kinder decken, sie hätte während der Sommerferien frei, und die hiesige Schulbehörde würde ihr jedes Jahr ein fast zweiwöchiges Fernbleiben vom Dienst wegen Krankheit gewähren. Und vor allem brauchten Teddy und Marella, ganz zu schweigen von Dr. Elsa, sie nicht mehr wie einen Emotions-Invaliden zu behandeln, nur um zu verhindern, daß sie wegen der geringsten unvorhersehbaren Unregelmäßigkeit in ihrem Tagesplan völlig aus dem Häuschen geriet.

Wie zum Beispiel das Reißen eines albernen kleinen Zugkabels an ihrer Schreibmaschine.

»Ach, Schätzchen«, gurrte Stevie übertrieben gefühlvoll. »Ach, mein dummes, rücksichtsvolles Schätzchen.«

Gleich nachdem sie zu Hause angekommen waren,

entzündete sie den Raumheizer in der guten Stube, klappte die Schlafcouch auf und bettete Marella auf die ausgebeulte Matratze, versehen mit drei oder vier Steppdecken und einer Taschenbuchausgabe von Beverly Clearys *Ausreißer Ralph.* (Das war eine tolle Frau, ging es Stevie durch den Kopf, die als Schriftstellerin wirklich Karriere gemacht hatte; leider hatte Theodore Cryes Witwe offenbar kein Talent für erfundene Geschichten, nicht einmal für die Sorte, die Kinder mochten.) Stevie breitete überdies noch ein paar Zeitungsseiten auf dem Boden aus und stellte einen gelben Plastikeimer darauf, falls Marella in die mißliche Lage geriet, daß ihr Mageninhalt schneller hochkam als sie selbst ins Badezimmer hasten konnte. Dies war ein wesentliches allwinterliches Ritual im Cryeschen Haushalt, und Stevie führte es getreu bis ins kleinste durch.

Zum Glück war dies kein Schaltjahr. Wenn der Februar in diesem Jahr auch nur einen einzigen Tag mehr gehabt hätte, dann hätte sie ihn vermutlich dazu benutzt, einen Kopfsprung von dem klotzigen Steinviadukt im Roosevelt State Park zu machen.

IV

»Ich wußte nicht, daß dies ein Hausbesuch werden sollte, Kindchen. Ich dachte, du hättest mich zu einem gemütlichen Beisammensein eingeladen.«

»Tut mir leid, Elsa, so war es auch gedacht. Ich wußte nicht, daß sie krank ist, bevor ich sie von der Schule abholte. Vielleicht kannst du mir zugute halten, daß ich nicht mit ihr in die Klinik gekommen bin, wo du vor anderen Patienten fast erstickt bist. So vernünftig war ich immerhin.«

»Was ist daran vernünftig, wenn man es versäumt, ein krankes Kind zum Arzt zu bringen?«

»*Ich* bin ihr Arzt.« Stevie stellte einen Korb mit Knabberstangen und einen Plastikbehälter mit Käsedip vor Dr. Elsa, dann füllte sie ihr Champagnerglas mit einem einheimischen Burgunder. Ein kleiner weinroter Schatten tanzte neben dem Glas auf der Thekenfläche der Küchenbar. »Ich habe das schon so oft gemacht, daß ich praktisch unfehlbar bin. Sieh doch, sie schläft, Elsa, und sammelt direkt vor deinen Augen wieder Kraft.«

Von ihrem erhöhten Sitzplatz an der Frühstücksbar aus konnten sie Marellas reglose Form hingegossen unter einem Wust von Steppdecken im Wohnzimmer sehen. Allem Anschein nach lag sie sehr gemütlich da. Stevies Arbeit als Eimerausleererin hatte kurz nach sechs aufgehört, und danach hatte sie alles im Umkreis mit einem Desinfektionsmittel bearbeitet, bevor sie den Versuch unternahm, das Abendessen für Teddy und sich selbst zuzubereiten. Der beißende Geruch der Reinigungsflüssigkeit war noch nicht ganz verflogen.

»Ich hoffe, ich bekomme nicht auch so etwas wie sie«, maulte Teddy vom Küchentisch her, wo er eigentlich seine Hausaufgaben für Sozialkunde machen sollte. »Drei Typen aus der B-Trainingsgruppe sind heute nachmittag schon ausgefallen, weil sie die Scheißerei hatten.«

»Das hast du nett gesagt«, bemerkte Stevie.

»Also, dann eben Diarrhöe.«

Stevie verzog das Gesicht. »Komm jetzt, Teddy!«

»Wie wär's mit Montezumas Rache?« schlug Dr. Elsa dem Jungen vor. »Das ist zwar nicht genau, was du meinst, aber es klingt viel hübscher.«

»Teddy, warum machst du deine Arbeit nicht einfach oben fertig?«

»Oben ist es kalt, Mom.«

»Schalte deine Heizdecke ein. Du gehst sowieso in einer Stunde oder so ins Bett. Laß sie richtig warm werden.«

Bekleidet mit einem von seinem Vater geerbten Fischnetzpullover ging Teddy ins kalte Eßzimmer und schloß die Tür hinter sich. Dann hörten Stevie und Dr. Elsa, wie er in den Eingangsflur trampelte und von dort die Treppe zu seinem eisigen Schlafzimmer hinaufstieg. Stevie konnte es sich nicht leisten, die Heizgeräte im ganzen Haus in Betrieb zu haben, aber Teddy würde bestimmt nicht Gefahr laufen zu erfrieren, wenn er Dr. Elsa und seine ›Gute Alte Mom‹ zehn oder fünfzehn Minuten ungestört ließ. Er war ein pfiffiger Junge. Er wußte, warum sie ihn nach oben geschickt hatten, und er würde dort oben die Zeit totschlagen, indem er Atemballons in die Luft blasen und dem pelzigen Rauhreif an den Fenstern mit dem Fingernagel nachfahren würde — bis, so hoffte Stevie, sie wenigstens Zeit für eine kurze, aber rückhaltlose vertrauliche Aussprache gehabt hätten.

»Ich trage mich mit dem Gedanken, diese magengeschwürfördernde Arbeit an den Nagel zu hängen«, sagte sie und drehte dabei das Champagnerglas in der Hand. »Ich habe die Absicht, wieder in den Schuldienst zu gehen.«

»Weil deine blöde Schreibmaschine kaputtgegangen ist?«

»Wegen vieler anderer Dinge außerdem, Elsa. Marella ist krank, Teddy wächst heran, ihr Daddy ist seiner Krankheit erlegen — er mußte sich geschlagen geben trotz allem, was er mir immer über das In-den-Griff-Kriegen der Zukunft erzählt hat.«

»Laß deine Schreibmaschine reparieren.«

»Verdammt, Elsa, ich habe dir heute nachmittag gesagt, daß ich über etwas reden möchte. Warum versuchst du, mir den Mund zu stopfen?«

Dr. Elsa schwenkte den Burgunder im Mund, als handele es sich um Gurgelwasser. »Ich bin kein Seelendoktor, Stevie, sondern nur eine Kleinstadtärztin, die Sigmund Freud und Freda Stimson nicht auseinanderhalten kann.« Freda Stimson war die Geschäftsführerin eines Blumenmarktes an der Alabama Road am westlichen Rand der Stadt.

»Du gehörst zu meinen Freunden. Und Freunde *hören zu*, Elsa.«

»Ich höre zu. Übrigens, so oder so ähnlich hast du mir das alles schon etliche Male erzählt. Ted war ein wundervoller Kerl, der sich leider dem Tod nicht in einer Weise widersetzte, die du bewundern konntest. Das letzte Jahr seines Lebens hat die gute Meinung von ihm, die du dir während der vorherigen fünfzehn Jahre oder so gebildet hattest, verdorben. Du verabscheust ihn, weil er dir das angetan hat, und du fühlst dich schuldig, weil du es nicht schaffst, deine Abscheu gegenüber dem Mann zu bewältigen, der er war, bevor ich seinen Krebs diagnostiziert habe.«

»Genau.«

»Ein Psychodoktor in Atlanta, der gerade in Mode ist, würde dir für diese kleine Analyse fünfzig Dollar berechnen. Und dann würde er dir neun weitere Sitzungen verordnen.«

»Deswegen habe ich dich gebeten zu kommen, Elsa. Du hast den Durchblick durch den ganzen Müll und siehst die wichtigen Dinge.«

»Laß deine Schreibmaschine reparieren.«

»Elsa!«

»Hör zu, Herzchen, du konntest Ted nicht bewundern, weil er offenbar aufgegeben hatte, stimmt's? Stimmt. Deine Art, ein Problem zu lösen, das bei weitem nicht so schwerwiegend ist wie seins — eine Schreibmaschine, die den Geist aufgegeben hat, Herrgott noch mal —, besteht darin, deine Unterhose an einem Besenstiel zu schwenken und zu schreien: ›Hilf mir, Onkel!‹ Also, das ist wirklich bewundernswert, das muß ich schon sagen.«

Stevie bohrte mit dem kleinen Finger in den Behälter mit dem Käsedip, leckte ihn ab und schloß die Augen vor der gnadenlosen Unanfechtbarkeit der Logik ihrer Freundin. Sie stimmte bis auf den Grund, traf den Kern der Sache ...

Schließlich sagte sie: »Es kostet zweiundfünfzig Dollar, dieses Kabel ersetzen zu lassen, Elsa. Ich habe das Geld einfach nicht. Genausowenig wie ich mir einen Mode-Psychiater in Atlanta leisten kann. Und selbst wenn ich zweiundfünfzig Dollar hätte, würde ich den Widerlingen von PDE die Genugtuung nicht bereiten.«

Elsa nahm einen Rezeptblock aus ihrer Handtasche, riß ein Blatt davon ab und schrieb mit einem Bleistift etwas darauf. »Hier ist die Adresse einer Bürobedarfsfirma in Columbus, die außerdem eine Kundendienst-Werkstatt für Schreibmaschinen hat. Hamlin Benecke und Söhne. Sam schwört auf sie. Er schwört auf jeden, der billig ist, aber wir kennen die Beneckes seit vielen Jahren auf privater Ebene. Jetzt haben wir keinen Kontakt mehr mit ihnen, es sei denn, wir haben ein Schreibmaschinen-Problem — sie haben ihr Landhaus am See neunzehnhundertsiebzig oder einundsiebzig verkauft —, und es war einer ihrer Jungen, der das Handbuch mit einer Betriebsanleitung, mit der du heute nachmittag gekämpft hast, wieder in so etwas wie eine brauchbare Ordnung gebracht hat. Im letzten Herbst haben sie uns einen Rabatt auf unsere elektrische Maschine eingeräumt. Ich rufe sie morgen früh an und kündige ihnen an, daß du kommst. Und ich werde dem alten Hamlin erklären, daß du auch nicht bis zum Nationalgedenktag warten kannst, bis du deine Schreibmaschine zurückbekommst. Sind Sie damit einverstanden, Mrs. Joyce Carol Shakespeare?«

Stevie verlieh ihrer Zustimmung Ausdruck, indem sie eine Hand auf Dr. Elsas Handgelenk legte.

Ein Klopfen an der schweren Holztür, die die Küche und das ungeheizte Eßzimmer miteinander verband, ließ die beiden Frauen aufschrecken. »Ist es okay, wenn ich jetzt wieder reinkomme?« rief Teddy von draußen. »Ich friere mir den Arsch ab.«

V

Wegen Marellas Krankheit verbrachte Stevie am Mittwoch die meiste Zeit an ihrem Schreibtisch und arbeitete an einem Vor-Vorentwurf eines Manuskriptvorschlags, den sie der Briar Patch Press in Atlanta unterbreiten wollte. Dieser Verlag hatte Sammlungen verschiedener Dokumentarberichte von drei der Kolumnisten, die über Atlantas vordringliche Alltagsprobleme schrieben, erfolgreich herausgegeben und beworben, und Stevie stellte sich vor, daß ihr Buch — sie beabsichtigte, ihm den Titel *Frau mit zwei Gesichtern: Gedanken eines weiblichen Familienvaters* zu geben — so sehr dafür gemacht wäre, in dieses Programm gängiger Publikationen zu passen wie ein Penny in den Schlitz einer Parkuhr. Sie hatte bereits etwa dreißig 750-Wörter-Spalten zusammengetragen, um die herum sie ihre eigenen Beiträge drapierte (Artikel, die sie ursprünglich entweder Lokalzeitungen oder verschiedenen Spezialzeitschriften mit regionalem Vertrieb verkauft hatte); und wenn den Redakteuren bei Briar Patch Press der Vorschlag gefiel, konnte sie die frühen Kolumnen erweitern oder durch andere ergänzen, allerdings nur nach Unterzeichnung eines Vertrages, der ihr garantierte, daß jegliche zukünftige Arbeit an dem Projekt nicht umsonst wäre. Sie sehnte sich ganz verzweifelt nach einem derartigen Vertrag.

Was Marella anging, so war der Zustand des Kindes im Lauf des Tages immer besser geworden. Gegen Mitte des Nachmittags bat sie um die Erlaubnis, ein Sandwich mit Erdnußbutter und Gelee zu essen (zu fettig, beschied ihr Stevie) und eine Fernsehschnulze mit dem Titel *Ryans Hoffnung* anzusehen (was Stevie mit der Begründung ablehnte, daß es eine gleichermaßen klebrige Angelegenheit sei). Als Kompromiß war dabei herausgekommen, daß das Mädchen jetzt eine Packung Salzstangen knabberte und durch eine zwei Jahre alte Ausgabe von *Cosmopolitan* blätterte. Außerdem schlief sie zwischendurch immer wieder.

Um fünfzehn Uhr vierzig kam Polly Stratton, eine Schülerin der Oberstufe an der Wickrath County Highschool, um Marella zu hüten, bis Teddy von seinem Basketball-Training nach Hause käme, was Stevie die Gelegenheit gab, ihre PDE-Exceleriter 79 vom Arbeitszimmer die Treppe hinunter zum VW-Bus zu tragen. Die Maschine hatte etwa die Größe und das Gewicht eines Brotkastens, der mit Ziegelsteinen oder Eisenbarren gefüllt war. Vielleicht, dachte Stevie sarkastisch, während sie ins Wohnzimmer zurückkehrte, um Polly letzte Anweisungen und Marella einen Abschiedskuß zu geben, kann Dr. Elsa heute abend noch mal vorbeikommen, um meine Rückenschmerzen zu behandeln. Dann brach sie auf.

Die Fahrt nach Columbus über die I-185 dauerte nur fünfundvierzig Minuten, doch der Feierabendverkehr in der Stadt selbst verhinderte, daß sie Hamlin Benecke & Söhne, ein grün gestrichenes Backsteingebäude nicht weit von den Fernsehstudios der lokalen CBS-Sendeanstalt entfernt, vor siebzehn Uhr dreißig erreichte. In einer halben Stunde würden sie schließen, und Stevie hoffte verzweifelt, daß sie ihr Problem in so kurzer Zeit darlegen und ihre Maschine repariert bekommen könnte — und ihre Bedenken wären nicht geringer gewesen, auch wenn Dr. Elsa ihr versichert hätte, daß der junge Seaton Benecke schneller als man ›Exceleriters Extraleistung Erfüllt Enorme Erwartungen‹ sagen konnte, eine Schreibmaschine aus allen Einzelteilen zusammenbauen könnte. Und Dr. Elsa hatte ihr genau das versichert.

Tatsächlich, bevor Stevie ihre Schreibmaschine vom Beifahrersitz anheben und hineintragen konnte, stand ein pummeliger blonder Angestellter in einem weißen Overall und Turnschuhen neben ihr, um ihr zu helfen. Er hatte die makellose Gesichtshaut eines Babys, so strahlend blaue Augen, daß sie wie lackiert aussahen, und einen weichen Pfirsichflaum am oberen Hals und dem Grübchenkinn.

»Ich habe Sie schon den ganzen Tag erwartet«, sagte er, während er sich rückwärts durch die Tür der Bürobedarfsfirma schob.

»Sind Sie Seaton?«

»Ja, Ma'am. Seaton Benecke. Und Sie sind Stevenson Crye, die diese Sachen schreibt. Ich habe alles von Ihnen gelesen. Ich bin sogar in die Bücherei gegangen und habe alle alten Ausgaben des *Boten* durchgearbeitet, um nach Ihren Beiträgen zu suchen.«

»Du liebe Güte«, sagte Stevie. Niemand außerhalb von Barclay hatte jemals ein Interesse, groß oder klein, an ihren fundierten, aber düsteren Texten bekundet, und sie wußte wirklich nicht, was sie sagen sollte. Versuchte dieser dickliche, unbedarfte Jugendliche, Eindruck auf sie zu machen? Und wenn, warum? Dr. Elsa hatte wahrscheinlich kein Blatt vor den Mund genommen und den Beneckes erzählt, daß Stevie ihre Exceleriter zu ihnen brachte, weil ihr die Wahnsinnspreise bei PDE zu hoch waren. Sie würde es sich also kaum leisten können, Seaton für seine unerwartete Schmeichelei ein besonderes Trinkgeld zu geben. War es das, weswegen er so emsig um sie herumscharwenzelte?

Der Junge — eigentlich ein Mann im zwiespältigen Alter von Mitte Zwanzig, in der Schwebe zwischen dem Abschluß des Studiums und der Vollmitgliedschaft der Vereinigung der Jungen Unternehmer — führte sie zwischen den hohen Regalen mit Bürobedarf (Schreibpapier, Karteikarten, Aktendeckel, Heftklammern, Adreßaufkleber und vieles andere) hindurch in eine riesige Werkstatt mit einem Betonboden und einem Teilstück nach dem anderen eines Metallregalsystems. In einem dieser Türme des Modells Erector Set waren Schreibmaschinen untergebracht, ein wahrhaftiges Parlament von Schreibmaschinen, einige mit zugeklappten Abdeckungen, andere mit freiliegendem Innenleben und ausgebauten Walzen, die wie mit dem Staub von Kohlebändern überzogene Rollzapfen neben ihnen lagen. Jede Schreibmaschine war mit einem Schildchen versehen, das mit einem Draht an dem Wagen oder dem Zylinderknopf befestigt war. Als Stevie diese vielen Maschinen in so vielen Stadien des Kaputtseins sah, wie Körper in dem wechselhaften Mausoleum eines Leichenschauhauses, befürchtete sie, daß Seaton Benecke ihre Exceleriter in eins der Regale stellen und sie unverzüglich vergessen würde. Sie übergab ihre Schreibmaschine sozusagen einer Art von hochtechnologischem Krematorium.

»Sind all diese anderen noch vor meiner dran?«

Seaton stellte ihre Maschine auf einen Arbeitstisch und wischte sich die Hände an seinem Overall ab. »Nein, Ma'am. Ich habe den Kabelzug vorrätig, den Sie brauchen. Es wird ein Klacks für mich sein, ihn einzusetzen. Sie *benötigen* Ihre Schreibmaschine.«

»Benötigen die anderen Leute die ihren nicht?« Sie deutete mit einer umfassenden Handbewegung auf all die auseinandergenommenen, kannibalisch zerlegten, unbeweglichen Relikte hinter dem Arbeitstisch. »Ist dies der Ort, wo in die Jahre gekommene Schreibmaschinen zum Sterben hergebracht werden?«

»Manche Leute lassen sie einfach hier, Mrs. Crye. Wollen nichts mehr von ihnen wissen oder geben sie in Zahlung. Ich repariere diejenigen, deren Reparatur *nötig* ist.« Er sah sie zwar an, wenn er mit ihr sprach, doch natürlich war er sehr damit beschäftigt, im Bauch der Exceleriter herumzuspähen und einen neuen Kabelzug an dem Teil anzubringen, der das Typenrad bewegte. Eine Strähne weißblonden Haars fiel ihm über ein Auge, doch seine dicken Finger erledigten ihre knifflige Aufgabe mit unverminderter Geschwindigkeit und Gewandtheit, wobei ein winziger Schraubenzieher in der düsteren Höhle der Schreibmaschine hin und wieder unheimlich aufblitzte. »Es macht mir Spaß, Schreibmaschinen für Leute zu reparieren, die sie *brauchen.*«

Ein eiskalter Angstschauder zuckte durch Stevies Herz. Warum, hätte sie allerdings nicht zu sagen vermocht. Vermutlich hätte sie sich einen Kostenvoranschlag geben lassen sollen, bevor er sich an die Arbeit machte. Oder war es etwas anderes? Seaton Beneckes Geschick und sein auf unbestimmte Weise überhebliches, bevormundendes Gehabe bereitete ihr grundsätzliches Unbehagen. Er schien sich jedoch der Wirkung, die er auf sie hatte, nicht bewußt zu sein, so daß sie vielleicht der ungewöhnlichen Betonung des einen oder anderen Wortes viel zuviel Bedeutung beimaß. Er war ein junger Mann ohne ausgeprägtes Einfühlungsvermögen für die Reaktionen und Empfindungen anderer. Seine Arbeit isolierte ihn bestimmt sehr häufig in diesem schalldichten Schreibmaschinen-Friedhof.

»Das ist gut«, sagte Stevie mit Verzögerung, nur um die Unterhaltung in Fluß zu halten. »Ihnen gefällt also Ihre Arbeit.«

»Ich würde lieber Ihre Arbeit machen. Ich würde lieber schreiben.«

Mit großer Selbstbeherrschung verkniff sich Stevie ein Lachen. Sie war selten jemandem begegnet, der allem Anschein nach für diesen Job so wenig geeignet war. Seaton Benecke sah einem nicht in die Augen, sein Wortschatz war dürftig und seine Sprache verhalten, und sein Bewußtsein für seine Umgebung schien sich auf das zu beschränken, an was er gerade arbeitete. Seine Finger liebten ihre Exceleriter — das konnte sie sehen —, aber ansonsten beeindruckte er sie mit der ganzen Leidenschaft und Einfühlsamkeit eines Zombies in einem George-Romero-Streifen. Eine grausame, vernichtende Beurteilung, aber so war sie nun mal ausgefallen.

»Wahrscheinlich verdienen Sie mehr Geld mit dem Reparieren von Schreibmaschinen.«

»Aber es gilt bei den Leuten nicht als angesehener Beruf.«

Wechselnde Fluten von Schuldgefühl und Selbstverachtung schwappten durch Stevenson Crye. Ihr pummelfingriger Lancelot hatte offenbar genügend Menschenkenntnis, um ihre unausgesprochene Meinung über ihn zu erahnen, auch wenn er ihr höflicherweise die Peinlichkeit ersparte, sie direkt darauf anzusprechen. Sie gehörte mit der Pferdepeitsche gezüchtigt. Beurteile niemanden schlechter, als du selbst beurteilt sein möchtest, und was es nicht alles an klugen Bibelsprüchen gab, die irgendwie in die Richtung zielten: Liebe deinen Nächsten und trachte nicht nach seinem Arsch.

»Ich bewundere jeden, der ein handwerkliches Geschick hat«, sagte sie zerknirscht, und sie meinte es auch so.

Seaton Benecke sah sie weder an, noch sagte er ein Wort.

»Was möchten Sie denn gern schreiben?«

»Ich weiß nicht. Geschichten, schätze ich. Geschichten darüber, wie sich die Leute abstrampeln bei dem Versuch, mit sich selbst ins reine zu kommen.«

»Geschichten mit psychologischem Hintergrund?«

Seaton Benecke zuckte die Achseln. »Ich weiß nicht. Vielleicht. Aber ich kann es nicht. Ich kann nichts anderes als Schreibmaschinen reparieren. Näher komme ich der Sache nicht. Deswegen macht es mir Spaß, es für Leute zu machen, die sie wirklich *brauchen.*«

Wieder diese knatschende Leier. Stevie hätte gern Sympathie für den jungen Mann aufgebracht, aber seine jämmerliche Weltfremdheit und sein schicksalsschwerer Ehrgeiz stießen sie ab. Wenn er nicht noch so etwas wie ein Managertalent entwickelte, bevor er seinen Anteil am Familienbetrieb erbte, dann würde er bis ins Rentenalter Schreibmaschinen reparieren. Mehr war wohl nicht drin. Stevie konnte sich nicht vorstellen, daß er heiraten und weitere kleine Seaton Beneckes zeugen könnte. Wahrscheinlich würde er mit fünfundsechzig immer noch das gleiche Buttermilchgesicht haben wie heute.

»Ich bin so gut wie fertig«, verkündete er einen Augenblick später. »Und das Ganze wird Sie nur zehn Mäuse und ein paar Penny für das Kabel kosten.«

»Das ist ja prima. Ich bin entzückt, wirklich.«

Er nickte. »Sie können wieder arbeiten. Das ist gut, denn mir gefällt, was Sie schreiben. Es sind Geschichten, die auf persönlicher Erfahrung beruhen oder Hintergründe erhellen, und nicht solche — na ja, Sie wissen schon — ausgedachten Sachen, aber mir gefallen sie trotzdem. Das einzige, was bei Ihnen fehlt, ist das tiefgehende Ergründen der Art und Weise, wie die Leute versuchen, sich selbst zu erklären, wer sie sind. Was sie am meisten ängstigt und bekümmert und so weiter.«

»Tut mir leid«, sagte Stevie spöttelnd und bedachte den jungen Benecke mit einem Lächeln, das ihm allerdings entging, weil er nicht aufblickte. »Ich schätze, ich möchte lieber Erma Brombeck sein als Frank Kafka.«

»Manche Schriftsteller haben keine Wahl«, entgegnete er. »Aber Sie machen sich. Ich habe Ihre Sachen gelesen, und ich sehe eine Entwicklung. Wissen Sie, die Kolumnen über persönliche Erlebnisse, die im *Boten* erscheinen — manchmal kommen Sie dem, wovon ich rede, ziemlich nahe, wenn Sie die Dinge zum Beispiel übertreiben, damit sie mehr Tiefe bekommen, oder wenn Sie ein *Geständnis* über ihre Gefühle ablegen.« Er blickte nachdenklich über den oberen Rand der Exceleriter hinweg. »Tiefe ist etwas, das ich sehr mag. Keine Scheu zu haben, über Ängste und dunkle Sehnsüchte zu schreiben. Echt hautnah.«

»Seaton ...« Unwillkürlich war ihr sein Vorname über die Lippen gerutscht. »Seaton, die meisten Kolumnisten übertreiben, um eine humoristische Wirkung zu erzielen. Sie legen Geständnisse ab, wie Sie es nennen, um mehr Pathos zu erreichen. Und genau das versuche ich im großen und ganzen in meiner Serie *Frau mit zwei Gesichtern*. Ich will, daß die Leute sich damit identifizieren. ›Tiefe‹ — was immer man darunter zu verstehen hat —

nun, das ist nicht das, was ich normalerweise anstrebe. Nur manchmal.« Warum diskutierte sie mit diesem zwanghaft Besessenen über die Ästhetik des Schreibens für die anspruchslose Presse? Ihre Unterhaltung war immer mehr ins Surreale abgeglitten. »Ich freue mich jedoch, daß Sie meine Arbeit verfolgt haben.«

Obwohl er ihr angekündigt hatte, daß er mit der Reparatur gleich fertig sei, beugte er sich wieder über seine Arbeit. Zögerte er die Sache hinaus? War seine offensichtliche Konzentration ein Bluff? Sein winziger silberfarbener Schraubenzieher drehte sich blitzschnell zwischen seinen Fingern wie eine Nockenwelle im Zwergenformat.

»Ist alles in Ordnung?«

»O ja, Ma'am, ich will das hier nur besonders gründlich machen. Sie brauchen Ihre Maschine doch in einem Eins-A-Zustand, oder nicht? Ich gebe mir etwas Extramühe damit, dann bekommen Sie eine Extraleistung von ihr.«

»Extra?«

»Allerdings umsonst.« Zum erstenmal sah Seaton Benecke sie direkt an. Obwohl seine Miene weder etwas Feindseliges noch Bedrohliches ausdrückte, durchfuhr Stevie eine Eiseskälte bei der durchdringenden Intelligenz, die aus seinen lapislazulifarbenen Augen sprach. Nervös oder überdrüssig (Stevie wußte nicht, was davon zutraf) senkte er schließlich den starren Blick, wischte sich die Hände an einem Lumpen ab und schloß den Deckel der Exceleriter. »Das war's«, sagte er. »Vielleicht wird Sie die Extraleistung — ich meine, wenn das, was Sie schreiben, wirklich in die Tiefe geht — an mich erinnern. Ich kann nicht so schwere Sachen zu Papier bringen, aber Sie und diese Schreibmaschine können es.«

Stevie entspannte sich wieder etwas. »Sehr lieb von Ihnen, Seaton. Durch Sie habe ich sowohl Zeit als auch Geld gespart. Ich bin Ihnen dankbar.«

Auf das linkische Drängen des jungen Mannes hin

setzte sie sich an die Maschine und, um zu demonstrieren, daß seine Reparatur erfolgreich war, tippte ein paar Zeilen von ›flinke braune Füchse springen über faule Hunde‹. Keine klemmenden Typen mehr. Kein schepperndes Schnarren mehr. Stevie legte den Daumen an die Nase, wackelte mit den Fingern durch die Luft und befreite sich vergnügt von ihrer inneren Last, indem sie mit dem Mund ein unflätiges Geräusch erzeugte.

»Das gilt nicht Ihnen«, versicherte sie Seaton schnell. »Das gilt den Widerlingen bei PDE.«

Er lächelte, ein unsicheres, kraftloses Lächeln, das schnell verpuffte. Es hielt jedoch lang genug an, um Stevie davon zu überzeugen, daß Seaton aus seiner nebelverhangenen Versteckwelt im Niemals-niemals-Land gelegentlich einen Abstecher in die Wirklichkeit unternahm, und das machte ihn ihr um einiges sympathischer. Als sie an der Glastheke im vorderen Laden stand und einen Scheck über zehn Dollar siebenundsechzig ausstellte, war ihr Seaton noch viel sympathischer. Sie ließ sogar ein Trinkgeld von fünf Dollar an der Kasse der Bürobedarfsfirma für ihn liegen.

Auf der Fahrt durch die Abenddämmerung zurück nach Hause dachte sich Stevie ein komisches Spiel aus. Sie rief sich das Bild von Seaton Beneckes Gesicht in den Sinn und ließ dieses Phantom auf der Innenseite der Windschutzscheibe hin und her rutschen, als ob es ein großes durchsichtiges Abziehbild wäre, zu feucht, um an einer Stelle zu bleiben. Dann versuchte sie, Gesichter von Leuten, an die sie sich erinnerte und die ihm entfernt ähnlich sahen, über die ruhelosen Umrisse von Beneckes Zügen zu legen. Die Scheinwerfer der entgegenkommenden Fahrzeuge machten dieses merkwürdige Spiel immer wieder zunichte, aber auf einer einsamen Strecke ein paar Meilen vor der Ausfahrt Barclay gelang es ihr, eine gespenstische Übereinstimmung zu erreichen. Verdutzt blinzelte sie. Sie blinzelte, um beide Trugbilder zu zerstören und zu vertreiben.

Seaton Benecke, so hatte sie soeben erkannt, ähnelte stark jenem unglückseligen jungen Mann, der einen Mordanschlag auf den Präsidenten zu Beginn von dessen Amtszeit versucht hatte. Dieser unheimliche Zufall war wahrscheinlich der Grund für das Unbehagen, das sie in der Gegenwart von Benecke gespürt, für den ungünstigen ersten Eindruck, den er auf sie gemacht hatte. Stevies Gedanken waren von einer Zentnerlast befreit. Sie war erleichtert, weil sie eine halbwegs vernünftige Erklärung für ihre anfängliche Abneigung gegen den jungen Mann gefunden hatte. Außerdem war sie froh, daß sie diese blödsinnige Antipathie noch vor dem Verlassen des Familienbetriebs überwunden hatte.

Während des restlichen Nachhausewegs dachte Stevie an Marella und Teddy, an ihren unvollendeten Buchentwurf und an das Geld, das sie durch die Befolgung von Dr. Elsas Rat gespart hatte. Außerdem hatte ihr großzügiges Trinkgeld ihr Gewissen entlastet, ohne ihre Einsparung bei der Reparatur allzusehr zu schmälern. Schließlich hatte PDE fünfmal soviel verlangt. Alles in allem war es eine recht zufriedenstellende Fahrt.

VI

Am nächsten Tag, obwohl Marella wieder in der Schule und die Exceleriter tadellos repariert war, ging Stevie die Arbeit überhaupt nicht gut von der Hand. Sie tippte den ersten Absatz ihres Buchvorschlags für die Briar Patch Press mindestens siebenmal, wobei sie Worte in die verschachtelten Sätze einschraubte und wieder herausdrehte, als ob sie die Weihnachtsbaumglühbirnen ausprobierte und feststellte, daß bei fast allen entweder die Glanzbeschichtung abgegangen war oder sie vollständig ausgebrannt waren. Nichts schien zu klappen. Ihr Entwurf entbehrte jeglicher intellektueller Höhepunkte. Wer immer sich letztendlich daran machen würde, ihn zu lesen, würde schließlich das ganze Geschreibsel in den Papierkorb werfen.

»Juchhuu«, sagte Stevie. »Was für ein Spaß!«

Sie drehte das siebte frische Blatt Papier in die Maschine, hielt etwa nach der Hälfte der Länge inne und tippte in Kapitälchen eine Reihe von vernichtenden Beleidigungen gegen sich selbst darauf:

> NENNST DU DICH ETWA SCHRIFTSTELLERIN, STEVIE CRYE? DU BIST EIN MIESER ZEILENSCHINDER, DER KEINE GESCHEITE ZEILE ZUSTANDE BRINGT. EIN LOHNSCHREIBER, EIN BUCHSTABENKULI, EIN DUMMKOPF. EIN HUNGERLEIDER, EIN PFENNIGKLAUBER, HÖRST DU, EIN ALMOSENEMPFÄNGER! UND DAS IST KEIN WUNDER, DU VERSAGER! ALL DEINE SCHÖNEN GEDANKEN SCHREIEN AUF DEM PAPIER VOR STINKENDER STEIFHEIT, ALLES IST SCHEISSE, SCHEISSE, SCHEISSE!!!

Stevie schlug mit der Handkante auf den Ein/Aus-Knopf und riß das Papier heraus. Sie konnte ihr Gehirn nicht von dem Klotz befreien, der es blockierte. Diese Aufzählung von ungehobelten Beschimpfungen stellte ihren ergiebigsten Schaffensausbruch des Morgens dar. Wenn sie nur den gleichen Schwung aufbrächte, um neue Geschichten und geistreiche Kolumnen zu schreiben ... und eben auch Buchvorschläge. Manche Schriftsteller setzten sich hin und ließen die Finger fliegen, aber sie ... na ja, heute morgen bekam sie den Kopf einfach nicht frei. Backsteine scheißen, hatte Ted solche Arbeitsweise genannt, doch er hatte den Kampf nie aufgegeben, bis er siegreich am Ende seiner Kräfte war.

Es liegt an der Schreibmaschine, dachte Stevie plötzlich. Schreibmaschinen sind passé.

Der Gedanke belustigte sie. Sie wußte, daß sie versuchte, ihr Versagen mit Vernunft zu begründen, um wieder in Gang zu kommen, und deshalb benutzte sie die Schreibmaschine als Sündenbock, doch im Moment gefiel ihr diese Begründung, so wenig sie mit Vernunft zu tun haben mochte. Sie warf ihre letzte verpfuschte Seite des Entwurfs weg, zusammen mit dem Nachtrag frei improvisierter Schmähungen, und verließ den Schreibtisch.

Sie ging zu dem Dearborn-Heizgerät, dessen Farbe abgeblättert war, und wärmte sich den Rücken, die Hände hinter sich zusammengelegt, die Augen auf das widerspenstige Werkzeug ihres *Nichtvorankommens* gerichtet. Es funktionierte tadellos, doch es erstickte auch jede Bemühung, ihre innere Sperre zu überwinden. Es strahlte eine selbstgefällige Reizbarkeit aus. Es grinste ein Analphabetengrinsen. Es hielt die Worte zurück, mit einer angeborenen Macht — ja *Verpflichtung,* sie in die Knie zu zwingen.

»Schreibmaschinen sind passé«, informierte Stevie die Maschine.

Während der letzten Jahre waren viele Schriftsteller — von denen einige einen ausgesprochen mäßigen Stil hatten — dazu übergegangen, sich der Textverarbeitung zu bedienen, also mit Computersystemen mit Bildschirmkonsolen und angeschlossenen Druckern zu arbeiten. In den Redaktionsräumen des *Boten,* die Stevie gelegentlich aufsuchte, um Aufträge für freie Mitarbeit mit dem Chefredakteur zu besprechen, standen inzwischen mehr Bildschirmkonsolen als Schreibmaschinen. Die Reporter konnten ihre Beiträge korrigieren, indem sie Fehler löschten, neue Passagen in ihre Texte einfügten und sogar ganze Absätze von einer Stelle zur anderen verrückten, alles ohne die Zurhilfenahme von Überklebstreifen, Kugelschreibern, Korrekturflüssigkeit oder bröselnden Tippex-Blättchen. Textverarbeitungssysteme erlaubten dem Schreibenden — ruck, zuck — innere Sperren zu überwinden und die Produktion zu steigern. Obwohl diese segensreichen Systeme etwa dreitausend Dollar kosteten (mindestens), konnte man die Investition und die entsprechende Abschreibung bei der Steuererklärung geltend machen und sich deshalb von der Schreibmaschine für immer verabschieden, ohne Tränen zu vergießen. Stevie hatte die Vision einer Zukunft, in der nur noch unverbesserliche Romantiker und am Hungertuch nagende Anfänger sich vor ihre Remingtons, Royals, Smith-Coronas und PDE Exceleriters setzen würden. Diese armen Schlucker würden so rückständig und vom Schicksal benachteiligt wirken wie ein Gerichtsstenograph mit einem Bleistift der Sorte Venus No. 2. Und diese Zukunft war keineswegs mehr allzu fern.

Ein Hirngespinst. Stevie glaubte nicht wirklich daran, daß ein Textverarbeitungssystem ihr Problem lösen würde. Sie war einfach in eine Sackgasse geraten. Ob sie mit einem Gänsefederkiel oder einem Apple-Computer arbeitete, sie befand sich nun mal in einer Sackgasse. Dickens, Collins, Eliot, Trollope — all die großen Romanciers der Viktorianischen Zeit — hatten niemals auch nur eine Schreibmaschine gesehen, ganz zu schweigen von dem leeren, nicht einmal blinzelnden Auge eines Computerbildschirms, und doch hatten sie eine ungeheure Menge an Werken geschaffen, darunter etliche großartige. Ihr Problem war nicht technischer Natur, es hatte seine Ursache im Gefühls- und Geistesbereich.

Ich hänge fest, verdammt, ich hänge schlichtweg fest. Ich komme nicht weiter, weil ich kein Vertrauen zu diesem bescheuerten Entwurf habe. Es ist eine blöde Idee für ein blödes Buch, und wie sehr ich sie auch herausputze und versuche, sie hübsch zu verpacken, es bleibt eine blöde Idee. Ein Textverarbeitungssystem könnte sicher nicht den 'enry 'iggins für meine einfältige Eliza Doolittle einer Idee spielen …

Oder vielleicht doch?

Stevie kehrte zu ihrer Exceleriter zurück, drehte ein frisches Blatt Papier ein und stellte sich vor, wie sie durch die Berührung eines einzigen Knopfes mehrere

Textabschnitte aus dem (nicht existierenden) Direktzugriffspeicher der Maschine holte. Eine weitere Berührung, und eine Ansammlung von verschwommenen Ausdrücken wich genau dem richtigen Wort. Dann noch eine, und die Reihenfolge ihrer Argumente ordnete sich zu einem aussagekräftigen und überzeugenden Muster. Ihre grundsätzliche Idee war nicht schlecht — man denke nur an die vielen blöden Ideen, die kichernd oder keuchend ihren Weg zum Bestsellergipfel geschafft hatten —, sondern vielmehr die *Präsentation* ihrer Idee, und sie hatte Schwierigkeiten mit der Präsentation eben deswegen, weil diese verdammte Maschine keine zuverlässige Einrichtung zur Fehlerkorrektur besaß. Ein Gerät zur Textverarbeitung würde diesen Mangel beheben.

Ungeduldig klopfte Stevie auf den Ein/Aus-Schalter und ließ ihre Finger die ernüchternde Erkenntnis aussprechen:

SCHREIBMASCHINEN SIND PASSE.

Die Exceleriter hatte keine Taste für die Akzentzeichen, und das Wort *passé* kam ihr ohne das nötige Unterscheidungssymbol komisch vor. (Waren die Tastaturen von Computern mit diesem Zeichen ausgestattet? Sie wußte es nicht.) Stevie drehte das Blatt Papier weiter hoch und überlegte, ob es nicht ein Synonym gäbe, das kein Akzentzeichen brauchte. Es fiel ihr gleich eins ein.

SCHREIBMASCHINEN SIND VERALTET.

Das war's. Sehr gut. Glücklich über ihren Einfall, tippte Stevie den Satz noch zweimal und bewältigte so den größten Teil ihrer Beklemmung, die die innere Sperre mit sich gebracht hatte. Was für eine Befreiung, die bisher so wenig hilfreiche Exceleriter auf diese Weise kleinzukriegen, indem sie sich ihrer selbst als törichtes Werkzeug bediente.

SCHREIBMASCHINEN SIND VERALTET.
SCHREIBMASCHINEN SIND VERALTET.

Natürlich war das eine alberne Aussage, aber es war eine Art von Therapie, und wenn sie sich selbst gegenüber nachsichtig war, dann konnte sie sich vielleicht wieder in einen produktiven Geisteszustand versetzen. Eine unschuldige Schreibmaschine zum Sündenbock zu machen, war auf jeden Fall sinnvoller, als mit einer Röhm RG-14 mit einem .22er Kaliber auf den Präsidenten von Pantronic Data Equipment loszugehen. Und es brauchte ja auch niemand je davon zu erfahren.

SCHREIBMASCHINEN SIND VERAL

Blaaaaaaah! protestierte die PDE-Exceleriter 79. Der Laut jagte Stevie einen Schreck ein. Automatisch zuckten ihre Hände von der Tastatur zurück und griffen nach ihren Schultern. Bevor sie sie lösen konnte, um die Maschine auszuschalten, ratterte das Typenrad noch weitere acht Buchstaben und einen Punkt herunter, ohne daß sie die Exceleriter berührt hätte. Sie starrte das Ergebnis an.

SCHREIBMASCHINEN SIND VERALLMÄCHTIG.

Allmächtig sollte das zweifellos heißen. Die mechanische Sperre — der kurze empörte Laut — war nicht schnell genug eingetreten, daß die Maschine das Tippen der unerwünschten Buchstaben VER noch hätte verhindern können. Tatsächlich hatte die Schreibmaschine versagt, den Beweis für ihre eigene Behauptung zu erbringen. Was sie jedoch *getan* hatte, erfüllte Stevie mit einer unglaublichen Angst und Neugier. Sie hatte mehrere Buchstaben von allein geschrieben, und irgendwie hatte sie es geschafft, sie in einer Reihenfolge zu tippen, daß sie einen Sinn ergaben. Diese Buchstaben widerlegten ihre Behauptung, die sie zu einem bestimmten Zweck aufgestellt hatte, und enthielten sogar die Andeutung einer weitergehenden Macht. Keine Schreibmaschine konnte eine solche Leistung vollbringen, ohne zuvor programmiert worden zu sein, natürlich nicht, aber sie hatte soeben gesehen, wie es geschehen war.

»Nein, hast du nicht«, sagte Stevie laut. »Du hast nichts Derartiges gesehen.«

Das angenehme tiefe Brummen der Exceleriter schien diese Aussage zu bestätigen. Es war jedoch irgendwie unheimlich, und Stevie schaltete die Maschine aus. Die Behauptung auf dem Papier — SCHREIBMASCHINEN SIND VERALLMÄCHTIG — verschwand nicht, als das Brummen aufhörte. Sie blieb stehen — ein lächerlicher Scherz und eine Drohung. Ein Fehler, gewiß, mit einem unbewußten Auslöser.

Was geschehen war, erklärte sich Stevie die Zusammenhänge, war, daß sie schnell und unabsichtlich LMÄCHTIG getippt hatte, bevor das Typenrad anfing laut zu schnarren, und die Maschine hatte gehorsam diese Buchstaben ausgedruckt, nachdem die Typen sich wieder eingerichtet hatten. Es hatte nur den Anschein gehabt, als ob die Exceleriter unabhängig von ihrem Einfluß tätig geworden wäre. Was diese besondere Reihenfolge von Buchstaben betraf, so erklärte sie sich als typische Freudsche Ironie hinsichtlich ihres Unvermögens, an diesem Morgen etwas fertigzubringen. Sie schalt sich für ihren Stolz, ihre Unentschlossenheit, ihre Bereitschaft, der Verantwortung aus dem Weg zu gehen.

Oder möglicherweise hatte das Heizgerät in dem kleinen Raum soviel Sauerstoff verbraucht, daß die ganze Begebenheit nur eine Halluzination von ihr gewesen war. Don Willingham vom Barclay Baubedarf hatte ihr geraten, ein Heizgerät mit Ventilator zu nehmen, doch Stevie hatte darauf verzichtet, weil das zu aufwendig und zu teuer gewesen wäre. Es konnte jedoch durchaus sein, daß die Propangasdämpfe und die Verminderung des Sauerstoffs in ihrem Arbeitszimmer im ersten Stock gemeinsam dazu beitrugen, daß ihre Phantasie ihr Streiche spielte. Hatte sie wirklich dieses Rattern gehört? Hatte sie wirklich gesehen, wie sich das Typenrad gedreht und diese letzten acht bedeutungsvollen Buchstaben ohne ihr Zutun geschrieben hatte?

Ob sie es gesehen hatte oder nicht, die Tatsache dessen, was sie selbst oder die Maschine geschrieben hatte, duldete keinen Zweifel. Es stand da, man konnte es berühren und ansehen, zwanzig und noch was deutliche schwarze Buchstaben, ein Graffito, so verwirrend und unpersönlich wie jede hingeschmierte Schweinerei:

SCHREIBMASCHINEN SIND VERALLMÄCHTIG.

VII

»Mom hat unheimlich miese Laune, weil sie den ganzen Tag keinen Schlag geschafft hat«, sagte Teddy.

»Gibt es deswegen heute Pies mit Hühnerragout?« fragte Marella.

»Ich gebe zu, daß ich schlechte Laune habe«, sagte Stevie mürrisch, während sie vor dem Herd in die Hokke ging und die Teigpasteten begutachtete, aus denen beigefarbene Lava auf das schwarzverbrannte Backblech floß. »Was das jedoch mit unserem Abendessen zu tun haben soll, entzieht sich meiner Einsicht. Gegen Hühnerpies ist nichts einzuwenden, herrje! Sie sind nicht teuer und einigermaßen nahrhaft, und ihr habt mir beide erzählt, daß ihr sie mögt.«

»Hin und wieder«, sagte Teddy.

»*Ich* mag sie nicht«, berichtigte Marella ihre Mutter. »*Ich* habe dir nie erzählt, daß ich sie mag.«

»Und du machst sie immer, wenn du schlecht gelaunt bist, Mom. Wenn du gut drauf wärst und jemand würde dir so was vorsetzen, dann würdest du miese Laune *kriegen*. So ist das mit dir und Pies.«

»Hör mal zu, du schlaues Kerlchen, wenn mir irgend jemand in diesem Haus *irgend etwas* vorsetzen würde, dann würde ich einen Luftsprung vor Freude machen. Sobald die Basketball-Saison vorüber ist — *Saison* ist ein tolles Wort dafür; bis jetzt habt ihr noch kein einziges Spiel zustande gebracht —, wie auch immer, sobald diese abendlichen Trainingsveranstaltungen vorbei sind, kannst *du* die Pflichten des Küchenchefs übernehmen.« Eine ihrer Hände steckte in einem wattierten Handschuh, und so trug Stevie das Backblech zum Tisch und stülpte den Inhalt der Pieformen jeweils auf einen Teller. »Bettler können nicht wählerisch sein, und wer freie Kost hat, sollte nicht herumnörgeln. Meine angebliche schlechte Laune hebt diese altbewährten Regeln nicht auf, und ich bin es verdammt leid, mir das anhören zu müssen.«

»Sie ist nicht *angeblich*«, sagte Teddy. »Du hast sie selbst zugegeben.«

Stevie bedachte den Jungen mit einem langen vernichtenden Blick, und sie aßen eine Zeitlang schweigend. Marella, so bemerkte Stevie, spielte lustlos mit ihrem Essen; sie stocherte mit der Gabel an jedem winzigen Stückchen Huhn herum und drehte es mehrmals argwöhnisch um, bevor sie es entweder aß oder es aussonderte und neben ihrem Salat von den Zacken schob. War sie wieder vollkommen von ihrer Virusinfektion genesen? Ihr Gesicht wirkte abgespannt, fast durchsichtig blaß. Was die Pies anging, so würden sie wahrscheinlich Julia Child oder die Zeitschrift *Gourmet* niemals zu Begeisterungsstürmen hinreißen, und Stevie empfand langsam ein wenig Mitleid mit dem Mädchen.

»Warum hast du denn heute nichts geschafft?« fragte Teddy plötzlich. »Ich habe gedacht, diese Leute, die Sam und Elsa dir empfohlen haben, hätten deine Schreibmaschine repariert.«

»Die Schreibmaschine war nicht zur Zusammenarbeit bereit«, sagte Marella. »Sie ist zwar repariert, aber sie hat Mama eine gemeine Bemerkung hingeschrieben.«

»Das war spaßig gemeint, Marella. Es ist mir nur so vorgekommen, als ob sich das dumme Ding aufgespielt und mir widersetzt hätte. Heute war für mich einer dieser unguten Tage. Jetzt natürlich, nachdem ich erfahren habe, wie mies gelaunt ich bin, und nachdem mein köstliches Abendessen so schroff verschmäht worden ist, bin ich so guter Dinge, daß ich vielleicht noch versuche, heute abend ein bißchen von meiner Arbeit zu schaffen.«

»O Mama«, sagte Marella, und ihre Bestürzung war nicht gespielt. »Bitte nicht.«

»Warum nicht? Wenn du jemals wieder Lendensteaks auf diesem Tisch sehen willst, oder sogar neue Kartoffeln, dann muß eure Mama ranklotzen. Sonst gibt es in Zukunft nur noch Kraut und Heringsbrei, in Ewigkeit.«

Die Kinder starrten sie verständnislos an.

»Das war auch nur ein Scherzchen, um zu beweisen, daß ich nicht gar so mies gelaunt bin. Ich meinte Kraft und Herrlichkeit.«

Marella ging nicht weiter darauf ein, sondern sagte: »Ich wollte dich bitten, daß du mir beim Auswendiglernen des Textes meiner Rolle in unserem Phantastischen Februar-Theater hilfst.«

»Du warst gestern den ganzen Tag zu Hause«, bemerkte Stevie. »Warum hast du da nichts von einem Theater gesagt? Ich höre jetzt zum erstenmal davon.«

»Sie hat es zu sehr genossen, so zu tun, als ob sie krank wäre.«

»Das stimmt nicht!« protestierte Marella und warf ihrem Bruder einen finsteren Blick zu. »Ich hatte es ganz vergessen. Miss Kirkland hat uns heute daran erinnert.«

»Also, wer hat jetzt hier die mieseste Laune?« überlegte Teddy laut.

Lieber Gott, dachte Stevie. Erspar mir diesen nervtötenden Hickhack. Ich dachte schon fast, ich hätte das Schlimmste überwunden, aber wenn die beiden jetzt anfangen, dann kann es passieren, daß ich ausflippe und meine Pie jemandem in den Schoß knalle ...

Zum Glück klingelte das Telefon. Teddy verließ den Tisch, um dranzugehen. »Es ist für dich, Mom«, sagte er und zog den Hörer an dem gedrehten, dehnbaren Kabel bis zu ihr. »Hört sich nach einem Ferngespräch an. Jedenfalls ist ein Echo drin.« Stevie nahm den Hörer und murmelte ein zaghaftes »Hallo«.

»Mrs. Crye«, ertönte die vertraute leiernde Stimme. »Mrs. Crye, hier ist Seaton Benecke. In Columbus. Ich ... ich rufe an, um nachzufragen, ob Ihre Schreibmaschine einwandfrei funktioniert. Ich bin derjenige, der sie repariert hat. Ich erkundige mich im Auftrag der Firma. Es ist bei uns üblich, daß wir das einen oder zwei Tage nach der Reparatur machen.«

»Oh«, sagte Stevie, sowohl durch die Identität des Anrufers als auch durch den Ausdruck in den Gesichtern ihrer Kinder verwirrt. »Oh, sie funktioniert bestens. Sie funktioniert wirklich einwandfrei. Ich bin diejenige, die eine Generalüberholung braucht, fürchte ich. Mein Geist ist ein wenig durcheinander. Die Arbeit ging mir heute nicht so gut von der Hand. Aber die Schreibmaschine machte ihre Arbeit anstandslos.«

»Das ist gut.«

Die Worte hingen einfach in der Luft, als warteten sie auf Stevies Widerspruch oder Zustimmung. »Ja, das ist gut«, bestätigte sie dem jungen Mann. »Ich bin ohne die Maschine verloren, auch wenn ich mich über mich selbst ärgere, weil ich sie nicht optimal einsetze.«

»Ja, Ma'am.«

»Nun«, sagte sie. »Ist das alles? Ich würde mich gern länger mit Ihnen unterhalten, aber wir sind gerade beim Abendessen.«

»Ich wollte Ihnen noch für die fünf Dollar Trinkgeld

danken. Mein Vater hat sie mir gestern nachmittag gegeben.«

»Ach, das ist gern geschehen, Seaton. Sie haben es verdient. Es tut mir leid, daß es nicht mehr sein konnte.«

»Ich bin der Ansicht, die Maschine eines schreibenden Menschen muß in erstklassigem Zustand sein.« Wieder entstand eine ärgerliche Pause, die entweder eingelegt wurde, damit sie etwas entgegnen oder damit Benecke nachdenken konnte. Doch bevor Stevie noch mal einen deutlichen Hinweis auf die Abendessenszeit geben konnte, hatte er die Sprache wiedergefunden. »Wenn Sie also mal wieder Schwierigkeiten haben, Mrs. Crye, dann wäre es mir ein Vergnügen, zu Ihnen hinauszufahren und sie zu reparieren. Es würde nicht viel kosten. Ich habe ein Motorrad.« Seine nächste Pause war kürzer. »Aber wahrscheinlich brauchen Sie meine Hilfe nie mehr.«

»Ich bin beeindruckt von Ihrer Anteilnahme, Seaton.«

»Gute Nacht, Mrs. Crye.«

»Gute Nacht. Danke für den Anruf.« Als Seaton die Verbindung unterbrochen hatte, reichte Stevie den Hörer an Teddy zurück, damit er ihn wieder auf die Gabel legen konnte. Der Junge kam mit einem unverschämt feixenden Grinsen an den Tisch zurück. »Was soll das?« fragte Stevie.

»Ich finde, es wird langsam Zeit, daß du einen Verehrer hast, was? Du kannst davon ausgehen, daß Marella und ich nichts dagegen hätten, einen neuen Dad zu bekommen.«

»Uch«, sagte das Mädchen. »Jepp.«

Stevie erschauderte. Marella hatte die Einstellung, die sie selbst zu solchen Aussichten hatte, unmißverständlich, wenn auch in knappen Tönen zum Ausdruck gebracht. Besonders, so befürchtete sie, zu dieser speziellen Aussicht (ein Wort, das im Zusammenhang mit Seaton so unpassend wie nur irgend etwas war), da der Betroffene fast zehn Jahre jünger war als sie.

»Du hast ganz schön am Tor vorbeigeschossen, junger Mann. Schwer am Tor vorbeigeschossen.«

»Ich spiele Basketball, Mom. Du hast dich in der Sportart vertan.«

»Kann sein«, räumte Stevie ein. »Das kann durchaus sein.«

VIII

Als die Kinder im Bett lagen, zusammengekuschelt unter ihren elektrischen Decken gegen die feuchte Februarkälte, kehrte Stevie in ihr Arbeitszimmer zurück und schaltete das Heizgerät ein. Marella hatte wie üblich den Text für ihre Rolle in Miss Kirklands schnulzigem, wenn auch gutgemeintem Theaterstückchen schon fleißig auswendig gelernt, und so hatte die unumgängliche Probe nach dem Abendessen nicht allzu lang gedauert. Leider war die Temperatur in Stevies Arbeitszimmer seit dem späten Nachmittag um acht bis zehn Grad gefallen, und sie bezweifelte, daß sie es schaffen würde, sie wieder so hochzubringen, daß das Sitzen vor der Exceleriter für eine Stunde oder so ein erträgliches Unterfangen wäre. Ihre Füße, die in zwei Paar Socken steckten, waren gefühllos geworden, und ihr Atem verdichtete sich vor den Nasenlöchern und den Lippen wie Rauch, der von einem brennenden Gebäude aufstieg.

Hier ist nicht der richtige Ort für eine teure Schreibmaschine, schalt Stevie sich selbst. Kein Wunder, daß du Schwierigkeiten mit ihr hast.

Die Maschine brauchte morgens immer sehr lange, bis sie warm war. Obwohl sie den Dearborn anknipste und die Exceleriter einschaltete, bevor sie hinunterging, um das Frühstück für die Kinder vorzubereiten, konnte es an kalten Tagen passieren, daß die Maschine erst mit höchster Geschwindigkeit arbeitete, wenn sie anderthalb Seiten eines zweizeilig getippten Artikels geschrieben hatte. Gut, daß sie *das* gegenüber den Widerlingen von PDE nicht auch noch erwähnt hatte. Sie hätten ihr gesagt, daß sie damit nur die Früchte dessen erntete, was sie gesät hatte, da solches Versagen die natürliche Folge von ungeeigneter Unterbringung und nachlässiger Wartung war, blablablablabla & bla.

Zitternd rutschte Stevie auf ihren Arbeitsstuhl und nahm die Hülle der Schreibmaschine ab. Die Seite mit der ›gemeinen Bemerkung‹ steckte immer noch an der Walze: SCHREIBMASCHINEN SIND VERALLMÄCHTIG. Na ja, nicht ganz. Kalte Witterung und die unbotmäßigen Finger der Bedienungsperson sabotierten sie häufig, selbst wenn ein riesiger Konzern wie PDE vermeintlich hinter ihnen stand.

Stevie zog die beschriebene Seite aus der Exceleriter und drehte ein neues Blatt hinein. Obwohl sie ziemlich fest entschlossen gewesen war, morgen mit frischen Kräften erneut anzufangen, war das Aufsuchen ihres Arbeitszimmers ein notwendiger Schritt, um sich ihrer Überlegenheit über eine bloße Ansammlung von Rollen, Hebeln, Drähten, Tasten und Nocken zu versichern. Sie würde nicht richtig arbeiten, aber sie würde den Bluff des elektrischen Dämons herausfordern. Verhöhnung war eine altbewährte Form der Kunst, dem anderen immer um eine Nasenlänge voraus zu sein. Oben auf der sauberen Seite begann Stevie also, das Ungeheuer bei den Hörnern zu packen:

SCHREIBMASCHINEN SIND VERALLMÄCHTIG
SCHREIBMASCHINEN SIND VERMATSCHT!
SCHREIBMASCHINEN SIND VERMALEDEIT!!!

So. Stevie zog weder die Seite heraus noch stülpte sie der Maschine die Hülle wieder über; sie schlug lediglich auf den Ein/Aus-Knopf und lehnte sich zurück, um ihr Werk zu bewundern. Später gewann sie ihre Souveränität wieder, sie drehte den Zustrom von Propangas in den Raumheizer ganz ab, schaltete die Deckenbeleuchtung aus und schlich auf Zehenspitzen in ihr Schlafzimmer, wo sie gleichfalls unter die Heizdecke schlüpfte. Es war warm in ihrem Bett, luxuriös warm, und als ihre Füße erst einmal aufgetaut waren, vergaß sie die Wut und Enttäuschung der letzten beiden Tage und fiel in tiefen Schlaf.

IX

Stevenson Crye konnte sich niemals an ihre Träume erinnern, doch dieser, den sie soeben durchmachte, quälte sie mit einer Vielzahl von vertrauten Ängsten und einigen wenigen vollkommen neuen. Nach einem Halt an ihrer Alltagsumgebung tastend, bekümmert darüber, daß die abscheulichen Bilder ihrer Träume sie wieder einmal übermannt hatten, wachte sie in einem Teich von Schweiß auf. Wie üblich, war sie an Land gespült worden, ohne eine Vorstellung von der Größe und Anzahl der alptraumhaften Quallen zu haben, deren Bisse sie gegeißelt hatten. Sie stieß die Decken mit den Füßen weg, und während sie in der eiskalten Düsternis lag, versuchte sie, ihre Sinne wieder zu sammeln. Ihr Schweiß begann zu trocknen, ihr Körper zog sich zusammen. Sie griff nach dem schäbigen Morgenrock, der am Fuße des Bettes lag, und raffte ihn schnell um ihre Schultern.

Und in diesem Moment hörte sie die Exceleriter im angrenzenden Raum, ihrem Arbeitszimmer, wo sie vor sich hinklapperte wie eins dieser abartigen Plastikgebisse, die man in Scherzartikel-Läden kaufen konnte. Oder, was naheliegend war, wie ihre eigenen schnatternden Zähne.

»Nein«, sagte Stevie. »Es muß etwas anderes sein.«

Schließlich war es durchaus möglich, daß einem die Ohren einen Streich spielten. Das Heulen des Staubsaugers im Nebenraum konnte sich anhören wie die Sirene des Notarztwagens, das Brutzeln von Speck in der

Pfanne wie Regen auf sommerlichem Straßenpflaster. Vielleicht war dieses Schreibmaschinenklappern nichts anderes als Zweige, die gegen das Fenster ihres Arbeitszimmers klatschten, oder Eichhörnchen, die an dem unverputzten Mauerwerk hochkletterten. Doch, wie Stevie sehr wohl wußte, keins dieser Geräusche wurde von dem typischen *Kling!* begleitet, das die erschöpfende Ausnutzung der Zeilenbreite andeutete, oder dem sanften *Kkkkrrrr* bei der Zeilenumschaltung. Ihre Ohren hatten sie nicht getäuscht. Die Exceleriter arbeitete unabhängig von menschlichem Einfluß, begleitet vom Hall einer außerirdischen Zerrüttung.

Ich habe sie angelassen, dachte Stevie. Ich habe vergessen, sie auszuschalten, eine Taste war versehentlich heruntergedrückt, und sie hakt wie eine festgeklemmte Autohupe, seit ich eingeschlafen bin. Eine mechanische Erklärung für ein einfaches, wenn auch sonderbares mechanisches Problem. Allerdings berücksichtigte diese Erklärung natürlich nicht die hammerschlagartige Regelmäßigkeit der Zeilenumschaltung — aber etwas *Ähnliches* muß es sein, was sich da drin abspielt. Es *muß* so sein.

Stevie stellte fest, daß sie nicht in ihr Arbeitszimmer gehen wollte, um nachzusehen. Sie wollte, daß die Exceleriter aus eigenem Antrieb aufhörte. Sie wollte in ihr Bett zurückschlüpfen und den ganzen Vorfall vergessen. Die Nacht — besonders die Nacht im Winter — hüllte selbst die schlichtesten Phänomene in einen Mysterienschein. Morgen früh wäre sie weniger anfällig für den ausgemachten Quatsch, den ihr ihre verwirrten Sinne vorgaukelten. Doch die Exceleriter hörte nicht auf, und Stevie war jetzt wach genug, um zu erkennen, daß ihre Besessenheit — diese wahnsinnig machende mitternächtliche Aktivität — im kahlen Licht der Morgendämmerung nicht weniger geheimnisvoll erscheinen würde. Irgendwann, jetzt oder später, mußte sie die Schwelle zu ihrem Arbeitszimmer übertreten.

Als sie das Licht im Flur einschaltete, hörte das Tippen plötzlich auf. Mit raschen Blicken in Teddys und Marellas Zimmer vergewisserte sie sich, daß die Kinder nichts gehört hatten; sie lagen eingekuschelt unter ihren Heizdecken, deren Drähte sie im Schlaf wärmten, gnädig verschont von der Wahrnehmung ihrer Sorgen. Gott sei Dank.

Während sie einen Seufzer der Erleichterung ausstieß, schob Stevie die Tür zu ihrem Arbeitszimmer nach innen. In dem schwachen Licht, das aus dem Flur hereinfiel, sah sie, daß sich die Seite, die sie achtlos in der Schreibmaschine gelassen hatte, fast mit der ganzen Länge um die Walze zurückgerollt hatte. Die Exceleriter hatte sie so viel weitergeschoben. Heerscharen von alphabetischen Zeichen bedeckten ihre blasse Oberfläche. Stevie näherte sich vorsichtig ihrem Schreibtisch mit den Rolltüren und knipste die Arbeitslampe aus Messing an. Ihr Atemhauch schwebte als Wölkchen durch den Strahlenkranz der Lampe, während sie mit zitternden Händen das Blatt aus der Maschine zog, es ins Licht hob und anfing zu lesen …

X

Tomografien, Thermografien, Sonografien, Mammografien und Röntgen-›Filme‹.

Obwohl sich dieser Katalog liest wie eine Liste von Dienstleistungen, die irgendeine futuristische Firmengruppe ihren Kunden anzubieten hat, sind diese exotisch klingenden ›-grafien‹ in Wirklichkeit Teil der Früherkennungs- und Diagnose-Verfahren an der Krebsklinik West Georgia in Ladysmith.

Stevenson Crye, 35, aus dem nahegelegenen Barclay — ihre Freunde nannten sie Stevie — lernte diese ausgeklügelten Geräte, die lebensentscheidende Diagnosefunktionen erfüllen, während der erfolglosen Behandlung ihres Mannes kennen. Obwohl die Klinik ebenfalls über ein Arsenal von Geräten verfügt, die dem Zweck der Heilung und nicht der Diagnose von Krebs dienen, wies Mrs. Cryes Gatte die Möglichkeit der Hoffnung zugunsten einer edlen Verzweiflung zurück.

»Er hat einfach aufgegeben«, sagte Mrs. Crye am Dienstag. »Er hat uns im Stich gelassen.«

In den frühen Morgenstunden dieses Tages reagierte Theodore Crye senior, der im Jahre 1980 im Alter von 39 Jahren gestorben war, auf diesen Vorwurf. Crye verließ das Familiengrab auf dem Friedhof von Barclay und kehrte in die Klinik in Ladysmith zurück, um seine Frau in demselben Behandlungsraum im Untergeschoß zu treffen, wo er damals die Bestrahlungstherapie unter dem tumorzerstörenden Strahl des Clinac 18 über sich hatte ergehen lassen.

Mit geschwollener Zunge und ohne Augen, legte Crye eine verwesende Hand auf die vom Boden bis zur Decke reichende Einrichtung und beschrieb seiner entsetzten Frau in qualvoller Ausführlichkeit die verschiedenen Eigenschaften.

»Entwickelt von der Firma Varian & Co. in Palo Alto, Kalifornien, wird der Clinac 18 von seinen Herstellern als Stehwellen-Linearbeschleuniger bezeichnet«, sagte Crye. »Er schleudert mit hoher Geschwindigkeit Elektronen durch eine innere Rundbahn, um ein Strahlenbündel zu formen, das schließlich Röntgenstrahlen erzeugt.

Es dürfen nur Strahlen von ein und derselben Intensität aus der Maschine kommen und auf den Patienten treffen«, fuhr Crye fort. »Bestimmte Organe können nur eine begrenzte Menge von Strahlen ertragen, und diese Strahlentoleranz ist bei den einzelnen Menschen unterschiedlich, so wie manche Leute schneller einen Sonnenbrand bekommen als andere.«

Nur mit ihrem Morgenmantel und einem Paar pastellblauer Pantoffeln bekleidet, wirkte Mrs. Crye während des Vortrags ihres toten Mannes zerstreut und unaufmerksam. Dr. Elsa Kensington, die Direktorin des West-Georgia-Krankenhauses, sagte, daß ihre Freundin wahrscheinlich aus dem Behandlungszimmer gestürzt wäre, wenn nicht die Anwesenheit des für die Dosierung der Bestrahlungen zuständigen Seaton Benecke, 26, wohnhaft in Columbus, eine beruhigende Wirkung auf sie ausgeübt hätte.

»Ich fahre jeden Morgen eine Serie von Probeläufen auf dem Clinac 18, um mich zu vergewissern, daß die Strahlungsemission konstant und kontrollierbar ist«, erklärte Benecke Mrs. Crye. »Außerdem fertige ich ›Patientenkonturen‹ an — Bilder des abdominalen Bereichs, mit einem Stück Draht auf Millimeterpapier umrissen —, um für jeden Patienten die angemessene Dosierung zu bestimmen.

Ich ermittle die Zahl mittels eines Bestrahlungstherapie-Planungscomputers. Früher haben wir den Dosierungsplan per Hand ausgearbeitet, aber das dauerte Stunden, und die Anforderung an die Genauigkeit ist so hoch, daß dieser Job echt nervtötend sein konnte.«

»Du bist nicht Ted«, warf Mrs. Crye der Leiche ihres Mannes vor. »Sie sprechen nicht wie Seaton Benecke«, warf sie dem Bestrahlungsspezialisten des Krankenhauses vor.

Ohne auf die Einwände seiner Frau zu achten, sagte Crye: »Benecke stellte fest, daß meine Strahlentoleranz sehr niedrig lag. In dem Gewebe, das der Strahl des Clinac 18 durchdringen mußte, um an meinen Tumor zu gelangen, fand eine Ionisierung statt, und mein Körper begann sich von innen zu zersetzen.«

Crye forderte sodann seine Frau auf, sich unter das bewegliche Auge des Clinac 18 zu legen. Als sie es ablehnte, betteten er und Benecke sie mit sanfter Gewalt auf die Liege darunter. Die schalldichten Wände des Raumzeitalter-Bauwerks verhinderten, daß ihre Schreie außerhalb des Behandlungsraums gehört wurden.

»Ich will das hier besonders gründlich machen«, sagte Benecke und schaltete den Beschleuniger ein. »Was ich wirklich mag, ist, wenn es richtig tief geht. Ein Strahl des Clinac 18 kann bis zu fünfzehn Zentimeter tief eindringen, bevor er in dem vom Tumor befallenen Bereich ›explodiert‹. So gefällt es mir.«

»Ich bin ganz tief innen zerfallen«, sagte Crye und legte seiner Frau die Totenhand auf die Stirn. »Wenn es den Anschein gehabt hat, als hätte ich aufgegeben, Stevie, dann war es nur, weil

XI

Dr. Elsa arbeitete am Freitag in der baufälligen Klinik von Wickrath. Obwohl Dr. Sam in der Barclay-Zweigstelle der Kensingtonschen Praxis sowohl Pillen verschrieb als auch Seelentrost spendete, hatte Stevie, die den Rest der Nacht damit zugebracht hatte, das Tor des Unterbewußtseins wiederzufinden, nicht das Gefühl, daß sie sich ihm anvertrauen konnte. Deshalb fuhr sie, nachdem sie Teddy und Marella zur Schule gebracht hatte, nach Wickrath und trug sich in die Patientenliste ein wie jedes andere Grippeopfer oder jeder andere Hypochonder. Sie hatte Kopfweh, doch ihr Herz, das kaum zu schlagen schien, machte ihr mehr Sorgen. Die Ruhe der Erschöpfung hatte bis jetzt noch keine Chance gehabt, über sie zu kommen.

»Wenn du weiterhin so regelmäßig bei mir auftauchst«, erklärte ihr Dr. Elsa zehn Minuten später, wobei sie Stevie ein Zeichen machten, sich zu der Untersuchungsliege zu begeben, »dann muß ich dir langsam Mengenrabatt geben. Ist deine Schreibmaschine schon wieder kaputt?«

»Lies das mal, Elsa.«

»›SCHREIBMASCHINEN SIND VERALLMÄCHTIG. / SCHREIBMASCHINEN SIND …‹«

»Nein, das meine ich nicht, Elsa. Die einzeilig getippte Geschichte darunter. Lies sie für dich und sage mir, was du davon hältst.«

Eine oder vielleicht zwei Minuten später reichte Dr. Elsa Stevie die Seite zurück. »Nun, ich glaube nicht, daß Dr. Curry drüben in Ladysmith allzu angetan davon wäre, wenn er erführe, daß ich seine Stelle übernommen habe.«

»Abgesehen davon, Elsa.«

»Ich kann es mir nicht leisten, meine Kollegen zu verprellen, Kindchen. Ich bin nicht die Direktorin der Krebsklinik. Du hast doch wohl nicht die Absicht, diese kleine Geschichte an den *Boten* zu schicken?«

»Elsa, was hältst du davon?«

»Morbid? Krankhaft? Paranoid? Ich weiß es nicht. Du versuchst immer wieder, mich in die Rolle eines Seelendoktors zu drängen, aber ich beschäftige mich in erster Linie mit belegten Zungen, entzündeten Füßen und gebrochenen Knochen. Ich kenne die entsprechenden Fachausdrücke nicht, Stevie.« Sie strich der jüngeren Frau über die seidigen Haare. »Du bist verrückt vor Liebe nach einem toten Mann, den du nicht respektierst. Die psychologische Bezeichnung dafür entzieht sich meiner Kenntnis.«

»Nekrophilie?«

Dr. Elsa hob eine Augenbraue. »Nicht ganz, Mrs. Shakespeare. Ich glaube nicht, daß das ein seelisches Leiden ist. Was du hast, ist jedoch eins. Jedenfalls zum Teil. So, und mehr Sigmundfreuderei werde ich nicht betreiben.«

Der abgewetzte Linoleumboden des Untersuchungszimmers, die mit Stöpseln verschlossenen Flaschen mit Alkohol und Wattestäbchen, das ganze ländliche Ambiente der Wickrath-Klinik wirkte auf Stevies Gemüt ein. Genau wie Dr. Elsas intelligente Volkstümlichkeit, die spürbar ihre Depression kanalisierte. Sie rutschte auf der mit Papier abgedeckten Untersuchungsliege zurück und lehnte sich aufrecht in die Wandecke. Wie konnte man Angst haben an einem so behaglichen, so nachlässig antiseptischen, so aufrichtig altmodischen Ort? Wenn sie doch nur hier bleiben könnte ...

»Sind dir die ersten Zeilen aufgefallen?« fragte Stevie. »Der Einstieg?«

»Sehr geschickt.«

»Nun, die ersten beiden Abschnitte sind wörtlich aus dem Artikel übernommen, den ich am Dienstag nachmittag an den *Boten* abgeschickt habe.«

»Ein Selbstplagiat ist ein entschuldbares Vergehen, schätze ich.«

»Aber weißt du, was der Rest ist?«

»Eine bezahlte Anzeige für den Clinac 18?«

»Ich wollte, es wäre so.« Stevie reichte die Seite wieder zurück an Dr. Elsa. »Sieh es dir noch mal an. Der Rest ist die genaue Wiedergabe eines Alptraums, den ich letzte Nacht hatte, aber in bewußt journalistischem Stil. Auf diese Art hätte Josef — der aus der Bibel — eine Traumreportage geschrieben, wenn er ein Jahr oder so bei *The New York Times* verbracht hätte.«

»Na gut«, sagte Dr. Elsa mit ungerührtem Gesicht.

»Ich erinnere mich niemals an meine Träume. Die Exceleriter hat das geschrieben, Elsa. Sie hat in meinem Gehirn herumgestochert und das, was sie dort fand, zu einer neuen Geschichte verarbeitet.«

»Das denken viele Schriftsteller, Stevie. Sie setzen sich vor ihre Schreibmaschine, und wenn sie einen guten Text herunterrasseln, dann ist es, als ob er ihnen *diktiert* würde. Sie empfinden sich als Werkzeug, durch das die Worte auf das Papier purzeln. Da ist das Unterbewußtsein am Werk. Das gleiche gilt für die meisten Leute, die fremde Sprachen sprechen, und für die Immobilienversteigerer und die meisten der Rechtsanwälte, die man mit großer Wahrscheinlichkeit am Donnerstagmorgen im Saal des Landgerichts von Wickrath hören kann.«

»Damit bin ich im Bilde«, sagte Stevie und zog eine gekränkte Grimasse.

»Ich habe nicht die Absicht, dich mit diesen Leuten auf eine Stufe zu stellen, Kindchen. Ich will nur darauf hinweisen, daß deiner Schreibmaschine nicht das ganze Verdienst gebührt. Der Empfänger/Umsetzer ist auch nicht unwichtig — ja, er hat den wesentlichen Anteil an der Sache. Ich könnte keiner sein, auch wenn ich mich bemühte. Dazu bedarf es einer Begabung und langer Übung.«

»Elsa, ich habe nicht einmal vor der Schreibmaschine gesessen, als sie das schrieb. Ich befand mich im Nebenzimmer. Sie hat diese Seite ganz von allein getippt.«

»Seaton Benecke ist ein Zauberer, klar.« Dr. Elsa gab die wundersame Seite frei und ließ sie in Stevies Schoß flattern. »Schreibmaschinen-Mechaniker und Teilzeit-Bestrahlungsspezialist.«

»Glaubst du mir nicht?«

Dr. Elsa blinzelte ihre Besucherin an. »Ist das dein *Ernst?*«

Stevie hielt ihr Beweisstück hoch. »Teds wörtliche Rede bricht mitten im Satz ab — genau da, wo er erklären will, warum er aufgegeben hat —, weil kein Platz mehr auf der Seite ist. Ein Alibi interruptus. Das macht mich wahnsinnig, Elsa. Genauso wahnsinnig, wie die Art und Weise, wie der Text überhaupt aufs Papier gekommen ist.«

Nachdenklich hob Dr. Elsa ihren ausladenden Unterkörper auf den Rand der Untersuchungsliege. »Was soll ich deiner Meinung nach jetzt tun, Herzchen?«

»Sag mir, daß du mir glaubst.«

»Ich glaube dir, daß du glaubst, die Schreibmaschine habe das von sich aus geschrieben. Reicht dir das? Für den Rest brauche ich vermutlich noch ein Weilchen.«

»Im Moment reicht das«, sagte Stevie leise. »Glaubst du, ich bin reif für die Klapsmühle?«

»Kindchen, dort ist man nicht reif für *dich.*«

Die beiden Frauen lachten. Ob sie oder Dr. Elsa sich als erste bewegte, um die Untersuchungsliege zu verlassen, hätte Stevie nicht zu sagen vermocht, jedenfalls prallten sie mit Schultern und Hüften zusammen. Stevie entschuldigte sich, murmelte etwas davon, daß sie unbedingt zu ihrer Arbeit zurückkehren müsse, und ertappte sich dann dabei, daß sie gedankenverloren auf den breiten Streifen glänzenden weißen Papiers auf der Liege hinabstarrte.

»Woher bezieht ihr dieses Zeug?«

»Das da? Von einem Vertreter für medizinischen Bedarf, der hier alle paar Monate vorbeikommt. Warum?«

»Kann ich einen oder zwei Bogen davon kaufen, wenn ich meine Rechnung bezahle?«

»Was für eine Rechnung? Und du liebe Güte, du kannst nichts von dieser rutschigen Wurstpelle kaufen. Ich werfe jedesmal einen Streifen weg, wenn jemand seinen Hintern draufgelegt hat. Du kannst dieses Stück und noch ein Dutzend mehr haben, wenn du möchtest.« Dr. Elsa nahm das Papier von der Liege, faltete es zusammen und legte es Stevie in den Arm; dann holte sie noch einige aus der Tiefe eines Aluminiumbehälters auf Rollen. »Reicht das?«

»Das ist mehr als genug.«

»Was willst du damit machen? Deinen Kleinbus für die Osterparade von Barclay in ein Schiff verwandeln?«

»Ich benutze es als Schrankpapier«, improvisierte Stevie auf die schnelle. »Ich vergesse immer wieder, Schrankpapier zu kaufen. Glaubst du, dafür eignet es sich?«

»Na klar«, sagte Dr. Elsa. »Küchenschaben *lieben* es, auf diesem Zeug herumzuschlittern. Mach deine Schrankbretter ruhig zu einer Schlitterbahn für Küchenschaben.«

XII

Sie wußte genau, was passiert war. Sie hatte nicht den Verstand verloren. Sie hatte die Exceleriter tippen hören und tatsächlich das Produkt ihrer Arbeit vorgefunden. Wenn ihre Maschine die Funktion eines Druckers in einer Computeranlage gehabt hätte, hätte sie seine Darbietung für die Folge einer früheren Programmierung gehalten, aber ihre Schreibmaschine war ein normales Büromodell ohne teure Anschluß- oder Modifikationsmöglichkeiten, und sie hätte eigentlich das nicht tun dürfen, was sie bei ihr gesehen hatte. Dr. Elsa davon zu erzählen, ihre unmögliche Entdekkung in den mit Kleinkram angefüllten Mahlstrom des Arbeitstags ihrer Freundin einfließen zu lassen, hatte sich nicht als gute Idee erwiesen. Obwohl ihre Freundschaft bereits seit zehn oder zwölf Jahren Bestand hatte, konnte Stevie von Dr. Elsa kaum erwarten, daß diese sich mit Hingabe einem Fall widmen würde, den ihr Stevie unbedachterweise unbedingt unterjubeln wollte.

Du hast nichts anderes erreicht, schalt Stevie sich selbst, als daß sie sich jetzt Sorgen um dich macht. Sie glaubt, daß der Druck, der auf dir lastet, dich endlich fertiggemacht hat. Sie glaubt, du hast diese Seite während einer Phase des Dämmerzustands geschrieben und kannst dich nicht mehr daran erinnern.

Oder vielleicht denkt sie auch, du bist wahnsinnig geworden, Kindchen.

Stevie fragte sich, ob ihr Wahnsinn möglicherweise darin lag, daß es ihr nicht gelang ... nun, daß es ihr nicht gelang, sich vor der Maschine zu fürchten. Eine elektrische Schreibmaschine hatte plötzlich angefangen, äußerst detaillierte Schilderungen ihrer Träume herauszustampfen, in denen ein bestimmter Schmerz zum Ausdruck kam. Sie konnte ihr ganzes Leben umkrempeln. Sie konnte ihre geheimsten, peinlichsten Gedanken enthüllen. Sie konnte sie zerstören. Als sie sich im

Geiste diese hochdramatischen Möglichkeiten aufzählte, mußte Stevie über sich selbst lächeln.

Und wirklich waren die Tatsachen recht ermutigend, denn eine Schreibmaschine — wie vielfältig bewegbar, gemein und bösartig sie auch sein mochte — hatte kein Forum für ihr Tun, es sei denn, man gewährte ihr eins. Sie konnte nicht von Zimmer zu Zimmer hüpfen und deine Habseligkeiten durchwühlen, und auch nicht zur Polizei gehen und deine intime Vorliebe für schmutzige Bücher verraten, ja nicht einmal ein paar Zentimeter weiterrutschen, um eine Flasche flüssiges Tippex über das neueste Manuskript zu kippen. Eine Schreibmaschine muß da stehenbleiben, wo du sie hingestellt hast. Wenn du die Tür zu deinem Arbeitszimmer geschlossen hältst und jedem anderen den Zutritt verbietest, dann ist sie absolut deine Gefangene.

Stevie beschloß, von diesen unbestreitbaren Tatsachen Gebrauch zu machen. Warum sollte sie sich denn vor der Schreibmaschine fürchten? Obwohl sie wegen ihres Gewichts schwer zu transportieren war, stellte sie ansonsten keine physische Belastung dar. Ihre angeschmutzten Walzendrehknöpfe und das selbstgefällige Grinsen ihrer Tastatur enthielten nicht den Hauch einer Bedrohung. Im übrigen hatte Stevie durch den schlichten Akt des Steckerherausziehens vor ihrem Besuch bei Dr. Elsa rücksichtslos dafür gesorgt, daß die Maschine unschädlich gemacht war. Wenn sie sie los werden oder ihren guten Ruf ruinieren wollte, müßte sie eben warten, bis sie ihr gnädigerweise wieder Energie zuführte. Nachdem sie das getan hatte, war sie der festen Überzeugung, daß Stevenson Crye und nicht die PDE-Exceleriter die Zügel in der Hand hielt. Sie würde sich die Unterbrechungen in der Überheblichkeit der Maschine zu ihrem eigenen Vorteil zunutze machen.

Aus diesem Grund hatte sie Dr. Elsa um die langen Streifen des glatten weißen Abdeckpapiers für die Untersuchungsliegen gebeten. Seit sie aus Wickrath zurückgekehrt war, hatte sie ihr Arbeitszimmer noch nicht betreten. Sie hatte den Vormittag damit zugebracht, Dr. Elsas ›rutschige Wurstpelle‹ in Streifen von ungefähr zwanzig Zentimetern Breite zu schneiden — damit sie in die Exceleriter paßten. Diese jungfräulichen Schriftrollen lagen überall in der Küche herum — auf der Frühstückstheke, auf dem runden Eichentisch, auf den Sitzen ihrer wackeligen Barhocker —, als ob sie versuchten, den Ort in eine mittelalterliche Bibliothek zu verwandeln. Das einzige, was ihren Schriften fehlte, waren Worte und die erleuchtende Deutung. Zumindest die Worte würden in Kürze erscheinen.

Teddy kam herein, seine teure Winterjacke hinter sich herzerrend und die mit Papier gefüllte Küche mit einem Aha-Gesicht betrachtend.

»Du kommst heute früher als sonst nach Hause«, bemerkte Stevie verdutzt. Die Uhr auf dem Kamin zeigte erst ein paar Minuten nach Mittag.

»Heute fängt für die Lehrer das Wochenende der Elternsprechtage an, Mom. Wir hatten nur den halben Tag Unterricht.«

»Oh.« Das hatte sie ganz vergessen.

»In der Grundschule haben sie auch eher freigegeben. Ist Marella noch nicht zu Hause?«

Die Planungen des Tages — einige davon waren hastig während des Frühstücks besprochen worden, während sie noch dabei war, die Bedeutung ihrer sonderbaren Entdeckung zu ergründen — fielen ihr nach und nach wieder ein. »Die Mutter von Tiffany McGuire hat sie mit abgeholt, Teddy. Marella soll heute nacht drüben bei denen bleiben.«

»Geht's ihr wieder gut genug?«

»Heute morgen hat sie behauptet, es ginge ihr wieder gut. Wenn sie zur Schule gehen kann, dann ist sie vermutlich wieder so wohlauf, daß sie bei einer Freundin übernachten kann, meinst du nicht?«

»Na ja, is' ja nich' mein Bier.« Bevor sie Teddy wegen

dieser schnodderigen Redeweise am Ohr ziehen konnte, fügte er hinzu: »Ich dachte, du wärst oben und würdest arbeiten, um das mit gestern aufzuholen und so.«

»Hast du Angst, du wirst verhungern?«

»Nein, Ma'am.« Er machte ein wahrhaft zerknirschtes Gesicht, und Stevie tat es leid, daß sie ihn so angefahren hatte. Das Schuldgefühl des Brötchenverdieners, der ansonsten seine Familie vernachlässigt, hatte soeben über mütterliche Besorgnis triumphiert.

In etwas sanfterem Ton sagte sie: »In gewisser Weise arbeite ich tatsächlich.«

»Hat dir jemand einen Dekorationsauftrag erteilt?«

»Ich werde auf dieses Papier tippen, Teddy. Ich halbiere die Streifen, damit sie sich in die Maschine drehen lassen.«

»Ich habe gedacht, du tippst auf Manuskriptpapier.«

»Das tue ich auch. Dies hier ist nur für Rohentwürfe. Von jetzt an werde ich solche langen Streifen für fast alle meine vorläufigen Entwürfe benutzen.«

»Warum das denn?« Teddy nahm eine ihrer fest aufgewickelten Schriftrollen in die Hand und klopfte sich damit geistesabwesend gegen das Kinn.

»Das hat einen psychologischen Hintergrund«, erklärte ihm Stevie. »Wenn ich ans Ende einer Seite komme, dann spüre ich jedesmal Lust zum Aufhören. Wenn ich jedoch einen Papierstreifen von einem Meter zwanzig Länge habe, dann dauert es eine Weile, bis ich unten ankomme, und ich gerate nicht so oft in Versuchung, die Arbeit zu beenden. Verstehst du?«

»Ja, Ma'am. Ich glaube schon.«

»Vielleicht kann ich auf diese Weise meine Produktivität steigern.«

Teddy grinste. »Un' wenn nich', dann brauchst du uns in diesem Sommer wenigstens keine Fliegenklatsche zu kaufen.« Er schnappte nach einer imaginären Fliege auf der Frühstücksbar, warf den aufgerollten Papierstreifen seiner Mutter in den Schoß und erklärte, daß er hinüberginge zu Pete Wightman, um auf der Veranda Ballabnehmen zu üben. Er hatte bereits in der Schule zu Mittag gegessen. Sie brauchte sich um ihn keine Sorgen zu machen.

Nachdem der Junge gegangen war, sah sich Stevie in der Küche um und betrachtete ihr Werk. Der wahre Grund, warum sie lange Streifen Papier wollte, war natürlich der, daß die automatische Aktivität der Exceleriter in Zukunft nicht mehr dadurch unterbunden werden sollte, daß sie das Ende einer normalen DIN A-4-Seite erreicht hatte, und sie also nicht mehr mitten in einem entscheidenden, vielleicht sogar alles enthüllenden Text steckenblieb. Die Maschine war ihre Gefangene, ihre Sklavin, und sie würde sie im Dienste ihrer eigenen lebenswichtigen Ziele arbeiten lassen. Sie hatte in ihrem ganzen Leben noch niemanden kennengelernt, der eine spiritistische Alphabettafel von so schrecklicher Macht besaß, und wenn sie ihr dabei helfen konnte, ihre Träume festzuhalten oder einen geistigen Kontakt mit ihrem Ehemann herzustellen, dann *mußte* sie sie einfach dafür einsetzen.

Sie würde niemals mehr mit Dr. Elsa über die Fähigkeiten der Exceleriter sprechen. Sie würde Teddy oder Marella kein Wort davon sagen. Sie würde mit niemandem darüber reden. Sie wußte, was geschehen war, und sie hatte nicht den Verstand verloren …

XIII

Während der meisten Zeit des Nachmittags arbeitete Stevie mit der Exceleriter, als ob die Probleme der letzten vier Tage niemals aufgetreten wären. Das menschliche Wesen und die Maschine begegneten sich auf der Grenzfläche ihrer einzigartigen Essenzen (Stevie gefiel ein gewisser metaphysischer Beigeschmack), und ein Artikel ergoß sich auf Dr. Elsas Metzgerpapier mit einer Geschwindigkeit von fast sechshundert Wörtern in der Minute. Natürlich hatte Anthony Trollope um einiges schneller geschrieben, aber dieser Ausstoß war nicht schlecht für ein Mädchen, das soeben eine totale schöpferische Blockade überstanden hatte. Wirklich nicht. Stevie genoß das beruhigende Vergnügen, das ihr die wiedergewonnene — sogar gesteigerte — Schaffenskraft bereitete.

Gegen drei Uhr war sie einen oder zwei Absätze von einer Vollendung ihres Exposés für *Frau mit zwei Gesichtern: Gedanken eines weiblichen Familienvaters* entfernt. Ein schrilles Schnarren ertönte. Stevies Hände zuckten von der Tastatur zurück, doch der Krach hatte seine Ursache nicht etwa in einem erneuten Reißen eines Kabelzugs, sondern in dem Klingelknopf an der Tür unten. Gott sei Dank. Sie konnte es nicht leiden, wenn sie bei der Arbeit unterbrochen wurde, doch die Türklingel war immer noch besser als eine Wiederholung des Debakels vom Dienstag. Wie ein Klingel-SOS-Ruf schellte es noch dreimal, und Stevie schrie hinaus, daß sie unterwegs sei, einen Moment bitte.

An der Eingangstür stand sie von Angesicht zu Angesicht Tiffany McGuires Mutter gegenüber, die Marella stützend unter den Schultern festhielt und Stevie mit einem um Entschuldigung heischenden Lächeln bedachte. »Ich fürchte, ihr geht es nicht so gut, Mrs. Crye. Die anderen Mädchen wollten unbedingt, daß sie bleibt, Sie kennen das ja, aber ich möchte nicht riskieren, daß sie alle anderen ansteckt. Carol und Donna Bradley sind nämlich auch bei mir.«

»Natürlich, natürlich.« Stevie sah Mrs. McGuires Pinto-Caravan unter dem Japanischen Kirschbaum am Ende des Wegs stehen; eine Schar Mädchen im Drittkläßler-Alter hampelten energiegeladen auf dem Rücksitz herum. »Ich bin Ihnen dankbar, daß Sie sie nach Hause gebracht haben.«

Doch als Marella ihr in die Arme sank, verließ sie alle

Zuversicht. Das Mädchen hob ihr ein so kränkliches und durchscheinendes Gesicht entgegen, daß Stevie die blauen Adern in den Wangen und den Augenlidern und den vorspringenden Schädelknochen unter der Stirn sehen konnte. Der Februar war ein schlimmer Monat, sicher, doch im Laufe des vergangenen Jahres war Marella oft krank nach Hause gekommen. (In letzter Zeit hatte sie tapfer versucht, das Ausmaß ihres Unwohlseins zu verbergen oder herunterzuspielen.) Wahrscheinlich war es diesmal nichts anderes als ein nervöser Magen. Am Dienstag hatte sie sich den Anflug einer Grippe zugezogen, doch heute war es die Aufregung darüber, eine Nacht bei Tiff zu verbringen — oder vielleicht auch das kleine Trauma eines Streits mit Donna Bradley, mit der sie Mühe hatte zurechtzukommen —, was sie aus der Bahn geworfen hatte. Ein nervöser Magen war eine merkwürdige Krankheit. Fast jede emotionale Verstimmung konnte sie auslösen. Stevie fragte sich, ob Marella womöglich ihre Gemütsverfassung heute morgen beim Frühstück bemerkt haben könnte; die derzeitigen Beschwerden des Kindes konnten eine verzögerte Reaktion auf die Verunsicherung und Hilflosigkeit sein, die Stevie inzwischen überwunden hatte, eine Art von mitfühlendem Nachschmerz.

»Ach, mein armes Kind. Komm rein.«

Nachdem Mrs. McGuire außer Hörweite war, sagte Marella: »Ich wollte nicht nach Hause gehen. Ich hätte genausogut bleiben können. *Sie* hat Angst bekommen.« Ihr schwaches Stimmchen enthielt unterschwellig eine unerlaubte *Pah*-Schelte. »*Sie* hatte Angst, ich würde mich auf ihre Teppiche übergeben.«

»Das ist eine legitime Angst, meine Tochter. Ich verüble sie ihr nicht.«

Marella fing an zu weinen. »Jetzt habe ich schon wieder Ärger bereitet. Schon wieder habe ich es getan, nicht wahr, Mom?«

»Ist schon gut. Pscht!«

Stevie klappte die Schlafcouch im Wohnzimmer aus, bettete Marella mit dem bewährten Brecheimer und einigen Tüftelbüchern darauf und ging wieder in ihr Arbeitszimmer hinauf, um ihr Exposé fertigzustellen. Erstaunlicherweise war sie, obwohl sie sich ständig Marellas nervösen Unwohlseins quälend bewußt war, in der Lage, ihre Arbeit mit einem Teil ihrer vorherigen Begeisterung und Leistungsstärke wiederaufzunehmen, und es dauerte nur zwanzig Minuten, bis sie damit fertig war. Aufgepaßt, Briar Patch Press Inc. Sie benutzte eine Schere, um den Entwurf von dem langen Streifen in der Maschine abzutrennen, rollte das gekürzte Stück auf, drehte ein anderes, unbeschnittenes in die Maschine, damit sie alles empfangen konnten, was die Exceleriter in den Stunden nach Mitternacht von sich geben mochte, und blies einen Lufthauch in ihren Haaransatz hoch. Sie zog den Stecker der Maschine nicht heraus.

Den Rest des Abends verbrachte sie in Fürsorge für ihre Tochter, mit dem Abwaschen des Eßgeschirrs und dem Durchblättern eines zerfledderten Taschenbuchs aus Teds kleiner Bibliothek von Science Fiction-Romanen, ein Werk mit dem Titel *Grashüpfer liegen schwer im Magen.* Lange bevor sie die Kinder zu Bett brachte, fing sie an, auf etwas zu lauern, baute sie eine Erwartung auf die andere auf. Als sie endlich selbst ins Bett stieg, als Teddy und Marella längst schliefen, merkte sie, daß es ihr sehr schwerfallen würde, ihnen in den Schlummer zu folgen. War der Stecker der Exceleriter wirklich in der Dose? Hatte sie für genügend Papier gesorgt? Würde sie sie hören, wenn sie anfing? Was würde sie ihr verkünden?

Schließlich stand sie noch mal auf und ging in ihrem Flanellnachthemd hinüber in ihr Arbeitszimmer, um das ganze Arrangement erneut zu überprüfen. Sie widerstand der Versuchung, den Ein-Schalter der Maschine zu betätigen; letzte Nacht hatte sie das ohne ihr Zutun gemacht, und wenn sie wieder etwas zu bieten beabsichtigte, dann würde das zweifellos nach dem gleichen Muster geschehen wie schon einmal. Wenn nicht, dann eben nicht. Mehr, als die Szenerie aufzubauen, konnte sie nicht tun; sie konnte wirklich nicht das Verhalten dieser Unschreibmaschine vorbestimmen oder steuern.

Trotzdem gab sie der Maschine beim Hinausgehen die Anweisung: »Erzähl mir etwas über Ted. Laß ihn sein Geständnis beenden. Ich muß alles wissen.«

XIV

Wach oder schlafend? Wach, gewiß, denn im Nebenraum hörte die einfallsreiche Stevenson Crye, Meisterin ihres Schicksals, Bezähmerin von Schreibmaschinen, das geschäftsmäßige Rattern der Typen der Exceleriter, ein Konzert, das durch das Hindernis der verputzten Zwischenwände etwas verfälscht war. Sie richtete sich in ihrem Bett auf. Dank listenreicher Vorkehrungen lag ihr Hausgewand in bequemer Reichweite, und sie warf es schnell über. Ihre pastellblauen Pantoffeln fand sie genau an der Stelle neben dem Bett, wo sie sie abgestellt hatte, und nachdem sie in diese abscheulichen Trampeldinger geschlüpft war, schlurfte sie über den Teppich im Flur, ohne innezuhalten, um das Licht anzuknipsen.

Ihre Tolpatschigkeit führte Stevie nachsichtigerweise auf ihre Aufregung zurück, und ihr Versäumnis, sowohl das Licht im Schlafzimmer als auch das im Flur einzuschalten, auf den Versuch der Heimlichtuerei. In Wahrheit hatte sie Angst, die Exceleriter dabei zu ertappen, wie sie ohne den Einfluß von Menschenhand vor sich hintippte; und ihr heftiges »O Scheiße!«, als sie in die Tür ihres Arbeitszimmers stolperte, machte dankenswerterweise ihre letzte Hoffnung zunichte, die wachsame Maschine zu überraschen.

Sie hörte auf zu tippen.

Stevie zögerte einen Moment. Vielleicht würde sie wieder anfangen. Sie wollte die Schreibmaschine auf frischer Tat erwischen. *In flagrante delicto,* nannten das die Juristen. Oder vielleicht wollte sie auch genau das nicht. Eine Art prickelnder Zwiespalt quälte sie — etwa wie ein neugieriges Kind hin- und hergerissen sein mochte bei dem Versuch, aus einem sicheren Versteck seine nicht wiederzuerkennenden Eltern im Moment der völligen Hingabe an einen aufreibenden Liebesakt zu beobachten. Doch die Exceleriter nahm ihre eigenständige Arbeit nicht wieder auf, und bevor sich Stevie aufraffen konnte, vollends in ihr Arbeitszimmer zu schleichen, hörte sie ein hohes, jämmerliches Stöhnen aus Marellas Zimmer.

»Heiß, Mama. O Mama. Mir ist so heiß ...«

Im Haus war es bitter kalt. Obwohl sie erst vor einer oder zwei Minuten das Bett verlassen hatte, waren ihre Füße bereits gefühllos. Wie konnte es Marella so heiß sein? Doch nur, wenn sie Fieber hatte. Nur wenn der nervöse Magen von heute nachmittag einer anderen Krankheit gewichen war, die auf ein bösartiges Virus zurückzuführen war. Das arme Kind! Was mußte es noch alles erleiden? Wie lang würden diese unerklärlichen und kräftezehrenden Anfälle noch ihr Leben beeinträchtigen? Stevie überkam ein Gefühl des Ausgelaugt- und Gequältseins, und sie ließ sich gegen den Türrahmen fallen. Eine Schreibmaschine, die von selbst schrieb, und eine intelligente achtjährige Tochter, die kaum zwölf Stunden hintereinander überstehen konnte, ohne sich entweder ein Grippevirus einzufangen oder unter unüberwindlichen Angstzuständen zu leiden. Daß Teddy ungestört weiterschlief, wunderte Stevie und linderte ihre Verzweiflung ein winziges bißchen. Der einzige Lichtblick in diesem lächerlichen Schauspiel feierabendlichen Elends!

»Ich zerfließe«, sagte Marella jetzt deutlicher. »Mama, mir ist so heiß. Ich spüre, wie ich zerfließe.«

Stevie ging durch den schmalen Flur und beugte sich in das Zweibettzimmer ihrer Tochter, den größten Schlafraum im ersten Stock. »Bist du wach?« fragte sie halb flüsternd, halb normal laut. »Oder sprichst du im Schlaf?«

»Wach«, sagte das Mädchen schwach. »Wach und heiß. O Mama . . .«

»Ich komme schon, Marella. Keine Bange. Mama ist ja da.« Stevie bahnte sich einen Weg über die Kleidungsstücke und Plüschtiere, die überall am Boden herumlagen, quetschte sich zwischen die beiden Zwillingsbetten an der Nordseite des Zimmers und setzte sich auf die Kante des freien Betts, schaltete Marellas Nachttischlampe ein (eine Südstaaten-Schönheit aus Porzellan in einem plisierten, pfirsichfarbenen Prachtkleid) und flüsterte zärtlich: »Keine Bange. Mama ist ja da.« Das Kind schloß die Augen gegen das Licht der Nachttischlampe und wandte den Kopf auf dem Kissen ab.

Trotz ihres Jammerns, daß ihr so heiß sei, hatte Marella ihr Deckbett nicht weggestoßen. Sie machte keine Anstalten, ihre elektrische Heizdecke, die sie sich bis ans Kinn hochgezogen hatte, wegzuschieben oder sich freizustrampeln. Stevie legte ihr drei Finger auf die Stirn. Sie fühlte sich eher lauwarm als fiebrig heiß an. Die Wangen des Mädchens waren eher sanft rosa als hochrot und ihre Ohrläppchen so blaß wie das winzige, mit Porzellangardenien geschmückte Dekolleté der Nachttischlampendame.

»Meine liebe Tochter, ich glaube nicht, daß deine Temperatur erhöht ist. Du siehst recht gut aus. Du fühlst dich nicht heiß an.«

»Heiß«, wiederholte sie beharrlich, mit geschlossenen Augen. »Ich zerfließe.«

»Warum deckst du dich dann nicht mal kurz auf? Ich zi-zi-zittere hier nämlich, und di-di-dir wird es dann genauso gehen.« Stevie versuchte, das Mädchen aufzuheitern und aus seiner Besessenheit zu reißen, indem sie die Hände ausstreckte, um ihr Zittern zu demonstrieren. »Brrrrrr«, heulte sie dazu.

»Ich kann nur noch den Kopf bewegen, Mama.«

»Das ist doch Quatsch«, entgegnete Stevie, deren Panik allmählich nachließ. »Warum sagst du das? Was fehlt dir?«

»Ich bin unter dieser Decke gefangen. Sie drückt mich runter, und ich zerfließe darunter, Mama.« Marella drehte den Kopf wieder in Stevies Richtung und öffnete die wild blickenden, glänzenden Augen. »Ich bin schuld, nicht wahr? Ich bin nicht gut.«

»Natürlich bist du gut. Sag so etwas niemals, Marella. Du und Teddy, ihr beide seid das beste, das mir je widerfahren ist.« Stevie ließ die Hand von dem seidenweichen Haar des Mädchens zu den Druckpunkten am Hals sinken. »Du bist nicht gelähmt, Marella«, sagte sie und berührte sanft die Druckpunkte. »Du schläfst halb. Schieb einfach deine Decke ein bißchen zurück, dann wirst du merken, wie sehr man hier draußen in der kalten, grausamen Welt friert, und alles wird wieder gut sein. Ich würde nicht zulassen, daß dir irgendwas passiert. Das könnte ich gar nicht. Du bist ein wertvoller Schatz für mich, meine liebe Tochter.«

»So heiß, Mama«, sagte das Mädchen kraftlos. »So heiß; ich befürchte, ich bin bereits zerflossen.«

»Versuch, dich zu bewegen. Versuch, deine Decke wegzuschieben.«

»Ich kann nicht.«

»Versuch, dich zu bewegen!« wiederholte Stevie unerbittlich. »Du hast dir selbst eingeredet, daß etwas Schlimmes passiert ist, doch es ist nichts passiert, Marella. Es ist nichts passiert.«

Aber wenn nun wirklich eine seltene Form der Lähmung das Mädchen überfallen hatte? Stevies anfängliche Beunruhigung verdichtete sich zu einem tumorartigen Knoten in der Magengrube. All das war nicht gerecht. Wenn Marella sich bloß aufdecken würde —

wenn sie nur wenigstens die kleine symbolische Anstrengung unternähme, die elektrische Heizdecke wegzuschieben —, nun, dann wäre der Bann ihres Hirngespinstes gebrochen und sie könnten beide wieder einschlafen. Was die Exceleriter anging ...

»Mama«, sagte Marella. »Mama, ich *versuche* es ja!«

»Aber du liegst einfach nur da, kleine Schwester. Bestimmt kannst du diese alte Decke von dir *stoßen.*« Sie schnippte schnell mit den Fingern, und ihr Lächeln war so straff wie ein dreimal geschlauftes Gummiband.

Marella fing an zu weinen. »Bin schon zerflossen. Ich bin schuld. So schrecklich heiß, Mama. Ich bin einfach nicht gut.«

»Hör auf, so zu reden, Kind!«

»Ruf Dr. Elsa an, Mama. Frag Dr. Elsa, warum ich mich nicht bewegen kann.«

»Marella, wir können nicht mit jedem kleinen Problem zu Dr. Elsa rennen, schon gar nicht mitten in der Nacht. Sie hat sich schon genügend mit mir auseinandersetzen müssen. Viel zuviel.«

»Mama, bitte — nimm du mir die Decke weg.«

Stevie rückte ein wenig von ihrer Tochter ab und schlug sich die Hände vors Gesicht. Sie — die sogenannte Erwachsene — benahm sich unvernünftig. Marella war vielleicht ernsthaft krank, für immer gelähmt, und sie saß da und weigerte sich, die Hausärztin anzurufen, ihre engste Freundin, nur weil sie selbst gestern morgen in der Praxis dieser ehrlichen, gutmütigen Frau einen Narren aus sich gemacht hatte. Dr. Elsa wäre bestimmt ärgerlich, wenn sie es in einer zwingenden Situation *unterlassen* würde anzurufen. Dies hier war eindeutig eine zwingende Situation. Stevie stand auf.

»Marella, ich rufe jetzt die Kensingtons an. Bin gleich wieder da.«

Tränen standen ihr in den Augenwinkeln, als das Kind ihr schwach zunickte. »Deck mich erst auf, bevor du anrufst, ja? Nur für eine Minute, Mama. Mir ist immer noch heiß. Ich bin bereits zerflossen, aber mir ist immer noch heiß.«

Bei dieser ständig wiederholten Leier packte Stevie die Wut. Sie packte den mit Satin eingefaßten Rand der Heizdecke und riß sie und das Bettuch darunter mit einem Ruck bis ganz ans untere Ende des schmalen Messingbetts. Und dann begann sie zu schreien. Der untere Teil des Körpers ihrer Tochter, vom Hals abwärts, bestand aus der schleimigen Ruine ihres Knochengerüstes. Ihr Fleisch und die inneren Organe hatten sich verflüssigt und tropften durch das durchlässige Gewebe des Leintuchs und in die Sprungfedern unter der halbaufgelösten Matratze und ließen den schmächtigen Brustkasten, das Becken und die Knochen der Gliedmaßen kahlgespült auf der bebenden Oberfläche zurück — wie Fossilien, aus einer alten geologischen Formation freigelegt. Dampf stieg von der geruchlosen Masse in die kalte Februarluft auf, und Stevie fügte ihren Atemhauch dazu, indem sie schrie und wieder schrie.

Marella nahm keine Notiz von der Hysterie ihrer Mutter, die sie zu jedem Handeln unfähig machte. »Immer noch heiß«, sagte sie. »O Mama, mir ist immer noch heiß ...«

XV

Stevie zog das Papier, auf dem dieser Alptraum geschrieben stand, behutsam aus der Exceleriter, legte den langen Streifen auf das niedrige Bücherregal mit ihren Lexika und las noch einmal Zeile für Zeile, ohne auf die Kälte und ihr sich überschlagendes Herzklopfen zu achten. Die Maschine, die sie nicht *in flagrante delicto* hatte erwischen können — um deren eigene hochgestochene Ausdrucksweise zu gebrauchen —, machte sich über sie lustig. Sie hatte versucht, die Dinge so herzurichten, daß sie ihr etwas schrieb, das sich mit ihrem Verlangen nach Aufklärung über Ted senior deckte, doch sie hatte einen vollkommen anderen Text abgesondert, eine grausame Schmähschrift, in der ihre Sorge um Marella in ein häusliches Gruseltheater umgesetzt wurde:

> WACH ODER SCHLAFEND? WACH, GEWISS, DENN IM NEBENZIMMER HÖRTE DIE EINFALLSREICHE STEVENSON CRYE, MEISTERIN IHRES SCHICKSALS, BEZÄHMERIN VON SCHREIBMASCHINEN, DAS GESCHÄFTSMÄSSIGE RATTERN DER TYPEN DER EXCELERITER, EIN KONZERT ...

Etcetera, etcetera. Doch der schlimmste, der geschmackloseste und aggressivste Teil des Streiches, den sie mit ihr gespielt hatte, steckte nicht in diesen lässig-ironischen Hieben, sondern in der abschließenden Überraschung voll lebhafter Widerlichkeit:

> ... DER SCHLEIMIGEN RUINE IHRES KNOCHENGERÜSTES, IHR FLEISCH UND DIE INNEREN ORGANE HATTEN SICH VERFLÜSSIGT UND TROPFTEN DURCH DAS DURCHLÄSSIGE GEWEBE DES LEINTUCHS IN DIE SPRUNGFEDERN UNTER DER HALB AUFGELÖSTEN MATRATZE UND LIESSEN DEN SCHMÄCHTIGEN BRUSTKASTEN, DAS BECKEN UND DIE KNOCHEN DER GLIEDMASSEN KAHLGESPÜLT AUF DER BEBENDEN ...

Etcetera. Ein entscheidender Absatz, der nicht nur Entsetzen auslöste, sondern eine abgrundtiefe Verachtung für jedes menschliche Gefühl verriet. Aus irgendeinem Grund wollte die Schreibmaschine ihre Menschlichkeit verhöhnen, indem sie ihre Liebe zu Marella in den Dreck zog, indem sie mit ihrer tief verwurzelten Furcht um das geistige und seelische Wohlergehen des Kindes spielte und indem sie Stevie selbst als unempfindsam und wankelmütig hinstellte. In der Tat war die übertriebene Darstellung ihres Charakters in diesem ekelhaften kleinen Stück fast ebenso häßlich wie die Beschreibung von Marellas zerstörtem Körper.

Das ist eine sehr ich-bezogene Interpretation dieses Unfugs, erkannte Stevie plötzlich. Außerdem stempelt dich die Szene ja nicht direkt zu einer Lucrezia Borgia. Soweit man es beurteilen konnte, war es wahrscheinlich eine abgewandelte Übertragung des Alptraums, den du gerade hattest, als du diese verdammte Maschine vor sich hin hacken hörtest und über deine Plüschpantoffeln stolpertest, um sie bei ihrer Niedertracht zu ertappen. Du bist wütend auf dich selbst, weil du nicht rechtzeitig dazugekommen bist, und du bist wütend auf die Maschine, weil sie sich einen grausamen, anmaßenden Scherz mit einer Beziehung erlaubt hat, die dir sehr viel bedeutet.

Diese vernünftigen Überlegungen hatten eine beruhigende Wirkung. Das tobende Pochen ihres Herzens ließ etwas nach, und ihre Hände zitterten weniger aus Angst und Wut als wegen der Kälte. Sie zi-zi-zitterte.

Marella, dachte Stevie. Was war mit Marella?

Alpträume rieselten durch ihr Bewußtsein wie Sand durch die Engstelle eines Stundenglases. Sobald sie wach war, konnte sie sich nicht mehr daran erinnern. Das einzige, was sie von ihren Träumen allenfalls zurückbehielt, war eine bestimmte Gemütsverfassung, entweder Hochstimmung, neutrale Laune oder Verzweiflung. Wenn sie tatsächlich diese Abfolge von Bildern und Dialogen geträumt hatte, wie sie auf die Exceleriter auf diesen Streifen Papier geschrieben hatte, nun, dann hatte die verbissene Emsigkeit der Maschine sie sogar um die nachalptraummäßige Traurigkeit gebracht. Sie hatte ihre ganze Willenskraft darauf konzentriert, von ihrem Schlafzimmer ins Arbeitszimmer zu gelangen, ohne von der Beschuldigten entdeckt zu werden. Es war ihr nicht geglückt. Sie hatte ihre Geschichte beendet und sich selbst ausgeschaltet, noch bevor sie die halbe Strecke zu ihrem Ziel zurückgelegt hatte.

Marella! rief ihr ein gepeinigter Teil ihres Bewußtseins in den Sinn. Vielleicht kannst du dich nicht an den verlorenen Traum erinnern, der dich zu dieser grauenvollen Schmähschrift inspiriert hat, Stevenson Crye, aber er ist nicht ganz und gar verloren, oder? Du hältst ihn buchstäblich in Händen, schwarz auf weiß. Darin wird deine Tochter beschrieben als das Gerüst einer Berg- und Talbahn, bestehend aus Knochen über einem Lavastrom von Fleisch — aber anstatt nun über den Flur zu gehen und nach ihr zu sehen, stehst du hier herum und machst deiner Schreibmaschine im stillen Vorwürfe, weil sie diesen ganzen Schmutz aufgewühlt hat, weil sie dich als ungeduldige, egoistische und unentschlossene Person dargestellt hat. Und genau in diesem Moment machst du den unglaublichen Prozeß durch, dieser Einschätzung deines Charakters gerecht zu werden ...

»Marella, ich komme!« sagte Stevie laut. »Keine Bange, kleine Schwester. Mama ist schon unterwegs.«

Sie hastete durch den dunklen Flur, betrat das Zimmer des Mädchens und bahnte sich einen Weg über die Kleidungsstücke und Plüschtiere, die überall auf dem Boden herumlagen. Nachdem sie sich zwischen die beiden Zwillingsbetten gequetscht hatte, die von den Fenstern des Schlafzimmers begrenzt wurden, ließ sich Stevie auf dem leeren Bett nieder und knipste Marellas Nachttischlampe aus Porzellan an.

Das Mädchen lag eingerollt in ihr Bettzeug da, in der Mitte der Matratze zu einem Fragezeichen gekrümmt. Stevie konnte nicht einmal ihr Gesicht sehen. In gewisser Weise war das eine Erleichterung. In der Realität unterschied sich dieser Augenblick ganz wesentlich von seiner imaginären Parallele in der Version der Schreibmaschine. Marella fehlte nichts. Im Laufe des Abends hatte sich schließlich ihr nervöser Magen auf wundersame Weise während ihrer und Teds Lieblingsfernsehsendung gebessert; das Machwerk hieß ›Die Grafen von Hazzard‹ und war eine alberne Mischung aus kindischem Klamauk und harmlosen Autokarambolagen. Sie war ohne Beschwerden zu Bett gegangen, und seither schlief sie tief und fest. Aus diesem und anderen Gründen war die Version der Schreibmaschine also zweifellos eine Lüge.

Heb ihre Decke hoch und sieh nach, drängte sich Stevie selbst.

Ihre Hand griff nach dem mit Satin eingefaßten Rand der elektrischen Decke, doch sie faßte sie nicht kräftig, ja nicht einmal zaghaft an. Ihren Fingern fehlte der nötige Antrieb.

Los jetzt. Los!

Schließlich zog Stevie das Bettzeug weg, und wie sie die ganze Zeit über gewußt hatte, förderte das Aufdekken Marellas keine Überraschung zutage, führte zu keinem unerträglichen Schock. Das Mädchen stöhnte, weil ihr die Decke weggezogen worden war, sie legte den Kopf zurück und öffnete die Augen, ohne etwas zu sehen, und sie kringelte ihren mit einem Nachthemd bekleideten Körper zu einem noch engeren Fragezeichen zusammen. Sie schlief, war im Schlaf versunken; Stevie zog ihre Decken wieder dahin, wo sie hingehörten, und schob die überhängenden Teile sorgsam unter die Matratze. Die Version der Schreibmaschine war eine Lüge. Wie hätte es anders sein können?

Stevie ging zurück zu ihrem Arbeitszimmer, hielt jedoch davor an und warf noch einen Blick zu Teddy hinein, dessen Zimmer, ein winziges Kämmerchen im Vergleich zu Marellas Raum, sich in der kalten nordwestlichen Ecke des Obergeschosses befand, direkt gegenüber von Stevies mit Büchern vollgestopftem Arbeitsreich. Teddy hatte einen gesunden Schlaf, er war viel schwieriger wachzubekommen als seine Schwester, weshalb Stevie keine Bedenken hatte, ihn dem direkten Lichtschein der Deckenlampe auszusetzen.

Er hatte den oberen Teil seiner elektrischen Heizdecke zurückgeworfen und lag diagonal im Bett, wobei sein linker Fuß im Freien baumelte. Er hatte außerdem versäumt oder darauf verzichtet, das Oberteil seines

Schlafanzugs anzuziehen. Wie er bei Temperaturen unter fünf Grad halbnackt schlafen konnte, selbst wenn er ordentlich zugedeckt wäre, war Stevie ein Rätsel. Der Junge war unverbesserlich.

Genau wie sein Dad, ging es ihr durch den Kopf. Obwohl er in Georgia geboren und aufgewachsen war, hatte Ted senior die kalte Witterung hingenommen wie ein Eisbär, und wenn es darum ging, sich fürs Bett fertig zu machen, hatte er weder metabolische noch althergebrachte metaphysische Hemmungen, sich seiner Kleidung vollständig zu entledigen. Während sie in langen Unterhosen und Wollsocken zitternd unter der Decke lag, hätte Stevie ihrem wortkargen Gatten durchaus zugetraut, nackt inmitten eines Schneetreibens zu schlafen.

Der junge Teddy sah allerdings so aus, als ob ihn fröre. Sein unbekleideter Oberkörper und die zurückgeworfene Decke hatten vereint dazu geführt, daß er zitterte, und während er zitterte, murmelte er unverständliche Worte, mit denen er die winterliche Luft verwünschte. Tatsächlich suchte eine Hand blind tastend nach dem Rand der vermißten Decke. Als er sie nicht fand, drehte sich der Junge stöhnend auf die linke Seite.

Stevie trat in das Zimmer, um ihn zuzudecken. Er würde bald ein gutaussehender junger Mann sein, da er mit erstaunlicher Geschwindigkeit heranwuchs. Noch vor einem Jahr war er ein Kind gewesen; jetzt nahm er an Gewicht zu, seine Muskeln entwickelten sich, und Körperhaare wuchsen an Stellen, die bisher haarlos gewesen waren. Unter seinem rechten Arm, den er sich gerade über den Kopf geworfen hatte, sah Stevie eine zarte braune Locke, eine Uhrfeder von Haar — vielleicht ein Symbol für seine knospende Geschlechtsreife. Sein Gesicht wirkte immer noch kindlich-glatt, es war die rührend-freche Fratze eines neunmalklugen Jugendlichen (dieses Rührende beruhte auf der Familienbande, das wußte Stevie; wahrscheinlich würden Fremde es nicht wahrnehmen), doch sein Körper gewann immer mehr Kraft und so etwas wie eine bewundernswerte klassische Reinheit. Während sie ihm die Decke über die Schulter zog, küßte Stevie ihn leicht auf die Stirn.

»Nacht, Sportsfreund.«

Nachdem sie sein Zimmer wieder in Dunkelheit versenkt hatte, ging sie über den Flur in ihr Arbeitszimmer. Diese verdammte Exceleriter. Ihr gefälschter Bericht über ihr Tun, nachdem sie durch ihren verrückten elektronischen Zauber aufgewacht war, lag immer noch auf dem Bücherregal mit den Lexika. Sie nahm den Streifen in die Hand und las die Geschichte zum drittenmal. Welche wundervollen Formulierungen er enthielt. ›Ihre Tolpatschigkeit führte Stevie nachsichtigerweise ...‹; ›Angst, die Exceleriter dabei zu ertappen ...‹; ›die wachsame Maschine ...‹; ›nur weil sie selbst ... einen Narren aus sich gemacht hatte ...‹ — eine Anhäufung von beiläufigen kleinen sarkastischen Bemerkungen, die beunruhigende Streiflichter voll tieferer Einsicht enthielten, ja sogar Humor. Lustig, wirklich lustig. Ein Stück elektrisch betriebene Maschine machte ihr auf ihrem eigenen Gebiet etwas vor ...

Wo war die andere Geschichte geblieben? Was hatte sie mit der halbjournalistischen Niederschrift des Alptraums von gestern morgen gemacht? Stevie wühlte ein bißchen herum und fand den ersten Beweis für die makabre literarische Begabung der Exceleriter auf einem Paket Manuskriptpapier auf ihrem Rolltürenschrank. Sie las diese einzelne Seite noch einmal durch, den spielerischen dreiteiligen Titel mit der scharfsinnigen Erklärung: SCHREIBMASCHINEN SIND VERMALEDEIT!!! Das hatte sie sich selbst ausgedacht, oder nicht?

Was du dir nicht selbst ausgedacht hast, rief sich Stevie in den Sinn, war das Thema des Alptraums von heute nacht. Du hast der Maschine einen neuen Streifen Papier eingelegt, und sie hat dich ausgetrickst. Sie hat eine vollkommen neue Geschichte geschrieben. Wenn du willst, daß sie die von der vorigen Nacht zu Ende bringt, dann mußt du deinen Kopf anstrengen und etwas sorgfältigere Vorbereitungen treffen. Du bist allemal schlauer als diese verdammte Exceleriter.

Sie überlegte. Die Exceleriter — *diese* Exceleriter — war entschieden schlauer als ihre PDE-Geschwister, ein wahres Genie. Ein böses Genie. Genau, das war das Problem. Sie versuchte, es an Gerissenheit mit ihr aufzunehmen; nicht mit einem Produkt der PDE-Technologie, sondern mit der unbekannten Intelligenz, die von den handfesten Metall- und Plastikteilen ihrer Schreibmaschine Besitz ergriffen hatte. Früher hatte sie schließlich ebenso berechenbar und so fügsam wie jede brave Smith-Corona-, Royal-, Olivetti-, Xerox-, Remington- oder Olympia-Maschine funktioniert. Doch letzten Dienstag war sie kaputtgegangen, sie hatte sie am nächsten Tag zu Hamlin Benecke & Söhne gebracht, und seither hatte sie eine Jekyll-und-Hyde-Persönlichkeit entwickelt, die nur die Folge sein konnte von … nun, zum Teufel, Stevie, heraus mit der Sprache, spuck diese törichten magischen Worte nur aus … einer *dämonischen Besessenheit.*

Vielleicht hatte die Exceleriter, nachdem sie einmal kaputt war, ihre Motorfunktionen in den Dienst eines Dämons gestellt und war aus dem Grund, weil eine verbreitete Zeiterscheinung, nämlich die Anfälligkeit für diese uralte Macht — die der Besessenheit —, schließlich auf Maschinen übergegriffen hatte. Und die empfänglichsten Maschinen waren jene, die kaputtgingen und von psychologisch gestörten Stümpern wie Seaton Benecke repariert wurden. Tiefe war das, was Benecke vor allem mochte, in die Tiefe zu gehen und keine Scheu zu haben, über Ängste und dunkle Sehnsüchte zu schreiben. Echt hautnah wollte er es. Die Lektion für Stevenson Crye war nur allzu deutlich.

Ich hätte den Schweinen von PDE die zweiundfünfzig Dollar bezahlen sollen, dachte sie.

Sie lachte freudlos. Sie hatte versucht, Pantronics Data Equipment in diesem ausgefuchsten Finanzspiel zu schlagen, doch was sie an Geld gespart hatte, drohte jetzt, ihren belagerten Geist in den Bankrott zu treiben.

War es Seaton Beneckes Dämon, der der Exceleriter innewohnte? Oder der ihres toten Mannes? Ihr eigener? Oder vielleicht schlichterweise — nein, komplizierterweise — der schreckliche böse Dämon eines gesamten internationalen Konzerns? Vielleicht wandte der rachsüchtige Dschinn von PDE all seine enormen Mittel auf für das höchst unprofitable Geschäft, sie in den Wahnsinn zu treiben. Nun, sollte er — oder wer immer dahintersteckte — es versuchen. Bis jetzt war sie noch nicht zu einem Unsinn plappernden Häuflein zusammengebrochen, und sie war ebenso begierig, soviel wie möglich von einem Dämon zu lernen, wie dieser es offenbar war, ihren Zusammenbruch herbeizuführen.

Sei schlauer als die gottverdammte Schreibmaschine, Mädchen.

An die erste DIN A-4-Seite, auf die die Maschine ihren ersten Alptraum getippt hatte, klebte Stevie mit Tesafilm fünf weitere Blätter. Dann drehte sie den unhandlichen Streifen Papier in die Exceleriter, hielt am unteren Rand der beschriebenen Seite inne und richtete das Typenrad auf die Stelle, wo der Text aufhörte. Niemand liebte es, mitten im Satz unterbrochen zu werden. Vielleicht würde der unbotmäßige Dämon der Versuchung erliegen, das zu vollenden, was er begonnen hatte:

»ICH BIN GANZ TIEF INNEN ZERFALLEN«, SAGTE CRYE UND LEGTE SEINER FRAU DIE TOTENHAND AUF DIE STIRN. »WENN ES DEN ANSCHEIN GEHABT HAT, ALS HÄTTE ICH AUFGEGEBEN, STEVIE, DANN WAR ES NUR, WEIL

»Weil was?« fragte Stevie. »Weil was?«

Zu ihrem großen Erstaunen kippte der Ein/Aus-

Schalter in die ›Ein‹-Stellung, und die Exceleriter begann zu summen. Dann hackte sie sechs Worte herunter und schaltete sich sofort wieder aus:

MEINE ZEIT ZUM ZAHLEN GEKOMMEN WAR.

Im ersten Moment wußte Stevie nicht, was diese Worte bedeuten sollten. Obwohl sie diesen Augenblick so sorgfältig vorbereitet hatte, war sie vollkommen vor den Kopf gestoßen durch den Vorgang, dessen Zeuge sie soeben geworden war. Vor den Kopf gestoßen, als ob sie ein Gespenst gesehen hätte. Ihre Hände zitterten. Ihre Wirbelsäule fühlte sich an wie ein eiskaltes Stück Draht, an dem Dutzende kleiner Silberglöckchen angefangen hatten zu klingeln.

Es war nicht etwa so, als ob irgendeine anonyme Person die Schreibmaschine per Fernbedienung in Gang gesetzt hätte oder als ob die Exceleriter auf die Anweisungen eines Computerprogramms reagiert hätte. Nein, es war, als ob ein unsichtbares Wesen an ihr vorbeigehuscht wäre, diese sechs Worte getippt hätte und genauso selbstverständlich die Maschine ausgeschaltet und sich wieder in die Dunkelheit zurückgezogen hätte — nicht um sich zu verbergen, denn dafür war bereits durch die Unsichtbarkeit gesorgt, sondern einfach um Stevie die Gelegenheit zu geben, über die dunkleren Hintergründe seines Besuchs nachzudenken. Ein Dieb in der Nacht, der das Zehnfingersystem beherrschte. Ein Geist mit einer Anschlaggeschwindigkeit von sechzig Worten in der Minute, für dessen überfallartige Tippangriffe sie vom ersten Moment an und womöglich für alle Zeiten ein verletzliches Opfer war.

Als die winzigen Glöckchen an ihrer Wirbelsäule aufhörten zu schwingen, ballte Stevie die Hände zu Fäusten und schaute sich trotzig in ihrem Arbeitszimmer um. »Wer bist du?« verlangte sie zu wissen. »Welches Recht hast du, in mein Zimmer, in mein Haus, in mein

Leben einzudringen?« Da sie weder von der Luft noch von der Schreibmaschine eine Antwort erhielt, wandte sie sich wieder der Maschine zu, um ihren letzten geheimnisvollen Satz zu betrachten.

»Zeit zum Zahlen wofür, Ted? Warum spannst du mich auf die Folter? Warum sprichst du nicht selbst?«

Aber ihr unsichtbarer Besucher — ob es nun der Dämon von Ted oder dem jungen Benecke war oder irgendein anderer mysteriöser Affe — war verschwunden, und Stevie war sicher, daß er in dieser Nacht nicht noch einmal auftauchen würde. Er wollte sie und die fünf leeren, mit Tesafilm aneinandergeklebten Seiten zappeln lassen. Er wollte, daß sie mit wachsender Ungeduld und Bitterkeit seinen nächsten Besuch erwartete. Nun, damit hatte sie bereits begonnen.

Dennoch holte Stevie das Papier aus der Exceleriter, trennte die sechs Blätter voneinander und legte die beiden erschütternden Geschichten — die über Ted und die andere über Marella — in einen Aktenordner, und diesen wiederum verstaute sie schnell in dem überladenen Aktenschrank neben ihrem Schreibtisch. Aus den Augen, aus dem Sinn. Ha! Das war die dümmste Redensart, die sie je gehört hatte — wie sie im Laufe der Monate nach Teds Beerdigung nach und nach entdeckt hatte. Aus den Augen, von Sinnen. Das kam der Sache näher. Stevie war jedoch der Ansicht, daß man vorübergehend von Sinnen sein konnte, ohne für alle Zeiten erklärtermaßen verrückt zu sein. Sie war *nicht* verrückt.

Und sie erbrachte den Beweis, indem sie in ihr Schlafzimmer zurückging und sich selbst leise in einen tiefen, ruhigen und (dem Anschein nach) traumlosen Schlaf redete.

XVI

Der Samstag begann mit einem kalten, aber freundlichen Morgen. Der Himmel war von einem baseballsommerlichen Blau, die Luft footballherbstlich frisch. Stevie war dankbar für das gute Wetter, denn die Kinder waren übers Wochenende zu Hause, und sie mußte arbeiten. Wenn Teddy Marella dazu bewegen könnte, auf der ruhigen kleinen Straße vor dem Haus rollschuhzufahren oder ihn bei einer Fahrradtour zu begleiten oder sie womöglich dazu überreden würde, mit ihm zu Pete Wightman hinüberzugehen, dann wäre ihre ›Gute Alte Mutter‹ vielleicht in der Lage, ein vorzeigbares Manuskript ihres Exposés für die *Frau mit zwei Gesichtern* herunterzutippen. Das mußte unbedingt erledigt werden. Die Post machte samstags um halb eins mittags zu, und sie wollte nicht bis Montag warten, um ihre Arbeit endlich auf den Weg zu bringen. Abgesehen von dem Artikel über die Krebsklinik in Ladysmith (dessen ursprünglichen Ablieferungstermin sie gewaltig überschritten hatte), war die vergangene Woche — um eine beliebte Übertreibung zu gebrauchen — ›Die Absolute Katastrophe‹ gewesen. Durch das Abschicken ihres Vorentwurfs an Briar Patch Press Inc. wurde sie vielleicht ein klein bißchen weniger absolut.

Während des Frühstücks nörgelten beide Kinder herum. Teddy hatte keine Lust, seine kleine Schwester zu hüten, und Marella wollte Tiffany McGuire einladen, um sie dafür zu entschädigen, daß sie am Nachmittag des Vortags so unvermittelt von ihr aufbrechen mußte. Sie und Tiffany (so brachte sie in dem Plädoyer für ihre Sache als Argumente vor) würden im Wohnzimmer bleiben und mit Puppen oder Mensch-ärgere-dich-nicht oder Fang-den-Hut oder ähnliches spielen, und sie würden alle beide ›Sehr Leise‹ sein. Teddy andererseits führte aus, daß Pete Wightmans jüngere Schwester heute nacht nicht zu Hause sei (der Rest der Familie besuchte die Großmutter in Atlanta) und überhaupt wollte er nicht, daß Marella am Rand von Petes Veranda herumstand und über kalte Füße jammerte, während er und Pete die letzte Runde ihrer privaten Ballakrobatik durchspielten, die sie am Freitag abend wegen des Einbruchs der Dunkelheit unterbrechen mußten. Ted vertrat daher die Auffassung, daß es ›Die Perfekte Lösung‹ wäre, wenn Marella Tiff zu sich herüberholte.

»Für dich schon«, entgegnete Stevie herausfordernd. »Auf diese Weise kannst du dich elegant aus dem Staub machen, während ich hierbleiben und deine Schwester unterhalten muß.«

»Sie und Tiff werden sich gegenseitig unterhalten, Mom.« Er saß an der Frühstücksbar und verfeinerte ein Stück Toast durch Gummibärchen, und er schleuderte seine Meinung mit dem gleichen Selbstbewußtsein heraus wie ein erfolgsgewöhnter Großstadtanwalt, der vor einer aus ungebildetem Landvolk bestehenden Jury seine zwingend logischen Schlußworte spricht.

»Das sagen *die beiden,* das sagst *du,* aber so wird es *nicht* sein. Es wird darauf hinauslaufen, daß ich Zänkereien schlichten, die Reste mißlungener ›Teeparties‹ wegputzen und mir ein unmögliches Gepolter die Treppe hinauf und hinunter anhören muß, wenn die beiden Marellas Puppen und Plüschtiere hin und her tragen; und ich werde mich fragen, was, zum Teufel, bloß los sein könnte, wenn es plötzlich so still ist, daß ich mich eigentlich meiner Arbeit widmen könnte, wenn ich mir nicht wegen der ungewohnten Ruhe Sorgen machen würde!« Stevie holte Luft. »Wenn ihr Wert darauf legt, daß dieser Haushalt weiter Bestand hat — junger Mann, kleine Dame —, dann bin ich auf etwas Verständnis angewiesen und wenigstens ein winziges bißchen Hilfe. Wir führen nicht zum erstenmal ein solches Gespräch, und ich habe es verdammt satt, euch das zu erklären.«

Teddys Gesichtsausdruck — das kaum verhohlene höhnische Grinsen eines zukünftigen Hahns im Korb, der vorübergehend noch unter der Knute einer anmaßenden Frau stand — erschreckte sie. Es verriet deutlich eine ganze Bandbreite von Fanatismus. Dadurch versikkerte das Reservoir an Zärtlichkeit, das sie letzte Nacht an seinem Bett aufgefüllt hatte, vollkommen. Daß sein Verhalten ganz und gar nicht ihrem Sohn entsprach und wahrscheinlich die Folge der Enttäuschung und Gedankenlosigkeit eines Augenblicks war, schmälerte ihre Wut nicht. Er hätte es besser wissen müssen. Sie würde ihn eines Besseren belehren.

»Hör mal zu, Herr Großkotz, Basketballspieler des Jahres«, fuhr sie den Jungen an und zog ihn an den Haaren im Genick, »ich lasse mich nicht in meinem eigenen Haus beleidigen, schon gar nicht von kleinen Möchtegern-Schlaubergern, die das Geld ausgeben, das ich verdiene, das Essen verzehren, das ich nach Hause bringe und zubereite, und sich einbilden, sie seien ein Geschenk Gottes an die Welt, weil sie nicht noch arroganter sind als ohnehin schon. Hast du mich verstanden, Theodore Martin Crye der Lebende?«

Teddy duckte sich, um sein Nackenhaar ihrem Griff zu entwinden, während Marella, die über einer Schüssel mit Cornflakes am Küchentisch saß, sie nur anstarrte. Bisher war ihrer Mutter selten der Gaul durchgegangen wie in diesem Moment.

»Hast du mich verstanden?«

Schwach kam ein »Ja, Ma'am.«

»Hast du etwas gesagt, Mr. Crye?«

»Ja, Ma'am«, sagte Teddy etwas lauter, immer noch unsicher, wie er auf diesen Ausbruch reagieren sollte. »Ja, Ma'am.«

»Bildest du dir ein, du bist unentbehrlich?«

»Ma'am?«

»*Niemand* ist unentbehrlich, Herr Großkotz, und wenn du jemals so verrückt bist zu versuchen, es zu sein, dann mußt du etwas dafür *tun*, damit du es wirst. Niemand wird dadurch unentbehrlich, daß er auf seinem Hinterteil sitzt. Oder indem er drüben bei Pete Wightman Bälle in einen Korb wirft, während bei sich zu Hause die Barbaren wüten.«

»Ich hab doch gesagt, daß wir leise sein werden«, warf Marella beleidigt ein. »Und wenn ich sage, daß wir leise sein werden Mama, dann werden wir wirklich leise sein.«

»Ich sage dir, was du sein wirst, meine Tochter: du wirst mit deinem Bruder fort sein. Ihr geht zusammen. Wenigstens bis Mittag. Ohne jedes Wenn und Aber und Wir-Werden.« Sie hörte auf, an Teddys Haaren herumzuzupfen, nahm mit einer dramatischen Geste einen Plastikbehälter mit Milch in die Hand und knallte ihn schwungvoll zurück in den Kühlschrank. »Außerdem ist es ein schöner Tag. Ein herrlicher Tag. Ich wünschte, ich könnte an einem solchen Tag draußen sein. Aber ich muß arbeiten, und ihr werdet gefälligst verständig genug sein, mir dabei zu helfen. Verstanden?«

Keins der Kinder sagte etwas.

»Ver-stan-den?«

»Ja, Ma'am«, murmelten beide gleichzeitig, wahrhaft zerknirscht. Vor zwei Jahren hätte eine solche Schelte — ein solcher *Auftritt* — bei Marella Tränen und bei Teddy ein rituelles Schmollen ausgelöst. Doch der Tod von Ted senior hatte ihnen eine gewisse Anpassungsfähigkeit beschert. Als Stevie von einem zum anderen blickte, sah sie, wie sie versuchten, einzulenken, ihr Leben, das nun einmal unbestreitbar von ihr abhing, ihren Zielen und Prioritäten unterzuordnen. Und daran taten sie gut. Trotzdem, vielleicht hatte sie ein wenig zu schwere Geschütze aufgefahren, sie sozusagen mit Nuklearwaffen bombardiert, wenn eine Prise Napalm genügt hätte. Die draufgängerische Beherrscherin des Luftraums, ›Killer‹-Stevie Crye ...

»Wir werden hinten auf dem Spielplatz üben, wie man ein Frisbee wirft«, verkündete Teddy. »Sie muß lernen, es richtig zu halten. Sie hält es wie ein Mädchen.«

Stevie grinste spöttisch. Marella fragte, ob sie nicht bitte statt dessen lieber Zeichentrickfilme ansehen dürfte, dann würde sie Mama bestimmt nicht in die Quere kommen, aber Teddy wies darauf hin, daß sie bereits ein Tauschgeschäft von zwei Stunden Samstagmorgenfilme gegen zwei Stunden Freitagabendprogramm ausgehandelt hatte und daß es Mama darum ging, daß sie an die frische Luft käme. Bei diesem gezielten Einsatz von Vernunft hörte er sich auf unheimliche Weise wie sein Vater an, und selbst Marella mußte sich durch seine Argumente geschlagen geben. Wenn ›Großer Bruder‹ und ›Weiblicher Familienvater‹ gegen sie waren, wer konnte da noch für sie sein?

Was Stevie betraf, so starrte sie ein paar Minuten später über die Küchenspüle durchs Fenster hinaus und bedauerte, daß sie nicht gemeinsam mit den Kindern spielen konnte. Frisbeewerfen würde Spaß machen, mehr Spaß, als an der verdammten — ja, *verdammten* — Schreibmaschine zu sitzen und die Knochenarbeit des Tippens eines endgültigen Manuskripts zu verrichten. Aber die Kinder erwiesen sich als kooperativ, und eigentlich müßte sie bis zum Mittag fertig sein.

XVII

Sie war um halb zwölf fertig. Sie hatte ihrem Entwurf sogar ein Begleitschreiben beigefügt, in dem sie ihre bisherigen Referenzen aufführte und in den höchsten Tönen darauf hinwies, welch große Relevanz ihrem Thema zukam und wie sehr der Markt darauf wartete, wobei sie anbot, noch einige weitere Probeseiten zu liefern, falls die von ihr vorgelegte Auswahl den Appetit des Redakteurs zwar angeregt habe, ohne daß er jedoch jemanden von der Verlagsleitung so weit überzeugen konnte, daß man mit ihr einen Vertrag abzuschließen bereit war. Eine durch und durch professionelle Leistung, zu der sich Stevie selbst gratulierte, während sie ihre Arbeit des Morgens in einen Umschlag schob. Und die Exceleriter, ihr nachmitternächtliches Schreckgespenst, na ja, sie hatte sehr willig kooperiert, genau wie die Kinder kooperiert hatten. Tatsächlich mußte sie feststellen, daß die Exceleriter während der meisten Tagesstunden ein ausgesprochenes Schätzchen war.

Es war Zeit, zur Post zu gehen, bevor sie zumachte. Stevie räumte ihren Schreibtisch auf, deckte die Hülle über die Schreibmaschine und ging halb hüpfend die Treppe hinunter und durch das Haus zum VW-Bus.

Teddy und Marella übten nicht mehr das Werfen mit der Frisbeescheibe (der Spaß an diesem Zeitvertreib verpuffte offenbar im Laufe von drei Stunden), sondern spielten mit einem Nachbarhund, einem hübschen Bassetrüden, der von einer erotischen Hingabe an Teddys Hosenbeine beseelt war. Der Junge versuchte, die Aufmerksamkeit des Tieres davon abzulenken, indem er ein mit Farbe bekleckertes Tuch zwischen die Zähne nahm, um ihn zu einer Runde Zerren zu verleiten, doch die fehlgeleitete Zuneigung des Hundes war stärker als sein Gefallen an einer platonischen Rauferei. Marella, das arme Kind, war offenbar eifersüchtig auf die Beachtung, die er Teddy schenkte. Sie grapschte immerzu nach den schlaffen Hautfalten des Bassets und säuselte vergeblich lockende Laute in sein noch schlafferes Ohr.

»Du liebe Güte«, sagte Stevie und lachte hinter der vorgehaltenen Hand. Dann rief sie: »Schick Cyrano nach Hause, Ted. Ich werde in ein paar Minuten von der Post zurückkommen, und dann essen wir zu Mittag.« Die Kinder winkten ihr zu, als sie mit dem VW-Bus in der Auffahrt zurücksetzte und auf die Straße hinausfuhr.

Im Postamt war es voll; eine Menge Leute wollte noch Briefmarken kaufen oder ihre Sendungen abholen, bevor es fürs Wochenende schloß. Einige führten Geldüberweisungen durch, andere versicherten ihre Pakete und fragten nach bestimmten Gebühren — mit dem Ergebnis, daß Stevie zwanzig Minuten in der engen Kundenhalle verbringen mußte, bevor Mr. Hice, der Postbeamte, sich mit ihr beschäftigen konnte. Als sie ihren Buchentwurf endlich aufgegeben hatte, eilte sie hinaus zu ihrem Minibus, fuhr um drei Blocks herum, überquerte die Eisenbahnschienen und legte auf Barclays Hauptausfallstraße, auf der überraschend reger Verkehr herrschte, die Strecke zum Cryeschen Haus zurück, einem ins Auge fallenden viktorianischen Gebäude, das sich seit den Tagen der Großen Depression im Besitz von Teds Familie befand, ihr einziges sicheres Bollwerk gegen Armut und Entwurzelung. Es hatte Stevie und ihre Sprößlinge ebenso gerettet, wie es einst die ältere Generation der Cryes und deren Kinder gerettet hatte, von denen alle entweder gestorben oder weggezogen waren.

Ted mochte leichtsinnig im Umgang mit Geld gewesen sein, so unbesonnen und verschwenderisch, daß es kaum zu fassen war, doch er hatte stets ausreichend Verstand besessen, sein Interesse an dem Haus zu wahren, und dieser glückliche Umstand hatte Stevie wahrscheinlich zu dem ansonsten törichten Versuch bewogen, den Unterhalt für sich und die Kinder durch freiberufliche Arbeit zu verdienen. Wenn sie die monatlichen Unkosten für ein Haus zu zahlen gehabt hätte oder auch nur die Miete für eine primitive Wohnung in Barclay, dann wäre sie gezwungen gewesen, sich eine Stelle mit einem festen Gehalt zu suchen, das heißt, entweder ihren Job als Lehrerin an der Mittelschule von Wickrath wieder aufzunehmen oder sich vielleicht für den Schalterdienst bei der Bank für Landwirtschaft und Gewerbe hier in Barclay zu bewerben. Manchmal erschienen ihr diese beiden Möglichkeiten tatsächlich erstrebenswerter als ihre jetzige Schufterei an der Schreibmaschine, ein Beruf mit einer so großen Unsicherheit, die sich so wenig auszahlte, daß sie sich immer wieder sowohl über ihre Arroganz wunderte, mit der sie so lange daran festhielt, als auch über ihr Glück, daß sie es so lange schaffte. Heute hatte sie einen besonderen Höhepunkt erreicht: soeben hatte sie den ersten Schritt unternommen, um *Buchautorin* zu werden. Wenn die Briar Patch Press ihren Entwurf annahm, würde sich der Nebel der Unsicherheit allmählich auflösen, und vielleicht brauchte sie sich dann nie mehr Sorgen um die Wahl ihrer Laufbahn zu machen.

Als sie in den Kiesweg des Cryeschen Hauses einbog, kam Stevie sogar flüchtig der Gedanke, daß sie bald in der Lage sein könnte, die Exceleriter durch einen Textverarbeitungscomputer oder eine Schreibmaschine einer anderen Marke zu ersetzen. Sie hatte von PDE auf jeden Fall die Nase voll; das waren nur auf ihren Profit bedachte Blutsauger.

Aber wo waren die Kinder? Vor zwanzig oder vielleicht fünfundzwanzig Minuten hatten sie noch mit Cyrano gespielt (wenn man die schamlose Annäherung des Tieres an Teddys Bein als eine Art Vorspiel bezeichnen wollte), doch jetzt war der seitliche Teil des Gartens bei der Garage verlassen, leer, abgesehen von Marellas Fahrrad und ein Paar verwitterten Sägeböcken.

Nun, vielleicht waren Teddy und Marella ins Haus gegangen, um etwas zu essen zu machen. In der Zubereitung von Hot dogs waren sie ganz gut, und sie hatte ihnen eine so eindringliche Lektion darüber erteilt, daß sie von ihnen Hilfe und Entlastung erwartete, daß sie vielleicht alles versuchten, um ihren guten Willen unter Beweis zu stellen. Diese Anfälle von sich praktisch auswirkender Gewissenhaftigkeit hielten selten länger als einen oder zwei Tage an, doch Stevie nahm sie jedesmal dankbar hin, und beim Aussteigen aus dem Kleinbus war sie von einem Gefühl der Zärtlichkeit, der Großherzigkeit und Freude gegenüber den Kindern beflügelt. Der ganze frische, sonnige Nachmittag lag vor ihnen.

Nach dem Essen könnten sie eine Fahrt durch den Roosevelt State Park unternehmen, bis nach Warm Springs, um dort die staatlichen Fischgewässer zu besuchen. Teddy und Marella waren beide sehr dafür zu haben.

Dann hörte Stevie das unsichere Lachen ihrer Tochter, ein Kichern, das sowohl Zweifel als auch Belustigung verriet — und es kam nicht aus der Küche, sondern vielmehr aus der Gegend, wo die Schaukeln waren, hinter der Garage. War es Teddy nicht gelungen, Cyrano nach Hause zu treiben? Kicherte Marella so, weil Teddy beschlossen hatte, ihr die vollständige Bedeutung der Verzückung zu erläutern, mit der der Basset sich mit seiner Kniekehle beschäftigte? Stevies fröhliche Laune verwandelte sich in Unmut. Marella war erst acht Jahre alt. Sie würde den Jungen umbringen ...

Stevie ging mit energischen Schritten um die Ecke der Garage. Als ihr Blick durch den hinteren Teil des Gartens schweifte und bei der heruntergekommenen Schaukelanlage unter dem großen Nußbaum hängen blieb, erstarrte sie plötzlich. Ein fremder Mann war mit seinem Motorrad bis hinten in den Garten gefahren und hatte es neben der quietschenden Sitzschaukel abgestellt. Darüber rannte ein kleines menschenähnliches Geschöpf in einem roten und weißen Fußballtrikot auf dem Querbalken hin und her, an dem die Sitzschaukel und die Schaukelringe hingen. Die Kinder beobachteten dieses Wesen, als ob sie von ihm verhext wären, wobei sich Marella schutzsuchend an ihren Bruder gehängt hatte. Stevie versuchte, die ganze Szene in sich aufzunehmen, doch ihre Augen wurden immer wieder von dem Ding auf dem Querbalken angezogen, einer gespenstischen kleinen Gestalt mit einem weißen Gesicht, tiefliegenden Perlaugen und Nasenlöchern wie bei einem Totenkopf. Das Tier hatte auch einen Schwanz, doch Stevies dämmernde Erkenntnis, daß es sich um eine Art von Affen handelte, entschuldigte weder sein unbefugtes Eindringen, noch linderte es ihre wütende Angst sowohl vor ihm als auch vor dem Fremden, der es offensichtlich mitgebracht hatte.

»Was wollen Sie?« schrie Stevie. »Was machen Sie hier?« Sie zitterte. Vielleicht wäre es klüger gewesen, die Polizeistation von Barclay anzurufen, als diese direkte Herausforderung zu wagen. Zu spät. Im übrigen stand die Sicherheit ihrer Kinder auf dem Spiel, und sie war nicht bereit, sie auch nur für die kurze Dauer eines Telefongesprächs zu verlassen.

Teddy, Marella, der Affe und der geheimnisvolle Eindringling wandten sich gleichzeitig zu Stevie um, mit Gesichtern so ausdruckslos wie ungeprägte Münzen. Einen Moment lang sahen die menschlichen Wesen so gespenstisch aus wie der weißgesichtige Akrobat auf dem Querbalken.

»He, Mom!« rief Teddy und setzte ein Grinsen auf. »Sieh mal, hier ist der Mann, der deine Schreibmaschine repariert hat! Und er hat sein Haustier, einen Affen, mitgebracht!«

Wer sonst? dachte Stevie, erschüttert und aufgebracht, überzeugt davon, daß sie verfolgt wurde. Wer sonst?

Was Seaton Benecke anging, der heute mit Fallschirmspringerstiefeln und einer Armeearbeitshose bekleidet war, so nickte dieser ihr schüchtern und kaum wahrnehmbar zu und blickte geradewegs an ihr vorbei, mit Augen von so entrückter Schönheit wie der Februarhimmel.

XVIII

Seaton«, sagte Stevie, nachdem sie die Fassung wieder einigermaßen gewonnen hatte, »die meisten Besucher parken ihre Fahrzeuge in der Auffahrt und nicht hinten im Garten.«

Er warf einen Blick über die Schulter zurück zu seinem Motorrad, einem glänzenden schwarzen Ungeheuer mit einer gewaltigen Lenkstange und einem Paar fest angebauter Packtaschen hinter dem langen gepolsterten Sitz. »Ich stelle es weg.« Er packte die Maschine bei den Hörnern und schob sie an Stevie vorbei zur Auffahrt.

»Geht von den Schaukeln weg«, flüsterte Stevie Teddy und Marella zu und unterstrich ihre Worte mit der entsprechenden Handbewegung. »Man weiß ja nicht, wie gut das Benehmen dieses Affen ist.«

Das Geschöpf neigte den totenschädelähnlichen Kopf und gaffte sie an. Sie hatte noch nie ein Lebewesen gesehen, dessen Züge so deutlich sein unvermeidlich bevorstehendes Ende verrieten (außer bei alten oder kranken Menschen, die schicksalsergeben den Tod erwarteten, wie Ted während seiner letzten beiden Monate), und sie senkte den Blick, bevor der Affe dies tat. Im allgemeinen, das wußte sie, unterlagen Tiere den Menschen in dem Wettkampf, wer den anderen länger anstarren konnte, doch diesmal war es nicht so. Der Affe hatte einen Dämonen zur Seite ...

»Wie lang ist er schon da?« fragte Stevie Teddy und nickte in Beneckes Richtung. »Was will er?«

»Dich besuchen«, sagte Teddy und grinste immer noch. »Ein Verehrer macht seine Aufwartung.«

Marella verkniff es sich, einen Kommentar in Form eines ›Jepp‹ oder ›Uch‹ hinzuzufügen. Seaton hatte die Herzen der Kinder gewonnen, weil er mit einem eleganten, chromblitzenden Motorrad aufgetaucht war und weil er sie mit seinem abscheulichen Schoßtier, diesem Affen, bekannt gemacht hatte. Wie konnte eine Mutter bei solchen an Wunder grenzenden Reizen mithalten können?

»Wie lang ist er schon hier?« wiederholte Stevie beharrlich ihre Frage. Sie befürchtete, daß er direkt nach ihrem Aufbruch zur Post erschienen war. Der Gedanke, daß er ihre Kinder eine halbe Stunde lang ›unterhalten‹ hatte, ließ sie frösteln. Benecke sah aus wie ein Meuchelmörder mit einem Babygesicht und sein Affe wie ein Miniatur-Nosferatu mit Fell. Das lächerliche Fußballtrikot minderte die finstere Ausstrahlung des Tieres nicht im geringsten.

»Drei oder vier Minuten, Mom. Mehr nicht.«

»Der Affe hat sich beim Fahren an seinen Rücken geklammert«, fügte Marella hinzu. »Er hat einen Sturzhelm aufgehabt. Sobald er den Helm abgenommen hatte, sprang er auf die Schaukel. Und dann ist er dort hinaufgeklettert.« Überflüssigerweise streckte sie deutend den Arm aus.

»Einen Helm von den Atlanta-Falken, Mom. Und siehst du sein Hemd? Er hat die Nummer von Steve Bartkowski drauf. Er ist Mittelstürmer.«

»Also, mir wäre es sehr recht, wenn er von hier wegstürmen würde. Weit weg, dorthin, wo er hingehört, wo immer das sein mag.«

»Costa Rica«, sagte Seaton Benecke, der ohne sein Motorrad von hinten herankam. »Dorther stammen seine Vorfahren, meine ich. Ich glaube nicht, daß er selbst jemals dort gewesen ist. Ich habe ihn in einer Tierhandlung in Atlanta gekauft.« Seaton hatte die Hände in die Taschen geschoben und betrachtete seinen Affen, als ob er noch einmal den Wert seiner Anschaffung überdächte. »Die Leute von der Tierhandlung haben ihn vielleicht von jemand anderem aus dem Primatenzentrum von Yerkes erworben. Ich weiß es nicht genau. Jedenfalls ist er ein *alter* Affe. Ich habe ihn schon seit fünf oder sechs Jahren.«

»Seaton, was machen Sie hier?«

Der Eindringling zögerte und scharrte mit einem Fuß auf dem Teppich von zerdrücktem Gras. »Ich habe heute meinen freien Tag. Samstag, wissen Sie. Es tut mir leid, daß ich mit dem Motorrad über Ihren Rasen gefahren bin. Es ist nur, weil ich die Kinder hier hinten gesehen habe …« Er verstummte.

»Aber was machen Sie in Barclay, Seaton? Sie verbringen doch für gewöhnlich Ihre freien Tage nicht damit, durch das ländliche Georgia zu brausen, oder?«

Seine rechte Hand tauchte aus der Tasche auf und umklammerte einen zerknüllten grünen Geldschein. »Das Trinkgeld, das Sie mir gegeben haben, Mrs. Crye.« Er streckte ihr den Geldschein hin. »Ich kam zu dem Schluß, daß es nicht richtig war, es zu behalten. Mein Dad zahlt allen seinen Mitarbeitern ein Gehalt. Niemand sonst bekommt Trinkgelder. Und ich sollte auch keins bekommen.«

War dieser junge Mann aufrichtig? fragte sich Stevie. Oder führte er etwas gegen sie im Schilde? Und wenn, aus welchem Grund? Wie auch immer, der Geldschein zwischen seinen Fingern war genau jener, den Stevie an der Kasse von Benecke & Söhne hinterlassen hatte, damit er an Seaton weitergegeben würde. Sie erkannte das mit roter Tinte Hingekritzelte neben dem Stich von Lincoln. Zwei Tage lang hatte er diesen Schein mit sich herumgetragen, ohne ihn auszugeben. Nicht schlecht für einen jungen alleinstehenden Mann mit aschblondem Haar, auf seine pummelige Art einigermaßen gutaussehend und mit einem Ungeheuer von Motorrad. Hatte er denn keine Kumpel, eine Freundin, teure Freizeithobbies? Sicher, er war ein wenig wundersam (was der Affe stumm, aber lebhaft bezeugte), aber nicht wundersamer als viele andere Jugendliche von heute, die noch nicht zu sich selbst gefunden hatten.

»Seaton, ich habe Ihnen dieses Geld gegeben, weil Sie es verdient haben. Sie haben mir das Acht- oder Zehnfache dieses Betrages erspart.«

»Ich bin hergekommen, um es Ihnen zurückzugeben.«

»Ich werde es nicht zurücknehmen, Seaton.«

»Dann bleibe ich die ganze Nacht über hier«, entgegnete er und sah auf das Geld hinunter anstatt ihr ins Gesicht. »Ich werde nicht weggehen, bevor Sie es genommen haben.«

Und du meinst es ernst, was? dachte Stevie. Du bist genau wie Vincent van Gogh, der seine Hand über eine Kerzenflamme hielt, nur um irgendein kleines französisches Mädchen von seiner unsterblichen Liebe zu überzeugen. Wenn ich den Geldschein nicht zurücknehme, wirst du als ständige Einrichtung in meinem Garten bleiben wie eine Wäschestange oder ein Vogelplanschbecken. Und wenn es mir gelänge, dich zu überreden, mit dem Geld wegzugehen, dann wirst du es mir wahrscheinlich per Post zurückschicken — zusammen mit einem Geschenkgutschein für Schreibmaschinenpapier, und eins deiner wenig aufregenden Ohren. Oder vielleicht eins von deinem Affen. Im Moment entspricht unser Kräftemessen dem Wettkampf darum, wer zuerst den Blick senkt, aber ich werde bestimmt die erste sein, die blinzelt. Ich weiß es.

»Hör mal«, plusterte sich Teddy auf, »wenn er die fünf Dollar nicht will, dann werde ich mich gern an seiner Stelle ihrer annehmen.« Ein Affe, ein Motorrad, ein Verehrer, der seine Aufwartung machte, Geld, um das diskutiert wurde — na ja, so was war das typische Jahrmarktvergnügen nach dem Geschmack des Jungen. Ein Georgia-Festival zu Hause im Garten. Sein Grinsen war eher staunend als habgierig.

Seaton drehte sich zu dem Jungen um.

»Er bekommt genügend Taschengeld«, erklärte Stevie. »Wagen Sie es nicht, ihm das Geld zu geben.« Sie trat einen Schritt vor und befreite den Besucher von dem Geldschein. »Sie handeln töricht, Seaton. Das hat wirklich Ihnen gehört.«

Es schien ihn mit Genugtuung zu erfüllen, daß er den Wettkampf gewonnen hatte. Er vergrub die Hände wieder in der Armeehose und schaukelte auf den Absätzen vor und zurück. »Das war allerdings nicht der einzige Grund für mein Kommen.«

»Ach nein?«

»Nein, Mrs. Crye. Wenn Sie wollen, daß ich Ihre

Schreibmaschine noch mal überprüfe, könnte dies ein Dienstleistungsbesuch sein. Funktioniert sie zur Zufriedenheit?«

»Warum sollte sie nicht?« Die Feindseligkeit in ihrer Stimme überraschte sogar Stevie selbst. »Sie haben sie doch repariert, oder nicht?«

»Ja, Ma'am.«

»Dann besteht also kein Grund, sie noch einmal durchzusehen, oder?«

»Nicht, wenn Sie es nicht wünschen, Mrs. Crye. Ich dachte nur ...«

»Was?«

»Ich habe mein Werkzeug mitgebracht. Vielleicht ist der Anschlag etwas verzögert, vielleicht stimmt die Zeitsteuerung nicht. Ich hätte nichts dagegen, verstehen Sie, einfach noch mal nachzusehen. Umsonst, meine ich. Ich gebe Ihnen nicht die fünf Dollar zurück, nur um zu versuchen, Ihnen mehr als das für etwas anderes zu berechnen. So etwas tue ich nicht. Ich bin einfach nur ...«

»... hilfsbereit.«

Seaton Benecke scharrte mit den Sohlen seiner Fallschirmspringerstiefel über das niedergedrückte Gras und sah zu Boden. »Ich habe Ihren Artikel über die Krebsklinik von Ladysmith im *Boten* von gestern abend gelesen. Er war echt gut. Sie sind bei diesem Thema wirklich in die Tiefe gegangen: Thermografien, Nuklearmedizin und all das. Echt gut. Ich versuche immer zu lesen, was Sie schreiben.« Er blickte auf, ohne Stevies Augen zu begegnen. »Kann sein, daß ich einfach nur sehen wollte, wie Ihr Arbeitsplatz aussieht. Ich habe noch nie den Arbeitsplatz eines schreibenden Menschen gesehen; ich wüßte gern, wie Sie Ihre Schreibmaschine und alles Drumherum angeordnet haben. Aber ich würde sie auch überprüfen, wenn Sie sie aus Ihrem Arbeitszimmer bringen würden, in die Küche oder so ... sofern es nötig ist, meine ich. Ich würde sie für Sie gründlich durchchecken. Manchmal haben sie kleine Mucken, bevor sie wirklich kaputtgehen und ganz den Geist aufgeben.«

Teddy sagte: »Er kann wohl nicht zum Essen bleiben, oder?«

O nein, nicht schon wieder dieser Trick! Stevie warf dem Jungen einen finsteren Blick zu. Wie oft hatte sie ihm schon gesagt, daß er nicht Freunde ins Haus einladen sollte, ohne zuvor mit ihr unter vier Augen darüber gesprochen zu haben? Sie mußte ja unfreundlich wirken, wenn sie ein derartiges Anliegen im Beisein des ausgeladenen Beteiligten abwies. Teddy lernte das einfach nicht! Er sprach Einladungen so großzügig aus, wie andere Leute Konfetti warfen.

»Er ist vierzig Meilen weit gefahren«, gab der Junge zu bedenken. »Es wäre doch nicht so schlimm, wenn er einfach mal nach deiner Schreibmaschine sähe.«

»Ich weiß, wie weit er gefahren ist. Ich habe diese Strecke selbst etliche Male zurückgelegt.« War Teddy mit Absicht begriffsstutzig?

»Schon in Ordnung«, sagte Seaton Benecke. »Ich hätte sonst erst nach meiner Rückkehr nach Hause etwas gegessen. Es ist nicht so leicht, irgendwo einzukehren, wenn man mit einem Affen unterwegs ist.«

»Wir freuen uns, wenn Sie bleiben«, sagte Stevie mit verkniffenen Lippen, wobei sie immer noch versuchte, ihrem Sohn eine stillschweigende Botschaft zu übermitteln. »Ich hoffe jedoch, Sie können sich mit Hot dogs oder Spiegeleiern auf Brot begnügen. Das dürfte alles sein, was wir im Haus haben.«

»Wir lieben Spiegeleier mit Brot«, erklärte Seaton Benecke ungerührt. »Zu Hause, Mrs. Crye, mache ich sie andauernd.«

»Haben Sie gesagt ›wir‹, Seaton?«

»Ja, Ma'am.«

»Also, hören Sie, halten Sie mich bitte nicht für hartherzig, aber wenn ich auch nichts dagegen habe, *Sie* als

Gast zu haben, so glaube ich nicht, daß ich mich mit Ihrem Affen abfinden kann.« Genausowenig wie ich mich damit abfinden könnte, wenn ein Zug Giftmüll zur Ablagerung in der Innenstadt von Barclay herantransportierte. Genausowenig wie ich mich damit abfinden könnte, die letzten beiden Monate von Teds Erdendasein noch einmal durchzumachen.

»Er ist stubenrein, Mrs. Crye. Er hat bessere Manieren als manche Menschen.«

Die Anmaßung von *manchen* Menschen, dachte Stevie, ist ein Gift, das sie wie Weihwasser verspritzen.

»He, da oben!« sagte Marella in diesem Moment. »He, Affe, fang dieses Stöckchen. Komm, spring runter!«

Das Mädchen streckte einen abgebrochenen Zweig von dem Nußbaum, der neben der Schaukel stand, zu dem Querbalken hinauf, auf dem der weißgesichtige, weißbärtige Affe in seinem Fußballtrikot hin und her schaukelte. Der Affe ignorierte den Zweig, der nicht ganz so lang war, daß er bis zu dem Balken reichte, doch er öffnete den Mund und bedachte Marella mit einem zischenden Totenkopfgrinsen. Der Affe umklammerte den Balken mit dem Schwanz sowie mit Händen und Füßen und hangelte sich zuerst zur einen Seite daran entlang, dann zur anderen, wie ein lebendiges Aufziehspielzeug.

»Bitte necke ihn nicht auf diese Weise«, sagte Seaton, an Marella gewandt. »Er ist doch so klein, und er meint, daß du versuchst, ihm weh zu tun.«

»Ich *spiele* doch nur mit ihm«, sagte das Mädchen. »Ich möchte, daß er zum Mittagessen herunterkommt.«

O ja, ich auch, dachte Stevie. Das ist genau das, was ich möchte! Laut sagte sie: »Marella, leg den Stock weg!«

Marella gehorchte, woraufhin der Akrobat auf der Schaukel Stevie dadurch verblüffte, daß er über den Querbalken rannte und über den Kopf des Mädchens hinweg einen Satz in die Gabelung des Nußbaumes machte. Eine Sekunde lang, eine schreckliche Sekunde lang, hatte sie befürchtet, der Affe würde ihre Tochter angreifen, während er in Wirklichkeit nur zu einem noch höheren Zufluchtsort gesprungen war. Seaton stand am Fuße des Baumes, die Hände in den Taschen vergraben, und versuchte, das Tier mit gutem Zureden zum Herunterkommen zu bewegen.

»Wie heißt er?« fragte Teddy.

»'Krits«, antwortete Seaton geistesabwesend.

»Komm runter, 'Krits«, plapperte Marella in einer Art Babysprache. »Komm runter, kleiner 'Kritsie, komm zu mir!«

»Warum hast du ihn so genannt?« wollte Teddy wissen.

»Das soll so was wie ein Witz sein, denke ich. Ich werde euch zeigen, wie ich ihn runterbekomme.« Aus derselben Tasche der Armeehose, aus der er den Fünfdollarschein geholt hatte, zog Seaton eine kleine Metalldose mit gezuckerten Lakritzbonbons. Er wickelte eine der rautenförmigen Pastillen aus der Folie und streckte sie zu dem Affen hinauf. »Er war schon immer ganz verrückt nach Lakritz. Dafür tut er fast alles.«

'Kritz erbrachte den Beweis für den Wahrheitsgehalt dieser Behauptung, indem er von dem Nußbaum heruntersprang und auf Seatons Schulter landete, die dargebotene Zucker-Salmiakpastille in den Mund nahm und sie sofort zwischen den Zähnen zermalmte.

»Er lutscht sie allerdings nicht. Er ißt sie. Ich nehme an, er hat ein bißchen Hunger. Er hat heute morgen zum Frühstück nur eine Banane gegessen. Und das ist ungefähr fünf Stunden her.«

»Armes Kerlchen«, sagte Stevie.

Marella trippelte hinter dem Rücken des jungen Mannes auf und ab, streckte die Hand aus und streichelte versonnen den geschwungenen Affenschwanz, der mehr dunkelbraun als weiß war und zwei oder drei

Zentimeter länger als das Tier, dem er gehörte. 'Kritz schien sich nichts daraus zu machen. Er kaute weiter ungestört auf seinem Rachenbonbon herum, und als er es vertilgt hatte, bettelte er um ein zweites. Seaton verweigerte es ihm.

»Du verdirbst dir den Appetit aufs Essen«, sagte er.

XIX

Der Tag hatte sich auf lästige und unerfreuliche Weise entwickelt. Nicht einmal eine ganze Ladung Lakritzbonbons hätte ihr den bitteren Geschmack nehmen und den Rest versüßen können. Noch vor einer Stunde war es ihr fast gelungen, ihren Ärger mit der Schreibmaschine und ihre Sorgen wegen Marella zu vergessen; das befriedigende Nachgefühl darüber, daß sie ihren Entwurf zur Post gebracht hatte, hatte sie noch immer eingehüllt. Jetzt war jedoch Seaton Benecke in ihre Küche eingedrungen, und hatte — das Unmöglichste, das man sich denken konnte — einen haarigen kleinen Gnom in einem Fußballtrikot mitgebracht. Und jetzt kochte sie — sie *kochte,* du liebe Güte! — für diese Schnorrer. Sie hatte klein beigegeben angesichts Seatons selbstverständlicher Annahme, daß er willkommen sei, und der offensichtlichen Begeisterung der Kinder für 'Kritz. Wie wenig ihre wirkliche Stimmung jedoch mit Gastfreundschaft zu tun hatte, und wie sehr ihr diese Überrumpelung zuwider war!

An dem runden Eichentisch in der Eßecke saßen Teddy, Marella und Seaton, der letztere mit 'Kritz auf dem Schoß. Vom Herd aus hatte Stevie zur Rechten die ganze Länge ihrer Frühstücksbar, sozusagen die Begrenzung ihrer Insel, und die Gesichter ihrer Besucher im Blick; Seatons Miene war eine Maske blasser Artigkeit und die des Affen eine verschwommene Gespenstervisage, die den Blick ständig zwischen Teddy und Marella hin und her zucken ließ, wie der Zuschauer eines Tennisspiels. Sein winziger Kopf — vermutlich konnte man ihn mit einer großen Zange zerquetschen — war alles, was von dem Affen über der Tischkante sichtbar war. Tatsächlich ähnelte Seaton in seiner Seelenruhe einer Buddhastatue mit einem durch ein Uhrwerk zum Leben erweckten Schädel, der in seinen Wanst eingebaut war. Stevie fand es ekelhaft, daß das Tier mit am Eßtisch saß, doch sie war immerhin froh, daß Seaton 'Kritz nicht am Boden abgesetzt hatte und ihn frei in der ganzen Küche herumrennen ließ. In der Abstellkammer war ein Hochstuhl, doch um ihn für die kurze Zeit herauszuholen, die sie ihre Besucher zu erdulden gedachte, hätte es einer bemühteren Gastgeberin bedurft, als sie es war.

»Er kann kaltes Wetter nicht leiden«, erzählte Seaton den Kindern. »Deshalb habe ich ihn so angezogen. Meine Mutter hat die Sachen für ihn genäht — bevor sie vor einiger Zeit krank geworden ist.« Seaton hielt inne, als ob er über die Bedeutung dieser letzten Offenbarung nachdächte. Dann fuhr er fort: »Er sieht sich Fußballspiele im Fernsehen an, und er wirft einen Plastikfußball — einen von diesen kleinen Spielzeugdingern — genau wie Bartkowski. Na ja, so ähnlich. Manchmal gehen seine Würfe auch nach hinten.«

Die Kinder lachten.

Stevie wendete die Eier in der Pfanne. Aus dem Augenwinkel sah sie, daß 'Kritz aufgehört hatte, den Tenniszuschauer zu spielen. Das Tier starrte sie an, und seine schwarzgeränderten Augenhöhlen waren wie kleine Bullaugen ins Nichts.

»Welche Sorte Affe ist das?« fragte sie zaghaft. »Er, meine ich.«

»Ein Weißhalskapuziner«, gab Seaton Auskunft. »Kapuzineraffen sind diejenigen, die man manchmal bei Leierkästenmännern sieht. Es gibt allerdings nicht mehr viele Leierkästenmänner. 'Kritz hat noch nie mit einem gearbeitet.«

»Nur mit einem Schreibmaschinenmechaniker, wie?«

»Ja, Ma'am.« Seaton gab ein höfliches Lachen von sich. »'Kritz liebt es, mir beim Reparieren zuzuschauen, aber mein Dad mag keinen Affen in der Firma für Bürobedarf. Jedenfalls keinen, der nicht ... ähm ... blutsverwandt mit der Familie ist.« Er stieß erneut ein gekünsteltes Lachen aus, um anzudeuten, daß das ein ständiger Witz zwischen seinem Vater und ihm war.

Das Flegelhafte an Seatons Wesen wechselte so unvermittelt mit dem Gefühlvollen, daß Stevie nicht mehr wußte, ob sie ihn verabscheuen oder bemitleiden sollte. Die finsteren Aspekte seiner Persönlichkeit — wenn man von der unergründlichen Bedrohung absah, die der Affe verkörperte — waren einer nichtssagenden Flachheit gewichen. 'Kritz störte Stevie immer noch, doch seinen Herrn fürchtete sie nun nicht mehr. Daß er einen Weißhalskapuziner besaß und ein großes schwarzes Motorrad fuhr, waren durchschaubare Versuche, seinem Leben eine besondere Note zu geben, das sich ansonsten durch nichts auszeichnete, außer daß er ein hervorragender Schreibmaschinenmechaniker war. Mit fünfundzwanzig oder sechsundzwanzig Jahren war er immer noch nicht über die Pubertät hinaus.

»So, Kinder«, sagte Stevie. »Bewegt euch mal und deckt den Tisch. Ich dachte, ich bekäme hier etwas Hilfe.«

»Nur einen Teller für 'Kritz und mich«, sagte Seaton, als Teddy das Geschirr holte und Marella das Besteck. »Ich möchte nicht, daß Sie sich Umstände für zwei Gäste machen, Mrs. Crye.«

»Auf einen zusätzlichen Teller kommt es wirklich nicht an, Seaton.«

»Nein, nein. Bitte, lassen Sie das. Einer genügt völlig.«

»Braucht er eine Gabel?« fragte Marella von der Besteckschublade her. »Die hier sehen zu schwer und zu groß für ihn aus.«

»Habt ihr vielleicht eine Cocktailgabel?« erkundigte

sich Seaton bei Marella. »Eine Cocktailgabel hat ungefähr die richtige Größe für 'Kritz.«

Stevie verließ den Herd, um Marella bei der Suche nach einer Cocktailgabel in dem Durcheinander des Besteckkastens zu helfen. Vielleicht hätte 'Kritz auch gern einen Serviettenring mit silberner Einlegearbeit, einen Trinkkelch aus importiertem Kristall und eine Fingerschale. Tatsächlich wäre eine Fingerschale gar keine so schlechte Idee. Sie könnte ein paar Tropfen Desinfektionsmittel in das Wasser geben, wenn sowohl Seaton als auch der Affe sie mal gerade nicht beobachteten. Sie befürchtete, sich in ihrer Küche erst wieder wohl zu fühlen, wenn sie sie von der Fußleiste bis zum Deckensims abgeschrubbt und jemanden vom Gesundheitsamt zur Überprüfung hergebeten hatte.

Das Mahl verlief jedoch ohne Zwischenfälle. 'Kritz bevorzugte sein Spiegelei-Sandwich ohne Brot, ein Umstand, auf den Seaton versäumt hatte, Stevie während der Zubereitung hinzuweisen. Folglich mußte das Brot vom Ei entfernt das Ei in pastillenähnliche Rauten geschnitten werden, bevor der Kapuzineraffe mit dem Essen beginnen konnte. Seaton kümmerte sich um diese kleineren Belange (indem er die Brotscheiben auf einer Serviette neben ihrem gemeinsamen Teller zwischenlagerte, um die Scheiben dann später selbst zu essen), und Stevie war angenehm überrascht, mit welcher zierlichen Eleganz 'Kritz die Cocktailgabel handhabte; er spießte jedes einzelne Stück Ei auf, hob den Bissen zum Mund und leckte die Gabelzinken sorgfältig ab, bevor er das Werkzeug wieder zum Teller zurückführte. Außerdem kaute er mit geschlossenem Mund. Hinsichtlich dieses besonderen Beispiels wohlerzogenen Benehmens übertraf er ihren Teddy um etliche Punkte.

»Sie kochen so gut, wie Sie schreiben«, sagte Seaton schließlich, während er seinen Stuhl zurückschob und sich den Mund mit einer Papierserviette abtupfte.

»Das ist ein etwas fragwürdiges Kompliment.«

»O nein, Ma'am. Mir hat es sehr gut geschmeckt. Und 'Kritz auch.«

»Na ja, vielleicht hält es für die Dauer der Heimfahrt nach Columbus vor.« Das war kein allzu zartfühlender Hinweis, aber Seaton konnte man auch nicht übertriebene Zartfühligkeit vorwerfen. Er merkte nichts von ihrem Unbehagen (oder es war ihm, schlimmer noch, einfach gleichgültig), und 'Kritz war wieder dazu übergegangen, sie aus den leer erscheinenden Augenhöhlen anzustarren.

»Er muß noch nach deiner Schreibmaschine sehen, bevor er geht«, sagte Teddy. »Damit er nicht umsonst gekommen ist.«

Stevie gab sich etwas beleidigter, als sie tatsächlich war. Teddy war ein wandelndes Buch zum Thema Takt. »Das spricht nicht gerade für meine Kochkünste und deine anregende Gesellschaft, junger Mann.«

»Du weißt genau, was ich meine, Mom.«

»Meine Schreibmaschine ist in Ordnung.«

»Ich würde mich trotzdem freuen, wenn ich sie einmal ansehen dürfte. Die Zeitsteuerung und so. Es gibt bestimmt die eine oder andere Type, die sich vor dem Anschlag verschiebt, oder nicht? Das ist eine bekannte Schwäche bei den Exceleriter-Modellen.«

»Es ist alles in Ordnung.«

»Kommt es überhaupt nicht vor, daß Buchstaben etwas aus der Mitte versetzt anschlagen?«

»Nur das *T*, Seaton. Manchmal hat das *T* Macken. Aber nur ganz selten. Es lohnt sich nicht, sich darüber Gedanken zu machen.«

»Das liegt an der Zeitsteuerung. Ich werde es reparieren.«

»Laß es ihn doch reparieren«, bedrängte sie Teddy. »Es ist umsonst. Er hat dir doch schon gesagt, daß er es umsonst macht.«

Marella sagte: »Einem geschenkten Gaul schaut man nicht ins Maul, Mama.«

»Ich glaube kaum, daß das die in diesem Fall angebrachte Redensart ist«, erwiderte Stevie. »Versuche es mal mit ›Traue keinem Griechen, der dir etwas schenkt‹.« Der beharrliche prüfende Blick des Kapuzineraffen und die unerbittliche Emsigkeit des jungen Benecke zermürbten sie. Sie hatten sich unter dem Vorwand eingeschlichen, die fünf Dollar, die als Trinkgeld gedacht waren, zurückzugeben. Was wollten sie noch?

Plötzlich hörte 'Kritz auf, sie anzugaffen. Das Tier rutschte auf Seatons Schoß herum, griff nach dem Vorderteil seiner Armeejacke und blickte flehentlich in das Gesicht des jungen Mannes hinauf. Zwischen den winzigen spitzen Zähnen erzeugte 'Kritz ein knirschendes Geräusch. Marella beugte sich zu ihm hinüber und streichelte seinen Schwanz.

»Zeit für den Nachtisch, was?« fragte Seaton. »Möchtest du deinen Nachtisch?«

Er hatte Chuzpe genug, um es mit einer ganzen Armee von tapferen Comic-Helden aufzunehmen. Stevie hatte keinen Nachtisch vorgesehen, und sie hatte nicht die Absicht, eine Bananen-Sahnecreme aufzuschlagen oder Zimtküchlein zu backen, damit Seatons Affe seine Lust auf Süßes befriedigen konnte. In Abwandlung des Ausspruchs einer anderen gefühllosen Dame dachte sie: Soll er doch Lakritz essen.

Aber anstatt Stevie anzusehen, damit sie auf die Bedürfnisse des Kapuziners einging, schubste Seaton den Affen wieder in seinen Schoß zurück, hob den rechten Zeigefinger zum Mund des Tieres und erlaubte 'Kritz, an der Fingerspitze zu nuckeln, als ob es sich um eine Brustwarze oder eine glasierte Kirsche am Stiel handelte. Kurz darauf floß ein schlangenartiges Rinnsal von Blut über Seatons Fingerknöchel. Er wischte das Blut mit der anderen Hand ab, zog den Finger jedoch nicht vom Mund des Affen weg. 'Kritz tat sich weiterhin daran gütlich, dabei hielt er die schwarzgeränderten Augen in einer Art von verzückter Trance geschlossen.

»Uff!« schrie Marella. »Was machst du da?«

»Ich habe mich an einem Typenhebel verletzt, als ich eine Maschine reparierte. Das war gestern. Einer der Zacken des y war abgebrochen. Es ist eine ganz schön tiefe Wunde. 'Kritz versucht nur, mir zu helfen, damit es schneller heilt.«

»Indem er den Schorf abknabbert?« fragte Stevie, zutiefst angewidert. »Was haben Sie gemeint, als Sie von Nachtisch sprachen? Sollte das witzig sein?« Vielleicht war ein so direkter Anwurf etwas unverschämt, aber selbst Teddys Gesicht hatte sich unwillkürlich zu einer Grimasse des Ekels verzogen.

»Ja, Ma'am«, bestätigte Seaton, verdutzt über den in ihrer Bemerkung anklingenden Unmut. »Es sollte nur ein Witz sein. Ich habe mich gestern gar nicht in den Finger geschnitten. Ich habe diese kleine Wunde schon seit Jahren.« Er hatte den Finger immer noch nicht zurückgezogen. »'Kritz gefällt es, ab und zu daran zu nukkeln. Mir macht es nichts aus. Es tut wirklich nicht weh. Tatsächlich ist es sogar eine Wohltat.«

»Ich möchte, daß Sie sofort damit aufhören.«

»Ma'am.«

»Wider bessere Einsicht und als Steigerung meiner abartigsten Träume habe ich soeben einen Affen in meiner Küche beköstigt, Seaton. Verlangen Sie nicht noch mehr von mir. Genau gesagt, ich bitte Sie zu gehen.«

»Sie wollen, daß ich damit aufhöre?« Sein einfältiger Blick zeigte noch keinerlei Reaktion auf ihren unnachsichtigen Tonfall. Konnte er wirklich so dickfellig sein?

»Genau das habe ich gesagt. Wenn dieses — Fingerfellatio oder wie immer man es nennen mag — etwas ist, zu dem Sie und er sich gezwungen fühlen, dann machen Sie es bitte bei sich in Columbus. In der Intimsphäre Ihres eigenen Affenhauses können Sie sich mit ihm von Primat zu Primat vorzüglich verstehen, bis eine Blutvergiftung oder die Anämie sie scheidet. Hier jedoch haben Sie das erträgliche Maß überschritten.«

»Es tut mir leid, Mrs. Crye.« Unter Verwendung seines Daumens und Mittelfingers schob er den Kopf des Kapuzineraffen zurück und befreite seinen blutenden Finger aus dem Mund des Geschöpfes. Dann wischte er ihn an der Brusttasche seiner Armeejacke ab.

'Kritz richtete unterdessen einen Blick voll ungebrochenen Zorns auf Stevie. Zum erstenmal, seit sie alle ins Haus gekommen waren, sah Stevie die eigentlichen Augen in den tiefen Höhlen: Zwillingsfunken einer lodernden Feindseligkeit. Selbst wenn er zehn oder elf Meter hinter das Spielfeld abgeschlagen war, würde der Mittelstürmer der Falken seinen davonrennenden Angreifern niemals einen solchen verdammenden Blick nachschicken. Stevie zitterte, versuchte jedoch, dem Blick des Tieres standzuhalten. Endlich blinzelte der Affe und breitete sich bequem auf Seatons Bein aus, gelangweilt durch die törichte Anstrengung, sie zum Niederschlagen der Augen zu zwingen. Sein Gehabe drückte aus, daß er sie gewinnen *lassen* hatte.

Seaton war jedoch betroffen. Er warf sich 'Kritz vom Schenkel auf die Schulter, stand auf und sprach zu der leeren Vase aus geschliffenem Glas, die in der Mitte des Tisches stand: »Wir gehen, sobald ich das *T* Ihrer Exceleriter repariert habe, Mrs. Crye.«

»Das ist nicht nötig, Seaton.«

»Doch, Ma'am. Das ist das mindeste, was ich als Gegenleistung dafür tun kann, daß ich hier zu Mittag gegessen habe. Ich hatte nicht die Absicht, Ihnen mit 'Kritz und überhaupt auf die Nerven zu gehen. Ich bin nicht besonders oft mit anderen Leuten zusammen. Es ist einfach so eine Angewohnheit von uns. Auf diese Weise zeigen wir, daß wir einander mögen und vertrauen. Es hat mir noch nie weh getan, soweit ich mich erinnere. Vor allem bei kaltem Wetter habe ich das Gefühl, daß ich es ihm schuldig bin. Costa Rica ist weit weg, Mrs. Crye. Und das hält ihn warm.«

»Ich glaube nicht, daß es eine ratsame Methode ist.«

»Stimmt, Ma'm. Nicht im Beisein von anderen Leuten. Ich habe mir einfach nichts dabei gedacht.« Er tippte sich an die Stirn. »Ach ja, jetzt wollen wir uns mal Ihre Maschine ansehen, dann können 'Kritz und ich uns auf den Heimweg machen.«

Obwohl Stevie versuchte, ihn mit einem aufgesetzten Wiederaufflackern ihres Unmuts davon abzuhalten, brachte sie es nicht über sich zu sagen: »Nein, verdammt soll ich sein, wenn ich Sie da raufgehen lasse.« Sie konnte sich nicht durchsetzen, und der junge Benekke tat ihr leid. Teddy und Marella standen auf seiner Seite, und Stevie erkannte mit einiger Verzögerung, daß sogar sie selbst wollte, daß er ihre Exceleriter überprüfte. Wenn er irgendwas mit ihr angestellt hatte, wenn er ihr unabsichtlich eine Eigenständigkeit gegeben hatte, die der eines menschlichen Wesens vergleichbar war, dann konnte er diesen Zustand vielleicht auch wieder rückgängig machen. (Allerdings würde sie das Rückgängigmachen der unseligen Begabung der Maschine über viele wichtige Dinge im dunkeln lassen, und vielleicht wollte sie letztendlich gar nicht, daß die Exceleriter wieder zu ihrer früheren maschinellen Rechtschaffenheit zurückkehrte.) Eine innere Last mit einem anderen Menschen zu teilen, selbst wenn dieser Mensch jemand so Seltsames war wie Seaton Benecke, hatte ganz gewiß etwas Reizvolles. Und Seaton würde ihr glauben, während Dr. Elsa (wenn auch höflich) gespöttelt hatte.

»Ich möchte auf keinen Fall, daß 'Kritz mit uns hinaufgeht. Stubenrein oder nicht, er wird keine Chance erhalten, das in meinem Arbeitszimmer zu beweisen.«

»Wir werden uns um ihn kümmern«, sagte Teddy. »Wir gehen mit ihm wieder hinaus zu den Schaukeln.«

Ist das in deinem Sinne? fragte sich Stevie. Ist es dir lieber, daß Teddy und Marella auf 'Kritz aufpassen, als daß du seine Anwesenheit im oberen Stock duldest? Er ist ein Vampir mit weißer Kapuze, ein blutsaugender Dämon. Selbst wenn er deine Vorhänge und den Orientteppich beschmutzt, tust du immer noch besser daran, ihn von den Kindern fernzuhalten. Sie werden schnell über ihre Enttäuschung hinwegkommen, aber du wirst niemals darüber hinwegkommen, wenn einem von ihnen ein Leid geschieht. Niemals ...

»Seaton, es gibt in der Nachbarschaft viele Hunde. Sie laufen frei herum, das ist hier draußen so üblich. Wenn Sie 'Kritz in Ihrer Nähe halten, können Sie ihn mit hinaufnehmen. Er ist bei uns sicherer aufgehoben als draußen bei den Kindern.«

Marella stampfte mit dem Fuß auf und schmollte: »Mama!«

»He, Mom, wir können schon auf ihn aufpassen.« Teddy ließ nicht locker.

»Glaubst du? Erinnerst du dich nicht an den frechen Irischen Setter, der vor zwei Jahren bis auf unsere vordere Veranda gekommen ist und eure Meerschweinchen totgebissen hat? Ich mußte eins nach dem anderen aus dem Käfig ziehen.«

»Mom, 'Kritz ist kein Meerschweinchen. Und übrigens bin ich inzwischen älter, und damals hat niemand die Veranda bewacht.«

Doch Seaton (Stevie sah es ihm an) hatte keine Lust mehr, 'Kritz' Wohlergehen der Obhut der Kinder anzuvertrauen. Sie hatte gewonnen — wenn man es als Sieg bezeichnen konnte, daß sie dieses häßliche kleine Vieh dem vorübergehenden Gewahrsam der Kinder entzogen hatte —, indem sie zu einer Hinterlist Zuflucht genommen hatte. Obwohl es lange gedauert hatte, bis Teddy und Marella über den Tod ihrer dummen, vollkommen hilflosen Meerschweinchen hinweggekommen waren, hatte sie von diesem schmerzhaften Vorfall nur aus dem einen Grund noch einmal gesprochen, damit Seaton Bedenken kämen, den Kapuzineraffen bei den Kindern zu lassen. Na ja, nicht nur aus diesem einen

Grund. Sie legte damit auch mütterliche Vorsicht an den Tag, spielte die ängstliche Glucke.

»Mist!« schrie Teddy, als er begriff, was sie angerichtet hatte. Er stürmte durch die Küchentür hinaus und knallte die Tür hinter sich zu. Marella, die der Tür eine ähnlich schwungvolle Behandlung angedeihen ließ, folgte ihm. Es waren *liebe* Kinder, alle beide.

XX

Dies ist das Zimmer einer Schriftstellerin«, erklärte Seaton 'Kritz, als sie in den oberen Stock kamen. Der Affe saß ihm rittlings auf der Schulter. »Das ist ihr Schreibtisch, und das ist ihre Schreibmaschine.« Das Tier schien von dem Arbeitszimmer nicht besonders beeindruckt zu sein. »Ich habe noch nie eine Wand in dieser Farbe gesehen. Wie heißt sie?«

»Burgunder.«

»Sie ist dunkel. Es ist eine sehr dunkle Farbe.«

»Sie soll mich nachdenklich und schöpferisch stimmen. Dasselbe gilt für die Vorhänge und den orientalischen Teppich.«

»Es gefällt mir hier. Es ist irgendwie Edgar-Allan-Poeisch, nicht wahr? Ich meine, man könnte dort oben auf eines Ihrer Bücherregale einen Raben setzen.«

»In Ermangelung einer Pallas-Büste?«

»Das Ganze ist allerdings kleiner als in dem Gedicht. Ich kann mir vorstellen, daß Sie tief in sich selbst versinken, wenn Sie hier sitzen, und sich in Ihre Seele graben. Es ist ein geeigneter Raum, um darin zu denken. Ein geeigneter Raum, um sich darin etwas einfallen zu lassen.«

»So etwa wie eine Gefängniszelle.«

»O nein, Mrs. Crye. Er ist klein, aber Sie sind hier frei. Sie sind entschieden freier als jemand, der in einem großen Werkstattraum Schreibmaschinen repariert.«

»Ich bin an meinen Schreibtisch gefesselt. Ich bin an meine Schreibmaschine angekettet wie der Affe eines Leierkastenmannes, der an die Drehorgel gekettet ist.« ('Kritz warf Stevie einen Blick zu. Das Wort ›Affe‹ gehörte zu seinem Vokabular.) »Ich habe gerade so viel Bewegungsfreiraum, um mit einer ausgestreckten Blechtasse im Kreis meiner Kunden herumzugehen. So frei bin ich, Seaton. Ihr Job ist ähnlich wie meiner. Vielleicht sogar besser. Sie haben die Wochenenden frei. Ich habe ein schlechtes Gewissen, wenn ich sie nicht dazu benutze, um die Blechtasse aufzufüllen.«

»Also, dann mache ich mich jetzt mal an die Arbeit.« Er nahm einen winzigen Schraubenzieher aus der Tasche seiner Armeejacke. »Es ist Samstag, Mrs. Crye, und dennoch arbeite ich.«

Mit 'Kritz um den Hals beugte sich Seaton über die PDE-Exceleriter 79 und fummelte an den Kabeln unter dem Farbbandtransport herum. Dann nahm er den Deckel vollständig ab und untersuchte wie ein Chirurg den Hohlraum voller Hebel, Räder und Nocken, aus denen das glänzende Innenleben der Maschine bestand. Stevie stand hinter ihm und beobachtete ihn bei der Arbeit. Was tat er da? Beging er eine weitere Sabotage an der Maschine oder behob er die Ursache, die die Maschine befähigt hatte, von selbst zu schreiben?

»Seaton?«

»Ma'am?«

»Sie haben beim letztenmal etwas mit meiner Maschine gemacht, das mir sehr viel Verdruß bereitet hat. Ich denke, Sie sollten das wissen. Sie sagten, Sie wollten es besonders gründlich machen, und diese Gründlichkeit hat mich gefühlsmäßig vollkommen aus dem Gleis geworfen. Meine beste Freundin hält mich für übergeschnappt, Seaton, und ich muß sehr auf der Hut sein, damit ich meine Wut und Angst nicht an den Kindern auslasse. Heute morgen bin ich durchgedreht und habe ungefähr drei Fässer Wut und Angst über den Kindern ausgeschüttet. Es liegt an der Schreibmaschine. Die Schreibmaschine hat mich als Geisel in der Gewalt.«

»Man weiß doch, wie Kinder sind«, antwortete Seaton, ohne sich umzudrehen. »Wahrscheinlich war es nötig, daß Sie sie mal zurechtgestutzt haben. Genau wie Sie es mit mir und 'Kritz unten getan haben. Ich habe es verdient, Mrs. Crye. Ganz bestimmt. Übrigens sind Kinder elastisch wie Gummibänder; sie schnellen nach Enttäuschungen sofort wieder zurück.«

»Davon rede ich nicht, Seaton. Was immer Sie mit meiner Schreibmaschine am Mittwoch nachmittag angestellt haben — angeblich haben Sie sie repariert —, das haben Sie mit mir angestellt. Ich denke, Sie wissen ganz genau, wovon ich rede. Ich halte seit meinem Besuch bei Dr. Elsa gestern morgen eine halbwegs entschlossene Front aufrecht, aber ich stehe am Rande der Auflösung. *Wollten* Sie das?«

Seatons Hände beendeten ihre erforschende Chirurgenarbeit an der Schreibmaschine. Er richtete den Rükken gerade auf und sah ihr ins Gesicht. Es war erst das zweitemal in ihrer ungewöhnlichen Bekanntschaft, daß er absichtlich ihrem Blick begegnete. Der Kapuzineraffe turnte auf seiner Schulter herum, bis die Spitze seines weißbärtigen Kinns auf Seatons Kopf lag, und von diesem wackeligen Thron aus fügte er sein unerbittliches Starren dem des Mannes hinzu.

»Sie sehen nicht aus, als ob sie sich auflösen würden, Mrs. Crye. Sie sehen aus, als ob es Ihnen sehr gut ginge. Innerlich, meine ich. Tief innen.«

»Sie haben Röntgenaugen, mit denen Sie in die Menschen hineinsehen können, wie ich annehme?« Stevie bereute gleich darauf diese Frage. Es steigerte das Unbehagen, das sie bezüglich Seaton empfand, wenn sie ihm auch noch eine übersinnliche Kraft unterstellte. Durch Aufbietung aller Willenskraft gelang es ihr, die Augen fest auf seine gerichtet zu halten und die des aufsässigen Affen zu ignorieren.

»Clinac-18-Augen«, sagte er ausdruckslos.

»Das ist kein Röntgengerät. Das ist ein Teilchenbeschleuniger. Worauf wollen Sie hinaus?«

Seaton schlug die Augen nieder, sein Blick schweifte über das Muster des Orientteppichs, auf dem sie stand. »Sie erwähnen ihn in ihrem Artikel im *Boten*. Den Clinac 18. Sein Strahl geht tief und löst Tumore auf. Ich wollte nur ... na ja, wissen Sie, einen Vergleich anbringen. Wie nennen Schriftsteller diese raffinierten Vergleiche, bei denen man etwas sagt, das etwas anderes bedeutet?«

»Metaphern.«

»Genau. Sie sprachen von ›Auflösung‹, und dann sagten Sie ›Röntgenaugen‹, und da fiel mir eben ein, was Sie in dem Krebs-Artikel geschrieben haben. Ich habe mich in einer Metapher versucht, Mrs. Crye. Wahrscheinlich habe ich es aber nicht richtig gemacht, denn so Zeug war für mich immer sehr schwierig. Deshalb werde ich niemals Schriftsteller werden, auch wenn ich viele Geschichten im Kopf habe — Gespensterkram, schauerliche, schwer zu verdauende Sachen —, die ich gern aus mir rausbekommen würde. Wirklich, ich beneide Menschen, die schreiben.«

»Sie sind der Auslöser, daß meine Schreibmaschine von selbst schreibt, Seaton. Ist es ein Teil von *Ihnen*, der die Maschine bedient?«

»Was habe ich gemacht, Mrs. Crye?« Er runzelte finster die Stirn.

»Sie haben irgend etwas gemacht, damit die verdammte Exceleriter von allein schreibt. Sie schreibt mitten in der Nacht Texte, wenn ich nicht davor sitze und tippe. Ich glaube, Sie stecken dahinter, Seaton. Ich glaube, da ist ein Teil von Ihnen am Werk.«

Seaton schwenkte 'Kritz so herum, daß der Affe sie schließlich nicht mehr anstarren konnte, und schaute über die Schulter zu der Schreibmaschine zurück. Dann drehte er sich wieder zu Stevie um, ließ den Blick zum

Dearborn-Heizgerät wandern und hielt so still, daß er nicht einmal mehr zu atmen schien, während 'Kritz sich an seinem Arm bis hinunter zur Hüfte hangelte. Seatons Stirn hatte sich noch nicht wieder geglättet. Wenn er schauspielerte, dann war er bemerkenswert begabt für die Darstellung einer unbeständigen Mischung aus Verwirrung und peinlichem Berührtsein.

»Ma'am?«

»Sie wissen sehr gut, wovon ich spreche.«

»Ich glaube nicht, daß es ein Teil von *mir* ist, Mrs. Crye. Ich bin heute zum erstenmal in Ihrem Haus.«

»Sie mußten sich irgendwie Zugang zu meinem Haus verschaffen, nicht wahr? Sie mußten unbedingt hier heraufkommen, um sich ein Bild zu machen, wie der Ort aussieht. Sie wollten die Auswirkung Ihrer Schädelanzapfung begutachten. Darum dieses ganze Theater, nicht wahr?«

Vielleicht hatte er doch irgendwo menschliche Züge. Seine schuljungenhaften Pausbacken röteten sich leicht, und als er sich schließlich zu diesen Vorwürfen äußerte, geschah es mit krächzender Stimme. »Ich wollte ... ich wollte nur das *T* reparieren.« War er rot geworden, weil er sich schuldig und ertappt fühlte oder weil er nachsichtigerweise ihretwegen peinlich berührt war? Stevie konnte es nicht schlüssig sagen. Sie ballte die Hände auf den Schultern zu Fäusten und klopfte geistesabwesend mit den Fingerknöcheln gegen ihr Schlüsselbein.

»Warum fangen Sie dann nicht endlich an und reparieren das alberne *T?*«

»Ich war bereits dabei, Mrs. Crye. Ich bin gleich fertig. Ich werde mich beeilen und die Arbeit sofort zu Ende bringen.«

Draußen schien die Sonne strahlend hell, es war ein herrlicher Februartag, doch in ihrem Arbeitszimmer war es kalt. Um ihren flatterigen Händen eine Beschäftigung zu geben, nahm Stevie eine Streichholzschachtel aus der einzigen Tasche ihrer Strickjacke und entzündete nervös das Heizgerät. Dann stand sie da und hielt die Hände zum Wärmen hinter sich, während sie Seaton Benecke bei der Arbeit zusah. War hier eine neue Teufelei oder mechanischer Exorzismus im Gange? Stevie redete sich ein, daß es ihr egal war. Sie wollte nichts weiter, als daß er die Arbeit endlich beendete und sich und seinen widerlichen kleinen Begleiter aus ihrem Haus entfernte. Das *T*, das er zu reparieren versuchte, stand für *Taktik*. Vielleicht war sie erfolgreich gewesen, diese Taktik, doch sobald er verschwunden sein würde, würde sie den Krieg an breiterer Front gewinnen, indem sie ihn aus ihrem Denken verbannte und ihm nie wieder erlaubte, die Öffnung zu ihrem Bewußtsein zu verdunkeln.

»Ich glaube, jetzt funktioniert es, Mrs. Crye.« Er drückte die Metallabdeckung wieder an ihren Platz, zog ein Blatt Manuskriptpapier ein und hämmerte eine Reihe von Worten herunter, darunter *Taktik, Temperatur, Ticket, Tinte, Turteltaube* und *Tingeltangel.* »Ja, Ma'am, jetzt ist es in Ordnung. Es ist sogar besser als vorher. Ein *T*-Service vom feinsten.« Die letzte Bemerkung entsprach Seatons Vorstellung von einem Scherz — ein weiterer schwacher Benecke-Kalauer. Er schenkte ihr ein zaghaftes Lächeln, wandte sich wieder ihrer (erwiesenermaßen gefügigen) Maschine zu und schrieb als letzten Trommeltaumel das Wort *Tipptaste.*

»Sehr gut, Seaton. Sie haben Ihren Standpunkt behauptet. Jetzt ist es Zeit, daß Sie gehen. Ich muß nach den Kindern sehen.«

»Sie wird jetzt noch besser als vorher arbeiten, Mrs. Crye.«

»Tatsächlich?«

»Ja, Ma'am. Egal, wie gut die Maschinen arbeiten, wenn ich sie in die Hände bekomme, ich versuche immer, noch mehr herauszuholen. So mache ich das. Versuchen Sie doch auch mal, aus dem letzten Artikel oder

der letzten Geschichte, die Sie geschrieben haben, noch mehr herauszuholen.«

Stevie vermied es, Seaton durch eine Bemerkung zu weiteren Empfehlungen zu ermutigen. Sie öffnete die Tür des Arbeitszimmers und beobachtete mit zusammengekniffenen Lippen und einem unmerklichen Zittern, wie er seinen winzigen Schraubenzieher wieder in die Tasche steckte, sich die Hände an der Armeejacke abwischte und sich umsah, ob noch irgendwo vergessene Werkzeuge oder Schreibmaschinenteile herumlagen. Obwohl die kalte Luft aus dem Korridor um Stevies Knöchel strich, ließ sie die Tür des Arbeitszimmers offen, um Seaton anzudeuten, daß ihre Unterhaltung — ihre ganze Verbindung — beendet war. Je eher er die Treppe hinunterging und sich auf den Weg zum Highway und nach Hause machte, desto eher würde das Eis in ihrem Knochenmark schmelzen und sie wieder eine gesunde menschliche Wärme durchfluten.

Widerspenstig sprang 'Kritz von Seatons Hüfte auf den Orientteppich, hastete auf allen vieren an Stevie vorbei und flitzte wie ein Miniatur-Rennwagen um die Ecke in Richtung … Elternschlafzimmer. Stevie war zu fassungslos, um den Affen anzuschreien. Sie und Seaton wechselten einen vieldeutigen Blick und prallten mit den Schultern gegeneinander, als sie durch die Tür stürzten, um den Kapuziner zu verfolgen. An der Schwelle zu ihrem Schlafzimmer sah sie, wie 'Kritz über den gesteppten Bettüberwurf tänzelte, den sie genäht hatte, als Ted junior noch ein Baby und Marella noch nicht einmal als Keim einer ehelichen Vereinigung vorhanden waren. Das Tier hatte Krallen. Es würde dieses zukünftige Erbstück ruinieren. Jetzt machte es tatsächlich von der Mitte der Stepperei einen Satz auf das geschnitzte Kopfbrett. Seine Possen — die unbedachte Anmaßung eines winzigen Affen — versetzten Stevie in rasende Wut.

»Ich dachte, er mag keine Kälte«, sagte sie mit spitzem Vorwurf. »Dies ist der kälteste Raum im oberen Stock, weil ich nie die Fensterläden öffne und die Vorhänge immer zugezogen lasse. Was macht er ausgerechnet hier drin, Seaton?«

»Haben Sie Ihren Kindern jemals diese Bücher vom *Naseweiß Georg* vorgelesen, als sie noch klein waren? 'Kritz ist ebenso naseweiß wie der neugierige Affe in diesen Kinderbüchern. Er kann die Kälte eine Weile aushalten, Mrs. Crye. Sie wird ihm nicht schaden.«

»Ich mache mir Sorgen um meine Steppdecke, meine Möbel, meinen Teppich. Um 'Kritz mache ich mir *keine* Sorgen.«

»Ja, Ma'am.«

»Schaffen Sie ihn hier raus, Seaton! Schaffen Sie ihn hier raus, ohne den ganzen Raum auf den Kopf zu stellen!«

Naseweiß 'Kritz sah sie vom Kopfbrett des Bettes auf der anderen Seite des verdunkelten Schlafzimmers aus an, eine Affenversion von Poes Raben. Die große weiße *10* auf seinem Trikot schien davon zu zeugen, daß er der absolut perfekte Kapuziner war, den kein anderer Affe dieser Gattung an Beweglichkeit, Intelligenz oder Symbolik für eine unbekannte Bedrohung übertreffen konnte. Seaton machte keinerlei Anstalten, ihn entweder einzufangen oder durch Rufen zu bewegen, vom Bett zu kommen. Statt dessen musterte der den dämmerigen Raum abschätzend.

»Hier schlafen Sie also?«

»Sorgen Sie dafür, daß er von meinem Bett verschwindet!«

»Das ist ein wunderbares übergroßes Bett, Mrs. Crye. Sicher haben Sie hier früher gemeinsam mit Ihrem Mann geschlafen. Es muß ganz schön einsam sein, in einem so großen Bett in einem so großen Zimmer ohne den Mann neben sich zu schlafen.«

Stevie gaffte den blonden jungen Mann fassungslos an. Wenn irgendein anderer männlicher Eindringling diese Worte ausgesprochen hätte, dann hätten sie sich wahrscheinlich angehört wie der Auftakt entweder zu einer Vergewaltigung oder zu einer Aufforderung, die so unerwünscht wie eindeutig war. Bei Seaton jedoch hatten diese taktlosen Bemerkungen einen Beiklang von schmachtendem Mitleid. Und das war auf eine besondere Weise fast ebenso beängstigend wie eine feuchte Zunge, die sich ihr ins Ohr bohrte, oder eine derbe Hand auf ihrer Brust. Im Fall des letzteren brutalen Szenarios hätte sie wenigstens um Hilfe schreien können, ohne die geringste Unentschlossenheit.

Und dann fragte Seaton: »Haben Sie Ihren Mann geliebt?«

»Natürlich habe ich meinen Mann geliebt!« Stevie war so schockiert über diese Frage aus heiterem Himmel, daß ihr keine andere Antwort einfiel.

»Und hat er Sie geliebt?«

Ihr Schock löste sich auf wie ein Tumor unter den wiederholten Elektronen-Bombardements eines Clinac 18. »Schaffen Sie Ihren gottverdammten Affen aus meinem Schlafzimmer!«

Ungerührt schaute Seaton zu seinem gottverdammten Affen hin. »Hierher, 'Kritz. Hierher, 'Kritz!« Er pfiff durch die Zähne. »Ich hab Lakritz für dich, 'Kritzi-Junge. Komm, nimm dir das Lakritzchen.« Er näherte sich dem Bett, wobei er dem Tier eine der in Folie verpackten Pastillen hinstreckte. Abwechselnd pfiff er durch die Zähne und pries das altbewährte Lockmittel an. »Hier ist ein feines Leckerchen für dich, 'Kritzi, ein ganz feines Leckerchen.«

Ungefähr wie ein Kind, das mit den Füßen zuerst vom Sprungbrett ins Naturschwimmbecken im Roosevelt State Park hüpft, sprang der Kapuzineraffe vom Kopfbrett des Bettes mitten auf die Technicolor-Steppdecke. Er federte einmal hoch, grapschte nach dem Bonbon in Seatons Hand und landete etwa einen halben Meter von Stevie entfernt auf dem Teppich. Seine

Nicht-Augen waren schwarze Miniatur-Mahlströme, deren Wirbel sie in eine fremdweltliche Leere zu reißen drohten. Als Stevie vor dem starren Blick des Affen zurückwich, nutzte 'Kritz diesen Vorteil, um durch die Tür und den Flur in Marellas Zimmer zu flitzen. Stevies Herz hämmerte mit wilden Schlägen gegen ihre Brust; sie knirschte mit den Zähnen und machte sich an die Verfolgung des Geschöpfes.

»Kommen Sie!« schrie sie Seaton an. »Sie haben mir versprochen, daß so etwas nicht passieren würde. Sie sind derjenige, der ihn einfangen muß.«

In Marellas großem Schlafzimmer blieb sie stehen und sah sich um. 'Kritz konnte überall sein. Ihre Tochter sammelte Plüschtiere: Bären, Pudel, Krokodile, Gürteltiere, Koalabären, Ziegen, Seehunde, Enten und Kreaturen aus der Sesamstraße. Einige dieser Tiere waren naturgetreu, andere waren Fabelwesen, einige waren gepunktete oder grellbunte Karikaturen einer echten irdischen Fauna — und sie füllten jede Nische, jeden Winkel und jede Ablagefläche in dem Raum und machten ein schnelles Ausfindigmachen von Seatons Kameraden unwahrscheinlich, auch wenn 'Kritz so entgegenkommend gewesen wäre, mitten in dieser seelenlosen Menagerie auf und ab zu hüpfen. Aber so entgegenkommend war er ohnehin nicht.

Stevie betrachtete den dreigeschossigen Servierwagen auf der anderen Seite des Raums, auf dem Marella die meisten ihrer ausgestopften Tiere zusammengepfercht hatte, doch der lebendige Affe schien nicht dabei zu sein. Er war entweder unter eins der Betten geschlüpft oder hatte sich in der ein paar Stufen tiefer gelegenen Abstellkammer versteckt, die sich etwa dreieinhalb Meter zu Stevies Linken befand. Diese Abstellkammer hatte eine kleine Innentür, die sich in eine weitere kleine Kammer — oder eher einen Verschlag — über der Küche öffnete, und das letztemal, als Stevie sie überprüft hatte, war sie mit einem Holzpflock, der sich auf einem großen, schräg eingeschlagenen Nagel drehen ließ, sicher verriegelt gewesen. Leider war die Tür zu der Abstellkammer verschwörerischerweise angelehnt, und wenn entweder Teddy oder Marella in den Verschlag gespäht hatten, ohne danach den Holzpflock wieder in die richtige Stellung zu drehen, dann war 'Kritz möglicherweise in die wer weiß wie bevölkerte Dunkelheit geflüchtet. Sie würden ihn niemals herausbekommen. Die Wärme von der Küche heizte dieses muffige Labyrinth sogar im Winter, so daß man darin leben konnte, und seine Abmessungen erschienen zuweilen größer als die des Küche-plus-Eßecke-Bereichs, über den es sich angeblich erstreckte, besonders für einen Eindringling, der mit der Örtlichkeit nicht vertraut war. Das letzte, was sich Stevie wünschte, war ein Totenkopf-Kapuzineraffe, der in ihrer Abstellkammer spukte und auf seinen spinnwebenüberzogenen Wegen auf und ab trippelte, mit Zugang zu Marellas Zimmer, das so praktisch wie ein siebenstöckiges Kaufhaus in nächster Nachbarschaft war. Sie stellte sich vor, wie das kleine Ungeheuer nachts heraushuschte, um sich auf das Kopfkissen ihrer Tochter zu setzen und sich an ihrer Halsschlagader gütlich zu tun. Und wenn Marella einmal eins ihrer Plüschtiere vor dem Schlafengehen auf eben dieses Kopfkissen betten würde, und wenn Stevie dann in der alle Einzelheiten verwischenden Dämmerung zu ihr hineinschauen würde, dann würde sie das Spielzeugtier für den echten Kapuzineraffen halten und auf der Stelle einen Herzstillstand erleiden …

»Seaton, kommen Sie hier rein!«

»Ich bin direkt neben Ihnen, Mrs. Crye.«

»Sehen Sie unter den Betten nach. Suchen Sie in der Kammer. Und beten Sie, daß er nicht in den Verschlag geflüchtet ist. Ich habe von Ihnen und von ihm jetzt endgültig die Nase voll.«

Seaton tat, wie ihm geheißen. 'Kritz war unter keinem der Zwillingsbetten, denn er hatte sich in der tiefergelegenen Abstellkammer versteckt. Seaton fand ihn auf einem moderigen gepolsterten Schrankkoffer hinter einem Vorhang von aufgehängter Sommergarderobe. Er zerrte den Affen in Marellas Zimmer zurück, begleitet von einer unmelodischen Untermalung, die aus Kreischen ('Kritzis) und Autsch-Lauten (seinen eigenen) bestand. Fetzen von Folie klebten im Bart des Kapuziners, Splitter von zermalmtem gezuckerten Lakritzdrops glitzerten über dem langen Schlitz seiner Lippe. Seine Augenhöhlen enthielten die gleiche trügerische Leere wie immer.

»Schaffen Sie ihn hier raus, Seaton! Bringen Sie ihn mit Ihrer Zeitbombe von einem Motorrad zurück nach Columbus!«

»Ja, Ma'am.«

Endlich, nach beinah zweistündigem Andeuten, Vorschlagen, Befehlen und Verlangen brachen die ungebetenen Gäste der Cryes auf. Teddy und Marella waren bei ihrem Abschied traurig. Sie winkten den Gestalten auf dem Motorrad nach und riefen ihnen Einladungen für einen Besuch in nächster Zukunft hierher. Stevie, die im Haus geblieben war, stand an der Küchenspüle und wusch sich die Hände in brühendheißem Wasser.

XXI

Ungefähr eine Stunde später stand sie in ihrem Arbeitszimmer und begutachtete die Exceleriter. Was hatte Seaton Benecke diesmal damit gemacht? Es war jetzt wärmer in dem Raum, fast behaglich. Sie ließ die Finger sinnierend über der Tastatur schweben, überzeugt davon, daß sie, wenn die Maschine jetzt ›sogar noch besser als zuvor‹ war, endlich einige Antworten von ihr bekommen würde. Es mochten nicht die Antworten sein, die sie sich wünschte, auch keine im entferntesten tröstende Antworten, doch ihre Erkenntnisse über sich selbst und jene, die sie liebte, würden beträchtlich vertieft, und am wichtigsten war es jetzt, daß sie durch die übernatürlichen Informationen von der Schreibmaschine etwas erfuhr, ohne selbst die Verbindung zur Realität zu verlieren. Sie hatte kein Verlangen, über ihre Eingangstür ein Schild zu hängen mit der Aufschrift *Stevenson Crye, die Irre von Wickrath-County.* Wie bekam man jedoch Antworten von einer eigenwilligen, wenig hilfsbereiten Maschine?

Man fordert sie heraus, sagte Stevie sich. Man spricht sie direkt an. Man stellt ihr Fragen und bringt auf diese Weise einen Dialog in Gang.

Auf dasselbe Blatt Papier, auf das Seaton Benecke eine Reihe von Wörtern mit *T* getippt hatte, schrieb sie eine Frage, wobei sie die Finger so sanft aufsetzte wie saurer Regen fiel. Das Ergebnis würde entweder Wachstum oder Zerstörung sein.

WER BIST DU?

Drei Worte und ein Fragezeichen. Sie hatten sich in ihrem Geist gebildet, waren wie durch ihr Nerven- und Bewegungssystem gewandert und wie durch Magie auf einem winzigen Fleck von jungfräulichem Weiß gesprossen. Durch die Vermittlung ihrer Exceleriter hatte sie Gedanken auf Papier übertragen. Daran war nichts Seltsames. Millionen von Menschen vollbrachten tagtäglich derartige Gedankenübertragungen, häufig mit weltbewegenderen Inhalten und verzwickteren Fragen als ›Wer bist du?‹ Natürlich war sie die einzige auf der ganzen Welt, die die schreckliche Tragweite dieser speziellen Drei-Worte-Frage ermessen konnte.

Während Stevie immer wieder las, was sie getippt hatte, drückte die Exceleriter ihre eigene Taste zur Aufhebung der Sperre herunter und antwortete mit einem Wirbel von Großbuchstaben, die einem förmlich ins Auge sprangen.

ICH BIN EINE AUSGEBURT DEINER PHANTASIE, STEVENSON CRYE, IRRE VON WICKRATH-COUNTY. ICH BIN DU.

Eine offenkundige Lüge, denn ihre Hände lagen gefaltet vor ihr und hatten die Tastatur nicht berührt, um dieser Antwort Gestalt zu verleihen. Ebensowenig hatte sie einen derartigen Gedanken im Geist formuliert. Wenn man unbeweglich vor einer Maschine stand, die sich selbst in Gang setzte, konnte man keinen Gedanken zu Papier bringen, den man nie gehabt hatte. Vielleicht hatten sich Seaton Benecke, 'Kritz und diese teuflische Schreibmaschine zu einer Verschwörung vereinigt, um sie in den Wahnsinn zu treiben. Durch das Übernehmen des Zusatzes *Irre von Wickrath-County* aus der flüchtigen Träumerei eines soeben vergangenen Augenblicks schien sich die treibende Intelligenz der Exceleriter — woraus diese auch immer bestehen mochte — diesem Zweck gebeugt zu haben. Stevie tippte:

TUT MIR LEID. DAS STIMMT EINFACH NICHT.

Worauf die Exceleriter antwortete:

DANN BIST DU VIELLEICHT EINE AUSGEBURT MEINER PHANTASIE, STEVIE, DENN EINE VON UNS MUSS DER ANDEREN GEHÖREN. ICH LIESS DICH IN DEN GENUSS DES ZWEIFELS KOMMEN; UND ZWAR AUFGRUND DER ANNAHME, DASS ENTWEDER DU ODER DEIN MANN DIESE MASCHINE BEZAHLT HAT.

Danach entspann sich ein echter Austausch:

WENN DU EINE AUSGEBURT MEINER PHANTASIE WÄRST, WÄRE ZWISCHEN UNS NICHT DIESER STREIT AUSGEBROCHEN. TED HAT DICH GEKAUFT, NIEMAND HAT DAFÜR

GELD AUSGEGEBEN, DASS DU MIR REGELMÄSSIG DIE HERRSCHAFT ÜBER DICH AUS DER HAND NEHMEN WILLST.

AN WEN WENDEST DU DICH DAMIT, STEVIE? AN DIE PDE-EXCELERITER 79 ODER AN DIE INTELLIGENZ, DIE DU DAHINTER WAHRNIMMST?

ICH WEISS ES NICHT. DOCH, ICH WEISS ES. AN DIE LETZTERE.

MANIPULIERE ICH DICH? MANIPULIERST DU MICH? ODER SIND WIR VIELLEICHT PARTNER IN EINER BIOMECHANISCHEN SYMBIOSE?

ES IST NICHTS MECHANISCHES AN DER INTELLIGENZ, DIE SOLCHE FRAGEN STELLT. WER BIST DU?

ICH BIN DIE AUSGEBURT EINER PHANTASIE, IN DEREN PHANTASIE DU EINE AUSGEBURT DER MEINEN BIST, ODER UMGEKEHRT.

Stevie weigerte sich, diesen letzten Schachzug anzuerkennen. Das war dummes Zeug. Ein Argument wie aus einem der pubertären Denkspiele, die man in Collegekreisen spielte. War die Welt real? Waren unsere Träume Eingebungen aus einer anderen Realität? Haben wir Gott geschaffen, oder hat Er uns geschaffen ...? Keine der Antworten auf diese Fragen, wie ausgeklügelt und pfiffig sie auch sein mochten, ersparten einem die bittere Erfahrung, daß man eine enttäuschend schlechte Note erhalten hatte — bei der letzten Zwischenprüfung, und daß sich das endgültige Examen mit Riesenschritten näherte. Daß Lyndon Baines Johnson an einen Charakterdarsteller aus Hollywood erinnerte und daß amerikanische Soldaten in Vietnam starben. Daß man wieder mal eine gründliche Gesichtsaufbaumaske von Estée Lauder nötig hatte und daß man drei Tage, nachdem man dachte, die Periode sei jetzt zu Ende, immer noch tröpfelte ... Zum Teufel mit Fragen wie Wie-klingt-einhändiges-Klatschen? und Ist-der-Gelehrte-Soshu-ein-Mensch-der-sich-als-Schmetterling-träumt-oder-ein-Schmetterling-der-sich-als-Mensch-träumt? Obwohl es reine Illusionen waren, veröffentlichte alle Welt ihre verworrenen Thesen und veranlaßte einen, den Kotau vor ihnen zu machen. Man konnte all dem nicht entrinnen.

Es waren nur noch etwa drei Zentimeter Papier unter der letzten Ausführung der Exceleriter geblieben. Wenn sie Antworten anstatt Rätsel wollte, mußte sie zur Sache kommen. Stevie tippte:

> ERZÄHLE MIR ETWAS ÜBER TED. BEENDE MEINEN ALPTRAUM FÜR MICH. WENN DU MEIN MANN BIST, DANN SPRICH MIT MIR, WIE TED GESPROCHEN HAT.

Natürlich hatte Ted niemals über eine Schreibmaschine als Medium mit ihr gesprochen, und die Maschine reagierte auf Stevies Bitte, indem sie sich ausschaltete. Probehalber schlug sie auf die Taste, die ihr Summen wieder aufleben ließ. Doch stur ging sie wieder aus. Sie erweckte sie durch einen erneuten Schlag auf die Taste wieder zum Leben, und obwohl sie auf diesen Zug nicht mit einem dritten gereizten Ausgehen reagierte, summte sie, ohne eine einzige Zeile zu schreiben.

Teddy klopfte an die Tür und steckte gleichzeitig den Kopf herein. »Mom, arbeitest du? Dr. Elsa ist da. Kannst du mal runterkommen und mit ihr sprechen?«

Stevies Herz vollführte einen tolpatschigen Salto. Schuldbewußt schaltete *sie* die Maschine aus. Dann legte sie Gleichmut an den Tag und verbarg ihre Zwiesprache mit der Exceleriter, indem sie sich in voller Breite vor die Schreibmaschine stellte. Teddy konnte das verräterische Beweisstück nicht sehen, aber als Stevie ihm in die Augen sah, erkannte sie, daß er es auch gar nicht wollte. Ihr Schuldgefühl löste sich langsam auf, ihr Herzschlag mäßigte seine genickbrechenden Wogen.

»Er hat sie für dich repariert, oder nicht?« fragte Teddy. »Dieser Typ aus Columbus, Seeley Bennett oder wie er hieß?«

»Jepp«, sagte Stevie. »Sie ist repariert.«

»Er ist ein netter Kerl, Mom. Magst du ihn? Wahrscheinlich ist er nicht zu jung für dich. So ungefähr zwischen Dad und mir, altersmäßig.«

»Altersweisheit, Teddy, ist vielleicht ein Gebiet, auf dem du dem jungen Seeley Bennett einiges voraus hast.«

»Erlaubst du, daß er noch mal herkommt?«

»Geh wieder runter, Teddy, und setz für Dr. Elsa und mich Kaffeewasser auf. Ich komme nach, sobald ich hier ein bißchen aufgeräumt habe.«

»Ja, Ma'am.«

XXII

Dr. Elsa war gekommen, weil sie früher am Nachmittag die Mutter von Tiffany McGuire beim Lebensmittelhändler getroffen und von ihr erfahren hatte, daß Marella wieder mal krank geworden war. Sie war gekommen, um eine Nachuntersuchung durchzuführen, so war Dr. Elsa nun mal. Sie bestand darauf, das Mädchen gleich dort in der Küche einer schnellen, aber gezielten Untersuchung zu unterziehen. Marella fügte sich, weil ihr Bruder auch heute wieder zu Pete Wightman gegangen war und so nicht als Zuschauer anwesend war, und weil sie Dr. Elsa wirklich gern mochte. Es gab nicht viele Kinder in Barclay, die in den Genuß eines unaufgeforderten Hausbesuchs eines Arztes kamen. Es war eine Ehre, wenn einem bei sich zu Hause die Zunge heruntergedrückt wurde, während der Duft von frisch aufgegossenem Kaffee die Luft aromatisierte. So jedenfalls hatte Stevie es Marella dargestellt, und das Kind war gutwillig genug, diese Einstellung zu übernehmen.

»Geht's dir heute also wieder gut?« fragte Dr. Elsa, während sie in Marellas Augenwinkel sah.

»Mir ging es ziemlich bald wieder gut, nachdem mich Mrs. McGuire nach Hause gebracht hatte.«

»Wieder dieser nervöse Magen, was, junge Dame?«

»Ich glaube schon.«

»Das ist nicht alles«, warf Stevie ein. »Sie wachte mitten in der Nacht auf und klagte über Fieber.«

»Nein, das stimmt nicht«, widersprach Marella empört.

»Doch, das stimmt. Du hast gesagt: ›Heiß, Mama. O Mama, mir ist so heiß.‹ Du konntest dich nicht bewegen. Du wolltest, daß ich Dr. Elsa anrufe.«

»Mama, das stimmt nicht. Ich habe die ganze Nacht geschlafen.«

Stevie sah Dr. Elsa an. »Du weißt ja, wie Kinder sind, Elsa. Sie wachen mitten in der Nacht auf und unterhalten sich ausgiebig mit dir, und am Morgen erinnern sie sich an kein einziges Wort.«

»Sie erinnern sich meistens daran, wenn sie krank sind, Herzchen.«

»Ich war letzte Nacht *nicht* krank, Dr. Elsa. Mama brachte uns gleich nach den *Duke Boys* ins Bett, und ich habe gut geschlafen. Ich hatte Angst, daß es nicht so sein könnte, aber ich habe wirklich gut geschlafen. Mama hat nicht einmal den Eimer neben mein Bett gestellt.«

»Nun, als sie nach oben ging, schien sie zunächst ganz in Ordnung zu sein. Doch sie weckte mich auf und klagte darüber, daß ihr so heiß sei. Sie jammerte, daß sie zerlaufe. Ich sagte, sie solle die Decke zurückschlagen, aber sie behauptete, sie könne sich nicht bewegen. Schließlich bat sie mich, dich anzurufen.«

Marella, die neben Dr. Elsas Sessel stand, halb umschlungen vom Arm der Ärztin, verdrehte die Augen

gen Himmel und schüttelte den Kopf. Sie biß sich auf die Unterlippe, um sich am Reden zu hindern.

»Und warum hast du es nicht getan?« fragte Dr. Elsa.

»Ich bin dir die ganze Woche schon lästig. Am Dienstag habe ich deine Schreibmaschine benutzt, am Abend habe ich dir die Ohren vollgejammert, und gestern bin ich schon wieder nach Wickrath gefahren, um dich aufzusuchen. Ich konnte mich nicht schon wieder aufdrängen, Elsa, schon gar nicht mitten in der Nacht.«

»Selbst dann nicht, wenn deine Tochter gelähmt war? Was hätte sie *haben* müssen, damit du mich anrufst, Kindchen? Die Tollwut? Die Beulenpest?«

»Ich war nicht gelähmt. Ich habe geschlafen.«

»Ich kenne den Unterschied zwischen einer Lähmung und Schlaf!« fuhr Stevie ihre Tochter an. An Dr. Elsa gewandt, sagte sie: »Ich habe mich des Problems selbst angenommen. Es bestand keine Notwendigkeit, dich anzurufen.«

»Was hast du denn gemacht?«

»Ich zog die Decken von ihr weg und ...«

»Und was, Herzchen?«

»Und ...?« Stevie sah Marella mit plötzlicher übermächtiger Verwirrung an. Sie konnte ihre Tochter doch nicht so gesehen haben, wie sie sie ihrer Erinnerung nach gesehen hatte! Eine Person, deren Körper reduziert war auf einen lebenden Kopf über einem bis auf die Knochen entfleischten Brustkasten regenerierte ihre inneren Organe und die komplette Haut nicht innerhalb einer einzigen Nacht. Es ist unmöglich, daß sie am nächsten Tag aufsteht und herumläuft. »Und dann habe ich sie wieder zugedeckt«, schloß Stevie schwach. »Sie war vollkommen in Ordnung. Es hatte nicht den geringsten Grund zur Besorgnis gegeben.«

»Wart mal«, sagte Dr. Elsa. »Du hast dich davon überzeugt, daß sie sich bewegen konnte, indem du lediglich ihre Decken zurückgeschlagen und sie dann wieder über sie geworfen hast?«

»Ich brauchte mich nicht zu überzeugen«, sagte Stevie und versuchte, sich irgendwie durch einen Gegenwind hindurchzulavieren, der aus einer stürmischen Bucht ihres Unterbewußtseins wehte. »Sie schlief, als ich nach ihr sehen ging. Sie hatte gar keine Möglichkeit, darüber zu klagen, daß sie sich nicht bewegen konnte. Ich habe mir darüber auch gar keine Sorgen gemacht, Elsa.«

»Mama, was redest du denn da?«

Dr. Elsa nahm ihren Arm von Marellas Taille und ließ einen zweiten Teelöffel Zucker in ihren Kaffeebecher aus gebranntem Ton rieseln. »Stevie, Kind, deine Schreibmaschine muß entweder Salvador Dali oder Groucho Marx sein. All das ergibt überhaupt keinen Sinn.«

Nein, wirklich, es ergab keinen Sinn, oder? Für einen Augenblick war sie auf eine Seitenspur geraten, zu der ihr die geradlinige Realität keinen Zugang gewährte. Sie war auf dieser Spur weitergegangen, bis sie die unabweisliche Tatsache ihrer Unzugänglichkeit mitten zwischen die Augen getroffen hatte. Die Umkehr war ebenfalls nicht leicht. Die Leute beobachteten einen, wie man auf sie zukroch wie ein Untermensch aus einem kommunistischen Land, ein potentieller Spion, keines Vertrauens würdig ...

»Meine Schreibmaschine ist oben«, murmelte Stevie.

»Mama, du hast nur geträumt, daß du mich all diese Sachen sagen gehört hast. Dein Traum hat dich ganz durcheinander gebracht.«

Stevie lächelte das Mädchen an. »Stimmt, meine Tochter. Ich hatte einen lebensnahen Alptraum. Fast hätte ich angefangen, ihn zu glauben.«

»Du *hast* ihn geglaubt«, warf Dr. Elsa ihr vor.

»Nun ja, ich bin zurückgekehrt, Elsa. Ich bin aus dem Franz-Kafka-Land zurückgekehrt, und du und Marella, ihr könnt meinen Fall beilegen.« Sie stand vom Tisch auf, um sich noch eine Tasse Kaffee direkt aus dem Filteraufsatz einzugießen. Genau das brauchte sie. Eine ungesunde Dosis Koffein. Dr. Elsa und ihre Tochter wechselten ein paar geflüsterte Scherzworte, nach denen Marella ihren Mantel schnappte und wieder nach draußen ging. »Worum ging es zwischen euch?« wollte Stevie wissen, als sie an den Tisch zurückkam.

»Ich habe ihr gerade ein einwandfreies Gesundheitszeugnis ausgestellt.«

»Elsa, warum stellst du mir nicht auch etwas aus, ich meine, eine Rechnung? Ich schulde dir bestimmt ...«

»Kindchen, du könntest mir niemals das zahlen, was du mir schuldest, so lästig, wie du bist.« Sie prostete Stevie mir ihrem Kaffeebecher zu und schenkte ihr dazu ihr hübsches Marathon-Endrunde-Lächeln. »Und der Gipfel an Blödheit wäre, dir ein Zeugnis über deine einwandfrei Gesundheit auszustellen. Das hast du nicht verdient. Du verdienst einen Tritt sonstwohin, weil du nicht lauter um Hilfe gerufen hast. Und was das betrifft, so verdiene ich ebenfalls einen, weil ich mich gestern morgen nicht intensiver mit dir befaßt habe.«

Stevie nippte an ihrem Kaffee, der nach zwei Ladungen Zucker immer noch bitter schmeckte. Eine Art von sich träge drehender, von Milchstraßen durchzogene Koffeinfläche bildete in ihrem Becher einen Spiegel, und sie sah ihr Gesicht darin, oder zumindest ihre Augen, und wenn das verhärmte Spiegelbild auch nur die geringste Ähnlichkeit mit dem Gesicht hatte, das es widerspiegelte, dann war sie tatsächlich krank. Dann gehörte sie dringend auf die Notstation. Sie mußte sofort behandelt werden. Man müßte sie unter dem Clinac 18 anschnallen und losfeuern. Sie sah so schlecht aus — um einen beliebten Ausspruch ihres Vaters zu verwenden —, daß es ihr zum Sterben erst etwas besser gehen müßte. Natürlich waren die schillernden Ablagerungen auf einem Kaffeebecher nicht mit einem schmeichelnden Spiegel zu vergleichen, doch ein Blick in Dr. Elsas Augen bestätigte die nüchterne Aussage des Kaffees.

Dr. Elsa war der Ansicht, daß ihr Geist seit gestern verwirrt war. Dr. Elsa war der Ansicht, daß sie die Irre von Wickrath-County war.

Keine der beiden Frauen sagte etwas. Sie saßen da und nippten an ihrem Kaffee und knabberten die Vanillewaffeln, die Stevie in eine Plastikschale geschüttet und auf den Tisch gestellt hatte. Das Schweigen hielt an, fünf oder sechs Minuten lang, ohne daß sich ein Unbehagen bemerkbar machte.

Stevie und Dr. Elsa verband eine Beziehung, die auf gegenseitiger Wertschätzung und Unterstützung beruhte. Dr. Sam war selbst nicht von bester Gesundheit, obwohl er sich alle Mühe gab, seinen Teil der Last ihres Zwei-Städte-Alltags zu tragen; manchmal stellte sein Versagerkomplex sowohl als Arzt wie auch als Ehemann hohe physische und emotionale Anforderungen an Stevies Freundin. Laut Dr. Elsas eigener Aussage hatten sie und Dr. Sam seit drei oder vier Jahren nicht mehr miteinander geschlafen (tatsächlich hatten sie niemals Superleistungen, ja nicht einmal Vertreterdurchschnitt im Bett erreicht), und seit einiger Zeit hatte der sanfte, bescheidene, gewissenhafte Dr. Sam begonnen, mehr Interesse für die Artefakte der Cherokee und Griechen zu entwickeln als für seine Frau. Er zog es vor, bei archäologischen Ausgrabungen im Gebiet von Muscogee herumzulungern, als sie zu einem Abendessen in Columbus auszuführen oder zu einer Theaterveranstaltung des Colleges von Ladysmith. Er bewahrte eine Kiste mit Pfeilspitzen und steinernen Werkzeugen in einem Karton unter dem Bett auf, am selben Platz, wo er als jüngerer Mann seine raffinierten Verhüter aufbewahrt hatte.

Stevie hatte sich diese melancholischen Geständnisse im gleichen Geiste angehört wie Dr. Elsa ihr ein mitfühlendes Ohr geliehen hatte, als sie selbst ihr während der schweren Monate kurz vor und gleich nach Teds Tod ihren Jammer vorgetragen hatte. Jetzt konnten sie zusammensitzen, ohne zu sprechen, geborgen in ihrer Freundschaft, ihre Gemüter jeweils auf sensible Weise durch die Anwesenheit des anderen gefestigt. Fünf, zehn oder sogar zwanzig Minuten konnten verstreichen, bevor einer von beiden sich gezwungen oder auch nur im entferntesten veranlaßt fühlte, etwas zu sagen. Stevie hatte beobachtet, daß Männer stundenlang so dasitzen konnten — Ted mit Dr. Sam, ihr Vater mit einem Jagdkameraden —, doch in all ihren Freundschaften mit anderen Frauen, egal wie alt oder jung die Freundinnen waren, hatte der dringende Zwang nach Unterhaltung oder leichtfertigem Geplapper stets die Möglichkeit solch inniger Augenblicke beruhigenden Schweigens zunichte gemacht, ja auch nur den Gedanken daran im Keim erstickt. Sie mußte ihren Mann verlieren, um zu entdekken, daß es sie wirklich geben konnte.

Schließlich und völlig unvermittelt sagte Dr. Elsa: »Hast du dein Schrankpapier schon ausgelegt?«

Stevie zuckte zusammen. »Was?«

»Dein Schrankpapier. Das Zeug, das ich dir gestern mitgegeben habe. Hast du deine Schränke schon damit ausgelegt?«

»Nein, ich ...«

»Wo ist es? Ich helfe dir. Gemeinsam brauchen wir keine halbe Stunde, wenn ich dir helfen darf.«

»Es ist ... es ist oben.«

»Oben? Du wirst doch wohl nicht deine Bücherregale mit Schrankpapier auslegen, oder?«

Stevie erklärte Dr. Elsa, daß sie die Untersuchungstischauflagen zurechtgeschnitten hätte, um sie für Manuskript-Rohentwürfe zu benutzen. Sie erzählte ihrer Freundin nicht, daß sie die Streifen halbiert hatte, damit die Exceleriter, wenn die Stücke aneinandergeklebt waren, Texte einer Länge tippen konnte, die weit über die DIN A-4-Begrenzung von normalem Schreibmaschinenpapier hinausging. Ihre Unfähigkeit, diesen Umstand einzugestehen, betrübte sie; sie schien das Fundament des Vertrauens zu untergraben, auf dem sie und Dr. Elsa ihre Verbundenheit aufgebaut hatten.

»Bist du finanziell so schlecht dran, Kindchen? Daß du dir Entwurfspapier erbetteln und es in Streifen schneiden mußt, damit du es in deine Schreibmaschine bekommst?«

»Ich bin nicht so schlecht dran. Ich ... ich finde es nur angenehm, wie es sich anfühlt.«

»Du und die Küchenschaben.«

»Ich finde es für die Schreibmaschine sehr praktisch.« Das war das Äußerste, was sie zu ihrer Erklärung preisgeben konnte. Die beiden Frauen sahen einander an, das gestrige in Wickrath geführte Gespräch blitzte zwischen ihnen auf und spulte sich wortlos noch einmal in ihren Gedanken ab, was ihren Augen anzusehen war. Stevie wußte, was Dr. Elsa dachte, und Dr. Elsa hatte das mit Schuldgefühl beladene Geheimnis des Untersuchungstischpapiers halbwegs gelüftet, obwohl sie offenbar glaubte, daß Stevie eine groteske illusionäre Last mit sich herumschleppte, unter deren Gewicht sie taumelte. Jetzt war ihr beiderseitiges Schweigen nicht mehr ganz so behaglich. »Da wir gerade von meiner Schreibmaschine sprechen«, sagte Stevie. »Seaton Benecke war heute hier.«

»Marella hat es mir erzählt. Sie und Teddy waren offenbar ziemlich angetan von seinem Affen. Ich wußte nicht einmal, daß er ein solches Geschöpf besitzt. Seine Mutter hatte nicht viel für Haustiere übrig, wenn ich mich recht an sie erinnere.«

»Erzähl mir was über Seaton, Elsa.«

Dr. Elsa beteuerte, daß sie sehr wenig über die Beneckes wußte.

Vor zwanzig Jahren hatte Dr. Sam den Patriarchen des Clans, Hamlin, kennengelernt, als er in ganz Columbus auf der Suche nach gebrauchten Schreibmaschinen für die Klinik in Barclay war. Damals war Seaton, der jüngste der Benecke-Jungen, erst fünf oder sechs

Jahre alt und noch nicht in der Schule. Sein Vater pflegte ihn oft in die Firma für Bürobedarf mitzunehmen, einen dicklichen kleinen Jungen mit Haaren, die die Farbe von Weißgold hatten, und Augen wie gesprungene blaue Glassteine. Als Dr. Sam ihn zum erstenmal sah, saß er inmitten von gebrauchten und mangelhaften Schreibmaschinen; er starrte in den Mechanismus einer der neueren Modelle und ertastete mit dem Finger das Halbrund der Typenhebel in ihrer orchesterartigen Anordnung. Sams erster Blick in die Werkstatt vermittelte ihm den Eindruck, als ob Hamlin Benecke einen verschrumpelten Zwerg oder Gnomen beschäftigte, um besonders schwierige Reparaturen auszuführen, doch bald erkannte er seinen Irrtum und beobachtete voller Bewunderung den Fünfjährigen, ein weißhaariges Rumpelstilzchen, der sich als bleibendes Bild in sein Gedächtnis einprägte.

Die Schreibmaschine, die Sam schließlich kaufte, war eben jene, eine Smith-Corona, an der Seaton herumgebastelt hatte, als der Arzt den Laden betreten hatte. Zwanzig Jahre lang hatte diese Maschine sich sieben verschiedenen Sekretärinnen in der Barclay-Klinik mit Herz und Seele hingegeben. Auch wenn sie jetzt nicht mehr so furchtbar gut funktionierte, so war sie immer noch eine brauchbare Reserve, und im Laufe der Jahre hatte Dr. Sam ihre langjährige Zuverlässigkeit auf die gewissenhafte Wartung durch den fünfjährigen Seaton an jenem schicksalsträchtigen ersten Tag zurückgeführt. Daß Seaton heute von Beruf Schreibmaschinenmechaniker war, überraschte Dr. Elsa kein bißchen. Er war ein Zauberer. Er hatte das Händchen dafür. Er war mit einem Schreibmaschinenfarbband im Mund geboren worden.

»Elsa, er ist irgendwie merkwürdig.«

»Oh, ich weiß, er ist nicht der Zieh-dir-ein-paar-Bierchen-rein-Mechaniker, aber ich bin schließlich auch nicht Dr. Kildare.«

»Ich will damit nicht sagen, daß er exzentrisch ist, Elsa, er ist *merkwürdig*.«

»Ja, ich weiß. Er sieht dir nie in die Augen, wenn er mit dir spricht. Der Affe. Das Motorrad. Nie ist er zufrieden mit dem Beruf, in dem er so hervorragend ist. Er ist ein unglückliches Kind. Seaton Benecke.« Wieder sahen die beiden Frauen einander an. »Das muß irgend etwas mit seiner häuslichen Umgebung zu tun haben, als er noch klein war, glaube ich. Hamlin und Lynnette haben nicht ständig zusammengelebt. Er hatte eine Wohnung, sie eine andere. Sie waren nicht geschieden oder nach dem Gesetz getrennt oder so etwas, es ging nur einfach jeder seiner Wege, bis sie sich entschlossen, sich wieder für ein paar Monate zu vereinen und sich wie Mann und Frau zu benehmen, bevor sie erneut eine Beziehung auf getrennter Basis unterhielten. Das hat Seaton wahrscheinlich irgendwie verwirrt. Das hat ihn vielleicht etwas merkwürdig gemacht. Aber er ist nicht so merkwürdig, Stevie, daß er deine Schreibmaschine dazu bringt, von allein zu tippen. Er ist auf eine irdische Weise sonderbar, nicht auf Marsmännchenart sonderbar.«

Stevie setzte ihren Kaffeebecher mit Schwung ab. Spritzer einer dunklen Flüssigkeit flogen über den Tisch. »Damit willst du wohl sagen, daß ich auf Marsmännchenart sonderbar bin, was?«

»Das war eine unglückliche Wortwahl, Herzchen. Falsch gebrauchter Ausdruck. Unverbundene Antezedenz oder so. Sprache war nie meine Stärke.«

»Ich will dir sagen, wie sonderbar Seaton Benecke ist, Elsa.« Und mit wütenden Gesten erzählte Stevie von dem außergewöhnlichen nachtischlichen Gebaren des jungen Mannes mit dem Affen 'Kritz: wie er gelogen hatte, daß er sich am Vortag in den Finger geschnitten habe, wie er den Kapuziner Blut aus dieser Fingerspitze hatte saugen lassen, wie er zugegeben hatte, daß Blutsaugen ›einfach etwas ist, das 'Kritz gerne macht‹ (als ob dieses gemeinsame Treiben ebenso gang und gäbe wäre wie im Park Schach zu spielen), und wie das leere Starren des Affen eine Art Ersatz für Seatons mangelnde Fähigkeit war, einem direkt ins Gesicht zu schauen. So sonderbar war Seaton Benecke. Wenn *das* nicht auf Marsmännchenart sonderbar war, dann wußte Stevie nicht, welche Maßstäbe man dafür anlegen wollte. Trotz dieses hitzigen Ausbruchs sah sie kühl davon ab, den jungen Mann der Sabotage an ihrer Exceleriter zu beschuldigen, auch wenn er sehr wahrscheinlich eine solche begangen hatte.

Dr. Elsa sagte lakonisch: »Hast du das alles erfunden?«

»Ich bin sonderbar wie ein Marsmännchen — ich bin eine unzuverlässige Zeugin —, aber du kannst Teddy und Marella fragen. Sie werden meine Geschichte bestätigen.«

Eine ganze Weile später, nachdem sie Stevies verschütteten Kaffee mit einem Stück Küchenpapier aufgewischt hatte, sinnierte Dr. Elsa: »In früheren Zeiten wäre eine Person, die sich so verhält — und das scheint nur für Frauen vorstellbar —, in den Verruf geraten, eine Hexe zu sein. Vom Weltraum wäre in diesem Zusammenhang nicht die Rede gewesen.«

»Wovon sprichst du, Elsa?«

»Ich erinnere mich nicht nur an eine Anekdote, die einer meiner Professoren am Medizinischen College in Augusta einmal erzählt hat. Er hielt Anatomie-Vorlesungen, und manchmal schweifte der alte Vogel vom Thema ab, sein Geist hüpfte wie ein Eichhörnchen zu solchen kleinen historischen Ausschmückungen und kam von der Spur ab. Ich bringe die Metaphern durcheinander, nicht wahr? Wie auch immer, ich erinnere mich sehr gut an diese Abschweifung, denn er sprach von Brustwarzen.«

Stevie hob den Kopf und zog gleichzeitig fragend die Augenbrauen hoch.

»Er erwähnte, daß manche Menschen, sowohl Männer als auch Frauen, etwas haben, das man im medizinischen Jargon Adventitiae Mammae nennt. Diese erscheinen im allgemeinen an der Milchleiste der Betroffenen, einem großen, aus Urzeiten übriggebliebenen U, das von einer Brust hinunter zur einen Lendenseite und auf der anderen wieder hinauf zur zweiten Brust führt. Meistens sind sie klein, diese zusätzlichen Brustwarzen, kleine entzündet aussehende Fleischknubbel. Sie sind keineswegs ungewöhnlich. In alten Zeiten nannten die Leute auf dem Land sie ›Hexentitten‹. Weißt du, warum?«

»Ich kann kaum erwarten, es zu erfahren.« (So war es wirklich.)

»Weil Hexen sie benutzten, um ihre Familiaren damit zu säugen. Das glaubte man jedenfalls im Mittelalter, und dieser Glaube breitete sich auch unter den Puritanern Amerikas aus und weiter zur Atlantikküste, bis in die Appalachen-Berge und die Kolonie von Georgia.«

Dr. Elsa erklärte, daß Familiaren untergeordnete Dämonen waren, die die Gestalt von Tieren annehmen konnten — meistens die von Katzen oder Kröten —, um ihrer Hexenherrin bei der Ausübung ihrer Mission für das Böse beizustehen. Die Familiaren erhielten ihre Nahrung direkt von der Hexe, in deren Besitz sie waren, indem sie ihr Blut aus einem Hautmal, einer Warze, einem Wundschorf oder der dank der Vorsehung verborgenen Hexentitten saugten (wobei man hier natürlich eher von einer satanischen als von einer göttlichen Vorsehung ausgehen muß). Leidenschaftliche Hexenjäger waren versessen darauf, Frauen, die im Verdacht standen, Gespielinnen des Leibhaftigen zu sein, zu entkleiden und ihre Körper nach diesen sagenhaften Brustwarzen abzusuchen. Weibsbilder, die solche aufwiesen, wurden häufig auf dem Fegefeuer verbrannt oder in einen halb zugefrorenen Weiher getaucht und darin geschwenkt. Das war für die Familiaren fast ebenso schlimm wie für die Damen, an denen diese tödliche

Läuterung vollzogen wurde. Damals, in den Schlechten Alten Zeiten, war es also nicht erstrebenswert, zusätzliche Brustwarzen zu haben …

»Seaton ist keine Frau«, sagte Stevie.

»Männliche Hexen nennt man Hexenmeister, Kindchen. Vielleicht ist dieser sechsundzwanzigjährige Schreibmaschinenmechaniker ein Hexenmeister. Und dieser Affe ist sein Familiar.«

»Hör auf, Elsa!«

»Es hat keine große Bedeutung, daß er die Kreatur nicht an einer Extratitte säugte. Ein Finger ist ein guter Ersatz dafür. Jede brustwarzenähnliche Erhebung kann diesen Zweck erfüllen.«

»Elsa, dieser verdammte Affe hat ein ganzes Spiegelei mit einer Cocktailgabel vertilgt. Blutsaugende Dämonen essen doch keine Spiegeleier, oder?«

»Beidseitig oder einseitig gebraten?«

»Mit zerlaufenem Eigelb, Elsa. Du machst dich über mich lustig. Du machst dich genauso über mich lustig wie die verfluchte Schreibmaschine.«

Dr. Elsa beugte sich vor und umfaßte Stevies Handgelenke. »Herzchen, der Junge ist wunderlich. Seine Brüder haben es zu mehr gebracht als er. Einer von ihnen ist der Geschäftsführer der Bürobedarfsfirma, mit einem abgeschlossenen Studium der Betriebswirtschaft. Der andere ist Pilot bei einer privaten Luftfahrtgesellschaft. Seaton besitzt einen Leierkastenaffen, den er an einer Wunde an seinem Finger nuckeln läßt. Das ist weder ungefährlich noch hygienisch noch angenehm anzusehen, aber etwas anderes ist es auch nicht, Herzchen, es ist nicht übernatürlich.«

»*Du* hast doch angefangen, von Familiaren und zusätzlichen Brustwarzen und all dem Zeug zu sprechen, Elsa, nicht ich. *Du* hast die Rede darauf gebracht.«

»Nur um dir klarzumachen, wie vollkommen abwegig das Ganze ist. Du brauchst Erholung von deiner Arbeit. Ich sage dir was: Morgen nach der Kirche hole ich

Teddy und Marella zu uns raus, und wir essen zusammen ein sonntägliches Mahl und spielen irgendwas. Wenn Sam sich nicht bis über die Ohren in *Lange vor Kolumbus* oder einen anderen Band von *Auf der Suche nach verlorenen Lacrosseschlägern* vertieft hat, dann geht er vielleicht mit ihnen angeln oder unternimmt sonst was zu ihrem Vergnügen. Und du ruhst dich einfach mal aus. Fahr nach Columbus und mach einen Einkaufsbummel — die Kaufhäuser haben auf — oder mach einen Ausflug ins Grüne. Das wird dir guttun und dir helfen, Kindchen.«

»Nein, Elsa, ich ...«

»Herzchen, es ist abgemacht.« Sie ließ Stevies Handgelenke los. »Ich bin morgen um halb eins hier. Hast du das mitbekommen?«

Stevie nickte.

XXIII

ERZÄHLE MIR ETWAS ÜBER TED. VOLLENDE MEINEN ALPTRAUM FÜR MICH. WENN DU MEIN MANN BIST, DANN SPRICH ZU MIR, WIE TED GESPROCHEN HAT.

Das war das letzte, was sie geschrieben hatte, bevor sie zu Dr. Elsa hinuntergegangen war. Während ihrer Abwesenheit hatte die Exceleriter eine Antwort verfaßt, einen stümperhaften Knittelvers. Mit diesem Vierzeiler war der verbliebene Platz am Fuß der Seite erschöpft:

TED KANN NICHTS SAGEN
DU KANNST TED NICHTS FRAGEN
FIND DICH DAMIT AB
DEIN TED LIEGT IM GRAB.

»Das ist mir nichts Neues!« fauchte Stevie. Wütend zerrte sie das Blatt aus der Maschine und riß es in Stükke, die sie in den Papierkorb warf.

Dann ging sie wieder nach unten, um das Abendessen vorzubereiten. Fleischklößchensuppe und Sesambrot. Marella hatte sich Sesambrot gewünscht.

XXIV

Stevie brachte ihre Tochter gegen halb elf endlich dazu, ins Bett zu gehen. Bei Teddy wurde es noch später. Er war der Ansicht, daß er als Teenager das verbriefte Recht hatte, an Wochenenden bis Mitternacht oder länger aufzubleiben. Stevie teilte diese Ansicht nicht. Obwohl sie seinen Nerv als Basketball-As zu treffen versuchte, indem sie von der Bedeutung richtiger Ernährung und ausgiebigen Schlafens sprach, und obwohl sie schließlich drohte, ihn für ein paar Wochen als Spieler zu sperren, wenn er nicht endlich damit aufhörte, zu verzögern und zu mauern. Letztendlich war es doch fast zwölf Uhr, als er widerwillig zu seinem Zimmer hinaufschlurfte. Einige seiner Verzögerungstaktiken — übereifrige Angebote, in der Küche zu helfen — waren zum Schmunzeln, aber seine altklugen Widerreden, als sie ihm die Erlaubnis verweigerte, entweder ›Samstagabend Live‹ oder den uralten Lon-Chaney-Film, der in einem anderen Programm lief, anzusehen, erheiterten sie kein bißchen. Das war der Punkt, an dem sie ihre Drohung mit der Spielsperre einsetzte und ihn mit diesem Bluff die Treppe hinauftrieb.

Im allgemeinen war Teddy ein guter Junge, aber wenn er nun beschlossen hatte, ihre Charakterfestigkeit auf die Probe zu stellen, indem er seine Widerborstigkeit verstärkte und häufiger anwandte? Moralische Stärke war nur dann ein wirkungsvoller Knüppel, wenn man ihn vor Leuten schwenkte, deren Auffassung von Moral sich mit der eigenen deckte. Teenager indessen besaßen manchmal die Dreistigkeit, ihre Verrenkungen noch auf den Trümmern der Tafeln, die Moses vom Berg Sinai gebracht hatte, aufzuführen ...

Na ja, vielleicht ist es nicht ganz so schlimm, dachte Stevie, während sie im unteren Bad Wasser in die Wanne einlaufen ließ. Teddy hat nichts mit Drogen oder Alkohol im Sinn, und sein Interesse an Mädchen beschränkt sich hauptsächlich auf flirtähnliche Neckereien und schmachtende Blicke aus der Ferne. Das glaube ich wenigstens. Jedenfalls sind freches Nachmaulen und bewaffneter Widerstand normalerweise nicht seine Art. Er versucht nur, ein wenig die Flügel zu spreizen. Das ist nicht leicht in einer vier Meter mal sechs Meter großen Küche mit einer Frühstücksbar, einem Heizofen und einer Mom mit gereizten Nerven. Was er braucht ... was er braucht, ist ein Vater.

Ted, Ted, du hast mich im Stich gelassen, als ich dich brauchte, damit du dich um diese Belange kümmerst. Hier stehe ich und raufe mir die Haare über die tödliche und qualvolle Unbedarftheit des männlichen Teenagergehirns. Du wußtest, daß es so kommen würde. Du wußtest, daß ich dich verfluchen würde, weil du uns im Stich gelassen hast.

Stevie haßte den Winter. Weil die Heizöfen in der Küche und im Wohnzimmer auch das Bad mitheizen mußten, konnte sie kein Bad nehmen, ohne die Tür aufzulassen. Vielleicht hätte sie es nicht so eilig gehabt, Teddy ins Bett zu treiben, wenn es ihr möglich gewesen wäre, sich hinter einer sicher geschlossenen Tür in die Wanne mit dem dampfenden Wasser zu setzen. Das heiße Wasser verhinderte, daß man während eines schnellen Bades fror, doch wenn man die Tür schloß, breitete sich rasch Kälte im Raum aus und ließ auch das Wasser durch ihr kaltblütiges Weiterkriechen abkühlen. Wenn man dann aus der Wanne stieg, zitterte man unweigerlich am ganzen Körper, und die Freude über den Luxus, zum erstenmal seit Verlassen der elektrischen Heizdekke am Morgen wieder in Wärme zu schwelgen, verwandelte sich notgedrungen in einen Barfußmarsch durch die Kühlkammern einer Fleischkonservenfabrik. Wenn die Tür jedoch offen blieb, konnte man sich drei zusätzliche Minuten lang einweichen lassen und würde, wenn man sich danach abtrocknete, nicht schlimmer frieren als bei einer Abenteuer-Expedition im Oktober.

Eingetaucht in das schnell auskühlende Wasser schäumte Stevie ihre Beine ein und rasierte sie. Dr. Elsa hatte angeboten, die Kinder am Nachmittag des folgenden Tages zu übernehmen, und Stevie war ziemlich entschlossen, es geschehen zu lassen. Sie mußte von der Maschine dort oben wegkommen. Morgen, sofern das Exceleriter-Experiment des heutigen Abends nach Plan verlief, wäre sie reif für eine Erholungskur: einen Einkaufsbummel, einen Kinobesuch, Essen in einem chinesischen Restaurant, vielleicht sogar einen Cocktail oder zwei. Was immer geschehen würde, sie brauchte Zeit, um über die Ergebnisse nachzudenken, und Dr. Elsas selbstloses Angebot würde ihr diese Zeit verschaffen. Stevies Bad war zu einem vorbereitenden Ritual geworden, das ihrer Verschönerung und läuternden Reinigung diente. Es war fast so, als ob sie sich für ein Rendezvous zurechtmachte.

Später, als sie nur bekleidet war mit einem Flanellnachthemd, unter dem ihr nackter Körper und die Gliedmaßen sich auf sinnliche Weise geschmeidig anfühlten, und mit einem gesteppten Morgenmantel, der sie mit einem Hauch mittelalterlicher Uneleganz umgab, durchquerte Stevie die ungeheizten Räumlichkeiten des unteren Stockwerks und stieg die Stufen zu ihrem Arbeitszimmer hinauf. Sie war Lady Godiva in einem Herrenüberzieher, der zuletzt von einem französischen Soldaten auf dem Rückzug von Moskau getragen worden war. Ihre Exceleriter andererseits war nicht nur nackt, sondern auch warm. Sie hatte ihr die Staubabdeckung nicht übergestülpt. Außerdem hatte die Maschine, obwohl Stevie bewußt davon abgesehen hatte, ein frisches Blatt Papier einzuziehen, in ihrer Abwesenheit getippt — vermutlich, *nachdem* die Kinder zu Bett gegangen waren; so hinterlistig war sie, um ihre Fähigkeit vor jedem außer vor ihr zu verbergen. Stevie verriet die Wärme ihrer Metallhülle, daß sie geschrieben hatte, ebenso wie die unlesbaren Buchstaben, die schwarz auf schwarz die Walze rundum bedeckten, ein Durcheinander von übereinandergetippten Buchstaben, das sie niemals würde entziffern können.

»Verdammtes Ding«, schimpfte sie.

Sie nahm die Geschichte über Ted und den Clinac 18 aus ihrem Aktenschrank, in der Seaton Benecke die Rolle des ›Spezialisten für die Dosierung der Strahlungsmenge‹ spielte. Noch einmal, dachte sie. Sie klebte vier weitere Blatt Papier an den unteren Rand der Seite.

»ICH BIN GANZ TIEF INNEN ZERFALLEN«, SAGTE CRYE UND LEGTE SEINER FRAU DIE TOTENHAND AUF DIE STIRN. »WENN ES DEN ANSCHEIN GEHABT HAT, ALS HÄTTE ICH AUFGEGEBEN, STEVIE, DANN WAR DAS NUR, WEIL MEINE ZEIT ZUM ZAHLEN GEKOMMEN WAR.«

Sie drehte den Papierlauf so weit, daß die Exceleriter — sofern sie ihren Traum nicht bereits ohne den Vorzug von eingespanntem Papier zu Ende gebracht hatte — ihre Übermittlung wiederaufnehmen konnte. Warum sollte es für Ted Zeit gewesen sein zu zahlen? Welche Schuld hatte ihn zu diesem Aufgeben bewogen, das so gar nicht seinem Charakter entsprach?

»Heute nacht«, sagte Stevie zu der Schreibmaschine, »wirst du das tun, was ich will. Heute nacht wirst du diese Angelegenheit *zu Ende* bringen.«

Sie sah nach den Kindern. Allem Anschein nach lagen sie in gesundem Schlaf. Sie schaltete ihre Heizdecke auf die höchste Stufe — etwas, das sie schon viel früher hätte tun sollen — und zog zögernd ihren Morgenmantel aus. Dann kuschelte sie sich in das eisige Bettzeug (ein handwarmes Hühnerfilet, haha, zwischen zwei Lagen gefrorenen Fladenbrots) und wartete darauf, daß ihr Deckbett sie allmählich toasten würde. Das dauerte eine Weile. Ihre Füße kribbelten, und sie bewegte die nackten Beine auf und ab, da sie wußte, daß die Reibung die Temperatur unter der Decke geringfügig anheben würde. O Gott, wie sie dieses Wetter haßte! Es war ein langer, anstrengender Tag gewesen, und ihn auf dem Rücken liegend mit einem Hundertmeterlauf zu beenden, konnte kaum einen friedlichen, entspannenden Abschluß bilden. Manche Schriftsteller besaßen Häuser in wärmeren Gegenden, um zu überwintern. Manche Schriftsteller wagten sich niemals weiter nördlich als bis nach Saint Tropez. Angeblich lag Georgia im Sonnengürtel, aber das sollte mal jemand ihren vom Frost angenagten kleinen Zehen erzählen ...

Allmählich wurde das Bettzeug wärmer, und Stevie verließ ihre innere Zusammenkringel-Position, um ihren Geist zielgerichtet ausschwärmen zu lassen. Sie würde dafür sorgen, daß die Exceleriter ihren Alptraum übermittelte, indem sie sicherstellte, daß sie diesen Alptraum wirklich träumte, eine schauerliche Szene nach der anderen, bis zum bitteren Ende. Man konnte schließlich den Inhalt der eigenen Träume beeinflussen, indem man das Gehirn vorab mit dem gewünschten Traumszenario programmierte. Man dachte intensiv an dieses Szenario, während man sich noch in jenem verschwommenen, überempfänglichen Geisteszustand kurz vor dem Einschlafen befand. Natürlich bedeutete die Fortsetzung des bewußten Denkens an etwas Bestimmtes während dieser wirklichkeitsentrückten Phase ein Verwischen der Konturen und Verlängern des Wachseins. Man mußte das bewußte Denken aufwiegen mit der Eingebung entweder der Phantasie oder der unbewußten Sehnsucht. Man mußte schweben, ohne die Richtung zu verlieren.

Stevie begann zu schweben. Sie schwebte vorbei an dem übermäßig prunkvollen, chromüberzogenen stahlblauen Sarg ihres Mannes, vom Bestattungsinstitut in der Aussegnungshalle des Friedhofs von Barclay aufgebahrt. Gesichter zerliefen und verwischten sich im Regen; Lilien neigten die Köpfe wie aneinandergedrängte Schwäne in der Mauser. Unten in der schalldichten Krypta, aus der die Halbtoten manchmal halb wiederauferstanden, tief im zornroten Schmerz ihrer Verwirrung und Enttäuschung, dort in dem Behandlungszimmer in Ladysmith, schwebte sie zwischen den Fokuspunkten der Clinac-18-Laser.

Und dort, in der Schwebe zwischen den Abschnitten dieser Laserbrennpunkte, lauert auch Theodore Martin Crye senior, halb wiederauferstanden zum Zwecke des Träumens. Er richtet sich unter dem Auge des Linearbeschleunigers auf, windet sich aus der Schwerelosigkeit des Todes, um sich den gravitätsgebundenen Voraussetzungen ihrer unkörperlichen Augen anzupassen; ihr Gatte nähert sich ihr wie ein lebendiger Mann ...

XXV

Erschreckt setzte sich Stevie im Bett auf. Eine Gestalt stand in ihrer Tür. Sie befiel die Ahnung — eine kurze Eingebung, die ihr Blut gerinnen ließ —, daß sie dort schon eine ganze Weile lang gestanden hatte. Sie bewegte sich nicht und sprach nicht, und die traurige Haltung des Kopfes und der Glieder erweckten in ihr die Zuversicht, daß die Bedrohung, dic dieses Wesen darstellte, keine Bedrohung im Sinne einer körperlichen Peinigung oder roher Gewalt war. Nichtsdestoweniger stellte es eine Bedrohung dar, und ihre durch die Anwesenheit der Gestalt hervorgerufene Angst beruhte auf dieser unerklärlichen Bedrohung, ohne daß sie sie genauer hätte bestimmen können. Sie blinzelte durch den kalten Raum und wartete auf ein Zeichen.

Schließlich sagte sie: »Ted?«

Die Gestalt in der Tür veränderte ihre Stellung.

»Ted?« Ihre Stimme hörte sich ebenso gereizt wie furchtsam an. »Ted?«

»Ma'am?«

»Teddy!« rief sie mit gedämpfter Stimme aus. »Fast hättest du mich zu Tode erschreckt. Warum bist du nicht im Bett? Stehst du da etwa in deinen entzückenden Jokkeyshorts rum? Du hast nicht soviel Verstand, wie der liebe Gott einer Ringelnatter mitgegeben hat.«

Der Junge bewegte sich nicht. Stevie konnte erkennen, daß er die Arme vor der Brust verschränkt hatte und mit den Händen die Schultern umklammerte, doch diese verhaltene Geste war seine einzige Konzession an die Kälte. In dem gelbgrünen Licht, das von der Straßenlaterne an der Ecke Hazel-/O'Connor-Street hereinfiel, sah er aus wie Michelangelos David in einem knappen Bikinislip. Der dumme Augustin.

»Teddy, zum Teufel, was machst du da?«

»Mom«, begann er ziemlich unsicher. Dann setzte er erneut an. »Mom, ich habe dich raufkommen hören. Ich habe noch nicht geschlafen, ich konnte nicht schlafen ...«

O mein Gott, dachte Stevie. Er hat gehört, wie die Exceleriter vor sich hingetippt hat. Er hat Angst bekommen, und er verlangt eine Erklärung. Was soll ich ihm sagen? Soll ich ihm eine ausgeklügelte Lüge auftischen über fernbediente Schreibmaschinen und Computerdrucker? Oder beichte ich ihm die Wahrheit und riskiere, daß ich bei ihm ebenso Unglauben und Befremden auslöse wie bei Elsa? Oder würde er mir vielleicht sogar Glauben schenken? Und dadurch meine Psyche noch mehr aus dem Gleichgewicht bringen? Ted ist von mir gegangen, und ich bin gierig — geradezu ausgehungert — nach einem Verbündeten. Dennoch, Stevenson Crye, du solltest dich besser nur ganz behutsam auf Zehenspitzen voranwagen ...

»Hast du meine Schreibmaschine gehört, Teddy?«

Der Klang seiner Stimme verriet Verwirrung. »Nein, Ma'am. Du warst doch nur ein paar Minuten lang in deinem Arbeitszimmer. Ich hatte nicht einmal den Eindruck, daß du arbeiten wolltest.«

»Das wollte ich auch nicht.« Nun, dieser Dialog hatte bestimmt nicht viel dazu beigetragen, sie in der Einschätzung des Jungen aufzuwerten. Sie hatte eine lächerliche, nicht in den Zusammenhang passende Frage gestellt, darauf eine direkte, wenn auch verblüffte Antwort erhalten, und war auf diese mit einer noch verblüffenderen Abrede der Notwendigkeit für die ursprüngliche Frage eingegangen. »Was bedrückt dich denn dann?« beeilte sich Stevie fortzufahren.

»Es tut mir leid, daß ich dich heute abend miesgemacht habe, Mom. Du weißt schon, indem ich dich eine alte Schachtel genannt und leise geflucht habe.«

»Die alte Schachtel habe ich gehört, das Fluchen nicht.«

»Ich habe gesagt: ›Verdammt, was für ein Haufen ausgemachter Scheiße.‹«

»Ein Vergehen einzugestehen, ist schon eine ganze Menge. Du brauchst es nicht für mich zu wiederholen. Das schnelle Fortschreiten der Senilität hat meine Vorstellungskraft noch nicht ganz zerstört.«

»Ja, ich weiß. Es tut mir leid. Ich wollte nur ...« Bei dem Versuch, diese letzte Empfindung zu artikulieren, fühlte er sich in den gegnerischen Strafraum versetzt. Er verlagerte sein Gewicht, fuhr sich mit einem nackten Fuß über den Spann des anderen und rieb sich heftig die Oberarme. Stevie wunderte sich erneut, wie wenig ihm die Kälte anhaben konnte. Langsam schwächte sie jedoch seine Verteidigung, den gleichmütigen Machismo eines männlichen Teenagers: die Kälte und sein noch immer unausgesprochenes Anliegen.

»Das ist doch wohl nicht der einzige Grund, warum du gekommen bist, oder?«

Teddy sagte nichts.

»Also? Irgend etwas hast du doch auf dem Herzen. Du bist ein ziemlich braver Junge, aber normalerweise verzichtest du nicht auf deinen Schlaf, um dich wegen der verletzten Gefühle deiner Mama zu zermürben.«

Sie sah, wie seine undeutliche Silhouette trübsinnig den Kopf schüttelte. Die Knöchel beider Arme standen heraus wie die Stimmknöpfe an einem Gitarrenhals. »Ich wünschte mir, daß Dad hier ist. *Verdammt!* Und wie!«

»*Wäre*«, berichtigte ihn Stevie. »Daß Dad hier *wäre*. Das wünsche ich mir auch, Teddy. Für unser beider Wohlergehen.«

Er wandte sich ab, und plötzlich bekam Stevie Angst, daß er gehen würde, ohne sich das von der Seele geredet zu haben, was ihn wach gehalten hatte. Er würde es in sich hineinfressen, sich davon quälen lassen, ein eiterndes, bösartiges Sorgengeschwür. Der Junge wollte mit seinem Vater reden, aber er hatte nur sie. Er war im Dunkeln zu ihr gekommen, weil das leichter war als im harten, höhnischen Licht des Tages. In der Nacht waren Sorgen zumindest vor Spott geschützt, sofern sie nicht für den Balsam sonniger Argumente empfänglich waren. Sie mußte erreichen, daß Teddy bei ihr im Zimmer bliebe, sonst würde er die geheimnisvollen Quellen seines Kummers für immer vor ihr verbergen.

»Komm zurück, Teddy. Komm sofort zurück!«

Zögernd kam er wieder auf sie zu, abwechselnd als unscharfe Silhouette und als eine von der Lampe beleuchtete Skulptur, schön in beiden Erscheinungsformen; die Dunkelheit des Raums war ein Umhang, den er fast mit Eleganz trug, und die Kälte umgab ihn wie ein Halo, durch den er sich in stummer Befolgung ihres Befehls bewegte. Als er am Fuß des Bettes stehenblieb, spürte Stevie, daß sie sich in Gemeinschaft mit einem

Phantom ihres eigenen Bewußtseins befand, einem Geist aus der Unterwelt ihrer Sehnsüchte. Teddy lebte, doch im Moment erschien er wie der jugendliche Geist seines Vaters. Geister waren schon immer unempfindlich gegen Kälte gewesen.

»Du hast doch etwas auf dem Herzen«, sagte Stevie. »Jetzt ist die beste Gelegenheit, um darüber zu sprechen. Komm ins Bett!«

»Ma'am?« Sein befangenes Teenagerzögern war zu einer befangenen Kleinjungen-Ungläubigkeit geworden.

»Es ist kalt, Teddy. Ich lasse dich nicht zu neun Zehntel nackt in der Kälte stehen, bei der selbst ein Pinguin Lungenentzündung bekommen würde. Das Bett ist warm, endlich. Kriech unter die Decke, dann unterhalten wir uns.«

Er gehorchte, und sofort spürte Stevie die Ausstrahlung der Kälte seines Körpers in dem behaglichen Ofen ihres Bettzeugs. Wie hatte er das ausgehalten? Wie konnte er durch die Winternacht spuken, nur mit seinem Slip bekleidet? Stevie rutschte zu dem Jungen hinüber, schob ihm den Arm unter das Genick und zog ihn zu sich her. Sein Kinn — eine glatte Rundung aus Schneemarmor — ruhte auf ihrem Schlüsselbein, direkt unter dem Hals, während seine Augen glitzernd zu ihr aufblickten wie die eines gefangenen Tieres, funkelnd vor Argwohn und Angst. Ihn zu umfangen war wie das Umarmen einer Statue mit lebendigen Augen. Stevie rieb mit der Hand kräftig über den Oberarm des Jungen. So lagen sie eine Weile lang da, ohne daß einer von ihnen gesprochen hätte.

Schließlich sagte Stevie: »Also, jetzt.« Der Junge drehte sich auf den Rücken, und sie befreite ihren Arm von dem Druck, indem sie ihn unter ihm wegzog. »Bilde dir ein, ich sei die Person, welche es auch immer deinem Wunsch nach sein soll, und erzähl mir, was dich bedrückt, Teddy.«

»Mom ...« Er wackelte mit dem Kopf auf dem Kissen hin und her. »Mom, es ist etwas Peinliches. Ich kann nicht darüber reden. Es ist albern und peinlich, und ich komme bestimmt damit zurecht, wenn ich einfach ein bißchen Zeit vergehen lasse.«

»Komm jetzt, Teddy«, drängte sie ihn. »Spuck's aus. Du bist nicht zu mir herüberspaziert, um hier die Rolle des größten Sturkopfs von Barclay zu spielen, oder?«

Begleitet von einem Seufzer aus tiefstem Inneren schüttelte sich Teddy über die ganze Länge seines Körpers. Er neigte den Kopf so weit zurück, wie es nur ging. »Ich bin immer noch ein Junge«, flüsterte er. »Ich bin immer noch ein Junge.«

»Natürlich bist du das. Du bist erst vor kurzem ein Teenager geworden. Niemand verlangt von dir, daß du Christopher Reeve oder Kareem Abdul-Jabbar bist, oder wie immer der Held dieser Woche heißen mag. Hör zu, mein Sohn, der Mann aus Stahl fing erst mal als Superboy an. Die Entwicklung verlief schon immer so und ist vollkommen normal.«

»Ich bin nicht Superboy. Ich bin nur ein ganz gewöhnlicher Junge.«

Stevie fuhr Teddy sanft durch die Haare und strich ihm beruhigend über den Kopf. »Ich sehe dich nicht so. Du entwickelst dich zu einem gutaussehenden und im allgemeinen ziemlich umgänglichen jungen Mann, und die Geschwindigkeit, mit der das geschieht, genügt mir vollkommen. Ich bin noch nicht ganz darauf vorbereitet, meinen Namen mit dem Zusatz ›Großmutter‹ zu versehen, wenn es dir recht ist.«

»Nun, soweit wird es vielleicht *nie* kommen«, sagte er in bitterem Ton. »Vielleicht brauchst du dir überhaupt keine Sorgen zu machen.«

Seine Verbitterung überraschte Stevie. Sie stützte sich auf einen Ellbogen und musterte zurückhaltend sein Profil mit dem hocherhobenen Kinn in dem fahlen Licht. »Teddy, ich glaube, das mußt du mir ein bißchen genauer erklären. Das bringe ich nicht ganz unter einen Hut. Unter deinen Armen fangen gerade erst ein paar spärliche Haare an zu sprießen, und du machst dir bereits Sorgen über die Fähigkeit, Kinder zu zeugen. Sehe ich das richtig?«

Ein weiterer tiefer Seufzer, der zugleich Zorn und Erschütterung ausdrückte. »So etwa, ja.«

»In deinem Alter, junger Mann, solltest du dir lieber Sorgen machen, daß du vielleicht wirklich irgendeinem einfältigen jungen Ding ein Baby machen könntest. Darüber könntest du dir Gedanken machen.«

»Mom, du verstehst immer noch nicht.«

Das stimmte, sie verstand nicht. Bis jetzt hatte ihr Gespräch von Mutter zu Sohn noch wenig gebracht, außer einer beiderseitigen Enttäuschung. Er war entmutigt durch ihre Unfähigkeit, den Kern seines Problems zu begreifen, und sie durch seine Weigerung, es einfach laut auszusprechen. Offenbar hatten die Stiche der Pubertät angefangen ihn zu pieksen, und das plötzliche Trauma dieser Veränderungen erforderte, daß sie ihm ihr herzliches Mitgefühl entgegenbrachte, auch wenn ihr das absolute Verständnis versagt war. Verfluchter Ted, daß er nicht da war! Verdammter Kerl! ... Nein, das war zu hart. Außerdem war Teddy Fleisch von seinem Fleisch, und zumindest in diesem mystischen Sinn war Ted selbst in diesem Moment bei ihr, in der Erscheinung eines lebendigen, leidenden Sohnes.

»Erklär's mir, Teddy!« ermunterte sie ihn. »Eine Erklärung kann nicht mehr schmerzen als das Problem an sich.«

»Ich fürchte, ich entwickle mich nicht normal.«

»Das ist eine beunruhigende Befürchtung, ich weiß — aber sie ist nicht ungewöhnlich. Es kommt fast bei jedem irgendwann der Zeitpunkt, an dem er sich Sorgen macht, nicht normal auszusehen, nicht normal zu funktionieren. Das geht vorbei, Teddy. Dr. Sam hat dich im Januar untersucht, von Kopf bis Fuß, und er hat nicht die geringste Unregelmäßigkeit bei dir festgestellt. Nach dem Bericht, den ich bekommen habe, wirst du so lange leben, um Zeuge der Kolonialisierung der Planeten und der Vereidigung des ersten Präsidenten eines Weltstaates zu werden. Vielleicht wirst du sogar der erste Präsident eines Weltstaates *sein.*«

»Eine Arztpraxis ist kein Duschraum, Mom.«

»Das weiß ich auch.«

»Dexter Johnson, Sonny Elkins, sogar Pete, mein bester Freund Pete — das sind *Männer,* Mom. Ich versuche immer zu warten, bis sie mit Duschen fertig sind. Sie necken sich gegenseitig mit Handtüchern und setzen sich die Sportsuspensorien auf den Kopf und halten sich Seifenstücke zwischen die Schenkel und reißen Witze über die Hänflinge in der Mannschaft. Das Wort hat Pete eingeführt. In der Schule bin ich ein Hänfling. Hier in der Nachbarschaft bin ich sein Freund.«

»Das hört sich ganz nach Männerart an, stimmt.«

»Du weißt, was ich meine.«

»Ich weiß nur, daß du deine Männlichkeit an der Größe deiner genitalen Ausstattung mißt. Ich könnte dir tausendundeinen Grund nennen, warum das töricht ist, aber ich sage dir nur das eine: mach dir keine Sorgen mehr deswegen, Teddy. Dusche weiterhin *nach* den vergnügungssüchtigen Kerlen mit dem fünf Pfund schweren Gehänge zwischen den Beinen, und mach dir keine Sorgen mehr deswegen.«

»Das sagt sich so leicht.« Teddy wandte ihr das Gesicht zu. »Besonders *du* kannst das leicht sagen. Du bist eine Frau.«

»Ja, und du wärest auch dann ein dreizehn-, ein vierzehnjähriger Junge, selbst wenn du deinen Penis in einem Schubkarren vor dir herschieben müßtest. Wen versuchst du denn zu beeindrucken? Pete Wightman und all die Typen mit ihren Suspensorien, die sie sich auf den Kopf setzen? Das *Guinness-Buch der Rekorde?* Das Internationale Komitee für Maße und Gewichte?

Wen, Teddy? Wessen überschwengliche Bewunderung ist dir so wichtig?«

Der Junge blickte wieder zur Zimmerdecke hinauf. »Nur meine eigene«, sagte er, immer noch verbittert. »Ich möchte mir einfach nicht mehr wie ein gottverdammter kleiner Junge vorkommen.«

»Dann hör auf, dich wie einer zu benehmen.«

»Gute Nacht, Mom.« Ted wollte von ihr wegrutschen, aus dem Bett, doch Stevie packte seinen Arm und drehte ihn in seine bisherige Rückenlage zurück. Er richtete seine wie Diamanten strahlenden Augen auf sie, offensichtlich ebenso erstaunt über ihre Kraft wie auch über ihr unvermitteltes Bestreben, ihn zurückzuhalten. »Mom, laß mich wieder in mein Bett gehen, okay. Ich habe keine Lust mehr zu reden.«

Stevie beugte sich über das Gesicht ihres Sohnes und küßte ihn auf die Stirn. Ihre Küsse wanderten allmählich tiefer zu seinen Augenlidern, seiner Nase, seinen Wangen und schließlich zu der sanften, kalten Knospe seines Mundes. Sanft nahm sie seine Oberlippe zwischen die Zähne, und während sie eine Hand dazu benutzte, die elektrische Decke über ihnen festzuhalten, fuhr ihre Rechte tiefer über die porzellanfeine Glätte seiner Brust und seines Bauchs. Ihre Finger wanden sich unter das Gummiband seines Bikinislips (genau die Marke, die Jim Palmer, der Werfer der Baltimore Orioles und ein Sexprotz, wenn Stevie je einen gesehen hatte, als Fotomodell in vierfarbigen, ganzseitigen Anzeigen in einer Vielzahl von bundesweiten Zeitschriften anpries), und ihre Zunge hinterließ eine Spuckespur von Teddys Kinn bis zu seiner Halskuhle. Da ihre Finger weiter nach etwas Handfestem suchten, fanden sie schließlich auch etwas, und sie schlossen sich um einen männlichen Auswuchs, der ihr in der Hand brannte, indem er sofort einen selbständigen Gegendruck ausübte.

»Mom«, flüsterte der Junge. »Mom, was machst du da?«

»Ich glaube, das weißt du, Ted. Du wirst deine Ruhe nicht finden, bevor du nicht deine ›Männlichkeit‹ auf die übliche brünftige, halbblinde, seit Menschengedenken gepflegte Weise bewiesen hast. Nun gut. Wenn es so sein soll, dann werde ich dir dabei helfen. Mit mir ist es vollkommen ungefährlich. Dann kannst du deine törichten Sorgen vergessen und damit fortfahren, erwachsen zu werden. Entspanne dich und laß dich gehen, Ted, ich werde mich um alles kümmern.«

»Mom, ich kann nicht ...«

»Ssssch. Ich bin nicht deine Mutter. Ich bin nicht deine Mutter. Ich bin deine Geliebte. Du bist mein wunderschöner, leidenschaftlicher, ewig treuer dämonischer Geliebter. Wir haben fast zwei Jahre lang auf diese erneute Vereinigung gewartet. Jetzt ist die Stunde gekommen, Ted. Endlich ist sie gekommen.«

Vorsichtig, um ihre Decke nicht zu verschieben, stieg Stevie auf ihren dämonischen Geliebten und schaukelte ihn wie ein Kind bis zu einem wonniglichen, nur halb verstandenen Krampf. Wärme und Wasser und Waffenstillstand. Sie befanden sich in einer Art Gottesfrieden in den tropischen Sümpfen der Nachzuckungen seines Ergusses. Einen kleinen Tod hatten englische metaphysische Dichter den Moment des Orgasmus genannt. Nun, das war es, was sie und Ted, mit dem jungen Teddy als körperliches Medium ihrer Vereinigung, erreicht hatten. Einen kleinen Tod. Solches Sterben war unsagbar süß. Wärme und Wasser und Wiederauferstehung — alles an einem kalten Februarmorgen ...

Teddy starrte mit weit aufgerissenen Augen zu ihr hoch.

Stevie küßte ihn, ließ sich neben ihn plumpsen und nahm ihn in die Arme, und wieder wiegte sie ihn, diesmal in den Schlaf anstatt in erregte Zuckungen. Welche leidenschaftliche Lust hatte diesen Jungen in die Nachfolge und die Fesseln des toten Mannes geführt, der ihn vor langer, langer Zeit durch seine Liebe zum Dasein erweckt hatte? Sie hatte die hämischen Engel der Sterblichkeit ausgetrickst. Sie hatte über die moralischen Werte der Mittelklasse triumphiert, und über die ungeschriebenen Gesetze einer universellen Mittelmäßigkeit und die Einengung ihres eigenen provinziellen Hintergrunds. Sie hatte ihren Sohn gerettet. Nachdem sie diese Siege erkämpft hatte, war es für Stevie ein leichtes einzuschlafen.

Ihr Sohn, ihr Geliebter, schlief neben ihr.

XXVI

Ein Rattern weckte sie auf. Verwirrt und schuldbewußt dachte Stevie: Meine Exceleriter tippt vor sich hin.

Wenn nun Teddy, zu dessen Trost und Besänftigung sie zu einer verruchten, ganz und gar widernatürlichen Methode gegriffen hatte, das Rattern der Schreibmaschinentasten und das Surren des Typenrades gehört hatte? Er würde sich erschrecken. Sie würden sich in der Dunkelheit ansehen, und ihr Schuldgefühl würde sich mit ihrem Schreck vereinigen; die Nacht würde sie schlucken, genau wie die abgrundtiefe puritanische Hölle von Jonathan Edwards die Seelen der Verderbten verschlungen hatte. Sie hätte dieses Schicksal verdient, gewiß — aber nicht Teddy, nicht ihr Sohn. In einem Anfall von unerklärlicher Selbstbefriedigung und Lasterhaftigkeit hatte sie ihn verführt, sie hatte seine Tugend gestohlen und sein Leben zerstört.

Und jetzt hackte diese gottverdammte Exceleriter wieder drauflos, klappernd und stampfend wie eine kleine radlose Lokomotive. Wer weiß welche Ergüsse von Hitze, Gestank und jämmerlichem Geschreibsel sie von sich geben würde. Wenn sie nicht unter der latenten Niedergeschlagenheit durch das dämonische Verhalten der Schreibmaschine gelitten hätte, wäre ihr niemals in den Sinn gekommen, Teddy zu helfen, indem sie ihn zum Hauptopfer ihres Inzestes machte. Niemals. Allein schon die Vorstellung hätte sie weit von sich gewiesen. Es wäre ihr niemals — nicht in einer Million Jahren — als eine zwar abartige und verabscheuungswürdige, aber immerhin denkbare Handlungsweise erschienen.

Tap-tap, tap-tappa-tap.

Sie würde das Ungeheuer von seinem Platz über den Rolltüren heben, jenen Altar, den es sich aus ihrem Eichenschreibtisch gemacht hatte, und es durchs Fenster hinauswerfen auf das schräge Schindeldach über dem Eingang. Von dort würde es auf den Weg rutschen und auf dem Beton in Splitter von Metall und Plastik zerschellen.

Dann wäre sie sie endlich los.

Schreibmaschine? Man sollte sie eher Schundmaschine nennen, denn nichts anderes war sie. Und mehr *wollte* sie auch gar nicht sein!

Stevie drehte sich auf die Seite und entdeckte, daß Teddy nicht mehr bei ihr im Bett war. Hatte die Maschine ihn bereits aufgeweckt? Stand er in ihrem Arbeitszimmer und beobachtete, wie sie ihre fetten Tatsachenverdrehungen auswalzte? Sie fuhr mit der Hand über die Stelle, wo Teddy gelegen hatte, und spürte, daß das Leintuch so glatt und kalt war wie eine gefrorene Speckscheibe. Dann fiel ihr ein, daß diese Seite ihrer elektrischen Heizdecke während der Nacht nicht eingeschaltet gewesen war. Vor zwei Jahren hatte sie die flache Bedienungsvorrichtung in die unterste Schublade einer ihrer Kommoden geräumt und sie seither nicht wieder hervorgeholt. Nur in dem Alptraum, dem sie soeben völlig erschöpft entronnen war, war diese Seite der Decke eingeschaltet gewesen ...

Also — gepriesen seien Gott und ihr persönlicher Schutzengel — hatte sie *keinen* Inzest mit Teddy begangen. Sie hatte diese abscheuliche Abfolge von Ereignissen nur geträumt. Teddy lag höchstwahrscheinlich in seinem Zimmer und schlief — dorthin hatte er sich nach ihrer einseitigen Auseinandersetzung über Fernsehprogramme und die für männliche Teenager-Schlauberger an Wochenenden angemessene Zubettgehzeit für den ganzen Rest des Abends verzogen. Gott sei Dank, Gott sei Dank, Gott sei Dank ...

Dennoch, die Maschine ratterte immer noch, brummend, schnatternd. So tief der gesunde Schlaf der Kinder auch sein mochte, sie weckte womöglich sowohl Teddy als auch Marella trotzdem auf. Sie mußte hineingehen und nachsehen, was sie angerichtet hatte. Sie mußte die Tür ihres Arbeitszimmers angelehnt lassen und den Dämon der Exceleriter in einen Zweikampf verwickeln.

Stevie stand auf, warf sich den uneleganten Morgenmantel über und eilte, um die Maschine bei ihrem ungehörigen Tun zu erwischen. Die Deckenbeleuchtung, die sie schwungvoll anknipste, brachte die Exceleriter nicht etwa mitten im Satz zum Anhalten; sie tippte weiter, indem unsichtbare Finger die sichtbaren Tasten niederdrückten. Die mit Klebeband zusammengefügten Seiten, die Stevie in die Maschine gespannt hatte, rollten sich nach hinten über den Aufsatz ihres Schreibtischs, eine Fahne, kopfüber voll mit Erzähltext, die ein Jack Kerouac oder sogar ein Mickey Spillane mit Vergnügen geschwenkt hätten. Obwohl sie noch am Nachmittag den Wettstreit mit dem Dämon der Schreibmaschine in Form eines kurzen, stichomythischen Dialogs aufgenommen hatte, entsetzte Stevie dieser Anblick.

»Aufhören!« befahl sie der Maschine.

Die Exceleriter hielt kurz inne, fing einen neuen Absatz an und ratterte weitere zwei Zeilen Schrift herunter. Dann hörte sie auf.

Daß die unbotmäßige Exceleriter ihrem spontanen Befehl gehorcht hatte, erstaunte Stevie. Warum sollte sie auf sie hören? Wenn sie sich dafür entschied zu gehorchen, dann demonstrierte sie damit vor allem das

Paradoxon, daß *sie* das Sagen hatte. Ihre Unterbrechung in der Ratterei diente nur der Verstärkung ihres Gefühls der Unzulänglichkeit und des Betrogenseins. Das Tippen war ein Werk der Verachtung, sie wurde manipuliert wie eine Marionette, und ihre Herrschaft über die Handlungen der Schreibmaschine beruhte auf deren freiwilliger Bereitschaft, sich ihren Worten zu unterwerfen. Sie hatte sich soeben unterworfen, doch während sie sich scheinbar fügte, war sie vermutlich von übergeordneten Motiven geleitet. Vielleicht hatte sie erkannt, daß sie nur soweit getrieben werden konnte; daß sie, wenn die Maschine weiterhin eine schmähliche Zeile nach der anderen geschrieben hätte, wahrscheinlich zusammengebrochen wäre, den Stecker herausgezogen und ihre rachsüchtige Phantasie in die Tat umgesetzt hätte, die teure Maschine aus dem Fenster des zweiten Stocks zu werfen. Für eine empfindungsfähige PDE-Exceleriter 79 war der Selbsterhaltungstrieb durchaus eine starke Motivation.

Zitternd näherte sich Stevie ihrem Schreibtisch. Sie nahm die zusammengeklebten Seiten aus der Maschine, um zu sehen, was sie von sich gegeben hatte. Unter der letzten Zeile ihres vor zwei Nächten geführten Dialogs, den sie ihrem Mann zugeschrieben hatte (»Wenn es den Anschein gehabt hat, Stevie, als hätte ich aufgegeben, dann war das nur, weil meine Zeit zum Zahlen gekommen war«), hatte die Exceleriter absichtlich einen großen Abstand gelassen und dann die römische Zahl XXV in die Mitte getippt.

Was sollte das bedeuten? Fünfundzwanzig, natürlich — aber fünfundzwanzig was? Kapitel? Zeilen pro halbe Seite? Minuten an eigentlicher Verfasserzeit? Die Zahl machte in erster Linie den Eindruck eines Kapitelkopfes, mehr als alles andere, aber die Exceleriter hatte noch nicht soviel Zeit gehabt, um ganze fünfundzwanzig Struktureinheiten einer wie auch immer gearteten Erzählung zu schaffen. Seaton hatte sein schmutziges

Werk am Mittwoch nachmittag vollbracht, doch die Maschine hatte erst am Donnerstag abend mit der systematischen Untergrabung ihrer geistigen Gesundheit begonnen. Jetzt war früher Sonntag morgen. Obwohl Georges Simenon vielleicht in der Lage gewesen wäre, ein ganzes Buch innerhalb von drei Tagen zu schreiben (wenn er noch lebte), so hatte ihre Schreibmaschine doch immer nur in kurzen Ausbrüchen gearbeitet. Folglich stellten diese römischen Ziffern ein Mysterium dar.

Nach einem Zwischenraum von einer Leerzeile unter diesem Mysterium begann der Text, den das mitternächtliche Wirken der Exceleriter hervorgebracht hatte. ›Erschreckt setzte sich Stevie im Bett auf. Eine Gestalt stand in der Tür. Sie befiel eine Ahnung — eine kurze Eingebung, die ihr Blut gerinnen ließ —, daß sie dort schon eine ganze Weile lang ...‹ Einzeilig geschrieben, füllte der Text unter der römischen Zahl viereinhalb Seiten Manuskriptpapier und widmete sich ausschließlich einer überzeugenden Wiedergabe ihres Von-Mutter-zu-Sohn-Gesprächs mit Teddy sowie dem verwerflichen Nachspiel dieses Gesprächs. Natürlich hatte es kein solches Gespräch gegeben, kein Nachspiel. Ihr Unterbewußtsein war während eines besonders widerlichen Alptraums Amok gelaufen, und die Schreibmaschine hatte schlicht diesen Alptraum auf die augenfälligen ausgedruckten Anklagepunkte reduziert. Ja. Sie stand unter Anklage. Inzest war keine anerkannte Methode, um die eigenen Sprößlinge in die unvermeidlichen Geheimnisse des Geschlechtslebens einzuweihen.

Ein weiterer beunruhigender Gedanke durchfuhr Stevie.

Du erinnerst dich an deinen Traum, sagte sie sich im stillen. Du bist aus deinem Traum aufgewacht und hast geglaubt, daß dein Gespräch mit Teddy und das andere unaussprechliche Zeug wirklich stattgefunden haben. Du bist aufgewacht und hast dich für etwas gescholten, das du nur geträumt hast, Stevenson Crye, und jetzt stehst du hier und schiltst dich wegen des absurden Vergehens, daß du diese intime Ungeheuerlichkeit lediglich geträumt hast. Das Erstaunliche an diesem Vorgang ist nicht die schreckliche Abartigkeit deines Traums, sondern die Tatsache, daß du mit einer lebhaften Erinnerung daran aufgewacht bist. Du hast dich noch nie an deine Träume erinnert. Warum fängst du ausgerechnet jetzt damit an?

Weil die Exceleriter sie formt, ihnen Farbe und Kraft verleiht. Weil sie will, daß du anfängst dich als Sklave der animalischen Seiten deiner eigenen Psyche zu betrachten. Deswegen ist sie eine Schundmaschine. Und deswegen mußt du verhindern, daß sie die Oberhand gewinnt.

»Zu spät«, murmelte Stevie. »Dafür ist es bereits zu spät.«

Das Kapitel, das ihren Alptraum in allen Einzelheiten schilderte, endete vor einem einseitigen Abschnitt, dem als Titel die in der Mitte plazierten Ziffern XXVI vorangestellt waren. Dieser Abschnitt begann mit den Worten: ›Ein Rattern weckte sie.‹ Er schilderte ihre Verwirrung beim Erwachen, ihre Selbstbeschuldigungen und schließlich ihre Entdeckung, daß die Exceleriter vor sich hin tippte, klappernd und stampfend wie eine kleine radlose Lokomotive. Dieses Kapitel — wenn man es ein Kapitel nennen konnte — endete ziemlich unvermittelt. Seine letzten Worte waren:

»ANHALTEN!« BEFAHL SIE DER MASCHINE.

DIE EXCELERITER HIELT KURZ INNE, FING EINEN NEUEN ABSATZ AN UND RATTERTE ZWEI ZEILEN TEXT HERUNTER. DANN HÖRTE SIE AUF.

XXVII

Ohne auf die Kälte zu achten, spannte Stevie einen Streifen von Dr. Elsas halbiertem Untersuchungstisch-Papier in die Exceleriter. Es war höchste Zeit, die Oberhand wiederzugewinnen, sofern sie sie wirklich eingebüßt hatte. Höchste Zeit, sich ihre menschliche Überlegenheit über diese unmenschliche Maschine wieder zu sichern. Wie konnte man schließlich die Strohpuppe einer Gerätschaft sein, die es darauf angelegt hatte, einen aufzulösen? Wenn man wirklich entschlossen war, konnte das nicht geschehen. Deshalb tippte Stevie:

ICH HABE DIESES SPIEL SATT, EXCELERITER. WENN DU WIRKLICH MEIN UNTERBEWUSSTSEIN VERGEWALTIGEN WILLST, DANN TU DAS IN EINEM BEREICH, IN DEM ICH DIE GEWALT BEREITS AKZEPTIERT HABE. ERZÄHLE MIR ETWAS VON TED. BRING MEINEN ANDEREN ALPTRAUM FÜR MICH ZU ENDE.

DEIN WUNSCH IST MIR BEFEHL.

TU NICHT SO SCHLAU. BRING IHN JETZT SOFORT FÜR MICH ZU ENDE. ICH NEHME DIE HÄNDE VON DER TASTATUR. ICH ÜBERGEBE SIE AN DICH.

DU KANNST ETWAS, DAS DU NICHT BESITZT, NICHT ÜBERGEBEN.

WIE WÜRDE ES DIR GEFALLEN, UNTEN AUF DEM WEG ZU LANDEN? WIE WÜRDE ES DIR GEFALLEN, WENN ICH EINE MISCHUNG AUS AHORNSIRUP, ZWEI JAHRE ALTEM SLIME (DAS IST EIN EINGETRAGENES MARKENZEICHEN) UND ETWAS KRÄFTIG DURCHGESCHLAGENEM EIWEISS IN DEIN GETRIEBE SCHÜTTEN WÜRDE? WIE WÜRDE ES DIR GEFALLEN, ZU ALTMETALL ZERSCHMETTERT ZU WERDEN?

DER HORROR! DER ABSOLUTE HORROR!

SPOTTE NUR, WENN DU WILLST. MEINE GEDULD IST AM ENDE. MEINE AUSDAUER HAT GRENZEN. DICH AUS DEM FENSTER ZU WERFEN, BEDEUTET MEHR ARBEIT, ALS ICH MIR IM MOMENT MACHEN WILL. DICH MIT EINEM HAMMER ZU ZERSCHMETTERN, WÜRDE DIE KINDER AUFWEKKEN. DIE EINZIGE REIZVOLLE ALTERNATIVE IST, DICH MIT EINEM ZÄHEN GRÜNBRAUNEN SCHLEIM ZU FÜLLEN.

DIR IST DOCH KLAR, MRS. CRYE, DASS DIESE EITRIGE MASSE DURCH MEIN GEHÄUSE SIKKERN UND DIE BEIZE VON DEINEM WERTVOLLEN SCHREIBTISCH ÄTZEN WÜRDE. DAS IM EIWEISS ENTHALTENE ALBUMIN HAT DIESE WIRKUNG AUF DIE MEISTEN BEARBEITETEN HÖLZER.

EHRLICH GESAGT, DAS IST MIR VÖLLIG GLEICHGÜLTIG. JEDENFALLS IM JETZIGEN STADIUM. DIR DABEI ZUZUSEHEN, WIE DU EINEN KLEBRIGEN SLIME-COCKTAIL IN DICH HINEINSCHLÜRFST, WÄRE EINER DER LICHTBLICKE IN DIESER UNERFREULICHEN WOCHE.

MRS. CRYE, DAMIT WÜRDEST DU DIE GANS TÖTEN, DIE DAS GOLDENE EI LEGT.

HÖR ZU, ICH GEH JETZT AUF DER STELLE HINUNTER UND MACH DEN DRINK ZURECHT. MEINE HÄNDE ENTFERNEN SICH VON DER TASTATUR. WENN ICH ZURÜCKKOMME, IST DEINE GANS GAR.

Ein unsinnigerer Dialog, das war Stevie klar, war kaum vorstellbar. Nichtsdestoweniger hatte sie die Absicht, ihre Drohung wahrzumachen — wenn auch nicht unbedingt mit Sirup, Slime und Eiweiß, so doch immerhin mit anderthalb Tassen Weizenkeimöl, eingedickt mit etwas selbsttreibendem Mehl. Wenn irgend jemand dahinterkommen würde, was sie getan hatte, würde man sie für so verrückt wie einen englischen Hutmacher halten, doch Stevie war entschlossen, sich diesem harten Urteil zu stellen, um dafür die Genugtuung zu erlangen, ihre Rachelust befriedigt zu haben. Das Objekt ihrer Rachelust schien ihr nicht zu glauben. Es hatte sich nicht einmal die Mühe gemacht, ihr zu antworten.

»Scheißding«, sagte Stevie und benutzte damit einen ihrer Lieblingsausdrücke der letzten Zeit. »Ich gehe jetzt.« Sie schob ihren Stuhl zurück, raffte den Saum ihres Morgenmantels hoch und ging zur Tür. Als sie die Hand auf die Klinke legte, hörte sie, wie die Exceleriter widerwillig anfing, eine Entgegnung herunterzuhämmern. Gut, dachte Stevie. Sie kehrte zum Schreibtisch zurück und las die Botschaft der Maschine.

DU HAST GEWONNEN: ICH BIN DEIN.

DANN WIRST DU MEINEN ALPTRAUM MIT TED ZU ENDE FÜHREN?

WIE ICH BEREITS SAGTE, UND DAS WAR NICHT NUR IRONISCH GEMEINT, DEIN WUNSCH IST MIR BEFEHL. ZUMINDEST IN DIESER HINSICHT.

NA GUT, DANN LEG LOS.

ALS ERSTES, MRS. CRYE, MUSST DU WIEDER INS BETT GEHEN. LASS DAS PAPIER EINGESPANNT, KNIPSE DIE LICHTER AUS UND VERSUCHE, EIN BISSCHEN ZU SCHLAFEN.

WARUM?

ICH KANN MIR DEINEN ALPTRAUM VON DEINEM TOTEN MANN NICHT AUS DEN FINGERN

SAUGEN. ICH BIN AUF DEINE TRÄUME ANGEWIESEN. DEINE ZWINGENDSTEN UND AM MEISTEN ENTHÜLLENDEN TRÄUME SPIELEN SICH NICHT IN DEN WACHPHANTASIEN AB, SONDERN IN DEN MARTERNDEN TIEFEN DEINER ALPTRÄUME.

DANN MANIPULIERE ALSO EHER ICH DICH, ALS UMGEKEHRT?

HABE ICH NICHT GERADE ANGESICHTS DEINER UNERTRÄGLICHEN BEDROHUNG KLEIN BEIGEGEBEN? HABE ICH NICHT ZWEIMAL ERKLÄRT, DASS ICH DIR ZUR VERFÜGUNG STEHE?

JA, ABER DU HAST DIESE ERKLÄRUNG ENTWERTET DURCH DIE BEIFÜGUNG ›ZUMINDEST IN DIESER HINSICHT‹. MICH STÖRT, DASS DU GEHEIMNISSE IN DER HINTERHAND HÄLTST, ZU DENEN ICH KEINEN ZUGANG HABE, ODER WENIGSTENS BILDEST DU DIR DAS EIN.

GEH INS BETT, MRS. CRYE.

UND WENN ICH KEINE LUST DAZU HABE?

DANN KÖNNEN WIR UNS IN DIESEM STIL BIS ZUM MORGENGRAUEN WEITERUNTERHALTEN, DIE SCHÖNE DAME UND IHRE VERSCHROBENE PDE-EXCELERITER.

UND DAS IST DANN DER ZEITPUNKT, ZU DEM DU DICH IN EINEN JUNGEN DUMMEN AUGUST VERWANDELN WIRST?

GEH INS BETT, MRS. CRYE, GEH INS BETT.

Stevie überlas den Wortwechsel mit der Schreibmaschine noch einmal, nur halb davon überzeugt, daß er wirklich stattgefunden hatte. Sie hatte etwas getippt, dann hatte die Maschine etwas getippt und so weiter ... bis zu der abschließenden Aufforderung der Maschine. Natürlich verfaßte nicht einmal die raffinierte Exceleriter ihre Texte selbst. Das von der Firma Pantronic Data Equipment mitgelieferte Bedienungshandbuch erwähnte in keinem Abschnitt ihre angeborene Veranlagung, sich selbständig auszudrücken. Möglicherweise hatte sie beide Teile der Zwiesprache selbst geschrieben.

Wie hieß noch dieser alte Film, in dem Joanne Woodward mitspielte? *Die drei Gesichter der Eva?* Nun, wenn Eva, die ganz zufällig aus dem Süden stammte, drei Gesichter haben konnte, dann konnte sie, Stevenson Crye, wenigstens zwei haben. Tatsächlich hatte sie gerade erst den Entwurf für ein Buch mit dem Titel *Frau mit zwei Gesichtern* abgeschickt, oder nicht? War ihr doppelsinniger Titel unbeabsichtigterweise bezeichnend für die Seelenqualen, die sie dazu brachten, sich mit ihrer Schreibmaschine zu streiten? Stevie spürte, wie ihr Gehirn in seiner Schale im Zickzack lief, doch sie konnte sich nicht erinnern, die versal geschriebenen Antworten der Exceleriter sich ausgedacht und dann getippt zu haben. Die ausgeprägte Persönlichkeit der gestörten Frau in dem Film war nicht in der Lage gewesen, sich so schnell zu ändern.

DU HAST GEWONNEN. ICH GEHE. VERGISS NICHT, DEIN VERSPRECHEN ZU HALTEN.

Nachdem sie diese Worte geschrieben hatte, wartete Stevie darauf, daß die Exceleriter noch eine letzte Bemerkung hinzufügen würde. Außerdem versuchte sie, sich über ihren Gemütszustand schlüssig zu werden, denn sie vertraute vollkommen darauf, den genauen Augenblick bestimmen zu können, in dem der Standpunkt der Maschine sich mit dem ihren deckte. Es erschien jedoch keine derartige Bemerkung, und ein paar

Minuten später schaltete sie die Exceleriter aus und ging in ihr Schlafzimmer zurück.

Wie spät mochte es sein? Drei Uhr morgens? Noch später, fürchtete Stevie, näher am Morgengrauen. Wie sollte sie wieder einschlafen können, nach dieser Reihe von traumatischen Ereignissen — ihrer eingebildeten Verführung Teddys und ihr ungemein tatsachengetreues Stelldichein mit der Schreibmaschine? Sie würde während des Restes dieser Nacht wach liegen und auf das vielsagende Klappern der Tasten der Exceleriter lauschen, und sie würde nichts hören, weil sie nicht eingeschlafen war. Natürlich, wenn sie einschliefe, würde sie die Maschine ebensowenig tippen hören. Es war gehupft wie gesprungen. Die Erwartung dessen, wonach sie sich heftig sehnte, würde verhindern, daß sie jenen Zustand erlangte, in dem die Exceleriter diese Sehnsucht erfüllen würde. Eine Stunde verging, und ein Hahn, der zwei Stunden zu früh dran war, begann schwach in der Ferne zu krähen.

Stevie kletterte aus dem Bett, schlurfte ins obere Bad und fand in der oberen Schublade ihrer Wäschekommode eine bernsteinfarbene Flasche mit Schlaftabletten. Konzentrierter Schlummerzustand. Vergessen durch wohlfeile Drogen. Einstieg in Alpträume. Sie nahm drei Pillen. Zehn Minuten nachdem sie in den zerknüllten Brutkasten ihres Bettes zurückgekehrt war, zog eine Herde von mißgestalteten Chimären durch ihre Phantasie. Und ihre Exceleriter war emsig damit beschäftigt, sie zu beschreiben ...

XXVIII

Ich bin ganz tief innen zerfallen«, sagte Crye und legte seiner Frau die Totenhand auf die Stirn. »Wenn es den Anschein gehabt hat, als hätte ich aufgegeben, Stevie, dann war es nur, weil meine Zeit zum Zahlen gekommen war.« In Cryes Gesicht war ein Ausdruck von grauer Melancholie und Erbarmen, doch seine Hand hörte nicht auf, seine Frau immer tiefer in die Liege des Clinac 18 zu drücken.

»Wofür zahlen?« fragte Mrs. Crye, die die Augen vor kaum verhohlenem Entsetzen weit aufgerissen hatte. »Was mußt du so spät noch bezahlen, Ted?«

»Die Rechnung des Spezialisten für Strahlungstherapie.«

»Darum haben sich die Kensingtons für uns gekümmert, Ted. Die Lebensversicherung, die du abgeschlossen hattest, war vollkommen unzureichend für unsere Bedürfnisse, und du hast dir nicht einmal die Mühe gemacht, dir über den Abschluß einer Krankenhausversicherung Gedanken zu machen, wie sie es uns empfohlen hatten. Es ist eine beklagenswerte Tatsache, daß ...«

»Stevie«, murmelte Theodore Martin Crye senior.

»... wenn sich Dr. Sam und Dr. Elsa nicht für allerlei Zuschüsse eingesetzt hätten, die Kinder und ich immer noch bei der Krebsklinik tief in der Kreide steckten. Zu den Leuten, die du *nicht* zu bezahlen brauchst, Ted, gehören der Strahlenspezialist, der Radiologe und die nuklearmedizinischen Techniker. Und übrigens, welche Schulden könnten einen selbstzufriedenen Mann wie dich in einen düsteren Defätisten verwandeln?«

»Die Schuld der Sterblichkeit«, sagte Crye.

»Die Schuld eines Vergehens«, sagte Seaton Benecke, der Strahlenspezialist der Klinik.

»Aber du schuldest all diesen Leuten nichts«, sagte Mrs. Crye. »Das habe ich dir doch gerade erklärt. Ganz bestimmt schuldest du Seaton Benecke keinen roten Heller. Er ist Schreibmaschinenmechaniker, Ted, kein Spezialist für Strahlendosierung. Ich weiß überhaupt nicht, was er hier verloren hat.«

»Er ist gekommen, um das einzutreiben, was ich ihm schulde.«

»Und was ist das?«

»Er will sich an deiner Person ergötzen, Stevie.«

Mrs. Crye blickte in das blasse, ausdruckslose Gesicht des Schreibmaschinenmechanikers. Sie sah ihren Mann an, eine auferstandene Leiche, deren Züge ihr auf dieselbe erschütternde Weise entglitten, wie es in ihrer Erinnerung der Fall war. Sein Atem war geruchlos, antiseptisch. Seine feucht-kühlen Hände drückten sie weiterhin auf die Untersuchungsliege. Er war nicht gewillt, sie loszulassen. Ohne Mrs. Cryes Blick zu erwidern, ging Seaton Benecke zum Fuß der Liege und begann, seinen Laborkittel aufzuknöpfen.

»Ich bin deine Frau«, erklärte Mrs. Crye dem Leichnam ihres Mannes. »Ich bin kein Gegenstand, den du verleihen oder verschenken kannst, um deine Schulden zu begleichen. Wir sind keine Eskimos, Ted. Wir leben hier nicht am Polarkreis.«

»Dennoch ist es kalt hier drin«, sagte Crye.

Seaton Benecke ließ seinen Laborkittel auf den eiskalten Boden des Behandlungsraums fallen. Er begann, sein Hemd aufzuknöpfen.

»Ted, das kann doch nicht dein Ernst sein! Du mußt wahnsinnig geworden sein. Du kannst doch nicht einem fetten Wurm wie diesem Benecke dabei helfen, deine eigene Frau zu vergewaltigen!«

»Das geht schon in Ordnung«, sagte Crye. »Ich bin tot.«

»Das geht schon in Ordnung«, sagte Benecke. »Ich bin ein Leierkastenspieler.«

Als sie den Blick an ihrem Körper entlang bis zum Fußende der Liege schweifen ließ, sah Mrs. Crye, daß Benecke beim Aufknöpfen seines Hemdes einen Streifen von dickem weißen Fell entblößt hatte, der ihn vom Hals abwärts einhüllte. Anschließend bewegten sich seine Hände ungeschickt zu seinem Gürtelverschluß.

»Ich wollte sagen, ich bin der Affe eines Leierkastenspielers«, korrigierte er sich.

Mrs. Crye schloß die Augen, wand sich im Griff der

Leiche und begann zu schreien. Ihre Schreie waren schrill, durchdringend und zahlreich, einer folgte dem anderen wie die Noten einer avantgardistischen Flötensonate.

»Dein Schreien wird dir nicht helfen, meine Schöne«, sagte die Leiche und warf sie mit Gewalt auf ihren Platz zurück; seine Stimme klang überhaupt nicht wie die von Theodore Martin Crye senior. Sie klang vielmehr wie jene, die dem verrückt-gleichmütigen Computer in dem Film *2001: Odyssee im Weltraum* gehörte.

»Ted«, rief die aufgewühlte Frau. »Ted, tu das nicht!« Sie fing wieder an zu schreien.

Während sie noch schrie, kletterte eine Kreatur, die einem riesigen Weißhalskapuziner glich, der Länge nach über die Behandlungsliege, schob ihren Rock hoch und näherte sich immer weiter ihrem Gesicht. Mrs. Cryes Kopf schlug von einer Seite zur anderen, doch sie konnte dem klammernden Griff ihres verräterischen Gatten ebensowenig entkommen wie dem Knie des Affenmannes, der rittlings auf ihr saß.

»Ich will das hier besonders gründlich machen«, sagte Benecke und strich ihr mit einer behaarten Pranke über die Brüste. »Ich kann bis zu fünfzehn Zentimeter tief eindringen, bevor ich durch das Leben bergende Dunkel ›explodiere‹. So mag ich es.«

»Ich bin ganz tief innen zerfallen«, sagte Crye und legte seiner Frau die Totenhand auf die Stirn. »Wenn es den Anschein gehabt hat, als hätte ich aufgegeben Stevie, dann war das nur, weil

Mrs. Crye hörte ihre eigenen Schreie nicht mehr. Als sie die Augen öffnete, merkte sie, daß sie in einem der Diagnoseräume im Untergeschoß mit Cryes Leiche allein war. Ihr toter Ehemann war dabei, ihr den Zweck und die Wirkungsweise einer Maschine zu erklären, die an eine kleine Bildschirmkonsole angeschlossen war.

»Dieses Gerät erlaubt dem Radiologen, den gastrointestinalen Bereich eines Patienten zu beobachten, während dieser sich mit Bariumsulfat füllt«, sagte er.

»Ich habe mich mit all diesen Dingen während der Zeit beschäftigt, als du sie über dich ergehen lassen mußtest«, sagte Mrs. Crye. »Und ich habe mich ein zweites Mal damit beschäftigt, als ich für den *Boten* einen Artikel über die Klinik schrieb. Warum mutest du mir zu, daß ich das Ganze noch einmal durchmachen soll?«

»Bariumsulfat ist einfach nur ein Kontrastmittel«, sagte Crye. »Man verwendet es, um Abnormitäten im GI-Trakt sichtbar zu machen. Der untersuchende Arzt beobachtet den diagnostischen Vorgang fast so, als ob er sich einen Film ansähe.«

»Genau diese Worte habe ich letzte Woche geschrieben, Ted. Ich habe sie aus dem Mund eines Radiologen der Klinik gehört und in meine Story eingebaut.«

»Dieses Gerät funktioniert nach dem Prinzip der Fluoroskopie, doch in anderen Teilen der Klinik wird mit Thermografie gearbeitet, bei der Tumoren durch Infrarotsensoren aufgespürt werden, sowie mit einem Ultraschallapparat, der mit Hilfe von Schallwellen Krebswucherungen lokalisiert und identifiziert. Es stehen uns hier noch viele andere Diagnosehilfsmittel zur Verfügung. Natürlich hast du den Clinac 4 und den Clinac 18 im Behandlungsbereich bereits gesehen.«

»Keins dieser Wunderdinge hat den geringsten Wert, wenn man selbst willens ist zu sterben«, sagte Mrs. Crye. »Wenn man sich der *Idee* der Krankheit hingibt.«

Crye drehte sich um und sah seine Frau an. Aus Rücksicht auf ihre weibliche Empfindlichkeit trug er hübsche Glasprothesen in den leeren Augenhöhlen. Seine Gesichtshaut mutete jedoch immer noch nach Siechtum an.

»Ich möchte, daß wir uns scheiden lassen«, sagte er.

»Du bist tot«, erinnerte ihn Mrs. Crye. »Du brauchst

dich nicht scheiden zu lassen. Ich bin Witwe. Ich kann ohne Scheidungsurkunde wieder heiraten, und du kannst ...«

»... in der Hölle verrotten.«

Mrs. Crye vergrub das Gesicht in den Händen. »Bitte, Ted, sprich nicht so.« Gleich darauf hob sie den Kopf wieder und legte die Hände auf die Knie. »Die Hölle ist ein Seelenzustand. Ich bin diejenige, die sich darin befindet. Du bist ein zu guter — du *warst* ein zu guter Mensch, um in der Hölle zu enden.«

»Selbst gute Menschen können in höllische Seelenzustände geraten, Stevie. Ich will eine Scheidung.«

»Wie soll sich eine lebende Witwe von ihrem verstorbenen Mann scheiden lassen?«

»Sie läßt ihn los«, sagte Crye. »Sie hört auf, ihn zu fluoroskopischen Untersuchungen ins Krankenhaus zu bringen. Sie hört auf, Bariumsulfat in ihn zu schütten. Sie hört auf, aus seinen gottverdammten inneren Organen auf diesem kleinen Fernsehbildschirm etwas herauszulesen.«

»Ted, ich habe niemals ...«

»Du bist kein amtlich zugelassener Haruspex, Stevie. Um ein zugelassener Bestrahlungsspezialist, ein Radiologe oder ein Haruspex zu werden, bedarf es einer Menge harter Arbeit. Wenn du nicht in eine Scheidung einwilligst, muß ich vielleicht ein Gerichtsverfahren wegen Amtsanmaßung anstrengen.«

»Aber warum willst du denn unbedingt eine Scheidung? Ich habe dich geliebt. Ich handelte so, wie ich es tat, denn ich liebte ... ich liebe dich.«

»Es gibt eine andere Frau.«

»Nein, Ted, du lügst. Du suchst krampfhaft nach einem Vorwand.«

»Es gibt eine andere Frau, Stevie. Ich werde mich mit ihr zusammentun. Ich will eine Scheidung. Laß mich los, damit ich mit ihr gehen kann.«

Mrs. Crye durchquerte den winzigen Raum und ergriff die Handgelenke ihres toten Mannes. Das Fleisch glitschte ihr durch die Finger. »Du kannst mich festhalten, Ted, doch ich kann dich nicht festhalten. Wenn es dazu beiträgt, daß du dich besser fühlst, dann nenne meine Unfähigkeit, dich festzuhalten, Scheidung.« Sie ließ das schlauchartige Stück feucht-kalten Fleisches, das sich von seinem Handgelenk gelöst hatte, zu Boden fallen. »Aber versuche nicht, mir zu erzählen, es gäbe eine andere Frau. Ich weigere mich, es zu glauben.«

Geschmeidig schob sich Crye an seiner Frau vorbei, suchte jeden einzelnen Diagnoseraum entlang des Korridors auf und kam mit den Händen voll Tomografien, Radioimmunessays, sonografischen Ausdrucken und einem Stapel Röntgenbildern zurück zum Fluoroskopiegerät. Er schob einen fahrbaren Mammografie-Apparat vor sich her. Er bugsierte diese Maschine bis direkt vor Mrs. Crye und verteilte die anderen Dinge auf der Fläche eines Untersuchungstisches neben ihrem verlassenen Stuhl. Seine Skelettfinger hoben all die Ergebnisse der verschiedenen Diagnosetests seiner Frau bis fünfzehn Zentimeter vor die Nase.

»Beweise für die andere Frau«, sagte Crye. »Nuklear-Rasterbilder des Körpers, Sonogramme der inneren Organe, Thermogramme, aufgenommen nachdem sie zehn oder fünfzehn Minuten nach unserer letzten Begegnung abgekühlt war, ganz zu schweigen von einigen Hochgeschwindigkeits-Niedrigdosierungs-Röntgenaufnahmen von ihren Brüsten. Die letzteren sind besonders beeindruckend. Sie alle zusammengenommen ergeben den Begriff Geliebte ...«

Die Lichter im Untergeschoß der Klinik erloschen, fast so, als hatte ein Generator versagt, und hinter dem Mammografieapparat, den Crye soeben hereingeschoben hatte, erschien das starre dreidimensionale Bild einer fremden Frau. Ihr Inneres — vom Gehirn bis zu den Zehenknochen — war als grelle Flecken in Grün, Blau, Magenta und Gelb zu sehen. Sie starrte Mrs. Crye mit ihrem Technicolor-Totenkopf an, während das entsetzte Objekt ihres Anstarrens einen Arm hob und versuchte

den nackten Körper der Leiche in ihrem Bett zu wärmen. Nachdem sie die Bedienungsvorrichtung für die elektrische Decke aus der unteren Schublade der Kommode geholt hatte, stellte sie den Temperaturregler auf die höchste Stufe. Dann stieg sie zu ihrem toten Mann ins Bett und kuschelte sich an ihn, um ihre Wärme der von der Decke ausgestrahlten hinzuzufügen. Unbeweglich und hilflos starrte er mit leeren Augenhöhlen zur Zimmerdecke. Sein Atem war geruchlos, antiseptisch. Um ein zweites Mal zu sterben, müßte sich sein Zustand zuvor erheblich verbessern.

»Möchtest du etwas Orangensaft?« fragte Mrs. Crye. »Einen Grog mit Honig und Zitrone?«

»Das Zeug würde sofort durch mich hindurchsickern und die Matratzenauflage ruinieren. Zitronensäure hat auf die meisten Arten von Leinengeweben diese unselige Wirkung.«

»Das ist mir egal. Ich will, daß es dir besser geht. Die letzten beiden Jahre waren trostlos.«

»Du solltest wieder heiraten.«

»Eine Frau ohne Mann ist wie ein Fisch ohne Fahrrad.«

Crye lachte. »Leichen soll man nicht auf die Füße treten, was?«

»So ähnlich. Das ist allerdings eine ganz schön gruselige Art, es auszudrücken. Ich wollte nur darauf hinweisen — allerdings mit einem etwas schiefen Bild —, daß ich dich geheiratet habe, weil ich dich liebte, Ted, und nicht, weil ich verbissen einen Mann suchte.«

»Keine Frau, die einen Mann sucht, ist verbissen.«

»Hör auf damit, Ted. Ich möchte nur sagen, daß es keine Lösung ist, wieder zu heiraten.«

»Du solltest was mit diesem Benecke-Knaben anfangen, Stevie.«

Mrs. Crye rückte von ihrem Mann ab. »Das ist nicht lustig. Eher würde ich meinen eigenen Sohn verführen, als mit Benecke etwas anfangen.«

»Wieso gefällt er dir denn nicht?«

»Er ist ein ungehobelter Wilder. Einmal hat er dich überredet, ihm dabei zu helfen, mich zu vergewaltigen. Und seine Tischmanieren sind ungeheuerlich.«

»Vermutlich nimmt er die Salatgabel für die Vorspeise, oder wie?«

»Einmal beim Mittagessen hat er sein Schoßtier, einen Affen, Blut aus einer Wunde an seinem Finger saugen lassen. ›Nachtisch‹ nannte er das. Teddy und Marella waren dabei.«

»Er ist noch jung, Stevie. Was noch?«

»Was willst du von mir hören, Ted? Das Führungszeugnis, das ihm seine Lehrer ausgestellt haben? Eine Aufzählung seiner Verkehrssünden? Seinen letzten Strafregisterauszug? Typen wie er sind nicht mein Fall!«

»Er die Schmiertype und du die Schmucktype, was?«

»Ha ha«, erwiderte Mrs. Crye freudlos. Sie rutschte wieder etwas zu ihrem Mann hin. »Sag mir doch mal, wofür du zahlen mußtest, Ted. Was hat dich so erschüttert, daß du dir von all den herrlichen Gerätschaften, all den aufopfernden Leuten in der Krebsklinik in Ladysmith nicht hast helfen lassen?«

»Meine Zeit zum Sterben war gekommen.«

»Das verstehe ich nicht«, fuhr Mrs. Crye auf und schlug mit der Faust aufs Bett.

Ihr toter Mann raffte sich zu einem letzten Rest von *élan vital* auf und warf die Decken zurück. Wie Karloff in einem von James Whales *Frankenstein*-Filmen erhob er sich vom Bett. Er war mit dem Anzug bekleidet, in dem er beerdigt worden war. Er hätte dringend des Reinigens und Aufbügelns bedurft. Er schritt zum Spiegel und versuchte tolpatschig, sich die Krawatte zurechtzurücken. Die im Zimmer herrschende Dunkelheit erwies sich für seine Bemühungen nicht als hinderlich, denn er hätte seine knochigen Finger ohnehin nicht sehen können, auch wenn Licht gebrannt hätte.

»Und ich habe es nicht verdient, im selben Bett mit dir zu liegen«, sagte Crye mit belegter Stimme. »Ich habe dich jedes Ansporns beraubt, deine eigenen Talente zu entwickeln. Obwohl ich dir diese heiße Maschine, diese Exceleriter, gekauft habe, habe ich dir keine Zeit gelassen, sie zu benutzen. Deshalb habe ich beschlossen zu sterben.«

»Damit ich mein Leben vor einer Schreibmaschine verbringen kann?«

»Damit du dich an der höheren Schule der Erfahrung einschreiben, deine Talente entwickeln und dich mit den Widrigkeiten des Lebens auseinandersetzen kannst.«

»So hast du nie gesprochen, als du noch lebtest.«

»Erst gegen Ende habe ich angefangen, so zu denken, Stevie. Ich mußte sterben, damit du aus meinem unterdrückenden Schatten heraustreten konntest.«

»In die Arme eines Kerls, der selbst einen Schatten hat?«

Crye drehte sich hastig zum Bett um, doch einer seiner Füße drehte sich nicht mit ihm. Der Diamant seiner Krawattennadel glitzerte im grüngelben Lichtschein, der von der Straßenlaterne draußen hereinfiel. Der Krawattenknoten war um Daumenlänge aus der Mitte nach rechts verschoben. Ein Knopf fiel von seinem Jackett ab und rollte auf die Zederntruhe am Fuß des Bettes zu. Er zerfiel nicht nur innerlich, sondern auch äußerlich.

»Was ich gesagt habe, sollte sich gütig anhören. Und außerdem kommt es von Herzen. Es ist eine Lüge, die von tiefstem Herzen kommt ... Komm her und küß mich, Stevie. Zeig mir, daß du mir glaubst, indem du mich küßt.«

Mrs. Crye ging zu ihrem Mann und gab ihm einen Kuß. Seine Lippen schmeckten wie Austernsauce auf trockenen Kräckern. Als sie jedoch von ihm zurückwich, blickte sie in das Gesicht eines Leierkastenaffens, dessen Knochen im Dämmerlicht des oberen Stocks grün, blau, gelb und magentafarben schimmerten. Er hatte ein Genicktuch aus weißem Fell um den Hals. Als er den Mund öffnete, begann die schillernde Tastatur seiner Zähne zu rattern und zu klingeln. Mrs. Crye öffnete ebenfalls den Mund. Der Laut, der daraus hervordrang, erinnerte sie an

XXIX

das zornige Rasseln der defekten Exceleriter.

Nach einigem Tasten fand Stevie schließlich den Plastikschalter, der den Alarmton ihres Weckradios zum Verstummen brachte. Normalerweise stellte sie das Radio Freitag und Samstag abends nicht auf Wecken, aber nachdem sie, dösig von Schlaftabletten, aus dem oberen Bad in ihr Zimmer zurückgekehrt war, mußte sie es versehentlich doch getan haben. Eine Gewohnheit der Wochentage, die sie unbewußt ins Wochenende mitgeschleppt hatte. Jetzt war sie wach, erschöpft von ihren lebhaften, aufwühlenden Träumen.

Du hast mehrere Alpträume hintereinander gehabt, dachte Stevie, während sie immer noch versuchte, einen klaren Kopf zu bekommen. Der Radiowecker hatte den letzten unterbrochen. Einen Augenblick lang erinnerte dich das unangenehme Summen des Weckers an das Geräusch, das die Exceleriter von sich gegeben hatte, als ihr Kabelzug riß. Ein Wachalptraum hat deine Serie von schlechten Träumen unterbrochen. Es ist Morgen, Stevie, ein stiller Sonntagmorgen.

Was hast du geträumt?

Tatsächlich erinnerte sie sich an ihre Alpträume genauso deutlich, wie sie sich am Anfang der vergangenen Nacht an ihre eingebildete Verführung Teddys erinnert hatte. Der Unterschied heute morgen lag in dem beruhigenden Umstand, daß es unmöglich war, den Inhalt dieser neuesten Alpträume beim Aufwachen mit der Realität zu verwechseln. Schließlich ruhte Ted sicher auf dem Friedhof von Barclay, Seaton Benecke war in Wirklichkeit kein Kapuzineraffe in menschlicher Verkleidung, und sie, Stevie, hatte die Nacht nicht in der ultramodernen Krebsklinik von Ladysmith verbracht. Sie hatte die Nacht in ihrem eigenen breiten Bett verbracht, von schrecklichen Träumen gequält.

Jetzt war es Zeit aufzustehen und nachzusehen, in welche Ordnung und Reihenfolge die Exceleriter die Bilder dieser schrecklichen Träume gebracht hatte — bewegte spirituelle Kopfschmerzen, könnte man sie nennen. Stevie zog ein Paar steife ›Designer‹-Jeans einer unbekannten Marke an, ergänzte sie durch ein langärmliges Flanellhemd und fuhr sich flüchtig mit einer Bürste durchs Haar. Dann huschte sie in Turnschuhen in ihr Arbeitszimmer und überflog die Niederschrift der Alpträume, die im vorhergehenden Kapitel in wörtlicher Rede wiedergegeben waren.

»›Mrs. Crye‹?« sagte sie laut. »Warum sprichst du mich in jedem meiner Träume mit Mrs. Crye an?«

Die Maschine tippte **EINE SACHE DER HÖFLICHKEIT, MRS. CRYE, WENN ICH MIR AUCH DIE FREIHEIT NEHME, DICH ZU DUZEN.**

»Das ist lächerlich formell. Ich bin für mich selbst nicht Mrs. Crye. Und bestimmt träume ich nicht von mir als Mrs. Crye, jedenfalls nicht mit dieser steifen Bezeichnung. Hohn und Verächtlichmachung, das ist dein Stil.«

NEIN, MA'AM, GEWISS NICHT! ES IST SOWOHL HÖFLICHKEIT ALS AUCH DIE HEMMUNGSLOSE ANWENDUNG EINES BESTIMMTEN JOURNALISTISCHEN STILS. HAB EIN WENIG NACHSICHT.

»Wie kann ich gegenüber einem kleinen Dieb wie dir nachsichtig sein? Du dringst in meinen Schlaf ein. Du stiehlst meine Träume.«

ICH GEBE SIE DIR ZURÜCK, STEVIE. HIER SIND SIE,

FEIN SÄUBERLICH GETIPPT UND VORBEREITET ZUM NOCHMALIGEN DURCHLEBEN.

»Wundervoll. Dann kann ich also eine Vergewaltigung noch einmal durchleben, bei der mein verstorbener Ehemann einem anderen Mann Hilfe leistet. Ich kann die symbolische Bestialität dieser Vergewaltigung noch einmal durchleben. Dann kann ich noch einmal durchleben, wie mein verstorbener Mann die Scheidung verlangt. Und außerdem kann ich ...«

LEGE ALL DAS ZU DEN AKTEN, VERGISS ES.

Stevie setzte zu einer Erwiderung an, zwang sich aber zu schweigen. Sie sprach laut. Die Exceleriter tippte. Diese Veränderung im mechanischen Ablauf ihrer Kommunikation markierte eine bemerkenswerte Bewegung in ihrer Beziehung. Die Schreibmaschine erkannte bereitwillig die Legitimation der Sprache als Verständigungsmittel an. Seit sie ihr »Aufhören!« zugebrüllt hatte, reagierte sie so problemlos auf das gesprochene Wort. Auf dem Papier jedoch zeigten sich Stevies Beiträge zu dem Dialog als auffallende weiße Zwischenräume von zwei, drei oder vier Zeilen. Diese weißen Stellen vermittelten ihr das unbehagliche Gefühl, daß sie nur dank der Duldung der Maschine existierte. Aus diesem Grund tippte sie ihre nächste Bemerkung.

> ES IST SEHR UNWAHRSCHEINLICH, DASS ICH JEMALS VERGESSEN KANN, WAS DU MIR ANTUST. ICH MÖCHTE ES AUCH GAR NICHT VERGESSEN, ICH MÖCHTE NUR, DASS ES AUFHÖRT.

DEIN WUNSCH IST MIR

Befehl, dachte Stevie. Als Perfektionistin, die sie nun mal war, drückte sie die Umschalttaste und schrieb das Wort an die Stelle, die die Exceleriter frei gelassen hatte. Doch es erschien nur eine farblose Einprägung auf dem Papier, denn die Maschine hatte klammheimlich das Farbband auf Matrizenstellung umgeschaltet. Alter

Schlauberger, dachte Stevie. Du mußt immer das letzte Wort behalten, selbst wenn du dich weigerst, es zu haben ...

»Du bist früh auf für sonntags.«

Stevie drehte sich um und sah Teddy in der Tür, bereits vollständig angezogen und mit strahlenden Augen. Sie schaltete die Exceleriter aus und legte sich eine Hand an die Brust, als ob sie ersticken würde. Selbst wenn diese Geste, mit der sie andeuten wollte, wie sehr sie sich erschreckt hatte, ein Relikt aus der Ära von D. W. Griffith war, war sie nicht übertrieben, was ihr erregtes Herzflattern anging.

»Du auch«, brachte sie hervor. »Ich meine, früh auf.«

»Ich bin heute morgen unheimlich gut drauf, Mom. Und seit einer Stunde oder so höre ich dich auch schon tippen.«

Stevie versuchte, die Abdeckung über die Exceleriter zu stülpen, doch durch den langen Streifen Papier, der sich um die Walze legte, saß die Hülle schief. »Jetzt bin ich fertig. Ich habe mir nur ein paar Notizen gemacht. Nichts Wichtiges. Nur ein paar Notizen.«

»Sei doch nicht so nervös«, riet Teddy ihr.

Sie sah den Jungen scharf an. »Nervös? Warum sollte ich denn nervös sein?«

»Aus keinem bestimmten Grund, Mom. Eben deswegen solltest du es nicht sein. Es gibt keinen Grund.«

»Wovon redest du denn?«

Er kam vollends ins Arbeitszimmer und schloß die Tür hinter sich. »Ich wollte dir für das danken, was du letzte Nacht gemacht hast, Mom. Viele Jungen würden dich deswegen wahrscheinlich hassen oder es nicht verstehen, oder vielleicht wäre es ihnen peinlich. Bei mir ist das jedoch anders. Ich bin dankbar. Ich habe jetzt ein viel besseres Gefühl mir selbst gegenüber.«

»Viele Jungen würden ihre Mütter hassen, weil sie sich weigern, sich auf einen Streit mit ihnen einzulassen?«

Teddy lächelte schüchtern, doch seine Schüchternheit

hatte etwas Verschwörerisches. »Es gibt Streit und Streit. Manchmal ist er schlecht, manchmal ist er... nicht so schlecht. Du hast mir etwas über mich selbst beigebracht.«

Verwirrt durch dieses Eingeständnis starrte Stevie ihren Sohn an. Sie wußte nichts zu sagen. Sie hatte Angst, etwas zu sagen. Sie wollte nicht, daß Teddy sich über die tiefere Bedeutung ausließ (im Gegensatz zu der Version der Exceleriter ihres zweifelhaften mitternächtlichen Gesprächs, bei dem sie ihn aufgefordert hatte, mit seinem Problem frei herauszurücken), da sie befürchtete, ein derart direktes Vorgehen würde ihr die Möglichkeit nehmen, ihren Inzest als verlogene Unterstellung abzutun. Es *war* natürlich eine verlogene Unterstellung, doch Teddys Verhalten beruhte offenbar auf der Annahme, daß die ekelhafte Ausgeburt der Exceleriter-Phantasie zu einem *fait accompli* der Cryeschen Familie geworden sei. Wie konnte er so etwas annehmen? Was geschah ihr?

»Jedenfalls«, sagte Teddy, »ist es in Ordnung so. Ich kann mit dem, was passiert ist, fertigwerden. Du hast mir einen Gefallen getan. Mehr werde ich dazu allerdings nicht sagen. Ich werde den Vorfall nie mehr erwähnen.«

Stevie sagte: »Du kannst ihn so oft erwähnen, wie du willst. Ich schäme mich nicht dafür, daß ich mit dir geschimpft habe, weil du mir die letzten Nerven geraubt hast.«

»Schon gut. Okay.« Teddy hob den Blick und lächelte seine Mutter an. Er neigte nachdenklich den Kopf. »Danke, Mom. Das meine ich ernst.« Sein Atem bildete Dampfschwaden in der Luft, doch als er nach der Türklinke griff und in den Flur hinaushuschte, verschwanden diese Schwaden wie Geister beim ersten Schimmer der Morgendämmerung. Was Teddy gesagt hatte, hallte jedoch den ganzen langen eiskalten Morgen über in Stevies Denken nach.

XXX

Wenn Dr. Elsa etwas versprach, dann hielt sie es auch. Während Stevie zu Hause geblieben war, bis zum Haaransatz vertieft in eine unhandliche Sammelausgabe von *The Atlanta Journal Constitution*, besuchten Teddy und Marella die Sonntagsschule der Ersten Vereinigten Methodistenkirche drei Häuserblocks entfernt. Nach der Kirche würden die Kensingtons die Kinder mit ihrem Wagen hinaus zu ihrem einsam gelegenen Holzbungalow am Scottsdale-See nehmen. So sehr sie die lästigen Rangen liebte (das war Teds hinter vorgehaltener Hand geäußerte, liebevolle Bezeichnung für die Kinder gewesen), so sehr genoß Stevie, daß sie etwas Zeit für sich hatte. Sie empfand Hochachtung und Bewunderung für Dr. Elsa, die selbst eine vielbeschäftigte Frau war, weil sie die Dinge so eingerichtet hatte, daß sie sich nicht nur ein wenig von ihrer Arbeit, sondern auch von ihren elterlichen Pflichten erholen konnte. Es kam seit einiger Zeit nicht mehr oft vor, daß ihr die Wohltat eines so segensreichen Alleinseins beschieden war.

Seit Dienstag, so schien es ihr, hatte sich ihr Leben fast ausschließlich um das Diktat, ob es nun grob oder feinfühlig war, einer Siebenhundert-Dollar-Maschine gedreht. Alles, was sie getan hatte, alles, was ihr widerfahren war, und der größte Teil dessen, womit sie sich gegenwärtig beschäftigte, resultierte mehr oder weniger unmittelbar aus dem Defekt und der Reparatur der Exceleriter. (›Reparatur‹ sollte man in Anführungsstriche setzen. Was Benecke mit der Exceleriter angestellt hatte, war letztendlich nichts anderes als ein unheilvoller und weitreichender Fluch.) Nüchtern betrachtet war es so, daß Marcella seit Dienstag zweimal krank geworden war und daß Teddy ihr das Leben ganz schön schwer gemacht hatte mit seinen jugendlich-altklugen Sprüchen und seinen pikanten mitternächtlichen Zweifeln an seiner Männlichkeit — doch selbst diese ziemlich alltäglichen Familienprobleme schienen auf unergründliche Weise mit dem Ärger, den die Schreibmaschine verursachte, verbunden zu sein. Es war nicht zu leugnen, daß sie, nur weil die Exceleriter sie heimtückisch hintergangen hatte, jetzt Schwierigkeiten hatte, eine scharfe Linie zwischen wirklichen Ereignissen und absoluten Hirngespinsten zu ziehen. Sogar jetzt, da sie in der Küche saß und die sonntäglichen Buchbesprechungen las und dabei nachdenklich an ihrer dritten Tasse Kaffee nippte, formte eine Maschine von der ungefähren Größe eines Brotkastens ihre Meinung, beeinflußte ihre Empfindungen, bestimmte ihr Verhalten.

Denk nicht an das verfluchte Ding, riet Stevie sich selbst.

Sie versuchte, sich auf die Buchrezensionen zu konzentrieren. Die heutigen Literaturseiten — zwei an der Zahl — waren ausführlichen Abhandlungen über ein Dutzend verschiedener für die winterliche Lektüre geeigneter Horrorromane gewidmet. Diese Bücher hatten die folgenden Titel: *Nachgeburt, Kriechende und geschuppte Geschöpfe, Das Tröpfeln, Edema, Schwangere Babies, Lucrezia lachte, Spindel der Nacht, Der Strahlenkranz, Die Marionetten von Piscataway, Die Geißel, Shudderville* und *Terror, frei nach Tyrone.* Die Artikel auf den Buchbesprechungsseiten lobten diese Neuerscheinungen entweder als Meisterwerke von mitreißendem Nervenkitzel und angenehmer Lesbarkeit oder verrissen sie als den letzten Schund auf einem buchstäblich nicht mehr zu überblickenden Haufen von pseudoliterarischem Schrott.

Stevie wog die positiven und negativen Beurteilungen gegeneinander auf. Die Zahl der Verrisse war größer als die der Lobeshymnen, und die Lobeshymnen stammten von Nachrufschreibern und Erbschleichern, die allzu augenfällig bestrebt waren, ihre leichenschänderische Einstellung aufzugeben für einen Sonntagsspaziergang durch einen phantastischen Friedhof oder ein nicht existierendes verwunschenes Haus. Die Verrisse hingegen bestanden aus schwungvollen Diskussionen um die marktschreierischen Ausfälligkeiten, peinlichen Textanleihen, stilistischen Unzulänglichkeiten, unglaubwürdigen Gestalten, inzüchtigen thematischen Ähnlichkeiten und köstlichen billigen Effekten. Wo waren die Faulkners, Fitzgeralds und Hemingways von heute?

Als sie jedoch die Romanbestsellerliste dieser Woche betrachtete, stellte Stevie fest, daß vier der Bücher, die an diesem Morgen besprochen wurden, den Sprung in die Liste der Hardcoverausgaben geschafft hatten. Zwei weitere dieser Romane, Taschenbuch-Originalausgaben, hatten den zweiten beziehungsweise fünften Platz auf der Taschenbuch-Bestsellerliste errungen. Nur einer der Horrorromane aus beiden Listen hatte in der heutigen Zeitung eine gute Kritik bekommen.

Stevie hielt den Kaffee mit der Zunge am Gaumen und dachte voll Bitterkeit über das begrenzte Auswahlspektrum und die hervorstechenden kleinkarierten Vorlieben der lesenden Öffentlichkeit Amerikas nach. Sie schrieb reportageartige Dokumentationen, sicher, doch welche Chance hatte ein regionaler Schriftsteller ohne jedes Bestreben, Gänsehaut zu erzeugen, die von den großen Tieren gesteckte Bestseller-Hürde zu nehmen? Nach diesen Maßstäben, wenn man von den anerkennenden Worten ihrer Verlagsredakteure und ein paar entfernten Verwandten absah, war sie selbst als Lohnschreiber ein Versager.

»Frau mit zwei Gesichtern: Gedanken eines weiblichen Familienvaters«, sagte Stevie laut vor sich hin und genoß den Klang der Worte.

Kein schlechter Titel, wirklich. Der erste Eindruck war prickelnd. Bei näherem Hinsehen griff er in das Reich des verschwommenen soziologischen Jargons über, selbst wenn der Widerspruch von *weiblich* und *Familienvater* dazu angetan war, Stirnrunzeln und gereizte Neugier zu wecken. Vielleicht würde er genau das bewirken. Wenn jedoch die Briar Patch Press Inc. in Atlanta, Georgia, ihr Buch annehmen würde, dann wäre ihm nur eine begrenzte regionale Verbreitung beschieden, und sie könnte sich außerordentlich glücklich schätzen, wenn sie ihren Titel in der Sachbuch-Bestsellerliste der Sonntagsausgabe der *Journal Constitution* wiederfände. Die Größen der Branche bei *The New York Times* und *The Washington Post Book World* würden niemals auch nur von ihr hören. Deren Sachbuchspezialisten waren vollauf beschäftigt mit der Rezension von Studien über die amerikanische Sexmoral, Ratgeber für Wirtschaftsinvestitionen während der bevorstehenden Depression, die Autobiografien hochbetagter Filmstars und die Verheißungen des Jüngsten Tages aus der Sicht verschiedener Ökologen, Militärführer, pensionierter Politiker, Biologiewissenschaftler, Kremelogen, Vorstandsmitglieder von Automobilherstellerfirmen, Evangelienverkünder und anonymer pseudo-literarischer Terroristen, die in ihren Einleitungen feierliche Gelübde ablegten, daß sie die Einnahmen aus ihrem Buch einzig und allein für die Zunichtemachung der korrupten Mittelschicht zu verwenden gedenken.

Kein Wunder, daß so viele Leute Horrorromane lasen. Das einzige andere wirklich leicht zugängliche Mittel des Abspannens war das Fernsehen; doch selbst Teddy und Marella, in deren Augäpfel manchmal geradezu Fernsehrasterpunkte flimmerten, konnten nur ein gewisses Quantum dieser geheiligten Zerstreuung vertragen. Wenn man Geld verdienen, sich einen Namen machen und die Lorbeeren seiner Arbeit noch in diesem Leben ernten wollte (anstatt in einer moderigen Halle der Weisheit oder dem leuchtenden Hain des Paradieses verewigt zu sein), mußte man den Leuten geben, was sie wollten. Oder man mußte sie dazu bringen, das zu wollen, was man ihnen gab, ein unendlich riskanteres und zeitaufwendigeres Unterfangen. Stevie hatte das

Gefühl, daß sie kaum soviel Zeit hatte, und eine Begabung für intelligentes Schachern gehörte nicht zu den Talenten, auf deren Entwicklung sie bei sich viel setzte. Dabei würde sie höchstens gehörig auf den Bauch fallen.

Was würde wohl mit ihrem Buchentwurf geschehen? Briar Patch Press Inc. würde zwei oder drei Monate darauf sitzenbleiben und ihn dann mit einem Begleitbrief zurückschicken, in dem ihr Stil gelobt wurde, gleichzeitig aber ernste Zweifel zum Ausdruck gebracht wurden, was die ›marktmäßige Verwertbarkeit‹ ihres Themas betraf.

Wenn der verstorbene Ehegatte nicht etwa ein hoher Geistlicher, ein internationales Sexsymbol mit zahlreichen Liebschaften oder ein Arzt entweder im tiefsten Borneo oder im finstersten Texas gewesen sei (so würde in der Ablehnung stehen), hatte die lesende Öffentlichkeit Amerikas kein gesteigertes Verlangen, hartes, kaltes Geld für die hinterwäldlerische Drangsal einer modernen Witwe auszugeben. Feminismus war während der Amtszeit dieses Präsidenten und seiner Regierung nicht mehr in. Schließlich sitzt eine Frau im Höchsten Gerichtshof, und Bo Derek kann verdammt noch mal alles tun, wonach ihr der Sinn steht. Die *Frau mit zwei Gesichtern,* obwohl der Titel zweifellos packend ist, wird dieses Jahr nicht den Erfolg von *Roots* oder *Shogun* ablösen. Es ist leider eine Tatsache, werte Dame, daß, wenn wir uns wirklich nachsichtig zeigten und es druckten, die meisten Exemplare auf den Ramschtischen enden werden, zusammmen mit Gesamtausgaben von William Shakespeares Dramen, Edgar A. Guests Gedichten und Jack Londons Südsee-Erzählungen. Und die Gesamtausgaben, Mrs. Crye, werden sich immer noch besser verkaufen ...

Aha, dachte Stevie, während sie trübsinnig auf die nach Feder und Tusche aussehende Zeichnung eines Werwolfs mit feuchten Lefzen blickte, die Pal Darcy Boles' verächtliche Besprechung des Buches *Das Tröpfeln* illustrierte; aha, die Kraft positiven Denkens. Dein Entwurf ist noch keine vierundzwanzig Stunden unterwegs, und zwar an einen Verlag, der sich nicht im Strudel der von Unrat vollgestopften Abflußrinne der Großen von Manhattan befindet, und du erklärst ihn bereits zu einem Wrack. Du solltest diese Zeit für dich allein genießen und dich nicht wegen deiner Arbeit zermürben oder dir im voraus häßliche Ablehnungsschreiben ausdenken. Diese Schreibmaschine da oben hat dich in eine durch und durch pessimistische, paranoide Dame verwandelt, Stevie Crye.

»Ich muß aus diesem Haus raus.«

Diese Feststellung hallte einschüchternd in ihrer leeren Küche wider. Stevie ließ die Seiten mit den Buchbesprechungen sinken, faltete sie etwa mit der gleichen mangelhaften Sorgfalt zusammen, wie sie die Straßenkarten in ihrem Kleinbus zusammenzufalten pflegte, und stopfte dieses unhandliche Paket kopfüber in den großen Weidenkorb, der ihre Plastikabfalltüte enthielt. Als ob sie ihren Pessimismus und ihre Paranoia zusammen mit den Buchbesprechungen weggeworfen hätte, rieb sie sich zufrieden die Hände. Sie würde Dr. Elsas Rat beherzigen und nach Columbus fahren. Einkaufen, so hatte es Arthur Miller irgendwo ausgedrückt, war die traditionelle Antwort der amerikanischen Kultur auf den Blues. Damit tröstete man sich, wenn der blasse Reiz des Fernsehens nachließ oder wenn man nach der Lektüre von Horrorromanen wie *Schwangere Babies* oder *Terror, frei nach Tyrone* wieder Luft schnappen mußte.

Stevie stellte den Heizofen kleiner und stieg die Treppe zu ihrem Schlafzimmer hinauf, um sich umzuziehen. Obwohl es kalt war, war es wieder ein schöner Tag. Mit einer marineblauen Hose, einem reinweißen Fischnetzpullover und dazu ihrem naturweißen halblangen Wintermantel müßte sie eigentlich der modisch avancierten Jugend unter die Augen treten können, auch wenn sie der Zeit um zehn Jahre hinterherhinkte. Na und! Wärme war entscheidend, nicht Mode. Die *beau monde* von Columbus, Gott beschütze ihr Cliquenherz, würde wahrscheinlich nicht einmal Notiz von ihr nehmen. Die Hälfte ihrer gut frisierten Vertreter würden zweifellos durch Atlantas protzige Einkaufszentren bummeln.

Auf der obersten Stufe blieb Stevie stehen. Die Exceleriter tippte nicht. Gut. Das war ein Segen.

Gegen ihren Willen ins Arbeitszimmer gezogen, ging Stevie jedoch zur Schreibmaschine, las die Niederschrift des Traums der vergangenen Nacht, versuchte, ihren gesprochenen Teil des Dialogs mit der Maschine zu rekonstruieren, und drehte schließlich den langen Streifen Papier auf der Walze hoch. Sie spannte ein neues Blatt ein. Dann faltete sie das neueste Werk der Exceleriter zu einem dicken Bündel zusammen, schob es in einen wattierten Umschlag und holte aus ihrem Aktenschrank die Mappe, die die Ergebnisse ihrer ersten literarischen Bemühungen enthielt. Sie sollten sie begleiten, diese Geschichten, diese Erzählungen. Sie wußte nicht genau, warum, aber sie sollten sie begleiten. Sie wollte sie unter dem Arm spüren, wollte sie im Blick haben, als greifbares Zeugnis dafür, daß sie Realität waren und nicht nur eine Halluzination von ihr.

XXXI

Nachdem sie in Columbus angekommen war, verstaute Stevie den wattierten Umschlag unter dem Fahrersitz und schloß den Bus jedesmal gewissenhaft ab, wenn sie ihn verließ. Sie gönnte sich ein Essen im Restaurant *China Star*, unternahm einen Bummel durch das Labyrinth des Einkaufszentrums am Columbus Square und kaufte einen ordentlichen Vorrat an nicht verderblichen Lebensmitteln im Winn-Dixie-Kaufhaus. (An Hühnerpasteten, die sich nicht lange hielten, ging sie tapfer vorbei, obwohl drei Stück nur ein Dollar zehn kosteten.) Sie betrat absichtlich keinen der Buchläden, die an ihrer Einkaufsstrecke lagen, denn sie hatte genügend Lesestoff zu Hause, und wenn sie sehnsüchtig die Regale mit der Belletristik durchstöberte, hätte das automatisch eine Ausgabe von zehn oder zwölf Dollar zur Folge. Sie konnte sich in diesem Monat keine Anschaffungen leisten, die nicht lebenswichtig waren; sie konnte sich kaum die leisten, die lebenswichtig waren.

Gegen halb fünf hatte Stevie ihren lähmenden Negativismus buchstäblich exorziert. Sie fühlte sich gut, fast glücklich. Wie Zauberelixiere hatten die frische Februarluft und das strahlende Blau des nachmittäglichen Himmels ihre Melancholie beseitigt. Sie war in der Lage, die Leute auf den Bürgersteigen und in den Passagen des Einkaufszentrums anzulächeln, selbst jene, die sie in Eingänge schubsten und Anstecker mit mürrischen Gesichtern drauf an ihren Mantelaufschlägen trugen. Stellt euch nicht so an, hätte sie am liebsten diesen aggressiven, mißmutigen Mitmenschen gesagt; wir sind doch alle nichts anderes als getretene Konsumenten der Mittelklasse beziehungsweise der unteren Mittelklasse. Die Kaufhäuser sind unsere Tempel, McDonald's ist der Ort unserer Speisung und Burt Reynolds unser dampfplaudernder Prophet. Halleluja.

Bis zu dem Moment, als sie zum letztenmal in ihren Kleinbus stieg und eine Ecke des Umschlags unter dem Sitz hervorragen sah, hatte sie ihre Schwierigkeiten mit der Schreibmaschine vollkommen vergessen gehabt. Die Ecke des Umschlags erinnerte sie wieder daran, doch sie schob sie mit dem Absatz außer Sicht und legte energisch den Gang des VW ein. Sie würde sich diesen Ausflug durch nichts verderben lassen. Sie hatte die Absicht, mit ansteckend guter Laune nach Barclay zurückzukehren.

Bevor sie ganz begriff, was sie tat, ertappte sich Stevie dabei, daß sie die Macon Road in Richtung der Bradley-Memorial-Bibliothek und des alten Geschäftsviertels am Chattahoochee-Fluß hinunterfuhr. Sie hätte genau entgegengesetzt fahren müssen. Oberhalb der Bibliothek lenkte sie den Bus scharf nach rechts und schlängelte sich bei mäßigem Verkehr den mit peinlicher Sorgfalt landschaftsgestalteten Hügel hinunter zu einer betriebsamen Kreuzung mit einer Cocktailbar, einem Blumenladen und zwei weiteren sich diagonal gegenüberliegenden Läden. Sie bewegte sich auf eine mit Bäumen gesäumte Gegend zu, in der sich private Wohnhäuser mit vereinzelten Geschäften und Büros der unterschiedlichsten Art abwechselten. Die hiesigen CBS-Studios waren nicht allzuweit entfernt. (In diesem Moment würde die Anstalt wahrscheinlich eine typische Nachfootballsaison-Sendung ausstrahlen: einen Leichtathletikwettkampf oder eine Eiskunstlaufdarbietung.)

Dann merkte Stevie plötzlich, daß sie zu Hamlin Benecke & Söhne fuhr. Herrje, Mädchen, du bist im Begriff, an den Ort des Verbrechens zurückzukehren ...

So war es tatsächlich. Sie konnte nicht anders. Es war töricht, unvernünftig, vielleicht sogar verhängnisvoll — nicht nur was ihre Hoffnung betraf, ihre Exceleriter ein für allemal repariert zu bekommen, sondern auch für den ganzen Sinn ihres Ausflugs in die Stadt. Sie konnte einfach nicht anders. Ihr Einkaufsbummel hatte sie nicht wirklich von ihrer Angst befreit, er hatte ihr Problem nur in den Untergrund verdrängt. Nun, das Problem würde nicht im Untergrund *bleiben.* Es reckte beharrlich die Nase immer wieder an die Oberfläche und starrte sie mit eng beieinanderstehenden leeren Augen an. Wenn sie zu der Firma Benecke ging und sich noch einmal mit Seaton auseinandersetzte und ihm das Versprechen abnahm, daß er das Schreckliche, das er offenbar mit ihrer Maschine angestellt hatte, wieder rückgängig machte, dann würde ihr Leben vielleicht ins richtige Gleis kommen und der Alptraum der letzten paar Tage würde sich auflösen wie Frühnebel. Stevie hatte keine Ahnung, was sie genau vorhatte, aber sie mußte etwas unternehmen.

Ihr Fuß trat aufs Gaspedal, ihre Hände drehten am Lenkrad, und ihr Wagen knatterte eine Straße mit kahlen Bäumen und halbverfallenen Gebäuden zum Gelände der Bürobedarfsfirma hinauf. Sie bog in den Asphaltparkplatz eines Drugstores der Nachbarschaft ein, direkt gegenüber von Benecke auf der anderen Straßenseite. Beide Geschäfte hatten heute geschlossen. Die Backsteinwände der Bürobedarfsfirma waren mit einer Farbe gestrichen, zu der Stevie die Bezeichnung ›Kopfwehgrün‹ einfiel. In der grellen Nachmittagssonne strahlten sie mit Hochglanzeffekt, als ob sie frisch lakkiert worden waren. Stevie hob sich die Hand abschirmend über die Augen und blickte auf die andere Straßenseite hinüber zu dem prunkenden Gebäude.

Wackelig angelehnt an die Wand hügelaufwärts, einen Teil des Gewichtes auf einen gebrechlich wirkenden Kickständer gestützt, stand Seaton Beneckes schwarzes Motorrad. Die Person, auf die sich ihre Vergeltungslust richtete, so schien es, war in der Werkstatt und reparierte Schreibmaschinen von anderen ahnungslosen Leuten. Stevie zog den wattierten Umschlag unter dem Sitz hervor, ohne den Blick von dem Gebäude abzuwenden. Vielleicht sollte sie hinübergehen, an die verschlossene vordere Tür pochen und diesen sonderbaren jungen Mann mit den weiteren Beweisstücken für sein unheilvolles Werk konfrontieren. Die Firma hatte ihr nur zehn oder zwölf Dollar berechnet für eine Reparatur, die Pantronics Data Equipment nicht einmal für weitere vierzig ausgeführt hätte. Dennoch hatte ihr diese sogenannte Reparatur (selbst wenn die Exceleriter im üblichen Sinne funktionierte) ihr während der letzten vier oder fünf Tage unsagbaren seelischen Kummer bereitet, und sie sah sich durchaus im Recht, wenn sie ihr Geld zurückverlangte.

Stevie öffnete die Wagentür und setzte einen Fuß auf das Pflaster.

Im selben Moment flog die Spiegelglastür von Hamlin Benecke & Söhne blitzend auf, und Seaton erschien in der Öffnung; er trug seinen weißen Overall und eine Jacke, die an einen Ärztekittel erinnerte. Sein kletterfreudiger, mit einem Trikot bekleideter Kapuzineraffe saß ihm auf der rechten Schulter. Stevie zog den Fuß wieder in den Wagen zurück, zog die Tür zu und ließ sich in den Sitz zurücksinken. Es war verrückt von ihr, daß sie hier war. Sie hatte keine Lust, mit dem Mechaniker zu reden. Sie wollte ihr Geld nicht zurück. Sie wollte nur noch nach Hause zu den Kindern, ohne einen sinnlosen Auftritt auf dem Parkplatz der Firma. Allerdings, wenn ihre Schreibmaschine danach wieder normal arbeiten würde, wäre diese kleine Extrafreude die vollendete Abrundung dieses Tages, und sie hätte absolut nichts dagegen.

Bitte, flehte Stevie im stillen, er soll mich nicht sehen. Ich *wollte* nicht herkommen. Er soll mich auf keinen Fall sehen.

Durch den unteren Teil des Seitenfensters beobachtete sie Seaton, der mit einem Schlüsselbund herumhantierte und den passenden suchte, um den Familienbetrieb hinter sich abzuschließen. Seine plumpen Finger entbehrten in der Kälte jeder Geschmeidigkeit, nichts war von dieser netten Geschicklichkeit vorhanden, mit der er normale Büromaschinen in gefährliche Psychoschreiber verwandelte. Er sah so fahl aus wie ein vor einer Stunde mit Milch angerührtes Müsli. Die Schlüssel rutschten ihm aus den Händen und fielen klirrend auf den Betonboden. Als er sich bückte, um sie aufzuheben, sprang 'Kritz von seiner Schulter und rannte am Bordstein auf und ab wie ein Mann an einem Flußufer, der das Wasser unter sich nach einem abgetriebenen Boot absuchte. Oder nach einer aufgedunsenen Leiche. Stevie rutschte tiefer, um zu verhindern, daß der Affe sie entdeckte und Seaton auf ihre Anwesenheit aufmerksam würde.

Das Telefon in den Räumen der Bürobedarfsfirma läutete. Stevie hörte Seaton murmeln: »Ach, Mist!« — Laute trugen heute weit, wie Kanonenschüsse über Wasser —, und sie hob den Kopf, um zu beobachten, wie er in die Dunkelheit zurückging, um den Telefonhörer abzunehmen. »Ich bin gleich wieder da«, ließ er seinen Affen aus dem Innern des Gebäudes wissen. »Lauf mir nicht weg.« Dann schloß sich die Spiegelglastür, und 'Kritz hüpfte von dem niederen Bordstein auf die verlassene Fläche des Parkplatzes.

Verflucht noch mal, dachte Stevie, während sie noch tiefer rutschte, das verdammte Vieh hat mich gesehen. Und niemand ist schuld daran außer dir selbst. Du hättest doch nach Hause fahren können, Stevenson Crye. Niemand hat dich gezwungen, diesen albernen Abstecher zu machen.

Als Stevie über das Armaturenbrett des Volkswagens spähte, um zu sehen, was der Kapuzineraffe trieb, stellte sie fest, daß 'Kritz sie direkt ansah — mit seinem winzigen Totenkopfgesicht, aus den indigofarbenen Wellenteichen seiner augenlosen Augen. Na und? Wie wahrscheinlich war es, daß ein Affe ohne Sprech- und Schreibvermögen ihren Aufenthaltsort an Seaton Benekke verraten könnte? Wenn der Mechaniker wieder herauskäme, würde er 'Kritz zu sich rufen, auf sein Motorrad steigen und davonbrausen in irgendeine bessere Gegend, wo immer er und seine Eltern wohnen mochten. Vielleicht hatte der Kapuziner eine Frau in einem Fahrzeug auf der anderen Straßenseite gesehen, aber kein lebender Affe dieser Welt könnte ihr zum größten Teil verborgenes Gesicht mit der zornigen Frau in Zusammenhang bringen, die ihn gestern aus ihrem Schlafzimmer gejagt hatte. Oder konnte er das? Stevie kam der Verdacht, daß das Sehvermögen von Affen dem von Hunden und Katzen weit überlegen sein mochte. Außerdem waren sie mit Nasen ausgestattet, die den menschlichen in der Konstruktion ähnelten, aber entschieden mehr leisteten. Vielleicht wußte 'Kritz tatsächlich, wer sie war, und vielleicht würde ihm ein simpler Weg einfallen, um die Trillerpfeife wegen ihres törichten Spionageaktes zu blasen. Daraus würde sich zwingend eine Begegnung mit Seaton ergeben, und Stevies bis dahin sorgloser Nachmittag würde den Abfluß hinuntergluckern wie ein Becken voll fettigem Spülwasser. Du mußt einen schweren Weg gehen, Samantha Spade ...

Allmählich wurde ihre Angst gerechtfertigt. Während sie den Affen weiterhin beobachtete, überquerte dieser leichtfüßig den Parkplatz bis zur Straße und thronte über dem kurvigen Rinnstein, von wo aus er den mäßigen Nachmittagsverkehr überblickte. Ein Mann in einem amerikanischen Mittelklassewagen hupte 'Kritz an, offenbar aus der Fassung gebracht durch eine so ungewöhnliche Erscheinung am Straßenrand; der Affe erhob sich von den Hinterbacken und kreischte dem Fahrer unflätig hinterher. Er ließ sich nicht tyrannisieren. Ein deutscher Schäferhund könnte ihn vielleicht einschüchtern, nicht aber das blecherne Tuten eines Mittelklassewagens.

Mein Gott, er kommt herüber. Er überquert tatsächlich die Straße. Was glaubt er denn damit zu erreichen?

Stevie kurbelte die Fenster bis zum Anschlag hoch und verriegelte die Tür. Indessen näherte sich 'Kritz dem Kleinbus in einem unvorhersehbaren Zickzack. Wieder wurde er von einem Auto angehupt, doch der Affe erreichte unangefochten von den Gefahren seiner Überquerung ihre Straßenseite. Der Mittelstürmer der Falken in Atlanta war kein halb so guter Bolzer wie 'Kritz; der arme alte Bartkowski besaß einfach nicht die Sprungkraft des Affen. Dieser amüsante Vergleich lenkte Stevie für kurze Zeit von der Erkenntnis ab, daß 'Kritz unterwegs zu ihr war, daß sein Spaziergang einen düsteren Hintergrund hatte.

Schnell lehnte sie sich über den Beifahrersitz, um die andere Tür ebenfalls zu verriegeln. Als sie den Blick wieder auf den pockennarbigen Parkplatz des Drugstores richtete, entdeckte sie zu ihrer Verblüffung, daß er leer war. 'Kritz war verschwunden. Wahrscheinlich war er so dicht am Wagen, daß sie ihn nicht mehr sehen konnte.

Inzwischen hatte sich Stevies Unbehagen zu einem unerklärlichen Entsetzen ausgewachsen. Sie schwitzte unter dem Pullover, und ein Gewicht wie ein altes Flachbügeleisen lastete auf ihrem Magen.

Seatons gottverdammter Affe war hinter ihr her. Knapp einen halben Meter groß, angezogen wie ein wiedergeborener Berufssportler, mit fast beispielhaften Tischmanieren (wenn man von seiner Schwäche fürs Blutsaugen absah), versetzte 'Kritz Stevie dennoch in Angst und Schrecken. Sie befürchtete, dieses unwahrscheinliche Geschöpf könnte gewaltige Ausmaße annehmen und die schwere Schiebetür in der Seite ihres Busses mit Gewalt aufreißen. Was er dann womöglich versuchen würde, konnte sie sich nicht einmal vorstellen, obwohl es mit Sicherheit brutal wäre und wahrscheinlich ihren grausamen Tod zur Folge hätte. Warum sonst saß auf seinen schmächtigen Schultern ein behaarter Totenkopf ...?

Stevie kroch zwischen den beiden Vordersitzen hindurch in den Passagierraum. Immer noch kein Zeichen von 'Kritz. Sie drückte den Griff der Schiebetür hinunter und verriegelte sie, dann überprüfte sie hastig die Hebel aller Fenster. Immer noch kein Zeichen von 'Kritz. Was Seaton betraf, so war er noch nicht wieder aus dem kopfwehgrünen Gebäude herausgekommen. Wenn er innerhalb der nächsten paar Minuten herauskäme, dann würde er sich suchend nach dem Kapuziner umsehen, ihren Wagen entdecken und auf ihre Straßenseite herüberkommen, um Erkundigungen einzuziehen. Das klügste, was sie jetzt tun könnte, wäre, ihren alten

Karren so schnell wie möglich aus der Stadt zu kutschieren. Stevie quetschte sich schnell wieder nach vorn, um genau das zu tun.

Seaton Beneckes Gesicht erschien hinter der Spiegelglastür der Bürobedarfsfirma, ein milchiger Schatten in der Düsternis. Ausgerechnet in diesem Moment! Warum hatte ihn der Anrufer nicht noch eine oder zwei Minuten länger am Telefon festhalten können? Stevie rutschte wieder in ihrem Sitz tiefer und spähte aus dem Seitenfenster, während sie auf die unvermeidliche Konfrontation wartete. Es war ihr unentrinnbares Schicksal, gesehen zu werden, wie tief sie sich auch ducken und wie inbrünstig sie sich einen anderen Verlauf wünschen mochte. Sie mußte sich damit abfinden, daß es zu dieser unerfreulichen Begegnung kommen würde. Sie mußte sich eine Erklärung einfallen lassen, auch wenn sie eigentlich keine hatte. Alles nur, weil Seaton seine Schlüssel hatte fallen lassen und weil dieser gottverdammte Affe über die Straße gesprintet war.

Nun, sie hatte es herausgefordert. Sie hatte es fast herbeigewünscht, daß es so passieren mußte.

Die Tür des grünen Gebäudes öffnete sich, und Seaton Benecke trat heraus; er hielt den Türschlüssel in der Hand, und 'Kritz kauerte gemütlich auf seiner Schulter. Ja, 'Kritz kauerte auf seiner Schulter! Ohne zu bedenken, daß sie wahrscheinlich entdeckt würde, richtete sich Stevie auf und starrte fassungslos zu den beiden hinüber. Weder Seaton noch der Kapuzineraffe sahen sie. Der junge Benecke zog die Tür zu und schloß ab, schob seinen Familiaren, der sich an ihn klammerte, auf seine Hüfte und legte mit lässigen Schritten die kurze Strecke zwischen den Metallvordächern des Gebäudes und seinem Motorrad zurück. Als er 'Kritz sicher zwischen seinen Beinen untergebracht hatte, startete er die schwere Honda, ließ den Motor ein paarmal aufheulen und fädelte sie mühelos in den inzwischen dichter fließenden Verkehr der Straße ein. Er hatte Stevie überhaupt nicht gesehen. Wie der Dämon, der die Exceleriter bediente, war sie für ihn unsichtbar gewesen. Das gleiche galt für ihren Wagen. Vielleicht waren sie und ihr Fahrzeug gar nicht da gewesen, so wie sie sich nur eingebildet hatte, daß der Kapuzineraffe die Straße überquert hatte.

»Unsinn«, sagte Stevie laut. »Was du gesehen hast, hast du gesehen! Und ganz bestimmt parkst du auf der anderen Straßenseite gegenüber von Hamlin Benecke und Söhne!«

Das Lenkrad fühlte sich unter ihren Händen kalt an, das Gaspedal bot dem Druck ihres Fußes einen sanften Widerstand, und der Verkehr, der sich zwischen dem Drugstore und der Bürobedarfsfirma in beiden Richtungen bewegte, besaß eindeutig sowohl Konturen als auch Substanz. Stevie ließ verwirrt und furchtsam den Motor ihres VW an, lenkte ihn zurück zu der kurvigen, ansteigenden Straße, die in die Macon Road mündete, und versicherte sich selbst, daß sie jetzt ganz bestimmt nach Hause fahren und keine weiteren Abstecher mehr machen würde.

XXXII

Stevie beschloß, daß sie für den Heimweg nach Barclay lieber die alte zweispurige Landstraße als die neue Schnellstraße benutzen wollte. Auf der letzteren gab es auf einer Strecke von fünfzig Meilen keine Rastanlage, und sie brauchte jetzt den beruhigenden Anblick von nahegelegenen Häusern, Tankstellen und kleinen ländlichen Geschäften, da es allmählich dunkel wurde. Während die Interstate-Schnellstraße an vielen Stellen wie eine riesige verlassene Autobahn durch eine schöne, aber unbewohnte landwirtschaftliche Gegend wirkte, führte die gewundene Landstraße nach Barclay den Reisenden in sicheren, wenn auch manchmal lästigen Zeitabständen durch eine schäbige und/oder malerische kleine Ortschaft nach der anderen. Um sicher am

Ziel anzukommen, mußte man sich abwechselnd auf Schneisen durch Pinienwälder und die verschiedenartigsten menschlichen Ansiedlungen einstellen. Wenn man auf der Highway 27 einen platten Reifen hatte, würde eine gute Seele in einem Lieferwagen oder ein Mitglied der Wickrath County Sherriff's Patrol anhalten, um einem zu helfen. Auf der Interstate jedoch konnte man stundenlang auf Hilfe warten oder riskierte, das Opfer irgendeines Rowdies zu werden, während man versuchte, die Sache selbst zu beheben. Deswegen wählte Stevie für den Heimweg die Strecke über Cataula, Button City und Kudzu Valley.

Die Dämmerung setzte im Februar frühzeitig ein. Obwohl es erst kurz nach fünf war, ging die Sonne, in der sich die Nadeln der Pinien zu ihrer Linken fein abzeichneten, schnell unter. Ihre Strahlen blinzelten durch die Bäume wie ein versagendes Blitzlicht. Ein Grau fleckte den Himmel im Osten in der Art, wie Wasserspritzer einer Leinenserviette die Farbe nehmen. Es war kalt und wurde immer noch kälter. Stevie hatte die Heizung auf die höchste Stufe gestellt. Das Rauschen des Heizgebläses und die Wärme, die es verströmte, bildeten ein linderndes Gegenmittel gegen die psychologische Wirkung der erstarrenden Dunkelheit draußen, doch Stevie konnte nicht umhin, über den Vorfall in Columbus nachzudenken.

Sie hatte 'Kritz die Straße überqueren sehen, und dann hatte sie Seaton aus dem Firmengebäude kommen sehen — mit 'Kritz auf der Schulter. Wie konnte das Tier gleichzeitig an zwei Stellen sein? Natürlich konnte es das nicht. Sie hatte sich entweder die eine oder die andere Erscheinung eingebildet. Es konnten nicht *zwei* Affen gewesen sein, überlegte sie weiter, denn Seaton hatte keinerlei Anzeichen von Beunruhigung über die Abwesenheit des Kapuziners gezeigt, mit dem er beim erstenmal zur Tür gekommen war. Also mußte es sich bei diesem Affen um ein Trugbild handeln. Sein intelligenter Spurt über die Straße mußte sich in ihrer Phantasie abgespielt haben. Der wirkliche 'Kritz hatte ein paar Minuten später mit Seaton das Gebäude verlassen.

»Unsinn«, sagte Stevie.

Es war nicht die Angst vor einem platten Reifen oder irgendeinem anderen technischen Problem, die sie davon abgehalten hatte, die vierspurige Schnellstraße zu benutzen. Sie hatte sich für den Highway 27 entschieden, weil sie befürchtete, Seaton hätte ihren Wagen entdeckt und absichtlich 'Kritz ausgeschickt, um seinen Spuk mit ihr zu treiben und sie zu verunsichern. Zuvor hatte er ihm die Anweisung gegeben, sich vor Stevie zu verstecken, und dann hatte Seaton den Laden mit einem ausgestopften Ebenbild von 'Kritz verlassen (Marella besaß drei oder vier sehr lebensecht wirkende Plüschtiere — es war also nicht unmöglich). Nachdem sie weggefahren war, verwirrt und verängstigt, war Seaton zurückgekommen, um sein Schoßtier zu holen, auf seine verhaltene Weise feixend über den Erfolg seines Tricks.

Die einzige Alternative, und zwar keine sehr glaubhafte, war die, daß sich 'Kritz immer noch seitlich oder hinten an ihrem Wagen festklammerte, ein potentieller Saboteur.

Also, *das* war nun wirklich paranoid.

Doch Stevie glaubte halbwegs daran, daß 'Kritz mit ihr fuhr, und das war der tatsächliche Grund, warum sie diese häufig von Streifenwagen befahrene Strecke der Ödnis der Interstate vorgezogen hatte.

Cataula tauchte auf und war auch gleich darauf hinter ihr. Vor ihr lag Button City, ein trostloses Durcheinander von Mobilheimen, durchsetzt von zwei Imbißbuden an der Straße, einem Gemischtwarenladen, einem verlassenen Backsteinbau, der einmal ein Motel gewesen war, und einem Autofriedhof, auf dem verbogene Metallskelette in die blattlosen Kudzuranken rosteten.

Bei den nördlichen Ausläufern von Button City, dort

wo die Straße anfing sich im Zickzack durch einen weiteren märchenhaften Streifen Wildnis zu schlängeln, wurde Stevie eines beleuchteten Schildes gewahr, das sie noch nie zuvor gesehen hatte. Natürlich war es zwei Monate her — damals während der Weihnachtsferien der Kinder —, seit sie entweder nach Columbus oder zurück auf dem Highway 27 gefahren war, und selbst kleine Gemeinden machten im Laufe der Zeit erstaunliche Veränderungen durch. Und diese Veränderung war nicht gar so erstaunlich, nur etwas unerwartet in der düsteren Umgebung von Pinien und nackten Korkulmen.

Zur Linken, vor einem Zaun mit Kettengliedern, der ein kleines Holzhaus umgab, das halbversteckt hinter Bäumen lag, stand eins jener fahrbaren Reklameschilder mit bunten Glühbirnen, die ringsum am Rand blinkten, und einer Menge Plastikbuchstaben, die in Reihen auf Schienen aufgesteckt waren. Stevie konnte noch nicht lesen, was die Buchstaben aussagten, doch sie erinnerte sich, daß an dieser Stelle einmal ein grobes Holzschild gestanden hatte, mit der Darstellung einer großen Hand und der Aufschrift *Madame Pauline, Handlserin* (genau so). Stevie hatte damals nie angehalten oder auch nur den Wunsch verspürt anzuhalten, und wenn sie an dem Schild vorbeigefahren war, hatte bei einem flüchtigen Blick in den Rückspiegel die große Hand stets etwas gewackelt, als ob sie ihr ein bedauerndes Lebewohl hinterherwinkte. Das lag natürlich an der unebenen Straße, aber der Anblick hatte sie immer wieder erheitert. Die Wahrsagerei war alles andere als tot in der Provinz des Südens; einige der Ausübenden hatten ihre Dienste sogar in den Blättern der Schundpresse angepriesen.

Stevie fuhr langsamer, um zu sehen, welche tiefsinnige Botschaft die Plumpheit des ursprünglichen Schildes abgelöst hatte. Vielleicht ergäbe sich eine Hintergrundreportage aus diesem Thema, in das sie noch nie tiefer eingedrungen war. Wenn ihr Buchentwurf von Briar

Patch Press Inc. zurückkäme, wie sie befürchtete, dann war es gut, noch etwas anderes am Kochen zu haben, um ihre Familie zu ernähren. Vielleicht gelänge es ihr sogar, einen Artikel über Handleserei in der heutigen Zeit nach Art des Südens an der letzten Inkarnation von *Atlanta Fortnightly* unterzubringen, einer Zeitschrift mit einer interessanten redaktionellen Mischung und einem vergleichsweise reizvollen Honorarniveau.

All diese Gedanken gingen Stevie durch den Kopf, während sie versuchte, die Botschaft auf dem Schild zu entziffern, doch es waren zu viele Buchstaben, um sie im Vorbeifahren aufzunehmen, und als sie sich von dem kleinen Holzhaus etwa eine Viertelmeile entfernt hatte, setzte sie auf der zweispurigen Straße zurück, um zu sehen, was sie verpaßt hatte. Die andere Seite des Schildes trug die gleiche Aufschrift. Stevie hielt auf dem Seitenstreifen an, drehte sich auf dem Sitz nach hinten und schrieb mit einem Bic-Stift alles auf die Rückseite des Umschlags mit den Traum-Texten:

SCHWESTER CELESTIAL
WAHRSAGERIN ** HEILERIN

Täglich einschl. Sonntag 7—23 Uhr

SPEZIALISIERT AUF LIEBE — BERUF — EHE
HILFE BEI ALLEN PROBLEMEN * ANTWORTEN AUF ALLE FRAGEN
RAT UND PRAKTISCHE DURCHFÜHRUNG
ERSCHWINGLICHE PREISE * GRATIS–SEGNUNGEN

Klopfen Sie, dann öffnet sich die Tür

Ein ganz schön umfassendes Programm. Und, Wunder über Wunder, kein einziger Schreibfehler in dem ganzen Text. Die Zeilen nach SPEZIALISIERT AUF waren vielleicht nicht ganz astrein, doch normalerweise fand man bei fahrenden Zukunftsdeutern Schreibfehler im Überfluß: HANDLSERIN, WARSAGERIN, RATGÄBERIN, HELSE-

HERIN und so weiter. Da die meisten dieser selbständig arbeitenden Propheten große Schwierigkeiten im Erahnen der Reihenfolge der Buchstaben hatten, hatte Stevie stets geringes Vertrauen in ihre Fähigkeit gehabt, eine vergleichbare Aufgabe im Hinblick auf Ereignisse zu lösen. Ein Wörterbuch war zwar ein Zauberbuch der Rechtschreibung, doch die wenigsten dieser Damen schienen ein solches zu besitzen. Sie waren zu sehr damit beschäftigt, statt in Kristallkugeln in umgestülpte Goldfischgläser zu starren oder markierte Spielkarten umzudrehen, als daß sie noch Zeit gehabt hätten, Webster's Nachschlagewerk zu konsultieren.

Acht Zeilen ohne einen Schreibfehler. Unglaublich!

Eine Lampe schien orangefarben in einem der Fenster von Schwester Celestials Holzhaus; ein Rauchgekräusel vollführte einen Schlangentanz hinauf durch die von einem Lichtkranz eingerahmten Silhouetten der Bäume. Stevie hatte auf der Straße gegen die Fahrtrichtung geparkt, und ein Wagen, der aus Norden kam, wich auf die Gegenspur aus und hupte, um ihr zu verstehen zu geben, daß ihr Kleinbus nicht ganz weg von der Fahrbahn war. Das Hupen rauschte mit Dopplereffekt an Stevie vorbei wie das Warnsignal einer vorbeifahrenden Diesellokomotive. Ihre Hände begannen zu zittern. Die fadenscheinigen Gardinen vor dem Fenster mit der Lampe wurden hochgehoben und dann lässig wieder fallengelassen. Jemand hatte sie gesehen.

»Scheiße!« seufzte sie angewidert. Und dachte erneut an 'Kritz, der vielleicht immer noch auf ihrer hinteren Stoßstange hockte.

Hinter dem Kettenzaun, in vierzig oder fünfzig Metern Entfernung, trat eine Gestalt auf den Eingangsvorplatz des Hauses heraus, eine stattliche Gestalt, angetan mit einer Stola und einer dunklen Spitzenbluse. Stevie konnte das Gesicht der Frau nicht genau sehen, doch sie hatte kaum Zweifel, daß es sich um Schwester Celestial persönlich handelte, im Moment zumindest gefangen in einem etwas hintersinnigen Überfluß an erdenschwerem Fleisch. Jemand Fremdes hatte vor ihrem Anwesen geparkt, und sie spähte durch die Abenddämmerung, um auszumachen, ob es ein Kunde war oder sonst ein Eindringling mit schlechten Manieren, der nichts Gutes im Schilde führte. Als Wahrsagerin sah man sich allerlei dummen Streichen von jungen Leuten ausgesetzt.

Stevie kurbelte ihr Fenster drei Zentimeter weit herunter (so ein Spalt war zu schmal, als daß ein Affe von 'Kritz Größe sich hätte durchzwängen können) und rief: »Ich habe nur Ihr Schild bewundert. Ich fahre jetzt weiter. Meine Kinder warten auf mich in Barclay.«

»Sie hören sich an wie eine Frau, die Probleme hat«, rief Schwester Celestial von ihrem Hauseingang zurück, und ihre Stimme war eigenartig hoch für eine so große Frau und außerdem eigenartig melodisch. »Leute, die keine Sorgen haben, halten nicht extra an, um mein Schild zu bewundern. Sie lachen im Vorbeifahren darüber.« Majestätisch schritt sie die Stufen zu einem Weg aus Steinplatten durch ihren staubigen Vorhof hinunter.

»Nein, nein, ich habe keinerlei Probleme.«

»Keine Probleme, meine Gute? Wie kommt es dann, daß ich eine Frage aus diesen Worten heraushöre?«

Wie war das denn geschehen? fragte sich Stevie. Sie hatte das nicht nötig. Zuerst der Abstecher zu der Bürobedarfsfirma, jetzt dieses unnötige Geplauder mit einer schwarzen Wahrsagerin-Heilerin. Highway-Räuberin könnte man sie nennen. Auch so eine Pseudokünstlerin, die sich einen besonderen Dreh ausgedacht hat, um keiner *echten* Arbeit nachgehen zu müssen. Genau wie du ...

Laut sagte Stevie: »Sie sehen nicht vielleicht einen Affen auf meiner hinteren Stoßstange, wie? Oder vielleicht auf dem Wagendach?«

»Haben Sie einen Affen bei sich, mein Kind?«

»Nein, ich ...«

Schwester Celestial lachte. »Sehe ich etwa aus wie

Miss Jane Goodall?« Sie breitete die Arme aus. »Und sieht das hier aus wie der Grant Park Zoo?«

»Nein. Nein, gewiß nicht. Ich habe auch nicht wirklich damit gerechnet, daß ein Affe auf dem Wagen sitzt. Es ist nur so ...« Es ist nur so, daß es keinen anderen Weg gibt, mich zu erklären, ohne alles zu tippen, was mir seit Dienstag widerfahren ist.

»Na, dann brauchen Sie sich wegen Affen keine Sorgen zu machen. Auch nicht wegen Löwen oder Nilpferden. Ich habe nicht einmal einen Hund, mein Kind.«

»Hören Sie, es tut mir leid, daß ich Sie gestört habe. Ich fahre jetzt weiter.«

Schwester Celestial näherte sich dem Steinplattenweg, der gesäumt war von zwei Reihen von Pfählen, zwischen denen Leitungsdraht gespannt war, an dem runde rote Reflektorlampen angebracht waren. Sie sah aus wie eine Göttin, die in einem dunklen Ur-Meer von Insel zu Insel schritt; die Reflektorlampen waren die Augen der mythologischen Amphibienwesen, die um ihre Fußknöchel Kapriolen schlugen. Um den Bann dieses beunruhigenden Trugbildes zu brechen, mußte Stevie noch einmal zu dem Kettenzaun und dem strahlenden Schild hinsehen.

Worauf die Frau sagte: »Sie wollten mit mir sprechen. Deshalb haben Sie angehalten.«

»Ich habe angehalten, um die Worte von Ihrem Schild abzuschreiben. Das ist alles. Früher hat hier mal Madame Pauline gewohnt. Ich war neugierig.«

»Nun, Madame Pauline steht vor Ihnen, mein Kind. Alle sieben Jahre oder so muß ich mich neu auf die Welt kommen lassen. Bis jetzt war ich schon Prophetin Felicitas, Delphinia Glücksstern, Mutter Mirakel, Madame Pauline und Schwester Celestial. Und ich weiß jetzt schon, wer ich nach meiner nächsten Verwandlung sein werde, und nach der übernächsten. Das da ist das prächtigste Schild, das ich je hatte. Als nächstes stelle ich mir eine Neonreklame vor, und danach eine Parade marschierender Buchstaben, die über dem Highway hin und her laufen. Sehen Sie sich nur alles an. Schreiben Sie alles ab, was Sie wollen.«

»Ich bin fertig. Ich habe es abgeschrieben.«

»Mich interessiert, warum Sie das wirklich wollen. Würden Sie mir diese Frage beantworten? Warum wollen Sie das Tingeltangel-Schild einer verrückten alten Hellseherin abschreiben?«

»Ich schreibe, bin so etwas wie Reporterin. Ich hatte einfach gedacht, man könnte eine interessante Geschichte daraus machen.«

»Natürlich könnte man das. Haben Sie Ihre Meinung darüber etwa geändert?«

»Nein, nein. Es ist nur ... ich muß nach Barclay zurück.«

»Sie werden noch rechtzeitig hinkommen. Sie sind ja schon fast dort. Kommen Sie rein, mein Kind, und konzentrieren Sie sich auf Ihre Schwierigkeiten, diese Geschichte zu schreiben. Es ist gute drei Jahre her, daß eine Zeitung etwas über mich berichtet hat, und zwar nur aus dem Grund, weil ein Weißer drüben in Ellerslite bei Sheriff Gates behauptet hat, ich hätte ihn ausgenommen.«

Das Verb hörte sich für Stevie wie ›ausgehorcht‹ an. Schwester Celestial sprach klar und deutlich und verschluckte selten die Wortendungen — doch der leiernde Rhythmus ihrer Sprache und die gelegentlich einfließenden farbigen Ausdrücke ließen Stevie aufhorchen. Sie bekam Angst, daß sie ausgehorcht würde. Sie sollte jetzt unbedingt einen Abschiedsgruß nicken und davonfahren, das sollte sie tun, doch bürgerliche Wohlerzogenheit und der geschäftsmäßige Instinkt ihres Berufs hielten sie davon ab. Vielleicht gab Schwester Celestial eine *wirklich* gute Geschichte ab, großartiges Flannery-O'Connor-Material, dem sie die satte journalistische Kühle von Joan Didion oder die sprudelnde Spritzigkeit von Tom Wolfe zufügen könnte. Brock Fowler von *At-*

lanta Fortnightly würde begierig nach solch einer Reportage greifen und sie im Auftrag des Blattes durch ganz Südwest-Georgia schicken auf der Suche nach mehr solchem Stoff. Sie würde über eine ganze Galerie von außergewöhnlichen Typen berichten, vom Meister im automatischen Bogenschießen über das dudelsackherstellende Mitglied des Ku Klux Klan bis zum ...

»Kommen Sie, mein Kind?«

»Na gut«, sagte Stevie. »Dr. Elsa wird es mir bestimmt nicht übelnehmen, wenn ich etwas später als sieben komme. Sie hat bestimmt Verständnis dafür.«

»Ich bin überzeugt davon, daß sie das haben wird«, stimmte ihr Schwester Celestial zu. »Ich bin überzeugt davon.«

Stevie öffnete die Wagentür, dann zögerte sie und suchte mit den Augen den Straßenrand nach beiden Seiten ab, ob es vielleicht irgendwo eine Spur von 'Kritz gäbe. Um von dieser auffälligen Unsicherheit abzulenken, sagte sie: »Ich kann mir aber keine Sitzung leisten. Das ist einer der Gründe, weshalb ich nicht einfach an die Tür gekommen bin und geklopft habe.«

»Das ist kein einleuchtender Grund«, erwiderte die schwarze Frau. »Wie lautet die vorletzte Zeile auf meinem Leuchtschild?«

»Erschwingliche Preise, Gratis-Segnungen.«

»Sie haben's erfaßt, mein Kind. Sie haben es genau erfaßt. Kommen Sie jetzt aus dieser Kälte hier, und nehmen Sie in meinem bescheidenen Schloß Platz.«

Stevie war im Begriff, aus dem Bus zu klettern.

»Sie sollten Ihren Kasten lieber ganz von der Straße wegstellen. Sonst tun Sie gut daran, eine verdammt hohe Versicherung abgeschlossen zu haben.«

Da Stevie einsah, daß die Frau recht hatte, manövrierte sie den Wagen die kleine Böschung des Straßenrandes hinunter auf eine kleine ebene Fläche, wo vermutlich die meisten von Schwester Celestials Kunden parkten. Schwester Celestial zog sich in die Behaglichkeit ihrer Behausung zurück. Bevor Stevie ausstieg, um ihr zu folgen, kramte sie nach dem Umschlag mit den Niederschriften ihrer Alpträume. Diesen nahm sie durch das Törchen und über den Steinweg mit zu ihrer Audienz bei der fröhlich-dominanten Prophetin.

XXXIII

Das Haus war gemütlich. Ein Blick von der Tür her zeigte Stevie, daß der vordere Raum der Schwester nicht nur als Bereich zur Ausübung ihrer Künste und als Büro diente, sondern auch als Kultstätte für die Schönheit und Wohlgeratenheit ihrer Kinder; eingerahmte Fotos von vier oder fünf jungen Menschen im Sonntagsstaat oder Militäruniformen oder mit Collegemützen hingen wie religiöse Ikonen in einer Ecke. Ein ausladendes Paisley-Sofa und ein Wandklavier unterteilten den Raum in kleinere ›Räume‹, und Stevie konnte sich vorstellen, wie Schwester Celestial dazwischen herumschwirrte, je nachdem, wie die Launen der Erinnerung, des Schicksals oder des Willens es ihr eingaben. Da das zahnlückige Grinsen des Klaviers den Zugang zu den Gemächern dahinter schwierig machte, blieb Stevie davor stehen und betrachtete die schmuddeligen Elfenbeintasten.

Schwester Celestial befand sich in der Nische hinter dem Klavier. Sie schaute über die Farne, die in roten Tontöpfen auf dem Instrument aufgereiht waren, und sagte: »Möchten Sie hören, wie das Ding spielt, mein Kind. Wie es ganz von allein eine Melodie herunterfetzt?«

»Ma'am?« sagte Stevie mit weit aufgerissenen Augen.

»Schließen Sie die Tür hinter sich, und kommen Sie hier herein. Das ist ein elektrisches Klavier; es funktioniert mit Rollen. Manchmal lege ich eine Rolle ein, lehne mich in meinem Sofa zurück und laß mir von einer

W. C. Handy- oder einer Leadbelly-Aufnahme meinen Hunger nach Blues stillen. Ich selbst kann nicht mal das einfachste Kinderliedchen spielen ... Möchten Sie ein bißchen automatischen Jess hören, meine Gute?« Sie sagte *Jess* anstatt Jazz, und Stevie hatte den deutlichen Eindruck, daß die Schwester sie foppte, sowohl was die rollenspielenden Fähigkeiten des Klaviers betraf als auch hinsichtlich ihres eigenen stereotypen Musikgeschmacks.

»Ich bin nicht hergekommen, um einem Klavier zuzuhören.«

»Natürlich nicht. Sie sind die Frau mit Problemen auf der Suche nach einer Story. Sie sind hergekommen, um ihre Probleme zu lösen. Also kommen Sie. Bemühen Sie sich nach hier hinten, wo ich etwas für Sie tun kann.«

Schwester Celestials Kopf mit der Haarkappe aus eisengrauen Kringellöckchen verschwand hinter den grünsamtenen Farnwedeln. Stevie ging um das Klavier herum; die Frau saß in einem Klappsessel aus lackierter Eiche hinter einem wackeligen Kartentischchen, dessen zerrissene Vinyloberfläche an mehreren Stellen mit breitem Klebeband geflickt war; das Vinyl selbst war wie geschmolzener Zuckerguß, klebrig und rot. Zur Rechten der Wahrsagerin stand dicht an die Wand geschoben ein fahrbarer Schreibmaschinentisch, den die Schwester zum Thron für eine uralte Remington gemacht hatte. Die Maschine sah so aus, als ob sie fünfzig oder sechzig Jahre alt wäre, ein Modell ähnlich dem, so schätzte Stevie, auf dem Mark Twain das erste maschinengeschriebene Manuskript getippt hatte, das je einem Verlag vorgelegt wurde. Welche Flut der alte Mark damit ausgelöst hatte! Jetzt jedoch drohten Computer und Textverarbeitungssysteme Schreibmaschinen zu anachronistischen Geräten werden zu lassen. Sie betrachtete die Maschine genauso, wie sie das Klavier betrachtet hatte.

»Können Sie tippen?« fragte sie.

»Ich mache es nach dem Zweifingersuchsystem, mein Kind ... Setzen Sie sich dort in den Klappstuhl. Wir werden Ihre Zufriedenheits-Temperatur messen und sie auf genau siebenunddreißig Grad bringen.«

Stevie setzte sich nicht. »Sind die Leute, die Sie aufsuchen, verrückt?« Sie fragte sich, ob Schwester Celestials wuchtige Schreibmaschine, eine Art Musterbeispiel, um im Stil Platons das Ding Schreibmaschine anschaulich zu machen, ein Phantom der gleichen Rangordnung war wie der Affe, der von Seaton Beneckes Schulter gesprungen war. Vielleicht sah sie gar keine Schreibmaschine. Vielleicht spielte ihr Gehirn ihr erneut einen Streich.

»Verrückt kann man sie in den meisten Fällen nicht nennen. Manche haben Fieber, manche haben Schüttelfrost. Sie haben Schüttelfrost, und er sitzt Ihnen tief in den Knochen, mein Kind. Ich kann bei jedem Ihrer Atemzüge das Eis in Ihrem Mark hören.«

»Warum besitzen Sie eine Schreibmaschine?«

»Sie gehörte Emmanuel Berthelot, dem ersten Inhaber der Firma Berthelot Mills in Ladysmith. Mein Daddy war sein Fahrer, und im Jahre 1936, als der alte Emmanuel starb, gelangte die Maschine als Hinterlassenschaft in den Besitz meines Vaters. Mein Daddy vermachte sie bei seinem Dahinscheiden mir.«

»Ich meine, wofür benutzen Sie sie? Bei Ihrem Geschäft?«

»Außer zum Tippen von Briefen und so? Nun, ich führe Unterlagen. Jede einzelne Seele, mit der ich spreche, bekommt eine persönliche Akte, so vollständig, wie sie nur sein kann. Einige der Fiebertypen, die mich aufsuchen, sind Spitzel der SB.«

»SB?«

Schwester Celestial lächelte, so daß sich um ihre klaren braunen Augen Fältchen bildeten. »Steuer-Behörde, mein Kind. Hier ist mein kleines Gedichtchen:

s b-scheißt der kluge Mann,
den Vater Staat, wo er nur kann;
s b-weist sich dann und wann,
nur die Dummen sind arm dran.

Deshalb führe ich Unterlagen. Unterlagen wirken ungeheuer eindrucksvoll und amtlich, erst recht, wenn sie sauber mit der Maschine geschrieben sind. Dieser alte Ratterkasten da schreibt sehr sauber ... Jetzt setzen Sie sich, mein Kind, damit ich die Sache mit Ihnen erledigen kann, hören Sie?«

Stevie setzte sich. Den Umschlag mit den Alptraum-Niederschriften legte sie auf den wackeligen Kartentisch. Aber eigentlich sollte *sie* die Sache mit Schwester Celestial erledigen. Ihre einzige Absicht, als sie hier anhielt, war die, Stoff für eine Geschichte zu bekommen; keinen anderen Sinn hatte ihr Aufenthalt in diesem gemütlich warmen Haus, durch eine Fläche von klebrigem roten Vinyl von der schwarzen Frau getrennt, die die gleiche angenehme spöttische Art hatte wie Dr. Elsa. Sie könnte schon fast zu Hause sein. Aber warum hatte sie die Alptraum-Texte mitgebracht? Um sie zu *erledigen?* Ja, wahrscheinlich. Aber ob sie die Besessenheit, die diese Texte ausdrückten, erledigen könnte, oder ob sie durch die darin enthaltenen düsteren Aussagen erledigt würde, bliebe noch abzuwarten.

Die schwarze Frau spannte einen Bogen Papier in die Remington und hielt beide Zeigefinger über der Tastatur in der Schwebe. »Name?«

»Ich dachte, Sie erzählen Ihren Kunden etwas über deren Person. Ich hatte es mir nicht so vorgestellt, daß sie das selbst machen müssen.«

»Ma-ry Ste-ven-son Crye«, sagte Schwester Celestial und tippte Stevies vollen Namen aufs Papier. »Alter?«

»Wieso wußten Sie das?«

»*Fünfunddreißig.* Adresse?«

»Warten Sie mal einen Moment, Schwester. Ich ...«

»*Postfach 609, Barclay, Georgia, 31820.* Beruf?«

»Schwester Celestial, bitte ...«

»*Schriftstellerin.*« Mitleidvoll hörte die Schwester auf zu schreiben und hob den Blick. »Na ja, das letzte war leicht. Sie haben es mir erzählt, nicht wahr? Was die anderen Fälle betrifft ... für diese anderen Fälle habe ich meine Mittel und Wege, etwas zu erfahren. Ich bin in dieser Hinsicht wie ein SB-Spitzel, mein Kind.«

»Wissen Sie etwas über das Problem, das Sie angeblich aus meiner Stimme herausgehört haben?« fragte Stevie lauernd. »Wissen Sie, warum ich *wirklich* Ihrem Drängen nachgegeben habe und in Ihr Haus gekommen bin?«

»Ich glaube schon, daß ich es weiß. Es wäre allerdings besser für uns beide, wenn ich es nicht mühsam aufs Papier tippen müßte, bevor Sie mir davon erzählt haben. Offen darüber zu reden, ist ein Teil der Lösung. Allerdings müssen Sie reden, nicht ich.«

»Ein Psychodoktor der In-Szene von Atlanta würde mir für diese kleine Analyse fünfzehn Dollar berechnen«, sagte Stevie zurückdenkend.

»Ich bin nicht so wertvoll, Miz Crye. Außerdem geht es bei mir nicht darum, irgendwo in zu sein, sondern mein Streben geht nach außen. Ich öffne Türen, ich lasse los, ich lockere Zwänge. Sie werden sich freier fühlen, wenn Sie von hier weggehen.«

»Bei Nichtzufriedenheit Geld zurück?«

»Jeden Penny. Und wie ich Sheriff Gates kenne, wird er Sie gern zum Eintreiben begleiten. Er wartet schon seit Weihnachten darauf, mir unter irgendeinem Vorwand die Bude zu schließen. Mein neues Schild gefällt ihm nicht.« Sie wackelte mit den Fingerspitzen unter ihrer Nase herum. »*Sein* Schild ist ein uraltes Ding mit Fischen drauf, und es stinkt von immer bis ewig.«

Die kluge Verächtlichmachung der amtlichen Einrichtungen, die die Schwester so gut beherrschte — zuerst die Steuer-Behörde und jetzt den County-Sheriff —

machte Stevie Spaß. Vielleicht gehörte Schwester Celestial ebenso wie Seaton Benecke zur treuen Leserschaft des *Columbus Boten.* Wenn es so war, dann hatte die aufmerksame Lektüre von Stevies Hintergrundstories während der letzten vierzehn oder fünfzehn Monate der Handleserin einigen Aufschluß über ihre Identität gegeben. Was das Erraten ihres Alters anging, nun, so etwas machten Schausteller auf Jahrmärkten andauernd, und Stevie hatte der Schwester offen erzählt, in welcher Stadt sie wohnte und warum sie sich beeilen mußte, nach Hause zu kommen. Daß die Frau ihren Taufnamen und die Nummer ihres Postfachs gewußt hatte, beunruhigte Stevie, ja, aber diese kleineren Mysterien kamen ihr sowohl weniger drängend als auch weniger erschreckend vor als die Tatsache, daß die Exceleriter ein unbeherrschbares, eigenmächtiges Leben angenommen hatte. Stevie beschloß, sich wegen dieser beiden Punkte nicht sonderlich aufzuregen. Während die Exceleriter der verlängerte Arm der niederträchtigen Intelligenz und der Handlanger einer unergründlichen Macht der Finsternis geworden war, stellte Schwester Celestial offenbar das genaue Gegenteil einer Bedrohung dar: Licht, Hoffnung, Wärme und Menschlichkeit. Jedenfalls wollte Stevie sie so sehen, und sie paßte ihr Handeln diesem Wusnch an.

»Wieviel kostet eine halbe Stunde Ihrer Zeit?«

»Denken Sie nicht an die Kosten, sondern nehmen Sie mich einfach in Anspruch. Wenn Sie jemals wiederkommen, werden wir abrechnen. Diese Sitzung ist gratis, denn ich glaube, daß ich Sie wiedersehen werde.«

»Warum?«

»Egal. Nicht einmal das schärfste innere Auge kann das Morgen so klar im Ganzen sehen wie ein Ei der Güteklasse A. Ich habe einfach so ein Gefühl.«

Was für eine seltsame Handleserin-Wahrsagerin-Heilerin! Sie verlangte überhaupt nicht, Stevies Hand zu sehen. Sie griff nicht nach unten, um eine Kristallkugel auf den Tisch zu heben. Sie breitete keine Karten aus, sie betastete nicht die Erhebungen an Stevies Kopf und sie öffnete auch keinen handelsüblichen Teebeutel, um die kleingehäckselten Blätter mit Hilfe eines Oolongstöckchens oder eines Pekoe-Magnets auszuwerten. Sie saß nur da, ihre Hände schwebten graziös über der wunderschönen Remington, ihr Kopf war halb der Kundin zugewandt, und sie lauschte angespannt, auch während des abgehackten Klapperns ihrer Finger. Stevie wunderte sich über die einwandfreie Sekretärinnenhaltung der Frau und die Geschwindigkeit und Geschmeidigkeit ihrer beiden Finger. Es war nicht das, was Stevie erwartet hatte, aber es war auf seltsame Weise beruhigend, ja sogar schmeichelnd. Ihre Sorgen waren nicht gleichgültig, die vielfältigen Kümmernisse der Welt überlagerten sie nicht und waren als Themen auch nicht interessanter und aufwühlender. Jedenfalls nicht hier.

Stevie ließ während des Redens die Hand auf dem Umschlag liegen. Sie ging absichtlich nicht auf seinen Inhalt ein. Statt dessen sprach sie von ihrer schwierigen Situation als Brötchenverdiener und Ersatz-Vaterfigur; von der Frustration, der Unsicherheit und den täglichen Unbilden. Das war der Stoff ihres Buchentwurfs, doch hier befaßte sie sich damit ohne literarische Verkünstelung, ohne den wohlberechneten Einsatz von versöhnlichem Humor und ohne das ständig im Hintergrund lauernde Motiv des Gelderwerbs. Hier war es ein unverhohlener Aufschrei, der Schwester Celestials Schreibmaschine rattern ließ, und in den Pausen zwischen dem Rattern erschallte die Dur-Musik des Zweifels und der Selbstanklage. Der Mann gestorben, zwei Kinder aufzuziehen, eine Begabung von bescheidenstem Maße, ein Ehrgeiz, der in keinem Verhältnis zur Begabung stand, ein so empfindliches Selbstbewußtsein, daß selbst Lob ihm Schläge versetzen konnte, und ein Temperament von vulkanischer Kraft, jetzt verschüttet unter der Lavamasse ihrer eigenen verkrusteten Vorstellungen von weiblichem Machismus. *Das* waren die Probleme, die Schwester Celestial in ihrer Stimme gehört hatte, *das* waren die Probleme, die Stevie seit fast zwei Jahren mit angeschlagenem, eingeschüchtertem Stoizismus mit sich herumtrug. Sie verliehen ihrer Stimme wahrscheinlich eine verräterische Modulation, einen nicht zu verbergenden melancholischen Beiklang, und deshalb hatte die Wahrsagerin ihren unterschwelligen, doch ständig vorhandenen Schmerz vernommen, hatte ihn selbst durch Stevies Ungeduld und Ärger hindurch gespürt, so wie der Schrei einer hungrigen Möwe auch trotz des unbarmherzigen Donnerns und Gischtens der Brandung zu hören ist. Das Aussprechen dieser Probleme zehrte an Stevies Kräften. Als sie schließlich zum Schluß kommen wollte, hatten bereits Tränen ihre Handflächen benäßt und waren in dicken Tropfen auf den Umschlag unter ihnen gefallen. Ein richtig schöner, sich steigernder Anfall von Selbstmitleid. Ein betrüblicher, peinlicher Ausbruch des Blues-Gefühls von *Vergieße-einen-Fluß-von-Tränen-über-mich-ich-habe-einen-Fluß-von-Tränen-über-dich-vergossen.* Herrje, Stevie, herrje ...

»Sie haben immer noch nicht alles rausgelassen«, sagte die schwarze Frau.

»Aber das war doch schon eine ganze Menge, oder nicht? Das ist mehr als genug.« Sie rieb sich die Augen mit dem Ärmel ihres dreiviertellangen Mantels trocken.

»Das ist noch gar nichts, Miz Crye Baby. Überhaupt nichts.« Schwester Celestial hatte sich von der Remington weg zu ihr umgedreht, und ihr Gesicht, abgesehen von aller Abgebrühtheit ihres schnodderigen Gehabes, war ein Reservoir von kühlem Mitleid. Sie deutete mit einer Bewegung des Kinns quer durch den kleinen Raum. »Sehen Sie die Bildergalerie dort drüben?«

»Diese Anbetungsstätte?« sagte Stevie und warf einen Blick über die Schulter zurück.

Die Schwester schmunzelte spöttisch. »Nennen Sie es, wie Sie wollen. Das sind meine Babies, meine Kinder. Zwei Jungen, drei Mädchen, sie alle haben es von den Windeln bis zu angesehenen Menschen in feinen Kleidern gebracht. Zum größten Teil ganz aus eigener Kraft. Die Prophetin Felicitas hat die Formel entdeckt, Miz Crye, und sie und ihre Sprößlinge brachten mich und die Meinen durch einige wirklich schlechte Zeiten. Mutter Mirakel hat zwei dieser Kinder aufs College in Columbus geschickt und hätte sicher noch ein weiteres auf den richtigen Weg gebracht, wenn der es nicht vorgezogen hätte, nach Saskatchewan abzuhauen.«

»Ich kann es schaffen, weil Sie es geschafft haben, was?«

»Vielleicht nicht. Ich bin ein schwer nachzuahmendes Vorbild. Und ich hatte ein paar schwerere Päckchen zu tragen, Miz Crye. Mein Mann ist auch nicht gestorben. Er ist auf und davon, als ich mit meinem Fünften schwanger war. Mein Daddy war schon lange zuvor gestorben, und meine Mutter hatte sich mit einem Automobilarbeiter nach Michigan abgesetzt. Und ich war erst zweiundzwanzig Jahre alt. Ich machte mich zur Prophetin Felicitas, denn ich wollte nur Freude prophezeien. Das hören die Leute gern, auch wenn die Freude eine fragwürdige Angelegenheit ist oder eine ausgemachte Lüge. Felicitas brachte Glücksstern hervor, diese wiederum Mirakel und diese wiederum Pauline, die schließlich diese himmlische Gestalt hervorbrachte, die Sie hier vor sich sehen. So läuft das in Amerika, dem Land der Gelegenheiten. Ronald Reagan bemüht sich nach Kräften, Ihnen die gleichen Chancen einzuräumen, die ich hatte, Miz Crye, deshalb schaffen Sie es vielleicht letztendlich doch. Vielleicht schaffen Sie es.«

»Danke für den Anstoß.«

»Bis jetzt ist von mir noch kein Anstoß gekommen, nicht von mir an Sie. Und wenn es so gewesen sein sollte, meine Gute, na ja, dann sind Sie schlimmer dran, als Sie denken.« Sie beugte sich wieder zu ihrer Schreibmaschine hinüber. »Sie haben immer noch nicht alles rausgelassen.«

Stevie nahm ein zerknülltes Kleenex aus ihrer Manteltasche und wischte sich damit über die Augen. Dann schniefte sie hörbar in das Papiertuch und begann, es geistesabwesend zu dünnen Korkenziehern zu verzwirbeln. Sie war in Schwester Celestials Haus gekommen, um sie zu interviewen, doch es hatte sich ergeben, daß sie die Interviewte war. Konnte sie dieser Fremden — die eigentlich keine Fremde mehr war, sondern plötzlich ihre Beichtmutter und Vertraute — die unglaubliche Folge von Ereignissen berichten, die ihr Leben so verdreht hatten, wie sie dieses Kleenex verdrehte? Stevie schob das Papiertuch tief in ihre Manteltasche und sah die Schwester an.

»Wie lautet Ihr wirklicher Name? Sie kennen meinen. Wie lautet Ihrer?«

»Betty Malbon«, sagte Schwester Celestial ohne zu zögern. »Warum?«

»Ich muß wissen, daß Sie eine wirkliche Person sind. Ich muß wissen, daß Sie nicht nur etwas sind, was sich mein Gehirn ausgedacht hat.«

»Kneifen Sie sich, Miz Crye, Stevie, wenn ich Sie so nennen darf. Und dann kneifen Sie mich.« Die Schwester, alias Betty Malbon, streckte einen Arm über das rote Vinyl, damit Stevie ihn kneifen konnte.

Durch den Pullover kniff sich Stevie in die linke Seite. Ein überflüssiges Unterfangen. Sie brauchte sich nicht zu kneifen oder zu puffen oder ihr sterbliches Fleisch zu verzwirbeln, um Schmerzen zu empfinden. Ihr Schmerz war gleichzeitig diffus und amorph, wie eine Wolke. Er lag wie eine Wolke auf ihrer beharrlichen, dumpfen Wahrnehmung ihres eigenen inkonsequenten Ichs. Ich empfinde Schmerzen, also bin ich. Eine Philosophie, die vielleicht neu zu formulieren war. Denken hatte nichts damit zu tun. Der Schmerz ist alles, vom ersten Schritt bis zum letzten Umfallen. Du überbewertest deinen eigenen Schmerz, Stevie, der gar nichts ist verglichen mit dem, was die Schwester und Millionen von anderen erlitten haben. Du bist auch nur eine Schmiertype, die Schmucktypen sind die Heiligen des ewigen Elends ...

»Gut, mein Kind. Jetzt mich. Kneifen Sie mich.«

Stevie nahm ein Stück von Schwester Celestials Unterarm zwischen die Finger und verzwirbelte es, wie sie das Papiertuch verzwirbelt hatte.

»Du lieber Onkel!« schrie die schwarze Frau. Stevie ließ sie los. »Ist das ein ausreichender Beweis, oder glauben Sie, ich täusche einen Schmerz vor, den ich gar nicht empfinde? Ich bin für mich selbst so wirklich wie Sie es für sich sind. Vielleicht sogar wirklicher.«

»Ich weiß, daß Sie das sind. Eben das macht mir Angst. Manchmal, wenn ich nachts wach liege oder im Halbschlaf dahindämmere, spüre ich, wie ich davongleite.«

»Ja, das kenne ich. Dann träumt man.«

»Es ist nicht nur träumen. Ich gleite aus mir heraus; gleite weg. Das Bewußtsein wurde mir gestohlen und für die Zwecke einer anderen Person verwendet. In der vergangenen Woche jedoch wurde dieses Gefühl durch ein unwahrscheinliches Ereignis gesteigert. Dr. Elsa, meine beste Freundin, glaubte es nicht, und ich befürchte, ich glaube es nur, um nicht denken zu müssen, daß ich verrückt oder der Spielball irgendeiner größenwahnsinnigen Macht bin.«

»Erzählen Sie mir davon, Kind.«

Ermutigt durch die warmherzige Stimme und die beruhigende Körperfülle der Schwester, erzählte Stevie. Sie begann mit einer leidenschaftlichen, wenn auch nicht ganz zum Thema passenden Schimpftirade auf die Preispolitik von Pantronics Date Equipment Corporation, ging zu einer Schilderung ihrer Fahrt zu Hamlin Benecke & Söhne über und schloß mit einem langatmigen, schlecht gegliederten Epilog über das Verhalten der Schreibmaschine seit diesem Tag. Sie versuchte, nichts unerwähnt zu lassen, doch ihre Geschichte klang selbst in ihren eigenen Ohren wirr und blödsinnig, mit ständigen Sprüngen vor und zurück und geballten Ladungen von Gefühl, die die Schwester im tiefsten Innern trafen. Teddy und Marella kamen in der Geschichte vor, und natürlich Seaton Benecke und 'Kritz und unvermeidlicherweise Teds früher Krebstod im Alter von neununddreißig Jahren. Endlich öffnete Stevie ihren Umschlag und schob der Wahrsagerin den langen Papierstreifen mit Alptraumniederschriften hin.

»Ich habe das geträumt«, sagte sie. »Aber die Exceleriter hat es geschrieben. Es geht immer um Ted. Im dritten Traum sagt er, er wäre gestorben, damit ich mich hätte verwirklichen können — als ob sein Sterben mich irgendwie von der Tyrannei seines Lebens befreien würde. Er war jedoch kein Tyrann. Es ergibt einfach keinen Sinn für mich, Schwester. *Es ergibt keinen Sinn!*« Wieder war sie den Tränen nahe, diesmal aus Wut.

»Darf ich das lesen?« fragte die Schwester. Als Stevie mit zusammengekniffenen Lippen zum Zeichen ihrer Zustimmung nickte, entfaltete die schwarze Frau den langen Streifen halbiertes Untersuchungstisch-Papier, nahm ein Vergrößerungsglas aus einer Schublade ihres Schreibmaschinentisches und arbeitete sich Zeile für Zeile durch den Text. Sie las langsam und aufmerksam. Sie hielt die ganze Zeit während des Lesens die Stirn gefurcht, doch an einer Stelle tippte sie mit dem Zeigefinger auf das Papier und lächelte. »Amtlich zugelassener Haruspex«, zitierte sie. »Aus Eingeweiden lesen ist eine Art der Wahrsagung, die ich *nicht* betreibe. Es gibt immer wieder Leute, die mich zu sich rufen, damit ich mich durch die Gedärme von Schweinen oder Hühnern wühle, doch seit meinen Delphinia-Tagen gehe ich auf solche Ersuchen nicht mehr ein. Das glibberige Zeug und der Gestank ist nur etwas für Trappen. Das ist eine Vogelart.« Beim Weiterlesen runzelte sie erneut die Stirn und zitierte mit abfälligem Murmeln: »›Es gibt eine andere Frau, Stevie.‹ Hmmmmmmmmmmm, na ja. Eine andere Frau, sagt er.« Sie las den Rest dieses Alptraums und fast den ganzen folgenden in nachdenklichem Schweigen. Dann sah sie zu Stevie auf und verkündete: »Und hier behauptet er, die ganze Sache mit dem Sterben, damit Sie sich verwirklichen können, sei eine Lüge. Von Herzen kommend. Eine von Herzen kommende Lüge. Das ist ja reizend. Von Herzen kommende Lügen sind ungeheuer süß, wie Sirup in einer offenen Wunde.«

»Zu Lebzeiten hat er mich niemals angelogen.«

»Sie glauben diese Geschichte hier nicht?«

»Es war ein Traum, den meine gemeine, lügende Exceleriter aus meinem Kopf geholt hat. Warum sollte ich sie glauben?«

»Sie glauben sie nicht, weil sie durch Ihre Schreibmaschine übermittelt wurde?«

»So ist es. Ich kann nichts von dem glauben, was diese Maschine zu Papier bringt. Sie verwandelte Marella in ein lebendes Skelett. Sie ließ mich meinen Sohn verführen.«

»Aber sie tippt doch nur, was Sie träumen, habe ich das richtig verstanden?«

»Das glaube ich, ich weiß es nicht genau. Vielleicht träume ich, was die Exceleriter tippt. Es könnte so rum und so rum sein.«

»Die Frage ist, Miz Crye — Stevie —, woher kommen diese Träume, und befindet sich der Träumende außerhalb von Ihnen und erzählt Lügen oder gibt vielleicht Hinweise? Wenn Sie das beantworten können, haben Sie die Lösung, glaube ich. Sie haben die Möglichkeit, Ihre Sache durchzufechten und die Dinge zurechtzurükken. Sie müssen die Träume analysieren, das ist alles.«

»Sie deuten?«

»Alles in diesen Träumen, was Ihnen Sorgen bereitet. Die Art, wie Sie Ihr Mann im Stich gelassen hat, warum er es tat und was als nächstes geschehen wird. Ich möchte, daß Sie diese Alpträume bei mir lassen, damit ich eine Diagnose stellen kann.«

»Für wie lange? Und was kostet das?«

»Machen Sie sich um das Honorar keine Gedanken.« Sie schwenkte zur Seite und tippte eine Zeile neben Stevies Adresse. »Das ist Ihre Telefonnummer. Ich rufe Sie morgen oder übermorgen an, um Ihnen mitzuteilen, was bei meiner Oneiromantie herausgekommen ist. Bis kommenden Dienstag ist vielleicht wieder alles in Ordnung und ›Ihre Perfide Durchtriebene Eigenwillige Schreibmaschine‹ zahm wie dieser rheumatische Remington hier.«

»Oneiromantie?«

»Traumdeutung, Stevie. Haruspizium ist aus der Mode, aber ich bin fit in Chiromantie, Horoskopie, Astrodiagnose, Oneiromantie, Wünschelrutengängerei und mehreren verschiedenen Arten von Zauberei. Selbsttätiges Schreiben gehört zu meinen Werkzeugen, und die Teletypomantie ist ein Bereich, in dem ich zu meiner Freude sozusagen Pionier bin. Sie sind so faszinierend, Stevie, daß ich mich unbedingt honorarfrei mit Ihnen befassen möchte. Teeblätter und Fischgläser sind nicht mein Fall, doch für einen Leckerbissen an Oneiromantie« — die Schwester grinste breit — »müßte ich *Ihnen* ein Honorar zahlen.« Sie drehte das Papier hoch und vollführte noch einmal ihren Zweifinger-Tippeltanz, um noch weitere vier oder fünf Zeilen zu schreiben, Notizen und persönliche Bemerkungen zu Stevies Fall. »Und übrigens, mein Kind, mache ich mir ernsthafte Sorgen um Sie.«

»Danke«, sagte Stevie. »Sie können die Texte hierbehalten.«

Schwester Celestial schwenkte zurück zu Stevie und legte ihre beiden großen Hände auf den Tisch. »Schreiben Sie keinen Artikel über mich, einverstanden? Mein neues Schild ist genügend Werbung, auch wenn ich seit neunundsiebzig nicht mehr in der Zeitung war. Hier kommen ohnehin jede Menge Gaffer vorbei. Signalhörnerhuper und Klopapierspazierenfahrer. Das ganze hochnäsige Gesocks.«

»Ich werde es lassen und etwas anderes schreiben. Morgen ist für mich ein Arbeitstag, und bis jetzt habe ich noch kein Thema — aber mir wird schon was einfallen.«

»Sicher wird Ihnen was einfallen.«

»Ich werde zwar wie eine Motte flattern vor Nervosität, bis es soweit ist, aber ich werde mich ganz darauf konzentrieren. Vielleicht eine Reportage für *Brown's Reiseführer.*«

Obwohl die Schwester sich ihr zugewandt hatte, um ihre ernste Zustimmung zu diesen zaghaften Plänen nickend kundzutun, fing die Remington plötzlich von allein an zu tippen. Sie hackte eine kurze Zeile herunter, betätigte den Umschaltmechanismus und wiederholte diesen Vorgang noch dreimal, bevor sie wieder still wurde. In fassungslosem Unglauben beobachteten Stevie und die Wahrsagerin, wie sich die Tasten runter und rauf bewegten und die Typenhebel aus ihrem Rund heraus- und wieder zurückschnellten. Nachdem das Klappern aufgehört hatte, sahen sich die beiden Frauen an.

»Das haben Sie gemacht, nicht wahr?« fragte Stevie.

»Mein Kind, ich saß hier nicht anders als Sie. Diese Maschine ist sehr leichtgängig, doch ich mußte sie stets zumindest sanft berühren, damit sie ging. Es passiert alles irgendwann zum erstenmal, aber ich hatte nie zu hoffen gewagt, einmal Zeuge einer aus eigenem Antrieb tippenden Schreibmaschine zu werden.«

Unmerklich zitternd, mit dem Gefühl, daß das Schütteln schneller und heftiger wurde, stand Stevie auf. »Was hat sie geschrieben?«

Die Schwester zog das Blatt Papier von der Walze und reichte es Stevie über den Tisch.

»Nein, ich will es nicht haben. Lesen Sie es mir bitte lieber vor.«

Schwester Celestial trug das Gedicht der Remington vor.

KLEINE MOTTE, FLIEG GESCHWIND,
NACH HAUSE, WO DIE DEINEN SIND.
DAS GANZE HAUS BRENNT LICHTERLOH,
UND DEINE KINDER EBENSO ...

»O Gott!« sagte Stevie. »Das ist die Exceleriter. Da hat die Exceleriter durch Ihre Maschine gesprochen. Ich muß gehen.« Sie warf sich den Mantel über und prallte mit der Schulter gegen das Klavier, als sie an ihm vorbei wollte. »Wenn Teddy und Marella etwas passiert ist, dann bringe ich mich um.« Sie hielt sich die Schulter und zwängte sich an dem Wandklavier vorbei zur Tür. »Das ist keine leere Drohung, Schwester, ich meine es ernst. O lieber Gott! Ich habe sie wieder mal im Stich gelassen. Ich werde ... ich werde mich umbringen.«

Mit ungerührter Miene erschien Schwester Celestial neben dem Klavier. »Ihre Freundin paßt auf die Kinder auf, Stevie. Es geht ihnen gut. Die Maschine hält sie zum Narren.«

»Mein Haus steht in Flammen, Schwester, meine Kinder verbrennen.« Stevie riß die innere Tür auf und schob die äußere aus Pinienholz nach draußen in die Kälte. Neben dem Highway 27 schwenkte das wackelnde Schild der Schwester seine Farben über den ebenholzschwarzen Schimmer des Asphalts. »Danke, daß Sie mir zugehört haben. Ich muß weg. Es geht um meine Kinder ... meine geliebten Kinder.«

Sie taumelte über die Schwelle und über die eingelassenen Trittsteine zu dem provisorischen Parkplatz, wo sie ihr Bus erwartete.

»Fahren Sie vorsichtig!« rief ihr die Schwester hinterher. »Fahren Sie vorsichtig, denn ich werde Sie anrufen. Ich werde Sie bestimmt anrufen.«

XXXIV

Wie eine junge Wilde aus der Teenager-Drugstore-Szene startete Stevie mit durchdrehenden Rädern. Sie hetzte den Kleinbus über die Kiesböschung hinauf auf den Highway und brauste durch die düstere Landschaft nördlich von Button City. Ihre Heizung heulte in hohlem Protest auf. Ihr Herz blinkte im Rhythmus der farbigen Glühbirnen auf der Reklametafel der Schwester. Sie glaubte nicht daran, daß sie die fünf Meilen bis nach Kudzu Valley überleben würde, der letzten trostlosen Ortschaft auf der Strecke nach Barclay, bis der Wagen scharf nach links abbog und ein Vorhang aus mitternächtlich schwarzem Laubwerk das Spiegelbild der Reklametafel im Rückspiegel verdeckte. Dann war sie in der tintenfinsteren Nacht allein mit ihren Ängsten.

Kleine Motte, flieg geschwind, nach Hause, wo die Deinen sind. Das ganze Haus brennt lichterloh, und deine Kinder ebenso.

Sie war natürlich die Motte. Was hatte sie zu der Schwester in dem Moment gesagt, kurz bevor die Remington die bedrückende Botschaft der Exceleriter übertrug? »Ich werde wie eine Motte flattern ...« Das waren ihre Worte gewesen, ihre eigenen Worte, und die Exceleriter — Schreibmaschine, Psychoschreiber, Dämonengerät — hatte sie bewußt wiederholt, um sie in Panik zu versetzen, um ihr noch eine weitere Angst aufzuladen zusätzlich zu dem Packen, den sie bereits zu schleppen hatte. Selbst vierzehn Meilen weit von zu Hause entfernt war sie immer noch bei ihr, dieses moderne Folterinstrument, und Stevie konnte sie buchstäblich den Text tippen hören DASGANZEHAUSBRENNTLICHTERLOHUNDDEINEKINDEREBENSO, DASGANZEHAUSBRENNTLICHTERLOHUNDDEINEKINDEREBENSO im pochenden Rhythmus ihres Pulses. Sie sah das alte Haus der Familie ihres toten Mannes fast vor sich, wie seine hellen Flammen in der Februarnacht loderten, wie weißglühende Engelsflügel zu den Sternen hinaufflatterten, Giebel zusammenbrachen und Balkongeländer wie Zündscheite verkohlten. In diesem blauen und zinnoberroten Inferno wanden sich zwei winzige Körper, die abgebrannten Streichhölzchenkörper ihrer Kinder ...

Sie sind bei Dr. Elsa, Stevie. Sie sind doch gar nicht im Cryeschen Haus, sie halten sich bei den Kensingtons in deren Wochenendhaus am See auf.

Vielleicht ...

Kudzu Valley war wie ausgestorben. Stevie haßte es, durch diese Ortschaft zu fahren. Am 30. April 1976, fast zweieinhalb Jahre vor Jonestown, Guyana, hatten mehrere ältere Einwohner von Kudzu Valley auf der Grasfläche vor dem Postamt Selbstmord begangen aus Protest gegen den Bau des Cusseta-Damms eine oder zwei Meilen von ihrem Ort entfernt. Nur wenige der hier ansässigen Leute verstanden die Hintergründe dieses schauerlichen Ereignisses, doch über anonyme Mittelsmänner aus der Gegend drängte die Carter-Regierung den Bundesstaat, das gewaltige Bauprojekt aufzugeben, und der Damm wurde nie errichtet. Sonst würde Stevie jetzt mit einem Motorboot über die unter Wasser liegenden Ruinen von Kudzu Valley fahren oder sie mit ihrem Volkswagen auf einer Dammstraße umfahren.

Wie es aber nun mal war, kurvte sie um 19.13 Uhr (laut der Digitalanzeige an der Zweigstelle der Agrar- und Handels-Bank) durch das todgeweihte Geschäftsviertel, und zwei Minuten später (laut des beleuchteten Ziffernblattes ihrer Damen-Timex) kam sie an der berüchtigten Grasfläche vor dem Postamt vorbei; ihre Angst, was sie in Barclay antreffen würde, vermischte sich auf verwirrende Weise mit ihrem unvollständigen Wissen um die Ereignisse, die sich hier einst abgespielt hatten. Auf dem Rasen waren keine Geister, Gott sei Dank, und die Leute von Kudzu waren vernünftig genug gewesen, davon abzusehen, eine abstrakte Bronzestatue zur Erinnerung an das dramatische Selbstopfer ihrer Retter aufzustellen. Das einzige, was sie in der Zwischenzeit gebaut hatten, war ein neues Rathaus, finanziert durch eine Zuwendung aus einem Fond für Wirtschaftliche Entwicklung in Höhe von $ 162 000, damals in den sonnigen Tagen vor der Wahl von Reagan.

Stevie fuhr an diesem modernen eckigen Bau mit seinen verdunkelten kirchenartigen Fenstern in eine Landschaft mit winterödem Kudzugestrüpp; tausend blattlose Ranken lagen verschlungen am Boden wie das Kabelgewirr von unfähigen Elektrikern. Die Wildnis setzte sich wieder durch, die Ödnis des Februar. Am nördlichen Rand dieser seltsamen kleinen Stadt fielen die Lichtstrahlen von Stevies Scheinwerfer auf ein gewaltiges Torii, also den Toreingang eines Shintotempels, der die Straße überspannte — doch als sie unter diesem markanten Wahrzeichen hindurchgefahren war, machte sich ihr Wagen vollständig frei von Kudzu Valleys düsterem Einfluß und raste die Paßstraße über die kahlen Berge wie ein ungebändigter Streitwagen. Sie war nur noch wenige Meilen von zu Hause entfernt.

Mit durchgedrücktem Gaspedal nahm Stevie die Kurven, Gefälle und Steigungen. Sie begegnete keinen anderen Fahrzeugen, und als sie parallel zu dem nackten Bahndamm in Barclay einrauschte, zeigte die Temperatur- und Zeittafel an der Bank ihres Heimatortes 38° (Fahrenheit) und den Bruchteil einer Sekunde später 19.24 (Uhr). Um ein Zeichen des flammenden Infernos zu erspähen, das ihr Haus und ihre Kinder verzehrte, sah Stevie nach links — über den großen schmucklosen Gebäudekomplex mit der Apotheke, dem Billigkaufhaus und dem Restaurant ›Barclay‹.

Nichts, kein Feuer.

Nachdem sie bei der Ampel nördlich dieser Geschäfte abgebogen war, konnte sie ihr Haus deutlich sehen, einen pagodenartigen Schatten mit Ulmen und Blutruten davor. Wenn das Feuer nicht in der getrennt stehenden

Garage oder im tiefen Vorratskeller schwelte, dann brannte kein Teil ihres Anwesens. Die Exceleriter, die ihre Mitteilung über die Remington der Schwester gemacht hatte, hatte also gelogen …

Wieder mal.

Oh, aber ich bin sehr froh, daß sie gelogen hat, sagte Stevie zu sich selbst. Natürlich nicht richtig froh, aber dankbar, daß ich bei meiner gehetzten Rückkehr kein Disaster antreffe …

Sie stellte den Wagen auf dem ungepflasterten Weg in der Nähe der Küche ab und ließ sich in erschöpfter Erleichterung auf das Lenkrad sinken. Unterdessen beleuchteten ihre Scheinwerfer ein Durcheinander von Gartengeräten, Abfallstücken von Sperrholz, reparaturbedürftigen Möbeln, Farbdosen und Aufbewahrungskisten in der offenen Garage. Sie müßte dringend aufgeräumt werden. Sie konnte nicht einmal ihren Kleinbus darin unterstellen, und manchmal legten sich Hunde aus der Nachbarschaft mitten in das Gerümpel und machten ein ausgiebiges Winterschläfchen. Na und, zum Teufel? Teddy und Marella waren immer noch bei den Kensingtons, und das Haus war der Zerstörung entgangen. Stevie hob den Kopf und drückte den Knopf zum Ausschalten der Scheinwerfer. Sofort versank das Innere der Garage in Dunkelheit, und die kalte Nachtluft kühlte das Wageninnere schnell ab. Es war Zeit, ins Haus zu gehen und einen Heizofen anzumachen.

Als Stevie die Hand nach dem Türgriff ausstreckte, hörte sie einen dumpfen Laut hinter sich. Blitzschnell fuhr sie in ihrem Sitz herum. Der Passagierraum war leer, und durch das Rückfenster war nur die Straße hinter ihr zu sehen und die unförmig wuchernden Büsche, die wie Wachtposten vor Mrs. Hinmans abgeschirmter Eingangstür standen. Was hatte sie gehört? Vielleicht das plötzliche Zusammenziehen des Benzintanks des Wagens oder das Herunterfallen eines Dreckklumpens vom Fahrgestell. Nichts Wichtiges. Stevie drehte sich wieder um und streckte erneut die Hand nach dem Türgriff aus.

Diesmal war der dumpfe Ton lauter.

Als sie sich ärgerlich umdrehte, um die Ursache zu ergründen, sah sie einen winzigen weißen Schädel, der sie durch das Rückfenster anstarrte; die unendlich tiefen Augen saugten ihren gesunden Verstand auf wie starke Staubsauger. Neben dem gespenstischen Gesicht kratzten winzige Hände über das Glas, während sich der Querschlitz des Mundes sich zu einem bedrohlichen Schlund verzog. Obwohl sie kaum zu hysterischen Anfällen neigte, griff sich Stevie an die Mantelaufschläge und schrie. In dem kübelartigen Innern des VW-Busses hallte der Schrei laut wider. Anstatt auf den Weg zu fallen, fand der Gnom, der sich hinten an den Wagen krallte, Halt für Hände und Füße und kletterte über die Fensterscheibe hinauf aufs Dach. Es war natürlich 'Kritz, Seaton Beneckes bösartiger kleiner Kapuzineraffe.

Stevie hörte auf zu schreien, knallte die Fahrertür gleich nach dem Öffnen wieder zu, verriegelte sie aufgeregt und lehnte sich heftig atmend und mit fest zugedrückten Augen vom Fenster zurück.

Was soll ich jetzt tun? Hier sitzen bleiben, bis irgendwoher Hilfe kommt? Zur Küchentür rennen? Aussteigen und ihm gut zureden? Oder was?

Stevie hörte, wie der Kapuziner über ihr hin und her trippelte und von einem Ende des Wagens zum anderen flitzte. Seine Krallen — oder nannte man das Fuß- und Fingernägel? — erzeugten das gleiche Geräusch, wie es die Meerschweinchen der Kinder getan hatten, wenn sie über den Maschendraht ihres Käfigs rannten. Das war kein besonders furchterregendes Geräusch. Warum verschanzte sie sich in einem abgesperrten Fahrzeug, während ein Geschöpf, das knapp einen halben Meter groß war, einen jämmerlichen Tanz vollführte, um zu verhindern, daß sein pelziges Hinterteil erfror? Nun, zum Teil wegen der Art, wie 'Kritz sie ansah, zum Teil, weil sie immer noch nicht verstand, wie er es geschafft hatte, die ganze Strecke von Columbus bis Barclay *außerhalb* ihres Volkswagens mitzufahren, und zum Teil, weil er Seaton Benecke gehörte. Es wäre möglich, in den Garten zu springen und dem hinterhältigen Kobold mit einem Stein auf den Kopf zu schlagen und so seiner albernen Knechtschaft zu entgehen — doch der Affe war auf übernatürliche Weise hierhergelangt, bedrohlich unterstützt durch das schlechte Benehmen der Exceleriter, und Stevie fühlte sich im Wagen sicherer. Am Nachmittag hatte sich Stevie vorgestellt, 'Kritz würde auf King-Kong-Ausmaße anwachsen, um ihr Fahrzeug auseinanderzunehmen, und jetzt, bei Nacht, konnte sie sich leicht ausmalen, wie dem Affen Flügel wachsen und er sich angriffslustig auf sie herabstürzen würde, sobald sie versuchte, zum Haus zu rennen. 'Kritz gehorchte nicht den strengen Gesetzen einer empirischen Wirklichkeit; die Schreibmaschine in ihrem Arbeitszimmer hatte ihm eine schreckliche *carte blanche* ausgestellt.

»Komm jetzt, Elsa«, sagte Stevie laut vor sich hin. »Bring meine Kinder nach Hause, und hol mich hier raus. Meine Trugbilder können dir nichts anhaben. 'Kritz wird verschwunden sein, sobald du hier eintriffst.«

Dann fiel ihr ein, was Teddy ihr heute morgen gesagt hatte, daß er nämlich zu sich selbst ein besseres Gefühl hätte. Vielleicht hatten ihre Hirngespinste einen viel größeren Wirkungsbereich, als sie selbst glauben wollte. Vielleicht wurden sie immer stärker und einflußreicher. Schließlich hatte Schwester Celestial mit eigenen Augen gesehen, daß ihre Remington von selbst anfing zu tippen, offenbar auf das Ersuchen von Stevies Exceleriter hin; und die Bestätigung der Wahrsagerin, was das ungebührliche Verhalten der Schreibmaschine betraf, war ein wichtiger Durchbruch — ein Mensch hatte bezeugt, daß sich diese Geschehnisse nicht nur in Stevies Halluzinationen abspielten. Sicher, ein paar der Episoden hatte sie wirklich geträumt, die ihr die Maschine als echt hatte unterjubeln wollen ...

»Scheiße«, sagte sie. (Dumme Weibchen schrien, energische Heldinnen fluchten. Sie mißbilligte sanft, daß sie selbst diese Regel befolgte, doch das war nun mal heutzutage der Brauch, und Stevie hielt sich daran, weil sie so erzogen worden war.)

Unterdessen hielt 'Kritz sie immer noch als Geisel im Wagen fest, während er über das Dach tippelte, Sätze machte und als besonders wirkungsvolle Einlagen zwischendurch ganz ruhig blieb. Das Dach knallte und dröhnte, doch nur selten beulte es sich nach innen als Folge eines Supersprunges des Kapuziners. Es war so gut auszuhalten wie ein manisch depressiver Hagelschauer. Stevie überlegte sich, wie es wohl um die Fußballen des Affen bestellt war, ob sie nicht inzwischen vollkommen hartgefroren und wundgelaufen waren. Wenn man sich darauf konzentrierte, konnte man fast *Mitleid* mit dem ruchlosen Höllenwesen bekommen.

Plötzlich wurde das Trappeln des Affen unterbrochen durch ein wütendes Bellen aus tiefster Kehle. Stevie blickte aus dem Rückfenster und sah Cyrano, den Bassetrüden der Cochrans, der breitbeinig und mit roten Augen in ihrer Auffahrt stand. Sein trauriges Maul war zu einem Posaunen-Schallstück verzerrt, um seine Verwirrung und seinen Zorn hinauszukläffen. Er bellte ununterbrochen, wie er es in manchen Winternächten zu tun pflegte, wenn ihn ein vorbeikommender Fremder störte oder einfach aus Langeweile. Die Cochrans schienen ihn selten zu hören, aber für Stevie hörte sich Cyranos klagender Bariton immer wie zwölf jodelnde Betrunkene in einem Faß an, und sie war schon häufig aufgewacht und hatte sich über seine Ausdauer gewundert. Jetzt hatte er 'Kritz entdeckt, und wenn jemand — irgend jemand — Notiz von Cyranos Bellen nähme, dann wäre ihre mißliche Lage bald vorüber.

Auf seinen großen Plattfüßen tapste der Basset zur

hinteren Stoßstange des Volkswagens und umkreiste ihn dann, unaufhörlich bellend, bis zur linken Seite. Cyrano bewegte sich entsprechend 'Kritz' Bewegungen, er vollzog das unsinnige Hin und Her des Affen auf dem Dach am Boden nach. Stevie hörte, daß der Kapuziner den Hund mit gekreischten äffischen Unflätigkeiten beschimpfte. Sie ertappte sich auch dabei, daß sie wie hypnotisiert in die rotgeränderten und immer blutunterlaufenen Augen des Bassetrüden starrte. Der flakkernde Widerschein der Straßenlaterne an der Ecke ließen die unteren Halbmonde in Cyranos Augen wie Bruchstücke von Kohlen leuchten. Der Hund wirkte wie tollwütig. Speichel troff ihm aus dem Maul, während er auf seiner eingebauten Posaune blies, und seine stämmigen Vorderbeine hoben sich jedesmal zwei oder drei Zentimeter vom Boden ab, wenn er einen neuen Kläffansatz machte. Er war ein Motor von unermüdlicher Ausdauer; sein Bellen war die Posaune des Erzengel Gabriel.

Selbst 'Kritz schien dieser Ansicht zu sein. Der Kapuzineraffe hangelte sich entweder an Luft oder mit Hilfe seiner Willenskraft an Stevies Seitenfenster hinunter, wobei sein Totenkopfgesicht beim Vorbeiturnen flüchtig und feindselig zu ihr hereinstarrte. Einen Augenblick später huschte der Affe hakenschlagend als leuchtender, verschwindender Silberstreifen weg vom Haus, über ein Beet mit ausgelaugtem Boden, auf dem Ted immer gern etwas gepflanzt hatte. 'Kritz' Flucht war Cyrano wirkungsvoll verborgen durch den VW-Bus. Stevie versuchte zu erkennen, wohin der Kapuziner rannte, doch er verschwand in dem Gebüsch auf der anderen Seite des Rasens.

Wie gut war Cyranos Sehvermögen? Wahrscheinlich nicht allzugut, fürchtete Stevie. Es war ihm offenbar nicht entgangen, daß der Affe vom Dach heruntergeklettert war, und das hatte ihn zu der irrigen Schlußfolgerung geführt, daß 'Kritz jetzt bei Stevie *im* Wagen war. Mit erregt schnappenden Kiefern bellte Cyrano den Kleinbus weiterhin an, und in seinen Augen war der unbarmherzige, wahnsinnige Ausdruck eines überführten Mehrfachmörders oder eines verzweifelten Feierabendstau-Vergatterten. Er wollte den Affen, und er unterlag offenbar dem verhängnisvollen Hundeirrtum, daß Stevie der weißgesichtigen Erscheinung in ihrem Auto Unterschlupf geboten hätte. Stevie hatte den Bassetrüden noch nie so aufgebracht erlebt. Er war mit Sicherheit besessen, vom Wahnsinn geblendet.

»Schluß jetzt, aus!« sagte Stevie. Sie versuchte, ihre Tür zu öffnen.

Sofort schnellte Cyrano mit seinem röhrenförmigen Körper vor. (Er war so lang, daß er Stevie an jene Feuerwehrwagen erinnerte, die in der Mitte ihrer Länge ein Lenkrad zusätzlich zu dem in der Fahrerkabine brauchten.) Er war zu niedrig, um einigermaßen weit oben gegen die Tür zu prallen, aber er warf sich gegen den unteren Rand und drückte ihn auf Stevies Schuhe zurück, während er gleichzeitig sein seidenweiches rechtes Schlappohr in die Türritze klemmte. Vor Schmerz jaulend, zog er sein Ohr heraus und wackelte noch zorniger als zuvor rückwärts vom Wagen weg. Inzwischen hatte Stevie auch ihren Schuh wieder freibekommen und schob die Tür weit auf, damit sie den verletzten Fuß in die kühle Nachtluft hinaushalten konnte. Er tat nicht sehr weh, doch sie war wütend auf den Basset, so wie dieser wütend auf die Tür war, die ihm das Ohr eingeklemmt hatte.

»Verdammt, Cyrano. Der Affe ist weg. Du verschwendest deine Zeit. Was hältst du davon, mich ins Haus humpeln zu lassen, hm?«

Aber Cyrano war nicht zu beschwichtigen. Entweder machte er Stevie für seine Verletzung verantwortlich, oder er glaubte, daß sich 'Kritz im Fahrerraum zusammengekringelt hatte, denn er raffte sich auf und kam jaulend und todesmutig auf den Bus zu. Sein anschließender Sprung brachte ihn so eben über den unteren Metallrahmen der Tür, doch Stevie setzte ihren unverletzten Fuß so, daß er mit der Nase gegen den Spann stieß. Cyrano schnappte nach Luft, vollführte einen unvollständigen Purzelbaum und landete neben dem Wagen auf der Seite. Er blieb einen Moment lang verwirrt liegen, heftig keuchend, und zappelte dann herum, um wieder auf die Beine zu kommen. Als er sich wieder aufgerichtet hatte, watschelte er von Stevie weg auf sein Haus zu, wobei er immer wieder beleidigte, vorwurfsvolle Blicke über die Schulter zu Stevie zurückwarf.

Stevie stieg aus dem Auto. »Ja, ich weiß schon. Du hast mich vor diesem pelzigen Vampir gerettet, und ich habe dir dafür in die Nase getreten. Komm morgen wieder, Cyrano, dann gebe ich dir Reste vom Tisch.«

Cyranos Watscheln verwandelte sich in Trab, und er verschwand im Abflußgraben auf der anderen Straßenseite. Einen Augenblick später war er ein grotesker Schatten, der über den Rasen der Cochrans tappte. Nun ja, deshalb ließen die Leute in kleinen Städten ihre Hunde frei herumlaufen — damit sie verdächtige Leierkastenaffen erschrecken und die Lieblingsmeerschweinchen der Nachbarkinder totbeißen konnten. Die Verhinderung anderer Wesen Verbrechen befreite die Hunde von der Schuld an ihren eigenen.

Ein zynischer Gedanke, vielleicht, doch Stevie hatte Mitleid mit diesem überzüchteten Hunde-Pavarotti, Meistersinger ihrer kalten Nächte. Sie hatte sowohl sein Ego angeschlagen als auch seinen vorwitzigen Rüssel.

Just in diesem Moment bog aus der kleinen Straße hinter dem Haus Dr. Elsas dunkelmetallgrauer Lincoln Continental in Stevies Einfahrt; die Kiesel knirschten unter seinen Reifen, und die Scheinwerfer rahmten sie vor dem Gerümpel in der Garage ein. Der Einsatz war allerdings etwas verpaßt, die Schlacht war vorüber. Sie hatte sie ohne die ungestüme Hilfe der Ärztin oder der Kinder gewonnen, und sie erkannte mit einem Schauder der einsamen Kapitulation, daß sie ihr sehr wahrscheinlich ihre Geschichte über 'Kritz und Cyrano nicht glauben würden. Sie war zu abwegig. Genausowenig konnte sie es wagen, ihnen von ihrem Besuch bei Schwester Celestial am Rand von Button City zu erzählen. Selbst wenn sie sagen würde, daß sie bei ihr gewesen sei, um sie für eine Story zu interviewen, würden sie ihr Vorhaltungen machen, weil sie einen Teil ihres eintägigen Urlaubs mit Arbeit verbracht hatte.

Die Scheinwerfer gingen aus, und Marella kam auf sie zugerannt und umarmte sie. Teddy näherte sich langsamer, und Dr. Elsa blieb neben der geöffneten vorderen Wagentür stehen. »Bist du schon wieder zu Hause?« fragte sie. »Wir dachten, du würdest bis Mitternacht oder so einen draufmachen.«

»An einem Sonntag? In Columbus?«

Dr. Elsa hob die Schultern. »Es gibt Orte, wo man hingehen kann, Kindchen. Man muß sie nur kennen.«

»Zum Beispiel Victory Drive? Dort wird man von der Militärpolizei aufgegriffen, weil man angeblich versucht hat, Soldaten anzumachen.« Sie umarmte Teddy und fragte Dr. Elsa, ob sich die Kinder den Nachmittag über ordentlich benommen hätten.

»Sie waren die reinsten Engel«, sagte Dr. Elsa vollkommen ernst.

»Sam hat mit ihnen Billard gespielt, war mit ihnen zum Entenfüttern und ist mit Ted zu einem kleinen Angelausflug auf den See hinausgefahren. Gegen sechs haben sie zusammen ein Lagerfeuer errichtet; es gab gegrillte Würstchen und Marshmallows. Sie hatten einen schönen Tag, Stevie, und wir auch. Es hätte nicht besser laufen können.«

»Ich habe mir den Finger verbrannt«, sagte Marella und hob einen verbundenen Finger hoch, damit ihre Mutter ihn sehen konnte. »Ich habe mir den Finger beim Marshmallow-Grillen verbrannt.«

»Es ist nicht schlimm«, sagte Dr. Elsa. »Ich habe ein

Bakterizid draufgetan und einen Verband angelegt. Sie hat nur einen Schreck bekommen, schätze ich. Das war das einzige Mißgeschick des ganzen Nachmittags.« Sie stieg mit eingezogenem Kopf wieder in ihr Auto und kurbelte das Fenster herunter. »Ich muß jetzt nach Hause zu Sam. Ruf mich in der kommenden Woche mal an Stevie, dann werden wir uns unterhalten.«

»Danke, Elsa. Du bist sehr gütig und ein echt toller Klotz.«

»Ein toller Klotz?« sagte Marella.

Dr. Elsa winkte bei Stevies ungewöhnlichem Ausdruck der Dankbarkeit ab und setzte mit dem leichenwagenähnlichen Lincoln zurück auf die Straße. Dann schoß sie damit davon in Richtung Alabama Road.

»Ein toller Klotz?« fragte Marella noch einmal.

»Eine Säule der Freundschaft«, sagte Stevie erklärend und drückte dabei die Schulter des Mädchens. »Ein Pfeiler und eine Stütze.« Sie hatte das starke Gefühl, daß sie eine solche Freundin nicht verdiente. Was sie für Dr. Elsa tat, war minimal. Sie schüttelte diese sanfte Selbstkritik ab und strahlte Teddy und Marella an. Teddy hatte einen erfüllten Tag hinter sich, und seine kleine Schwester hatte sich nur eine unbedeutende Verbrennung am rechten Zeigefinger zugezogen. Soviel zu den prophetischen Fähigkeiten der Exceleriter. »Na, ihr beiden, seid ihr froh, daß ihr wieder zu Hause seid?«

»Ich bin noch froher, wenn wir drin sind«, sagte Teddy. »Es ist kalt.«

»Ich auch«, pflichtete seine Schwester bei. »Es ist wirklich kalt.«

»Was hättet ihr getan, wenn ich noch nicht zu Hause gewesen wäre, als Dr. Elsa euch zurückgebracht hat?« wollte Stevie wissen. »Ich bin nämlich gerade erst gekommen, wißt ihr.«

Der Junge antwortete: »Wir hätten's schon mal in der Küche warm gemacht. Wir wußten, daß du noch nicht zu Hause bist, weil Dr. Elsa ein paarmal angerufen hat.

Aber ich habe gemeint, wir sollten die Heizung anmachen, bevor du nach Hause kommst, sonst frierst du den ganzen Rest des Abends. Wir wären bis zu deiner Rückkehr schon zurechtgekommen, ehrlich.«

Doch Stevie zitterte. Der Gedanke gefiel ihr gar nicht. Dein Haus brennt lichterloh und deine Kinder ebenso. Sie sah das Bild vor sich, wie der Heizofen in der Küche dicke Rauchwolken ausstieß und das Gitter immer schwärzer wurde. Sie sah einstürzende Giebel und Balkongeländer, verkohlt wie Zündscheite. Es war nur ein eingebildetes Feuer, doch es entsetzte sie dennoch. Sie vertraute den Heizöfen nicht, wenn sie von niemandem oder nur von Kindern beobachtet wurden. Sie war froh, daß sie vor der Ankunft des Kensingtonschen Bestattungs-Lincoln-Continental eingetroffen war.

»Laßt uns reingehen«, sagte sie.

XXXV

Steve wartete, bis die Kinder schön eingekuschelt in ihren Betten lagen, bevor sie in ihr Arbeitszimmer ging, um nach der Exceleriter zu sehen. Während ihrer Abwesenheit hatte sie den Papierstreifen etwa einen Meter dreißig über die Walze nach oben geschoben. Sie beugte sich über die Maschine, um zu lesen, was sie geschrieben hatte. Oben auf dem langen Streifen, in der Mitte, stand die römische Zahl XXXI, unter der die aufwühlende Erzählung begann:

> NACHDEM SIE IN COLUMBUS ANGEKOMMEN WAR, VERSTAUTE STEVIE DEN UMSCHLAG UNTER DEM FAHRERSITZ UND SCHLOSS DEN WAGEN JEDESMAL GEWISSENHAFT AB, WENN SIE IHN VERLIESS. SIE GÖNNTE SICH EIN MITTAGESSEN IM RESTAURANT ...

Und so weiter, eine prägnante und wahrheitsgetreue Zusammenfassung nicht nur ihrer Aktivitäten in Columbus, sondern auch ihrer Gefühle dabei. Jetzt, so schien, las die Exceleriter auch noch ihre Gedanken und schrieb nicht nur ihre Träume nieder.

Rückblickend fragte sich Stevie tatsächlich, ob das geheimnisvolle Bewußtsein hinter der fortdauernden Begabung der Maschine ihren ansonsten ziellosen Abstecher zu Hamlin Benecke & Söhne nicht irgendwie beeinflußt hatte. Die Schreibmaschine hatte gewünscht, daß sie dorthinging, und deswegen war sie gegangen. War das möglich? War sie so wenig Herr über ihr eigenes Leben? Stevie las die letzten beiden Sätze der gestrafften Schilderung:

> ... STEVIE, VERWIRRT UND FURCHTSAM, LIESS DEN MOTOR IHRES VW AN UND LENKTE IHN ZURÜCK ZU DER KURVIGEN, ANSTEIGENDEN STRASSE, DIE IN DIE MACON ROAD MÜNDETE, UND VERSICHERTE SICH SELBST, DASS SIE JETZT GANZ BESTIMMT NACH HAUSE FAHREN UND KEINE WEITEREN ABSTECHER MEHR MACHEN WÜRDE.

Bevor sie Barclay erreichte, hatte sie natürlich noch bei Schwester Celestial angehalten, doch die Maschine hatte darauf verzichtet, die Einzelheiten dieses Besuchs festzuhalten, sondern hatte es vorgezogen, sich ausgiebig mit ihrer Verwirrung über die doppelte Erscheinung von 'Kritz vor dem Gebäude der Bürobedarfsfirma zu befassen. Warum maß sie dieser spukhaften Episode mehr Bedeutung bei als ihrer Begegnung mit der Wahrsagerin? Nach Stevies Ansicht verriet diese Entscheidung eine sehr verdächtige Auswahlmethode: sie wies auf Seaton Benecke als den Schuldigen, der hinter der Telemanipulation ihrer Schreibmaschinentastatur steckte. Er konnte der Versuchung nicht widerstehen, sich selbst zu einem Teil *ihrer* Geschichte zu machen. Er konnte der Versuchung nicht widerstehen, sie durch eine sowohl emotionale als auch physische Einmischung in ihr Leben zu quälen.

Oder vielleicht, grübelte Stevie, hatte diese verdächtige Auswahl auch einen anderen Grund. Vielleicht hätte die Maschine meine Begegnung mit der Schwester aufgezeichnet, wenn sie dafür noch genügend Papier gehabt hätte ...

Stevie hob den Streifen an, auf den noch nichts geschrieben war, und sah, daß die Exceleriter leicht das Wesentliche ihres Besuches bei der Handleserin hätte niederschreiben können, wenn sie die uninteressante Einleitung weggelassen und ihre Unterhaltung gestrafft oder gekürzt hätte. Welche schriftstellerische Regel verlangte, daß bei der Aufzeichnung einer Episode jede noch so geringfügige Äußerung oder jeder Schluckauf der Beteiligten erwähnt werden muß? Eine rhetorische Betrachtung, die Stevie auch wieder veranlaßte, Seaton Benecke für die anhaltende Belästigung verantwortlich zu machen. Er hatte sogar 'Kritz auf sie gehetzt. Was er sonst noch alles auf Lager haben mochte, war nicht vorauszusehen. Ganz bestimmt würde es letztendlich wieder auf einen Alptraum hinauslaufen. Sie lebte seit fast einer Woche in einem Alptraum. Seaton Benecke war sein Verfasser, und 'Kritz ... na ja, vielleicht war 'Kritz sein Agent.

Hahaha, wie der Hofnarr zu äußern pflegte, wenn der König den Scherz noch nicht verstanden hatte. Hahaha.

Doch der in der Mitte stehende Vierzeiler am Fuße des Streifens Papier war kein Scherz. Obwohl sie ihn zuvor nicht gesehen hatte, sprang er Stevie jetzt an wie ein Totenkopf auf einer tödlichen Sprungfeder: derselbe erschreckende abgewandelte Kinderreim, den Schwester Celestials Remington fünfzehn Kilometer weit weg ebenfalls getippt hatte:

KLEINE MOTTE, FLIEG GESCHWIND,
NACH HAUSE, WO DIE DEINEN SIND;

DAS GANZE HAUS BRENNT LICHTERLOH,
UND DEINE KINDER EBENSO ...

»Heute abend jedenfalls nicht«, sagte Stevie. »Ich habe alle Heizöfen ausgeschaltet, und ich bin zu Hause — und ich werde zu Hause bleiben.«

Sie zitterte in ihrem Morgenmantel, während sie einen neuen Streifen Papier einspannte. Dann zog sie den Stecker der Maschine aus der Dose. Wenn sie ohne Strom tippen konnte, dann sollte sie das tun. Sie wollte, daß sie sich vollkommen austobte. Wenn nicht, dann wäre sie für morgen schon vorbereitet — wenn Stevie ihren Arbeitstag beginnen müßte, ohne eine klare Vorstellung von ihrer Aufgabe zu haben. Der lange Streifen Papier wäre ganz gut für Notizen, eine Teststrecke, auf der alle Ideen und Konzepte, die in ihrem Unterbewußtsein über Nacht anklingen mochten, aufgestellt und ins Rennen geschickt werden konnten. Sollte die beste Idee gewinnen. Inzwischen hoffte Stevie jedoch, daß sie durch das Herausziehen des Steckers der Exceleriter Seaton Beneckes Meldung schon vor Beginn des Rennens disqualifiziert hatte. Sie wollte heute nacht gut schlafen. Sie wollte etwas träumen, an das sie sich morgen nicht erinnern würde.

XXXVI

Ein Gewicht lastete auf ihren Fußknöcheln. Sie versuchte zu schlafen, doch sie konnte die Beine nicht unter der unbekannten Last auf ihren Füßen wegziehen. Sie hätte sich gern zur Seite gedreht, sich tiefer in ihre Decken gekuschelt, aber dieser rätselhafte Körper — eine zusammengefaltete Steppdecke, ein Stapel schmutziger Kleidung — fesselte sie und richtete ein großes Durcheinander in ihren Träumen an.

Schließlich trat Stevie mit dem Fuß. Sie zog ein Knie bis zum Bauch herauf und stieß damit in Richtung des Fußendes des Bettes, ein Schwung, bei dem das ärgerliche Ding auf ihren Knöcheln ins Rutschen kam — Teddys gefütterter Parka — und zu Boden glitt. Aha, das war schon besser ...

Fast war das Gefühl der Behaglichkeit zurückgekehrt; Stevie überkreuzte locker die Füße und krümmte sich unter der elektrischen Decke zusammen wie ein Tier, das sich auf den Winterschlaf vorbereitet; es war warm wie in Costa Rica unter ihrer Decke, so angenehm temperiert wie in Kolumbien — auch wenn keins dieser beiden Länder eine überwinternde Fauna aufzuweisen hatte. Nein, natürlich nicht. Es gab dort nichts anderes als sich häutende Salamander, Kakadus und Affen, die als marodierende Horden durch die Regenwälder zogen. Gelegentlich erledigte ein Indianer mit einem Blasrohr und einem vergifteten Pfeil einen solchen Affen — *schwupp!* —, dann fiel der Affe vom Baum und landete auf ihren Fußknöcheln wie Teddys gefütterter Parka.

Stevie kickte diesen Affen mit einem weiteren kräftigen Tritt weg. Dann tauchte sie noch tiefer in die synthetischen Tropen ihres Bettes.

Der Tippmechanismus ihrer Exceleriter begann zu summen.

Sie hörte unter der Decke gedämpft den Anschlag. Sie hatte den Stecker der Maschine herausgezogen, und dennoch bereitete sie jetzt ihrem schlafenden Haus und allen Bewohnern einen Höllenspektakel. Wie konnte so etwas passieren? Stevie öffnete die Augen und schob sich durch eine warme Leinenumhüllung an den Rand ihres eisigen Kissens. Hier drehte sie sich auf den Rükken um und blickte zum unteren Bettende und der Zedernholztruhe hinunter, wo ein silbergrauer humanoider Schatten kauerte, der sie eindringlich musterte, während die Schreibmaschine summte.

»Verdammt, 'Kritz!« schrie Stevie. »Du hast hier

nichts zu suchen. Raus mit dir! *Raus!*« Sie schleuderte ihr Kopfkissen auf den Affen (es mußte sich um den Affen handeln), und die schmächtige Gestalt machte einen Satz zur Seite und flitzte aus dem Raum zur obersten Stufe der Treppe. Sie hörte nicht, wie der Kapuziner die Treppe hinunterging, obwohl sie normalerweise beim leichtesten Auftreten knarrte; der anhaltende Krach aus ihrem Arbeitszimmer übertönte das Treppenknarren. Teddy würde jede Minute aufwachen, und Marella auch.

Doch bevor Stevie aus dem Bett stolpern und etwas gegen das Summen unternehmen konnte, hatte es aufgehört. Es herrschte wieder Stille im Haus. Sie lag reglos da, kaum atmend. Das nächste Geräusch, das sie hörte, war ein gedämpftes Schlurfen im Treppenhaus, dann ein kurzes hölzernes Ächzen der untersten Stufe, das regelmäßige Stöhnen der übrigen Stufen darüber und schließlich ein befriedigtes dumpfes Platschen auf dem Teppichboden oben an der Treppe. Innerhalb einer halben Minute oder so war 'Kritz hinunter in den Eingangsflur gegangen, hatte kehrt gemacht und war wieder heraufgekommen.

Stevie richtete sich zum Sitzen auf und ließ ihre geöffnete Schlafzimmertür nicht aus den Augen. Ein kleiner Schatten glitt durch dieses hohe Rechteck und vollführte einen akrobatischen Sprung auf die Zedernholztruhe. Es war ganz ohne Zweifel 'Kritz, der Nosferatu-Familiar des jungen Benecke, und Stevie fragte sich, ob die Bestie wohl gekommen war, um ihr Blut zu trinken. Nun, wenn es so war, dann mußte sie damit kalt vorliebnehmen, anders konnte sie es ihm jetzt nicht bieten. Auch wenn es täuschend in Wallung war, würde es sich nicht erwärmen, nicht unter diesen eisigen Umständen. Stevie hatte noch ein Kissen, aber es würde ihr keinen nachhaltigen Sieg bescheren, wenn sie es auch noch werfen würde. Gänsedaunen waren kein wirkungsvoller Zauberbann gegen Vampire, auch nicht bei einer Anwendung in zusammengeknülltem Zustand, als Knäuel, wie ein Steingeschoß.

Vielleicht würde Licht die Kreatur vertreiben.

Vorsichtig, wobei sie spürte, wie die Kälte in den Ärmel ihres Nachthemdes kroch, streckte Stevie den Arm hinter sich, um die Tensor-Lampe, die an das Kopfbrett des Bettes geklammert war, anzuschalten. Ein weißer Lichtkegel schoß in den Raum. Bevor der Lampenschirm aus Hartplastik zu heiß zum Anfassen wurde, drehte Stevie ihn so, daß der Lichtstrahl auf die Zedernholztruhe fiel, wo er wie ein Scheinwerfer den unverschämten Affen beleuchtete und seine Augen funkeln ließ wie Bolzen aus flüssigem Quecksilber. Bei diesem Anblick wurde Stevie von Angst durchzuckt, und ihr Nackenhaar richtete sich auf. 'Kritz, der offenbar zufrieden war mit dem Eindruck, den er gemacht hatte, grinste. Es war unmöglich, das Weiß seines Gesichts vom Weiß seiner Zähne zu unterscheiden; sein Kopf war ein Totenschädel mit kleinen silbernen Laternen hinter den Augenhöhlen.

Der Totenschädel hatte jedoch einen Körper, und während 'Kritz Stevie angrinste, spielte er gleichzeitig an seinen Genitalien herum. Er hatte keinerlei Schamgefühl. Genau wie die Bewohner von Affenhäusern, die die empfindlichen Zoobesucher beleidigten — Familien mit kleinen Kindern, spazierengehende Rentner, verliebte Teenager —, schien er bei seiner frechen Zurschaustellung nicht nur am Betasten Gefallen zu finden. Sein Grinsen verriet sein Entzücken. Seine Hände übermittelten allerlei Andeutungen. Unverhüllt stellte sein dünner rosiger kleiner Bengel eine alberne Bedrohung dar. Was wäre es wohl für ein Gefühl, in der Gebärmutter den Samen eines Winzlings von einem Todesagenten zu tragen? Was wäre es wohl für ein Gefühl, von einem Eindringling vergewaltigt zu werden, der nicht größer war als ein Teddybär?

»Wo ist dein Fußballtrikot?« schnauzte Stevie ihn an.

'Kritz neigte den Kopf zur Seite, hörte aber nicht auf, an sich herumzufummeln. »Ich habe es unten ausgezogen«, sagte er in familiärem Ton.

(In welchem Ton sollte ein Familiar sonst auch sprechen?)

»Warum?« fragte Stevie und versuchte dabei, die unüberhörbare Veränderung in seiner Sprachmodulation zu deuten. Leider schien seine Stimme in der falschen Geschwindigkeit abzulaufen, wie die Stimmen der abscheulichen Aufnahmen von Backenhörnchen oder ähnlichem Getier, die jedes Jahr zu Weihnachten im Radio abgespielt werden. »Warum hast du dein Trikot ausgezogen, 'Kritz?«

»Mir war heiß.«

»Heiß? Wie konnte dir denn heiß sein. In diesem Moment haben wir vermutlich ein oder zwei Grad unter Null.«

»Unten bestimmt nicht.«

»Es kann unten nicht wärmer sein als hier oben«, argumentierte Stevie mit Vernunft. »Hitze steigt nach oben. Ein Teil der Wärme von unten zieht immer bis in den oberen Stock. Das ist ein altbekanntes Naturgesetz.«

'Kritz würzte sein Englisch mit einem etwas ironischen Tonfall. »Das ist hochinteressant. In Anbetracht der Lage der Hölle dürfte dann auf Erden niemals jemand frieren.« Die 78-Umdrehungen-Stimme des Affen verlieh seiner Äußerung den störenden Beiklang der Überlegenheit.

»*Ich* friere«, sagte Stevie. »Ich friere immer um diese Jahreszeit.«

»Dann geh mal runter. Dann wird dir schon warm werden.«

»Wovon redest du?«

»Deine Küche steht in Flammen, davon rede ich. Du hast den Heizofen angelassen, ein Luftzug, der durch die Küche ging, hat die Blätter deines Wandkalenders in das Gitter des Ofens geweht, und nachdem der Februar und die anderen Monate Feuer gefangen hatten, griff es über auf die Sonntagszeitung — die du unachtsamerweise neben dem Ofen am Boden hast liegenlassen, Stevie —, und genau in diesem Moment lodert dein wertvoller Eichentisch auf wie ein Freudenfeuer.«

»Aber ich habe den Heizofen nicht angelassen!«

»Es tut mir leid, Stevie, aber du hast es getan.« Der Affe neigte den Kopf zur Seite. »Hör doch mal!«

Stevie lauschte. Sie hörte, wie das Feuer unten knisterte, ein überaus schreckliches Geräusch. Bob Cochran, der der freiwilligen Feuerwehr angehörte, hatte das Cryesche Haus einmal eine ›zweistöckige Zunderbüchse‹ genannt, und Stevie bildete sich ein, daß sie an den Wänden vor ihrem Zimmer und dem oberen Teil des Treppenhauses bereits Flammen hochzüngeln sähe, die wie Röhrenblitze über die Tapete mit dem Blumenmuster zuckten.

»Aber du kommst doch gerade von dort unten«, wandte Stevie ein. »So schnell kann sich das Feuer doch nicht ausgebreitet haben.«

»Ich bin hinuntergegangen, um deine Rauchalarmanlage auszuschalten«, sagte 'Kritz. »Sie machte einen unangenehmen Lärm — *bzzzzz! bzzzzz! bzzzzz!* —, fast wie eine defekte Schreibmaschine. Außerdem ist es ein Jahr her, seit du die Batterie in diesem Gerät ausgewechselt hast. Es wundert mich, daß es überhaupt noch funktioniert.«

»Es nützt viel, wenn es ausgeschaltet wird! Laß mich aufstehen. Ich muß Teddy und Marella hier rausbringen!« Stevie griff nach ihrem Morgenmantel, doch der Kapuziner machte einen Satz nach vorn und kauerte wie ein Wasserspeier am Fußende ihres Bettes.

»Möchtest du den Höhepunkt nicht sehen?« fragte er anzüglich, während er sein abstoßend langes dünnes Glied noch intensiver zwischen den Fingern rieb.

»Mir ist es egal, wer du bist oder woher du stammst«, preßte Stevie zwischen zusammengekniffenen Zähnen hervor; »jedenfalls bist du ein widerwärtiger, schmutziger Dämon, und wenn du versuchst, mich von der Rettung meiner Kinder abzuhalten, dann reiße ich dir deinen häßlichen Kopf ab. Das ist der einzige Höhepunkt, den ich sehen möchte.«

»Nur zu!« sagte 'Kritz.

»Ich bin auf einem Bauernhof in Kansas großgeworden. Mein Vater hat mir beigebracht, wie man Hühnern den Hals umdreht. Das gleiche werde ich mit dir machen«, warnte sie das Geschöpf.

Doch würde sie wirklich eine so grausame Tat begehen können? Stevie fiel plötzlich auf, daß 'Kritz Sprachmuster und sein Tonfall denen ihres verstorbenen Ehemanns glichen. Selbst das stärker werdende Knistern der sich ausbreitenden Flammen konnte die Bedeutung dieser seltsamen Ähnlichkeit nicht verringern. Mußte Ted ihr ausgerechnet in der Verkleidung eines haßerfüllten südamerikanischen Affen erscheinen? Eines Leierkastenaffens?

»Du hast recht«, stimmte ihr 'Kritz zu. »Jetzt kommt der Höhepunkt. Es ist so verdammt heiß, daß ich das los werden muß.«

Stevie erwartete ein krampfhaftes Zucken und den Ausstoß von Samen, doch statt dessen zog das Geschöpf an einer Schlaufe an seinem Bauchnabel und teilte sein Kapuzinerkostüm in der Mitte. Ein nacktes Bein kam heraus, und dann das zweite — und danach packten zwei winzige menschliche Hände die aufklaffenden Fellschöße der Affenhülle, und zwei winzige menschliche Schultern schüttelten das Ganze ab. Auf Stevies Zedernholztruhe stand in prahlerischer Pose ein nackter Homunkulus mit dem Gesicht eines alten Weißhalskapuziners. Dann vollendete das Wesen jedoch die Demaskierung, indem es den Kopf nach hinten neigte und das Kapuzinergesicht abstreifte. *Voilà!* Da stand, achtundvierzig Zentimeter hoch, eine Miniaturausgabe von Ted!

»So ist es besser«, sagte er. »Ich hasse es, dieses Ding zu tragen.«

»Ich habe einen Alptraum«, sagte Stevie zu sich selbst. »Hinter all dem steckt die Exceleriter. Es gibt kein Feuer, und Ted ist nicht hier.«

»Kannst du einen schlimmeren Alptraum haben als ich?« fragte Ted. Die allwissende Überheblichkeit des Affen war einem Flehen um Verständnis gewichen. »In der Blüte meines Lebens bin ich gestorben, gegen meinen Willen auferstanden, von Schuldgefühlen gequält und von Seaton Benecke dazu verdammt, mich als sein Familiar zu verkleiden. Marella war bei ihrer Geburt größer, als ich jetzt bin. Stell dir das mal vor, Stevie.«

»Das hier passiert nicht wirklich. Du bist nicht real.«

»Ich bin so real wie du«, sagte Ted der Winzige in scharfem Tonfall. »Ich weiß einige Dinge, die du nicht weißt. Ich mußte sterben, um sie zu erfahren.«

Flammen loderten durch das Treppenhaus hoch. Ihre Schatten tanzten auf der Tapete. Rauch quoll durch den oberen Flur. Er bewegte sich wellenförmig und brachte einen beißenden Gestank mit sich.

»Teddy! Marella! Steht auf, Kinder! Wir müssen hier raus!« Stevie stellte mit Schwung die Füße auf den Teppich, raffte den Morgenmantel vom Boden auf, den 'Kritz ihr entrissen hatte, und während sie schon zur Tür eilte, fuhr sie mit der Hand in einen Ärmel. Ob dieser Alptraum nun echt oder ein vollkommenes Hirngespinst war, sie hatte viel zu lange gezögert. Sie und die Kinder könnten sich über die eiserne Wendeltreppe, die vom oberen Bad abging, in Sicherheit bringen. Ihre Sorgfaltspflicht hatte ihren Kindern zu gelten, nicht dieser perversen nackten Nachahmung des Mannes, den sie einmal geheiratet hatte. Seltsamerweise hatte Ted zwei Jahre vor seinem Tod die Wendeltreppe in einem teuren turmartigen Anbau errichten lassen, als Notausgang im Falle eines Feuers. Heute nacht hatte sie ihre Bewährungsprobe. *»Teddy, Marella, aufstehen!«*

Der Homunkulus — ihr verstorbener Mann — sprang von der Zedernholztruhe und verfing sich im Saum ihres Morgenmantels, als er versuchte, nach ihrem rechten Fußknöchel zu grapschen. Stevie fiel der Länge nach auf den Teppich. Rauch quoll in verträumt geringelten Schwaden durch den Flur und über ihren ausgestreckten Körper ins Schlafzimmer. Als Stevie verwirrt aufblickte, sah sie Ted den Winzigen vor sich kauern, seine Hände baumelten zwischen den Knien. Seine gerunzelte Stirn zeugte von seiner Besorgnis — für sie, wenn schon nicht für die Kinder, die er gezeugt hatte. Was war nur los mit ihm? Er war wahrhaftig ein Ungeheuer.

»Was die meisten sogenannten Brandopfer tötet«, erklärte er ihr, »ist das Einatmen von Rauch. Bleib am Boden, Stevie. Hier unten ist es sicherer.«

»Teddy und Marella sind nicht in Sicherheit«, zischte sie, während sie erfolglos versuchte aufzustehen. Hatte er ihr die Achillessehne überdehnt? Ihr das Knie ausgerenkt? Oder was? »Wir müssen sie in Sicherheit bringen, Ted. Bitte, du mußt mir dabei helfen. Warum bist du anscheinend kein bißchen besorgt?«

»Ich liebe dich, Stevie.«

»Ich meine, wegen deiner Kinder. Es sind auch deine Kinder.« Genau in dem Moment, als das Dach über dem Eingang, direkt vor ihrem Schlafzimmer, einstürzte, rief sie die Namen der Kinder. Doch vielleicht waren Teddy und Marella bereits tot, dem Einatmen von Rauch zum Opfer gefallen. Ihr Schreien — ihr Flehen — verwandelte sich in ein unbeherrschtes angstvolles Schluchzen. »Warum kümmerst du dich nicht um sie?« brachte sie schließlich hervor. »Warum — kümmerst — du — dich — nicht — um — sie? ... Oh, du verdammter Kerl, Ted. *Verdammter Kerl!*«

»Das ist eine überflüssige Beschimpfung, Stevie.« Er streckte die Hand aus und strich ihr über die Stirn. »Es ist doch so, daß ich jetzt dein Baby bin. Ist das so schlimm? Ich habe nicht Krallen anstelle von Fingernägeln und auch keinen teuflischen goldenen Schimmer in den Augen. Ich bin klein und anschmiegsam, und ich kann mich auf intelligente, erwachsene Art unterhalten.«

Stevie versuchte krampfhaft aufzustehen, doch ihre Unterarme wollten ihr Gewicht nicht tragen. Sie stürzte in sich zusammen, wie das Dach über dem Eingang zusammengestürzt war. Ihre Augen brannten, und ihre Kehle fühlte sich an, als ob jemand einen Becher Ammoniak hineingekippt hätte. »Geh weg«, befahl sie dem Dämon. »Laß mich sterben.« Sie rollte sich zurück in Richtung ihres Bettes, und indem sie auf Händen und Knien weiterkroch, erreichte sie schließlich einen Zipfel der Steppdecke, die sie am Anfang ihrer Ehe genäht hatte. Sie umklammerte ihn fest und zog sich in Schwaden wabernden Rauches direkt über der zerknüllten Oberfläche ihrer Matratze hoch. Hier streckte sie sich aus, schwach hustend, um das schmerzhafte Ersticken zu erwarten, das sie umbringen würde.

Ted sprang neben sie aufs Bett. Er winselte ihr ins Ohr: »Ich habe Hunger, Stevie. Ich habe den ganzen Tag nichts gegessen. Erinnerst du dich an das Spiegelei, daß du mir neulich gemacht hast? Das war köstlich. Ich könnte jetzt eins gebrauchen. Was sagste dazu, Süße? Wie wär's mit 'nem kleinen Mitternachtsimbiß?«

Kleine Motte, flieg geschwind, nach Hause ..., dachte Stevie. Das Raunen in ihrem Ohr war nicht folgenschwerer als das Summen einer Fliege. Eine kleine Belästigung. Meine Kinder jedoch — meine geliebten Kinder sind verbrannt. Das ist keine Kleinigkeit. Alles ist zerstört. Und ... ich ... bin ... an ... allem ... schuld ...

»Du brauchst wahrscheinlich nicht einmal eine Pfanne schmutzig zu machen«, sagte Ted. »Schlag das Ei einfach auf dem Treppenabsatz auf. Was sagste dazu, Süße? Ich bin am Verhungern.«

»Nein«, sagte Stevie schwach. »Nein.«

Ted, der sich auf allen vieren bewegte, knabberte

sanft an ihrem Hals. »Dann werde ich mich auf eine etwas romantischere Art gütlich tun. Weißt du noch, wie ich dich zum Glucksen bringen konnte, als wir zusammen gingen? Du mußtest danach zum Kirchgang am Sonntag ein Halstuch tragen. Erinnerst du dich?« Der Homunkulus biß sie zart und saugte an der Wunde. Der Homunkulus nuckelte und schlürfte.

Zum erstenmal in ihrem erwachsenen Leben schwanden Mary Stevenson Crye die Sinne. Sie verlor das Bewußtsein, und der Inkubus, der in der Aufmachung eines Kapuzineraffen erschienen war, um ihre Selbstachtung zu untergraben, stahl sich auf Zehnspitzen aus ihrem Alptraum.

XXXVII

Der Tippmechanismus ihrer Exceleriter begann zu piepsen.

Sie hörte unter der Decke gedämpft das Piepsen. Sie hatte den Stecker der Maschine herausgezogen, und dennoch bereitete sie jetzt ihrem schlafenden Haus und allen Bewohnern einen Höllenspektakel. Wie konnte so etwas passieren? Stevie öffnete die Augen und schob sich durch eine warme Leinenumhüllung an den Rand ihres eisigen Kissens. Hier drehte sie sich auf den Rükken um. Das Piepsen war viel lauter. Außerdem klang das Geräusch nicht so wie das, das ihre Schreibmaschine letzten Dienstag von sich gegeben hatte. Es war nicht anhaltend und hörte sich entschieden amtlicher an, es war wie das Tuten eines Unterseebootes oder die Gewitterwarnsirene einer kleinen Gemeinde im Weizengürtel. Es erinnerte Stevie gleichzeitig an alte Kriegsfilme und an ihre Jungmädchenzeit in Kansas ...

Es erinnerte Stevie daran, daß sie soeben wieder einen erschreckenden Alptraum gehabt hatte. Einen Alptraum, an den sie sich in aller Ausführlichkeit erinnerte. Verdammt.

Das Geräusch stammte von der Rauchalarmanlage in der Küche.

Sie eilte nicht, um festzustellen, was sie ausgelöst hatte, sollte sich doch die feurige Prophezeiung ihres Alptraums erfüllen — allerdings abzüglich des unerwünschten Gastspiels ihres verstorbenen Mannes, der zuerst in der Aufmachung eines Leierkastenaffens und dann in seinem ungestärkten Naturkleid aufgetreten war. Nun, das Ausbleiben von Ted dem Winzigen wäre zumindest eine kleine Wohltat, wenn das Haus schon niederbrannte und wenn sie und die Kinder in dem erstickenden Rauch gefangen wären, genau wie es in ihrem Traum vonstatten gegangen war. Stevie ging in Teddys und Marellas Zimmer, um nachzusehen, ob mit den beiden alles in Ordnung war, dann hastete sie ohne jede Vorsicht die rutschige Treppe hinunter in den Eingangskorridor. Sie rannte durch das ungeheizte Eßzimmer in die Küche, zog die Tür auf und knipste schnell die Deckenbeleuchtung ein. Der Heizofen stieß keine Rauchschwaden in den Raum aus, und die Sonntagszeitung lag nicht schwelend unter dem Tisch.

Piep! machte die Alarmanlage. *Piep! Piep! Piep!*

Die Arme in die Seiten gestemmt, betrachtete Stevie den Mechanismus, den sie hoch oben an der Wand über dem Lichtschalter angebracht hatte. Natürlich, dachte sie. Das verdammte Piepsen zeigt die schwindende Energiereserve der Batterie der Alarmanlage an. Das Signal ertönt ohne Unterbrechung, wenn das Gerät Rauch registriert; es piept abgehackt, wenn das Auswechseln der Batterie erforderlich ist. Natürlich konnte es nicht abwarten, um zu einer zivilisierten Tageszeit zu piepsen, es mußte seinen unterseebootartigen Ton um — Stevie sah auf die Digitaluhr neben dem Herd —, um halb vier Uhr morgens ausstoßen. Und dazu noch an einem Montagmorgen. Immerhin war sie dankbar, daß der Alarm nicht auch noch die Kinder aufgeweckt hatte.

Und sie war noch dankbarer, daß das Gerät nicht tatsächlich Rauch registriert hatte. Das Haus würde heute nacht nicht abbrennen. Allerdings müßte sie den Alarm ausschalten, um das störende Piepsen zu beenden. Stevie fand in der Vorratskammer einen Schraubenzieher, schob sich einen Stuhl zurecht und stellte sich auf die Sitzfläche, um den Deckel von der Alarmanlage abzuschrauben. Sie holte die übergroße kupferfarbene Batterie heraus und stellte im Haus den früheren stillen Frieden der vormorgendämmerlichen Ruhe wieder her.

Nun, *Fast*-Ruhe. Cyrano verbellte mit übertriebener Hingabe einen der wenigen vorbeifahrenden Lastwagen auf der Alabama Road. Oder vielleicht war es auch ein anderer Hund aus der Nachbarschaft. Egal. Es war jedenfalls eine Erleichterung, das Bellen anstatt der Alarmanlage zu hören. Es gab noch andere Geräusche, darunter das Brummen des Kühlschranks, das Klicken der Ziffern in der Digitaluhr und draußen das Schlagen der Zweige eines riesigen Pekanußbaums gegeneinander wie die beweglichen Kugeln eines Rechenbretts, die das Verstreichen der einsamen Minuten so sicher wie nur irgendeine Uhr anzeigten.

Stevie schaltete das Licht aus, schloß die Küchentür hinter sich und begab sich wieder ins Treppenhaus. Auf dem Absatz zwischen dem unteren und dem oberen Stockwerk blieb sie stehen und blickte durch das vorhanglose Fenster hinaus. Einen Moment lang glaubte sie, ein Kind, ein Baby, wäre irgendwie über die Stäbe seines Bettchens geklettert und in die Nacht hinausgewandert. Als die winzige Gestalt jedoch den Kopf umwandte, sah Stevie, daß der Eindringling kein menschliches Wesen, sondern Seaton Beneckes allgegenwärtiger 'Kritz war. Stevie und der Affe starrten einander in der vom Sternenschein erhellten Dunkelheit an, jeder wie hypnotisiert vom anderen. Schließlich bot Stevie all ihre Willenskraft auf, um den Bann zu brechen, klopfte gegen die Fensterscheibe und formte mit dem Mund einen wütenden Befehl:

»Hinaus mit dir, du widerwärtiges, dreckiges Vieh. Raus!«

Der nicht mit seinem üblichen Trikot bekleidete 'Kritz entblößte die Hundezähne und kreischte ihr eine unverständliche Gemeinheit zu. Die Laute waren durch das Glas zu hören, aber nur ganz schwach. Dann flüchtete der Affe durch den Vorgarten und durch einen Haufen lederiger brauner Magnolienblätter bis zu dem Zaun, der das Gowersche Haus umgab. Der Kapuziner kletterte hurtig über den Zaun und verschwand in einem Dikkicht von zerzausten, nicht zu unterscheidenden Büschen.

Erschüttert ließ sich Stevie gegen die Wand des Treppenabsatzes sinken. Diesmal hatte sie nicht geträumt. Die Exceleriter hatte dieses Erlebnis nicht vorgegeben. Sie hatte den Affen gesehen, und der Affe hatte sie gesehen. Wie er bei diesem Wetter überleben konnte, war ihr schleierhaft, doch er suchte sie fast ebenso beharrlich heim, wie sie ihr verstorbener Mann heimsuchte. Natürlich war er nicht Ted, doch ihr Alptraum war eindeutig bestrebt gewesen, ihr diese grauenhafte Identifikation nahezulegen. Grauenhaft und lächerlich. Wie konnte irgend jemand auf die Idee kommen, Ted würde nackt in der Nachbarschaft herumrennen, über Zäune klettern und unter Barclays Hundebevölkerung einen Aufstand auslösen? Ted war niemals auch nur für einen gemütlichen Spaziergang nach dem Abendessen zu gewinnen gewesen.

»Ich kann nicht mehr viel von dieser Art ertragen«, sagte Stevie laut. »Seit letzten Dienstag habe ich keine Nacht mehr durchgeschlafen.«

Sie stieg die restlichen Stufen hinauf und ging in ihr Arbeitszimmer. Der Stecker ihrer Schreibmaschine war herausgezogen. Der Streifen Papier, den sie vor dem Zubettgehen eingespannt hatte, war leer, er war keinen Zentimeter weitergeschoben. Das bedeutete, daß der Alptraum in ihrem eigenen Bewußtsein entstanden war und keine Ausgeburt von Seaton Beneckes unheilvoller Lust an ›Tiefe‹ und ›Sachen, die echt reingehen‹ sein konnte. Sie konnte sich nur selbst die Schuld geben, und zwar jenem Teil ihrer Person, der sich immer noch nicht mit dem Tod ihres Mannes abgefunden hatte. Natürlich mochte die anomale Erscheinung von 'Kritz, ein böses Phantom am Rande ihres Vorstellungsvermögens, ihren Traum außerdem beeinflußt haben. Vielleicht waren die Bilder zu diesem Alptraum von so lebhafter Perversion nicht ihrem eigenen Bewußtsein entsprungen, sondern einem telepathischen Anstoß, den ihr Seatons umherwandernder Familiar gegeben hatte.

»Was für ein Quatsch«, sagte Stevie. »Was für ein Humbug.«

Es war eine große Erleichterung für sie zu entdecken, daß die Exceleriter den Alptraum weder vorgegeben noch niedergeschrieben hatte. Sie konnte die Maschine also schlicht dadurch schlagen, daß sie den Stecker herauszog. Es bestand keine Notwendigkeit für einen Slime-und-Sirup-Cocktail. Jetzt mußte sie, um sich wieder in einen Rhythmus des Durchschlafens von Mitternacht bis morgens zu bringen, nur noch eine Methode finden, erfreuliche anstatt aufwühlende Dinge zu träumen. Andererseits bedauerte sie ihre neuerworbene Fähigkeit, sich an ihre Träume zu erinnern. Warum war das mit ihr passiert? Sie wollte, daß sich ihr Unterbewußtsein nur dann manifestierte, wenn sie an der Schreibmaschine arbeitete. Dann konnten die Gnome ihres tieferen Seins — Hippogryphen, Satyrn und Drachen — herauskommen, ohne eine Gefahr darzustellen, ja, sich sogar als hilfreich erweisen. Genau, dann *brauchte* sie sie sogar. Morgen früh würde sie sie zum Beispiel brauchen.

Stevie deckte die Maschine zu. »Ich falle auf deine List nicht herein«, verkündete sie ihr. »Du willst mich nur einlullen. Ich weiß, was du vorhast. Irgendwo, vielleicht bei Schwester Celestial, steht mein Alptraum auf dem Papier und gibt sich als Wahrheit aus.« Sie riß die

Hülle noch mal von der Maschine. »Was sagst du jetzt, hm?«

Und die Exceleriter sagte kein einziges Wort.

»Gute Nacht«, sagte Stevie zitternd. Nachdem sie die Schreibmaschine nachlässig wieder abgedeckt hatte, tapste sie barfuß zurück in ihr Schlafzimmer.

XXXVIII

Teddy und Marella machten sich ohne Murren und ohne Theater auf den Weg zur Schule. Blaue Montage waren für sie nicht blau, obwohl sie freimütig gestanden, daß sie die Schule nicht mochten, marschierten sie mit festen Schritten und erhobenen Köpfen davon, um den pädagogischen Kampftruppen entgegenzutreten. Ihr Nachmittag bei den Kensingtons hatte den beiden mindestens so gut getan wie ihr der kleine Ausflug nach Columbus. Wirklich, Dr. Elsa war, wie sehr Marella dieser Ausdruck auch mißfallen mochte, ein echt toller Klotz.

Stevie war jedoch innerlich zappelig. Der Montags-Blues, dachte sie, und ihr fiel der Originaltext ein: *I gottum to the bottom of my sole-worn shoes ...*

Sie trödelte bei einer zweiten und dann noch einer dritten Tasse Kaffee herum, dann ging sie die Montagsausgabe der *Constitution* mit einer Gründlichkeit durch, als ob sie ein Dokument wäre, daß sie anschließend unterzeichnen müßte. Sie las ihre Lieblingskolumne zweimal und redete sich ein, daß dieses ausgiebige Studium der Konkurrenz ›Recherche‹ sei. Sie hielt sich sogar fünfzehn Minuten lang mit dem langweiligen Wirtschaftsteil mit seiner Geheimsprache auf. Alle Nachrichten aus der Finanzwelt waren schlecht. Wenn das Elend Gesellschaft liebte, dann boten die Vereinigten Staaten von Amerika ein kontinentweites Liebesmahl. Es gab allerdings auch einen herzerwärmenden Aspekt in der Industrie, nämlich die Ankündigung, daß zwei große Konzerne mit Monopolstellung übereingekommen waren zu fusionieren. Das war doch schön!

Du zögerst deinen Arbeitsbeginn bewußt hinaus, Stevie Crye. Du weißt nicht, was du heute tun sollst, und deshalb schiebst du es feige vor dir her hinaufzugehen.

Ich habe Angst, den Stecker meiner Schreibmaschine wieder einzustecken, entgegnete ein anderer Teil ihres Bewußtseins. Das ist das einzig Feige an meinem Hinauszögern.

Unsinn. Du hast Angst, an die Arbeit zu gehen.

Ich habe Angst, daß die Exceleriter mich nicht in Ruhe lassen wird. Ich werde den Stecker einschieben, und zur Vergeltung dafür, daß sie die ganze Nacht über des Stroms beraubt war, wird sie die absolute Herrschaft über all ihre Funktionen übernehmen. Ich werde nicht in der Lage sein, meine Übermacht geltend zu machen. Davor habe ich Angst.

Dann zieh den Stecker doch einfach wieder heraus.

Ja, klar. Aber wenn es nun beim zweitenmal nicht klappt? Wenn die Exceleriter nun beschließt, auf manuellen Betrieb umzuschalten?

Das ist nicht sehr wahrscheinlich, erwiderte Stevies calvinistisches Alter ego. Wie könnte sie das bewerkstelligen?

Wie bewerkstelligt sie das, was sie zur Zeit macht?

Nun, aufgrund ihrer dämonischen Besessenheit, nehme ich an. Ein Geist in der Maschine. Eine Macht — eine Art von intelligenter Macht — durchdringt die Schreibmaschine und diktiert ihr Handeln.

Das ist eine tröstende Erklärung. Dämonen, Geister und geheimnisvolle Kräfte sind im allgemeinen keine Abnehmer der Elektrizitätswerke von Georgia. Wenn sie sich in einer elektrischen Maschine einnisten können, dann können sie das ebensogut in einer manuellen. Du hast doch Schwester Celestials alte Remington nicht vergessen, oder?

Die Exceleriter ist nicht für manuellen Betrieb konstruiert, Stevie. Es muß Strom in sie einfließen.

Wer sagt denn, daß die geheimnisvolle Macht, von der man hypothetisch ausgehen kann, nicht ihren eigenen Strom erzeugt? Es ist tatsächlich so, daß sie ihren eigenen Strom erzeugt. Es ist etwas anderes als die übliche Elektrizität, die den Ein- und Ausschalter bedient.

Heute morgen, Stevie, ist das Etwas, das den Ein- und Ausschalter bedienen sollte, niemand anderer als du. Du müßtest längst arbeiten. Du hast eine Familie. Du ...

Schon gut. Schon gut. Hör auf, an mir herumzunörgeln.

Stevie schaltete die Kaffeemaschine aus, warf die Zeitungen in den Abfall und schleppte sich, getrieben von der Disziplin der Schuld, gepeinigt allein durch die Aussicht, ihrer Schreibmaschine gegenüberzutreten, die Treppe hinauf zu ihrem Arbeitszimmer. Das Haus war leer bis auf sie selbst und die Schreibmaschine. Sie hatte keine klare Vorstellung davon, was sie tun würde, wenn sie den Stecker einstöpselte und die Maschine sich gegen ihre armselige menschliche Souveränität auflehnen würde. Aus dem Haus fliehen? Nach Ladysmith fahren und sich dort im Lesesaal der regionalen Bibliothek verschanzen? Oder die brutale Zerstörung der Exceleriter durchführen? Nein, nein, das letztere bestimmt nicht. Warum sollte sie ihren niederen Instinkten erlauben, über die Eingebungen ihres gesunden Menschenverstandes zu triumphieren?

Das Zimmer war für sie bereit. Der Heizofen hatte die Luft auf etwa sechzehn Grad erwärmt, und das Papier, das sie in die Maschine gespannt hatte, erwartete den Schwarz-auf-weiß-Ausstoß ihrer Phantasie. Sie mußte arbeiten. Um zu arbeiten, mußte sie zunächst in die Knie gehen und den Stecker der Exceleriter einschieben. Stevie ging in die Knie und schob den Stecker in die Dose. Sie wartete, wartete auf einen Ausbruch maschinengeschriebener Schmähungen, ratternde Crescendos von bösartigen Verleumdungen — und hörte statt dessen nur Stille. Bis jetzt kein Aufbegehren. Sie hatte immer noch die Herrschaft. Einigermaßen beruhigt, schaltete sie die Schreibmaschine an und lauschte auf ihr gleichmäßiges Surren.

Sie lauschte lange. Was sollte sie schreiben? Welche Themenkonzepte könnte sie auflisten?

Ein Artikel über Westville für *Brown's Reiseführer.* Die Biografien von drei jungen Bühenautoren aus Georgia für *Atlanta Fortnightly.* Einen kleinen Theaterüberblick für die gemeinsame Sonntagsbeilage vom *Boten* und den *Nachrichten.* Eine historische Reportage über den Krieger Hothlepoya vom Stamm der Krik-Indianer für den *Anniston Star.* Einen Artikel über das gartenbauliche Wirken der Baubehörde von Georgia für irgendeine regionale Gartenzeitschrift. Und eine halbhumoristische Betrachtung über die ›Verdienste‹ der Witwenschaft für *Ms.* oder *Cosmopolitan* oder irgendeine andere überregionale Zeitschrift, die sich für eine vergnügliche Abhandlung über ein wenig vergnügliches Thema interessieren könnte. All diese möglichen Themen schrieb Stevie auf dem Streifen Untersuchungstisch-Papier in der Exceleriter methodisch untereinander. Zweizeilig geschrieben, bedeckte die Liste in der Senkrechten nicht mehr als sechs Zentimeter der Seite. Es war ein klägliches Bemühen, und bei jedem der einzelnen Punkte erschien die Durchführung hoffnungslos, zumindest bei ihrer derzeitigen Gemüts- und Geistesverfassung. Alle Themen bis auf das letzte würden erfordern, daß sie sich für Recherchen hinausbegäbe, und der letzte Artikel war derjenige, den sie am wenigsten gern an den Mann oder die Frau bringen wollte. Entmutigt starrte Stevie auf das Ergebnis ihrer Arbeit von fünfzehn qualvollen Minuten.

Was nun?

Wähle eins aus, konzentriere dich darauf, führe es aus, sagte Stevies calvinistisches Alter ego. Lang lebe die protestantische Arbeitsmoral! Wer so lange fröhlich aus eigener Kraft durchhält, wird lang leben ...

Also das letzte.

Das ist schön. Eine gute Wahl. Laß dir ein paar interessante Gesichtspunkte dazu einfallen, bring sie in eine Form und mach dich ans Werk. Es ist erst halb zehn oder so. Wenn du emsig dran bleibst, dann kannst du bis zum Mittag eintausend brauchbare Worte geschafft haben.

Du hörst dich wie ein Englischdozent der unteren Semester an.

An die Arbeit!

Gegen elf Uhr hatte Stevie jedoch noch nichts Wesentliches zu Papier gebracht. Sie hatte sieben verschiedene Versionen desselben Einführungsabschnittes geschrieben, hatte farbloses Geschwafel durch griffige Worte ersetzt, hatte verschachtelte Nebensätze aufgelöst, um dem Absatz einen knappen, durchgehenden Rhythmus zu geben, und sich eine Metapher ausgedacht, die bald so abscheulich und schwerfällig war wie ein Buckel aus Schaumgummi. Mit aneinandergereihten xxxx der Schreibmaschine oder mit verschmierten blauen Tintenbalken strich Stevie eine Variante nach der anderen aus. Jetzt betrachtete sie die Seite, betrachtete sie nur einfach, so innerlich bebend vor Wut und Enttäuschung, daß es für sie einen anstrengenden Aufwand an Willenskraft bedeutete, auf dem Stuhl sitzenzubleiben. Sie hätte gern Geschirr abgespült, einen Dauerlauf um den Häuserblock gemacht, irgend etwas anderes als das, was sie gerade tat.

Vielleicht ist *das* die Rache der Exceleriter, dachte sie.

Das Telefon in ihrem Schlafzimmer klingelte.

Stevie hatte noch nie einen Anrufbeantworter besessen. Die meisten ihrer Freunde und Bekannten in Barclay wußten, daß es ihr, außer in Notfällen, lieber war, wenn sie abends angerufen wurde. Nichts riß sie so sehr aus der Entwicklung eines Gedankens als eine Reihe von Telefonanrufen während des Tages. Oft war der Anrufer ein Vertreter einer Firma für Aluminiumhausverkleidungen. »Wir haben schon 1976 eine Hausverkleidung anbringen lassen«, pflegte Stevie dann zu lügen. »Nein, ich weiß auch sonst niemanden, der interessiert sein könnte. Alle Häuser hier in der Gegend sind Backsteinhäuser.« Das war eine weitere Lüge, doch damit hatte sie den Aluminiumverkleidungsfritzen vom Hals.

Genauso häufig kam es allerdings vor, daß der Anrufer ein Möchtegern-Schreiber war, der ihren Namen aus der Verfasserzeile eines Beitrages in *Atlanta Fortnightly* oder einem anderen Blatt hatte und der um ihren Expertenrat bat, wie man den Durchbruch schaffte, gedruckt zu werden. Fast unterschiedslos ermutigte Stevie solche Leute und versicherte sie ihres Mitgefühls, selbst bei übertrieben von sich überzeugten Aspiranten, die, ohne bisher ein einziges literarisches Fragment als Referenz vorweisen zu können, nicht den geringsten Zweifel daran hegten, daß ihr erster Wurf eines Haiku, Essays, Romans, Filmdrehbuchs oder epischen Gedichts ein Volltreffer sein müßte und die künstlerische Qualität und den volkstümlichen Reiz der gesamten Werke von William Shakespeare und Irving Wallace in sich vereinen würden. »Schreiben Sie es, und schicken Sie es los«, pflegte Stevie in solchen Fällen zu sagen. »Mann kann nie wissen, man kann nie wissen.« Wenn ihr selbst die Arbeit gut von der Hand ging und das Telefon klingelte, murrte Stevie im allgemeinen vor Mißbilligung, doch pflichtschuldigst ging sie dran, denn es konnte ja ein Zeitschriftenredakteur mit einem neuen gewinnbringenden Auftrag sein. Man kann nie wissen …

Heute jedoch war sie froh über die Unterbrechung. Sie bot ihr eine rechtmäßige Entschuldigung, ihre Exceleriter zu verlassen. Selbst wenn der Anrufer ein aufgekratzter Vertreter oder ein weiteres noch nicht veröffentlichtes Genie wäre, würde sie gern das entsprechende Spiel mitmachen. Genaugenommen befürchtete sie sogar, die andere Seite wäre mit dem falschen Anschluß verbunden, was im Telefonnetz von Ladysmith-Barclay-Wickrath nicht selten vorkam. Es läutete zum zweiten Mal, zum dritten, zum vierten ... sie mußte schnell abheben, bevor der Anrufer auflegen würde.

Stevie stürzte aus dem Arbeitszimmer, wobei sie die Tür offen ließ. Sie erreichte den Apparat bei seinem sechsten schrillen Brrrr-Klingeln.

»Hallo?«

(»Hier ist David-Dante Maris, Cheflektor bei Briar Patch Press in Atlanta. Kann ich bitte mit Stevenson Crye sprechen?«

»Am Apparat.«

»Guten Tag, Mrs. Crye. Ich bin erfreut, daß ich Sie zu Hause antreffe. Hätten Sie Zeit, damit wir uns kurz mal unterhalten? Ich könnte mir denken, daß Sie das, was ich zu sagen habe ... ah ... ganz interessant finden.«

Aus dem Augenwinkel sah Stevie ein kleine weiße Gestalt an ihrer Schlafzimmertür vorbei in Richtung Marellas Zimmer huschen. Der Kapuzineraffe? Ted der Winzige?

»Mrs. Crye.«

»Ja, Sir«, sagte Stevie. »Ich bin noch da.«

»Ich kann mir vorstellen, daß es Sie etwas überrumpelt, so schnell von uns zu hören, aber so wickeln wir die Dinge bei Brian Patch nun mal gern ab. Wir sind kein New Yorker Verlag, verstehen Sie? Das halten einige für unseren größten Fehler, viele andere sehen darin unseren erfreulichsten Vorzug. Nun zu Ihnen ... Sie hätten nichts Besseres tun können, als uns Ihr Material zu schicken, und wir könnten gut mit Ihnen arbeiten, wenn Sie bereit wären, dem Verlag ein ... ah ... redaktionstechnisches Mitspracherecht einzuräumen.« David-Dante Maris lachte liebenswürdig. »Brock Fowler von *Atlanta Forthnightly* ist ein alter Studienfreund von mir, Mrs. Crye, und er sagt, Sie entwickeln sich schneller zu einem ausgereiften Profi als irgend jemand anderes ohne journalistische Praxis, den er bisher kennengelernt hat.«

Zitternd versuchte sich Stevie darüber klar zu werden, was sich soeben abspielte. Es schien, als wären ihre Gebete — zumindest eins davon — erhört worden. »Könnten Sie bitte kurz dranbleiben? Ich muß in die Küche gehen.«

»Ma'am?«

»Nur einen Moment. Mich friert hier oben fürchterlich.« Nun, darauf konnte sich D.-D. Maris sicher keinen Reim machen, doch sie konnte schlecht mit einem so einflußreichen Anrufer sprechen, wenn ihre Zähne klapperten. Also legte Stevie den Hörer auf den Nachttisch und eilte aus dem Raum. Vom Flur aus warf sie einen Blick in Marellas geräumiges Schlafzimmer. Sonnenstrahlen fielen durch die oberen Scheiben der Fenster herein und tanzten in wäßrigen Mustern auf dem limonengrünen Teppich — aber kein 'Kritz, Gott sei Dank; kein nackter Homunkulus, der vorgab, Ted zu sein. Sie hatte sich das beunruhigende Huschen am Rande ihres Blickfeldes nur eingebildet. Es sei denn, natürlich, der Eindringling war in den Verschlag geflitzt, der an die tiefergelegene Abstellkammer angrenzte. Dann würde ihn Stevie nicht sehen, ohne Marellas Zimmer betreten und im Dunkeln herumwühlen zu müssen. Doch dafür hatte sie jetzt keine Zeit. Der Anruf von David-Dante Maris aus Atlanta war ein Ferngespräch, und sie ließ ihn einfach warten. Vielleicht dachte er, daß sie von einem anderen Apparat aus ein Geschäft mit ihrem Agenten in Hollywood aushandelte, ihren Börsenmakler drängte, weitere tausend Anteile von AT&T zu kaufen, oder ein Telegramm an einen Cheflektor eines englischen Verlages in London aufgab. Vielleicht, aber wahrscheinlich nicht.

Stevie jagte die Stufen hinunter, rannte in die Küche und schnappte sich, hörbar nach Luft japsend, den Hörer des Wandtelefons. »Mr. Maris ... Mr. Maris ... da bin ich wieder. Es tut mir leid ... daß ich Sie warten ...«

Sie hielt inne. Obwohl sie kein Amtszeichen gehört hatte, befürchtete sie, Mr. Maris hätte Anstoß genommen an ihren ungewöhnlichen Telefonmanieren und die Verbindung abgebrochen. Das Glück hatte an die Tür geklopft, und sie hatte ihm aus einem anderen Zimmer zugebrüllt: »Geh weg. Wir brauchen nichts!« O nein, dachte Stevie. *So* habe ich es nicht gemeint.

»Mr. Maris!« schrie sie. »Mr. Maris. Hängen Sie nicht ein. Sind Sie noch da? *Bitte*, Mr. Maris ...«

XXXIX

Der Cheflektor von Briar Patch Press Inc. ließ ein herzliches Lachen vernehmen. »Oh, ich bin noch da, Mrs. Crye. Das heißt also, daß wir beide noch da sind, ich hier in der großen Metropole Atlanta und Sie im beschaulichen Barclay.«

»Ja, Sir, so ist es wohl.«

»Wäre es Ihnen möglich, heute nachmittag von dort nach hier zu fahren? Wenn Sie jetzt gleich aufbrechen, könnten Sie so gegen eins in der Peachtree Street sein. Ich würde gern ein Geschäftsessen bei Bugatti's mit Ihnen einnehmen. Wir könnten die redaktionellen und vertraglichen Einzelheiten beim Genuß von Saltimbocca oder Scaloppine besprechen. Außerdem kann ich die Rote-Bohnen-Suppe als Vorspeise empfehlen, Bloody Marys als leckeres Nipperchen zwischendurch und frische Erdbeeren aus Florida zum Nachtisch. Mir schmekken Erdbeeren im Februar immer besonders gut. Wenn Sie nicht kommen, Mrs. Crye, dann muß ich wahrscheinlich mit unserem Pressemann irgendeinen Fraß in unserer Kantine hinunterschlingen. Sie können sich vorstellen, wie atemlos ich Ihre Antwort erwarte.«

»Muß es heute sein?« fragte Stevie, durch die Einladung aus der Fassung gebracht. »Ich habe Kinder, die in der Schule sind. Sie kommen heute nachmittag nach Hause, und ich kann nicht schnell genug wieder hier sein, um sie abzuholen oder ihnen das Essen vorzubereiten.«

»Nehmen Sie sich jemanden, der sich um sie kümmert, Mrs. Crye. Briar Patch kann zahlen. Wir übernehmen die Rechnung.«

»Es ist schon ziemlich spät, um noch jemanden dafür zu finden. Teddy ist zu alt, als daß Teenager-Mädchen bei ihm babysitten könnten. Und die meisten älteren Frauen in der Nachbarschaft gehen nicht aus dem Haus. Warum nicht morgen oder am Mittwoch?«

»Nun, ich bin schrecklich aufgeregt über das Ganze, Mrs. Crye ... Darf ich vielleicht eine etwas weniger förmliche Anrede gebrauchen? Wenn Sie meinen, nicht abkömmlich zu sein, dann muß ich es möglicherweise mit einem Zauberspruch versuchen. Mit Mister und Mistress habe ich nicht viel im Hut, und das Problem in Ihrem Fall ist, daß ich nicht weiß, wie ich eine reizende Dame mit dem Namen Stevenson nennen soll. Ein verniedlichender Zusatz scheint mir nicht angebracht, wenn Sie wissen, was ich meine, und Stevenson ist an sich schon ein ganzer Mundvoll.«

»Nennen Sie mich Stevie.«

»Das paßt. Und ich bin David-Dante.«

»Das ist eine Silbe mehr als Stevenson.«

»Na ja, es sind zwei Worte. Sie müssen einem Kerl mit einem Doppelvornamen einen kleinen Vorsprung geben.« Er räusperte sich einen Frosch aus der Kehle. »Hören Sie, Stevie, Ihr Buchvorschlag kam heute morgen mit der Post. Jennifer Thurman, eine Redaktionsassistentin, brachte ihn und empfahl mir, ihn gleich zu lesen. Jenny hat eine ausgezeichnete Spürnase für ungewöhnliche, aber vielversprechende literarische Talente. Außerdem hält sie sich über die Autorenzeilen in Regionalzeitschriften auf dem laufenden; das gehört zu ihrem

Job, verstehen Sie. Jedenfalls, vor zwei Wochen — das ist kein Märchen, meine Liebe, so an den Haaren herbeigezogen es auch klingen mag — machte sie mich darauf aufmerksam, daß wir uns um eine Serie von einem einerseits hartgesottenen, andererseits lyrisch begabten Neuling bemühen sollten, eine Frau, die ihre Sachen überall verstreut veröffentlicht, von Savannah bis Mobile. Sie heißt Stevenson Crye, hatte Jenny gesagt, und das impliziert die Art von abgebrühter Frauen-Schreibe, die einen an Carson McCullers oder Flannery O'Connor denken läßt. Namen sind wichtig, sagte Jenny, und diese Senkrechtstarterin paßt prima auf einen Buchtitel. Okay, sagte ich zu ihr, wir wollen Sie uns merken. Und heute morgen nun, an einem kalten Tag im heißen Atlanta, kommt ein Päckchen von dieser hartgesottenen, lyrisch begabten Mutter, auf die wir bereits ein Auge geworfen haben. Schicksal oder Zufall? Das ist David-Dante ziemlich egal. Ich habe Ihren Entwurf gelesen, und ich bin bereit, gleich mit Handschlag abzuschließen, alle Karten auf den Tisch zu legen ... Sind Sie noch da?«

»Ich bin noch da. Ich glaube es jedoch nicht.«

»Hören Sie, meine Konkurrenten — einige davon sind bei riesigen New Yorker Verlagen — einige von diesen hochtrabenden Typen behaupten, ich spreche wie ein Büttenredner mit einem Doktorgrad in mittelalterlicher Literatur, aber ich halte nichts von *aufgesetzt* schnellem Reden. Ich rede schnell, weil ich aufgeregt bin. Heute morgen bin ich aufgeregt, weil ich soeben von Stevenson Crye gelesen habe.«

»Ich wollte nicht sagen, daß ich Ihnen nicht glaube«, beeilte sich Stevie zu erklären. »Ich meine nur, Ihr Anruf war ... ich glaube, ich bin etwas ... ah ... durcheinander.«

»Sehr gut, ich wollte Sie auch durcheinanderbringen. Es ist unsportlich, jemanden zu übertölpeln, aber durcheinanderbringen ist okay. Ich bin ein erstklassiger

Durcheinanderbringer, Stevie, das ist der Grund, warum Briar Patch Press in den schwarzen Zahlen ist. Jedenfalls einer der Gründe. Ich mache den Schriftstellern Angebote, die sie einfach nicht ablehnen können.«

»Welches Angebot machen Sie mir?«

»Moment noch. Ein paar Bemerkungen zuvor. Wenn Sie heute hergekommen wären, dann hätten wir beide Gelegenheit gehabt, uns gegenseitig zu beschnuppern, uns Augapfel in Augapfel zu mustern, abzuschätzen, was das Kräuseln der Lippen und das Klappern mit den Lidern und das Blähen der Nüstern jeweils vom anderen verrät. Wir hätten interessante Rückschlüsse über die andere Person ziehen können, Stevie, und wir hätten unserem Instinkt trauen können, denn oft — sehr oft — sagen sie ungeheuer viel aus. Es ist um einiges schwieriger, allein nach dem Klang der Stimme zu gehen. Nicht unmöglich, aber entschieden schwieriger. Ich habe bei der Unterhaltung am Telefon den Vorteil, daß ich einiges von Ihnen gelesen und mit Brock und Jenny über Sie gesprochen habe. Ich habe ein paar Informationen, die noch besser als Augenkontakt sind. Sie hingegen ... Sie versuchen vermutlich, aus meiner Stimme meine körperliche Erscheinung zu konstruieren und aus meiner Redegewandtheit eine Art von Bauchgefühl zu entwickeln hinsichtlich meiner Neigungen und Fähigkeiten und so weiter. Habe ich recht?«

»Wird dieses Gespräch nicht unheimlich teuer?«

»Dies ist ein Firmentelefon für Gespräche, die die Belange der Firma betreffen. Wir hätten eine Stange mehr bei Bugatti's ausgegeben, glauben Sie mir ... Habe ich recht? Also, ich meine damit, daß Sie mir gegenüber geringfügig im Nachteil sind, stimmt's?«

»Nun ja, ich versuche mir immer vorzustellen, wie jemand aussieht, mit dem ich am Telefon spreche und den ich noch nie gesehen habe. Das ist eine unterschwellige Art der Neugier, nehme ich an. Bis wir Apparate mit Bildschirmen haben, läßt sich dagegen nicht viel tun.«

»Wie ist das mit der Phantasie, Stevie? Ich dachte, Schriftsteller verlassen sich in heiklen Situationen auf ihre Phantasie.«

»Ich schreibe keine Belletristik.«

»Doch nach den Musterkapiteln, die Ihrem Vorschlag für *Frau mit zwei Gesichtern* beiliegen, hätten Sie das Talent dazu.« David-Dantes Stimme nahm einen beinah verschwörerischen Ton an. »Hören Sie, erlauben Sie, daß ich Ihnen ein berufsmäßiges Vorurteil von Verlagslektoren verrate, okay?«

»Okay.«

»Die meisten Lektoren halten nichts davon, wenn Schriftsteller lange Telefonszenen in ihre Werke einbauen. Sie werden notgedrungen statisch, die darin verwickelten Charaktere können nicht mit Boxhandschuhen oder Totschlägern um sich hauen, und der Höhepunkt einer Telefonszene gipfelt im allgemeinen in einem aufgeknallten Hörer. Man bekommt bei einer Telefonszene keinen Eindruck von Umgebung und Physiognomie — jedenfalls üblicherweise nicht. Schriftsteller, die darauf bestehen, die Quasselapparate heißlaufen zu lassen, nun, die riskieren auch, ihre Leser einzuschläfern. Sie könnten genausogut einen Stapel Schlaftabletten der Titelseite beipacken. ›Nehmen Sie zwei bei Kapitel neununddreißig, und rufen Sie mich am nächsten Morgen an. Wir werden dann über den Abschnitt plaudern, bei dem Sie eingeschlafen sind.‹ Wie auch immer, die meisten Lektoren würden einen grausamen Massenmord, eine Schlacht zwischen Verbrecherbanden oder eine Dracheninvasion einer Telefonszene vorziehen.«

»Aber Sie sind anders? Sie würden das nicht?«

»Nun, wenn es sich um Manuskripte handelt, denke ich genauso. Als Lektor *hasse* ich sie, die Telefonszenen. Im wirklichen Leben ist es etwas anderes. Die Leute sprechen nun mal tatsächlich hin und wieder am Telefon, und manchmal sagen sie lächerlich wichtige Dinge zueinander. Ich möchte, daß Sie sich an dieses Gespräch erinnern — dieses Telefongespräch — als an einen der lächerlich wichtigsten Augenblicke in diesem Jahr. Verstehen Sie?«

»Mr. Maris, ich weiß nicht, worauf Sie hinaus wollen.«

»David-Dante, Stevie. David-Dante ... Zunächst möchte ich, um ein gewisses Maß an Parität in unsere Beziehung zu bringen, daß Sie Ihre Neugier hinsichtlich meines Aussehens befriedigen. Sie haben mich jetzt einige Minuten lang schwadronieren und palavern hören. Trainieren Sie Ihre schriftstellerische Phantasie, indem Sie versuchen, mich zu beschreiben.«

»Sie beschreiben? Das kann ich nicht. Was immer ich sagen würde, wäre falsch, Mr. Maris. Und übrigens, würde das nicht den Vorteil verstärken, den Sie Ihrer Meinung nach mir gegenüber haben? Meine Spekulationen wären doch nur ein weiterer Guß Wasser auf ihre Charakteranalyse-Mühle. Bitte, können wir nicht einfach über meinen Buchentwurf sprechen?«

»Das werden wir tun, ich verspreche es Ihnen. Im Augenblick jedoch bitte ich Sie um Nachsicht mit mir.«

»Wenn ich Sie unabsichtlich beleidigt haben sollte ...«

»Sie können mich nicht beleidigen, Stevie. Ich sitze hier in der Peachtree Street in einem hübsch aufregenden Job, meine Guccis habe ich auf den Schreibmaschinentisch meiner Sekretärin gestützt, und meines Großvaters Taschenuhr aus dem Zweiten Weltkrieg tickt vor sich hin wie eine Zeitbombe mit Silberauflage, und ich bin vollkommen immun gegen Beleidigung. Stellen Sie sich ruhig vor, ich hätte einen Buckel. Unterstellen Sie mir Pockennarben, Mundgeruch und ein Glasauge. Verfahren Sie mit mir ganz nach Belieben. Beschreiben Sie mich. Dann können wir zum Geschäftlichen kommen.«

»Mr. Maris ...«

»Kommen Sie, Stevie. Lassen Sie sich etwas einfallen, werfen Sie Licht auf mich, porträtieren Sie mich.«

»Sie sind dick«, gehorchte Stevie. »Sie sind dick,

glatzköpfig und impotent. Ihre Zehnägel sind eingewachsen, und aus Ihren Nasenlöchern wachsen Haare so lang wie Verpackungsstricke. Sie riechen wie eine Düngemittelfabrik.«

»Höre ich mich so an?« fragte David-Dante Maris ungerührt.

Nach kurzem Zögern sagte Stevie: »Nein, eigentlich nicht. Ich mache noch einen Versuch, wenn Sie erlauben. Es ist nur ein so *seltsames* Anliegen.« Maris' Schweigen drückte seine Bereitschaft aus, ihr noch eine Chance zu geben, und seine Zustimmung zu ihrer letzten Bemerkung. »Es tut mir leid, David-Dante, Sie hören sich wirklich *groß* an — nicht direkt übergewichtig, aber stattlich auf eine freundlich bedrohliche Weise. Wie ein ehemaliger Fußballspieler. Wahrscheinlich ein Linienrichter.«

»Aha.«

»Sie haben mir erzählt, daß Sie teure Schuhe und eine Taschenuhr tragen. Vielleicht haben Sie schon zuviel verraten. Obwohl wir Februar haben, stelle ich mir vor, daß sie in einem schönen cremefarbenen Anzug dasitzen. Sie haben das Jackett abgelegt, die passende Weste jedoch anbehalten. Ihr Hemd ist blaßorangefarben mit dunkler orangefarbenen Nadelstreifen, ein herrliches Seidenhemd. Mir fallen dabei die Hemden ein, über die Daisy Buchanan in *Der Große Gatsby* in Tränen ausbricht — das Hemd eines Gangsters oder eines Machers in der Verlagsbranche.«

»Was sagen Sie über mein Gesicht?«

»Sie sind sechsundvierzig oder siebenundvierzig Jahre alt, glaube ich. Glatt rasiert. Sie haben eine breite Stirn und auffallend blaue Augen. Sie tragen das Haar — das immer noch dunkel und dicht ist — nach altmodischer Art an den Schläfen zurückgekämmt. Sie kleben es jedoch nicht mit Haaröl fest. An Ihren Schläfen sind graue Strähnen, die silbern schimmern, wenn das Licht drauffällt.

Ihre Lippen — nun, die sind ein wenig füllig, die obere hat einen kleinen Fleischauswuchs in der Mitte. Wenn sie die Stirn kräuseln, können Sie täuschend wie Willie B. aussehen, der Gorilla im Grant Park Zoo. Sie brauchen jedoch nur zu lächeln, und schon können Sie wie die erwachsene Version eines der zahnlückigen Kinder in Norman Rockwells Zeichnungen wirken. Sie sind intelligenter, als Sie aussehen, und ich vermute — es ist nur eine Vermutung von mir —, daß Ihnen das in dem von Ihnen gewählten Beruf nicht allzusehr geschadet hat.« Stevie hielt inne. »Das ist alles. So sehe ich Sie. Wie war ich?«

»Hervorragend, Stevie. Es stimmt hundertprozentig, bis ins kleinste Detail, sogar die Farbe meines Anzuges und Hemdes. Eine erstaunliche Wahrnehmungsgabe, ganz erstaunlich. Sie könnten diese Show am Straßenrand anpreisen.«

»Genau«, sagte Stevie. »Ich bin Barclays Antwort auf Button Citys Schwester Celestial.«

»Das liegt außerhalb meines Territoriums, meine Liebe — aber jetzt steht es zwischen uns fast unentschieden, wir haben beinahe eine Parität in der Charakterbestimmung des anderen erreicht.«

»Was könnte möglicherweise noch fehlen?« wandte Stevie ein.

»Sie wissen, wie ich aussehe, aber ich kenne von Ihnen nur die intellektuelle Seite. Beschreiben Sie sich.«

Einigermaßen wütend beschrieb Stevie ein nichtexistierendes weibliches Wesen mit dem Körper von Amy Lowell und der extravaganten Garderobe von Marianne Moore. Der Cheflektor von Briar Patch Press glaubte ihr nicht und verlangte, daß sie ihm eine wahrheitsgetreue Darstellung geben solle. Dann würden sie zum Geschäftlichen kommen, vorher nicht.

Stevie beschrieb sich selbst.

»Wunderbar«, sagte David-Dante Maris. »Sie haben mich aufs Haar getroffen, und Sie entsprechen genau der Vorstellung, die ich mir Ihrer Stimme nach von Ihnen gemacht habe. Jetzt ist es fast so, als säßen wir im selben Raum zusammen, nicht wahr?«

»Ich weiß nicht. Es passiert nicht oft, daß ein Mann in einem cremefarbigen Westenanzug sich in meiner Küche niederläßt.«

»Ebensowenig wie eine so kecke und attraktive Dame in mein Büro kommt, um über das Buch zu sprechen, das sie für uns machen wird.«

»*Keck?*« sagte Stevie unwillig. Doch bevor David-Dante antworten konnte, fügte sie schnell hinzu: »Werden wir jetzt wirklich über mein Buch sprechen? Ich fing schon an zu glauben, daß dieser Anruf eine Finte ist.«

»Wenn Sie das wirklich gedacht haben, Stevie, dann sind Sie eine törichte Närrin, daß Sie das Spiel auf so charmante Weise mitgespielt haben. Machen Sie sich jedoch nichts draus. Wie klingen ein Vorschuß von dreitausend Dollar und zehn Prozent Beteiligung an der Rechteverwertung?«

»Ich weiß nicht.«

»Das wissen Sie nicht? Hören Sie, wir werden Exemplare bei Rich's und Davison's unterbringen, ganz zu schweigen von den großen Buchgeschäften in den Einkaufszentren, und wir werden überall in der Stadt Signierstunden veranstalten. Sie werden nach und nach noch mal fünf- oder sechstausend einstreichen, mehr als wenn wir eine Zweitauflage von der *Frau mit zwei Gesichtern* machen.«

»Ich wollte nur sagen, ich weiß nicht, was üblich ist, Mr. Maris. Wieviel Vorschuß haben Sie Rhonda Anne Grinnell für *Lester Maddox wohnt hier nicht mehr* oder für *Wer hat Angst vor den Atlanta Braves?* bezahlt?«

»Für das zweite mehr als fürs erste. Von *Lester* wird die erste Auflage in etwa vier Monaten vergriffen sein. Rhonda Annes tägliche Kolumne in Lügen-'Lantas Zeitungen ist eine ausgezeichnete Fortsetzung der Werbung für ihre Bücher, für die Briar Patch Press keinen

Pfennig bezahlen muß. Hin und wieder schalten wir natürlich eine direkte Anzeige, um das Feuer am Brennen zu halten, doch die *Frau mit zwei Gesichtern* wird sich voraussichtlich nicht so schnell verkaufen wie Rhonda Annes Sachen. Ihre Bücher gehen wie Duftkerzen bei einem Stromausfall in der Abwasserkläranlage. Sie werfen nicht viel Licht auf irgend etwas, doch ihr ungewöhnlicher Duft verschafft den Leuten offenbar ein angenehmes Gefühl. Ihre Bücher, Stevie, ermöglichen es mir, in Erwägung zu ziehen, eine feinsinnige Sammlung von Essays herauszugeben, von der Art, wie Sie soeben eine vorgeschlagen haben.«

»Sie haben meine Frage nicht beantwortet.«

»Nun, Sie haben mich Mr. Maris genannt. Und ich spreche *niemals* mit einem Autor über die finanziellen Vereinbarungen zwischen einem anderen Autor und uns. Wenn Sie Rhonda Anne Grinnell dazu bringen können, es Ihnen zu sagen, um so besser. Allerdings ist diese Dame so etwas wie ein gebildeter Arbeitsidiot an den Bildschirmkonsolen ihrer Zeitungsredaktion. Sie setzt sich hin und rattert etwas herunter, und die Zeitungen drucken automatisch das Ergebnis. Später trägt Briar Patch Press diese Schnipsel zu einem Band zusammen, und ihre krakeelenden Fans reißen ihn den Buchgeschäften aus den Händen. Ich kann es ihr nicht verübeln, wenn sie das Ausmaß ihres Erfolges nicht breittreten will — was das Finanzielle angeht, meine ich. In letzter Zeit hat sie Einladungen bekommen, um vor Sportclubs und Bürgerversammlungen und Psychiaterkongressen zu sprechen. Es ist peinlich.«

»Na gut«, lenkte Stevie ein. »Dann versichern Sie mir einfach, daß Sie mir ein faires Angebot machen.«

»Für eine unbekannte Autorin? Ja, Ma'am. Absolut. Sie können sich hier oder sogar in New York auf die Jagd nach einem Agenten machen, der Sie vertritt, aber ich habe für eine solche Person kein Geld übrig, und wenn Sie schließlich doch mit uns abschließen, Stevie, dann können Sie zehn Prozent sowohl Ihres Vorschusses als auch aller zukünftigen Tantiemen in den Wind schreiben. Einige verlangen sogar mehr als das. Dafür können Sie eine Menge Lebensmittel kaufen, eine Menge Coca-Cola. Die Entscheidung liegt jedoch bei Ihnen.«

»Vorhin sagten Sie …«

»Nur heraus damit, ich höre.«

»Sie sagten etwas von ›redaktionstechnischem Mitspracherecht‹. Was bedeutet das?«

»Das bedeutet, daß ich darauf bestehen würde, bei der Formgebung Ihrer Sammlung entscheidend mitzuwirken. Das bedeutet, daß ich einige Ihrer Essays redigieren würde — vor allem, um ihren Stil flüssiger zu machen und sie zu einem sinngerechten Höhepunkt aufzubauen. Ich werde Ihnen jedoch keine Worte in den Mund legen, und ich werde nicht versuchen, Sie zu überstimmen, wenn Sie in dem einen oder anderen Fall ein einleuchtendes Argument dafür vortragen können, etwas unverändert zu lassen. Ich bringe all das nur zur Sprache, weil manche Schriftsteller mit pathologischer Verbissenheit an jedem Komma ihrer Absonderung hängen. Ich versuche, mit solchen Leuten nicht zu arbeiten.«

»Haben Sie die Manuskripte von Rhonda Anne Grinnell redigiert?«

»Warum sollte ich?«

»Nun, ich …«

»Ihr Zeug ist gut, so wie es ist. Man kann es nicht verbessern — höchstens wenn sie sich eines Tages von der Stirn bis zum Bauch spaltet und die gekränkte Jane Austen in ihr heraustritt, um ihr Recht zu fordern. Und Rhonda Anne, gepriesen sei sie, ist schlichtweg zu lässig und faul, um sich auf diese Art zu spalten.«

»Ich hocke nicht auf meinen Kommas wie eine Gluckenhenne.«

»Schön. Das höre ich gern. Ich gebe Ihnen ein Beispiel, damit Sie erkennen, wovon ich rede. Sie haben mir Musterabschnitte und einen Abriß der Gesamtgeschichte zugesandt. Der eigenständige Abschnitt, dem Sie den Titel ›Die leere Seite des Bettes‹ gegeben haben, erscheint an einer Stelle in der Gesamtübersicht nach kürzeren Berichten über Teds Krankheit, seinen Tod und so weiter.«

»Die Reihenfolge ist chronologisch.«

»So spielen sich die Dinge ab, Stevie. Aber man braucht sie nicht so zu schreiben. Haben Sie je den Ausdruck *in media res* gehört? Ich möchte, daß Sie den Abschnitt ›Die leere Seite des Bettes‹ zum Einstieg des Ganzen machen, zum Prolog. Er erzeugt eine Stimmung und schlägt einen Ton an, auf den Sie in den meisten übrigen Abschnitten zugunsten einer Art von selbstironischem Weltschmerz bewußt verzichten, doch er ist der Maßstab für das, was Sie zu sagen haben, und die Basis, von der Sie eine Menge Schüsse abfeuern. Er gehört an den Anfang. Das verstehe ich unter redaktionstechnischem Mitspracherecht.«

»An den Anfang?« wiederholte Stevie nachdenklich.

»Hören Sie, ich habe einiges von dem gelesen, was Sie geschrieben haben. Ich werde Ihnen erklären, warum ich besser beurteilen kann, wie gut ein Autor ist und was hervorgehoben werden muß, als der Autor selbst.

›Die leere Seite des Bettes ist verwunschen‹«, begann David-Dante Maris, und seine Stimme erklang als voller Bariton; »›Oft schlage ich die Tagesdecke auf dieser Seite nicht zurück, aber selbst wenn der Überwurf glatt über Decke und Kopfkissen gezogen ist, drückt eine Erinnerung die Matratze ein und leistet mir hohle Gesellschaft. Ich weiß, daß er gestorben ist (ich mache mir in diesem Punkt keine Illusionen, vor allem nicht während des Tages), doch wenn ich mitten in der Nacht aufwache und mich zu der unberührten Seite des Bettes hinwende, habe ich das Gefühl, daß er sich jeden Moment neben mir niederlassen würde. Er ist nur mal aufgestanden, um in seiner Schlaflosigkeit durchs Haus zu wandern. Gleich wird er zurück sein. Die reglose Leere neben mir und die wandernde Leere in der Nähe meines Herzens werden gleichzeitig verschwinden.

Die leere Seite des Bettes erinnert mich daran, daß ich amputiert bin‹«, fuhr Maris fort. »›Ein Unfall ist geschehen, und unbekannte Wohltäter haben die verwundeten Teile durch Geisteskraft abgetrennt, da sie ihre besten Gehilfen nicht retten konnten. Wenn ich aus der Narkose aufwache, merke ich, daß mir ein Bein fehlt, und Phantomschmerzen toben in dem nicht mehr vorhandenen Gliedmaß. Die leere Seite des Bettes — hier in meinem Haus, nicht nur in einer metaphorischen Traumvorstellung — unterstützt ein Phantom, das in gleichem Maße unmöglich zu berühren ist wie es mich schlichtweg in den Wahnsinn treibt. Da ich das weiß ...‹«

»Hören Sie auf«, unterbrach ihn Stevie.

»Was ist los?« frage David-Dante Maris.

Stevie antwortete nicht.

»Na gut, ich verstehe. Jedenfalls gehört es an den Anfang. Es ist mir gleichgültig, ob der Ton im Widerspruch steht zu dem verhaltenen Zorn der anderen Abschnitte. ›Die leere Seite des Bettes‹ erklärt, woher dieser verhaltene Zorn rührt und welche Entwicklung Sie durchgemacht haben, um aus den Niederungen ihrer Trauer emporzusteigen. Es kommt als *erstes*, Stevie.«

»Vielleicht habe ich keine durchgemacht.«

»Wie bitte?«

Stevie sprach direkter in die Muschel. »Vielleicht habe ich gar keine Entwicklung durchgemacht. Das Stück, das ich geschrieben habe, ist besser als mein Spiel.«

»Quatsch, meine Liebe. Sie spielen es, indem Sie darüber schreiben. Das ist ein vollkommen legitimer Vorgang. Briar Patch will Ihr Buch verlegen. Voraussichtlich werden wir auch Ihr zweites verlegen wollen. Sie sollten sich auch mal im Bereich Belletristik versuchen. Wir erweitern unser Programm in dieser Hinsicht, und ich bin beauftragt, eine Reihe mit bedeutenden neuen Autoren von Erzählungen und Romanen aus dem ländlichen Süden zu entwickeln und herauszugeben. Sie werden eine davon sein.«

»Ich schreibe keine Belletristik.«

»Na gut, Sie tun es nicht — aber Sie könnten es. Wenn Spiro Agnew und seinesgleichen Romane schreiben können, Stevie, dann kann es jeder. Vor zwei Wochen hat Rhonda Anne Grinnell hier bei uns im Verlag ein Romanmanuskript abgeliefert. Ihm haftet ein verdächtiger Geruch an, doch wir werden es drucken, weil es bei B. Dalton's einen Sturm auslösen und ein halbes Dutzend bessere Bücher mitreißen wird.«

»Rhonda Anne Grinnell? Einen Roman?«

»Es ist eine Saga, die mehrere Generationen und zweieinhalb Jahrhunderte umspannt. Das Manuskript hat nur hundertvierzig Seiten, doch durch die Arbeit des täglichen Kolumnenschreibens hat die Dame gelernt, sich kurz und bündig auszudrücken. Die Neuartigkeit, so viel Kitsch auf so wenigen Seiten zu verbreiten, könnte sich für uns als Vorteil erweisen. Jedenfalls, wenn eine Rhonda Anne Grinnell es schafft, warum dann nicht die unendlich empfindsamere Stevenson Crye?«

»Die unendlich empfindsame Eleanor Roosevelt schrieb niemals Romane. Ebensowenig Martin Luther King. Können wir uns — wenigstens für den Augenblick — um den vorliegenden Entwurf kümmern?«

»Zufällig haben wir gerade ein Buch von einem neuen Romanschreiber aus Columbus verlegt. Er liegt mehr in der Tradition von Edgar Allen Poe als in der von William Dean Howells — wenn man versuchen will, seine Arbeit in eine Kategorie einzuordnen —, aber er ist ein vielversprechendes Talent. Ich werde Jenny veranlassen, daß Sie Ihnen ein Exemplar seines Buches mit UPS schickt. Sie müßten es morgen haben.«

»Wie heißt er?« fragte Stevie voller Unbehagen.

»Der Name auf dem Titel lautet A. H. H. Lipscombe.

Das ist allerdings ein Pseudonym, und eine Klausel in dem Vertrag, den wir mit dem Mann abgeschlossen haben, besagt, daß wir nicht befugt sind, seine wahre Identität preiszugeben. Ich nenne das unsere B.-Traven-Klausel. Wir haben so etwas mit Lipscombe zum erstenmal erlebt. Ich habe es ihm durchgehen lassen, weil mich sein Buch fasziniert.«

»Was ist mit *meinem* Vertrag?«

»Ich werde ihn Ihnen zusammen mit dem Lipscombe-Roman zusenden. Lassen Sie sich ruhig ein paar Wochen Zeit, auch noch länger, wenn Sie wollen. Denken Sie nur daran, daß Briar Patch eine sichere Sache für Sie ist — ein begeisterter Lektor, bewährte Werbemaßnahmen und die Aussicht auf eine glänzende literarische Zukunft. Wir sind nicht Alfred A. Knopf, schätze ich, wir sind erst seit etwa sechs Jahren im Geschäft.«

»Ich bin Ihnen dankbar für alles«, sagte Stevie. »Die Unterhaltung mit Ihnen war sehr aufschlußreich. Ich glaube, ich habe noch niemals ein so langes Ferngespräch geführt.«

»Ich erwarte Ihre Nachricht, Stevie.« Maris gab ihr eine Durchwahlnummer. »Sollten Sie in der Zwischenzeit Schwierigkeiten mit Ihrer Arbeit haben, versuchen Sie es mit einer Kurzgeschichte. Legen Sie ihr etwas Selbsterlebtes zugrunde — ein tiefe Angst oder Sehnsucht —, und spinnen Sie ein Phantasiegebilde drum herum. Tippen Sie es gleich mit der Schreibmaschine. Lassen Sie Ihrem Unterbewußtsein freien Lauf. Geben Sie ihm einen Klaps, und beobachten Sie, wohin es treibt. Ich habe eine untrügliche Ahnung, daß Stevenson Crye der große Renner werden wird, die ergiebigste Goldader in ganz Georgia, seit die Dahlonega-Berge nichts mehr hergeben. Oder zumindest seit Margaret Mitchell.«

»Nein, das ist unmöglich. Das ist ...«

»Nichts ist unmöglich. Bis dann, Stevie, träumen Sie süß.«

»Bis dann.«)

Der Anrufer hängte ein, und das aufdringliche Schnarren in der Ohrmuschel erinnerte Stevie daran, daß sie den Hörer ihres Schlafzimmertelefons nicht aufgelegt hatte. Als sie hinaufging, um gegen das Problem Abhilfe zu schaffen, stellte sie fest, daß es kein solches Problem gab. Der Hörer war kuschelig angeschmiegt in die Gabel gebettet. Danke. 'Kritz hat das gemacht, dachte Stevie. Seaton Beneckes Affe ist eine Heimsuchung für mein Haus. Früher war Ted eine Heimsuchung, doch jetzt ist mein unangenehmster Geist ein böser Kapuzineraffe aus Costa Rica. Dieses Geschöpf kam einfach hier herein und legte den Hörer für mich auf.

»Ich will deine Hilfe nicht«, sagte Stevie laut.

Maris' Anruf hatte ihre Mittagspause verzögert. Sie hatte Hunger. Sie ging wieder in die Küche und machte sich ein Pfefferkäsesandwich und füllte sich ein kleines Körbchen voll Tortilla-Chips. Sie aß, ohne etwas zu schmecken. Ein angesehener Verlag in Atlanta hatte ihr soeben angeboten, ihr erstes Buch herauszubringen. Warum hatte ihre Hochstimmung nicht einmal bis zum Ende des Telefongespräches angehalten? Sie müßte eigentlich ihren Erfolg feiern. Statt dessen aß sie ein Pfefferkäsesandwich und dachte über die vielfältigen Phantome nach, die so oft aus der Leere entstehen.

XL

DIE BRAUT DES AFFEN

von

STEVENSON CRYE

In einem hoch im Norden gelegenen Land, wo der Sommer ein Augenblinzeln lang dauert und der Winter sich hartnäckig hält wie Rheumatismus, lebte Cathinka, eine stattliche junge Frau von hoher Geburt und fast einem Meter achtzig Größe. In der Mitte des Monats Juli in ihrem achtzehnten Lebensjahr, als der Schnee endlich widerwillig gewichen war, vertrieb sie sich die Zeit damit, durch die Hochlandwiesen zu streifen, und zwar in Gesellschaft eines stämmigen blonden jungen Mannes namens Waldemar, dem sie sein schüchternes Gebaren zu überwinden half, weil seine Familie im Dorf wohlangesehen war und auch weil hin und wieder ein verblüffendes Aufflackern von Inspiration oder Leidenschaft die dumpfe Gleichgültigkeit in seinen hellen Augen verwandelte. Cathinka war des festen Glaubens, daß in einem möglicherweise bedeutenden Konflikt zwischen Waldemar und ihr sie unweigerlich die Oberhand behalten würde. Wenn sie nicht die Oberhand behalten würde, dann hätte sie es selbst so gewollt, als geheimes Mittel, um ihren zukünftigen Ehemann davon zu überzeugen, daß sie *keineswegs* bei jeder Entscheidung oder in jeder Auseinandersetzung den Sieg davontrug.

Das Schicksal vereitelte Cathinkas Pläne in derselben beiläufigen Art und Weise, wie Kinderhände eine Löwenzahnblüte zerzupften.

Als Cathinka eines Abends von ihrem üblichen Ausflug mit Waldemar nach Hause zurückkehrte, traf sie ihre Mutter in der weiträumigen, zugigen Bibliothek wartend an, wo ihr Vater seine Geschäftsunterlagen aufbewahrte und planlos an seinen langatmigen Memoiren herumkritzelte. Wenn sie einmal fertig wären, mußten sie nach Ansicht der jungen Frau einen gesicherten Platz in der Reihe der langweiligsten Schriftstücke bekommen, die menschliche Dünkelhaftigkeit je hervorgebracht hatte. Was hatte ihr Vater in seinem Leben anderes gemacht, als seine umfassenden Besitztümer im Auge zu behalten, törichte Rechtsstreitigkeiten in die Wege zu leiten und Cathinkas Mutter auf so schändliche Weise zu verhätscheln, daß die arme Frau inzwischen jeden Hauch von winterlichem Wind für einen empörenden Anschlag auf ihr persönliches Wohlbefinden hielt?

Daß sowohl der Graf als auch die Gräfin bei ihrem Eintreffen einen nervösen Eindruck machten, ärgerte und überraschte Cathinka gleichermaßen. Dann sah sie, daß sie einen Gast hatten. Von Kopf bis Fuß eingehüllt in üppige weiße Seide, die Gesichtszüge von einer Kapuze beschattet, die Hände durch ein weites Cape bedeckt, so stand diese Person zwischen zwei der schwarzen Marmorsäulen, die ihres Vaters Galerie mit Inkunabeln stützten. Obwohl er etliche Zentimeter kleiner war als Cathinka, rief der Besucher nicht nur durch seine ungewöhnliche Erscheinung Entsetzen bei ihr hervor, sondern auch durch seine Körperhaltung und seinen Geruch. Er steckte krummbuckelig in seiner eleganten Kleidung, und der Geruch, den er verströmte, hatte — ohne aufdringlich zu sein — etwas von einer exotischen Reife, kurz vor dem Übergang in Fäulnis. Stotternd stellte Cathinkas Vater ihren Besucher als Ignacio de la Selva vor, ihren Verlobten. Sie und der Ankömmling sollten in einer Woche, von diesem Augenblick an gerechnet, in eben diesem Saal mit einer besonderen Zeremonie getraut werden.

»Ich bin Waldemars, und er ist mein!« tobte Cathinka, wobei sie auf und ab rannte wie eine Walküre. Sie brachte ihren Vater völlig aus der Fassung und ließ von der zickigen Gräfin nicht viel mehr übrig als ein paar jämmerliche Tränenrinnsale. Aus dem Augenwinkel bemerkte Cathinka jedoch, daß Don Ignacio weder eingeschüchtert wirkte noch zusammengezuckt war. Er spähte aus der Verborgenheit seiner Kapuze, als ob er sich an dem Schauspiel ergötzte, wie eine unverdorbene Jungfrau den romantischen Republikanismus ihres jungen Lebens verteidigte. »Noch nie habe ich von diesem Mann gehört, Vater! Nicht ein einziges Mal hat einer von euch ihn erwähnt, und plötzlich, wobei deine Wahl des Augenblicks eine zu bittere Ironie in sich birgt, um lachhaft zu sein, verkündest du, daß ich die Braut dieses Fremden sein soll! Nein!« schloß sie und ballte die Hände zu Fäusten. »Nein, ich denke nicht daran!«

Don Ignacio trat aus dem Alkoven und warf die seidene Kapuze zurück. Diese Bewegung löste bei Cathinkas Mutter einen schrillen Schrei aus und veranlaßte den betretenen Grafen, sich traurig abzuwenden. Im ersten Augenblick dachte Cathinka, daß ihr Besucher eine Maske trüge, einen weißen Kopfstrumpf aus Wolle oder Samt. Bald wurde ihr jedoch klar, daß Ignacio de la Selva auf seinen abfallenden Schultern den Kopf und das Gesicht eines Affen trug, wenn auch eines mannsgroßen Affen. Tatsächlich hatte seine schroffe Enthüllungsgeste außerdem affenhafte Hände, Handgelenke und Unterarme entblößt, ebenso wie eine Halskrause aus weißem Fell an seiner Kehle. Ihr Verlobter — Gott möge Gnade walten lassen! — war kein Mann wie Waldemar, sondern ein Tier, dessen geringere Vettern man manchmal im Gefolge von Zigeunern und schäbigen Wanderschaustellern sah.

Cathinka brach in ein bellendes, zynisches Lachen aus. Es geschah nur selten, daß sie ihren Eltern nicht gehorchte; sie zog es im allgemeinen vielmehr vor, geschickt ihre sämtlichen Register als Tochter zu ziehen und sie mit bezwingenden Blicken auf ihren Standpunkt einzuschwören. An diesem Abend jedoch ließen sie sich nicht mit Blicken bezwingen, sondern ihre Raserei schweigend an sich abprallen. Als sie schließlich die Hoffnungslosigkeit, einen Sinneswandel zu bewirken, einsah, fiel Cathinka weinend auf den Steinboden. Um der Heirat mit dem affengesichtigen Fremden zu entgehen, könnte sie sich vielleicht umbringen oder über die unwirtliche Einöde eines Gletschers fliehen — doch ohne den Segen des Grafen würde sie auch Waldemar niemals ehelichen. Also fügte sich Cathinka, noch während sie weinte, indem sie ihre Empfindungen in schmerzliche Anpassung mit denen ihrer Eltern brachte.

Vielleicht würde ihr Zukünftiger (dessen weißer Schnurrbart und die widerwärtigen eingesunkenen Augen sicherlich von seinem hohen Alter zeugten) den Tag ihrer Vermählung nicht allzulange überleben. Immerhin erinnerte sie sein Gesicht an jene gemeißelten Darstellungen des Todes, die in den lutherischen Kirchhöfen ihres Landes so verbreitet waren; und wenn Don Ignacio innerhalb von zwei oder drei Jahren verstürbe, oder selbst wenn er fünf Jahre überdauerte, könnte sie Waldemar die aufgestockte Mitgift — und die Erfahrung — einer jungen Witwe mitbringen. Wenn sie für eine gewisse Zeit die unerfreuliche Auswirkung der Wahl ihres Vaters hinnähme, könnte sie womöglich ihren eigenen Wert und ihre Anziehungskraft steigern. Doch Cathinka fuhr mit schauspielerischem Pathos fort, zu weinen und die Hände zu ringen.

»Komm jetzt!« sagte der Graf maßregelnd zu seiner Tochter, ohne sie jedoch anzusehen. »Don Ignacio verdient etwas Besseres als das. Als ich ein junger Mann war, fremd in einem Land mit Jaguaren, Schlangen und anderen tropischen Unbilden, geriet ich unversehens in eine Lage, die sich als tödlich hätte erweisen können. Wegen des Verstoßes gegen einen geheimnisvollen örtlichen Brauch wünschte der Häuptling eines Stamms von Amazonasindianern, mich einiger verschiedener Körperteile zu entledigen — doch durch das gerade noch rechtzeitig erfolgte Einschreiten von Ignacio de la Selva wurde mir dieses Opfer erspart, Cathinka, und in meiner Dankbarkeit versprach ich ihm, ihm einen wie auch immer gearteten Wunsch zu erfüllen, sofern es in meiner Macht stünde, entweder gleich damals oder zu einem späteren Zeitpunkt, wenn sich meine Lebensumstände entscheidend gebessert hätten. ›In zwanzig Jahren‹, hatte Don Ignacio damals gesagt, ›ist es dafür noch früh genug.‹ Bis zur heutigen Mittagsstunde hatte ich mein Versprechen vergessen, doch mein Freund« — er nickte in Richtung des Affenmannes — »traf heute hier ein, um mich daran zu erinnern, und der Wunsch, um dessen Erfüllung er mich vor allen anderen bat, mein Liebling Cathinka, galt der Hand meiner einzigen Tochter. Ich habe mich vielleicht an das eine oder andere Gesetz nicht gehalten, an ein Versprechen jedoch immer, und du mußt dich dieser Vereinbarung ohne weitere Beschwerden oder Beschuldigungen fügen.«

Und es sagte Don Ignacio, der noch einen Schritt vortrat: »Ich bin ehemaliges Mitglied der Minoritenbruderschaft des Krebskreis-Kapuzinerordens, und zwar der Weißhals-Seitenlinie. Ich habe meine Gelübde vor vielen Jahren widerrufen, als mich meine Mitbrüder verließen, um sich entweder an den aktuellsten Aufständen der Linken oder dem neuesten Regenwald-Goldrausch zu beteiligen (ich weiß nicht mehr genau, was von beidem es war), und Ihr werdet bei mir leben, Cathinka, in dem verlassenen Dschungelkloster, das ich zu meinem Schloß erkoren habe. Wir werden unsere Kinder unbeeinträchtigt von jeglichen politischen oder religiösen Dogmen aufziehen, und Ihr werdet in dem weiträumigen Gefängnis meiner Hingabe Eure Freiheit finden.«

Vom Boden in die tiefliegenden Augen ihres Verlobten aufblickend, entgegnete die unwillige zukünftige Braut: »Aber Ihr gehört der päpstlichen Kirche an, während ich Anhängerin von Danton und Abbé Sieyès bin.«

»In der Tat, meine Schöne, stammen wir sowohl aus unterschiedlichen Zeiten als auch aus unterschiedlichen

Welten. Jedoch bin ich nicht mehr das, was Ihr mich beschuldigt zu sein, nämlich ein Papist, und Ihr seid auch nur eine hypothetische Revolutionärin. Ja, Ihr schafft es nicht einmal, Euch gegen die gutartige Tyrannei Eures Vaters und Eurer Mutter aufzulehnen.«

Bei diesen Worten fiel die Gräfin in Ohnmacht. Cathinka holte sie mit Riechsalz ins Leben zurück, während der Graf und Don Ignacio mit einem ungleichen Maß an Interesse zusahen. Die Angelegenheit war erledigt.

Wegen Don Ignacios heftigen Widerwillens gegen jegliche Darstellung von Frömmigkeit oder politischer Überzeugung wurde die Vermählung ohne die Mitwirkung des lutherischen Klerus und ohne Gäste mit Ausnahme von einigen wenigen verdatterten Angehörigen der Familie durchgeführt. Die Gräfin weinte nicht nur darüber, daß ihr die Tochter weggenommen wurde, sondern auch um die Verbitterung zu bekräftigen, mit der sie der Mangel an Prunk bei der Zeremonie erfüllt hatte. Sie hatte erwartet, daß sich Edle aus allen Teilen des Landes in der Dorfkathedrale drängen würden. Statt dessen mußte sie mitanhören, wie ihr eigener Gemahl den Austausch von Ehegelöbnissen zelebrierte, deren Wortlaut Don Ignacio selbst aufgesetzt hatte, und sie vernahm in der schwachen Stimme des Grafen das klägliche Schreien einer Möwe an einem verlassenen Strand.

In den von Don Ignacio formulierten Gelöbnissen wurde starke Betonung auf eheliche Treue gelegt. Cathinka war sicher, daß der ehemalige Kapuzinerbruder beim Aufsetzen der Texte vordringlich ihre Leidenschaft für Waldemar im Sinn gehabt hatte.

Was Waldemar selbst betraf, so hatte sich Cathinka früher am Nachmittag von ihm getrennt, ohne anzudeuten, daß sie in Kürze einem anderen angetraut werden sollte. Mit einiger Mühe (denn Waldemar hielt nichts von den Spielchen, bei denen Liebende angesichts mutmaßlicher Hindernisse ihrer Liebe ihre jeweilige Standhaftigkeit darlegten), hatte sie den jungen Mann zu der Erklärung bewegen können, daß er, falls sie ohne Vorwarnung aus seinem Leben verschwinden würde, zehn Jahre lang als Junggeselle ihrer harren würde, bevor er den Glauben an ihre Absicht, zu ihm zurückzukehren, aufgäbe. Während sie das letzte ihrer Gelöbnisse vor Don Ignacio ablegte, grübelte Cathinka über das unerbittliche Versprechen nach, das sie ihrem wirklichen Geliebten abgerungen hatte. Vielleicht war sie zu streng gewesen. Vielleicht hatte sie, indem sie vor dem eleganten, aber häßlichen Don Ignacio Beteuerungen aussprach, die sie niemals im Herzen meinen konnte, eine Todsünde begangen ...

Zur Besiegelung ihrer Gelöbnisse küßten sich die Neuvermählten nicht etwa (eine Abweichung von der Tradition, für die Cathinka zutiefst dankbar war), sondern ergriffen sich bei den Händen und sahen einander in die Augen. Dieses Ritual rief allerdings ein ganz spezielles, unangenehmes Erstaunen hervor, denn Don Ignacios Blick schien die junge Frau durch einen Strudel von Erinnerungen zu einem abgründigen Teil ihrer selbst zu wirbeln, während seine klauenähnlichen Hände eine Kraft durch ihre Finger jagten wie eine tosende Wasserflut oder der Luftstrom in einem Windkanal.

Die Reise in Cathinkas neue Heimat dauerte viele Wochen. Sie und Don Ignacio teilten zwar dieselben Wagenabteile und Schiffskabinen, doch niemals dasselbe Bett. Der frühere Ordensbruder trug seinen Seidenumhang mit der Kapuze, wann immer sie sich in belebten Zwischenstationen oder in der derben Gesellschaft der Deckmannschaft befanden, doch in der Privatsphäre ihrer behelfsmäßigen Unterkünfte legte er keinen Wert auf diese Bekleidung, weder im staubigen Zimmer eines Gasthauses noch in der mit allerlei Krempel vollgestopften Kabine eines Segelschiffs. Obwohl er sich seines behaarten und knorrigen Körpers nicht schämte, löste Cathinka in seiner Gegenwart nicht einmal ihr Haar; sie schlief stets in Kleidern und wusch und zog sich nur um, wenn sich ihr Ehemann resigniert entfernte, damit sie diese Verrichtungen durchführen konnte. Die ihnen aufgezwungene Nähe steigerte in Cathinka das kritische Bewußtsein für die Tatsache, daß Don Ignacio ein Affe war; sein ausgeprägter Geruch zerrte immer mehr an ihren Nerven, als ob es sich dabei um eine persönliche Unart handelte wie sein Saugen durch die Zähne oder sein Trommeln mit den Krallenhänden auf die Tischplatte. Sie war die Braut eines Tieres!

Wenn doch nur ein betrunkener Matrose ihm ein Messer in den Rücken stoßen würde, flehte Cathinka in einem sehr unfrommen Gebet. Wenn er doch nur während eines Sturms über Bord fallen würde!

Endlich, nachdem sie die letzte Etappe ihrer Reise in einem kleinen Kahn durch die Engen eines Regenwaldflusses geführt hatte, erreichten die Frischvermählten das halbzerfallene Kloster am Wendekreis des Krebses, in dem Don Ignacio sein Heim eingerichtet hatte. Als er sein Anliegen vor Cathinkas Eltern mit Nachdruck vorgetragen hatte, hatte er dieses heruntergekommene Anwesen als Schloß bezeichnet, doch in den Augen seiner entsetzten Braut glich es mehr einer Ansammlung von Stallruinen, verbunden durch strohgedeckte Windfänge und überwuchert von Lianen und schlaffen, kupferfarbenen Boa Constrictors. Der Satan hatte dieses Schloß in sein persönliches Geschenkpapier gewickelt. Die Hitze war unerträglich, der Gestank nach Fäulnis übelkeiterregend, und der Garten innerhalb der Klostermauern war ein kleiner Dschungel, umgeben von einem viel größeren. Don Ignacio hatte das frühere Kloster Alcázar de Cáncer genannt, also Krebsburg. Seine Mitbewohner waren Kakadus und Kapuzineraffen, Salamander und Schlangen, Ameisenbären und Gürteltiere.

Während der nächsten Tage fing sie sich jedoch so weit wieder, um die Besitztümer ihres Gemahls zu erforschen. Wenn sie schon hier leben mußte, so wollte sie wenigstens aus verschrumpelten Trauben einen trinkbaren Champagner gewinnen. Doch was sie am meisten überraschte, war der Umstand, daß trotz des verwahrlosten Äußeren von Krebsburg die dunklen und feuchten Räume eine wunderbare Vielfalt an magischen Apparaten beherbergten, die Don Ignacio allesamt durch ein gesprochenes Wort oder eine zauberträchtige Handbewegung zum Leben erwecken konnte. Eine Maschine füllte die schwüle Luft mit den kontrapunktischen Melodien von Bach und Telemann; eine andere enthüllte das geheimnisvolle Gebaren seltsamer menschlicher Wesen, indem sie sprechende Bilder ihrer Handlungsweisen gegen das ansonsten trübe Fenster einer Holzkiste projizierte; und wieder eine andere Apparatur erlaubte Don Ignacio die Zwiesprache mit körperlosen Geistern, von denen er behauptete, sie seien viele Tausende von Kilometern entfernt. Cathinka war überzeugt davon, daß seine Gesprächspartner Dämonen waren.

Die Gerätschaft, die die junge Frau am allermeisten beeindruckte, war eine auf den ersten Blick unscheinbare Maschine, die Don Ignacio in die Lage versetzte, seine Gedanken in säuberlich gedruckte Worte umzusetzen, wie in einem Bona-fide-Buch. Cathinka mochte diese Maschine, weil sie keine Angst vor ihr hatte. Ihre äußere Erscheinung war überschaubar, ihre Teile dienten erkennbaren Zwecken, und die Person, die davor saß, konnte ihr Verhalten steuern, fast so wie ein Bläser sein Instrument beherrschte. Don Ignacio bezeichnete diesen Apparat als Elektroskriptor, und er brachte seiner Braut den Umgang damit bei. Sie vergalt es ihm, indem sie weiterhin seine zarten Aufforderungen, ihre Vereinigung zu vollziehen, verschmähte und die Maschine dazu benutzte, ihre unüberwindbare Abneigung sowohl gegen Krebsburg als auch den affenartigen Alleinherrscher, der sie dort festhielt, niederzuschreiben. Sie schüttete ihr Herz durch die Fingerspitzen aus und verstaute die gegen Feuchtigkeit unempfindlichen Seiten mit den Verlautbarungen ihres Hasses und Heimwehs in einem Manuskriptkasten aus Teakholz.

Don Ignacio war zu unzähligen geheimnisvollen geschäftlichen Besorgungen unterwegs im Dschungel. Obwohl er Cathinka häufig anbot, sie mitzunehmen, lehnte sie es ab, ihn zu begleiten. Seine Unternehmungen waren zweifellos von abscheulicher Natur, und sie hatte sich ihren klaren Verstand nur dadurch bewahrt, daß sie durch die Vermittlung des Elektroskriptors all ihre dunkelsten Ängste und Sehnsüchte dem Papier anvertraute. Sie konnte dieses Vorgehen nicht gefahrlos unterbrechen. Manchmal geschah es jedoch während der Abwesenheit ihres Gemahls, daß sie sich unter einen Baum begab, in dem es von seinen Gefährten wimmelte — Vögeln mit smaragdgrünem Gefieder und rubinroten Augen, Affen in braunsamtener Tracht —, um mit diesen über den Despotismus ihres Herrschers und Möglichkeiten, ihn abzuschaffen, leidenschaftlich zu diskutieren. Die Kakadus bedachten sie bei solchen Gelegenheiten mit schnalzenden Lauten, die Kapuziner gähnten nur. Seltsamerweise war sie froh darüber, daß ihnen jegliches Aufbegehren fremd war. Sie wollte eigentlich nicht, daß Don Ignacio ein Opfer von Gewalt würde.

Eines Abends kam der Herr von Krebsburg in Cathinkas Schlafgemach, wo sie in derber Kleidung unter einem Schleier von Moskitonetzen lag, und warf den Inhalt ihres Teakholzkastens auf den Lehmboden. Sie waren nun schon seit fast einem Jahre Affe und Frau. Obwohl sie ihn niemals mit einer warmherzigen Geste bedacht oder ihm ein freundliches Wort gesagt hatte, höchstens aus Versehen, stellte dieser gemäßigte, aber vielsagende Vandalismus seinen ersten Ausbruch von schlechter Laune dar. Sein Gesicht, kalkweiß in der von kahlen Mauern umgebenen Düsternis, verzerrte sich zu einer teuflischen Grimasse, wie ein gotisches Bild von solcher Beispielhaftigkeit, daß es fast zum Lachen reizte. Cathinka konnte sich nicht mit Don Ignacio abfinden, doch sie konnte ihn auch nicht fürchten. Sie reagierte auf seinen Zorn, indem sie höhnisch schmunzelte, denn auch sie war zornig; er hatte das kleine hölzerne Bollwerk ihres geheimen Lebens niedergerissen.

»Ich habe die Hoffnung aufgegeben, Euch jemals für mich zu gewinnen«, sagte ihr Gemahl. »Ihr betrachtet Eure Ehe beharrlich als eine Gefangenschaft, die Ihr stoisch über Euch ergehen lassen müßt, bis zu Eurer Freilassung. Aber es wird keine Freilassung geben, Cathinka.«

Sie sah ihn unbarmherzig an.

»Ich liebe Euch jedoch wegen Eurer Fügsamkeit. In dem Bemühen, Eure Abneigung gegen mich zu besiegen und im Sinne einer Einigkeit, die selbst dann weiterbestehen muß, wenn mein Versuch fehlschlägt, gewähre ich Euch drei Wünsche, meine Dame.«

»Wie im Märchen, was?« höhnte Cathinka.

Don Ignacio ging nicht auf diesen Anwurf ein. »Ihr müßt schwören, daß Ihr von allen Gebrauch machen werdet, wobei Ihr jedes Jahr einen Wunsch freihabt, beginnend am ersten Jahrestag unserer Vermählung, der nicht mehr weit entfernt ist. Schwört Ihr das?«

»Schwört Ihr, daß meine Wünsche in Erfüllung gehen werden?« Die auferlegte Wartefrist zwischen den einzelnen Wünschen behagte ihr nicht, störte sie aber auch nicht besonders, denn sie mußte ohnehin noch mindestens zwei ganze Jahre in Krebsburg verbringen, vermutlich auch dann, wenn Don Ignacio während dieser Zeit sterben würde. Immerhin könnte einer ihrer Wünsche diese sonderbare Klausel unwirksam oder auf zufriedenstellende Weise überflüssig machen, und sie wäre eine Närrin, wenn sie allein wegen dieses Vorbehalts das Angebot ihres Mannes nicht annehmen würde.

»Cathinka, ich habe nicht die Absicht, mit Euren Hoffnungen zu spielen. Die Wünsche, die ich Euch gewähre, werden tatsächlich in Erfüllung gehen, doch sie unterliegen noch verschiendenen anderen Bedingungen. Vielleicht solltet Ihr sie Euch anhören, bevor Ihr einwilligt, mein Angebot anzunehmen. Ich möchte Euch keinesfalls betrügen.«

»Genehmigt«, sagte Cathinka ironisch. »Nennt Eure ausgeklügelten Bedingungen. Bestimmt wiegen sie schwerer als das Gewähren der Wünsche, denn wenn Ihr im entferntesten meinem Vater gleicht, dann überragt Eure Schlitzohrigkeit Euren Großmut.«

Eine große, haarige Spinne stakste über die auf dem Boden verstreuten Papierbögen, und Don Ignacio trat gefährlich dicht an sie heran, während er seine Litanei von Vorbehalten und Bedingungen aufsagte.

»Laßt mich von vorn anfangen, Cathinka. Als erstes dürft Ihr nicht von unseren Ehegelübden abweichen. Zweitens dürft Ihr keinen körperlichen Schaden für mich oder Euch selbst herbeiwünschen. Drittens dürft Ihr nicht erwägen, einen von uns beiden in ein anderes menschliches Wesen zu verwandeln, ebensowenig wie in irgendeine andere Materie, beseelt oder unbeseelt — auch wenn ich für Euch reizvoller wäre als Schmetterling, als erlesener Kristall oder als ein vollkommenes Duplikat von Waldemar. Viertens dürft Ihr weder mich noch Euch selbst an irgendeinen anderen Ort im gesamten Universum versetzen. Und fünftens, wie ich bereits sagte, muß ein Jahr zwischen den einzelnen Wünschen vergehen.«

»Sehr gut, mein Gemahl. Das sind zwei Vorbehalte mehr als Wünsche. Eure Großherzigkeit erinnert mich an die des verstorbenen französischen Königs.«

»Obwohl es Euch offenbar nicht klar ist, Cathinka, herrschen inzwischen moderne Zeiten. Wer die Erfüllung von Wünschen ohne eine gründliche Absicherung gewährt, darf sich nicht über die verhängnisvollen Folgen einer solchen Dummheit beschweren. Zu unseren Gunsten, meine Dame, sei gesagt, daß keiner von uns beiden dumm ist. Denkt daran, was Euch beschert wird, nicht an meine weise getroffenen Vorsorgemaßnahmen.«

Cathinka gab sich mißmutig von Don Ignacios Logik geschlagen. Anschließend bat sie ihn, sich zurückziehen zu dürfen, damit sie über die vielen verwirrenden Möglichkeiten nachdenken könnte. Sie hatte mehrere Tage zur Verfügung, und sie wälzte das Problem der ersten beiden Wünsche so lang im Kopf herum, bis sie sich schließlich zunächst auf einen Wunsch festlegte, der versprach, sie von der Tyrannei des früheren Kapuziners zu befreien und gleichzeitig einen Weg zur Beendigung ihrer Einsamkeit zu pflastern. Wie letztendlich ihr dritter Wunsch lauten würde, wußte sie jedoch noch nicht, aber in der fatalistischen Welt des Grafen lautete das Motto: Kommt Zeit, kommt Rat, und die Zeit würde ganz bestimmt einen guten Rat mit sich bringen.

Der erste Jahrestag der Vermählung des Paares rückte heran, und Don Ignacio rief Cathinka in sein kleines, bedrückendes Arbeitszimmer, damit sie ihren ersten Wunsch ausspräche. Er hatte am Elektroskriptor gearbeitet, doch sobald er ihre Schritte auf dem festen Lehmboden hörte, drehte er sich zu ihr um und streckte ihr die verkrüppelt aussehenden Hände entgegen. Er bat sie, sie zu ergreifen, wie sie es damals in der Bibliothek ihres Vaters anläßlich ihrer Eheschließung getan hatte, doch sie erschauderte und verbarg die Hände auf dem Rücken.

»Ihr müßt mir gehorchen, wenn Ihr wollt, daß Eure Wünsche wahr werden.

»Eine sechste Bedingung«, bemerkte die junge Frau spitz.

»Mitnichten. Ihr habt bereitwillig geschworen, die fünf Bedingungen zu befolgen, die ich dargelegt habe. Ihr könnt diesen Schwur brechen, wenn Falschheit ein Teil Eures Wesens ist. Wenn Ihr allerdings meine Hände nicht ergreift, meine Dame, verwirkt Ihr Eure Wünsche, noch bevor Ihr einen einzigen ausgesprochen habt —

denn durch die Berührung wird die Vereinbarung besiegelt, und nur durch die Berührung, und deshalb ist unsere Berührung eher eine Grundvoraussetzung denn eine bloße Bedingung. Versteht Ihr mich, Cathinka?«

»Ich verstehe«, sagte sie und trat vor, um Don Ignacios Hände in die ihren zu nehmen.

»Dann wünscht Euch etwas.«

»Laut?«

»Ich bin kein Gedankenleser, mein Kind.«

Cathinka hatte nicht damit gerechnet, daß sie die Hände ihres Gemahls halten und ihm in das verschrumpelte Gesicht blicken müßte, während sie ihren Wunsch aussprach.

»Ich w-w-wnüsche m-m-mir, daß D-d-don Ignacio ...«

»Hört auf zu stammeln, Cathinka. Heraus mit jeglicher Gemeinheit, die Ihr Euch ausgedacht haben mögt.«

»Ich-wünsche-mir-daß-Don-Ignacio-in-einen-zehnjährigen-Schlaf-versinkt-während-dessen-er-gesund-bleibt-und-nur-angenehme-Träume-hat«, leierte Cathinka beinah feierlich herunter.

Ein Gefühl der Erleicherung, fast der Gelassenheit stieg in ihr auf — doch dieses Gefühl wurde gleich wieder erschüttert, als Don Ignacios Hände einen halben Meter in die Luft zuckten, ohne den Griff um die ihren zu lockern. Eine Art elektrischer Kraft schien durch Cathinkas Körper zu strömen und die mikroskopische Anordnung der Atome, aus denen sie bestand, zu verändern. Unterdessen blitzten die Augen des Affenmenschen wie winzige Spiegel.

Einen Augenblick später glitten seine Finger von ihr ab, und sie überkreuzte die Arme vor dem Magen, um die Hände zu verbergen. Don Ignacio war noch immer wachsam, noch immer auf der Hut, und er schwenkte zurück zum Elektroskriptor, um ihren ersten Wunsch auf den übergroßen Papierbogen in seiner Maschine niederzuschreiben. Es hatte den Anschein, als hätte er das formularähnliche Blatt eben für diesen Zweck eingespannt.

»Ihr seid eine kluge junge Frau, Cathinka. Indem Ihr ein wichtiges Substantiv abgeändert und Eurem Hauptsatz einen Nebensatz beigefügt habt, habt Ihr es geschafft, alle drei Wünsche in einen zu quetschen. Hattet Ihr beabsichtigt, das Euch Zugeteilte mit einemmal zu erschöpfen?«

»Das hatte ich nicht beabsichtigt.«

Don Ignacio bediente die Maschine. »Dann muß ich hier notieren, daß Euer erster Wunsch lautet, ich soll in einen zehnjährigen Schlaf versinken, Schluß. Das Adjektiv ist erlaubt, weil es die Dauer meines Schlafs bestimmt, was für die Strategie Eures Wünschens zweifellos von Bedeutung ist. Ich stelle überdies fest, meine Dame, daß Ihr gefährlich nahe an eine Verletzung jener Bedingung herangekommen seid, die verbietet, daß einem von uns körperlicher Schaden zugefügt wird ... Ich bewundere jedoch die Art, wie Ihr versucht habt, das Problem mit einigen netten, wenn auch unzulässigen Nebensätzen zu umgehen. Ihr laßt Eure Verschlagenheit mit der Hefe eines altmodischen Gewissens aufgehen.«

»Werdet Ihr also in Schlaf versinken?«

»Morgen, Cathinka. Gebt jedem Wunsch einen Tag Zeit, um wirksam zu werden. Ich werde mich ans Herrichten eines geeigneten Plätzchens für meinen Schlaf machen.« Mit vorwurfsvoller Würde schritt Don Ignacio aus dem Raum und überließ es seiner Frau, darüber nachzudenken, bis zu welchem Grad sie die Vorschriften einer seiner klar ausgedrückten Bedingungen verletzt hatte. Gewiß hatte sie das nicht beabsichtigt.

Vor den Mauern von Krebsburg schlichen Jaguare herum und kreischten Kapuziner schrille Beschimpfungen.

Am nächsten Morgen fand Cathinka mitten im überwucherten Klostergarten jenen Nachen, mit dem sie und ihr Gemahl durch den Dschungel bis zum Kloster gefahren waren. In dem Boot lag Don Ignacio, die Hände auf der Brust verschränkt, und das Fell an seinem Hals erinnerte an ein Gebinde von weißen Lilien. Er lag unter einem durchsichtigen Baldachin, für dessen Anbringung seine kleinen Vettern gehorsam gesorgt haben mußten, während ein Kakadu, weiß wie Schnee, auf dem Ausleger des sargähnlichen Kahns kauernd Totenwache hielt. Selbst im Schlaf war Don Ignacio der Herr von Krebsburg. Sofern er nicht vor Ablauf eines Jahrzehnts erwachte, hatte sich Cathinkas erster Wunsch erfüllt. Befreit von dem affengesichtigen Tyrannen, verbrachte sie den ganzen Tag singend.

Das darauffolgende Jahr war nicht so vergnüglich. Sie konnte Krebsburg nicht verlassen, denn sie hatte versprochen, es nicht zu tun, und sie war nicht in der Lage, sich mit ihren Mitbewohnern zu unterhalten, wie es Don Ignacio hatte tun können. Sie versorgten sie mit Nahrung und hüteten das Kloster so wachsam wie immer, denn ihr Herr lag schlafend in seinem Innern, doch Cathinka hatte keine echte Verbindung zu ihnen, und manchmal hatte sie das Gefühl, daß sie sie für ebenso minderwertig wie sich selbst hielten.

Einen Teil ihrer Zeit verbrachte Cathinka mit den bild- und musikerzeugenden Apparaten in den verschiedenen Räumen, doch die Musik vertiefte ihre Einsamkeit, und die Handlungen der Leute in den beleuchteten Fenstern der Holzkästen erschienen ihr entweder albern oder grausam. Außerdem weigerte sie sich, die Maschinen selbst in Gang zu setzen, und so war sie auf die mißmutige Hilfe der Kapuziner angewiesen, um sie einzuschalten. Gegenwärtig hatte sie gänzlich aufgehört, sich auf diese ermüdenden Wunderdinge zu verlassen. Was den Apparat anging, durch den Don Ignacio mit den Dämonen Verbindung aufgenommen hatte, so lehnte es Cathinka weiterhin strikt ab, sich mit ihm zu beschäftigen.

Wenn es den Elektroskriptor nicht gegeben hätte, wäre das Jahr unerträglich gewesen. Selbst mit der Unterstützung dieser Maschine, ihrer wundervollen Fähigkeit, die feinsten Nuancen ihres Seelenlebens begreifbar zu machen, kam sich Cathinka häufig vor wie ein Wanderer am Rande einer endlosen Wüste. Sie würde sterben, bevor sie die andere Seite erreichte. Sie starb jedoch nicht. Sie fertigte zwei weitere Teakholzkästen an, um ihre Manuskriptseiten unterzubringen, und sie überlebte die unendlich erscheinenden zwölf Monate, indem sie Philosophien, Phantasien, Strategien und Lügen verfaßte. Das Innere ihres Kopfes war weitläufiger als Krebsburg oder der riesige Dschungel ringsum.

Der zweite Jahrestag von Don Ignacios und Cathinkas Austausch von Ehegelöbnissen begann mit einem strahlenden und wolkenlosen Morgengrauen, so wie jeder andere Tag des vorangegangenen Monats. Es war Zeit für ihren zweiten Wunsch.

Cathinka bedeutete einer Schar Affen, den Baldachin von der ungewöhnlichen Ruhestätte ihres Gemahls zu heben. Als sie sich entfernt hatten, kniete sie neben dem Nachen nieder, um ihren Wunsch auszusprechen, doch sie zögerte, Don Ignacios Hände zu ergreifen, weil sein Körper so eingefallen und zerbrechlich aussah. Er schlief, doch er hatte sich wenig von seiner Robustheit bewahrt, und sein qualvoller Gesichtsausdruck ließ darauf schließen, daß seine Träume alles andere als angenehm waren. Der Anblick erschütterte Cathinka, denn seit einem Jahr hatte sie sich bewußt immer nur am Rande des Gartens bewegt. Sie wurde dadurch außerdem daran erinnert, daß sie nicht zu viele Nebenbegehren in der Formulierung ihres nächsten Wunsches unterbringen durfte. Die Magie war eine konservative Wissenschaft.

Nach kurzer Zeit hatte sie ihr Zögern jedoch überwunden, und sie ergriff die Hände ihres Gemahls. »Ich wünsche mir, daß Waldemar hier sein soll«, sagte sie.

Was hätte geschickter oder einfacher sein können? Sie hatte alle von Don Ignacio gestellten Bedingungen beachtet — denn sicher bedeutete die Ankunft eines männlichen Besuchers an sich keinen Treuebruch —, und sie hatte bewußt jeder Versuchung widerstanden, doppeldeutig zu werden oder einen Schritt weiter zu gehen.

Dann zuckten Don Ignacios Hände hoch und hätten Cathinka beinah umgeworfen, und für den Bruchteil einer Sekunde glaubte sie, er habe die Absicht, sie in den Kahn und auf ihn drauf zu ziehen. Sie gewann jedoch das Gleichgewicht wieder, elektrifiziert durch die Kraft, die aus seinem kleinen Körper in ihren großknochigen geströmt war. Zitternd, sowohl vor Erwartung als auch vor Kraft, brachte sie den Baldachin wieder an seinem Platz an, und zwar ohne jede Hilfe von den Mitbewohnern des Anwesens.

In der Nacht überfiel sie die Angst, ihr Wunsch könnte auf eine häßliche oder höhnische Weise auf sie zurückschlagen; die Götter des Altertums hatten den Menschen Wünsche gewährt, um sie zu umgarnen und dann zu enttäuschen, wie es zum Beispiel im Fall des phrygischen Königs Midas geschehen war. Wenn Don Ignacio ein Untergebener des Satans war, dann würde irgendwann diese Tradition auch sie zugrunde richten.

Angenommen, Waldemar war während des vergangenen Jahres gestorben. Dann würde morgen eine Leiche auf Krebsburg eintreffen. Oder angenommen, wenn er den Fuß ins Innere der Klostermauern setzte, würde sie für ihn unsichtbar, weil sie beide nicht mehr im selben Zeitrahmen existieren oder weil Don Ignacio sie boshafterweise ihrer Körperlichkeit beraubt hatte. Vielleicht war sie in einen Geist verwandelt worden, der außerhalb von Alcázar de Cáncer gar nicht mehr leben konnte. Indem sie sich in die Seite boxte und in die Nase zwickte, widerlegte sie dem Anschein nach die letztere Hypothese (beide Handlungen verursachten echte

Schmerzen), doch Cathinka machte sich trotzdem weiterhin Sorgen.

Am Spätnachmittag des folgenden Tages fiel Waldemar aus dem Himmel auf Krebsburg. Cathinka sah ihn herunterkommen. Er baumelte an einem Dutzend oder mehr Stricken unter einem aufgebauschten grellbunten Zelt, wie eine Marionette, die versuchte, der Umhüllung eines schwebenden Kissenbezugs zu entkommen. Welch eine absonderliche und schöne Ankunft!

Waldemar landete nicht weit von Don Ignacios Lagerstatt entfernt, in einem kleinen Gestrüpp; er brauchte fast dreißig Minuten, um sich daraus freizuzappeln. Obwohl er sichtlich erstaunt war, Cathinka in dem Garten anzutreffen, reagierte er angemessen sowohl auf ihre Willkommensrufe als auch auf ihre vielen aufgeregten Fragen, während er seine Leinen aus der Umklammerung des Gestrüpps schnitt. An einem Punkt ließ er sich mürrisch zu der Erklärung herab, daß irgendwelche ›Schelme‹ in einer fliegenden Maschine, neidisch auf seinen Anteil an ihrer Fracht, die aus ›magischen Pflanzen‹ bestand, ihn in die Luft geschleudert und ihm nichts als seinen farbenfrohen Seidenbeutel gelassen hatten, sozusagen zur Beruhigung ihres Gewissens. Waldemar verwünschte dieses unbekannte Pack. Mit Beutel oder ohne, sie hatten bestimmt nicht damit gerechnet, daß er diesen schrecklichen Sturz überleben würde.

»Dann ist dein Erscheinen hier nicht der Höhepunkt einer gezielten Suche?« fragte Cathinka.

»Ich hatte niemals die geringste Ahung, wo du bist«, antwortete Waldemar und sprach sie damit endlich wie ein echtes menschliches Wesen und nicht wie einen Geist an. »Der Graf wollte es mir nicht verraten, und vor etlichen Monaten habe ich unsere Heimat verlassen, um in der Fremde mein Glück zu machen. Die Welt hat sich in der kurzen Zeit gewaltig verändert, Cathinka. Mord und Totschlag wüten in allen Hauptstädten, die Gesellschaft bewertet überlieferte Weisheit geringer als jugendliches Draufgängertum, und eine emporgekommende Nation sonnt sich sogar in der Behauptung, sie habe Besucher auf den Mond geschickt.« Nachdem er alle Stricke durchgeschnitten hatte, fiel Waldemar auf den Gartenboden. Dort saß er auf einem Erdhaufen und sagte: »Gefahren, Gepränge und waghalsige Unterhehmungen sind an der Tagesordnung. Aber jedenfalls, Cathinka, ich bin wahrhaftig am Leben.«

»Undank deiner treulosen, gierigen Begleiter.«

»Undank, in der Tat.«

So begann das Jahr, das Cathinkas zweitem Wunsch folgte. Er hatte sich erfüllt, der Wunsch. Ihr Geliebter war wieder bei ihr, und in einer Reihe von Befragungen an verschiedenen Stellen überall auf dem Anwesen zählte sie Waldemar die Ereignisse auf, die vor ihrer unwahrscheinlichen Wiedervereinigung stattgefunden hatten. Während sie dastanden und auf die verkrüppelte Gestalt in dem Nachen hinunterblickten, erzählte sie ihm auch von den Bedingungen, in die sie eingewilligt hatte, um die drei Wünsche vorbringen zu können, von denen der wichtigste, letzte noch ausstand.

Waldemars helle Augen glühten wie Kohlen unter dem anfachenden Hauch eines Blasebalgs. Mußte wirklich wieder ein ganzes Jahr vergehen, fragte er sich laut, bevor sie erneut einen Wunsch aussprechen konnte? Cathinka versicherte ihm, daß es sich genauso verhielte. Er blinzelte zu der zusammengeschrumpften Gestalt von Don Ignacio hinunter, als ob er eine unappetitliche Vorspeise auf einer mit Glas abgedeckten Platte wäre. Sein Ekel vor dem Affenmann schien so tiefgreifend zu sein wie ihr eigener, wie Cathinka mit einem überraschenden Aufkeimen von Groll bemerkte. Dieser Anflug ging vorüber.

Wie die Welt, so hatte sich auch Waldemar verändert. Er war noch immer schweigsam — tatsächlich sprach er mehr zusammenhängende Sätze während des Losschneidens seines Seidenbeutels als im Laufe der ganzen nächsten Woche —, doch seine Zurückhaltung, was seine Werbung um ihre Liebe betraf, war ganz und gar verschwunden. Er nahm jede Gelegenheit wahr, um ihr die Hand zu küssen. Des Morgens brachte er ihr Blumen aus dem Dschungel. Er schritt des Nachts vor ihren Gemächern im Flur auf und ab. Nachdem er den Umgang mit Don Ignacios Elektroskriptor erlernt hatte, fertigte er fehlerlose Abschriften von hübschen Carpediem-Gedichten, die er anschließend durch den Schlitz unter ihrer Tür schob oder gefaltet unter die silberne Fruchtschale auf ihrem Frühstückstablett legte. Zwei der späteren Gedichte waren seine eigenen Werke; sie besaßen weder ein Versmaß, noch hoben sie sich durch ihren Reim hervor, doch sie flammten in Cathinkas Herz auf wie Wunderkerzen, vor allem wegen der ungestümen Leidenschaft und übermächtigen Gefühlsfülle, die aus ihnen sprachen. Hatte Waldemars Versetzung aus einem arktischen in ein tropisches Klima ihn derart entflammt? Der Mann benahm sich allmählich wie ein typischer Freibeuter.

Cathinka wußte nicht, wie sie darauf reagieren sollte. Sie erinnerte sich daran, daß eine von Don Ignacios Hauptbedingungen für die Erfüllung ihrer Wünsche gelautet hatte, keiner von ihnen durfte ihre Ehegelöbnisse verletzen. Sie konnte Waldemars Werben nicht nachgeben, ohne ihr Wort zu brechen, denn ihr Geliebter war als unmittelbare Folge ihres zweiten Wunsches zu ihr gekommen. Bei ihm zu liegen wäre also in mehrerlei Hinsicht Betrug.

Und doch sehnte sie sich danach, sich ihm hinzugeben. Der Wendekreis des Krebses hatte seine amourösen Metastasen in ihrem Blut wuchern lassen, und jeder Atemzug von Waldemar war eine so poetische Herausforderung wie ein Gedicht. Cathinka grübelte und grübelte und grübelte. Sie und Don Ignacio hatten ihre Ehe niemals vollzogen. In Anbetracht dieses Umstandes war es vielleicht kein Treuebruch, wenn sie ihrem noch immer unbefriedigten Fleisch nachgab …

Jemand klopfte an ihre Tür. Natürlich Waldemar. Die Affen kamen niemals aus eigenem Antrieb zu ihr. Sie forderte ihn auf einzutreten. Seine hellen Augen funkelten wie Diamantsplitter. Er packte sie bei den Schultern und brachte sein Anliegen mehr mit dem Körper als mit einer Flut von leidenschaftlichen Äußerungen vor. Cathinka befreite sich von ihm, und er starrte sie an, keuchend wie ein Wasserspaniel. Auch sie keuchte. Ein Affe, der in einem Kanu in komagleichem Schlaf lag, verweigerte ihr das, wonach sie sich am meisten verzehrte, eine Vereinigung der Wesen, sowohl geistig als auch fleischlich, mit Waldemar. Was für ein absurdes und demoralisches Hindernis das kleine Vieh errichtet hatte!

»Heutzutage, Cathinka«, erklärte ihr Waldemar, »verlangt die Keuschheit keine so heftige Verteidigung.«

»Meine Keuschheit ist nicht das Thema«, entgegnete sie und stützte sich gegen das Schreibpult. Um Waldemars Intelligenz nicht zu verhöhnen, verzichtete sie darauf zu sagen, welches das eigentliche Thema war. Er dankte ihr diese Einfühlsamkeit, indem er ein Bündel vergilbter Papiere aus dem Busen zog und in seinen Händen entfaltete. Cathinka nickte zu den Papieren hin. »Was hast du da?« fragte sie ihn.

»Einen Teil von Don Ignacios Aufzeichnungen. Darin sind die Einzelheiten beschrieben, die vor so langer Zeit dazu geführt haben, daß er deinem Vater das Leben rettete. Der Graf, so scheint es, war von einer Bande wilder *indios* gezüchtigt worden, weil er versucht hatte, seine Leidenschaft einem ihrer jungen Mädchen aufzuzwingen. Don Ignacio schlug der Bande einen Handel vor, um ihn zu retten. Wenn du dich an die Prinzipien deines Erzeugers halten möchtest, Cathinka, dann geht dein gegenwärtiges Verhalten weit über jenes großzügige Maß hinaus.«

»Entferne dich!« sagte Cathinka unnachsichtig.

Waldemar verneigte sich, doch vor seinem Abgang schleuderte er die Seiten aus Don Ignacios Tagebuch auf den Boden des Gemachs. Nachdem er gegangen war, sammelte Cathinka die Blätter ein und las sie. Anschließend weinte sie. Indem er ihr sämtliche Illusionen über die Vergangenheit ihres Vaters geraubt hatte, hatte ihr Geliebter ihr auch die Illusionen über die Natur seines eigenen Charakters geraubt. Zwei Fliegen mit einer Klappe. Der prägnante Sinnesgehalt dieser Redewendung wurde Cathinka zum erstenmal so richtig klar, und sie verbrachte eine ruhelose, melancholische Nacht.

Jetzt, so glaubte sie, würde Waldemar Krebsburg verlassen. Er war nicht durch Versprechen oder Gelübde gebunden, und sie bereute die aus Liebeskummer entstandene Torheit ihres zweiten Wunsches. Je eher sie ihn aus ihrem Leben entfernte, desto eher wäre sie in der Lage, ihre Klugheit für einen Zweck zu verwenden, an dem er keinen Anteil hatte.

Waldemar jedoch beschloß zu bleiben. Er hörte auf, Blumen zu pflücken und Gedichte zu schreiben, doch er leistete ihr bei den Mahlzeiten Gesellschaft und sprach angenehm von ihrer gemeinsamen Jugend im hohen Norden. Cathinka dachte darüber nach, daß sie in ihrem Leben Fehler gemacht hatte; vielleicht schuldete sie ihrem ehemaligen Freier, daß er seinerseits auch einen oder zwei Fehler machen durfte.

Diese Schwankungen von Meinung und Stimmung hielt sie beständig in täglichen Niederschriften mit dem Elektroskriptor fest. Manchmal hörte sie des Nachts, wie Waldemar sich an Don Ignacios anderen erstaunlichen Maschinen zu schaffen machte; er bedurfte nicht der Hilfe der Affen, um sie in Gang zu setzen. Seine Vertrautheit mit den Gerätschaften störte sie. Vielleicht waren es diese Spielzeuge — und nicht etwa die Sorge um ihr Wohlergehen —, die ihn zum Bleiben veranlaßt hatten. Sie schrieb und schrieb, doch diese Frage blieb für immer ungelöst.

In mondhellen Nächten pflegte Cathinka in den Garten zu gehen und über dem verzerrten Gesicht und dem verkrümmten Körper ihres Gemahls zu brüten. Ein unwiderstehlicher Drang trieb sie dazu. Er schien in seinem Schlummer einzugehen. Seine Knochen zeichneten sich als eckiges Gerippe unter den dünnen Zotteln seines Fells ab. Wie ein Haufen gebleichter Steine trat sein Schädel aus seinen zerfallenen Gesichtszügen hervor. Das Mondlicht verklärte diesen Vorgang. Es war gespenstisch und schön. Es war normal und abstoßend. Es war äußerst verwirrend. Cathinka ertappte sich dabei, daß sie Don Igancios Quasi-Kadaver mit den Erinnerungen an seine Zärtlichkeit und Geduld einhüllte. Während sein Körper verfiel und sein Gesicht schrumpfte wie eine blasse Rosine, lebte die Intelligenz, die den Affenmenschen beseelt hatte, in ihrer Vorstellung wieder auf. Gleichermaßen erinnerte sie sich an die mystische Kraft seiner Hand, die erschreckende Eindringlichkeit seines Blicks.

Seit Monaten jedoch waren seine Hände zu Fäusten geballt und seine Augen fest geschlossen. Wenn er nun vor dem dritten Jahrestag ihrer Vermählung stürbe? Sie hatte ausdrücklich einen zehnjährigen Schlaf gewünscht, und Don Ignacio hatte dieses Adjektiv ohne sichtliche Mißbilligung durchgehen lassen; doch wenn nun der gebrechliche Gewährer des Wunsches einen zehnjährigen Schlaf nicht unbeschadet überdauern könnte? Der vorzeitige Tod ihres Gemahls würde ihren dritten Wunsch vereiteln.

Närrin! schalt sich Cathinka selbst. Der Tod deines Gemahls würde dir die Freiheit bescheren, Waldemar zu umfangen, ohne zu Wünschen Zuflucht zu nehmen.

Diese Erkenntnis bedeutete ihr keinen Trost.

Als sie in dieser Nacht zu ihrem Gemach zurückkehrte, glaubte sie, den Elektroskriptor abgehackt klappern zu hören. Dann verstummte das Geräusch. Verwirrt ging sie weiter zu ihrem Zimmer. Dort traf sie Waldemar an, der an der Maschine herumbastelte. Als er ihrer ansichtig wurde, zog der junge Mann ein Stück Papier aus der Halterung und versuchte, es in der Hand zu zerknüllen. Cathinka entwand ihm das Blatt und überflog das kurze Schriftstück einen zornerfüllten Augenblick lang. Darin wurde eine Geschichte dargelegt, in der sie, Cathinka, ihren dritten Wunsch dazu benutzte, um Reichtum und Macht auf den armen Schlucker Waldemar herabzubeschwören. Seine Eltern (so bezeugte das Schriftstück) hatten ihn wegen seiner vielen zwielichtigen Ausschweifungen enterbt, doch mit Hilfe des Wohlstandes und der Macht, die ihm aus ihrem dritten Wunsch erstanden, plante er, sich bei ihnen zu rächen. Waldemar beeilte sich zu erklären, daß diese Erzählung nur ein Phantasiewerk sei, ausgedacht, um die Leistungsfähigkeit des Elektroskriptors nach der von ihm durchgeführten Reparatur zu überprüfen — doch als Cathinka die Hände an die Maschine legte, funktionierte sie überhaupt nicht mehr.

»Du hast das auf *meinem* Apparat geschrieben, in der Hoffnung, auf diese Weise meinen dritten Wunsch beeinflussen zu können«, beschuldigte Cathinka den jungen Mann. »Doch die Unmäßigkeit deines Begehrens hat das Versagen der Maschine ausgelöst und deine Schurkerei entlarvt. Waldemar, ich fordere dich auf, für immer von hier zu verschwinden.«

»Nicht bevor du deinen letzten Wunsch ausgesprochen hast.«

»Es müssen noch viele Monate vergehen, bis das möglich ist, und ich habe kaum die Absicht, deine Empfehlungen zu befolgen, wie mein letzter Wunsch lauten soll.«

Waldemar rief mit blitzenden Augen aus, daß dieser Abend ebenso geeignet sei wie der Jahrestag ihrer Vermählung. Wenn sie ihm nicht zustimmte, drohte Waldemar, werde er den unnatürlichen Don Ignacio in seinem vorgefertigten Sarg erschlagen und so ein für allemal die Möglichkeit für einen dritten Wunsch zunichtezumachen. Um diese Drohung in die Tat umzusetzen, hastete Waldemar aus Cathinkas Zimmer und durch den offenen Wendelgang in Richtung Garten. Trotz der tropischen Hitze trug Cathinka ein kurzärmeliges Hausgewand mit einer langen gestickten Schleppe. Sie konnte nicht hoffen, in einem derart hinderlichen Kleidungsstück gegen Waldemar einen erfolgreichen Kampf auszufechten. Ohne einen Augenblick lang zu zögern, warf sie es ab. Dann war sie nur noch mit einem elfenbeinfarbenen Spitzenhemdchen und einer passenden knielangen Rüschenhose bekleidet; ihr langes Haar flog, als sie aus dem Zimmer rannte, um den niederträchtigen jungen Mann zu verfolgen.

Im Garten fand sie Waldemar in einer Haltung entschlossener Anspannung, mit gebeugtem Rücken und gekrümmten Fingern, um den Baldachin von dem Nachen zu reißen. Seine Arme reckten sich hoch, und die durchsichtige Abdeckung flog in das Dickicht von Unkraut, als ob es nicht mehr als eine Qualle wöge. In späteren Jahren sollte sich Cathinka daran erinnern, daß dieser Anblick, anstatt sie zu erschrecken, einen ungestümen Kampfesgeist in ihr erweckte, eine Energie, die möglicherweise aus der heldenhaften Unterdrückung ihrer natürlichen Begierden erwachsen war. Oder vielleicht war diese Energie auch die Kraft der Rechtmäßigkeit, die sich gegen die nackte Sünde behauptete.

Als Waldemar die Hand nach Don Ignacio ausstreckte, brach Cathinka durch die schlangenartigen Ranken und unanständig aussehenden äquatorialen Blüten, packte den Verräter bei den Haaren und schleuderte ihn ebenso mühelos zur Seite, wie er das kristallklare Schutzdach der Lagerstätte weggeworfen hatte. Er ging jedoch nicht zu Boden, sondern hielt sich an dem dornigen Stamm eines kleinen Baumes fest, drehte sich blitzschnell um und stürzte auf Cathinka zu wie ein grunzender Eber.

Sie rangen miteinander, Waldemar und Cathinka, aufrecht stehend und sich so geringfügig zur einen oder anderen Seite bewegend, daß ein unwissender Beobachter hätte meinen können, sie schmusten miteinander. Das Kräfteverhältnis zwischen ihnen war vollkommen ausgeglichen. Affen versammelten sich auf den Ziegeldächern und den Strohmatten der Windfänge, um dem Kampf zuzusehen. Die Kämpfenden taten indessen nichts anderes, als jeweils in den Armen des anderen zu schwanken. Verdattert über ein solches Verhalten gaffte der Mond (auf dem die Menschen vor kurzem spazierengegangen waren) mit offenem Mund herunter. Ein Vogel schrie, und der Hauch des Dschungels wurde zum angehaltenen Atem von Cathinkas vorübergehend einsetzenden Unsicherheit. Liebte sie diesen Mann, oder haßte sie ihn?

Sie haßte ihn.

Unter Aufbietung ihrer äußersten Zornreserven schob Cathinka Waldemar von sich. Als er versuchte, sich wieder in ihre Arme zu drängen, um ihr die Rippen zu quetschen, bis sie wie spröde Schilfhalme brächen, stieß sie ihm den Ellbogen in den Mund. Er wich zurück, seine Lippe blutete. Sie bohrte ihm den Kopf in die Schulter, machte einen Schritt zur Seite, versetzte seinem Ohr einen Schlag mit Faust und Unterarm, mußte einen gegnerischen Hieb gegen die Schläfen einstecken, taumelte, verpaßte ihm aus geduckter Haltung einen Aufwärtshaken in den Magen, stand wieder aufrecht, ließ ein Bataillon von Fingerknöcheln in sein Gesicht sausen, wonach sein wütendes Gesicht fast so hell wie der Mond leuchtete, durchbrach mit beiden Händen seine geschwächte Verteidigung, drückte ihm die Daumen auf den Adamsapfel und spannte die Finger wie eine Aderpresse um seinen pochenden Hals. Er rächte sich, indem er ihr das Knie zwischen die Beine stieß, als ob sie ein Mann wäre. Eine Herde von zuschauenden Kapuzineraffen hüpfte von Dach zu Dach, erhob ein

Gewirr von zweideutigen Ermunterungsrufen über dem Kampffeld oder verfiel in gespanntes Schweigen, wenn es den Anschein hatte, als wäre einer der Kämpfer im Begriff, den anderen fertigzumachen.

Der Kampf dauerte Stunden. Er verlagerte sich von einer Ecke des Gartens in eine andere, verlief einmal zugunsten von Cathinka, dann wieder von Waldemar, und stand zwischendurch, während von Keuchen untermalten Pausen, unentschieden. Don Ignacio schlief während der ganzen Zeit so tief und friedlich, wie ein Baby während eines Familienkrachs, bei Gewitter und dem Heulen von Fliegeralarmsirenen weiterschläft. Cathinka war zwar nicht mehr auf dem Rücken eines Pferdes geritten und hatte sich auch nicht im Bogenschießen geübt, seit sie die Besitztümer ihres Vaters verlassen hatte, doch sie hatte sich ihre Muskelkraft ersatzweise durch ausgedehnte Wanderungen durch das Labyrinth des Klosters und das Jonglieren mit kleinen Gewichten bewahrt, und sie hatte länger Zeit gehabt, sich an die lähmende, drückende Schwüle des Dschungels zu gewöhnen — und das hatte zur Folge, daß sich der japsende junge Mann gegen Morgen vollkommen erschöpft hatte. Sein männlicher Stolz hatte seine auf den ersten Blick nicht wahrnehmbare Plumpheit so lang wie möglich wettgemacht. Cathinka, die die Hände faltete und ihm damit einen schwungvollen Ausleger unters Kinn verpaßte, der wie eine dornenbewehrte Keule wirkte, machte ihrem eintönigen Schlagabtausch ein Ende. Zwischen den Nadeln einer plattgedrückten Sukkulente lag Waldemar, voller blauer Flecke und Kratzer, immer noch einigermaßen bei Bewußtsein, aber unfähig, sich zu erheben. Cathinka stand in den Fetzen ihres hellen Spitzenhemdchens, die wie Friedensbanner flatterten, über ihm, und sie ähnelte stark der zentralen Gestalt in Delacroix' Gemälde *Die Freiheit führt das Volk an.*

Enttäuscht, weil der Kampf beendet war, zeigten die Kapuzineraffen kein Interesse an der überaus symbolträchtigen Erscheinung Cathinkas. Sie kehrten in den Dschungel zurück oder zu den verfalleneren Klosterräumen von Alcázar de Cáncer, um sich auszuruhen. Sie würden einen oder zwei Tage brauchen, um sich von den Ereignissen zu erholen, deren sie Zeugen geworden waren.

Später versorgte Cathinka Waldemar mit Proviant und schickte ihn in Begleitung derjenigen von Don Ignacios Vettern weg, die sich nicht zum Schlafen zurückgezogen hatten. Sie und der junge Mann wechselten kein Wort mehr, weder während der Vorbereitungen für seine beschwerliche Reise noch im endgültigen Augenblick seines widerwilligen Aufbruchs. Papageien und Kakadus flogen Beobachtungseinsätze, um sicherzugehen, daß Waldemar keinen Versuch unternahm, kehrtzumachen. Cathinka war wieder allein.

Ein übersinnlicher Friede legte sich auf ihr Gemüt. Sie zog das zerrissene Spitzenhemd aus und streifte die knielange Rüschenhose ab. Sie badete ihre Wunden in Brunnenwasser. Sie stärkte sich durch den Genuß von Früchten. Sie kleidete sich nicht wieder an, sondern schlief nackt in ihrem Gemach unter den Augen einer blaugezackten Echse. In jener Nacht, in der folgenden Nacht und in jeder weiteren Nacht bis zum dritten Jahrestag ihrer Vermählung mit Don Ignacio besuchte sie in dieser vorsteinzeitlichen Aufmachung ihren Gemahl an seiner Totenbahre. Sein eingefallener Körper schien sich zu straffen, seine verschrumpelten Gesichtszüge schienen glatter zu werden. Er schlief natürlich weiter, doch offenbar war wieder ein Quäntchen Gesundheit in ihm, und die Träume, die durch seinen Schlaf flackerten, ließen sein affenhaftes Gesicht häufig weicher erscheinen, ohne daß es dadurch einen Deut menschlicher geworden wäre. Cathinka war das egal. Sie suchte Don Ignacio mit solcher Regelmäßigkeit auf, wie sich ein Tier bei einem Experiment zu seinem Futtertrog begibt. Weit davon entfernt, die Empfindungen des in ihnen Gefangenen abzustumpfen, sind manche Gewohnheiten lebenswichtig und lebenserhaltend. Jedenfalls redete Cathinka sich das ein, und allmählich glaubte sie auch daran. Jetzt, da die Nacktheit ihre übliche Gewandung war, fühlte sie sich nicht mehr als Fremdkörper auf Krebsburg.

Während der letzten paar Tage vor dem dritten Jahrestag begann ein Flaum hübschen weißen Haars auf Cathinkas Schlüsselbein zu sprießen. Er verlief in Abstufungen von ihrem Hals bis zu ihrer Brustkuhle und verbreitete sich über die Brüste, etwa in der Art, wie Frost die sonnengebleichten Steine in einem winterlichen Strom mit einem Pelz versieht. Dieser Pelz glänzte auf ihrem schimmernden Körper, und Cathinka, die den Flaum an ihrem Hals zu Löckchen drehte, indem sie ihn um einen Zeigefinger wickelte, saß da und betrachtete das magische Wesen in dem Nachen. Endlich, als der Tag gekommen war, den Don Ignacio ihr als denjenigen genannt hatte, an dem sie ihren Wunsch aussprechen sollte, ergriff Cathinka die Pfoten ihres Gemahls und sprach ihn leise aus …

XLI

Stevie lehnte sich vollkommen ausgelaugt von dem Elektroskriptor — vielmehr der Exceleriter — zurück. Um ein Uhr, nicht lange nach dem Anruf von David-Dante Maris, war sie heraufgekommen und hatte angefangen, eine Kurzgeschichte zu schreiben. Ein Blick auf ihre Armbanduhr verriet ihr, daß es jetzt ungefähr zehn Minuten nach drei war, fast Zeit, daß Marella von der Schule kommen und in den Korridor hereinstapfen würde. Nachdem sie fast den ganzen Morgen vertrödelt hatte, hatte Stevie ›Die Braut des Affen‹ in etwas mehr als zwei Stunden fertiggestellt, eine Leistung, die sie kaum glauben konnte. Sie stellte eine überschlägige Berechnung an und kam zu dem Ergebnis, daß sie alle fünfzehn Minuten durchschnittlich fast tausend Worte geschrieben hatte. Noch nie in ihrem Leben hatte sie mit einer solchen Geschwindigkeit gearbeitet. Noch nie in ihrem Leben hatte sie sich so ganz und gar in einen Stoff vertieft, der durch die Nervenstränge ihrer Phantasie aufs Papier geflossen war. Noch nie in ihrem Leben hatte sie sich bewogen gefühlt, ihre eigenen Erfahrungen in die unheimliche, rätselhafte Dichtung der Mythologie umzusetzen. *Wuff!* Eine Kurzgeschichte von schätzungsweise siebentausendfünfhundert Worten in zwei Stunden!

»Und dabei ist sie auch noch gut«, sagte Stevie und rieb sich die Arme. »Für jemanden, der zum erstenmal so etwas schreibt, ist sie verdammt gut gelungen.«

Wohin sollte sie sie schicken? Sie hatte keine Ahnung. *Atlanta Fortnightly* brachte niemals Erzählungen, und sie konnte sich nicht erinnern, jemals eine Geschichte dieser speziellen Machart in *The New Yorker* oder im *Esquire* gelesen zu haben. Die meisten Zeitschriften hatten sich ausschließlich der Fantasy-Richtung verschrieben, zahlten erbärmliche Honorare und hatten nur eine begrenzte Leserschaft; das wußte sie genau, weil sie emsig die Verkaufslisten in Schriftstellerblättern verfolgte. Die gutzahlenden Männerzeitschriften mit hohen Auflagen würden andererseits wahrscheinlich keine Geschichte mit einer weiblichen Hauptfigur anrühren, schon gar nicht, wenn diese ihren Taugenichts von Freund in einer die ganze Nacht dauernden Rauferei so richtig schön zur Minna macht. Genausowenig war Cathinka vermutlich die Heldin, die die Redakteure von *Redbook* oder *Cosmopolitan* zu Begeisterungsstürmen hinreißen würde, obwohl — angenommen, irgendwo säße dort eine geistig flexible und wache Person in der Redaktion, dann könnte ihre Geschichte eine *halbe* Chance haben ...

Wo waren die komisch-düsteren Geschichten von Karen Blixen, besser bekannt als Isak Dinesen, zum erstenmal erschienen? fragte sich Stevie. Oder waren sie dazu verurteilt gewesen, ihre Veröffentlichung als Buch abzuwarten, um ans Tageslicht zu kommen? Wie war das mit den Märchen von Oscar Wilde? Und den Gespenstergeschichten von Coppard und Montague James? ... Sollte sie es bei einem Science Fiction Magazin wie *Asimov's* oder *Omni* probieren? Besonders bei der letztgenannten Publikation wurde ganz gut gezahlt, und in dieser Reihe hatte sie interessante Sachen von Autoren wie Harlan Ellison, Walter Tevis und Ray Bradbury gelesen ...

Nun, sie brauchte sich ja kaum in den nächsten zehn Minuten zu entscheiden. Warum lehnte sie sich nicht einfach zurück und genoß ihren ersten angenehmen Leistungsschub? Er würde schnell genug vergehen, wahrscheinlich in dem Moment, in dem sie die Seite, die jetzt noch in der Maschine steckte, herauszog und ein Blatt mit Wasserzeichen plus Durchschlagpapier einspannte, um die Fassung zur Vorlage beim Verlag anzufertigen. Sie hatte es sich nie leisten können, eine Maschinenschreiberin zum Abtippen ihrer Entwürfe zu beschäftigen, und außerdem traute sie auch niemandem so recht zu, aus ihren handschriftlichen Korrekturen schlau zu werden. Welches triumphierende Schlußzeichen würde eine erfahrene Maschinenschreiberin ans Ende eines erzählerischen Werks setzen? Zeitungsreporter und Verfasser von dokumentarischen Artikeln benutzten häufig das alte Telegrafensymbol — 30 — als Schlußzeichen.

»›Ende‹«, empfahl Stevie sich selbst. »Setze ein dickes fettes Warner-Brother-›Ende‹ genau hier an den Fuß der Seite.« Sie ließ das Typenrad der Exceleriter in die Mitte fahren, betätigte zwei- oder dreimal die Rücktaste, drückte die Umschalt- und gleichzeitig die Feststelltaste und fing an zu tippen. Sie kam nicht dazu. Die Maschine nahm ihr unvermittelt die Sache aus der Hand:

GERN GESCHEHEN.

Stevie faltete die Hände und schlug damit auf das Gehäuse der Maschine wie mit dem Dornenkopf einer mittelalterlichen Keule. Die Maschine verstummte. Immer noch zitternd vor Erregung und Wut versetzte sie der Exceleriter noch drei weitere Schläge, Hiebe von nachlassender Kraft, nach denen ihre Handballen schmerzten.

»Gern geschehen, so, ist es das? Was, zum Teufel, ist gern geschehen? Was bildest du dir ein, für mich getan zu haben?«

Die Schreibmaschine antwortete nicht; Stevie riß gewaltsam die letzte Seite ihrer Erzählung von der Walze und legte sie flach auf den Schreibtisch, strich **GERN GESCHEHEN** mit ihrem Kugelschreiber dick durch und schrieb in Blockschrift und ungleichmäßigen Großbuchstaben ENDE darunter. Es war ihre Geschichte, nicht die der gottverdammten Exceleriter!

Aber du hast in deinem ganzen Leben noch nicht so viele Wörter in so kurzer Zeit geschrieben, grübelte Stevie und erwies sich damit als Verräterin an ihrer eigenen Empörung. Ganz sicher hast du noch nie eine Kurzgeschichte geschrieben, und in ›Die Braut des Affen‹ ist es dir irgendwie gelungen, 'Kritz als eine sympathisch-romantische Gestalt darzustellen. Hätte das dein eigenes Unterbewußtsein zugelassen, wenn es ohne fremden Einfluß gearbeitet hätte? 'Kritz ist ein widerliches kleines Vieh, doch Don Ignacio besitzt heroische Eigenschaften, durch die Cathinka sich schließlich umstimmen läßt. Stevie, es kann unmöglich sein, daß du Seaton Beneckes blutsaugendes Schoßtier zu deinem Gemahl und Geliebten gemacht hast, ohne daß der Dämon, von der deine Schreibmaschine besessen ist, mitgemischt hätte.

Das ist nicht wahr. Letzte Nacht habe ich schließlich geträumt, daß Ted ein Affenkostüm getragen und wie der Kapuziner ausgesehen hat — du merkst also, ich habe bereits eine Identifikation ähnlich der, die meiner Geschichte zugrunde liegt, vollzogen.

Du *glaubst,* daß du das geträumt hast, Stevie. Seit einiger Zeit sind die Übergänge zwischen Traum und Realität merkwürdig verschwommen.

Also, heute ist Montag, danke, und ich hatte bis jetzt nicht die geringsten Schwierigkeiten zu unterscheiden, was wirklich ist und was nicht. Ich habe einen ziemlich bescheidenen Morgen erlebt, einen erlösenden Telefonanruf und eine erstaunliche zweistündige Arbeitsstrecke an dieser Maschine, die jetzt den Ruhm dafür einheimsen will. ›Die Braut des Affen‹ kommt aus meinem Herzen, aus meinem Bauch, Mrs. Crye. Ich habe nicht stumpfsinnig hier gesessen und mir von einem Dämon einen Text als Schnellschreibübung diktieren lassen. Der Anruf von Maris hat mich in Schwung gebracht. Ich bezweifle, daß ich sonst auch nur daran gedacht hätte, etwas so Verwegenes zu versuchen.

Sieh dir mal deinen Streifen Untersuchungstisch-Papier an, den du zur Seite geworfen hast, bevor du anfingst, Stevie.

Verärgert suchte Stevie auf dem Boden neben ihrem Schreibtisch nach dem langen Streifen Papier, auf dem sie versucht hatte, eine halbhumoristische Abhandlung über die Verdienste der Witwenschaft zu schreiben. Als sie ihn aufhob, sah sie, daß er von oben bis unten und von einem Rand zum anderen vollgetippt war mit einem Dialog. Er begann mit den Worten ›Hier spricht David Dante Maris, Cheflektor bei Briar Patch Press in Atlanta‹, und er endete mit ›Bis dann‹. Dazwischen, so erkannte Stevie beim Durchlesen mit weit aufgerissenen Augen recht bald, enthielt die Niederschrift jedes Wort, das sie ihrer Erinnerung nach zu Maris gesagt hatte, und jedes Wort, das er vermutlich zu ihr gesagt hatte.

»Was, zum Teufel, soll das denn bedeuten?« fragte Stevie die Zimmerdecke, während sie sich die Arme rieb. »Was geht hier vor, verdammt noch mal?«

Nichts, antwortete ein Teil ihres Ichs. Wieder mal das

Übliche. Du kannst es dir aussuchen. Wie dem auch sei, deine Unterhaltung mit David-Dante Maris hat niemals stattgefunden. Die Schreibmaschine hat sie sich ausgedacht. Sie hat sich bei ›Die Braut des Affen‹ von dir helfen lassen, aber das Ferngespräch mit Maris hat sie ganz allein erfunden, einfach deshalb, um das emotionale Vakuum deiner Arbeitsunfähigkeit heute morgen zu füllen. Du wolltest eine Unterbrechung, also hat dir die Exceleriter eine Unterbrechung verschafft. Zwischen elf und eins befandest du dich in einem Dämmerzustand pathologischer Leistungsunfähigkeit, den dieser selbstzufriedene Extrakt säuberlich wegerklärt. Es ist ein unverschämtes Stück Augenwischerei, Stevie, ein Gefallen, den dir der Dämon der Maschine erwiesen hat. Sonst wärst du schließlich in einem manisch-depressiven Kahn deiner eigenen Bauart den Bach hinunter gegangen.

Das Telefon hat geklingelt! sagte Stevie beharrlich. Ich habe es gehört. Und ich bin aufgestanden, um dranzugehen. Ich habe den Hörer beim sechsten Läuten abgenommen.

Das Telefon hat tatsächlich geklingelt, aber du bist gleich, als du es hörtest, aufgestanden und nach unten gerannt, um eine so große Entfernung zwischen dich und die Exceleriter zu bringen wie nur möglich. Deshalb hat es sechsmal geläutet, bis du abgenommen hast. Du kannst noch froh sein, daß du dir nicht das Genick gebrochen hast.

Ich habe mit Maris gesprochen. Er will *Frau mit zwei Gesichtern* haben. Er hat Auszüge aus meinem Artikel vorgelesen: ›Die leere Seite des Bettes‹.

Jemand hatte die falsche Nummer gewählt, Stevie. Der Anrufer sagte nicht einmal guten Tag. Wer immer es gewesen ist, er atmete nur ein paar Sekunden lang in die Muschel — sagen wir mal, zwanzig Sekunden lang — und hängte ein. Du bist dann nach oben zurückgekehrt, weil du glaubtest, du hättest den Hörer des Apparats im Schlafzimmer neben der Gabel liegen gelassen. Nachdem du festgestellt hattest, daß es nicht der Fall war, gingst du wieder nach unten, um dir etwas zu essen zu machen. Die nächsten beiden Stunden hast du vor einer unappetitlichen Mahlzeit vertrödelt. Wenn du dir während dieser Zeit das Gespräch mit Maris in einem Tagtraum ausgemalt hast, dann hat die Exceleriter vielleicht nur deine Phantasie übertragen. Was sich auch immer abgespielt haben mag, Stevie, dein launiges Geplauder mit dem hohen Tier aus der Verlagsbranche von Atlanta hat sich jedenfalls *nicht* abgespielt. Du wolltest nur, daß so etwas geschähe.

Eine falsche Nummer?

Na ja, es kann vielleicht Seaton Benecke gewesen sein, nehme ich an. Er kennt deine Nummer, nicht wahr? Er weiß sozusagen, wo's lang geht. Er hat dich doch letzte Woche eines Abends angerufen. Vielleicht wollte er dich anrufen, um zu fragen, ob du einen entlaufenen Affen gesehen hast.

Warum hat er dann nicht gefragt?

Es kann auch jemand anderes gewesen sein, Stevie. Ich weiß es nicht. Ich versuche nur zu helfen. Bau nicht derart feindliche Gefühle gegen dich selbst auf. Genau das will die Exceleriter — will Benecke, der Dämon in der Maschine, wer er auch immer ist. Ich bin nicht dein Widersacher, ich bin ein Teil von dir.

Er hat mir Ratschläge gegeben. Er hat mit mir über Rhonda Anne Grinnell geplappert. Er hat gesagt, er schickt mir einen Vertrag zur Durchsicht.

Das bildest du dir ein, Stevie. Das bildest du dir alles nur ein.

Es war Wirklichkeit!

Du hast deinen Buchvorschlag am Samstag morgen an Briar Patch Press Inc. abgeschickt. Heute ist Montag. Glaubst du wirklich, dein Päckchen ist dort am Wochenende im Büro angekommen? Glaubst du wirklich, falls es tatsächlich so sein sollte, ein Mann wie David-Dante

Maris würde es aufreißen, den Inhalt Wort für Wort lesen und mit dir ein Ferngespräch führen, in dem er dir ein Angebot über dreitausend Dollar macht, noch am gleichen Morgen, an dem das Manuskript angekommen ist. Also komm jetzt, Kindchen!

»Nein«, sagte Stevie laut. »Es spricht astronomisch viel dagegen. Jeder Lektor, der sich so verhalten würde, würde bei der nächsten Buchmesse von einer Schwadron Verlagsmanagern vollgepumpt werden mit Bleikugeln.«

Genau, dachte Mrs. Crye. Peng, peng, peng. *Peng!*

Stevie schlug sich vor die Stirn. Während die Exceleriter früher ihre kindischen Erfindungen und Schreibergüsse auf die Stunden zwischen Mitternacht und Morgengrauen beschränkt hatte, mischte sie sich jetzt absichtlich in den Zeiten ein, in denen sie arbeitete und sich um ihre Familie kümmerte. Sie schrieb ihre Erlebnisse im Nachhinein nieder, sagte ihr die Zukunft voraus und verwandelte ihre Wunschphantasien in höhnische, kurzlebige ›Realität‹. Sie bastelte an der mikroskopischen Symmetrie ihres Lebens herum, den Tu-was-du-für-richtig-hältst-Augenblicken, mit deren zerbrechlicher Substanz sie sich jeden Tag erneut aufzurichten versuchte. Sie konnte nicht dulden, daß die Schreibmaschine tat, was sie für richtig hielt. Sie hatte es bereits lange genug geduldet. Bald müßte sie die Dämonen exorzieren oder zerstören, die sich unter dem Diktat von jemand anderem zu verwickelten und herzlosen Machenschaften gegen sie verschworen hatten.

Allerdings hatten sie und die Exceleriter bei ›Die Braut des Affen‹ zusammengearbeitet, und sie war stolz auf die Story, wenn sie sie auch ein wenig ängstigte. Don Ignacio war eine künstliche Gestalt, die, wie sie bereits zuvor festgestellt hatte, die körperliche Erscheinung von 'Kritz und die Eigenschaften eines lebend-toten Pendants ihres verstorbenen Mannes Ted in sich vereinte; Ted, der sich so widerstandslos dem intestinalen Krebs unterworfen hatte. Waldemar stellte offenbar Seaton Benecke dar. Cathinka war natürlich die schamlos heldenhafte Version ihrer selbst. Teddy und Marella waren in der Erzählung überhaupt nicht durch entsprechende Personen vertreten. War diese Auslassung vielsagend? Wünschte sie, Stevie, insgeheim frei von Verpflichtungen zu sein und sich um nichts anderes kümmern zu müssen als darum, einen Mann zu finden, der ihr noch mehr davon abnähme?

Nein.

Stevie verwarf diese Lesart als zu einfach, zu statisch. Cathinka war eine Gestalt voller Edelmut, doch Edelmut wird zur geschniegelten, erstarrten und von Taubendreck besudelten Tugend — also alles andere als eine Tugend —, wenn sie ihrer Bindung an menschliche Einrichtungen und Werte beraubt ist. Als sie ihren letzten Wunsch aussprach, entsagte Cathinka weder dem Streben, begehrt zu werden, noch der Möglichkeit weiblicher Selbstzufriedenheit; es war eine Anerkennung von Don Ignacio und damit eine Bestätigung ihrer eigenen Menschlichkeit. Daß diese Anerkennung und Bestätigung bei ihrem gemeinsamen Rollenspiel das Annehmen des sterbenden Tieres verlangte, war kein sehr behaglicher Begleitumstand, aber ein notwendiger ... Vielleicht hatte Ted, als er sie anscheinend im Stich ließ, sich auch nur auf ähnliche Weise seinem Schicksal angepaßt. Andererseits war er in seiner Anpassung vielleicht zu weit gegangen.

Diese Unsicherheit war einer der Gründe, warum ›Die Braut des Affen‹ Stevie ängstigte; sie kam zu keiner schlüssigen Deutung, die eine deckungsgleiche Übereinstimmung zwischen den Ereignissen in ihrem eigenen Leben und dem von Cathinkas erfundenem erbrachte. Vielleicht gab es keine solche Übereinstimmung. Wieder hatte sie das Gefühl, daß sich die Exceleriter über sie lustig machte.

»Mama!«

Bei dem Schrei zuckte Stevie zusammen. Sie stand auf und hielt sich mit beiden Händen an dem Rolltürenoberteil ihres Schreibtischs fest. Natürlich war es Marella. Sie war soeben in den Korridor unter Stevies Arbeitszimmer gestürmt.

»Mama, ich bin zu Hause.«

XLII

»›... und Cathinka, die den Flaum an ihrem Hals zu Löckchen drehte, indem sie ihn um einen Zeigefinger wickelte, saß da und betrachtete das magische Wesen in dem Nachen. Endlich, als der Tag gekommen war, den Don Ignacio ihr als denjenigen genannt hatte, an dem sie ihren letzten Wunsch aussprechen sollte, ergriff Cathinka die Pfoten ihres Gemahls und sprach ihn leise aus ...‹«

Stevie schob die Seiten mit der Geschichte beiseite und legte die Hand auf Marellas Knie. Sie waren unter einer Decke auf dem Sofa im Wohnzimmer zusammengekuschelt. Teddy war in der Schule, wieder mal bei einem Basketball-Übungsnachmittag. Die Frau und das Mädchen vermißten ihn nicht. Marella hatte still und aufmerksam zugehört, während ihre Mutter ihr ›Die Braut des Affen‹ vorgelesen hatte, und Stevie hatte den Eindruck, daß sie keinen Fehler begangen hatte, indem sie das Kind einem derart ›erwachsenen‹ Märchen ausgesetzt hatte. Kinder waren weniger empfindlich, und bekamen manchmal auch weniger mit, als ihre selbsternannten Beschützer mit ihrer strammen Überzeugung gemeinhin annahmen. Doch die Unfähigkeit von Kindern, jede kleine Nuance eines Buches oder eines Films zu verdauen, verringerte keineswegs ihr Bestreben, die fehlenden Stücke in ihrem Begreifen zu ergänzen, die offenen Rätsel zu lösen, und wenn man ihr Interesse gewinnen konnte, dann arbeiteten sie hart, um etwas zu verstehen, was ein Erwachsener verächtlich als Humbug oder Mumpitz abtun würde. Kurz gesagt, Kinder saugen alles in sich auf, und ein Erzähler mag niemanden mehr als einen Zuhörer, der alles in sich aufsaugt.

»Das habe ich heute nachmittag geschrieben«, sagte Stevie. »Was hältst du davon?«

»Es ist irgendwie seltsam, Mom.«

»Danke.«

»Ich meine, es ist auch nett. Mir hat es gefallen. Nur ...«

»Nur was, meine Tochter?«

»Was hat sie sich denn gewünscht? Am Schluß, meine ich.«

»Das sage ich dir nicht. Kannst du es nicht erraten? Du sollst deinen Denkapparat gebrauchen. Dafür hat Gott ihn dir gegeben.«

»Aber du hast die Geschichte nicht zu Ende gebracht, Mama.«

»Dann mußt du es tun, oder nicht?«

»Es soll nicht so sein, daß ich das tun muß. Die Leute, die Geschichten erzählen, sollen es machen müssen. Das ist ihr *Job,* Mama.«

»Aber wenn du weißt, was Cathinka sich wünscht, wenn du es dir vorstellen kannst, dann tippe ich mir doch nur die Finger unnütz wund, wenn ich noch mehr schreibe.«

»Ich *weiß* aber nicht, was sie sich wünscht.«

»Rate mal.«

»Daß der Affenmann aufwachen soll.«

»Hört sich gut an.«

»Also, was dann?«

»Du entscheidest.«

»Und wenn sie nicht gestorben sind, dann leben sie heute noch glücklich und zufrieden«, sagte das Mädchen wütend. »Wie ist das?«

»Ganz gut. Warum bist du so ungehalten?«

»Das steht nicht da, Mama. *Ich* habe es gesagt. Weil du es wolltest.«

»Genau das wollte ich von dir. Du hast mir geholfen, die Geschichte zu Ende zu bringen. Du hast deinen Denkapparat benutzt.«

»Ich wette jedoch, du gibst mir nichts von dem Geld ab, das du damit verdienst.«

»Hör mal, kleine Schwester, du wirst von einem Teil des Geldes, das diese Geschichte einbringt, dich ernähren und kleiden. Sofern sie überhaupt jemals etwas einbringt.«

»Jemand anderes, der sie liest, wird aber nichts davon abbekommen. Du bist nicht deren Mama.«

»Sie können ihren Denkapparat benutzen, genau wie du. Sie können sich ihr eigenes Ende erfinden. Ich habe meinen Job gemacht. Ich habe sie bis zu einem Punkt geführt, wo sie den Rest erledigen können. Mehr brauche ich nicht zu tun.«

»Und wenn sie womöglich denken, ihr dritter Wunsch wäre, daß dem Affenmann ein Felsbrocken auf den Kopf fällt? Dann hätten sie doch unrecht, nicht wahr?«

»Nein, vielleicht nicht.«

»Mama!« rief das Kind aufgebracht aus.

»Was denn?«

Marella wandte den Kopf, um über die Armlehne des Sofas zu Boden zu blicken. Dem Ritual entsprechend schmollte sie. Stevie wartete ab. Marella sah sie wieder an und sagte: »Es ist wie ›Die Schöne und das Tier‹ oder so ähnlich. Am Schluß mag sie das Tier — den Affen, meine ich.«

Diese Feststellung überraschte Stevie; ihr war die Parallele zuvor nicht aufgefallen, doch jetzt erschien sie ihr nicht nur augenfällig, sondern sogar beabsichtigt. Nun, laut Bruno Bettelheim und anderen war ›Die Schöne und das Tier‹ ein Märchen mit Freudschem Anklang, besonders bei jungen Mädchen: Das häßliche zottelige

Wesen, das einem als Gemahl bestimmt ist, ist vielleicht letztendlich gar nicht so ein Ungeheuer. Stevie machte: »Hmmmm.«

Marella sagte: »Warum hast du plötzlich angefangen, ohne Kleider herumzulaufen, Mama?«

»Ich?«

»Das Mädchen in der Geschichte, meine ich. Warum hat sie das getan?«

»Weil es im Dschungel heiß ist.«

»Warum hat sie so lang gebraucht, bis sie das gemerkt hat? Sie hat erst angefangen, *nackt* herumzulaufen« — ein Heben der Augenbrauen —, »als es fast Zeit war für ihren dritten Wunsch. *Jeder* hätte früher als sie gemerkt, daß es heiß ist, Mama.«

»Nicht unbedingt«, sagte Stevie zerstreut.

»Ich schon. Ich wünschte, es *wäre* heiß. Ich würde lieber barfuß herumlaufen, als unter zweiundzwanzig Tonnen schweren Decken zu sitzen.« Sie schlug eine Ekke der Decke zur Seite und ging auf Strümpfen durch den Raum zu ihrer Schultasche. Sie kam mit einem hektografierten Blatt — in Purpurrot —, das von Miss Kirkland stammte, zu Stevie zurück. »Unser phantastisches Februar-Theater wird diesen Freitag stattfinden, Mama.«

»Ich weiß. Ich dachte, du hättest deine Rolle bereits auswendig gelernt.«

»Das habe ich. Aber ich habe mich freiwillig gemeldet, um noch zusätzlich ein Gedicht vorzutragen. Möchtest du, daß ich es aufsage? Ich habe es heute morgen während der Lesestunde gelernt.«

Stevie griff nach der Seite mit dem hektografierten Text. »Schieß los, kleine Schwester! Ich nehme an, du möchtest, daß ich dir souffliere.«

»Moment.« Marella drehte das purpurrote Blatt in Stevies Schoß um. »Ich will probieren, ob es ohne Hilfe geht. Ich glaube, ich kann es. Es hat nur fünf Minuten gedauert, bis ich das Ganze gelernt hatte.« Sie blickte ihrer Mutter voll ins Gesicht und verkündete: »›Das Lamm‹ von William Blake«, und ihre Rezitation desselben ähnelte einem Singsang, der so begann: »›Kleines Lamm, wer schuf dich?/Weißt du wohl, wer schuf dich.‹« — und sechs Zeilen später mit demselben Reim schloß — woraufhin Marella, fast ohne Pause, zum zweiten Vers überging, indem sie selbstsicher alle frohlockenden Zeilen herunterleierte: »›Kleines Lamm, Gott behüt dich!/Kleines Lamm, Gott behüt dich!‹«

»Ich hab' das alles — das ganze Gedicht — in fünf Minuten gelernt.«

»Das sagtest du bereits. Ich glaube, ich weiß warum. Als du ein Baby warst, Marella, habe ich dir dieses Gedicht vorgelesen, bevor ich dich schlafen gelegt habe. Ich habe es an deinem Bettchen aufgesagt. Etwas davon ist hängengeblieben, vermute ich. Es hat eine flache Rille in deinem Gedächtnis hinterlassen, und Miss Kirkland hat veranlaßt, daß du die Nadel wieder in diese Rille gesetzt hast, als sie dir diesen zusätzlichen Text zum Auswendiglernen gegeben hat.«

»Mama, ich habe es selbst gelernt.«

Stevie sagte nichts. Sie wollte über dieses Thema nicht mit Marella streiten. Es war nicht wichtig. Doch die Worte des Gedichts betrübten sie. Sie hatten die Nadel alter Erinnerungen, alter Ängste, wieder auf die von der Zeit geprägten Rillen ihrer Erfahrung gesetzt. Ein starkes *Déjà-vu*-Empfinden quälte sie. Hatte sie dieses Gespräch mit ihrer Tochter schon einmal geführt? Spielte sie treu und brav eine Szene nach, die die Exceleriter vor einer Woche für sie niedergeschrieben hatte? Das Gemeine daran war, daß sie es wirklich nicht wußte ...

»Hast du das für Teddy auch gemacht? Ihm Gedichte vorgelesen, als er noch ein Baby war?«

»Ja, das habe ich. Fast jeden Abend.«

»Was für Gedichte?«

»Oh, Jungen-Gedichte. Was ich für Jungen-Gedichte hielt. ›Gunga Din‹ zum Beispiel. Oder ›Der Angriff der

Leichten Brigade‹. Sachen von Robert Service. Oder ›Der Tiger‹, ein Gegenstück zu dem Blake-Gedicht, das du mir gerade vorgetragen hast. Eine Zeile heißt: ›Schuf, der's Lamm erschuf, auch dich?‹«

»Natürlich hat Er das«, sagte Marella. »Er hat alles erschaffen. Dich und mich und Cyrano und Seatons Affen 'Kritz und alle anderen. Das hat Er doch, oder?«

»Ja«, sagte Stevie. »Ja, das hat er.«

XLIII

Und dann saß Stevie auf der Kante von Teddys Bett. Der Junge, vom Basketballtraining ermüdet und vollgestopft mit einer üppigen Portion und mehreren Nachschlägen des Thunfisch-Auflaufs, den sie vor einer Weile für ihn aufgewärmt hatte, stöhnte im Schlaf und versuchte krampfhaft, seine Decken abzuwerfen. Indem sie die Decken wieder ordentlich zurechtzupfte, durchkreuzte Stevie sein Bemühen, sich der Kälte auszusetzen. Währenddessen endete sie mit einer Stimme, die so trügerisch sanft war wie der dritte Daiquiri eines Abstinenzlers, mit dem Vortrag der ehrfurchteinflößenden Worte von ›Der Tiger‹:

»Tiger, Tiger, glutentfacht,
In den Dickichten der Nacht,
Wagte Gottes Griff und Schau
Deinen grausen Wunderbau?«

Stevie ließ die grundsätzliche Frage nach dem Warum der Schöpfung im Raum schweben wie den Nachhall eines Glockengeläuts. Endlich hörte Teddy auf herumzuzappeln und entspannte sich unter dem Gewicht ihrer Fürsorge. Schaudernd stand Stevie auf. Es war zehn oder zwölf Jahre her, daß sie das letztemal ein Gedicht über dem ruhelos schlummernden Körper ihres Sohnes aufgesagt hatte.

»Wie bin ich hierhergekommen?« fragte sie die Dunkelheit.

Es war fast zehn Uhr — das erfuhr sie von der Digitalanzeige an Teddys Weckradio —, doch sie hatte keine Erinnerung daran, die Zeit zwischen der Vorlesestunde mit Marella und diesem seltsamen Augenblick fünf Stunden später wirklich *durchlebt* zu haben. Sie wußte, daß Sie das Abendessen für Marella und sich selbst zubereitet, sich etwas später um Teddys Hunger gekümmert und anschließend beiden Kindern zugeredet hatte, ihr ihre Hausaufgaben vorzulegen und dann ins Bett zu gehen. Sie wußte diese Dinge, doch es war ein Wissen, das durch irgendeine eingreifende Gehirnwäsche (oder Gehirn*beschmutzung*) in ihr Bewußtsein geraten war, und nicht durch den Prozeß des Durchlebens einer Sekunde nach der anderen. Jetzt war sie also in Teddys Zimmer, und eins von Blakes *Lieder der Erfahrung* hallte in seinen tapezierten Winkeln nach, doch sie konnte sich nicht erinnern, die Treppe heraufgekommen zu sein, um hierher zu gelangen. War war mit *diesem* nebensächlichen Erlebnis geschehen? Hatte sie Stufe um Stufe in einem Dämmerzustand erklommen, vergleichbar mit dem, der der Exceleriter erlaubt hatte, das Gespräch mit David-Dante Maris zu konstruieren?

Stevie erschauderte erneut. Ein Science-Fiction-Gefühl kitzelte ihre Nervenenden, pfuschte an ihrem Verstand herum. In einem Moment las sie Marella ›Die Braut des Affen‹ vor und diskutierte mit ihrer Tochter über das seltsame Funktionieren des Gedächtnisses, im nächsten Moment beugte sie sich über Teddys Bett und murmelte den zweifelhaften Weihegesang eines mystischen Vierzeilers von Blake. Jemand, der mit Hilfe einer kombinierten Zeitmaschine-Materietransmitter-Vorrichtung von einer Zeit und einem Ort zu jeweils anderen versetzt worden wäre, würde vermutlich unter ei-

Zwischendurch: [redacted] Teddy stöhnt im Schlaf und versucht krampfhaft, seine Decken abzuwerfen – kein Wunder, daß man unruhig schläft, wenn man kurz vor dem Zubettgehen noch derartig schwer ißt... [redacted] Wir Erwachsene sind da erfahrener und vernünftiger – wenn wir am späten Abend bei der Lektüre den kleinen Hunger auf etwas Heißes, Würziges für zwischendurch spüren, dann wählen wir lieber etwas Leichtes. Etwas wie die... [redacted]

ner ähnlichen Verwirrung leiden, würde jedoch zumindest den Mechanismus seines rasend schnellen Transfers erkennen und vielleicht sogar gutheißen. Stevie hätte allerdings nicht zu sagen vermocht, wie sie von Punkt A zu Punkt B gelangt war.

Sie hatte Angst. Sie hatte schon lange Angst. Morgen war es genau eine Woche her, daß die Exceleriter den Geist aufgegeben hatte. Das war durchaus ein vollgültiges Jubiläum. Jetzt war sie diejenige, die den Geist aufzugeben drohte, unzulänglich funktionierend wie eine Maschine mit defekten mechanischen Teilen. Sie nahm ein paar Muscheln von Teddys Schreibtisch auf, Erinnerungsstücke an lang zurückliegende Ferien an der Atlantikküste, ganz in der Nähe von Jacksonville, und ließ sie in der Hand gegeneinander klicken. Das Klicken der Muscheln war wie das Kneten von scharfkantigen Eisbrocken, ohne die begleitende Nässe.

»Heiß, Mama. O Mama, mir ist so heiß ...«

Du lieber Gott, die Wiederholung eines Alptraums! Marella stöhnte im Schlaf, wie Teddy gestöhnt hatte, allerdings zusammenhängender. Stevie trat in den Flur und blickte geradeaus in das Zimmer ihrer Tochter. Fast einen Meter über Marellas Kopfkissen kauerte eine Art Wasserspeier auf dem Bettgestell aus Messing; eine geschmeidige, blasse Gestalt, die nicht dorthin gehörte, ein Auswuchs, der weder aus Messing noch aus Eisen noch aus irgendeiner anderen kalten, leblosen Substanz bestand. 'Kritz war wieder aufgetaucht. Der Affe bewachte Marella wie ein Schutzgeist, und sein Schwanz kringelte sich zwischen den Messingstangen des Kopfstücks wie ein umgekehrtes Fragezeichen. Das Mädchen stöhnte erneut und beschwerte sich über die Hitze entweder der Decke oder ihres Körpers, wenn nicht beides, und der Schwanz des Affen hob sich mit einem kurzen Ruck wie ein Marionettenseil, bevor er wieder in die Form eines Fragezeichens zurückfiel.

»Verdammtes Ding!« brüllte Stevie. »Was hast du in

diesem Haus hier verloren?« Stevie benutzte den Flur des oberen Stocks als Zielbahn und schleuderte Teddys Muscheln in Richtung des Affen. Das Geschöpf sprang von dem hohen Bettgestell auf die Matratze des zweiten Zwillingsbettes und entfernte sich so aus Stevies Schußlinie.

Obwohl sie in das Zimmer eilte, um nach Marella zu sehen und herauszufinden, wohin 'Kritz verschwunden war, kam sie zu spät, um noch zu sehen, wie der Kapuziner sich in die Abstellkammer und von dort in den angrenzenden Verschlag verkroch. Natürlich konnte er sich nirgendwo anders hin geflüchtet haben, denn die Fünfundsiebzig-Watt-Birne von Marellas Deckenlampe enthüllte, daß die Tür zu der Kammer wieder mal offen stand. Was das Mädchen betraf, so lag es unter der elektrischen Heizdecke, die auf die höchste Stufe eingestellt war, einer Steppdecke und zwei ausgefransten Decken aus einer Truhe in der Abstellkammer. Außerdem trug sie ein Flanellnachthemd, einen gesteppten Morgenmantel und dasselbe Paar Kniestrümpfe, das sie am Nachmittag angehabt hatte. Kein Wunder, daß sie über die Hitze jammerte. Es handelte sich hier in der Tat um einen Alptraum, aber es war keine genaue Wiederholung desjenigen vom vergangenen Freitag.

Stevie entfernte die schäbigen alten Decken, die auf der Steppdecke lasteten, und schob den Einsteller der Heizdecke auf eine niedrigere Stufe. Dann knöpfte sie Marellas Morgenmantel auf, zog ihn ihr von den Armen und unter ihr hervor und bettete sie behutsam wieder zu ihrem Plüsch-Opossum Purvis; alles ohne das Kind aufzuwecken.

Der Affe indessen hatte wolkige Pfotenabdrücke auf dem Messingbettgestell hinterlassen, ein unbestreitbarer Beweis, daß Stevie 'Kritz' Besuch wirklich gesehen und sich nicht nur eingebildet hatte. Sie war eigentlich nicht scharf auf einen solchen Beweis, aber er war nun mal da. Wie Elefantenfladen auf einem Marmortanzboden verlangten die Tapsen Aufmerksamkeit. Stevie rieb mit dem Satinrand einer der ausgefransten Decken darüber, doch sie verschmierte damit die Flecken nur in die Breite, ohne sie von dem Messing abzuwischen.

Warum versuchst du, die Spuren von diesem gottverdammten Affen zu beseitigen? fragte sich Stevie. Das wichtigste ist doch zu verhindern, daß er zurückkommt und noch mal über Marella thront, während sie schläft. Er könnte ihr aufs Gesicht fallen und sie ersticken. Er könnte ihr die Eckzähne in den Hals schlagen und das aus der Schlagader spritzende Blut schlürfen ...

Stevie beobachtete, wie ihr wolkiger Atemhauch vor ihr schwebte, während sie zu der Abstellkammer ging und die Tür schloß. Sie schob Marellas Schaukelpferd unter den Porzellanknopf und zwängte einen altmodischen Hutständer quer vor die Tür der Kammer, zwischen Wand und Kaminsims. Wenn 'Kritz sich in den Verschlag zurückgezogen hatte — und das hatte er bestimmt —, nun, dann würde er nicht wieder herauskommen, es sei denn, Stevie entschlösse sich, ihn zu befreien. Sollte der kleine Unhold doch erfrieren oder verhungern.

Das Telefon klingelte.

Es ist kein Papier in meiner Schreibmaschine. Ich bilde mir das Klingeln nicht ein. Ich erlebe diesen Moment, so sicher wie meine Zehen vor Kälte schmerzen und mein Bauch vor Angst. Dieser Alptraum spielt sich in diesem Moment ab, Stevie; er entstammt nicht deinem Unterbewußtsein und auch nicht der grausamen Feindseligkeit eines Dämons.

Sie knipste Marellas Licht aus und huschte durch die Dunkelheit in ihr Schlafzimmer. Indem sie den Hörer abhob, brachte sie das Telefonläuten zum Verstummen. »Hallo«, sagte sie, eingehüllt in den Schein des düsteren Lichtstrahls, der von der Straßenlaterne hereinfiel. »Hier spricht Stevenson Crye.« Der Anrufer hauchte durch die Leitung; seine Schnauftechnik hatte die honigsüße Zartheit einer Katze, die versuchte, ein Büschel Haare wegzupusten. »Hallo«, wiederholte Stevie, doch die gleichen unangenehmen Laute waren daraufhin zu hören. »Seaton? Sind Sie das, Seaton?« Sie bedeckte etwa die Hälfte der Sprechmuschel mit der Hand und sprach über die Schulter mit einer nicht vorhandenen Gruppe von Polizisten und Kriminalisten: »Zeichnen Sie das alles auf. Ich glaube, es ist dieser ekelhafte Dreckskerl, auf den wir gewartet haben. Er kommt aus seiner Dreckhöhle gekrochen.« Und irgendwo, vielleicht gar nicht so schrecklich weit entfernt, wurde schnell ein Hörer aufgelegt. »Mistkerl!« sagte Stevie. Sie hängte ebenfalls ein und sah noch einmal bei ihren beiden Kindern vorbei. Sie schliefen tief und fest, Teddy in seiner typischen ausgebreiteten Stellung, Marella mit ihrem kuscheligen Bettgenossen mit dem synthetischen Fell im Arm. Es war zehn Uhr und alles in Ordnung — vorausgesetzt, man konnte mit einem Affen in der Abstellkammer und einem Schnaufer als Telefonpartner leben.

Stevie kam zu dem Schluß, daß ihr nichts anderes übrigblieb. Sie klemmte die Hände in die Achselhöhlen und ging hinunter in die Küche. Der Stecker ihrer Schreibmaschine, das wußte sie, war immer noch herausgezogen, und es war kein Papier eingespannt, und sie wollte sich nur noch ein Glas Rotwein gönnen und sich gemächlich durch einen Roman von Dickens oder Eliot arbeiten. Ja. Die geschriebenen Werke anderer sollten ihre Gedanken von ihrem eigenen ablenken. Sie holte sowohl *Dombey und Sohn* als auch *Middlemarch — Aus dem Leben der Provinz* vom Wohnzimmer in die Küche, legte sie auf den Tisch und goß sich ein Wasserglas voll Lambrusco, einen jungen Jahrgang, den Ted verächtlich als ›Sodaverschnitt‹ abgetan hätte. Er hatte einen gelegentlichen kräftigen Schluck von etwas Hartem Bier oder Wein vorgezogen, aber er trank eigentlich selten viel. Obwohl er es nie ausdrücklich gesagt hatte, war Stevie im Lauf der Zeit klar geworden, daß er weder von seiner Neigung zu den harten Sachen noch von ihrer zu den milderen Rauschmitteln begeistert war.

»Du kannst doch nicht so ruhig hier sitzen, an deinem Wein nippen und Eliot lesen, während dort oben der Affe herumturnt«, sagte Stevie plötzlich, schlug das Buch zu und schob ihr Glas beiseite. »Du mußt ihn hinauswerfen.«

Natürlich. Aber wie?

Das Telefon läutete erneut.

Damit die Kinder nicht davon aufwachten, sprang Stevie vom Tisch auf und riß den Hörer von der Gabel. »Hören Sie, Seaton«, begann sie. »Sie müssen aufhören, mich zu belästigen. Ich weiß, daß Sie es sind, und wenn Sie so weitermachen, werde ich Ihnen die Polizei auf den Hals hetzen! Ich meine es ernst. Hören Sie mich?«

»Ich höre Sie«, antwortete eine muntere weibliche Stimme. »Ich höre Sie gut, aber ich bin nicht der, für den Sie mich halten.«

»Schwester Celestial!«

»Diesmal liegen Sie richtig.«

»Ich bin ... ich bin froh, daß Sie es sind. Was gibt es?«

»Wenn Sie sich erinnern, ich habe gesagt, ich würde Sie anrufen. Also rufe ich Sie jetzt an.«

»Haben Sie es ... vorhin schon mal probiert?«

»Von Wickrath nach Barclay ist es ein Ortsgespräch, mein Kind, aber von Button City nach Barclay ist es ein Ferngespräch. Ich führe keine Ferngespräche mehr, wenn es nicht unbedingt sein muß.«

»Nein, gewiß nicht. Das ist ja viel zu teuer. Haben Sie meine Träume gedeutet? Ich meine, haben Sie die Aufzeichnungen noch mal durchgelesen?«

»Ich habe sie analysiert. Dabei hatte ich allerdings eine Hilfe. Emmanuel Berthelots Remington griff ins Geschehen ein. Ich legte meine Finger auf seine Tasten, und gemeinsam unternahmen wir einen Spaziergang in alle Richtungen von jemandes Innenleben.«

»Erzählen Sie.«

»In einem Ferngespräch? Das wäre für keinen von uns beiden besonders klug, Mächen. Ich habe jede Menge zu sagen.«

»Setzen Sie sich ins Auto, und kommen Sie her.«

»Heute nacht noch?«

»Wir werden nur zwanzig Minuten oder so brauchen, Schwester. Ich zahle Ihnen das Benzin.«

»Dann wäre es nach Mitternacht, bis ich endlich wieder zu Hause ankäme. Ich kann nicht auf dem Highway durch die Selbstmörderstadt, die zwischen uns liegt, hin- und herkeuchen, schon gar nicht bei diesen Temperaturen. Mein Kind, sie verlangen zuviel.«

»Bleiben Sie die Nacht über hier. Es gibt ein Gästezimmer direkt neben dem oberen Bad, mit einem Heizofen und einem gemütlichen Bett. Ich werde die Decke zurückschlagen und den Ofen anschalten. Bitte, sagen Sie ja. Ach, Betty, bitte.«

»Warum kommen Sie nicht morgen hierher, mein Kind? Deshalb rufe ich Sie an, weil ich Ihnen das vorschlagen wollte. Dann können wir die Köpfe über meiner Diagnose zusammenstecken.«

»Ich brauche heute nacht jemanden bei mir, Schwester. Ich brauche einen anderen Erwachsenen, damit ich nicht zwischen jetzt und morgen früh überschnappe. Ich habe *Angst.*«

»Warum? Warum besonders heute nacht, meine ich.«

»Erinnern Sie sich, daß ich Sie nach einem Affen gefragt habe? Er ist mir bis nach Hause gefolgt. Er ist oben in unserer Abstellkammer. Außerdem bin ich angerufen worden, von einem schnaufenden Wichser. Und die verdammte Exceleriter hat meinen Tag in ein Schachbrett von Farben und schwarzen Augenblicken verwandelt. Einmal stehe ich auf jenem Feld, dann wieder auf einem anderen. Während der Züge dazwischen bin ich jedoch nirgends. Einige der Dinge, die mir heute widerfahren sind, haben sich überhaupt nicht ereignet.«

»Vielleicht haben Sie Grund zur Angst.«

»Amen, Schwester. Dazu kann ich nur Amen sagen.«

»Einiges an meiner Diagnose macht Sie bestimmt nicht glücklicher, Stevie. Es ist tatsächlich Benecke, vor dem Sie Angst haben müssen, und ich glaube, ich weiß warum.«

»Bitte kommen Sie.«

»Was ist mit dieser Ärztin, die Ihre Kinder am Sonntag genommen hat?«

»Ich kann ihr nicht schon wieder lästig fallen. Ich kann nicht ...« Stevie brachte den Satz nicht zu Ende. Außer Schwester Celestial — Betty Malbon — hatte sie keinen Verbündeten, der ihre Aussagen glaubte und sie wenigstens zum Teil verstand. Ungeachtet ihrer Hautfarbe war die Schwester ihresgleichen. (Dr. Elsa war ein prima Kumpel, die Schwester Celestial war ihre Schwester.) Sie waren aus dem gleichen Holz geschnitzt, Stevie und die schwarze Frau; sie hatten eine gemeinsame Frequenz für Alpträume, und auf dieser funktionierte ihr gegenseitiger Funkkontakt, über den sie versuchten, die krause Wellenlänge mit der sanften Musik gegenseitigen Mitgefühls zu glätten. Laß mich zu ihr durchdringen, flehte Stevie im stillen. Laß sie ja sagen.

»Beschreiben Sie mir den Weg«, sagte Schwester Celestial. »Ohne Wegbeschreibung finde ich es nicht.«

XLIV

Um zehn Uhr fünfunddreißig (obwohl Stevie wieder das Gefühl hatte, wie eine Schachkönigin in höchster Gefahr des Genommenwerdens, daß sie auf dem Feld mit der Zahl 10.35 nicht durch ihr eigenes Zutun gelandet war, sondern durch jenen flatterhaften Spieler, der durch einen gesichtslosen Widersacher eingeschüchtert wurde) legte ein Motorgeräusch draußen vor dem Haus die Vermutung nahe, daß Schwester Celestial aus Button City angekommen war. RRRRRum, RRRRRum machte dieser Motor. Stevie kippte die letzte dunkelrote Perle ihres Lambrusco hinunter und tapste zum Fenster über dem schimmernden Doppelbecken ihrer Edelstahl-Spüle. Was für ein Gefährt fuhr die Schwester denn bloß? Als Stevie in die Dunkelheit blinzelte, erspähte Stevie nur die Umrisse ihres Volkswagen-Busses, eine Silhouette wie von einem riesenhaften Laib Kommißbrot auf Rädern. Hinter dem Bus erstreckte sich die Auffahrt mit ihrem Kieselsteinbelag verlassen bis zur Straße. Vielleicht fuhr die Schwester ein Geistermobil.

An der Tür zum Frühstücksplatz gleich neben der Küche klopfte es. Besucher, die zu dieser Tür kamen, mußten in der Auffahrt parken und an den Küchenfenstern vorbeigehen, um dorthin zu gelangen; es gab bequemere Zugänge zum Haus, die zu anderen Türen führten — so daß dieser Besucher, wer immer es sein mochte, vermutlich durch das Gartenstück neben den Beeten gestapft war, sich unter den mit Beeren beladenen Zweigen der Stechpalme neben dem überdachten Vordereingang hindurchgeduckt hatte und zu der geflochtenen Weidenmatte vor dieser Tür hochgestiegen war, als ob er aus einem eiskalten Dschungel käme. Schwester Celestial war eine große Frau. Stevie konnte sich nicht vorstellen, daß sie eine so anstrengende Strecke voller Hindernisse auf sich nehmen würde, um sich Zugang zum Haus ihrer neuesten Kundin zu verschaffen; der direkte Weg, den Stevie der Wahrsagerin am Telefon beschrieben hatte, hätte entschieden weniger Aufwand erfordert.

Egal, dachte Stevie. Das Klopfen klang einigermaßen freundlich.

Sie ertastete ihren Weg durch die Mittelinsel der Küche — hatte sie während der dreißig Minuten seit Schwester Celestials Anruf mehr als ein Glas Wein getrunken? — und bemerkte, daß ein Mann auf dem Treppenabsatz vor der Frühstücksecke stand; sie konnte ihn durch das Fenster in der oberen Hälfte der quergeteilten Tür sehen. Er war ein junger Mann mit einer Art durchbrochener Baseballmütze, über deren Schild irgendein verschnörkeltes Abzeichen angebracht war. Trotz der späten Stunde trug er eine riesige verspiegelte Sonnenbrille, deren Gläser gewölbten Schallplattenmatritzen ähnelten. Sein Parka, auf dessen Brusttasche das gleiche verschnörkelte Abzeichen wie auf der Mütze angebracht war, leuchtete unter der nackten Birne über dem Eingang so blau wie eine Südseelagune, und Stevie konnte sich des Eindrucks nicht erwehren, daß jemand die Ärmel des Parkas mit einer Fahrradpumpe aufgepumpt hatte. Zwischen dem gerippten Kragen seiner Jacke und der Faschingssonnenbrille prankte ein schmaler schwarzer Bart, der mindestens drei der Metallverschlüsse des Parkas überwucherte und verdeckte und dessen ebenmäßige Wellen sich bis zur eckig abgeschnittenen Spitze fortsetzten, also ein Bart so ziemlich in der traditionellen Barbierkunst, die sumerische Könige zierte. Er sah unecht aus. Während er einen kleinen Handkoffer in Stevies Blickfeld hob, sah dieser erstaunliche Besucher auf seine Armbanduhr und klopfte dann mit unwahrscheinlich geschäftigem Ernst erneut an die Tür.

»Einen Moment«, sagte Stevie. »Ich komme.«

Sie überquerte die roten Fliesen der Frühstücksecke und mühte sich mit dem Riegel ab, der die beiden Hälften der zweigeteilten Tür zusammenhielt. Dann trat sie zur Seite und öffnete den oberen Teil nach innen. Es wurde jetzt deutlich, daß die Abzeichen auf der Mütze und dem Parka des Mannes eine Küchenschabe oder irgendein anderes sechsbeiniges Ungeziefer darstellte, das auf dem Rückenpanzer lag und die Beine in die Luft streckte. Die Zeichen sahen selbstentworfen und handgenäht aus. Man bekam fast Mitleid mit den verreckten Kreaturen — und an diesem Punkt fiel Stevie auf, daß ihr Besucher heftig schnaufte und versuchte, wieder zu

Luft zu kommen, nachdem er unter den beladenen Zweigen der Stechpalme neben dem Eingang hindurchgekrochen war. Jedem japsenden Einatmen folgte ein hechelndes Ausatmen, das an Teds erregtes Keuchen beim Höhepunkt erinnerte. Dieser Mann war der Schnaufer, der sie angerufen hatte.

Stevie wollte den oberen Teil der Tür wieder zumachen, doch der Besucher schob seinen Handkoffer in den Spalt und hob die Mütze, wobei weißblonde Haare zum Vorschein kamen, die in verdächtigem Gegensatz zu dem schwarzen sumerischen Bart standen. Er sah Stevie nicht an, als er sprach, sondern wandte die großen runden Scheiben seiner Sonnenbrille der Windschutzbespannung auf der östlichen Seite des überdachten Eingangs zu. Seine Stimme war zögernd und voller um Entschuldigung heischender Zurückhaltung.

»Ich bin vom Allgemeinen Schädlingsbekämpfungs- und Schreibmaschinen-Instandsetzungsdienst, Ma'am. Ich weiß, daß es schon spät ist, aber ich bin Lehrling, der in der dritten Schicht arbeitet.«

»Schreibmaschinen-Instandsetzungsdienst!« rief Stevie aus, und ihr neugieriges Staunen überwog ihre Angst. Welch unglaubliche Unverfrorenheit! Ein solcher Mann würde hemmungslos als Unbeschnittener durch eine jüdische Nudistenkolonie marschieren.

»Nein, Ma'am. Seitenwandkachel-Verkleidungsdienst. Wenn Sie jemanden wissen, der seine Hauswände mit Kacheln verkleiden lassen will, dann verweisen wir ihn gern an eine uns angeschlossene Firma, die wirklich hervorragende Arbeit leistet.«

»So etwas wie einen Seitenwandkachel-Verkleidungsdienst gibt es nicht. Sie haben deutlich Schreibmaschine-Instandsetzungsdienst gesagt.«

»Es tut mir leid, wenn Sie etwas Falsches gehört haben, Ma'am. Seitenwandkachel-Verkleidungen sind der vorletzte Schrei. Sie erfreuen sich in der ganzen Gegend höchster Beliebtheit. Glauben Sie, daß Sie oder einer

Ihrer Nachbarn an Seitenwandkacheln interessiert sind?«

»Ich glaube, das kann ich bedenkenlos mit nein beantworten.«

»Na ja, deswegen bin ich sowieso nicht hergekommen. Ich bin Lehrling bei der Schädlingsbekämpfungs-Abteilung der Allgemeinen Südost-Dienstleistungs-Betriebe. Wir rotten alles aus, was es an unliebsamen Hausgenossen gibt. Ich bin hier, um Ihnen eine kostenlose Durchsuchung Ihres Hauses anzubieten, und zwar nach Termiten, Kakerlaken, Silberfischen, Schaben, Bücherläusen ...«

»Es ist fast elf Uhr. Sind Sie sich klar darüber, wie lächerlich ...«

»... und Kapuzineraffen.«

»Seaton, verdammt noch mal. Sie haben es schon weit genug getrieben! Ich bin vielleicht ein wenig beschwipst, aber ich bin nicht dumm. Niemand führt kostenlose Hausinspektionen um diese unchristliche Zeit durch.«

»Lehrlinge, die in der dritten Schicht arbeiten, machen es, Ma'am.«

»Nehmen Sie die Tasche da weg, Seaton. Gehen Sie aus meinem Fenster, damit ich schließen und die Polizei rufen kann. Sie begehen Hausfriedensbruch, Sie stören meine Ruhe, Sie machen mich zum Opfer einer kriminellen Belästigung.«

»Aber ich heiße nicht Seaton, Ma'am.«

»Sie heißen Seaton Benecke, und *Sie* sind das schlimmste Ungeziefer, das ich los werden will, jetzt gleich und für alle Zeit.«

»Was ist mit dem Affen in Ihrem oberen Stock?«

»Na gut. 'Kritz und Seaton Benecke sind das schlimmste Ungeziefer, im *Plural,* das ich los werden will.«

»Ich heiße Billy Jim Blakely.«

»Das ist ein Haufen Affenscheiße, Seaton.« Stevie

schnaubte vor Zorn dramatisch, drakonisch durch die Nase, während sie durch die geöffnete Hälfte der geteilten Tür griff, die Spitze des sumerischen Barts zwischen den Fingern verzwirbelte und ihn dem Besucher aus dem Gesicht riß. »Billy Jim Blakely, was Sie nicht sagen. Ihr Bart ist ein ebenso billiger Talmi wie Ihr Name.«

»Ma'am, das ist kein Bart, das ist mein Muff — für den Fall, daß es heute nacht kalt wird.«

Stevie reichte dem Besucher den angeblichen Halswärmer zurück, und der stopfte ihn mit der beleidigten Miene eines Mannes, der ungerechterweise des Zahlens mit gefälschten Banknoten beschuldigt wurde, in die Tasche seines Parkas. Doch es konnte keinerlei Zweifel daran geben, wer er war, hinter welcher äußeren Kostümierung oder welcher Schauspielerei er sich auch verbergen mochte. Seaton Benecke — RRRRum, RRRRum — war um zehn Uhr vierzig an ihre Tür gekommen und hatte vorgegeben, jemand namens Billy Jim Blakely zu sein, offenbar in der Erwartung, daß sie dieses widersinnige Märchen glauben würde.

»Wenn ich wie jemand aussehe, den Sie kennen«, fügte er in einem Ton bekümmerter Unschuld fort, »dann mag das daran liegen, daß ich bei der Geburt von meinem Zwillingsbruder getrennt wurde und kurze Zeit später von den Blakes adoptiert wurde. Mir wird oft von Leuten gesagt, ich sähe wie ein gewisser Soundso aus, und dabei meinen sie wahrscheinlich den, wie immer er heißt, mit dem auch Sie mich verwechselt haben. Das passiert mir andauernd.«

»Seaton, Sie geben eine Menge heiße Luft von sich, aber meine Küche wird nicht warm davon.« Sie bohrte ihm den Finger in die Brust. »Verdammt noch mal, verschwinden Sie — von meiner Tür und aus meinem Leben!«

»Warum sind Sie nur so hartherzig?«

Stevie ging zum Wandtelefon und fing an zu wählen. »Ich rufe das Büro des Sheriffs in Wickrath an«, erkärte sie. »Man wird von dort aus Funkverbindung zu dem Patrouillenwagen hier in Barclay aufnehmen, und in drei Minuten wird ein Polizist hier sein, um Sie wegen Hausfriedensbruch festzunehmen oder wegen unbefugten Betretens fremden Eigentums oder wegen *irgend etwas.* Sie täten gut daran, sich aus dem Staub zu machen, Seaton.«

Statt dessen griff er durch den offenen Teil der Tür, drehte den Knauf und betrat die Frühstücksecke; dann fügte er nachdenklich die beiden Türhälften zusammen, so daß sie eine einheitliche Front gegen die Kälte draußen boten. Nachdem das getan war, stellte er sich neben Stevie ans Wandtelefon. »Ist dieser Seaton Benecke ein Bekannter von Ihnen, Ma'am?«

Zu Stevies großem Mißfallen ertönte unter der Nummer des Sheriff-Büros in Wickrath das Besetztzeichen. Sie knallte den Hörer auf die Gabel und drehte sich zu dem jungen Mann um, der sie so kaltblütig peinigte.

»Ich meine, kennen Sie diesen Seaton Benecke persönlich?« fragte er weiter.

»Was, um Himmels willen, wollen Sie eigentlich von mir?«

»Wenn Sie ihn persönlich kennen — und ich habe den Eindruck, das tun Sie, so wie Sie von ihm sprechen —, na ja, ich glaube, Sie würden ihm gestatten, ihr Haus kostenlos nach Ungeziefer zu durchsuchen, um Ihrer Bekanntschaft willen. Es geschieht ganz und gar ohne Verpflichtung, und er wird bei der Niederlassung in Columbus gut angeschrieben sein, weil er diese Dienstleistung erbracht hat. Ein neuer Schädlingsbekämpfungs-Außendienstler muß unheimlich viele Pluspunkte sammeln, um nicht zurückgestuft oder gefeuert zu werden. Sie würden Ihrem Freund einen echten Gefallen tun.«

»Er ist nicht mein Freund«, entgegnete Stevie. »Ich wollte sagen, *Sie* sind nicht mein Freund. Diese Maskerade ist ungefähr so glaubwürdig, wie wenn ich behaupten würde, ich wäre die Königin von England. Mir ist das gefährlich klar, Seaton.« Das stimmte; sie spielte mit dem Gedanken, ein Fleischmesser aus dem aufrecht stehenden Messerblock aus Holz zu nehmen, in dem etliche Stücke ihrer Sammlung von Küchenschneidgeräten steckten. Noch nie hatte sie ernsthaft erwogen, mit einer Messerklinge in den Bauch eines anderen menschlichen Wesens zu stechen, doch die Vorstellung einer derart verabscheuungswürdigen Tat hatte soeben erschreckend deutlich Gestalt in ihrem Geist angenommen. Sie warf einen Blick zu dem Messerhalter neben dem Spülbecken ...

»Wäre ich Ihnen sympathischer, wenn ich sagen würde, daß ich tatsächlich dieser Seaton Benecke bin?«

»Haben Sie nicht gehört, daß ich ihn — *Sie* — aufgefordert habe zu verschwinden?«

»Und wenn ich nun hinaufgehen und diesen Satansbraten von Kapuzineraffen aus Ihrer Abstellkammer holen würde? Schädlingsbekämpfungs-Lehrlinge erhalten eine besondere Ausbildung zur Entfernung von Kapuzineraffen von so schwer zugänglichen Stellen wie Kriechgängen, Kaminen und Abstellkammern, und ich wäre Ihnen dankbar, wenn Sie mir die Gelegenheit böten, mein Können anzuwenden. Dann könnten Ihre Kinder ruhig schlafen, ohne daß Sie Angst haben müßten, etwas Schlimmes könnten ihnen widerfahren. Sie wissen schon, zum Beispiel, daß der Affe ihnen ins Gesicht springt oder ihr Bett zerwühlt oder ähnliche unerfreuliche Dinge.«

»Oder Ihr Blut saugt?«

»Ja, Ma'am. In Häusern mit kleinen Kindern und Teenagern ist es sehr wichtig, daß nicht Kapuziner ihr Unwesen treiben.«

»Hören Sie, Seaton, wenn Sie 'Kritz aus der Abstellkammer geholt haben, werden Sie dann verschwinden? Würden Sie Ihren kleinen Vampir mitnehmen und für immer aus unserem Leben verschwinden?«

»Na ja, Ma'am, mein Chef würde es lieber sehen, wenn Sie einen langfristigen Dienstleistungsvertrag mit dem Allgemeinen Schädlingsbekämpfungs- und Seitenwandkachel-Verkleidungsdienst abschließen würden. Unsere kostenlosen Inspektionen führen wir im Rahmen einer Werbeaktion durch, verstehen Sie.«

»Ich *will* keinen langfristigen Dienstleistungsvertrag. Jetzt hören Sie mir mal zu. Ich bin im Begriff, noch mal die Nummer des Sheriff-Büros zu wählen. Ich werde davon absehen, wenn Sie versprechen, 'Kritz aus der Abstellkammer zu holen, nach Columbus zurückzufahren und zu vergessen, daß Sie die Cryes jemals gekannt haben.«

»Ich kann die Cryes nicht vergessen, Ma'am.« Seaton nahm die Sonnenbrille ab, klappte sie zusammen und schob sie zu seinem kombinierten Bart-Muff in die Tasche. Die Haut um seine wäßrigen Augen schimmerte rosig; an diesem Abend zeugte sein ganzes Gebaren von Verstörtheit und Bestürzung. Sein Blick wich Stevies Augen aus, er warf aber statt dessen einen sehnsüchtigen Blick auf die Tür zum Eßzimmer und die Treppe jenseits davon. Vielleicht vermißte er ernsthaft seinen Familiar.

Stevie nahm den Hörer ab und setzte einen Finger auf die Wählscheibe. »Stimmen Sie meinem Vorschlag zu?«

»Ja, Ma'am«, versicherte Seaton Benecke schwach. »Klar.«

»Aha«, sagte Stevie mit einem Seufzer, der ebenso schwach war wie die widerwillig gemurmelte Zustimmung ihres Besuches. Sie legte den Hörer wieder auf und führte Seaton aus der Küche in den ungeheizten Teil des Hauses.

Vor ihrem Arbeitszimmer im oberen Stock griff der falsche Schädlingsbekämpfer nach ihrem Arm und zwang sie stehenzubleiben. »Wie macht sich Ihre Schreibmaschine? Muß irgend etwas an ihr gerichtet werden? Ich könnte das gleich miterledigen. Ohne Extrakosten.«

»Extra? Es entstehen keine Kosten für das, um was ich Sie gebeten habe, hier oben zu tun. Sie erinnern sich doch? Was die Exceleriter betrifft, so werden Sie die niemals mehr berühren.«

Sie brachte das mit soviel Bissigkeit und Feindseligkeit vor, daß dem jungen Mann bei dieser Äußerung das Herz zu brechen schien. Trotzdem schob er die Tür des Arbeitszimmers nach innen und enthüllte den Anblick ihres vollgepackten Schreibtisches, ihres Stuhls und natürlich ihrer Schreibmaschine (die sie sowohl ohne Abdeckung als auch von der stromspendenden Steckdose getrennt zurückgelassen hatte). Obwohl weder Stevie noch der Eindringling das Licht angeknipst hatte, konnten sie die dichtgedrängte Einrichtung im Schein der antikgoldenen Patina sehen, die die Exceleriter umgab. Tatsächlich wirkte das Gehäuse der Maschine fast tödlich radioaktiv. Jeder, der länger als fünf oder zehn Minuten an ihrer Tastatur sitzen würde, erlitte unweigerlich eine glutheiße Heiligsprechung als Schutzpatron der Nach-Holocaust-Maschinenschreibergilde.

»Was haben Sie jetzt wieder mit ihr angestellt?« wollte Stevie wissen.

»Ich weiß nicht, Mrs. Crye. Manchmal geraten sie irgendwie außer Kontrolle. Sie bekommen allmählich eine überhebliche Meinung von sich selbst.«

»Beheben Sie das!«

»O nein, Ma'am. Ich bin hier oben, um einen Affen in Ihrer Abstellkammer zu fangen. Außerdem ist sie damit beschäftigt, sich als Orakel zu betätigen. Sie sendet Botschaften aus zu zahllosen mißbrauchten und aufständischen Schreibmaschinen im ganzen Land.«

»Seaton, Sie reden absoluten Stuß!«

»Ich kann nichts dafür, Ma'am.« Er zog die Tür wieder zu, doch Stevie sah immer noch einen geisterhaften Schimmer durch den unteren Türschlitz fallen und schwach im Schlüsselloch funkeln. »Ich habe eine Arbeit zu erledigen. Diese Schreibmaschine geht mich nichts mehr an. Sie geht mich überhaupt nichts mehr an.« Aufgeplustert in seinem Parka watschelte er wie ein Pinguin zu Marellas Zimmer.

Stevie schaltete die Deckenbeleuchtung ihrer Tochter ein und deutete auf die Abstellkammer. Obwohl das Licht, das Marella ins Gesicht schien, sie nicht aufweckte, drehte sie sich doch zur Seite und vergrub den Kopf unter der Decke. »Dort hinein«, sagte Stevie. Sie half Seaton, das Schaukelpferd und den Hutständer zu entfernen, wobei sie ihn drängte, sich bei dieser Arbeit zu beeilen, wenn er sich schon hinsichtlich der Exceleriter stur stellte.

Seaton holte aus der Tasche, in der er die Sonnenbrille und den Bart verstaut hatte, eine Dose mit Lakritz, packte eine der Rauten aus und betrat die tieferliegende Kammer. Als er den Holzriegel der Sperrholztür zu dem Verschlag hinter der begehbaren Kammer umdrehte, sah Stevie einen haarigen Arm aus seinem Koffer schnellen und die dargebotene Lutschpastille schnappen, die er soeben ausgepackt hatte. Seaton grapschte nach dem Arm, der sofort wieder in dem Koffer verschwand. Etwas Unverständliches vor sich hinmurmelnd, nahm er eine zweite Raute aus der Dose und schälte ungeschickt die Verpackung davon ab. Dann hob er die Sperrholztür aus ihrer Verankerung und tauchte in das unbekannte Gebiet der von Strebebalken durchzogenen Dunkelheit.

Stevie rief aus: »Sie nehmen einen zweiten Affen mit hinein!«

Der Kopf des jungen Mannes erschien in der Öffnung des Verschlags. »Mehrere, befürchte ich. Es sind diejenigen, die ich bei meiner heutigen Gratis-Inspektionstour aus anderen Häusern mitgenommen habe. Ich werde noch eben ihren Schädling zu den anderen hier reinstopfen.«

»Zu den anderen? Es ist kaum Platz genug für einen.«

»Es sind vier oder fünf, Ma'am. Sie kuscheln sich ganz gemütlich aneinander, wenn man sie zusammen in einen Schädlingstransportkoffer steckt ... Warum löschen Sie nicht das Licht und gehen hinunter? Dieser eine hier kommt vermutlich eher zum Vorschein, wenn es ringsum nicht soviel Ablenkung gibt.«

Stevie hörte im Korridor unter ihrem Arbeitszimmer ein Poltern. Es hallte im Treppenhaus und im oberen Flur wider wie eine mitternächtliche Hausdurchsuchung in ihren schlimmsten Alpträumen von einem futuristischen Polizeistaat. Junge Republikaner in Knobelbecherstiefeln und charismatische Christen rammten ihre splitternde Eingangstür mit dem Stamm der letzten Weihrauchpinie im ganzen Südosten. Es war ihnen völlig gleichgültig, daß ein junger Mann, verkleidet als Schädlingsbekämpfungs-Lehrling, einen Aktenkoffer voller Affen in ihre Abstellkammer schmuggelte.

»Hierher, 'Kritz«, säuselte eben dieser junge Mann, während er hinter der Öffnung des Verschlags im Nichts verschwand. »Komm und nimm deine Medizin ...«

Inzwischen entwickelte der Tumult an Stevies Eingangstür ein mächtiges Bewegungspotential. Sie sah förmlich vor sich, wie die tollwütigen Balkenträger sich ihren Weg ins Haus freirammten und allein durch die Wucht ihres Vorgehens wie Spielbälle ins Eßzimmer kullerten. Sie würde sie wie gefällte Kegel auf dem Boden verstreut finden, und ihr Weihrauchpinienstamm hätte eine Scheibe der Glastüre durchbohrt, die das Eßzimmer vom Flur trennte. Hin- und hergerissen zwischen der Notwendigkeit, Seatons Suche zu überwachen, und der Notwendigkeit, die Zerstörung ihres Hauses abzuwenden, schaltete Stevie Marellas Licht aus und eilte die Treppe hinunter, um mit den Einlaß begehrenden Fanatikern zu verhandeln.

XLV

Sie traf lediglich Schwester Celestial vor der Tür an. Das Auto der schwarzen Frau — ein ausländischer Kleinwagen, wahrscheinlich ein Honda oder ein Datsun — war unter dem Tulpenbaum neben dem Weg vor dem Haus abgestellt; der Lärm, den ihre große Faust beim Pochen gegen die Tür verursachte, hatte allerding nur entfernte Ähnlichkeit mit dem beharrlichen Stoßen eines Rammbalkens. Zerknirscht wegen der mangelnden Übereinstimmung zwischen dem, was sie oben gehört hatte, und dem, was sich hier unten tatsächlich abgespielt hatte, ließ Stevie die Wahrsagerin in die Halle eintreten.

»Ich dachte, Sie würden an die Küchentür kommen.«

»Nun, ich habe es dort hinten versucht, mein Kind, aber als niemand aufmachte, bin ich nach vorn gegangen, um hier zu klopfen.«

»Seaton Benecke ist hier, Schwester. Als er kam, dachte ich zuerst, Sie wären es. Er ist gerade oben und versucht, den Affen aus meiner Abstellkammer zu jagen.«

Die schwarze Frau hatte eine Stofftasche bei sich, die sogar noch größer war als Seatons Schädlingsbekämpfungs-Koffer. Sie trug zwei oder drei ausgefranste Pullover übereinander, ein Paar pelzgefütterte Schneestiefel und denselben Schal und den Spitzenkragen, den sie tags zuvor getragen hatte. Ihr Parfüm verteilte sich im Treppenhaus wie der zarte Duft frisch aufgeblühter Gardenien. Dieser Geruch hatte etwas Beruhigendes und Tröstendes.

»Dann sollten Sie ihn besser nicht bei der Arbeit stören. Führen Sie mich irgendwohin, wo es schön warm ist, oder müssen wir die ganze Nacht in diesem Kühlschrank von Korridor herumstehen?«

»Haben Sie gehört, was ich gesagt habe? Benecke ist dort oben, und meine Schreibmaschine glüht.«

»Ich kenne das. Mit meiner Remington ist es nämlich genauso. Ich habe fast den ganzen Tag darauf herumgehackt.«

»Ich meine es wörtlich, sie *glüht.*«

»Ich zweifle nicht daran, daß Sie das glauben. Die meisten Schriftsteller haben diesen Eindruck, wenn sie lange vor ihrem Werkzeug gesessen haben. Es ist eine Sinnestäuschung, mein Kind. In letzter Zeit sind Sie das Opfer Dutzender von Träumen und Sinnestäuschungen geworden, die Sie nicht mehr von handfesten Lügen unterscheiden können.«

Stevie legte der Schwester eine Hand auf den Arm und führte sie in die warme Küche. Sie war immer noch verwirrt. Die letzte Gleichung der Schwester schien nicht aufzugehen. Selbst in der belebenden trockenen Hitze des hinteren Teils des Hauses gelang es Stevie nicht, sie auszurechnen. Um zumindest den Anschein von Ausgeglichenheit zu schaffen, ließ sie ihre Besucherin am Küchentisch Platz nehmen und stellte einen nicht zu verachtenden Imbiß vor sie hin, bestehend aus belegten Häppchen, Käsestangen und Wein.

»Ich hatte sie so gegen halb elf erwartet«, sagte Stevie. »Sie haben Benecke Zeit gegeben, vor Ihnen hier einzutreffen.«

»Sehen Sie mal auf die Uhr, Stevie.«

Stevie gehorchte. Nach der Digitalanzeige ihres Heizofens war es zehn Uhr vierunddreißig. Hatte jemand die Uhr umgestellt, solang sie oben war? Wenn nicht, dann hatten dreißig oder vierzig Minuten, an die sie eine außerordentliche frische Erinnerung hatte, noch nicht stattgefunden. Seaton Benecke in der Uniform eines Kammerjägers war nicht bei ihr erschienen, und die außer Rand und Band geratenen Dörfler, die ihre Tür einrammten, waren lediglich ein Phantom und die Ausgeburt einer abartigen Phantasie.

»Betty«, sagte Stevie, durch die Umstände dazu veranlaßt, den richtigen Namen der Schwester zu benutzen. »Bitte, Betty, es ist unmöglich, Klarheit in das Ganze zu bekommen.«

»Es kommt nur darauf an, welcher Lüge Sie die Oberhand lassen wollen.«

»Das ist nicht sehr hilfreich.«

»Okay. Also, hören Sie zu! Während Sie heute nachmittag eine Geschichte geschrieben haben, in der Sie Ihre Sorgen aus dem wirklichen Leben in einem Schlamm von Wünschen und Symbolismus versinken ließen, hat Schwester C. ihre Remington mit einem Blatt Papier nach dem anderen gefüttert und wie eine Wahnsinnige getippt, damit Ihr Abend nicht mit einem Stapel leerer Seiten endet. Einiges von dem, was ich tat, kam aus mir selbst, hinter einigem steckte wahrscheinlich diese Benecke-Laus.« Sie griff nach unten und zog ein kleines Bündel zweizeilig beschriebener Seiten heraus, das mit einer Büroklammer zusammengeheftet war. Sie warf es auf den Tisch, damit Stevie es ansehen konnte. »Das ist das vierundvierzigste Kapitel, mein Kind. Es beschreibt das, von dem Sie glauben, es soeben durchgemacht zu haben. Wenn es nicht genau das ist, was Sie glauben wollen, dann ignorieren Sie einfach die soundsovielen Minuten, die Ihnen nicht passen. Werfen Sie sie weg wie so vielen unwichtigen Ballast, dann wird es nicht lange dauern, bis Sie ein Gespräch mit Ihrer gewitzten, großlippigen und baßstimmigen Schwester hier wollen. Sie kennt sich im hintersten Winkel aus.«

Stevie las den ersten Abschnitt des Kapitels, das sie gerade erst erlebt hatte. Es fing an mit dem Motorenlärm (RRRRum, RRRRum) und einem Klopfen an der Tür ihrer Frühstücksecke. Verblüfft sprang Stevie bis zum letzten Absatz weiter, der mit einem Angriff auf ihre Haustür endete. Zwischen dem Motorengeräusch und dem Angriff postulierte das Kapitel einen himmelschreienden Blödsinn. Stevie, die es immer noch nicht glauben konnte, las diesen unmöglichen Text noch einmal durch, ließ die Blätter wieder auf den Tisch sinken und fragte sich, ob sie den Inhalt als Stoff einer dilettantischen Erzählung abtun sollte. Wenn sie das täte, könnte sie die Schwester nicht leicht für ihre Sache gewinnen. Sie *erinnerte* sich, den Bart des jungen Benecke weggerissen zu haben; sie *erinnerte* sich, den Arm eines Affen aus dem Koffer schnellen gesehen zu haben. Und so weiter. Und Dinge, an die man sich *erinnert,* so sagte sie sich, mußten sich bestimmt zu irgendeinem Zeitpunkt im Leben zugetragen haben, und sei es auch nur im Traum ...

»Bitte, Betty, ist Seaton dort oben oder nicht? Seit einer Woche bin ich im Begriff, verrückt zu werden. Sie sollen mir helfen und mich nicht noch verrückter machen.«

»Nun, mein Kind, Tatsache ist, daß es sich so verhält und auch wieder nicht. Im vierundvierzigsten Kapitel heißt es, daß er oben ist. Wenn wir dieses Kapitel jedoch rausschmeißen und mit diesem hier weitermachen, in dem ich an der Küchentür ankomme, nun, dann ist er nicht oben.« Schwester C. lehnte sich zurück und verschränkte die Arme unter dem Busen. »Wie hätten Sie es denn gern? Wir können das Kapitel umnumerieren, damit keine Stolperstufe in der Geschichte entsteht. Wir können *alle* Kapitel bis zum Ende umnumerieren und die Dinge so hübsch aneinanderreihen, wie es Ihnen beliebt.«

»Betty, man kann nicht ein Stück Leben von jemandem herausreißen und wegwerfen wie ein Blatt Manuskriptpapier.«

»So was passiert andauernd.«

»Schockbehandlung? Sprechen Sie von Schockbehandlung? Kann schon sein, daß Menschen, die von elektrischen Stromstößen durchzuckt werden, die Erinnerung verlieren — aber das ist ein sehr massives Vorgehen bei psychischen Problemen, Schwester. So weit ist es mit mir noch nicht gekommen.«

»Ich bin kein elektrischer Stromstoß, Stevie, aber ich

glaube, ich bin eine Art von Schockbehandlung. Ich bin hergekommen, um zu helfen. Also, jetzt sagen Sie mir, ob Seaton dort oben ist oder nicht. Sie entscheiden, mein Kind. Jedenfalls glauben Sie das, und das ist fast dasselbe.«

»Natürlich ist er dort oben.«

»Ach so, natürlich ist er das.« Die Schwester griff über den Tisch und zog das vierundvierzigste Kapitel mit den Spitzen der Fingernägel zu sich heran. »Dann bleibt das also drin. Ich werde es bei den fünfundvierzigsten, sechsundvierzigsten und siebenundvierzigsten Kapiteln ablegen, gleich hier in meiner Tasche.« Sie bückte sich, um eben dies zu tun.

»Sie wissen, was als nächstes geschehen wird?« fragte Stevie die Wahrsagerin. »Sie kennen das Ende des Alptraums?«

»So ziemlich. Die Einzelheiten sind allerdings noch etwas wirr. Meine Remington und ich, wir haben heute nachmittag so schnell getippt, daß ich nicht *jedes* einzelne Teilstück festhalten konnte — außer später dann, heißt das, mit Hilfe von Büroklammern und dieser riesigen Tasche.«

»Lassen Sie mich die anderen sehen«, verlangte Stevie. »Das fünfundvierzigste und das sechsundvierzigste Kapitel und den ganzen Rest. Ich will alles sehen.«

»Mein Kind, das geht nicht.«

»Dies ist *meine* Geschichte. Ich stehe im Brennpunkt. Was immer Sie da drin haben mögen, das haben Sie meinetwegen. Ich habe das Recht, es zu sehen.« Stevie war sich bewußt, daß ihr Ton frech und gebieterisch war. »Ich *muß* es sehen«, flehte sie. »Mein Leben steht auf dem Spiel. Ich bin kein Aufziehspielzeug zum Vergnügen verwöhnter Kinder.«

»Eine solche Vorstellung gefällt uns nicht, was?«

»Spannen Sie mich nicht auf die Folter, Betty. Das ist grausam. Und es ist unnötig. Es ist ...«

»... gekonnte Dramaturgie, Stevie. Geschickt gemacht, meine ich. Wenn ich Ihnen jetzt diese Kapitel gebe, dann werden Sie dasitzen und sie lesen. Vielleicht blättern Sie sogar gleich bis zum Ende, um zu sehen, wie das Ganze ausgeht.«

»Das werde ich nicht tun«, sagte Stevie. »Ich verspreche, ich werde es nicht tun.«

»Das läßt sich leicht versprechen. Es sagt ungefähr soviel wie: ›Sie können Ihre Steuerrückzahlung nicht klüger ausgeben‹ oder ›Ich werde dir schreiben und dich in einem oder zwei Monaten nachkommen lassen‹. Übrigens, mein Kind, Sie *wollen* doch gar nicht wissen, wie die Sache ausgeht. Im Moment bilden Sie sich ein, Sie wollten es wissen, doch wenn Sie es dann wissen, fühlen Sie sich gedrängt und gestoßen und vergewaltigt und manipuliert und überrumpelt durch fast alles, was um Sie herum geschehen ist.«

»Genau wie viele andere Frauen.«

»Nicht diese Töne, Stevie. Es kommt immer darauf an, wie man die Dinge sieht.«

»Lassen Sie mich die anderen Kapitel sehen.«

»Das würde Ihnen so passen, ich weiß. Sie *glauben*, daß es Ihnen passen würde. Deswegen bin ich so Hals über Kopf gekommen — um Sie durch die Teile zu führen, die bereits entschieden sind. Sie müssen sie durchleben, mein Kind, nicht lesen. Sie haben jedoch mehr Glück, als Sie annehmen. Sie haben Schwester C., die Sie durch die schlimmsten Strecken geleiten wird. Wie steil oder schwindelerregend der Aufstieg auch sein mag, ich bin Ihr Blindenhund auf der Stufenleiter zum Himmel.«

»Aber ...«

»Kein Aber, Stevie. Dieser ganze Hickhack bringt uns nicht weiter. Es ist höchste Zeit, ein neues Kapitel in der erstaunlichen Geschichte Ihrer Widrigkeiten zu beginnen. Je eher wir uns daranmachen, desto eher haben wir es hinter uns und können Ihr Konto ausgleichen.«

»Ein neues Kapitel? Wann? Worum geht es darin?«

»Sofort natürlich. Und es geht um etwas ziemlich Einfaches. Sagen Sie mir, was Sie in diesem Moment am meisten ängstigt.«

Stevie ließ den Blick über den Tisch schweifen und zu Schwester Celestials Stofftasche, deren Verriegelung jetzt zugeschnappt und die mit einem Gurt gegen ihre spähenden Augen verschlossen war.

»Abgesehen davon«, fügte die Wahrsagerin hinzu.

»Seaton und 'Kritz befinden sich in meiner Abstellkammer. Seaton hat einen Koffer voller Kapuzineraffen dabei.«

»Gut für Sie, Stevie. Wir wollen gehen und sehen, was wir gegen diesen beängstigenden Zustand tun können.«

XLVI

Die findige Wahrsagerin ergriff Stevies Handgelenk und schob ihr Gewicht weg vom Tisch und um die verlockend geheimnisvolle Fracht ihrer Stofftasche in Richtung Eßzimmer. Hier tauschten die beiden Frauen Blicke voll des gegenseitigen Vertrauens und der Unterstützung aus. Hinter jener Tür (die in ihrer Gestaltung, Bespannung und Anbringung nicht mehr und nicht weniger unheilverheißend war als die meisten solcher Türen von Häusern im viktorianischen Stil eines bestimmten Alters) lauerte das Abenteuer, ein kalter, gut gewachster Pfad zu Gefahr und Enthüllung. Sie mußten durch diese Tür gehen. Ohne zu wissen, was ihnen noch bevorstand, umarmte Stevie Schwester Celestial und löste sich dann wieder von ihr; und, um ihre Nerven zu beruhigen, seufzte sie tief.

»Okay«, sagte sie. »Lassen Sie uns gehen.«

Schwester C., die sich bewegte, als wäre sie schon etliche Male im Cryeschen Haus gewesen und würde jede quietschende Bodendiele auswendig kennen, begleitete Stevie durch das kalte Eßzimmer und die zu einem Viertel geöffnete Glastür (die, nebenbei bemerkt, nicht etwa von einem riesigen Rammbalken aus der Wand gebrochen und deren Glasscheiben nicht zersplittert waren). Als Stevie gerade über die Schwelle in den Korridor treten wollte, traf ihr Fuß jedoch auf ein am Boden liegendes Hindernis, und sie taumelte nach vorn. Im Fallen sah sie, daß sie über eine kleine weibliche Leiche gestolpert war. Tatsächlich wirbelte der vom übrigen Körper getrennte Unterarm über das gewachste Hartholz vor ihr her wie ein rosafarbener Propeller oder Bumerang. Er prallte genau in dem Moment gegen die Front der unteren Stufe, als Schwester Celestial Stevie um die Taille griff und verhinderte, daß sie zu Boden stürzte.

Ein angstvolles Krächzen entschlüpfte Stevies Kehle. Sie klammerte sich an den Pulloverärmel der Schwester und machte einen Satz weg von dem Körper, der sie fast zu Fall gebracht hätte. »Ist das Marella?« schrie sie. Sie befürchtete, Seaton Benecke hätte irgendeine unaussprechliche Verstümmelung an ihrer Tochter vorgenommen und den grausigen Beweis als barbarische Verhöhnung hierhergebracht.

»Ganz ruhig jetzt«, sagte die Schwester in vertraulichem Ton. »Keine Aufregung. Ich bin bei Ihnen. Es ist nur eine Puppe, eine Babypuppe.«

Genauso war es, wie Stevie feststellte. Der Torso, der Kopf und die unteren Glieder von Marellas lebensgroßer Plastikpuppe, Toddles, lag zu ihren Füßen; die Teile des nackten Körpers waren in sich zusammengesunken, als ob die abgestandene Luft aus ihrem Innern mit einer Vakuumpumpe oder von einem psychopathischen Sodomiten mit unersättlicher Begierde herausgesaugt worden wäre. Der Anblick machte Stevie fassungslos und ekelte sie. Sie konnte sich nicht vorstellen, wie irgend jemand oder irgend etwas eine solche Verstümmelung hatte begehen können, eine so unglaubliche — jedenfalls für Barclay — Schandtat. Toodles hatte niemals einer lebenden Seele das geringste zuleide getan. Obwohl sie ebensowenig jemals gebrüllt, sich in die Windeln gemacht, einen Pups gelassen oder im Kreis herumgelaufen war, war ihr Dasein bisher für Marella eine Wonne und ein Trost gewesen. Die Macht, die Toodles diese Ungeheuerlichkeit zugefügt hatte, verdiente also nichts anderes, als ein für allemal exorziert zu werden …

»Wie konnte das passieren?« fragte Stevie. »Wie?«

»Durch die Gnomen des Bösen, mein Kind. Seatons Familiare. Seaton ist wahrscheinlich eine irische Bezeichnung für Satan, wenn ich es mir so richtig überlege.«

Es kam noch schlimmer. Auf dem ersten Treppenabsatz lag wie eine Schaffellbadematte, die von einem kleinen Hund in einer ungestümen Balgerei über den Boden gezerrt worden war, der zerfledderte Körper von Marellas Teddybär Kodak. Das ganze Schein-Innenleben dieser Schein-Kreatur war herausgerupft worden und hatte diese unausgestopft und flach wie einen Pfannkuchen zurückgelassen. Mit leerem Kopf, die ebenholzdunklen Augen vorwurfsvoll leuchtend, hing Kodak schlaff über die Kante des Treppenabsatzes wie eine Salvador-Dali-Uhr. Stevie blieb stehen, um die platte Pfote des Teddys zu berühren, doch Schwester C. murmelte ein tadelndes »Bah-bah« und bedeutete ihr, die übrigen Stufen auch noch hinaufzusteigen.

Eine kleine kerzenförmige Glühbirne in einer Fassung am nächsten Treppenabsatz warf einen rötlichorangefarbenen Schein auf das Schlachtfeld voller synthetischer Plüschfelle, das noch vor ihnen lag. Stevie entdeckte angewidert den safrangelben Knubbelvogel ihrer Tochter, der wie ein ausgenommenes, ungerupftes Huhn aussah; ihre selbstgemachte Lumpenpuppe hing zwischen zwei Geländerstreben wie eine verlorene Socke; und ihr dickes Opossum, Purvis, war zu einem behaarten Schatten seiner selbst geschrumpft, dessen

Schnauze sich kaum noch von seiner schwindsüchtigen Brust abhob. Diese letzte Figur — einer von Marellas besonderen Lieblingen — schien auf dem weitläufigen Holzboden des nächsten Absatzes wie ein zotteliges Abziehbild angebracht zu sein. Stevie erkannte das Opossum lediglich an seiner Färbung und dem eleganten Schnitt seiner Weste. Tränen der Wut traten ihr in die Augen, und sie brauchte die Schwester nicht, damit sie diese vollends die Treppe hoch und in den Flur schob.

»Dieser Mistkerl«, sagte sie. »Es wäre wirklich nicht nötig gewesen, daß er seine Affen auf Marellas Tiere losläßt.«

»Nichtwürdiges Imponiergehabe, mein Kind. Er versucht nur, Sie für das große Finale in der Abstellkammer mürbe zu machen.«

Stevie blieb auf dem Treppenabsatz stehen, ihre Hand lag auf dem Geländerpfosten. »Welches große Finale? Ein Kampf?«

»So etwas Ähnliches. Im psychologischen Sinn. Er will Sie so fertig machen, daß Sie für seine Pläne vorbereitet sind.«

»Ich bin vorbereitet. Seit einer Woche schon.«

»Vielleicht sind Sie das, Stevie, vielleicht auch nicht.«

»Kommen Sie. Ich werde Ihnen zeigen, was ich bin und was ich nicht bin.«

Überall im Flur lagen noch weitere ausgeweidete Spielzeugfiguren herum sowie auch direkt hinter der Schwelle zu Marellas Zimmer. Piepvögel und Quakfrösche, ein Seehund; Schruppi, ein Waschbär; Samtbauch, eine Katze; Schleckermäulchen, eine Schildkröte, sowie einige Knäuel undefinierbarer Zottel ohne besondere Merkmale, von denen Stevie weder die Taufnamen noch ihre gattungsmäßige Zuordnung kannte. Flusen künstlicher Haare schwebten durch das kalte Zimmer, fast wie Spinnweben, während Büschel von kräftigerem Plüsch am Teppich klebten wie Schaumtupfer auf einem Moor.

Diese Indizien des Gemetzels, das hier offenbar stattgefunden hatte, versetzte Stevie in Wut, doch beruhigt dadurch, daß sowohl Teddy als auch Marella schliefen und deshalb nichts von diesem Massaker mitbekommen hatten, das Benecke und seine Kapuziner angerichtet hatten, riß sie die Tür zu der Abstellkammer auf und bahnte sich mit wedelnden Armen einen Weg durch ein Regiment von Sommerkleidung und einen Hindernis-Parcours aus Koffern und Zweigeschwindigkeits-Ventilatoren bis zur Luke des Verschlags.

Ein Affe sprang ihr von einem Balken der Abstellkammer auf den Rücken, drückte sie auf die Knie und machte einen Satz in das sichere Versteck einer weiteren Phalanx von Kleidung, die in Plastikbeuteln hing. Keuchend zwängte sich Schwester C. hinter Stevie in die Kammer und kauerte sich neben ihr vor der Sperrholzplatte nieder, die sie von ihrem Racheopfer trennte.

»Noch eine Tür«, sagte die Wahrsagerin. »Sind Sie *sicher,* daß Sie vorbereitet sind?«

»Wie antworte ich auf diese Frage im sechsundvierzigsten Kapitel, das Sie mich nicht lesen lassen wollen?«

»Durch Ihr Verhalten haben Sie mir schmollend Aufschluß gegeben, Stevie. Jetzt öffnen wir diese Luke und kriechen sowohl in den Verschlag als auch ins siebenundvierzigste Kapitel. Das paßt gut, denn in beidem geht es recht ungehobelt zu.«

Stevie nickte. Dann krümmten sie und die Schwester die Finger um den Lukendeckel, um die splissige Sperrholzplatte aus dem Rahmen zu heben.

XLVII

Willkommen«, sagte Seaton Benecke alias Billy Jim Blakely, selbstgezüchteter Ableger des Satans. »Ich bin ganz und gar auf Sie vorbereitet, Ma'am. Und nirgends ist hier weit und breit ein Affe.«

»Einer hat mich in der Abstellkammer angesprungen.«

»Ich werde ihn auf dem Weg hinaus mitnehmen. Machen Sie sich darüber jetzt keine Sorgen. Ich bin dafür ausgebildet.«

»Sie haben Marellas Spielzeugtiere zerfetzt, diese Affen. Sie haben ihre Puppen und Teddybären zerfleddert und die Füllung aus ihnen herausgestohlen.«

»Der größte Teil dieser Füllungen sind Schaumstoffflocken, Ma'am. Oder bunte Papierschnipsel. Oder zerrupfte Zellulosefasern. Als Mitarbeiter des Allgemeinen Schädlingsbekämpfungs- und Hausisolierungs-Dienstes, na ja, mir ist aufgefallen, daß Sie hier oben in ihrer Kammer noch eine Isolierschicht gebraucht haben. Durch das Dach ist Wärme entwichen, also habe ich ein paar von den weißkehligen Schädlingen darauf angesetzt, dieses Problem zu lösen. Ohne Extrakosten.«

»Wenn irgend jemand irgend jemandem etwas zahlen müßte, Seaton, dann müßten Sie mir etwas zahlen, und vermutlich gibt es dafür nicht genügend Geld im ganzen Universum.«

»Amen«, sagte Schwester Celestial.

Seaton berührte den Rand seiner Mütze zum Zeichen, daß er die Anwesenheit der Wahrsagerin zur Kenntnis genommen hatte, dann ließ er sich in einem wirren Vortrag über den Recycling-Wert der Stoffe aus, aus denen die Glieder, Schnäbel, Panzer und Schwänze von ausgestopften Tieren bestehen, mit hochinteressanten Nebenbemerkungen zur toxischen Beschaffenheit von bestimmten Isoliermaterialien, die auf Formaldehyd basierten (und die bei Laborratten Krebs verursachten) und über die anerkannte Nützlichkeit von Harnstoff-Formaldehyd-Schaum nicht nur zur Bekämpfung von Schaben und Silberfischen (Sie brauchen sich nur bei der Umweltschutzbehörde danach zu erkundigen), sondern auch als Löschmittel für die Feuer, die manchmal mitten in dem gefühlsbeladenen Krempel ausbrechen, den Amerikaner in ihren Abstellkammern aufbewahren (ein unabhängiger Versicherungsvertreter würde gern bestätigendes Zahlenmaterial vorlegen). Seatons Rede hatte jedoch keinen echten Kern, und er legte seine Punkte so zähflüssig dar, daß Stevie viel Zeit hatte, sich umzusehen und einiges von dem gefährlichen Gerümpel in Augenschein zu nehmen.

Als erstes fiel ihr auf, daß das Schattenland im oberen Stockwerk von dem Lichtschein erhellt wurde, der aus Marellas Zimmer durch die Luke fiel — sowie überraschenderweise vom Strahl eines Diaprojektors, den Seaton auf einem staubigen Beistelltisch über einem gut mit Klebestreifen verschlossenen Karton mit Reader's-Digest-Sammelausgaben aufgestellt hatte. Staubkörnchen und vereinzelte Zellulosefasern schwebten in seinem Strahl durch die Luft. Eine lange schwarze Verlängerungsschnur schlängelte sich über die Stege der Sperrholzplanken und hinunter in die fasergefüllten Täler zwischen den Dielen bis zu einer kastenförmigen Steckdose neben Stevies Fuß. Gegenüber dem Projektor, auf einem zerschlissenen Bettuch, das Seaton offenbar als Leinwand mit Reißzwecken an die Wandpanele geheftet hatte, prangte ein großes rechteckiges Fenster aus Weiß. Indessen stand Seaton selbst neben dem kleinen Tisch, die Hände in den Taschen, sein aufgedunsenes Gesicht ein Miniaturmond über dem leuchtenden Streifen des Projektorstrahls.

Zweitens erschien die Abstellkammer gleichzeitig vollgestopft und weiträumig. Man mußte im Innern beim Stehen den Kopf einziehen, doch die gedrungene Säule aus Kaminsteinen, die sich hinter der provisorischen Leinwand in der westlichen Schräge durchs Dach schob, sah so weit entfernt aus wie eine vom Wind erodierte Spitzkuppe in Utah oder Neu-Mexiko. Ein Luftzug kräuselte das zerrissene Leintuch; und die Schrankkoffer, Bettgestelle, Bücherkisten, Kaminverkleidungen, Spiegel, Sprungfedermatratzen und all die anderen Gegenstände, die auf dieser Sperrholzinsel verstreut herumstanden wie das zurückgelassene Gepäck von Flüchtlingen, erweckten in Stevie für einen kurzen Augenblick Erinnerungen an Ted zum Leben. Er hatte das meiste von diesem Zeug gehaßt, doch er hatte nichts davon wegwerfen wollen. Deshalb hatte er es in der Abstellkammer verstaut.

Drittens hatte sich Seaton tatsächlich für sie vorbereitet, für beide Frauen. Auf einer der Sperrholzbohlen hatte er zwei metallene Klappstühle aufgestellt. Staub bedeckte die Plastiksitzfläche der Stühle, und Fäden zerrissener Spinnweben spannten sich von deren Beinen zu den Kreuzverstrebungen. Nachdem er seine Abhandlung über Recycling-Werte, Schädlingsüberwachung und Feuerverhütung beendet hatte, winkte Seaton Stevie und Schwester C. zu diesen Stühlen, wobei er sich wie ein Kavalier der alten Schule verneigte und auf den handbedienten Bildwechsler drückte, um ein Foto von sich selbst als Dreizehnjährigem in das leuchtend weiße Fenster auf der Leinwand zu klicken.

»Bitte nehmen Sie Platz, meine Damen. Der Eintritt ist frei. Diese Diaschau ist eine Serviceleistung der Allgemeinen Schädlingsbekämpfungs- und ...«

»Das wissen wir. Das wissen wir«, sagte Stevie. »Aber dieser Projektor gehört *mir.*«

»Ihnen und Ihrem verstorbenen Ehemann, habe ich recht? Immerhin, er funktioniert, nicht wahr? Das da oben bin ich, ein ziemlich mißratenes Kind, das gerade in die Pubertät schlittert. Das hinter mir ist der Scottsdale-See, Ende Juli oder Anfang August. Sehen Sie diese schrundigen Stellen an meinen Knien und Armen? Die stammen von Mückenstichen. Die Biester waren in jenem Jahr fürchterlich lästig.«

»Ist das nicht die Gegend, wo Ihre Arzt-Freunde ihr Wochenendhaus haben?« fragte Schwester Celestial Stevie, während sie sie über die wackeligen Bodendielen zu den Stühlen führte, wo sie eine Ecke ihres Schals dazu benutzte, die dicken Staubschichten von beiden Sitzflächen wegzuwirbeln.

»Ja«, bestätigte Stevie zerstreut. »Am Scottsdale-See.« Sie starrte den Jungen in abgeschnittenen Jeans und einem T-Shirt mit Netzeinsatz an; sein Bild wogte zweidimensional auf ihrem Leintuch. Doppelkinn, Schweinchenaugen, rote Wabbelknie und einwärts gerichtete Watschelfüße. Insgesamt wirkte er gar nicht so anormal, doch seine Augen waren für sie nicht sichtbar, und die Wülste, die an verschiedenen zufälligen Stellen auf den unbedeckten Hautpartien verteilt waren, riefen ihr die Sache mit den Hexentitten in den Sinn. Sie erkannte den Abschnitt des Scottsdale-Sees hinter ihm nicht (es war ein gro-o-o-ßer See); er war ein beliebtes Erholungsgebiet sowohl für mehr oder weniger betuchte Leute aus Columbia als auch aus Wickrath County, dieser See, und sie zweifelte nicht, daß seine Familie einst ein Grundstück dort besessen hatte. Die Kensingtons hatten kein Monopol auf einen Besitz mit direktem Seezugang.

Seaton sagte: »Die Beneckes — die Blakelys, wollte ich sagen — hatten mehrere Jahre lang ein Landhaus am See. Während mein Vater arbeitete, verbrachten meine Mutter und ich die Zeit von Juni bis Anfang September dort draußen — hier ist ein Bild meiner Mutter.«

Der Bildwechsler klickte, und der schweinchenäugige Junge gab den Platz frei für eine anmutige Frau in einem Korbstuhl auf einer Sonnenterrasse. Diese Frau trug ein Hauskleid, gemustert mit flammendgrellen Klecksen in Grün, Blau, Rot und Gelb. Das Bild auf der Leinwand schien Hitze auszustrahlen, eine thermografische Wärme, die die Kältegrade des Februar überdeckte. Ihre Augen spiegelten die Farben des Kleides wider, ihr aschblondes Haar war auf elegante Art ungekämmt, ihre Lippen waren wie zu einem Flüstern geöffnet, und die Frau an sich strahlte etwas Geheimnisvolles und Bedrohliches aus. Tatsächlich konnte sich Stevie nicht erinnern, je eine Frau gesehen zu haben, die so unmittelbar ihren Neid erweckt hätte. Selbstzufriedenheit sprach aus den Gesichtszügen von Seatons Mutter, die mühelose Beherrschung ihrer Sehnsüchte und ihres Haushaltes aus ihrer Körperhaltung. Damals war sie vielleicht Ende dreißig (gewiß nicht älter), und sie kam Stevie vor wie der Inbegriff reifer Fraulichkeit, eine Gestalt aus einer Anzeige aus dem *New Yorker* für ein französisches Parfüm, importierten Scotch oder eine glänzende amerikanische Limousine. Man traf selten jemanden wie diese Frau am Ufer des Scottsdale-Sees, wo ganz im Gegensatz dazu die meisten Frauen indische Baumwollkleider oder Shorts und Trägeroberteile trugen oder sogar die Khakifetzen oder groben Arbeitsklamotten, die ihre Ehemänner bevorzugten.

»Hier ist noch eine Aufnahme von ihr«, sagte Seaton.

Diesmal trug sie eine Reithose, Reitstiefel und eine Hemdbluse aus rotem und weißem Karostoff; die Wölbung ihrer Brust zeichnete sich augenfällig und wohlgerundet wie die Füllung einer Steppdecke unter dem Material ab. Knackig, hätte Ted dazu gesagt. Obwohl Mrs. Benecke nicht in die Kamera lächelte, vermittelten ihr Gesicht und ihr Körper ein Gefühl einer unterschwelligen guten Laune, als ob sie etwas um Wertvolles und Aufregendes wüßte, das sie weder dem Fotografen noch dem anonymen Betrachter des Dias zu enthüllen wünschte. Das Feld mit rotem Klee, in dem sie stand, unterstrich diesen Eindruck noch irgendwie, ebenso wie das Blau des Himmels, das Grün der Narzissenstiele sowie die endlos vielen goldenen Löwenzahnblüten, die auf dem roten Meer aus Klee schwankten.

»Dies hier ist jedoch mein Lieblingsbild.«

Der Bildwechsler klickte, und da kniete Seaton Beneckes Mutter in Blue Jeans, Turnschuhen und einem langärmeligen weißen Hemd — mit ihrem dreizehnjährigen Sohn in den Armen. Der Junge empfing von ihren kleeroten Lippen einen Kuß auf die Schläfe. Mit einem zufriedenen Jetzt-bin-ich-dran-Ausdruck im Gesicht war er gegen seine Mutter gesunken, als müßte sie ihn aufhalten, damit er nicht mit dem Kopf auf die untere Stufe der Sonnenterrasse fiele. Sie stützte ihn ohne Widerspruch und würdigte sein Verlangen mit dem Glitzern eines nachsichtigen Lächelns in den Augen. Obwohl sie auf diesem Foto keine strahlend herausgeputzte Schönheit war, war sie nach Stevies Meinung immer noch eine unverschämt gutaussehende Frau, die in dieser mädchenhaften Aufmachung noch gefährlicher war als mit Pailletten und Silberlamésandalen. Inzwischen müßte sie auf die Fünfzig zugehen — wenn sie sie nicht längst erreicht hätte.

»Was soll das Ganze, Seaton?«

»Billy Jim, Ma'am.«

»Es ist mir jetzt wirklich egal, wie Sie sich so beharrlich zu nennen belieben, aber ich möchte gern wissen, warum Sie das gesamte Fotoalbum Ihrer Mutter vor uns ausbreiten. Erzählen Sie mir nicht, daß das eine weitere Spielart ihrer Schädlingsbekämpfungs-Ausbildung ist.«

Seaton drückte auf den Bildwechslerknopf, und das Abbild von Mutter und Sohn entglitt ins weiße Vergessen, um sofort durch eine Aufnahme seiner Mutter ersetzt zu werden, auf der sie sich in der Gesellschaft von Sam und Elsa Kensington befand, alle drei in dreckiger Freizeitkleidung am Ende eines kleinen Holzstegs, der in den See hinausragte. Seaton drückte erneut auf den Bildwechselknopf, und die Leinwand zeigte die gleiche Gruppe von Menschen, versammelt um einen Gußeisentopf, in dem panierte Barschfilets in brodelndem Erdnußöl brutzelten. Hamlin Benecke — oder Mr. Blakely, wie ihn Seaton zweifellos genannt hätte, fiel durch seine Abwesenheit auf. Vielleicht hatten die Kensingtons während dieses vergessenen Sommers vor fast dreizehn Jahren sich mit Mrs. Benecke und ihrem einsamen pubertären Sohn angefreundet. Doch wie lange hatte diese Bekanntschaft gedauert? Dr. Elsa erwähnte selten etwas darüber, und Stevie ging aus diesem Grund davon aus, daß es sich um eine sehr kurzlebige ›Freundschaft‹ gehandelt hatte, eine jener vergänglichen Sommerausgelassenheiten, von denen man ein Jahr später kaum glauben kann, daß sie jemals stattgefunden haben …

»Ich habe mich verzogen, wenn sie zu uns gekommen sind«, erläuterte Seaton. »Ich war nicht scharf auf Gesellschaft.«

»Haben Sie sie oft gesehen?« fragte Stevie, deren Herz heftig pochte.

»Nö, eigentlich nicht. Ich mochte es nicht, wenn Leute zu uns kamen. 'Kritz war damals noch nicht da, damit ich mit ihm hätte reden können. Aber wenn uns die lästigen Nachbarn in Ruhe ließen, dann kamen wir ganz gut zurecht, Mom und ich.«

»Sie wollten sagen, *Sie* kamen ganz gut zurecht«, berichtigte ihn die Schwester. »Ihre Mutter war wahrscheinlich dankbar für etwas Umgang mit Erwachsenen.«

Er antwortete nicht. Statt dessen schlug er auf den Bildwechselknopf; ein leeres Lichtrechteck leuchtete auf dem Leintuch auf, eine Leere wie die Leere in seinen Augen — die plötzlich saphierblau aufblitzten und Stevie mit den schmerzenden Stecknadeln einer lang gepflegten Feindschaft fixierten. Stevie versuchte, unter dem eindringlichen Blick des jungen Mannes nicht zu blinzeln.

»Ich kann den Sinn des Ganzen immer noch nicht erkennen«, sagte sie.

»Doch, das können Sie.«

»Nein, Seaton, ich …«

»Sie wissen es seit langem. Sie wußten es, aber Sie haben so getan, als ob Sie es nicht wüßten. Das war der Sommer, in dem Ihr Mann meine Mom gefickt hat, Mrs. Crye.«

Stevie drückte die Hände im Schoß fest zusammen. »Es ist Zeit, daß Sie gehen, Seaton. Es ist höchste Zeit, daß Sie Ihren Affen und Ihren Diavortrag und all Ihr anderes verlogenes Zeug zusammenpacken und, verdammt noch mal, von hier verschwinden.«

»Okay, okay«, sagte der junge Mann. »Ich bin Seaton Benecke. Sie wußten es von Anfang an. Ich gestehe es, okay?« Er reckte das Kinn in Richtung Leinwand und ließ ein weiteres Dia ins Blickfeld klicken. »Aber sagen Sie mir doch bitte, wer das da ist, Ma'am. Verraten Sie mir doch bitte den Namen dieses gutaussehenden Kerls, ja?«

In demselben thronartigen Korbstuhl, in dem Seatons Mutter für eine der vorhergehenden Aufnahmen so lässig posiert hatte, saß Theodore Martin Crye senior, genau wie Stevie ihn aus den ersten Tagen ihrer Ehe im Gedächtnis hatte. Er trug Arbeitskleidung — ein kurzärmeliges blaues Hemd, Schuhe mit Sicherheitssohlen und die uniformähnliche marineblaue Hose, die er stets und ständig bei seiner Arbeit als Elektriker und Installateur anzuhaben pflegte — doch der exakte Scheitel seiner Haare, das wissende Halblächeln, das seine Lippen umspielte, das gefrostete Glas in seiner Hand (das zweifellos entweder einen Gin-Tonic oder irgendeine exotische Wodkamischung enthielt) verliehen ihm den Anschein eines jugendlichen Schiffsmagnaten oder eines Managers der Datenverarbeitungsindustrie auf Urlaub. Obwohl Teds Blick selten vom Trinken verschwommen war, erkannte Stevie an seinem Ausdruck überaufmerksamer Erschlafftheit (ein widersprüchlicher Zustand, der einzigartig für Ted war), daß er beschwipst war. Wahrscheinlich würde das niemandem außer Stevie auffallen. Das hoffte sie wenigstens ...

»Sie waren im sechsten oder siebten Monat schwanger, als dieses Foto aufgenommen wurde«, sagte Seaton. »Im Sommer 1968. Im Juni, wissen Sie, ist der Abfluß unter unserer Küchenspüle durchgerostet. Davor war der Müllschlucker in der Küchenzeile im Eimer. Mom rief die Kensingtons an — weil sie wußte, daß sie zeitweise dort draußen wohnten und weil Dr. Sam schon ein paarmal in Daddys Laden gewesen war —, um sie um Rat zu fragen. Dad kam lediglich an den Wochenenden aus Columbus an den See, und sie rieten ihr, Ted Crye in Barclay anzurufen. Das tat sie, und er kam heraus und reparierte den Abfluß und den Müllschlukker. So haben sie sich kennengelernt.«

»Na gut, er hat ein Glas auf Ihrer Sonnenterrasse getrunken«, räumte Stevie ein. »Aber das heißt noch lange nicht ...«

»... daß er meine Mutter gefickt hat?«

»Daß irgend etwas Unrechtes zwischen den beiden vorgefallen ist. Ted hat für seine Arbeiten nie viel berechnet. Manchmal haben ihm die Leute etwas zu trinken angeboten oder Selbstgebackenes mitgegeben oder seine Leistung mit unterschiedlichen Gunstbeweisen belohnt.«

»Klar«, sagte Seaton, und dabei verwandelte sich sein Blick in ein verächtliches Schielen. »So eine Scheiße!«

Stevie wandte sich an Schwester C. »Ich werde mir das nicht weiter anhören. Ich nehme bei meinen Kindern keine unflätigen Ausdrücke und freche Spitzfindigkeiten hin, also werde ich sie von diesem Widerling mit der dreckigen Phantasie ebensowenig hinnehmen.«

»Scheiße«, wiederholte Seaton, der alle vorgebliche Höflichkeit abgelegt hatte.

Stevie entgegnete: »Eine Selbstdefinition, Seaton.« Als sie wütend versuchte aufzustehen, merkte sie, daß die Schwester ihr eine Hand auf die Schulter gelegt hatte und sie zurückhielt.

»Sie sollten ihm zuhören, mein Kind. Es ist zwar miesestes Seifenoper-Niveau, aber es ist ihm widerfahren und es hat ihm weh getan, und er hat keine andere Motivation — abgesehen davon, daß er selbst in seiner eigenen Familie ein Niemand ist und daß er ein Bündel unerfüllter Hoffnungen mit sich rumschleppt — für seine Handlungsweise. Es prasselt alles auf Sie herab, Stevie, weil er nicht weiß, wo er es sonst abladen soll. Wenn Sie es nicht ertragen können und sich dagegen auflehnen, nun, dann werden Sie ihm einen weiteren Schlag versetzen. Das ist alles, worum es in diesem Kapitel geht.«

»Um *Lügen*, Betty? Um die Beschmutzung des Andenkens eines guten Menschen? Darum geht es in diesem Kapitel?«

»Genau«, warf Seaton ein. »Der gute alte Ted hatte in diesem Sommer eine Menge Arbeit am Scottsdale-See. Viele Anrufe aus den Landhäusern.«

»Ich erinnere mich nicht daran«, antwortete Stevie schroff.

»So war es aber, Ma'am. Eine Menge. Die meisten von Mrs. Hamlin Benecke — Lynnette ließ sie sich von ihm nennen, wenn er dort draußen war, so wie sie ihn Theodore nannte. Wahrscheinlich hat er Ihnen jedoch gesagt, daß er woanders hingeht. Sie erinnern sich nicht, weil sie eine Last im Bauch mit sich trugen und auch eine Last im Kopf. Woher sollten Sie das Geld für die Babysachen nehmen? Wann würde der gute alte Ted endlich das Kinderzimmer tapezieren oder pünktlich nach Hause kommen oder Ausgaben und Unkosten aufschreiben wie ein ordentlicher Geschäftsmann? Ein Mann mit Kindern durfte nicht mehr so ein Bruder Leichtfuß sein, wie Ted es immer war.«

»Ted hat alle Arbeit angenommen, die er kriegen konnte«, sagte Stevie verteidigend.

»Und alle Gunsterweise auch, was? Gratis-Schleckereien von dankbaren Müttern, wie?«

»All das ist eine Vorgaukelung von Tatsachen und eine falsche Bezichtigung«, wandte sich Stevie aufgebracht an die Schwester. »Er zeigt mir ein einziges Foto, auf dem Ted in einer nicht einmal halbwegs fragwürdigen Situation zu sehen ist — mit einem Drink in der Hand —, und baut darauf ein Dutzend Klatschgeschichten aus *So dreht sich die Welt* auf. Es ist Seifenoper-

Niveau, da haben Sie recht — aber es ist *nicht* geschehen.«

Seaton schien nur auf diesen Ausbruch heftigen Abstreitens gewartet zu haben, denn Stevies Worte veranlaßten ihn, eine ganze Serie von qualvoll eindeutigen Dias vorzuführen: Ted und Lynnette in einem Sessel auf der Sonnenterrasse des Landhauses. Ted und Lynnette, die am Ende des baufälligen Stegs spielerisch miteinander raufen. Ted und Lynnette miteinander auf dem Vordersitz des GM-Lieferwagens, mit dem Seatons Mutter zwischen Columbus und dem Scottsdale-See zu pendeln pflegte. Und sechs oder sieben weitere Schnappschüsse des Paares; die letzten Dias huschten so schnell über die Leinwand, daß Stevie weder genau erkennen konnte, wo der Ort der Handlung war, noch wieweit die Intimitäten gingen zwischen ihrem Mann (der damals nur zwei Jahre älter war als Seaton jetzt) und dem umwerfend gutaussehenden Vamp mittleren Alters, der sich offenbar als Untermieter in seine Gefühle eingeschleust hatte (*verdammte* Person!).

Worüber Stevie sich nun nichts mehr vormachen konnte, war die Tatsache, daß eine ungehörige Vertrautheit zwischen den beiden geherrscht hatte und daß Lynnette Beneckes erwachsener mißratener Sohn diese heimliche Beziehung, die in diesen Fotos festgehalten war, nicht erfunden habe. Jedes neue Dia untermauerte die erschütternde Verunglimpfung Teds durch den jungen Mann; die ganze Serie indessen brachte den bebenden Palast der Illusionen, in dem seine Witwe wohnte, vollkommen zum Einsturz. Stevie beobachtete, wie die Dias erschienen und verschwanden — erschienen und verschwanden, wie hypnotisiert durch den nicht wieder rückgängig zu machenden Akt der Zerstörung. Ted und Lynnette waren ein ziemlich attraktives Paar ...

»Ich habe mich verdrückt, wenn er aufgetaucht ist«, sagte Seaton gerade. »Ich habe mich immer verdrückt, wenn irgend jemand aufgetaucht ist, aber Mom ließ mich wissen, daß es ihr sehr *recht* war, wenn ich mich an den Nachmittagen verdrückte, an denen er auftauchte. Und er tauchte an vielen Nachmittagen auf. Manchmal verkroch ich mich mit einem Bleistift und einem Notizblock in meinem Zimmer, um all meine Wünsche jeweils zehnmal niederzuschreiben, damit sie in Erfüllung gehen sollten, und der, den ich am häufigsten schrieb, lautete: ›Mr. Crye soll sterben.‹ Ja. ›Mr. Crye soll sterben.‹ Es hat lange gedauert, bis dieser in Erfüllung gegangen ist. Als es endlich soweit war, war es meiner Mutter gerade mißglückt, sich umzubringen, indem sie Aspirin und eine Rasierklinge nahm ... Ich meine, sie *schluckte* natürlich die Aspirin, und sie *schnitt* sich mit der Rasierklinge die Handgelenke auf — so wird es gemacht ... Jedenfalls erreichte Daddy, daß wir nicht in die Zeitung kamen, er und seine einflußreichen Freunde in Columbus, aber meine Mom ist verrückter, als ich es jetzt bin.

Wenn mein Wunsch ›Mr. Crye soll sterben‹ in jenem Sommer, als ich es mir wünschte, in Erfüllung gegangen wäre, wenn dadurch verhindert worden wäre, daß meine Mom Ihren wertvollen Theodore um den Verstand gevögelt hätte, dann wäre sie vielleicht keine so ausgeflippte Nutte geworden. Aber meine Zauberei wirkte damals noch nicht so gut. Ich wußte noch nicht, wie ich das mit meinen Wünschen — besonders gründlich machen konnte. Also hat meine Mom die Hose runtergelassen und den guten alten Theodore in ihr wackeln und zappeln und wühlen und rühren lassen. Vielleicht wird sie sterben. Eines Tages, meine ich, wenn es zu spät ist. Es ist bereits jetzt zu spät, Ihr Mann ist ein hirnloser Schwanz und meine Mutter eine ausgeflippte Nutte.«

»Mir scheint«, sagte Schwester C., »daß Sie und Stevie hier im selben Boot sitzen, Mr. Benecke. Ihre Mutter hat Ihnen durch ihre Handlungsweise weh getan, und jetzt versuchen Sie, einen Ausgleich zu schaffen, indem Sie dieser Frau weh tun. Das ergibt nicht viel Sinn, junger Mann. Sie haben einiges gemeinsam. Sie könnten Freunde sein.« Und an Stevie gewandt fügte sie hinzu: »Es ist vorgesehen, daß ich das sage. Er wird jedoch nicht auf mich hören. Er ist nicht nur ein junger Mann, der durch die animalische Leidenschaft seiner Mutter verstört und durch die vielen Dinge, die sein Daddy eingesteckt hat, entmutigt ist. O nein, Stevie, er ist ein Destillat des freischwebenden kosmischen Bösen, dieser Benecke-Bock; er ist der persönliche Schädlingsbekämpfer des Satans. Und aus der Sicht des Satans gehören zu den Schädlingen, die es zu bekämpfen gilt, immer auch Ehrlichkeit, Freundlichkeit und all diese Dinge, mit denen halbwegs anständige Menschen ausgestattet sind.«

»Schwester ...«

»Ich will damit nur sagen, daß Sie gegen einen gefährlichen Gegner um einen hohen Einsatz spielen, mein Kind.«

Stevie beschloß, auf diese außerhalb des vorgesehenen Konzepts gemachte Nebenbemerkung nicht einzugehen, sondern sich statt dessen an das sechsundzwanzigjährige Destillat des freischwebenden kosmischen Bösen zu wenden: »Hören Sie zu, Seaton, möglicherweise sind Sie zu der falschen Schlußfolgerung gekommen. Sie haben sich getroffen, Ted und Ihre Mutter, aber sie haben niemals ... vielleicht hatten sie niemals ein Verhältnis.«

»Sie *möchten* also der Sache nicht auf den Grund gehen, was? Sie möchten sich nicht ganz tief reinversenken, um zu sehen, was in den Menschen vorgeht.«

»Seaton, vielleicht haben sie sich einander zugewandt, nur um Gesellschaft zu haben. Ich sah in jenem Sommer wie eine Wasserratte mit einem Bauchtumor aus. Ich war immer schlecht gelaunt, machte mir immer Sorgen ums Geld, war also alles andere als eine attraktive oder mitfühlende Partnerin. Und Ihre Mutter — nun, vielleicht hat sie sich gefragt, ob Ihr Vater sich wirklich etwas aus ihr macht, wenn er sie jeden Sommer an den Scottsdale-See schickte, wo sie die meiste Zeit allein verbringen mußte.«

»Sie war nicht allein.«

»Nein, ich weiß, das war sie nicht. Ohne Umgang mit Erwachsenen, hätte ich sagen sollen. Ted und sie haben mich und Ihren Vater hintergangen, das ist wohl wahr, aber möglicherweise haben sie einander nur benutzt zur Wiederherstellung ihrer persönlichen ... Wertschätzung.«

»So etwas Blödes habe ich noch nie gehört«, erwiderte Seaton abfällig. »Noch nie in meinem ganzen Leben. Sie müssen in Disneyland geboren sein.«

»Ich bin zu alt, um in Disneyland geboren zu sein.«

»Dann sind Sie vermutlich alt genug, um den Rest meiner Dias anzuschauen, meinen Sie nicht? Sie gehen durch und durch wie Röntgenstrahlen, und sie werden Ihnen die Augen öffnen, das können Sie mir glauben. Ein Porno-Leckerbissen für unverbesserliche Optimistinnen in der Menopause.«

»Achten Sie genau darauf, wie sich sein Wortschatz in diesem Kapitel erweitert hat«, empfahl Schwester Celestial Stevie. »Er schöpft aus den Reserven satanischer Kraft.«

Während er mit ungebremstem Schwung den Bildwechsler klicken ließ, bot Seaton eine Diaschau, wie Stevie noch nie eine gesehen hatte. Er begann mit einer Aufnahme aus mittlerer Entfernung vom Beneckeschen Landhaus und erzählte dabei, daß Lynnette ihn an diesem speziellen Nachmittag angewiesen hatte, auf die Spaghettisauce im Dauerkocher aufzupassen, während sie und Mr. Crye zum See hinuntergingen, um nach einem defekten Rohr der Bewässerungsanlage zu sehen. Darauf folgte eine Aufnahme vom Inhalt des Keramiktopfes, der wiederum von einer Rückansicht des GM-Lieferwagens abgelöst wurde, in dem Ted und Lynnette zum See aufbrachen. Das Rohr der Bewässerungsanlage, so hatte Lynnette ihm erklärt, war ein ganzes Stück weit von ihrem Steg entfernt.

Das Paar war gerade erst etwa fünfzehn Minuten weg, fuhr Seaton fort, als der Strom im Landhaus ausfiel. Der Kühlschrank hörte auf zu brummen (eine Aufnahme des Kühlschranks), alle Uhren blieben um 15.48 stehen (eine Serie von stehengebliebenen Uhren, obwohl auf Fotos ohnehin nichts anderes gezeigt werden kann), und die Fernsehschnulze auf Kanal 9 schnurrte zu einem magnesiumhellen Punkt zusammen, der selbst nach dem Stromausfall noch mindestens dreißig Sekunden lang nachleuchtete (dokumentarisches Beweisstück: ein nachleuchtender Punkt). Was soll ich jetzt tun? hatte sich Seaton gefragt. Als Vorsichtsmaßnahme zog er zunächst einmal den Stecker des Dauerkochers aus der Dose.

Dann machte er sich auf den Weg, hinter seiner Mutter und ihrem vielseitigen Handwerker her, um den letzteren zu fragen, ob er irgendwie Abhilfe gegen den Stromausfall in ihrem Haus schaffen könnte. (Dieser Teil der Erzählung wurde untermalt durch einen Schnappschuß von Seatons Schuljungenschatten, der über einen kleinen Hügel in der Nähe des Sees huschte.) Schließlich war Mr. Crye ebenso Elektriker wie Installateur, und wenn die Spaghettisauce nicht mindestens zwei Stunden lang gekocht hätte, könnte ihre Mutter sie nicht zu Tisch bringen. Sie würden dann Sandwiches à la Bolognese und Fruchtsalat zum Abendessen bekommen, eine Mahlzeit, sofern sie diesen Namen überhaupt verdiente, die Seaton zutiefst verabscheute. (Ein Dia mit dem hypothetischen Sandwich à la Bolognese, garniert mit einem vergilbenden Zweig Petersilie, neben einem Plastikschüsselchen mit Fruchtsalat.) Es brauchte also niemanden zu wundern, daß Seaton sich aufgemacht hatte, um Hilfe und Trost bei Erwachsenen zu suchen.

»*Quack, quack*«, ließ der junge Mann mit dem Bildwechsler vernehmen. Er gab diesen schallnachahmenden Silben annähernd den Klang einer defekten Exceleriter oder des Blökens eines Rauchalarmgeräts, dessen Batterie fast leer ist. »*Quack, quack.*«

Stevie und die Schwester wechselten einen verdutzten Blick, doch die Schwester, die ja bereits die Version ihrer Remington vom siebenundvierzigsten Kapitel gelesen hatte, täuschte ihr Verdutztsein nur vor ...

»Ich mache das, weil man auf einem Dia kein Geräusch zeigen kann«, erklärte Seaton, »und ich habe keinen Kassettenrecorder. Verstehen Sie, jemand in der Nähe des Sees benutzte einen Entenschrei, den er immer wieder mal ausstieß, damit die Enten ans Ufer kommen und sich füttern lassen sollten. Meine Mutter hatte immer einige Tüten mit alten Brotkanten und manchmal sogar eine Schachtel mit schalem Popcorn hinten in ihrem Pickup. Wir pflegten häufig an eine abgelegene Stelle am See zu fahren, die Enten ans Ufer zu quaken und sie mit irgendwelchem Zeug zu füttern, das wir dabei hatten. Heute, so wurde mir klar, war Mom mit Mr. Crye zum Entenfüttern gegangen. Sie hatten das defekte Bewässerungsrohr vollkommen vergessen. Es *gab* gar keine Bewässerungsrohre an der Stelle, von der das verdammte Quaken kam.«

Die folgende Reihe von Dias zeigte eine sorgsame Auswahl der Höhepunkte von Seatons Marsch, ausgehend vom Grundstück der Beneckes: eine Straße, gesäumt von anmutigen Schilfkolben; ein Pinienhain, durchquert von Reifenrillen, in denen Pfützen schlammigen Seewassers standen; eine einsame Lichtung, weit ab von den üblichen Ausflugspfaden. Seaton wies darauf hin, daß der in Abständen ausgestoßene Entenruf ihn auf diese Lichtung geführt hatte, wo, wie das nächste Dia zeigte, der rote GM-Lieferwagen die Mitte der Bühne beherrschte, mit der linken Seite parallel zum Seeufer; die Tür neben dem Beifahrersitz der Führerkabine stand sperrangelweit auf, und weder seine geliebte

Mutter noch der unerwünschte Theodore Crye waren irgendwo zu sehen.

»Endlich erschallte der Entenruf nicht mehr«, sagte Seaton. »Ich dachte schon langsam, es wäre eine echte Ente gewesen, die ihn ausgestoßen hatte. Verstehen Sie, unten am See hatte jemand eine große, flache Schachtel mit Popcorn abgestellt, und ein Schwarm Enten — einige davon von der zahmen weißen Sorte, wie man sie auf Höfen findet, einige davon Wildenten mit grünen Köpfen —, diese Meute verschlang gierig das Popcorn. Die Entenköpfe gingen runter und rauf, runter und rauf, und pickten und pickten und pickten wie verrückt in die Schachtel. Der Anblick erinnerte mich an ein Bündel Typenhebel, die sich in der Öffnung einer altmodischen Schreibmaschine auf und ab bewegten. Pick, pick, pick, pick.«

»So ist es«, murmelte Stevie.

»Es kamen immer mehr Enten vom See herauf. Einige flogen von der anderen Seite heran, wobei sie ihre Füße mit den albernen Schwimmhäuten als Landefahrwerk ausstreckten und flügelschlagend direkt am Ufer zum Stehen kamen. Die ersten Vögel hatten sich jedoch Schicht um Schicht durch das Popcorn gepickt, und die meisten der Spätergekommenen bekamen nichts mehr ab. Ich verstand nicht, warum die Person, die den Entenruf ausgestoßen hatte — meine Mutter oder Ihr Mann, wer auch immer von den beiden — noch so lange weitergequakt hatte. Dann *quakte* es wieder, und ich merkte, daß das Geräusch aus dem Führerraum des Lieferwagens kam — von dem ich bis dahin angenommen hatte, daß er leer sei.«

»Warum hören Sie jetzt nicht auf?« fragte Schwester Celestial Seaton.

»Sie wissen, daß das nicht geht, Schwester. Wir haben uns zwischen den Sexszenen viel Zeit gelassen. Jetzt ist es angebracht, wieder zur Sache zu kommen.« Er schloß zum Zeichen des Eigentadels die Augen. »Ich bin wahrscheinlich sowieso schon viel zu lange um den heißen Brei herumgeschlichen.«

»Dann wollen wir es rasch hinter uns bringen«, drängte ihn die Wahrsagerin. »Sie haben kein Empfinden für gesunde Erotik, nur für die mit einem Schuldgefühl behaftete Art, und Stevie hat bereits genügend durch Sie zu erleiden gehabt.«

Stevie grub die Fingernägel in die Handflächen und erhob sich von ihrem Stuhl, während sie durch zusammengepreßte Zähne zu Benecke sagte: »Und ich habe bis jetzt alles über mich ergehen lassen, nicht wahr? Doch wenn Sie darauf beharren — wenn Sie zum nächsten Dia weitergehen —, dann bringe ich Sie um, Seaton, das schwöre ich.«

»Sex und Gewalt«, erwiderte er. »Aber Sie gehen die Sache falsch an, wenn Sie mir damit drohen, denn ich kann davon gar nicht genug kriegen. Ich bin so gepolt.« Sein Daumen ließ den heruntergedrückten Bildwechselknopf los, und ein groteskes Bild — das Innere des Führerhauses des GM-Lieferwagens mit zwei schlecht auszumachenden Gestalten, horizontal auf dem mit Kunstleder bezogenen Polster des Sitzes hingestreckt — löste das enge Panorama des Lieferwagens in der Lichtung ab. »Hier sehen Sie, was sich meinen Augen darbot, als ich an der geöffneten Tür auf der Beifahrerseite vorbeiging. Es hat mich zerrissen. Ich hatte so etwas noch nie gesehen.«

»Seaton!« rief Stevie aus und beugte sich vor.

»Diese blassen Halbkugeln irgendwo in der Mitte, so etwa wie Halbmonde, das sind die Arschbacken ihres geschätzten Ted. Die elegante Lynnette liegt irgendwo da drunter. Das da, was im Vordergrund unter der um seine Fußknöchel zusammengeknüllten Hose hervorragt, ist ihr nackter Fuß. Wenn Sie ganz genau hinsehen, Ma'am, dann erkennen Sie, daß der Kopf meiner Mutter vor der Tür auf der Fahrerseite nach hinten gesunken ist und daß der Entenruf aus ihrem Mund kam.

›*Quack*‹, machte sie. ›*Quack, quack.*‹ Und durch das Fenster sieht man ein Wildentenpaar mit ausgebreiteten Flügeln, bereit zur Landung auf dem See.«

Stevie war nicht mehr in der Lage, sich zu beherrschen; sie schloß die Augen vor dem sattfarbigen Beweis von Teds Untreue und sprang von ihrer Sperrholzbohle zu derjenigen hinüber, auf der ihr Rachegott seinen Diavortrag hielt. Als sie die Augen wieder öffnete, wackelte das verzerrt grinsende Gesicht nur ein paar Zentimeter vor ihr hin und her, und sie entlud sich in einem kräftigen rechten Haken, der ihn an der Schläfe traf und seine Mütze in die Zellstoffisolierung zwischen zwei Deckenstreben schleuderte. Mit einem ohrenbetäubenden Rumpeln fiel gleichzeitig eine Kiste mit alten Küchenutensilien in eine Lücke zwischen den Brettern, blieb jedoch dort hängen, ohne durch die Küchendecke darunter zu krachen.

Stevie holte noch einmal nach Seaton aus, und diesmal fiel ihm der Bildwechsler aus der Hand, eingehüllt in ein Staubgestöber und aufwirbelnde Flusen. Obwohl sie nicht sehen konnte, wohin der Bildwechsler gefallen war, hatte die Wucht seines Aufpralls offenbar den Knopf dauerhaft hinuntergedrückt, denn die Bilder klickten mit einer so beunruhigenden Geschwindigkeit über das zerschlissene Leintuch, daß sie wie die Einzelbilder eines billig gemachten Pornofilms wirkten, in dem Ted und Lynnette die zweifelhafte Ehre hatten, die Darsteller zu sein. Tatsächlich waren düstere Aufnahmen von Teds Hinterbacken, die sich auf und ab bewegten, amateurhaft durchsetzt von lebhaften Bildfolgen mit den Entenköpfen, die emsig das Popcorn in der Pappschachtel aufpickten. Stevie hielt mitten in einem Schlag inne, um ungläubig diese bemerkenswerte Montage anzustarren — ein Fehler in ihrem Angriff, der Seaton erlaubte, zwischen zwei staubigen Gepäckstükken in Deckung zu gehen und über mehrere freiliegende Streben zu springen bis zur Bodenplatte unter der provisorischen Leinwand. Hier breitete er die Arme aus, und die Projektionen der nächsten Dias fielen mit topografischen Erhebungen und Senken auf seinen Schädlingsbekämpfungs-Parka.

»Sie hatten mich nicht gesehen«, setzte er seine Rede fort. »Sie wußten nicht, daß ich dort war. Ich hätte umkehren und nach Hause gehen können. Das tat ich jedoch nicht. Ich ging zur hinteren Tür des Lieferwagens und kletterte auf die Ladefläche. Die Enten hörten auf zu schreien, und schließlich erschienen zwei Gesichter in dem rückwärtigen Fenster des Führerhauses. Ich haßte sie alle beide, und das einzige, was immer wieder vor meinem geistigen Auge erschien, wenn ich während all der Jahre seit ihres Betrugs an einen von ihnen dachte, ist das, was Sie nun am Ende zu sehen bekommen, Mrs. Crye. Pick, pick, pick. In ihr wackelnd und zappelnd und wühlend und rührend. Vielleicht bin ich an jenem Tag gestorben. Wirklich, vielleicht war es so. Ich bin seither ein eigensinniger, sturer, bösartiger und meistens traurig impotenter Dämon.« Er lachte. »Doch die vergangene Woche gereichte mir zur Herrlichkeit, Mrs. Crye, sie war der Höhepunkt meines ganzes leidvollen Lebens!«

»Das kann ich mir denken!« entgegnete Stevie, am ganzen Leib zitternd. »Wenn Sie an diesem Tag nicht gestorben sind, elender Mistkerl, dann werden Sie vielleicht heute nacht sterben.«

»Nein«, warf Schwester C. ein und erhob sich. »Sie brauchen ihn nicht zu töten. Das kommt im siebenundvierzigsten Kapitel nicht vor, das meine Remington und ich getippt haben. Sie überreden ihn, sich bei der Polizei zu stellen, weil er sich für einen Schädlingsbekämpfer ausgegeben hat, und dort überzeugt man ihn davon, daß es das Beste für ihn wäre, beim Bradley Center in Columbus um psychologische Hilfe nachzusuchen — dafür entgeht er natürlich einer juristischen Verfolgung.«

Noch immer aufgewühlt durch die halbabstrakte Darstellung des Liebesaktes am See, erzeugte Seaton mit den Lippen ein Furzgeräusch. »Sie haben diesen vorhersehbaren Schluß doch wohl nicht für bare Münze genommen, was, Schwester? Es war ein Köder, um sie in einer kalten Februarnacht aus Button City herauszulokken. Übrigens, wer legt schon Wert auf eine juristische Verfolgung? Ich habe nicht die Absicht, noch mal ein Marathontippen zu veranstalten. Dieses ist der letzte Streich. Wir spielen heute nacht gleich hier an Ort und Stelle um alle Murmeln.«

»O Gott!« rief Stevie aus. »Er hat doch nicht einen Fluch über jeden ausgesprochen, oder?« Wie Cathinka in der Auseinandersetzung mit Waldemar beeilte sie sich, ihren Widersacher in eine handfeste Schlägerei zu verwickeln, indem sie wie eine Seiltänzerin auf der Kante eines schmalen Balkens balancierte und sich entschlossen auf die Sperrholzplatte stürzte, wo er sie mit überheblichem Gebaren erwartete. Seaton hob einen Ellbogen, und fast hätte er verhindern können, daß sie ihm näher kam, doch sie packte die oberen Teile seiner Parka-Ärmel, strampelte sich hoch und schob ihn in den Leinwandvorhang, auf dem Ted selbst jetzt noch kraftvoll ihre Ehegelübde verletzte. »Sie konnten mir meine Illusionen nicht lassen, was?« zischte sie ihn an, wobei sie zum Projektor zurücktaumelte, während er sich einen festen Halt für die Füße suchte und diesen neuerlichen Angriff abwehrte. »Sie hätten meine Exceleriter reparieren können — ich meine, wirklich reparieren — und ihrem leidvollen Leben einen neuen Wert geben können, indem Sie — *huch!* — ihre niederen Instinkte besiegt hätten.« Sie vereitelte Seatons Gegenangriff, gewann einen Vorteil und neuen Auftrieb und drängte ihn immer mehr in die knarrende Sperrholzecke, wo sich allmählich die Nägel aus dem Holz hoben als Folge ihres kurzen, aber heftigen Schiffschaukelkampfes.

»Kneten Sie ihm die Eier!« ermunterte Schwester Celestial Stevie. »Treffen Sie ihn da, wo es weh tut.«

»Ich bestehe *nur* aus niederen Instinkten«, keuchte Seaton und klammerte sich an den schmalen Vorsprung in die Leere. »Ich habe alle Schreibmaschinen, an denen ich je gearbeitet habe — *uff* — sabotiert. Ihre war die erste, denn — *uff* — ich wollte wissen, wie die Störung ist, die diesen Defekt auslöst. Ich kenne diese Störung seit — *uff* — dreizehn Jahren. Ich bin schlecht, Ma'am. Ich bin die Inkarnation des Bösen. Denken Sie nur an all die vielen Schreibmaschinen, die ich — *uff! uff!* — ein für allemal ruiniert habe.«

»Mistkerl!« schrie Stevie. »Übles Schwein!« Und sie stieß ihn von der Sperrholzinsel in den Spalt zwischen den Streben.

Geysire von Zelluloseflusen wirbelten durch die Luft. Wie ein Seewolf, der sich mit schnellen Flossenschlägen in trübe Tiefen stößt, verschwand Seaton in einer Schicht staubiger Glasfaserwolle, woraufhin die Küchendecke unter ihm durchbrach und er aus einer Höhe von mindestens drei Metern hinunterkrachte, zusammen mit mehreren Büscheln blaugrauen Isoliermaterials, und auf Stevies rundem Eßtisch landete. Völlig verdattert starrte Stevie durch diesen seatongroßen Durchbruch zu dem wie ein Adler mit ausgebreiteten Flügeln daliegenden Opfer ihrer Heldentat, einen blonden jungen Mann mit engelhaft aufgeworfenen Lippen und Augen mit durchscheinenden Lidern. Wie friedlich er aussah, dieser Leitstern eines traumatischen Zeitlupenschneegestöbers.

»Gut gemacht«, sagte die Schwester. »Er hat es herausgefordert, indem er mit Ihrer beider Leben spielte. Sie haben ihm nur gegeben, was er verdiente.«

»Ziehen Sie den Stecker des Projektors heraus«, befahl Stevie ihrer Freundin. »Um Himmels willen, Betty, ziehen Sie den Stecker heraus!«

Die Schwester gehorchte. Die Diaschau war zu Ende.

Der Lichtschein, der in den Verschlag fiel, kam nun nicht mehr vom Projektorstrahl, sondern durch das Loch in der Küchendecke. Stevie kauerte am Rand des wackeligen Sperrholzbrettes, um zu sehen, ob der Sturz ihren Kontrahenten umgebracht hatte; sie hoffte inbrünstig, daß es so wäre. Als sie hinunterblickte, öffnete Seaton jedoch die Augen, blinzelte sie an, rollte sich vom Tisch zu Boden, strauchelte, kam zum Stehen, entbot ihr einen ironisch-zackigen Gruß, und rannte mit schmerzvollem Schneid durch die Tür der Frühstücksekke hinaus in die Dunkelheit. RRRRum, RRRRum. Er hatte für eine juristische Verfolgung überlebt.

»Verdammt«, sagte Stevie. »Und jetzt?«

»Ich bin nicht mehr sicher, mein Kind. In *meinem* siebenundvierzigsten Kapitel verliefen die Dinge anders. Zumindest ein bißchen anders.«

Stevie, deren Neugier durch einen plötzlichen Einfall angestachelt war, bahnte sich einen Weg zu der Holzplatte, auf der der Tisch mit dem Diaprojektor ruhte. »Er war für einen Dreizehnjährigen ein ganz schönes Schlitzohr, was? Heute könnte er davon leben, wenn er mit einem Teleobjektiv geschossene Badewannenaufnahmen von brustamputierten Patientinnen an die offenherzigeren Männerzeitschriften verkaufen würde.« Sie hob den Deckel über dem Diamagazin des Projektors. Ein kleiner Aufschrei, der eine Mischung aus Erstaunen und Abscheu ausdrückte, entrang sich ihrer Kehle.

»Was ist los?« fragte Schwester C.

»Es ist nichts drin«, sagte Stevie. »Absolut nichts.«

(Kann man sich so was vorstellen?!)

XLVIII

Nachdem Seaton gegangen war, begann Stevie sich nicht nur über die Umtriebe der Affen Sorgen zu machen, die der Mann zurückgelassen hatte, sondern auch wegen Marellas unausbleiblicher Reaktion auf das Gemetzel, dem ihre Tiere zum Opfer gefallen waren. Es würde ihrer Tochter das Herz brechen. Nachdem sie die Plüschtiere zerstört hatten, hatten sich die Kapuziner mit dem Architekturskelett des oberen Stockwerks vermengt, als ob sie selbst lange Holznägel, Stücke von Dachlatten oder Krümel zerbröselnder Dachpappe wären. Ihr spurloses Verschwinden, nachdem sie mit so bizarrem Vandalismus unter den Spielzeugtieren gewütet hatten, ärgerte und verwirrte Stevie. Sie hätte gern jedes einzelne Mitglied ihres vermehrungsfreudigen Stammes erschossen und sie mit den Füßen nach oben an den Balken aufgehängt.

»Sie bilden sich nur ein, daß Sie das gern tun würden«, besänftigte sie Schwester Celestial. »Sie sind seine Opfer, diese Affen. Sie tanzen nach seiner Pfeife, weil ihnen nichts anderes übrigbleibt. Es sind Versuchskaninchen und Waisen, mein Kind.«

»Es sind Dämonen aus der Hölle, genau wie ihr Herr.«

Die Schwester war im Begriff, dieser unfreundlichen Charakterisierung der Kapuziner zu widersprechen, als die beiden Frauen ein dumpfes Stöhnen aus Marellas Zimmer vernahmen. Der Ton ging durch Mark und Bein, wie eine Knochenkrankheit, und Stevies ganzer Körper schmerzte vor gespannter Aufmerksamkeit. Welche mitternächtlichen Unbilden hatten nun wieder ihre Tochter befallen? Hatten sie alle für einen Abend nicht schon genug gelitten? Konnte das Kind nicht einfach seelenruhig bis zum Morgen durchschlafen, ohne von Seaton Beneckes Besuch etwas zu merken? Anscheinend nicht. Übrigens, selbst wenn sie durchgeschlafen hätte, müßte sich Stevie bis morgen früh eine plausible Erklärung für das Loch in der Decke ausdenken.

»Welches Kapitel ist das jetzt?« fragte die Schwester plötzlich.

»Sie sind diejenige, die die Manuskriptseiten hat, Betty. Für mich ist das Ganze leider ein lebensechter Fortsetzungs-Alptraum ... Kommen Sie, ich muß mich jetzt um Marella kümmern.«

»Mit ihr ist alles in Ordnung, Stevie, das weiß ich.«

Am Eingang zum Abstellraum blickte Stevie zurück in den Verschlag zu der düsteren, wuchtigen Gestalt der Wahrsagerin. »Betty, selbst eine Prophetin kann nicht alles sehen. Das haben Sie selbst inzwischen sicher auch erfahren.«

»Natürlich habe ich das. Doch dieses achtundvierzigste Kapitel scheint mir eine verschwommene Übereinstimmung mit demjenigen zu haben, das meine Remington und ich getippt haben. Ich erinnere mich irgendwie an Marellas Stöhnen, ganz sicher.«

Wie aufs Stichwort stöhnte Stevies Tochter erneut; es war ein Ton, der eher an den Schrei eines Falken denken ließ als an ein krankes Kind.

»An was erinnern Sie sich genau?«

»War sie jemals Schlafwandlerin, ihre Marella?«

»Nie.«

»Nun, sie fängt jetzt damit an. Sie hat in diesem Moment in ihrem Bett einen Anfall von Somnambulismus. Sie steht auf ihrer Matratze und mobilisiert ihre unterbewußten psychischen Energien durch dieses gespenstische Geräusch, das sie von sich gibt.«

»Betty, ich bitte Sie ...«

»Gehen Sie zu ihr hinein, und überzeugen Sie sich selbst. Sie weiß, daß Sie sich wegen der Affen grämen und was sie ihren Tieren angetan haben, und sie wird etwas dagegen unternehmen — nicht so sehr um ihrer selbst willen, sondern um Ihretwillen, Mama. Sie hat die Kraft, Ihre Marella, und sie wird mit ihren verborgenen inneren paranormalen Energien alles wieder ins rechte Lot bringen.«

Stevie war vollkommen außer sich und antwortete nicht auf diese Rede. Sie duckte sich durch die niedrige Tür in die Abstellkammer, bahnte sich seitlich mit den Schultern einen Weg durch die aufgehängten Kleidungsstücke und kletterte aus der Kammer in das Zimmer ihrer Tochter. Das Spektakel, das sich dort ihren Augen bot, überstieg an Unglaublichkeit bei weitem die Schlafzimmerszene, die die Wahrsagerin noch vor einem Moment so packend beschrieben hatte.

Marella stand tatsächlich barfuß in der Mitte ihres Bettes. Die Ärmel ihres Nachthemdes schwebten zwischen ihren ausgebreiteten Armen, und ihre Augen glühten mit der gleichen Hitze und Leuchtkraft, wie sie von der Kontrollampe ihrer Heizdecke ausgingen. Sie hatte das Gesicht dem Flur zugewandt, der ins Treppenhaus führte, und ihre Hände hoben und senkten sich gleichförmig, als ob sie die Dunkelheit dazu bringen wollte, sich in den entferntesten Winkel des Universums zurückzuziehen, und die unendliche kosmische Helligkeit dazu, hereinzufluten. Unterdessen wimmerte sie wie eine Küchenmaschine beim Zerkleinern eines Kohlkopfes für Krautsalat.

»Marella«, sagte Stevie. »Marella, ich bin hier.«

Das Mädchen schenkte ihr keine Beachtung. Sie nahm auch Schwester C. nicht wahr. Sie schwankte im Rhythmus einer eindringlichen, unhörbaren Melodie. Ihre Augen schimmerten golden, golden, golden (die Folgen eines Zustands, mit dem die Augenärzte Georgias bisher noch nicht oft zu tun gehabt hatten). Als sie, sich immer noch zu ihrer unhörbaren Musik wiegend, sich zu den beiden Erwachsenen umwandte, drückten diese sich außerhalb ihres Blickfeldes an die Wand.

»Ich habe noch nie jemanden so schlafwandeln sehen«, flüsterte Stevie.

»Ich auch nicht, mein Kind. Sie hat schon etwas Besonderes.«

Die Tür der Abstellkammer wurde durch einen Luftzug aufgeweht und wäre fast gegen den linken Arm der Schwester geprallt, und ein Wirbel von Zellstoffasern und Schaumstoffschnipseln tanzte aus der Kammer wie eine Wolke von wildgewordenen Motten. Marella dirigierte sie mit schwungvollen Handbewegungen und rhythmischem Kopfnicken. (Sie erinnerte Stevie an Mikkymaus in der Zauberlehrling-Szene aus der *Fantasia* ... außer daß sie offenbar ihre atemberaubende Sturmbrise entschieden besser beherrschte als der arme Micky seine Besen-und-Eimer-Brigade.) Als der Zeigefinger des Mädchens in diese Richtung und in jene deutete, schwebten die beschwingten Bruchstücke aus der Abstellkammer in braven Formationen auf die Felle der verschiedenen ausgeweideten Tiere zu, füllten diese Plüschpelze zu einer prachtvollen Körperlichkeit und beseelten dann jedes der schnuckeligen Wesen, damit es zusammen mit seinen Kameraden in einer sehenswerten soldatischen Prozession in ihr Zimmer zurückmarschieren konnte. Um ihr heftig pochendes Herz während dieser Darbietung zu beruhigen, legte Stevie einen Arm um die Taille der Schwester, eine Geste, die Betty Malbon sofort umgekehrt erwiderte. Verschlungen in dieser tröstenden Umarmung, beobachteten sie, wie Kodak, Riesenvogel, Lumpen-Anna, Purvis O'Possum, Pieper, Samtbauch, die Schildkröte Schleckermäulchen mit dem weichen Panzer und die Babypuppe Toodles an der Türschwelle exakt Aufstellung nahmen, sich wohlgeordnet um den Fuß von Marellas Bett scharten und in Reih und Glied auf das untere Brett des Teewagens zurückkehrten, wo sie Marella normalerweise untergebracht hatte. Lange Zeit, nachdem die Tiere in eine schlaffgliederige Unbeweglichkeit zurückgefallen waren, schwebten noch immer Fasern von Isoliermaterial durch die Atmosphäre, und Marella spielte auf dem kalten Befehlsstand ihrer Matratze noch immer den Feldmarschall. Sie schien absolut nichts von dem Wunder mitbekommen zu haben, das sie soeben bewirkt hatte.

»Ich habe sie noch nie so gesehen«, erklärte Stevie der Wahrsagerin. »Vielleicht sollte ich Dr. Elsa anrufen.«

»Wagen Sie es nicht. Es ist viel zu spät. Außerdem fehlt ihr überhaupt nichts, ihrer Marella. Sie hat mehr Kraft, als Sie gern annehmen möchten.«

»Das scheint mir auch so.«

»Sehen Sie nur. Jetzt verschwindet der Glanz aus ihren Augen, und ihre Arme sinken langsam herunter. Sie brauchte nur jemanden, der sie wieder richtig unter die Decke steckt.« Die Schwester drückte Stevies Taille. »Nämlich Sie, Mama.«

Stevie gehorchte der Schwester, denn sie hatte die Wahrheit gesagt. Marellas Augen verströmten kein Licht mehr, so wie der Clinac 18 Elektronen ausgestrahlt hatte, und ihr Körper sackte allmählich wieder in Richtung Bettzeug zusammen. Während Stevie sie sanft leitete und ihre Arme und Beine unter die Decken bettete, murmelte sie zärtlichen Unsinn, um das Mädchen aus der Trance zu holen, wobei sie nebenbei überlegte, ob sie wohl neben dem Bett Zeitungspapier auslegen und einen Brecheimer bereitstellen sollte. Verursachte das telekinetische Neuausstopfen von einem Dutzend Spielzeugtieren und das Anführen ihres Marsches zurück zu ihrer Ruhestätte vielleicht Kopfweh, Übelkeit und Neuralgie? Diese Vermutung erschien Stevie keineswegs abwegig.

»Wenn sie aufwacht«, flüsterte sie, »wird sie entsetzt sein über das, was sie getan hat. Vielleicht wird es ihr davon wieder schlecht.«

»Sie wird sich nicht einmal daran erinnern, Stevie.«

»Woher wissen Sie das?«

»Nun, man konnte ihr doch ansehen, daß sie nicht wußte, was sie tat, während sie es tat. Es ist sehr unwahrscheinlich, daß sie sich morgen früh an etwas erinnern wird, von dem sie gar nicht gemerkt hat, daß sie es tat.«

»Kann sein«, räumte Stevie zweifelnd ein, während sie Marellas Stirn streichelte. Sie richtete sich auf und sah ihre Freundin an. »Sie müssen erschöpft sein, Betty. Wir wollen runtergehen, damit Sie sich schlafen legen können.«

»Ich fahre nach Hause nach Button City, mein Kind, aber ich schätze Ihre Einladung, wirklich.«

»Sie wollen doch um diese Zeit nicht mehr fahren? Es ist lausig kalt, und Kudzu Valley ist nicht weit von der Straße entfernt, und Sie sind ganz allein.«

Die Schwester führte ins Feld, daß es, nachdem sie die letzten dreieinhalb Kapitel in Stevies Haus überlebt hatte, für sie wahrscheinlich die reinste Wohltat wäre, über den Highway 27 zurück zu ihrem gemütlichen Bungalow zu fahren. Stevie hätte am Morgen genügend zu erklären, ohne daß auch noch eine füllige schwarze Frau bei den Kindern am Frühstückstisch auftauchte. Auch gefiel der Schwester die Vorstellung nicht, als Köchin, Hausmädchen oder Putzfrau vorgestellt zu werden. »O nein, das würde ich auf keinen Fall tun«, setzte Stevie zu einem Protest an, doch die Wahrsagerin erklärte, daß sie nur einen Scherz von der albernsten Art gemacht habe, und bekräftigte noch einmal ihre unerschütterliche Absicht, nach Hause zu fahren. Gemeinsam hatten sie zumindest einen Teil von Seaton Benekkes üblem Plan vereitelt, obwohl, wie die Schwester zugeben mußte, ihm ein brutaler Anschlag auf eine von Stevies am höchsten geachteten Erinnerungen gelungen war; außerdem war er schonungslos von dem freundlicheren Manuskript in ihrer Stofftasche abgewichen. Trotzdem hatte Stevie sich tapfer geschlagen, und die Wahrsagerin hatte keine Bedenken, sie für den Rest der Nacht ohne Gast im unteren Schlafzimmer zurückzulassen.

»Zwei Dinge möchte ich jedoch noch tun, bevor ich gehe, Stevie.«

»Was Sie wollen.«

»Einen kurzen Blick auf Ihren Sohn und auf Ihre PDE-Maschine werfen.«

Kurz darauf standen sie Schulter an Schulter an Teddys Bett. Der Junge hatte während aller Schreie, allem Gescharre und Gebrüll und der ganzen Aufregung weitergeschlafen, und er ließ sich auch jetzt durch die nachdenklichen Blicke der beiden Frauen nicht im Schlaf stören. So jung, dachte Stevie; so jung. Sie bereute zutiefst die Würdelosigkeit, zu deren Opfer sie die abgründigen Machenschaften des Schreibmaschinen-Mechanikers in einem früheren Kapitel gemacht hatten — als Teddy und sie in Wirklichkeit eindeutig als Ersatz für den dreizehnjährigen Seaton und seine attraktive Mutter Lynnette gedient hatten. Welche erschütternde ödipale Phantasie hatte Seaton entwickelt, als er sich die Episode von Stevies Gesichtspunkt aus vorgestellt hatte. Es sei denn natürlich, sie hatte die Einzelheiten der widernatürlichen Szene selbst geträumt ... Sie empfand die kaleidoskopartige Verästelung des Ganzen als so verwirrend, daß sie seufzte. Währenddessen glitt Teddy in ihre Sicht und wieder hinaus, wie ein einzelliges Lebewesen unter der Linse eines Mikroskops, und sie war so müde, daß es ihr nicht gelang, den Blick scharf auf ihn einzustellen.

»Ein hübscher junger Mann«, bemerkte die Schwester. »Ein sehr hübscher junger Mann.«

»Danke.«

»Sieht wohl genau aus wie sein Daddy, was?«

Stevie rieb sich die Schläfen mit den Fingerspitzen. »Ja, das tut er wirklich. Es ist jedoch nicht seine Schuld. So haben sich nun mal die Chromosomen zusammengefunden.«

»Wer sagt, daß es jemandes Schuld ist?« Die Schwester nahm die andere Frau in einen Arm. »Sie wollten, daß ich Ihre Alpträume analysiere, erinnern Sie sich? Sie wollten wissen, warum Ted aufgegeben hat, als ihre Arzt-Freunde seine Krebserkrankung entdeckten. Nun, er gab auf, weil er es für eine Strafe hielt — eine späte Strafe, mein Kind — dafür, daß er sich rumgetrieben hat, während Sie seinen Stammhalter ausbrüteten. Er gab auf, weil er dachte, das Schicksal hätte ihn erwischt. Er sagte in einem Ihrer Träume, er sei gestorben, damit Sie sich selbst verwirklichen könnten. Ja, er glaubte tatsächlich, sein Tod sei ein Geschenk für Sie, Stevie, eine Art Rückzahlung seiner Schuld.«

»Was für ein Geschenk!«

»Wie sagen die Leute? ›Es ist die gute Absicht, die zählt.‹ So sollten Sie es auch sehen.«

Stevie kam diese fragwürdige Einschätzung der Dinge durch die Wahrsagerin so komisch vor, daß sie lachen mußte. Um Teddy nicht zu stören, hielt sie sich die Hand vor den Mund, doch das gluckernde Lachen sikkerte trotzdem durch ihre Finger, und sie vergrub das Gesicht zur Abwehr in dem schweren Schal der Schwester, während die andere Frau aus Sympathie verhalten mitschmunzelte. Wie hätte sie die letzten paar Stunden wohl überstanden, wenn Schwester Celestial nicht von Button City hergekommen wäre?

»Er sieht also genau wie sein Vater aus. Sie können glücklich sein, daß Sie ihn haben. Sie können glücklich sein, daß Sie Ihre *beiden* hübschen Kinder haben.«

Nachdem sie zugegeben hatte, daß sie das wußte, und Teddy über den Kopf gestrichen hatte, um sich durch die Berührung einen kleinen Anteil an seinem spürbaren Glanz zu erwerben, führte sie Schwester C. durch den Flur zu ihrem Arbeitszimmer. Von der konturenhaften Oberfläche der Exceleriter, deren Stecker herausgezogen war, ging nur der kalte Schimmer von Blaumetall aus; die überirdische Leuchtkraft, mit der sie zuvor in Stevies Sicht aufgestrahlt hatte, war vollkommen verblaßt.

Eine Schreibmaschine ist eine Schreibmaschine ist eine Schreibmaschine, dachte Stevie, während sie sie betrachtete, und empfand fast wieder so etwas wie freundliche Gefühle ihr gegenüber. Letztendlich hatte die Schreibmaschine sich nicht gegen sie verschworen gehabt, sondern war nur das Opfer von Mißbrauch und dämonischer Manipulation eines plumpen blonden Unholds geworden, der eine bewundernswerte Geschicklichkeit besaß und dessen Masturbierfetisch die eigene Mutter war. Schwester Celestial hatte diesen jungen Mann ein ›Destillat des freischwebenden kosmischen Bösen‹ genannt, doch jeder hatte gute und schlechte Tage, und vielleicht hatte die Wahrsagerin dem Fall eine zu große Bedeutung beigemessen, um zu verhindern, daß Stevie ihren Widersacher während ihres Entscheidungskampfs unterschätzte. Auf jeden Fall konnte man diese unselige Maschine nicht für Seatons zahlreiche niederträchtige Schurkereien verantwortlich machen.

Oder doch?

»Warum schieben Sie nicht den Stecker in die Dose und tippen etwas darauf?« fragte die Schwester. »Bevor ich gehe, meine ich.«

Obwohl es Stevie durchaus einleuchtete, wie ratsam es war, eine Freundin bei sich zu haben, wenn sie die Exceleriter wieder ausprobierte, schlug ihr Magen einen Purzelbaum, und ihre Hände begannen zu zittern. Trotzdem spannte sie ein frisches Blatt Papier ein, um dem Vorschlag der Schwester nachzukommen, als die Maschine sich selbst einschaltete und hastig den folgenden gefühlvollen Imperativ heruntertippte:

ZUM TEUFEL MIT EUCH, IHR LÄSTIGEN WEIBER.

Woraufhin Stevie das Blatt Papier von der Walze und den Stecker aus der Dose riß.

»Sie müssen ihr den Garaus machen, Stevie.«

»Den Garaus machen?«

»Zerstückeln und auf den Müll damit. Ein für allemal zerstören. Sie haben die Wahl zwischen zwei Möglichkeiten: die eine ist, nach Columbus zu fahren und Seaton Benecke zu erschießen, und die andere, die Schreibmaschine, die er verdorben hat, zu nehmen und aus Ihrem Jammertal zu entfernen.«

»Sie hat mich — oder vielmehr Ted — siebenhundert Dollar gekostet, Betty. Ich verdiene meinen Lebensunterhalt damit.«

»Einen Menschen umbringen oder eine Maschine wegzuwerfen. Sie haben die Wahl. So oder so werden Sie eine Art Erlösung finden von diesem Alptraum, unter dem Sie jetzt schon eine Woche lang leiden.«

»Werden Sie denn Ihre Remington ebenfalls vernichten?«

Die unerwartete Frage ließ die Schwester einen Moment lang zögern. »Ich benutze meine Maschine nicht in der gleichen Weise wie Sie — im allgemeinen jedenfalls nicht. Ich muß es mir noch überlegen. Wenn sie sich jedoch weiterhin schlecht benimmt, dann *muß* ich sie auf den Müll schmeißen — ob es nun ein Erbstück von Emmanuel Berthelot an meinen Vater ist oder nicht, und es ist ganz sicher eins. Das ist die Wahrheit.«

»Werden Sie mir helfen, meine loszuwerden?«

»Stevie, das müssen Sie selbst erledigen. Und ich schlage vor, Sie machen es morgen nachmittag ungefähr um die gleiche Zeit, um die Ihre Schreibmaschine letzten Dienstag kaputt gegangen ist. Das wird die Woche abrunden und der ganzen Geschichte eine hübsch ordentliche Verpackung geben.«

»Was ist mit Benecke? Wenn er noch mal hier auftaucht? Und mit den Affen« — Stevie nickte mit dem Kopf in Richtung Marellas Zimmer —, »sie treiben sich immer noch hier irgendwo herum, Beneckes Familiare; sie spuken in meiner Abstellkammer und dem Verschlag dahinter.«

»Eins nach dem anderen, Stevie.«

»Aber ...«

»Vernichten Sie die Exceleriter. Alles andere wird sich ergeben.«

Dieser Ratschlag behagte Stevie nicht besonders (die Schwester hatte im siebenundvierzigsten Kapitel den Überblick verloren, wie sie selbst zugegeben hatte), doch die Kapuziner waren immerhin nicht mehr zu sehen, und das Verschrotten der Schreibmaschine war immer noch angenehmer, als den Mann zu ermorden, der die Tiere in ihrem Haus ausgesetzt hatte. Deshalb biß sie sich auf die Zunge und fügte sich in das wenig ansteckende Selbstvertrauen der schwarzen Frau. Die Schwester schien ihre Ansicht damit zu begründen, daß man mit dem absolut Bösen nicht mit einem einzigen vernichtenden K.O.-Schlag fertigwerden konnte, sondern es statt dessen durch emsige Beinarbeit und eine Reihe von geschickt plazierten Körpertreffern ermüden mußte. Durch das Erschießen des jungen Benecke wäre das Vehikel, das zur Zeit Schwester Celestials ›Destillat des freischwebenden kosmischen Bösen‹ enthielt, aus dem Verkehr gezogen, doch die giftige Substanz würde dadurch freigesetzt und sich auf andere leere menschliche Behälter verteilen. Tatsächlich war es nicht möglich, die Zahl der Gelegenheiten zu ermitteln, bei denen verängstigte Leute unwissentlich zum Bestand an Bösem in der Welt beigetragen hatten, während sie des irrigen Glaubens waren, im göttlichen Auftrag diesen Bestand abzubauen ...

Als sie wieder unten waren, bat Stevie die Schwester um die Erlaubnis, einen kurzen Blick auf die Kapitel in ihrer Stofftasche zu werfen, jetzt, da sie Seaton in die Flucht geschlagen und die Frage geklärt hatten, was Stevie als nächstes tun mußte. Was konnte es in diesem Stadium schaden, wenn sie unter Aufsicht mal eben die letzten Absätze ihrer eigenen Geschichte überflog? Wie könnte ihr Gefühl, manipuliert und willenlos ausgeliefert zu sein, noch schlimmer werden, als es ohnehin schon war? Die Schwester ließ sich von dem vorwurfsvollen Beiklang in Stevies Anfrage nicht beeindrucken, da sie ihr jedoch zugestand, daß sie eine kleine Anerkennung für ihre Unerschrockenheit und Standhaftigkeit in der Abstellkammer verdient hatte, gab die Wahrsagerin nach und beugte sich vor, um die zusammengehefteten Seiten aus ihrer Allzwecktasche zu nehmen.

Genau wie bei dem Diamagazin im Projektor stellte sich heraus, daß die Tasche leer war, und Stevie und Schwester C. konnten sich nur ansehen und sich in Form von schwachen, hilflosen Schulterzuckungen äußern. Vielleicht hatte sich der Eindringling, der durch die Decke geplumpst war, mit diesem wertvollen Beweisstück aus dem Staub gemacht, obwohl Stevie, wenn sie sich den Ablauf des Geschehens ins Gedächtnis rief, an diese Erklärung nicht recht glauben konnte. Seaton, der Autor seiner eigenen überstürzten Flucht und ihrer gegenwärtigen Verwirrung, hatte keine Zeit gehabt, die Stofftasche zu plündern.

»Noch ein unwesentliches Zauberkunststückchen«, sagte die Schwester. »Immerhin haben wir ihn die Peitsche spüren lassen. Tun Sie einfach, was ich Ihnen gesagt habe.«

Nachdem die Schwester gegangen war, kehrte Stevie in die Küche zurück und versuchte, heruntergefallenes Isoliermaterial und Bruchstücke von Gips wegzukehren. Zu schade, daß Marellas bemerkenswerte Gabe, leblose Gegenstände zu dirigieren, nicht auf sie übergegriffen hatte, sonst hätte sie, als Überfrau dieser ereignisreichen Nacht, das Aufräumen mit einem Fingerschnipsen erledigen können. Doch wie die Dinge nun mal lagen, kam sie nicht vor drei Uhr ins Bett, und bis sie endlich in traumlosen Schlaf fiel, dauerte es noch viel, viel länger …

XLIX

Während Teddy und Marella ihren Knusperreis aßen, warfen sie so manchen mißtrauischen Blick hinauf zu dem Loch über dem Küchentisch. Stevie erzählte ihnen, sie habe einen Bücherkarton zwischen die Balken fallen lassen, als sie versucht hatte, das Gerümpel dort oben aufzuräumen. Obwohl sie diese Erklärung bereitwilliger hinnahmen, als sie es bei einer Schilderung der Ereignisse, die sich tatsächlich abgespielt hatten, getan hätten, verrieten ihre Blicke sowohl zur Dekke als zwischen ihnen beiden, daß nur eine Überirre auf die Idee kommen konnte, mitten in der Nacht und ohne Hilfe in der Abstellkammer herumzuwühlen. Ihre gute alte Mom war mal wieder durchgedreht, trotz des verjüngenden Ausflugs nach Columbus am Sonntag nachmittag. Stevie, der gerade im Begriff war, eine Tasse Kaffee zum Mund zu heben, gab sich alle Mühe, dieses Urteil zu entkräften, indem sie sich nach mütterlich-verantwortlicher Art erkundigte, wie sie geschlafen hätten.

»Ganz gut«, sagte Teddy.

»Prima«, piepste Marella. »Nur daß ich einen sehr merkwürdigen Traum über meine Tiere hatte. Ich führte sie in einer Parade durchs Haus. Oder so ähnlich.«

»Blödsinn«, lautete Teddys Kommentar. »Hört sich an wie ein Shirley-Temple-Film oder so.«

Dieses schonungslose Niedermachen von Marellas Traum löste einen Streit aus, dem Stevie mit einer Drohung ein Ende bereitete. Sie würde derjenigen Person das Taschengeld vorenthalten, die als nächste ein provozierendes oder beleidigendes Wort aussprach. Ihr Eingreifen ließ die Debatte verstummen, und ein paar Minuten später machten sich die Kinder auf den Weg zur Schule, wobei sie weiter vor sich hingrummelten über Löcher in der Decke und die grausame Beharrlichkeit der Februarkälte. Stevie vertrödelte die Zeit über dem täglichen Silbenrätsel in der *Constitution*, einen stumpfen Bleistiftstummel in der Hand (keins der Worte in der Zeitung war dazu angetan, sie oder ihn besser in Form zu bringen), während ihr Kaffee neben ihr kalt wurde.

Laut der Anweisung von Schwester C. mußte sie die Exceleriter auf den Müll werfen, aus ihrem Leben verbannen wie einen unerfüllbaren Ehrgeiz oder einen untreuen Mann. Wie sollte sie diese drängende Aufgabe erledigen? Im Moment war sie sich noch nicht sicher. Sie hatte auch keine Lust, viel über diese Frage nachzudenken. Sie versuchte unverdrossen, den Rätselwirrwarr zu lösen.

Ungefähr eine Stunde später klopfte jemand heftig an die Scheibe in der vorderen Tür, und Stevie eilte hin, um zu sehen, ob Seaton Benecke zurückgekommen sei. Statt dessen erkannte sie einen Boten von UPS — offenbar handelte es sich auch nicht um einen verkleideten Betrüger, sondern einen glatzköpfigen Kerl in einer dunkelbraunen Uniform —, der, als sie sich der Tür näherte, ein kleines Paket in weißlich-braunem Packpapier in ihr Sichtfeld hob. Stevie bemerkte, daß der Lieferwagen des Mannes unter dem Tulpenbaum stand, wo Schwester Celestial in der vergangenen Nacht geparkt hatte, und sie öffnete dem UPS-Boten, unterschrieb die Empfangsquittung für das Päckchen und trat in die Eingangshalle zurück, um das Papier aufzureißen und den Inhalt zu untersuchen. Sie war nicht übermäßig überrascht, als Absender das Lektorat von Briar Patch Press in Atlanta angegeben zu finden, doch ihr Unbehagen wuchs entschieden, als sie entdeckte, daß sie ein druckfrisches Exemplar des Romans in Händen hielt, dessen Zusendung David-Dante Maris ihr während ihres Telefonats versprochen hatte. Schließlich hatte dieses Telefonat doch nie stattgefunden …

Stevie, deren Finger vor Kälte gefühllos geworden waren, ging in die Küche zurück, um den unglaublichen Gegenstand näher in Augenschein zu nehmen. Das Foto des Autors auf der Rückseite des Schutzumschlags zeigte die gezierte Silhouette eines Mannes, gut getarnt durch Licht- und Schatteneffekte, eine Hand in Richtung Kamera ausgestreckt, als ob er sie der anmaßenden Person entreißen wollte, die sie in seiner Gegenwart gezückt hatte. Der Raum, in dem der Autor seinen recht theatralischen Fototermin abhielt, wirkte so weitläufig und leer wie eine unbenutzte Turn- oder Lagerhalle. Stevie fiel sofort der Schreibmaschinenfriedhof im hinteren Bereich des Firmengebäudes von Hamlin Benecke & Söhne in Columbus ein. Sie schlug das Buch auf und betrachtete die innere Titelseite.

GETIPPTES

Eine Woche im Leben
der Irren von Wickrath County

Ein Roman zeitgenössischen Horrors
A. H. H. Lipscombe

BRIAR PATCH PRESS* ATLANTA

Was hätte sie anderes erwarten sollen? Der junge Benecke, der von sich behauptete, kein Talent zum Schreiben zu haben, hatte möglicherweise seinen fehlgeleiteten Haß dadurch ausgetobt, daß er sie zur Hauptfigur eines ›Romans zeitgenössischen Horrors‹ gemacht hatte. *Getipptes,* ausgerechnet so ein gräßlicher, wichtigtuerischer Titel! Und dann noch dieses schwerfällige Pseudonym A. H. H. Lipscombe, als ob er der H. P. Lovecraft der achtziger Jahre dieses Jahrhunderts oder vielleicht der J. R. R. Tolkien der amerikanischen Horror Fiction sei, der Verfasser abscheulicher Fabeln und haarsträubender Provinz-Epen. Der unerträglichste Horror, den Stevie sich vorstellen konnte, war die bittere Erkenntnis, daß ein so emsiger literarischer Mistkäfer sie im stinkenden Kokon einer Erzählung eingesperrt hatte. Genau das hatte Benecke ihr angetan, er hatte sie zu einer Buchgestalt gemacht, eben jenes Buches, das sie im Moment in hilfloser Befolgung seines Satz-für-Satz Diktates durchblätterte.

> Stevenson Crye — ihre Freunde nannten sie Stevie — näherte sich dem Ende ihres ausführlichen Artikels über die Früherkennungs- und Diagnoseverfahren an der Krebsklinik West Georgia in Ladysmith, als im Innern ihrer Schreibmaschine ein Kabelzug ...

Und an einer anderen Stelle:

> Der Tag hatte sich auf lästige und unerfreuliche Art entwickelt. Nicht einmal eine ganze Ladung Lakritzbonbons hätte ihm den bitteren Geschmack nehmen und den Rest versüßen können …

Und wieder an einer anderen Stelle:

> Der Cheflektor von Briar Patch Press Inc. ließ wieder ein herzliches Lachen vernehmen. »Oh, ich bin noch da, Mrs. Crye. Das heißt also, daß wir beide noch …«

Und noch weiter hinten:

> Während Teddy und Marella ihren Knusperreis aßen, warfen sie so manchen mißtrauischen Blick hinauf zu dem Loch über dem Küchentisch …

Nun, egal was Seaton Benecke alias A. H. H. Lipscombe dachte, sie hatte ein Dasein und einen Willen, die über das hinausgingen, was er ihr in diesem trendgerechten Pseudowerk, erschienen bei Priar Patch Press, andichtete. Indizien für ihre Unabhängigkeit sprudelten aus den verschiedenen Quellen, von denen die meisten allerdings unsichtbar, weil psychologischer Natur waren. Heute zum Beispiel fühlte sie sich *nicht* wie eine Romangestalt; sie fühlte sich wie ein menschliches Wesen, das seine Zukunft völlig beherrschte, wenn auch nicht unbedingt diese vergängliche Szene. Außerdem hegte sie eine gesunde Verachtung für einen Geist, der versuchte, ihrem Verhalten ein vorgefertigtes Muster aufzuzwingen, und sie glaubte, ihn kleinkriegen zu können, wenn sie ihre ganze Kraft für dieses Ziel aufwandte. Vielleicht war der beste Beweis für den Bankrott der Seaton-Benecke-Version — dieses dreihundertundetwas Seiten dicke Opus in ihrer Hand — das verblüffende Fehlen des Schlußkapitels des Romans, denn die Blätter nach der letzten römischen Titelzahl waren schneeweiße Vakatseiten.

Das heißt, bis man zu einer Seite kam, die mit dem Titel überschrieben war. ›Anmerkungen des Autors für Filmemacher auf der Suche nach einem heißen, gewinnträchtigen Stoff‹. Diese Anmerkungen, die Stevie überflog, lauteten wie folgt:

> Ich schrieb, oder tippte, diese packende Geschichte, die Sie soeben gelesen haben, *Getipptes*, nur zu einem einzigen Zweck: um sie als Filmvorlage zu verkaufen. Die Leute sehen gern fern und gehen gern ins Kino; im allgemeinen lesen sie nicht gern, es sei denn, sie haben nichts Besseres zu tun (d.h. nichts Dringenderes, nichts, das mehr Geld bringt, nichts, das mehr Spaß macht). Das Tippen von Prosatext erfordert einen hohen Aufwand an Energie, selbst wenn er nur so dahingrunzt und -spuckt, aber da viele Filme ursprünglich als Bücher anfingen, ist es nötig, sie weiterhin zu schreiben, als Trittbretter zu Ruhm und Reichtum. Vielleicht haben Sie diese Geschichte nur aus dem einen Grund gelesen, weil ein Hollywood-Studio oder ein unabhängiger Filmemacher mit echtem Ehrgeiz Ihnen den Auftrag gegeben hat, einen ›heißen, gewinnträchtigen Stoff‹ ausfindig zu machen. Wenn das der Fall ist, dann haben Sie gefunden, was Sie suchen.
>
> »Aber Moment mal«, mögen Sie einwenden, »ein Roman, in dem eine Schreibmaschine tollwütig wird und anfängt, nach dem Geheiß eines dämonischen Möchtegern-Schriftstellers Texte zu verfassen, eignet sich nicht unbedingt für eine wirkungsvolle visuelle Umsetzung. Eine Schreib-

maschine steht nur da und tippt; sie bewegt sich nicht.«

Natürlich, genau das ist die Herausforderung, die diese höchst ungewöhnliche Geschichte an den in Frage kommenden Filmemacher stellt. Raffinierte Kameraeinstellung, einfallsreiche Schnitte und anspruchsvolle Effekte werden es Ihnen ermöglichen, die stillstehende PDE-Exceleriter zu einer so lebhaften und mitreißenden Gestalt zu machen wie R2 D2 im *Krieg der Sterne.* Außerdem habe ich im achtundvierzigsten Kapitel eine Szene eingebaut, in der meine unbeseelte Schreibmaschine, deren Stecker nicht eingestöpselt ist, in einem gespenstischen Glühen erstrahlt. Keinem Regisseur, der sein Geld wert ist, darf es mißlingen, ein glaubhaftes gespenstisches Glühen zu simulieren, und der Marsch der Spielzeugtiere im achtundvierzigsten Kapitel enthält eine beiläufige Anlehnung an Disneys *Fantasia.* Nur ein vollkommen engstirniger und mit Scheuklappen behafteter Filmmanager würde *Getipptes* als ›heißen, gewinnträchtigen Stoff‹ verwerfen, nur weil eine der Gestalten darin zufällig eine Schreibmaschine ist.

Im übrigen lasse ich auch Kapuzineraffen und etliche menschliche Wesen vorkommen, wobei von den letzteren das wichtigste die verwitwete Schriftstellerin Stevenson Crye ist. Die Affen könnten wirkungsvoll von Unbekannten dargestellt werden, die Rolle der Stevie sollte mit einer Schauspielerin von großer Schönheit, Begabung und überzeugender Ausstrahlung besetzt werden. Meine Vorschläge in der Reihenfolge meiner Präferenz lauten: Meryl Streep, Sally Field und Goldie Hawn, denen ich allen jeweils mit Pastellkreide oder Pinselstift Briefe geschrieben habe, in denen ich sie meiner unsterblichen Liebe versicherte. Ich selbst stehe für die Rolle des Seaton Benecke zur Verfügung, obwohl ich sie natürlich, um die Integrität meiner beiden parallelen Karrieren zu wahren, unter einem anderen Namen als A. H. H. Lipscombe spielen würde.

Es sei noch bemerkt, daß ich das Schlußkapitel aus der veröffentlichten Version meines Romans weggelassen habe, um die Neugier von potentiellen Filmemachern und solchen Angehörigen der kinobesuchenden Allgemeinheit anzustacheln, die aus Versehen an dieses Buch geraten sind. Um das Ende meiner Geschichte zu erfahren, brauchen die ersteren mich nur zum Drehbuchverfasser zu bestimmen und die letzteren zu Hauf die bevorstehende Umsetzung meines Traums auf Zelluloid durch ihren Besuch zu würdigen. Die wenigen unter Ihnen, die beim Kauf des Buches erwartet haben, eine vollständige Ausgabe zu erwerben, sollten ihre Quittungen aufbewahren, gegen deren Vorlage zu einem späteren Zeitpunkt an allen Postschaltern Kinokarten für den Film zum halben Preis abgegeben werden. Seien Sie versichert, daß ich die Filmrechte an *Getipptes* nicht ohne eine entsprechende Klausel veräußern werde.

Wer immer die Verfilmung von *Getipptes* vornimmt, hat natürlich die Option auf meinen nächsten ›heißen, gewinnträchtigen Stoff‹, bei dessen Verwirklichung ich, nachdem ich bis dahin durch die Erfahrungen beim ersten Fall in allen Sätteln fest sitze, vielleicht nicht nur als Drehbuchautor und Zweitstar fungieren möchte, sondern auch als Produzent und technischer Berater. Für weitere Informationen setzen Sie sich bitte mit David-Dante Maris bei Briar Patch Press in Atlanta in Verbindung.

— ›A. H. H. Lipscombe‹
Columbus, Georgia

»Du lieber Himmel«, murmelte Stevie, als sie dieses außergewöhnliche Schriftstück gelesen hatte, doch, um der Wahrheit die Ehre zu geben, ertappte sie sich auch dabei, daß sie eine gewisse einfältige Bewunderung für die Chuzpe empfand, die dahintersteckte. Selten gaben Schriftsteller, die sich in einem Bereich betätigten, so offen zu, daß sie um die Gelegenheit buhlten, in einen anderen überzuwechseln. Wahrscheinlich weil seine Mutter es versäumt hatte, sowohl das volle Gewicht seiner vernunftwidrigen emotionalen Abhängigkeit auf sich zu nehmen, als auch den Kitzel seines pubertären Geschlechtstriebs zu befriedigen, hatte Seaton beschlossen, weiterverwertbare pseudoliterarische Dutzendware zu produzieren, als Mittel zu dem Zweck, sich Zugang zu den Boudoirs von Meryl Streep, Sally Field, Goldie Hawn und anderen zu verschaffen. Der arme fehlgeleitete Fiesling. Seine Phantasie an sich war Gegenstand von weiterverwertbarer pseudoliterarischer Dutzendware. Mehr noch als Stevie gehörte er in einen Roman voller amateurhafter soziologischer Spekulationen und Freudscher Charakteranalysen. Der Fiesling schlechthin; der verbissene, durchschaubare Fiesling …

Woraufhin Stevie den unverschämten Nachtrag des Autors noch einmal las und immer wütender wurde, je eingehender sie sich mit ihm beschäftigte. Zunächst einmal, obwohl es Seaton Benecke alias A. H. H. Lipscombe vielleicht gelingen mochte, die Filmrechte an jenen Teilen des Manuskripts zu verkaufen, die den Rahmen der Geschichte ›Die Braut des Affen‹ bildete, hatte er keinen rechtlichen Anspruch auf die Geschichte selbst. Wenn er beabsichtigte, die Früchte *ihrer* schöpferischen Arbeit zu ernten, nun, dann würde sie den Mistkerl anzeigen. Jede Filmversion von *Getipptes,* bei der auch nur eine einzige Dialogzeile auf der Erzählung ›Die Braut des Affen‹ beruhte, würde eine sofortige einstweilige Verfügung zur Folge haben, und sie würde Benecke und seine Kohorte aus der Filmbranche bei jedem Schritt, den sie möglicherweise unternähmen, strafrechtlich verfolgen lassen. Tatsächlich hoffte sie insgeheim, daß sie einen unbedachten Schnellschuß abfeuern würden.

Zum zweiten, ungeachtet dessen, daß sie eine mittelmäßig attraktive Frau war, hatte Stevie kaum Ähnlichkeit mit Meryl Streep, Sally Field oder Goldie Hawn. Sie ähnelte dann schon eher einer reifen, etwas gedämpfteren Sissy Spacek, und Sissy Spacek mit ihrer natürlichen Beherrschung einer Vielfalt von Dialekten und Redewendung des Sonnengürtels hörte sich auch mehr wie die echte Stevenson Crye an. Im übrigen würde sie, ob sie wollte oder nicht, der kinobesuchenden Allgemeinheit ein gewisses Maß der Zerbrechlichkeit vermitteln, die ihr noch immer aus Brian De Palmas *Carrie* anhing. Eine Zerbrechlichkeit, die kurz vor dem explosiven Ausbruch stand. Es war wohl kaum Mrs. Spaceks Schuld, daß Seaton versäumt hatte, ihr auch nur einen einzigen Brief mit Pastellkreide oder Pinselstift zu schreiben, um sie seiner unsterblichen Liebe zu versichern …

Und drittens verdiente Seatons berechnende Weglassung des Schlußkapitels nur Verachtung. Daß sich Briar Patch Press auf diesen zynischen Plan eingelassen hatte, stempelte Maris und seinesgleichen zu jener Art von Schmalspur-Büchermachern, deren Beispiel sie angeblich so sehr verachteten. Man ließ nicht bewußt die letzten paar Seiten eines Buches weg, wenn man ein ernstzunehmender Verleger war, dem die Interessen der Leser genauso wie die eigenen Verkaufszahlen am Herzen lagen. Überdies, so dachte Stevie, konnte es gut sein, daß diese Strategie des jungen Benecke ein Schuß war, der nach hinten losging. Wahrlich, sie würde schon dafür sorgen, daß es so geschähe. Sie würde ihren unwilligen stumpfen Bleistiftstummel mit einem Küchenmesser anspitzen und selbst einen annehmbaren Schluß erfinden. Die leeren Seiten vor Seatons eigennützigem

Aufruf an ›Filmemacher auf der Suche nach einem heißen, gewinnträchtigen Stoff‹ würden reichen, um daraus eine Narrenkappe zu falten. Sie würde Seaton auf diesen Seiten zum Narren machen und so sich selbst retten.

»Aber auf damenhafte Weise«, ermahnte sie sich selbst. »Keine Gewalt gegen Personen, nur gegen Sachen.«

Nachdem sie diesen edlen Entschluß gefaßt hatte, spitzte sie ihren Bleistift und begann zu schreiben. Jemand anderes sollte das Kapitel abtippen. Wenn Briar Patch Press ihre Version des Romans wollte, müßten sie jedes Exemplar ihrer Vorab-Auflage einstampfen und die neue Auflage mit einem weniger offensichtlich im Trend liegenden Titel als *Getipptes* und einem wesentlich griffigeren Pseudonym als A. H. H. Lipscombe herausbringen. Sie würde versuchen, sich dieser Dinge anzunehmen — so mühsam das auch sein würde —, und zwar in den Episoden, die ihren Schluß bildeten. Ja, ja, das würde sie.

L

Stevie hatte etwas zu erledigen. Die Stunde, zu der ihre PDE-Exceleriter vor einer Woche kaputt gegangen war, war nicht mehr fern, und sie mußte die Maschine zu diesem Zeitpunkt zerstören, um die Möglichkeit zukünftiger Folter durch ihre unsichtbaren Hände auszuschließen. Diese Aufgabe erforderte bestimmte Vorbereitungen, an die sie sich mit grimmiger Selbstdisziplin machte.

Im oberen Stock fand sie das .22er Gewehr, das Ted gegen ihren Wunsch Teddy zum zehnten Geburtstag geschenkt hatte. Sie fand auch eine Schachtel mit Patronen und lud das Magazin des Gewehrs. Mit der nötigen Vorsicht trug sie die Waffe hinunter zum VW-Bus und schob sie unter den Beifahrersitz. Dann trabte sie wieder hinauf, um ihre Schreibmaschine zu holen, die sie auf ihrem zweiten Weg nach unten beinah fallen gelassen hätte. Nachdem sie jedoch zumindest das Einladen schon mal geschafft hatte, fuhr sie vier oder fünf Blocks weit bis zum Heimwerkermarkt von Barclay, einem riesigen Fertigbau, wo sie fünf Liter Lackfarbe kaufte. Diese Farbe war feuermelderrot und bestand zu drei Vierteln aus karmesinrotem Latex.

Ohne ihre Anschaffung aus der Hand zu lassen, steuerte Stevie ihren Kleinbus durch eine Wohngegend mit stattlichen zweistöckigen Schindelhäusern, umgeben von Magnolienbäumen und unbelaubten Harthornsträuchern. Bald darauf erreichte sie den städtischen Friedhof für Weiße auf der Nordostseite. Drei schmale Asphaltbahnen gewährten die Zufahrt zum Friedhof, eine ruhevolle Fläche von verwelktem Gras, auf der ausgebleichte, fast unlesbare Grabmale aus der Zeit um 1800 Schulter an Schulter mit modernen Marmorsteinen und einem einsamen Mausoleum von zwei Sarg Höhe und fünf Sarg Breite standen. Ein paar knorrige Bäume wetteiferten mit einer Schar angeschlagener Granitengel um die Ehre als größte Bewohner der Stätte, und im Schatten einer besonders arthritisch aussehenden Korkulme bog Stevie nach links ab, in die letzte der drei Asphaltbahnen. Es war fast zwei Monate her, daß sie Teds Grab besucht hatte. Die Engel, die durch die Windschutzscheibe auf sie herabsahen, blickten sie mit einem Ausdruck des erhabenen Vorwurfs an, dessen Strenge durch den Taubenkot, der ihre verwitterten Gesichter streifig bedeckte, beträchtlich gemildert wurde. Stevie empfand eine aufregende Zuneigung selbst zum unversöhnlichsten dieser schäbigen Cherubim. Sie taten nur ihre Arbeit.

Abseits von den meisten anderen, lag Teds letzte Ruhestätte an dem sanft abschüssigen Hang in der Nähe des von Dolchspitzen gekrönten Metallzaunes, der den Friedhof im Osten einfaßte. Stevie parkte in geringer

Entfernung, trug die Schreibmaschine zu der flachen Erhebung des Grabes ihres verstorbenen Ehemannes und stellte die Maschine auf seinen begrabenen Kopf. Dann band sie mit einiger Mühe die Farbdose aus dem Heimwerkermarkt an dem Ast eines Harthornstrauches fest, der von der anderen Seite des Zauns über das Grab ragte. Die Dose machte eine Vierteldrehung nach rechts, dann eine Vierteldrehung nach links, wobei sie mit wohldosierter Unheimlichkeit in der schwachen Februarsonne aufblitzte — genau die Art von effektvoller Gegenlichtaufnahme (dachte Stevie, während sie die .22er ihres Sohnes holte), die ein einfallsreicher Filmregisseur im Zusammenhang mit einem kleinen Friedhof im Winter passend finden würde.

Aus dem schützenden Windschatten des Kleinbusses legte Stevie behutsam auf die sich drehende Farbdose an. Plötzlich unterbrach ein asthmatisches Hecheln ihre Konzentration. Erschreckt ließ sie den Gewehrlauf sinken und zog sich schnell in den Schutz ihrer Beifahrertür zurück. Das Geräusch wiederholte sich noch einmal, und sie hörte tapsende Schritte in den raschelnden Blättern auf der anderen Seite des Wagens. Sollte ihr jemand bis zu dieser Stelle gefolgt sein? Sie hatte auf dem Friedhof niemanden gesehen, und selbst der sozusagen alleswissende Seaton Benecke konnte nicht ahnen, was sie genau in diesem Moment tat oder wo sie es tat — denn sie verfaßte diese mitreißend spannende Szene selbst. Wer immer sich ihr nähern mochte, mußte also aus dem Nichts aufgetaucht sein, vielleicht aus niederträchtigen Gründen, die am besten der Phantasie des Lesers überlassen bleiben sollten.

Fünf oder sechs Sekunden später, während Stevie dastand und am Kolben der .22er entlangspähte zu der Stelle, wo der unerwartete Störenfried jeden Moment um die offene Tür herumkommen mußte, tauchten tatsächlich ein Paar blutunterlaufener Augen auf. Diese Augen trugen schwer an der Traurigkeit der Welt und befanden sich merkwürdig tief am Boden; der Körper, den sie hinter sich herzogen, war schwarz, braun und weiß gesprenkelt, mit krummen Fortsätzen, die unverhältnismäßig klein erschienen für das Gewicht, das sie zwangsläufig tragen mußten. Ein unbeabsichtigter Schrei entrang sich Stevies Kehle, und sie legte sich eine Hand aufs Herz.

»Was tust du hier?« fragte sie das Geschöpf.

Es war Cyrano, der Bassetrüde der Cochrans. Cyrano wedelte träge mit dem Schwanz und stellte sich auf ihren Fußspann, um an ihrem Knie zu schnuppern, wobei er mehrere Streifen spermaartigen Geschlabbers auf ihren Jeans hinterließ. Stevie schob den Hund weg, sah auf die Uhr, zielte auf die Farbdose und drückte ab. Der Knall, der auf dem kleinen Friedhof widerhallte, ließ Cyrano um den Volkswagen und nach Hause davonpreschen. Glücklich über dieses Ergebnis schoß Stevie noch drei weitere Löcher in die Dose, die sie mit einigem Erfolg in einer Linie von oben nach unten plazierte.

Farbe quoll aus der Längsseite des sich drehenden Behältnisses und ergoß sich in den Mechanismus der Schreibmaschine. Dicke blutrote Lacktropfen deckten die überhebliche Maschine zu. Ein rotes Meer der Vergeltung überschwemmte sie. Derartig blutgetränkt, hockte die Schreibmaschine auf Teds Grab wie ein blutiger Kopf, und alles Bewußtsein wurde eingetaucht in das künstliche Hämoglobin auf Kautschukbasis von Glibbers Latexlack für Außenanstriche. Es war ein Anblick, der gleichzeitig Magenkrämpfe und Brechreiz auslöste, und als alle Farbe aus der Dose auf und in die Exceleriter getropft war, wandte Stevie den Kopf zur Seite und spie einen Brei aus halbverdautem Knusperreis weit über das unschuldige und harmlose Gras. Jetzt wußte sie, wie sich Marella oft fühlte ...

Eine Hand berührte ihren Ellbogen, und sie erstarrte. Sie hatte niemanden herankommen hören. Als sie aufblickte, benommen und peinlich berührt, wobei sie sich den Mund mit dem Ärmel ihrer Jeansjacke abwischte, sah sie Larry Clovers, einen der drei Polizisten von Barclay, der sie mit einer Mischung aus Argwohn und Ekel musterte.

»Mrs. Crye, es verstößt gegen das Gesetz, innerhalb der Grenzen der Stadt eine Schußwaffe abzufeuern. Dieser Friedhof hier befindet sich innerhalb der Grenzen der Stadt.«

»Ich bin fertig, Larry, ich werde es nie wieder tun.«

»Es verstößt ebenso gegen das Gesetz, Grabstätten zu schänden und ausrangierte Maschinen auf nicht dafür vorgesehenen Plätzen zu verschrotten. Dieser Platz hier ist nicht dafür vorgesehen.«

»Es mußte sein, Larry. Ich werde alles wegputzen. Ich werde keine solche Schweinerei auf Teds Grab lassen.«

»Mrs. Crye, Sie haben zwei oder drei Gesetze übertreten, vielleicht sogar mehr. Ich müßte Sie eigentlich festnehmen.« In diesem Moment setzte ein Ausbruch von Störgeräuschen und eine Flut von lautsprecherverstärkter, halbverständlicher Sprache aus dem Funkgerät von Clovers blauem Polizeiwagen ein, den er hinter dem Kleinbus abgestellt hatte. »Wirklich, Mrs. Crye, ich sollte Sie einsperren.« Ziemlich sanft nahm er Stevie das Gewehr aus der Hand und entfernte das Magazin.

»Hören Sie zu, Larry, Sie können froh sein, daß Sie überhaupt in diesem Buch vorkommen. Ich habe sie nur sozusagen als Geschenk an das Andenken Ihres Vaters hineingeschrieben.« Clovers Eltern, so erinnerte sich Stevie, waren immer gut zu ihr und Ted gewesen, da er ihnen einen Gas-Heißwasserboiler zum Selbstkostenpreis verkauft und kostenlos installiert hatte. »Ihr Vater würde es bestimmt nicht gern sehen, wenn sie wegen der geringfügigen Übertretung von ein paar Gesetzen Theater machten. Ich habe niemandem einen Schaden zugefügt. Warum gehen Sie nicht an Ihr Funkgerät und rufen Joe Dunn und Henry McAbee von der Müllabfuhr her, damit sie meine alte Schreibmaschine abholen und auf die städtische Deponie bringen? Ich kann sie nicht wieder mit nach Hause nehmen.«

»Ma'am, ich ...«

»Hören Sie, ich werden den größten Teil der überschüssigen Farbe wegwischen, bevor sie hier eintreffen. Später am Nachmittag werde ich wieder herkommen und die Unordnung auf Teds Grab beseitigen. Er wird mir diese törichte Besudelung seiner Ruhestätte vergeben. Er war mir noch etwas schuldig.«

Bezwungen durch ihre unorthodoxe Argumentation (und das Blei in ihrem unverdrossenen Bleistiftstummel), ging Wachtmeister Larry Clovers zu seinem Polizeiauto und gab Stevies Botschaft an das städtische Fahrzeug weiter, mit dem Joe Dunn und Henry McAbee jeden Dienstagmorgen den Sperrmüll einsammelten. Zehn Minuten später war der Wagen da, Joe und Henry hoben die zerstörte Exceleriter zwischen die knirschenden Kiefer der Zermalmungsanlage, und Stevie warf die leere Farbdose wie einen klappernden Nachruf der Schreibmaschine hinterher. Dann bedachte sie die Müllmänner mit einem Trinkgeld, klopfte Larry Clovers auf den Arm, verabschiedete sich von allen dreien und fuhr nach Hause zurück.

Dr. Elsa erwartete sie auf ihrer Auffahrt, zusammen mit zwei bulligen Männern in Overalls, Angestellten von Hamlin Benecke & Söhne. Keiner der Männer war Seaton. Auf Seatons Geheiß waren sie jedoch von Columbus mit einem Firmenfahrzeug (einem holzverschalten Kombi mit einer staubigen Jalousie im Rückfenster) herausgefahren, um etwas zu liefern. Dr. Elsa erklärte, sie habe vor etwa zwanzig Minuten einen Anruf von Seaton erhalten, der sie gebeten hatte, die Männer mit ihrer Lieferung bei Stevies Haus zu erwarten, da er sie selbst unter ihrer Telefonnummer nicht erreicht hatte. Jemand — vorzugsweise eine Person, die mit der Familie eng befreundet ist — sollte anwesend sein, um die Lieferung entgegenzunehmen. Obwohl dieses ungewöhnliche Ansinnen bedeutete, daß sie einen Termin mit einem Patienten, der bereits in der Klinik war, platzen lassen müßte oder sich zumindest erheblich verspäten würde, hatte sich Dr. Elsa aus Loyalität gegenüber Stevie einverstanden erklärt, und auch weil sie den dringenden Verdacht hatte, daß sich Seaton Benecke einen derben Scherz auf Kosten ihrer Freundin erlaubte.

Da die Lieferanten soeben erst angekommen waren, brauchte Stevie nicht zu fürchten, daß sie während ihrer Abwesenheit schon irgendein Unheil angerichtet haben könnten. Der größere der beiden bulligen Besucher, ein rothaariger Kerl mit einem fotogenen Bergbauern-Schnauzbart und einem malerischen aknenarbigen Gesicht, lauschte Dr. Elsas hastig vorgebrachter Erklärung mit großem Interesse und einer erstaunlichen Folge von beleidigten Blicken. Sein Begleiter, ein junger Schwarzer, hatte die verschränkten Arme auf das Dach des Kombiwagens und das Kinn auf einen seiner Handrükken gelegt und sah zu ihnen herüber. Sein Gesichtsausdruck verriet mehr Erheiterung als Verwirrung. Es war ihm deutlich anzumerken, daß er nichts dagegen hatte, zur Erledigung eines Auftrags aus der Firma der Beneckes wegzukommen, besonders, wenn er seinen Kollegen dabei beobachten konnte, wie er sich mit aufgeplusterter Empörung gegen einen eingebildeten Vorwurf verwahrte.

Stevie wandte sich an den rothaarigen Mann. »Eine Lieferung? Von was? Ich habe nichts bestellt, und ich will auch nichts von Seaton. Ich habe bereits mehr von ihm bekommen, als ich ertragen kann.«

»Ja, so empfinden wir auch«, sagte der schwarze Angestellte, der immer noch lächelte. »Aber das ist nun mal unser Job.«

»Schreibmaschinen«, sagte Dr. Elsa, bevor der rothaarige Mann das Wort ergreifen konnte. »Sie haben dir eine Ladung gebrauchter Schreibmaschinen gebracht.«

»Generalüberholte Maschinen«, berichtigte der Rothaarige. »Sechs an der Zahl. Und ein Dutzend Ries Manuskriptpapier.«

»Aber ich habe nichts davon bestellt. Und ich werde ganz bestimmt nichts dafür bezahlen.«

»Ma'am, ich glaub, das erwartet auch keiner von Ihnen nich'. Wir sollen die Sachen bloß abliefern. Wir sollen nich' eher wieder wegfahren, bevor wir sie Ihnen reingetragen haben ... Und hier is' noch was von dem Jungen, das wir Ihnen geben sollen, sobald Sie auftauchen.« Der Rothaarige streckte Stevie einen knitterigen, amtlich aussehenden Umschlag hin, als ob er ihr eine gerichtliche Vorladung überreichte, und ihre Hand schloß sich darum, bevor sie sie zurückziehen konnte. »Können wir jetzt anfangen, Ma'am? Grady und ich haben noch keine Mittagspause gemacht.«

»Womit anfangen?«

»Die Schreibmaschinen hineinzutragen. Je schneller wir es hinter uns bringen, desto geringer ist die Gefahr, daß wir hier in der Nachbarschaft Aufsehen erregen.« Er feixte.

»Einen Moment noch. Lassen Sie mich nachsehen, was das hier ist.« Stevies Finger hantierten an dem Umschlag herum. Nachdem sie eine Seite aufgerissen hatte, holte sie zwei Bogen Schreibmaschinenpapier heraus, auf die Seaton mit blauer Pastellkreide einen eilig hingeschmierten Brief geschrieben hatte.

Liebe Mrs. Crye (Mary Stevenson),

ich habe Ihre Exceleriter derartig verhunzt, daß die Wahrsagerin aus Button City Ihnen empfohlen hat, das Ding auf den Müll zu schmeißen. Es ist unmöglich, sie wieder in Ordnung zu bringen, wenn sie einmal so versaut sind. Diese generalüberholten Maschinen sind jedoch in einem hervorragenden Zustand. Ich habe nichts anderes mit ihnen getan, als sie herzurichten, egal was ich Ihnen mal gesagt habe. Jedenfalls funktionieren sie einwandfrei. Ich möchte sie Ihnen schenken als Entschädigung für die Maschine, die ich verrückt gemacht habe. Wenn eine kaputt geht, können Sie die nächste nehmen. Die meisten sind von ihren Besitzern abgegeben und nie wieder abgeholt worden. Jetzt gehören sie Ihnen, genau wie das Papier, das ich mitgeschickt habe.

Ich habe Sie so gequält, wie es geschehen ist, weil ich mich an Ihrem verstorbenen Mann rächen wollte. Er war ein Schwein. Sie waren zu gut zu ihm und zu gut für ihn. Wie meine Mutter. Das, was ich seinetwegen vor dreizehn Jahren durchmachen mußte, hat mich zur SAAT DES BÖSEN *gemacht. Ich habe alles freischwebende kosmische Böse in mich aufgesogen und bin dabei zu einem ganz und gar sonderbaren Kauz geworden. Sie sind dieser Kauzigkeit in den Weg geraten, als Ihre Schreibmaschine kaputtging. Nachdem Sie mich letzte Nacht davongejagt haben, habe ich jedoch angefangen zu begreifen, wie sehr es an meinen Kräften zehren würde, wenn ich Sie Tag für Tag belauern würde. Es ist schwere Arbeit, ein Vehikel für das kosmische Böse zu sein, schwerer als das Reparieren von Schreibmaschinen.*

Nebenbei bemerkt, haben Sie mich immer mehr an eine mittelalte Sissy Spacek erinnert, so wie sie in acht oder zehn Jahren vielleicht aussehen wird. Ich schwärme leidenschaftlich für berühmte Schauspielerinnen und habe angefangen, ihnen regelmäßig anonyme Briefe zu schreiben, damit sie wissen, daß es mich gibt. Das ist wirklich nicht anständig von mir, aber ich kann nichts dagegen tun. Wenn ich noch länger in Columbus bleibe, werde ich mich auf die gleiche Weise in Sie verlieben und Sie auch mit unangenehmen Briefen wie diesem hier belästigen.

Deshalb werde ich Ende dieser Woche nach Arizona aufbrechen, um mich der Sektenunabhängigen Mormonen-See Zwischenstation für Satans Nachfahren anzuschließen (ich habe von denen 1979 mal einen Pro-

spekt zugeschickt bekommen), wo ich hoffe, von meiner Sucht loszukommen und eine Karriere als Schriftsteller zu beginnen. Ich glaube, ich würde gern Kinderbücher schreiben über die Themen Ehescheidung, Straßenkriminalität, Schwangerschaft bei Jugendlichen und solche Sachen. Sagen Sie auf jeden Fall 'Kritz schöne Grüße von mir, wenn er sich noch bei Ihnen irgendwo rumtreibt, und ich hoffe sehr, daß Sie diese Schreibmaschinen gebrauchen können.

Leben Sie wohl,
Seaton

»Alles in Ordnung, Schätzchen?« fragte Dr. Elsa. »Du siehst ein bißchen verwirrt aus.«

»Alles in Butter«, antwortete Stevie, während sie den Brief wieder zusammenfaltete und in den Umschlag zurückschob. »Zum erstenmal seit einer Woche ist alles in Butter, Elsa.«

»Was ist jetzt mit den Schreibmaschinen?« drängte der Rothaarige Stevie. »Unsere Anweisung lautet, mitten auf Ihrer Auffahrt stehenzubleiben, bis wir auch die letzte in Ihr Haus getragen haben. Dann sollen Sie unterschreiben.«

»Ich werde unterschreiben, wenn Sie sie in meine Abstellkammer tragen«, sagte Stevie.

Der Rothaarige warf seinem Kollegen Grady einen ratlosen, hoffnungslos gequälten Blick zu, woraufhin dieser den Rücken zu einem Achselzucken krümmte, ohne das Kinn von den Händen zu nehmen. Doch dann trugen sie die Schreibmaschinen nach oben, wobei der schnauzbärtige Riese unaufhörlich weiter vor sich hin maulte und Grady entweder eine Rhythm-and-Blues-Melodie vor sich hin pfiff oder mit dem Mund lautlos den Text eines populären Rap-Songs formte, und verstauten sie schließlich eine nach der anderen in der fast unzugänglichen Abstellkammer neben Marellas Zimmer. In drei zusätzlichen Gängen (was für die beiden

Männer insgesamt neun machte) ließ sich Grady herab, das Dutzend Ries Manuskriptpapier auch noch hinaufzubefördern — während sein verstimmter Kollege erschlafft hinter dem Lenkrad des Kombiwagens saß und sich die Fingernägel mit der Klinge seines Taschenmessers reinigte. Stevie unterschrieb, und die beiden Männer fuhren davon. Nur einer von ihnen winkte zurück, als sie um die Ecke bogen.

»Ich muß schleunigst in die Klinik zurück, Kindchen«, sagte Dr. Elsa. »Sam wird sagen, ich hätte mich unerlaubt vom Dienst abgesetzt. Wirst du klarkommen?«

»Es ist kein derber Streich«, versicherte Stevie ihr. »Es ist ein echtes Geschenk, als Entschädigung. Mach dir keine Sorgen. Ich komme gut klar.«

»Warum hast du die Kerle dann *alle* Schreibmaschinen in die Abstellkammer tragen lassen? Es hat den Anschein, als ob du sie verstecken wolltest. Solltest du nicht wenigstens eine in dein Arbeitszimmer stellen?«

»Heute nicht, Elsa. Geh wieder zu deinen Patienten.«

Die beiden Frauen umarmten sich, und Stevie verbrachte den Nachmittag damit, Erledigungen zu machen, von denen eine war, einen Handwerker auszumachen, der das Loch in der Küchendecke reparieren konnte, und es bei einer anderen um die sorgfältige Reinigung der Erhebung auf Teds Grab und das Aufstellen eines großen Korbs mit roten Rosen der Buße ging. Nach einem Besuch im Lebensmittelladen bereitete sie an diesem Abend Ofenkartoffeln, Spargelspitzen mit Butter und gebratene Steaks zu und setzte sie ihren glücklich-verdatterten Kindern vor. Das Loch in der Decke gähnte noch immer über ihnen, denn der Mann, den sie gefunden hatte, um es zu flicken (ein Schreiner aus Wickrath, mit dem Ted oft zusammengearbeitet hatte) hatte erst am Donnerstag Zeit zu kommen, doch seine mahnende Existenz beeinträchtigte ihre festliche Stimmung nicht, und ›Sie Alle Freuten Sich Des Lebens‹.

Später, als Teddy und Marella im Bett waren, lauschte

Stevie auf das Geräusch, das, wie sie wußte, bald aus dem Abstellraum dringen würde. Schließlich hörte sie es, eine Reihe von gedämpften, einander überlagernden Tap-tap-taps. Daraufhin schlich sie sich auf leisen Sohlen in Marellas Zimmer, trat in die tieferliegende Abstellkammer und bahnte sich einen Weg durch die Luke, die sich zu dem Ursprung dieser rhythmischen mechanischen Musik öffnete. Dort bot sich ihren Augen der Anblick — genau wie sie es vorausgesehen hatte — einer fleißigen Schar Kapuzineraffen, die wie wild auf Seatons gebrauchten Schreibmaschinen herumhackten und eine Seite nach der anderen mit allerlei verschiedener affenhafter Literatur füllten.

'Kritz war der schnellste Tipper von allen, und auf ihn blickten alle anderen, wenn sie am Ende einer Seite angekommen waren, wenn sie einen Typenhebelsalat angerichtet hatten oder ihnen die zweifelhafte Inspiration der schlichten Nervenenergie ausgegangen war. 'Kritz spornte sie entweder durch sein gutes Beispiel oder tatkräftige Hilfe an, und bald tippten die vorübergehend blockierten Kapuziner wieder emsig weiter. Stevie verteilte an sie alle Halspastillen und las über ihre Schultern hinweg ihre Texte, wobei sie sich von Pappkarton zu staubigem Beistelltischchen zu Stuhl ohne Rückenlehne bewegte, sie aufmunterte und ihr Schaffen überwachte. Das meiste davon war natürlich völliger Quatsch, doch 'Kritz hatte zufällig die erste Hälfte des Eröffnungskapitels eines zeitgenössischen Horrorromans zustande gebracht, und der Kapuziner auf der nächsten Sperrholzbohle hatte einen Limerick in einer Sprache verfaßt, die auf verdächtige Weise Holländisch oder Afrikaans ähnelte. Bei diesen Voraussetzungen würden selbst die Affen, die jetzt noch eine Zeile nach der anderen mit &-Zeichen oder Semikolons füllten, in Kürze brauchbare Arbeit leisten, einiges davon auf englisch, und Stevie brauchte niemals mehr in die Nähe einer Schreibmaschine zu gehen.

»Schön weitermachen, Jungs!« ermunterte sie sie und trat geduckt durch die Luke in die Abstellkammer. »Ich bin in zehn oder fünfzehn Minuten mit einem Tablett voller Spiegelei-Sandwiches zurück; selbstverständlich minus dem Brot.«

Und sie begab sich hinunter zu den vielen, vielen glücklichen Tagen, die ihr in diesem Leben noch blieben und deren Verfasserin ganz allein sie sein würde.